Axt & ARKO

intro

한창훈

우리가 그들의 미래가 되지 않기를

대면심사를 하던 그날 그들의 얼굴이 기억난다.

작가가 되기는 했는데 이제 어떻게 해야 하지? 표정들. 무언가 더 해야겠는데 딱히 손에 잡히는 것은 없고 지금 쓰고 있는 원고만 봐도 부족한 느낌이지만 어느 부분을 보완하고 고쳐야 하는지 난감해하는 그런. (물론 아닐 수도 있다. 하지만 그들은 그렇게 말했다.) 그리고 또 하나. 지원금이 꼭 필요한데 여기서 떨어지면 어떡하지?(이건 말 안 해도 곧바로 느껴졌다)의 눈동자.

작은 도서관이나 서점, 학교의 이러저런 강연과 강의가 완전히 멈추어버린 현실, 책은 하나 냈지만 판매는 전혀 되지 않는, (아직 그 한 권마저도 없는 사람도 있는) 팬데믹 때문에 더욱 심각해진, 젊은 작가를 짓누르고 있는 생활고.

그 불안감은 멘티를 자처한 그들을 넘어 멘토단이랍시고 맞은편에 에헴스럽게 앉아 있는 우리에게까지 기습적으로 전달되었다. 나이를 더 먹은 우리도 강연과 강의가 멈춰버렸고 책은 여전히 안 팔렸으며 청탁도 오지 않으니까 말이다. 심사를 통과하게 되면 그들이 받게 될 지원금이 부럽기까지 했었으니까. 그러니까 우리는 그들보다 일찍 시와 소설을 쓰기 시작했다는 것, 단지 그거 하나뿐인 주제에 멘토가 되었던 것이다.

아쉽게도 대면은 그때 한 번뿐이었다. 그 뒤로는, 오래전 미래 SF영화의 한 장면처럼 Zoom으로 만나 질문과 대답을 주고받고 이야기를 나눴다. 소재에 대한 접근 방법과 문장호흡, 시적 장치에 대한 각자의 기준들, 타 장르와의 교류에 대한 의견과 희망이 거기서 나왔다.
그러는 동안 우리는 조금 더 늙어갔고 그들은 이렇게 작품을 완성해냈다.

구혜경의 〈벽장〉은 밀도 높은 심리소설이자 인간관계 설정과 진화에서 응용되는 신체 일부와 주인공의 상관물 역할을 해 보이고 있는 어항 속 물고기들, 그 디테일의 총화이다. 거기에 안정되게 가라앉은 단순한 어조가 설득력을 더하고 있다. 이런 차분한 진술은 작가가 짧은 시간 어느 정도 진화를 이뤄냈는가 짐작하게 만든다. 동성애 소설을 쓰겠다고 했을 때 도대체 어떤 식으로 써낼까, 들었던 걱정이 순식간에 날아가버렸다. '사랑이 재난처럼 들이닥친 순간'에 대한 삶의 기호들이 와락 달려들었으니까.
김지연의 〈경기지역 밖에서 사망〉. 고향 거제도를 배경으로 소설을 쓰겠다던 말이 생각난다. (작가에게 구체적인 고향이 있다는 것은 큰 장점이다.) 이 단편도 거제도 배경으로 보인다. 소액 주식투자자 승호는 두 명이어야 하는 작업현장에서의 신호수 역할을 혼자 하다가 프레스에 오른손을 다친다. 승호가 다쳤는데도 무재해 117일 플래카드를 걸어놓은 회사. 그는 서울에서 내려온 미주와 동행을 하게 되는데 같은 상황의 다른 이해로 부딪히기도 하고 공유하기도 한다. 그리고 게임. 작가가 가장 말하고 싶은 것은, 누구든 같은 조건의 공간과 룰 안에서 경쟁을 꿈꾸지만 정말 많은 사람들이 경기장 안으로 들어가지도 못하거나 또는 튕겨나와 바깥에서 죽어간다는 것. 공정의 반대 지점에 서있는 영혼들.
이어지는 김홍의 〈그러다가〉. 김홍의, 미친 또라이 과학자 같은 발상이 이 작품에서도 나온다. 내 귀가 나를 찾아온 것이다. 연이어 눈을 만나고 입도 만난다. 내 몸에서 떨어져나갔던 '그들'은 이렇게 인격체가 되어 있다. 내 안의 많은 타인들처럼 말이다. 그리고 이 과정의 이야기는 손이 쓰고 있다는 것. 김홍의 소설은 말도 안 되는 설정을 자연스럽게 받아들여지게 하는 능력이 있다. 나도 그동안 써왔던 소설들이 내가 아니라 독립된 내 손이 썼던 것은 아닌가, 하는 생각이 순간 들었으니까 말이다.

박강산 〈이태리 락카〉. 마산 앞바다 돝섬의 역사를 배경으로 열여섯 형이 새로 입소한 열네 살 동생에게 소년 보호시설에 관해 설명해주는 버전이다. 마산 돝섬으로 가서 '락카' 칠을 하는데 거기에는 망가진 축구장이 있다. 서울에 축구장을 만들면서 빼돌린 자재로 아버지가 만들다 만 축구장. 아버지는 잠적을 했고 그 축구장은 보호시설 아이들의 아지트가 되어 있다. 소소하면서 여운이 오래가는 위악이 전반에 흐른다.

정은우의 〈민디〉에는 독일 유학 중인 두 여성의 상황이 스케치하듯 이어진다. 정황이나 에피소드가 강렬하게 집중되지 않고 불편한 단면들만 슬쩍슬쩍 보여주는 게 마치 인터넷으로 브이로그를 보고 있는 듯한데, 그래서 보통의 작법과는 색다른 분위기를 드러낸다. (작가는 기존 룰이나 질서에 개김성이 강해야 한다고 지금도 나는 믿고 있다.) 그러다 그 슬렁슬렁이 후반에서 임팩트 강하게 변신을 한다. 혼란의 와중에 찾아온 고양이 민디의 실종. 확 다가오는 멘트. '고양이는 자신이 뭘 그리워하는지도 모르는 채 계속 헤매겠죠. 그러니까 당신이 찾아가는 거고요.' 길을 잃고 헤매는, 팬데믹이 덮친 낯선 이국에서의 아찔한 현재가 그곳에 있다.

그리고 대한민국 젊은 시인들.

김건영의 시에서 눈에 띄는 것은 반짝이는 언어유희다. 시인이 대놓고 언어유희의 기능과 효과에 달려들어보겠다고 밝혔던 바, 그대로이다. 불편한 상황에서의 절묘한 비틀기. 거기서 스파크를 일으키는 낯선 인식. 그거 이상은 잘 모르겠다. 다만 누군가가 옆에서 이렇게 말을 한다면 재밌어서 귀 기울여질 것 같다는 것.

서호준의 시에서 나는 다시 숨을 고른다. 이 현란한 이미지들은 어디에서 오는 것인가. 어디에서 왔겠는가. 시인의 감각과 수면부족 또는 과잉, 버릇, 성격, 그들의 세상 또는 게임에서 왔겠지. 나와 세상이 부딪히면서 나오는 충격파 같은 거겠지. 또는 웃음이거나 비명이거나. 어쩌면 가상현실을 도구로 사용하여 현실을 보는 능력의 출현? 태초에 말씀이 있었고 지금은 이미지가 있다? 아니면 의외로 단순하게 게임 들린 사람? 아니 아니, 이 정도 하자. 난 시인도 아닌 데다 이 원고가 비평도 아니지 않나. 그저 우리는 그들의 말에, 판단과 버릇에, 은근히 편들어주고 아직도 못 다한 말을 더 외칠 수 있도록 부추겨주는 역할이니까.

그리고 육호수. 1차 심사 때부터 우리는 젊은 시인들의 난해한 시편들을 두고 솔직히 골머리를 앓았다. 이해력이 매우 부족한 걸까. 그저 꼰대일 뿐일까. 그들이 천재거나 우리가 바보거나 둘 중 하나는 확실하다는 뜻일까? 그래도 우리는 황지우를 겪어냈던 시대 아닌가. 아무리 어려워도 비번만 잘 골라 넣으면 휘리릭 풀린다는 명제를 가슴에 품고 그들을, 육호수를 읽어갔었다. 어쨌든 동시대 동료 작가들의 언어인 데다 난해함에는 분명 고유의 이유가 들어 있기 마련이니까. 이 통로를 지나야 그들을 제대로 만날 수 있어, 하면서 우리는 열심히 고민했다.

최소한 육호수의 시에 날카로운 비수가 들어 있다는 것은 알 수 있다. 매 편마다 표창을 날리고 몸을 돌려 곧바로 숫돌에 칼날을 벼리는 존재 말이다. 체제에 절대로 수긍하지 않는, 이노베이션의 생명체. 인생을 걸고 개기는 영혼. 다만, 육호수의 시에 나오는, 과도해 보이는 반복은 강조를 넘어 어떤 역할을 하는 걸까, 궁금해 죽겠다. 시인에게 물어서 공부해보고 싶은 지경이다.

멘토로써 우리가 할 수 있는 것은 이 정도이다. 그 뒤는 그들의 몫이다. 그들의 선택과 말語이, 생각이, 인생이 통째로 그들 것이니 말이다. 시대에 눌려 살았던 우리는 내 몸과 마음이 온전히 내 것이 아니었다. 이제는 다른 세상. 그러니 각자 자신만의 멋진 초식을 펼쳐나가길.

우리가 미래가 되지 않기를.

Profile

한창훈은 소설가이다. 한겨레문학상, 요산문학상, 허균문학작가상 등을 수상했다. 소설집 《가던 새 본다》《세상의 끝으로 간 사람》《청춘가를 불러요》《나는 여기가 좋다》《그 남자의 연애사》《행복이라는 말이 없는 나라》, 장편소설 《홍합》《섬, 나는 세상 끝을 산다》《열여섯의 섬》《꽃의 나라》《네가 이 별을 떠날 때》, 산문집 《내 밥상 위의 자산어보》《내 술상 위의 자산어보》《한창훈의 나는 왜 쓰는가》《공부는 이쯤에서 마치는 거로 한다》, 어린이 책 《검은섬의 전설》《제주 선비 구사일생 표류기》 등이 있다.

contents

review

멀리 에둘러 가고 마는 종족적 천성

novel
poem
→ **essay**
etc

구혜경

고백부터 하고 시작하겠다. 지금 이 지면에 실린, 읽고 있는 책 한 권에 대한 리뷰를 쓰는 일은 시작부터 어려웠다. 나는 '읽고 있는' 중일 때 대개 책 여러 권을 읽고 있기 때문이다. 책 한 권을 끝까지 충실하게 읽는 사람은 내 독서 습관에 공감하기 어려울지도 모르지만, 나는 그때그때 구미가 당기는 책을 닥치는 대로 쌓아두고 이 책 저 책 옮겨가며 읽는다. 물론 한 권만 진득하게 끝까지 붙잡고 있을 때도 있지만 대부분 특정한 시기에, 특정한 주제의 책들을 번갈아가며 읽는다. 그래서 어떤 종류의 책을 즐겨 읽는다 단정하기도 어렵다. 꽂히는 주제가 생기면 관련 서적을 무작정 사들인다. 문학, 인문, 에세이, 사회과학, 철학 등 매번 꽂히는 분야도 다르다. 그렇게 책을 사들여 쌓아두고 그것으로 만족한 뒤 읽지 않는 일도 있다. 그리고 그 주제에 대해 다시 관심이 생기면 그 쌓아뒀던 책들을 뒤져 정신없이 읽는다. 나는 그렇게 읽는 게 좋다. 쌓아둔 책들은, 맞지 않는 비유지만 '천장에 매달아놓은 굴비' 같은 것이다. '자린고비' 유래에 나오는 구두쇠가 굴비를 보고 배불렀는지 아닌지 확실히 알 수 없지만(아마 배가 고팠겠지) 나는 쌓아둔 책들을 보기만 해도 배부르다.

그래서 이 리뷰에서는 '지금 읽고 있는 책'이 아니라 '리뷰를 하고 싶은 책'에 대해 쓰고 싶었다. 그렇게 번뜩 떠오른 책이 무라카미 하루키의《직업으로서의 소설가》다. 하루키는 내 성장기에 지대한 영향을 끼친 작가 중 한 명인데, 사실 성장하고 나서는 그의 소설보다 에세이를 더 많이 읽는다.《직업으로서의 소설가》는 1979년 등단 이후 계속 소설가로 살아온 무라카미 하루키의 자전적 에세이다. 내게는 소설가로 사는 삶이 지향할 길을 가르쳐준 책이다. 굳이 이 지면에《직업으로서의 소설가》를 리뷰하고 싶었던 이유는 간단하다. 이 앤솔러지에 참여하며 진짜 소설가와 진짜 시인을 만났기 때문이다. 나는 '비전공자' 소설가다. 대학에서 경영학과 상담심리학을 복수전공했다. 소설을 쓰는 일에 대해 제대로 배워본 경험은 거의 없다고 할 수 있다. 소설 쓰는 일을 업으로 하며 살고 있지만 '내가 직업으로서의 소설가라 할 수 있는가?'라는 질문은 항상 마음 한 구석에 들러붙어 있다. 피해의식일 수도 있겠다. 나는 소설가의 세계가 궁금했고(여전히 궁금하고) 항상 그들의 이야기를 듣고 싶어 목이 말랐다. 활자 말고 호흡이 붙은 사람을 직접 만나고 싶었다. 이 앤솔러지에 함께 참여한 훌륭한 작가들이 그 욕구를 충족시켜주었다. 하지만 지금부터 말할 내용은 어쩌면 그 훌륭한 작가들을 향한 무례가 될지도 모른다. 하루키는《직업으로서의 소설가》에서 소설가에 대해 '원만한 인격과 공정한 시야를 지녔다고 하기 어려운 사람들'이라고 말하기 때문이다.

누군가는 고약한 평가라 할 수도 있다. 그러나 조심스럽게 말하자면, 글을 쓰는 사람이라면 듣기 좋든 싫든 동의할 수밖에 없지 않을까 싶다. '원만한 인격'과 '공정한 시야'가 정확히 어떤 것인지 기준은 몰라도 '원만하다'와 '공정하다'가 전제하고 있는 게 뭔지는 안다. 성격이 모난 데 없이 부드럽고 너그럽다. 둥글둥글하다. 공평하고 올바르다. 이는 사회적 합의에 기댄 평가다. 다시 말해 원만하고 공정하다는 건 '보편성'에 기대야만 그 의미가 성립된다.

그리고 대부분의 소설가는 보편적인 것을 보고, 또 보고, 뜯어보고, 의심하고, 다시 보고, 그리하여 다르게 생각하게 되는 종족들이다. 원만하고 공정할 수 있을 리가.

또한 하루키는 소설가가 아닌 사람들, 이를테면 머리 회전이 빠른 사람들이나 총명한 사람들이 소설 한두 편을 써놓는 일에 대해 이야기한다. 그리고 이를 당연한 일이라 한다. '소설 따위'를 쓰는 건(이는 하루키의 표현이다) 펜과 노트만 있으면 누구든 할 수 있으며 머리가 좋다면 더더욱 하기 쉬운 일이기 때문이다. 동의하는 대목이었다. 그렇다면 소설가를 직업으로 삼고 살아가는 사람들은 뭐가 다를까.

이에 대해 하루키는 '소설가란 불필요한 것을 일부러 필요로 하는 인종'이라고 정의했다. 그의 표현에 의하면 소설가는 머리가 그다지 좋지 않은 사람이다. 사실 나는 이 원고에《직업으로서의 소설가》의 문장을 인용했다가 현실적인 이유로 수정하는 중이다. 그리고 하루키의 괴팍해 보일 정도로 솔직한 문장을 단락 그대로 인용하지 못해 몹시 답답하다. 소설가는 '머리 좋은 사람이라면 도저히 못할 일'이라는 문장이 포함된 그 단락을 읽으며 위로를 받았기 때문이다. (혹시 이 원고를 보고 궁금한 독자들이 있다면《직업으로서의 소설가》1장을 읽어보길 권한다. 인터넷서점 미리보기 서비스로도 볼 수 있는 부분이다.)

나는 어릴 때 내가 특별히 아둔한가, 고민한 경험이 있다. 의심이 너무 많은가, 걱정한 적도 있다. 내가 생각이 너무 많고 그 때문에 더디다고 느낀 적도 많다. 그런 내게 하루키의 다소 괴팍한 문장들은 오히려 위로가 되었다. 하루키는 이 책에 '점점 더 알 수가 없다'고 하는 게 소설가의 천성이라고 했다. 그게 사실이라면 내게도 소설가로서의 천성적 자질이 있기 때문이다. 그리고 감히 무례를 범하건대 소설가의 길을 가는 다른 작가들도 분명 그러한 종족적(?) 천성이 있을 것이다. 평범한 사람들이 보면 극도로 효율이 떨어지는, 불필요한 것을 일부러 에둘러 가고야 마는 그 천성 말이다.

이 리뷰를 쓰며 내가 마주한 '그 종족'들의 얼굴을 떠올린다. 나는 감히 오만하고 때 이르게 그들 사이에 나도 일원으로 끼어 있다는 감각을 느낀다. 이 횡설수설하는 리뷰도 그런 열망으로 썼다. 리뷰를 쓰는 내내 계속 목이 탔다. 텀블러를 꽉 채운 물을 모두 비우고도 계속 목이 타는 이유는 이 리뷰 곳곳에 묻어 있으리라. 더불어 리뷰인데도《직업으로서의 소설가》1장의 내용만 이야기한 것을 반성한다. 사실 서재를 뒤엎었는데도《직업으로서의 소설가》단행본을 찾을 수가 없어 인터넷 서점의 단행본 미리보기 서비스로 1장만 읽고 썼다. 어디 박스에 처박아둔 모양이다. 그리고 이 부끄러운 사실이 리뷰를 완성하는 마침표가 되기를 바란다. 나는 앞으로도 불필요한 것을 일부러 필요로 하는 나의 종족 사이에서 계속 머리 나쁘게 살고 싶다. 가능하면 오래오래.

review

먼지 나라 이웃나라

→ **novel**
poem
essay
etc

김건영

알록달록한 젤리 봉지를 열었을 때의 기분을 생각한다. 색깔마다 맛이 다를 것이라고 생각하고 한입 베어 물었다가 실망하는 경우가 아주 가끔 있다. 다 같은 맛의 젤리를 씹을 때 과연 색깔이 다르면 맛도 차이가 있어야 하는 것인가를 고민한다. 과일이 그렇듯이 모양과 색깔이 다르면 맛이 다른 것을 자연스럽게 체득했을 것이다. 그러나 그 차이가 확연한 만큼 맛의 간극도 그만큼 차이가 나야 하는지를 생각하면 그것은 당연하지 않은 일인 것 같다는 생각을 한다. 표면의 일은 표면의 일일 뿐이다. 어느 정도는 표면과 내면이 일치하는 경우도 있다. 외연과는 다르게 다른 내재율을 가진 것들 또한 많다. 우리는 자주 속는다. 알고도 속아주기도 한다. 속아서 기쁠 때도 있다.

단편소설집을 읽는 기쁨은 젤리 봉지를 여는 일과 비슷하다고 느낀다. 다채로운 색의 단편들을 감상할 때, 어떤 작가들은 비슷한 톤의 색채들을 변주하며 세계관을 구성하기도 한다. 세밀한 감각의 차이가 서로의 빛깔을 선명하게 만들어준다.

한 작가의 단편집 외에 또 다른 재미를 주는 단편집은 테마를 잡아 모은 작품집일 것이다. 시기를 중심으로 그해에 발표된

도톰한 계란말이 수차오 외 6인 | 김택규 옮김 | 글항아리 | 2021

작품 중 좋은 작품을 뽑아 묶은 단편집이나, 문예 사조, 시대별, 국가별로 묶어낸 작품집은 시대적 배경과 사회적 인식을 살펴보기에 좋은 작품집일 것이다.

우연히 중국 광저우에 살고 있는 동갑내기 소설가의 작품집을 읽게 되었다. 순식간에 팬이 된 나는 작가의 다른 작품들을 찾아보았는데, 제대로 번역된 단편집은 한 권뿐이고, 중국의 젊은 작가들을 소개하기 위한 단편집에 단편 한 개가 번역되어 있었다. 그 작가의 마니아가 된 나는 여기저기 정보를 찾게 되었다. 그러면서 중국 젊은 작가들의 작품을 찾아 읽다 보니, 나는 생각보다 중국에 대해 잘 알지 못한다는 생각을 하게 됐다.

중국. 황사가 날아오는 나라. 대국임을 자처하지만 외교는 소국보다 못한 소심한 나라. 어떤 물건이든 폭발할 수 있는 나라. 공산주의 국가이면서 빈부격차가 큰 나라. 천안문 사태가 자국민들에게 잊히고 있는 나라. 홍콩 민주화를 억압하는 나라. 사실이 아닌 것들도 많을 것이다. 오랜 세월 문화적 교류를 나눠왔고, 우리나라 문화 전반에 큰 영향을 끼친 중국은 이제 싸구려 제품이나 짝퉁의 나라가 되었다.

한동안 개미 사육에 푹 빠져 있었는데 우리나라는 개미 사육을 취미로 하는 사람들이 적어서 물품 구매가 상당히 제한적이었다. 반대로 중국은 개미를 키우는 인구가 많고 시장이 커서 그런지 독특하고 실용적인 개미 사육장이나, 관리 용품들이 많이 판매되고 있었다. 온라인 쇼핑을 통해 물건을 구매하고 최소 2~3주를 넘게 기다려 물건을 받으면서 중국산 제품에 대해 고민했다. 개미 사육 용품에 있어서 중국은 선진국이었다. 조선시대의 어떤 선비들은 중국제 벼루를 받기를 고대하며 기다렸을지도 모른다는 사실을 떠올려보면 지금의 상황은 무척 흥미로운 것이다.

소설은 아무래도 시대상의 반영이 드러나는 장르라고 생각한다. 단순히 작품을 즐기는 재미도 있지만 소설에 나타난 중국 현대 사회의 모습을 살펴보는 일도 무척 흥미롭다. 공산주의 사회에서 자본주의적 가치체계가 흡수된 중국 사회의 단면도는 우리와 크게 다르지 않았다. 1982년생 작가 마샤오타오의 〈벌거숭이 부부〉에 등장하는 중국의 젠트리피케이션 상황은 지명만 옮기면 한국의 상황과 같았다. 자본의 가치와 충돌하는 개인의 욕망 문제를 섬세하게 그려내는 작가의 시선을 따라가며 우리네 젊은이들도 앓고 있는 문제가 여기에도 현재진행형으로 나타나고 있음을 알았다. 젤리 한 알을 씹어 삼킨다. 색은 다르지만 비슷한 맛이 난다. 왜 인간은 이리도 닮아 있는가.

표제작인 수차오의 〈도톰한 계란말이〉는 남편의 불륜 상대인 어린 여자아이가 집에 찾아와 계란말이를 만들어주는 이야기이다. 기묘한 긴장감을 간결한 문체로 잘 구현해 낸 작품이다. 다만 그 긴장감이 마지막 결말에 가서 조금 흐트러진다는 점이 아쉬웠다. 서우즈의 〈우리 뭐라도 하자〉는 고유명사를 한국식으로 바꾼다면 우리나라 소설과 큰 차이가 없다는 생각이 들었다. 가능성을 잃은 청년들이 자기 파괴적 행위를 해대며 결국 사기를 당하고 무너지는 서글픈 로드무비의 한 장면이었다. 개인의 잘못을 통해 사회적 책임을 희석하는 사회가 여기에도 있다. 〈필립스 면도기〉는 86년생 작가 정샤오뤼의 작품이다. 사담 후세인을 숭배하게 된 소년과 그 가족들에 관한 이야기인데 자본주의가 불러온 사회적 문제가 면도날처럼 아버지와 큰형, 그리고 막내의 가정사에 파고드는 장면을 절묘하게 포착해 낸다. 중국의 젊은이들 역시 부모의 지원이 없으면 집을 사서 독립을 하기 어렵다는 점을 새삼 알게 해준다. 더하여 세 남자가 강자 앞에서 고개 숙이는 비겁한 약자이면서, 강자의 위치를 취할 때 지독하게 포악해지는 장면을 냉정한 필체로 절개해놓는다.

1980년대에 태어난 바링허우(80後) 세대 작가들의 작품을 모은 단편집이 내게 크게 와닿은 이유는 살아온 시간과 눈높이가 비슷하기 때문일지도 모른다. 중국의 현재를 바라보며 (비록 그것이 소설의 한 장면이며 허구라 할지라도) 나는 지금 여기를 본다. 우리가 타자를 깊게 바라보려 할 때는 타자와 나의 차이를 들여다보고 싶은 욕망이 우리를 이끌기 때문일 것이다. 타자를 주의 깊게 관찰하는 일은 인간을 사랑하는 일이다. 그것은 좋은 텍스트가 가진 덕목이면서 좋은 독자가 좋은 텍스트를 더 좋은 자리로 이끌어주는 일이라는 것을 믿는다. 참, 마지막으로 맨 처음 내게 중국 단편집들에 관심을 가지게 해준 작가는 왕웨이롄 이라는 작가이다. 그의 단편집 《책물고기》는 매우 매력적인 단편집으로 중국 현대소설을 번역하고 있는 '묘보설림 시리즈'에 수록되어 있다. 오늘 소개한 단편집도 같은 시리즈로 발매된 단편집이다. 앞으로도 꾸준히 번역되고 출간되어 더 많은 독자들에게 사랑을 받았으면 한다.

review

무사히 퇴근

novel
poem
essay
→ **etc**

김지연

인터넷 뉴스 기사를 보다가 '오늘 일하다 죽은 노동자들(@laborhell_korea)'이라는 트위터 계정에 대해서 알게 되었다. 그날그날 대한민국에서 일하다 죽은 노동자에 대한 기사를 업로드하는 계정이었는데 매일 새 글이 있었다. 2021년 이 계정에 기록된 노동자의 수만 529명이었다.

2017년 5월 1일, 그러니까 노동자의 날에, 경남 거제에 있는 삼성중공업에서 대형 크레인 두 대가 충돌해 노동자 6명이 숨지고 25명이 다친 대형 참사가 있었다. 《나, 조선소 노동자》는 이날의 사고 현장에서 살아남은 노동자 9인의 증언을 기록한 책이다. 이 책을 읽는 일은 고통스럽다. 그날의 현장에 있었던 사람들의 입을 통해 직면하고 싶지 않은 장면들이 적나라하게 전달되기 때문이다. 사고가 일어나기 전까지 그날이 얼마나 평범한 날이었는지, 그 사고는 어떤 식으로 예비되어왔는지, 사고가 벌어지고 난 다음 회사와 국가기관의 담당자들은 어떻게 대처했는지. 사고의 전과 후의 일들이 현장에 있었던 사람들의 입을 통해 그대로 전달된다. 사고 이후로 트라우마에 시달리고 있는 생존자들은 이전에는 평범하게 수행했던 일들을 더는 해낼 수 없어 고통받고 있다. 충격적인 사고로 세상에 널리 알려진 건

나, 조선소 노동자 마창거제산재추방운동연합기획 | 코난북스 | 2019

이날의 대형 참사이지만 책을 읽다 보면 기록 작업에 참여한 노동자들 대다수가 이전에도 크고 작은 사고를 겪었다는 사실을 알게 된다. 그전에도 크고 작은 사고들이 있었다. 조선소에서 일하다가 한 번도 다치지 않은 사람은 아무도 없었다. 그 때문에 위험한 일이라고 모두가 꺼리는 것이며, 그래서 인생에서 점점 밀려난 사람들이 가는 곳이 조선소라고들 한다. 위험한 작업환경에 놓여도 되는 사람은 누구인가. 그런 사람은 아무도 없다, 고 해야 옳을 것이다. 하지만 종종 사회에서는 그런 메시지를 주었다. 그렇게 공부 안 하고 놀다가는 남들 에어컨 밑에서 일할 때 땡볕에서 일하게 될 거라는 식으로, 어떤 종류의 노동은 일종의 형벌인 것처럼 묘사했다. 능력주의에 미친 세상은 차별을 정당화했고 우리 역시 그러한 차별에 익숙해졌다.

"사람들 대부분이 이런 환경에서 일하는 내가 잘못된 거라 생각해요. 맞잖아요? 남들 노력할 때 노력 안 했으니까 여기 와서 이카고 있는 거라고 생각해요. 그거를 굳이 바꾸려는 사람은 없어요. 내가 못나서 여기 일하는 거니깐 내가 감내해도 된다고 해요."(98쪽)

나는 꽤 '공정'한 것처럼 보이는 친구들이 때론 차별적인 발언을 하는 것을 종종 보았다. 이를테면 최저임금이 오르는 것이 싫다는 것이다. 별다른 기술도 필요 없는 편의점에서 알바를 하는 고등학생이 전보다 돈을 더 벌게 되는 것은 불합리한 것 같다는 것이었다. 비정규직이 정규직으로 전환되는 것도 공짜를 바라는 심보라고 했다. 그 친구들이라면 열악한 노동 환경을 보고 그렇게 말할지도 모른다. 그게 마음에 안 들면 다른 준비를 해서 이직을 해야지,라고. 거기는 원래 그런 곳인데 그걸 다 알고도 들어간 네 책임이지,라고. 하지만 무슨 일을 하든 죽음을 각오해서는 안 되는 게 아닐까. 직장이 전쟁터도 아니고. 하지만 그런 통계도 있다. 한국의 산재 사망자 수는 이라크전에서 사망한 미국 병사보다도 배는 많다는. 한국에서는 먹고 살기 위한 일상의 노동이 전쟁보다도 더 위험하다. 2017년 이후에도 크고 작은 산업 재해 사고들이 많았다. 가끔은 뉴스를 보는 게 겁이 날 정도였다.

노동자들을 위험한 작업환경으로 내모는 시스템이 문제다. 기업가들에게는 노동자의 안전과 목숨보다도 생산성이 훨씬 더 중요한 가치이고 그 필요에 따라 인력을 부품처럼 끼워넣어 썼다 뺐다 한다. 노동 환경은 안전하지 않고 숙련되지 않은 노동자들이 급하게 투입되니 사고는 끊이지 않는다. 인력은 대체될 수 있고 처벌은 크지 않으니 나아지는 것은 없다. 사고를 겪은 피해자들은 쉽게 회복되지 못하고 사고 언저리의 시간에 계속 머문다.

"피해자는 애초부터 약한 자가 아니다. 피해자를 약자로 만드는 것은 사회다."

(278쪽)

이 책에 참여한 노동자들은 다시는 이런 일이 일어나지 않기를 바라는 마음을 거듭 밝혔다. 일어나서는 안 된다고 일어날 리가 없을 거라고 주문처럼 외기도 했다. 참여한 이유도 그래서였을 것이다. 상처를 들쑤시는 일이 될 수도 있고 말해봤자 더 달라지는 게 없다고 여겨질 수도 있었지만 약해지지 않기 위해서 계속 말하는 쪽을 선택했을 것이다. 이 책을 읽으며 이러한 작업에 그런 힘이 있다고 느꼈다. 피해 사실을 증언하는 것, 트라우마를 고백하는 것은 그 시대를 함께 살고 있는 사람들이 다함께 그 사건을 목격하게 한다. 우리는 생생히 목격함으로써 우리가 진짜 선택해야 할 방향이 어느 쪽인지를 알게 된다. 이 기록 작업이 피해자들에게도 회복으로 갈 수 있는 여정이었기를 바란다.

나는 엄마가 반듯하게 다려준 작업복을 차려입고 새벽같이 조선소로 출근하는 아빠를 보며 자랐다. 지금도 내가 아는 사람 중에는 조선소에서 일하는 사람들과 그의 가족들이 많다. 그래서 처음에는 이 리뷰를 거의 에세이처럼, 내가 자라면서 보고 들은 이야기들을 섞어가며 썼었다. 하지만 다 쓰고 읽어보니 그저 태평한 소리인 것 같아 다시 썼다. 여전히 하나 마나 한 이야기를, 뻔한 소리를 하고 있는 것도 같다. 하지만 이런 뻔한 일들마저도 제대로 지켜지고 있지 않은 세상이다. 2022년부터 중대재해처벌법이 시행된다. 반쪽짜리 법이라 말도 많은 이 법이 실효성을 가질 수 있을까. 모두가 무사히 퇴근할 수 있기를 안전한 환경 속에서 일할 수 있기를 바랄 뿐이다. ■

삶에서 삶으로

김홍

오늘 소개할 책◆은 1992년 도서출판 하늘에서 발간된 콜린 윌슨의《삶에서 삶으로》이다. 원서의 제목은《Afterlife》로 제목에서 알 수 있듯 사후 세계에 대한 탐구와 그에 관련된 다양한 심령 현상을 다루고 있다. 저자인 콜린 윌슨은《아웃사이더》로 유명한 영국의 저술가다. 1931년 출생해 2013년 폐렴으로 사망했다.

오컬트적 소재에 대한 콜린 윌슨의 탐구는 널리 알려져 있으며 국내에도 그의 저서가 여럿 번역되어 소개됐다.《삶에서 삶으로》는 한국에서 1992년 발간된 이후 당연히 절판됐고, 현재까지 복간되지 않았으며, 글을 쓰고 있는 시점의 북코아 기준 중고로 나와 있는 매물도 단 한 권에 불과하다. 따라서 이 글을 읽고 있는 분이 콜린 윌슨의《삶에서 삶으로》를 직접 읽고자 한다면 규모 있는 도서관에 직접 방문하여 대출 또는 열람하거나, 북코아에서 기회를 잡거나, 페이퍼백으로 팔리고 있는 원서를 구입해야 한다. 내게 연락해 책을 빌릴 생각을 한다면 포기하는 게 좋다. 누군가에게 책을 빌려주고서 제대로 돌려받은 경험이 거의 없을 뿐만 아니라, 나의 책장에도 누군가에게 빌려온 뒤 돌려주지 않은 책이 몇 권 있다. 때문에 나는 개인적으로 책을 빌려주거나

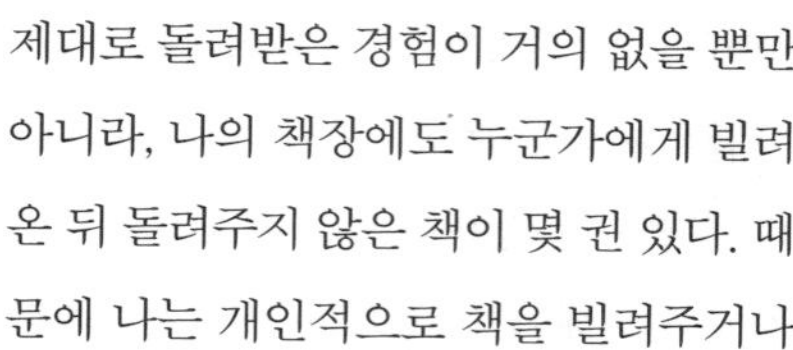

◆ 내일은 아무 책도 소개하지 않는다.

삶에서 삶으로 콜린 윌슨 | 유진화 옮김 | 하늘 | 1992

빌려오는 일을 일체 하지 않겠다는 원칙을 세웠는데, 그 원칙은 지난 10년 동안 한 번도 어겨지지 않았다.

솔직히 고백하자면 나는 이 책을 완독하지 않았다. 소설이 아닌 어떤 책이든 나는 머리말을 읽고, 결론을 읽고, 1장의 절반 정도를 읽고, 책을 덮은 뒤 생각날 때마다 아무 페이지를 펴서 읽는다. 소설의 경우 재미가 있으면 완독을 하지만 그렇지 않다고 해서 결론을 미리 보거나 발췌독을 하지는 않는다. 읽다가 만 책으로 책장을 채우는 것이 비단 나만의 문제는 아닐 것이다. 아예 읽지도 않을 책을 계속 사는 것 또한 흔한 일이다. 이와 같은 행태는 독서가들의 오랜 농담거리 중 하나다. 한 권의 책을 완독하는 것과 열다섯 권의 책을 발췌독하는 것, 서른 권의 책을 구입만 하는 것 중에 가장 나은 것은 어느 쪽일까? 당연히 서른 권의 책을 완독하는 것이다. 시간은 당신을 기다려 주지 않는다. 더 나은 삶을 위해 지금이라도 노력하라.

이 책의 내용은 단순히 사후 세계에 대한 탐구에 그치는 것이 아니라 초능력을 비롯한 초현상은 물론 이를 연구한 저명인사들에 관한 일화를 담고 있다. 셜록 홈스 시리즈의 저자 코난 도일이 심령연구에 깊은 관심을 가지고 있었다는 것은 유명하다. 그는 특히 예언 능력과 결부된 자동 기술을 신봉했는데 이 책은 릴리 로다라는 여성과 관련된 일화를 소개하고 있다. 제1차 세계대전 중 코난 도일의 집에 머문 릴리 로다라는 여성은 독일 잠수함의 루시타니아호 격침을 자동 기술로 암시했다. 또한 코난 도일은 의형제 말콤 렉키가 사망한 이후 릴리 로다의 자동 기술을 통해 망자와의 대화를 나누기도 했다. 로이드 조지, 윈스턴 처칠, 조지 5세 등은 심령 현상에 천착하는 코난 도일을 안타까워했으며 그를 추종하던 많은 독자들도 마찬가지였다. 다만 이 책은 코난 도일이 그의 '스피리추얼리즘' 신앙 때문에 작위를 받지 못했다고 적고 있는데, 실제로는 1902년 기사 작위를 받았으니 책에 나온 내용을 모두 믿지는 말라는 교훈을 주는 듯하다.

나 자신의 개인적인 체험을 말해보자면 열흘간의 집중적인 명상 수련을 통해 초자연적인 경험을 한 일이 있다. 일순간 머리에서 나무가 돋아 우주로 뻗어나갔고 유체이탈을 통해 지구 밖을 유영하기도 했다. 지식의 도서관에 접속해 열 권 분량의 대하소설을 가져오려고 했는데 해당 도서관을 찾지 못해 포기했다. 다만 기억의 궁전을 짓는 것은 성공해서 끝없이 이어진 서랍장의 방을 방문할 수 있었다. 사법고시가 너무 일찍 폐지된 게 무엇보다 안타까웠다. 지금은 기억나지 않는 서랍 어딘가에 '나 여기 왔다 감'이라고 쓴 메모를 두고 나온 게 전부다. 하여튼 이건 전부 진짜다. 절대로 거짓말이 아니다. 집에 돌아온 뒤 수행의 연속성을 보장하지 못해 위에 적은 능력은 모두 잃어버렸다. 이제 와 생각해보면 그리 유용할 것도 없는 체험이었다. 우주를 유영하는 것은 산책로를 걷는 것보다 나을 것이 없었고, 기억의 궁전은 확실히 내 인생에 오버 스펙이었다. 의미 있는 건 전생이나 미래를 보는 건데 거기에는 이르지 못했다.

사실 나는 나 자신의 사후 세계에 대해 큰 관심이 없다. 죽음은 어찌 됐든 생의 종말이거나 새로운 시작일 것이다. 어느 쪽이든 지금 사는 방식으로 살아질 수는 없을 게 분명하다. 그러니 죽음 이후는 죽은 다음에 생각해도 충분할 것 같다.

하지만 다른 이의 죽음이 나의 삶 한가운데에 겹쳐질 수 있다면 다른 이야기가 된다. 애도하고 기억하는 건 유한한 삶을 의미 있게 연장하는 방식의 한가지다. 이미 죽은 것은 인간을 넘어 모든 생명이고, 존재하는 모든 것에 깃든 의식을 생각하면 범위는 전 우주로 확장된다. 저마다의 속도로 움직이는 존재들은 각자의 시간대에서 동시에 살아 있거나 죽어 있을 수 있다. 그래서 나는 어떠한 것도 고정되지 않고 계속 변한다는 것만 생각하며 지내려고 한다. 죽은 이가 삶에서 새로운 삶으로 건너가는 것이 아니다. 자신의 삶에서 다른 이의 삶으로 연결되는 것이다. 그래서 나는 콜린 윌슨과 《삶에서 삶으로》를 손쉽게 조소할 수 없다. 책에 나온 교령회를 굳이 시도하지는 않지만, 무덤가에 놓인 종이컵을 함부로 치우지도 않는다.

서러운 연금술

박강산

학부 시절, 1950년대 문학작품의 초판본을 찾아 전국 이곳저곳을 떠돌아다닌 적이 있다. 국고 사업의 일환으로 초판본의 표지사진을 아카이빙하기 위해서였다. 나는 그 일을 핑계 삼아 종로구 서촌 일대를 떠돌며 헌책방 문지방을 자주 드나들었다. 책방 주인은 웬 어린놈이…… 하는 경계심 가득한 표정으로 잠시간 나를 예의주시하더니 그 뒤론 거들떠도 보지 않았다. SNS 게재용 사진 몇 장 찍고 떠나갈 이십대 남자애 정도로 여겨졌을 테니 당연한 일이었다. 그렇게 한 달쯤 눈도장을 찍자 책방 주인이 내게 먼저 다가와 불쑥 책 한 권을 내밀었는데,

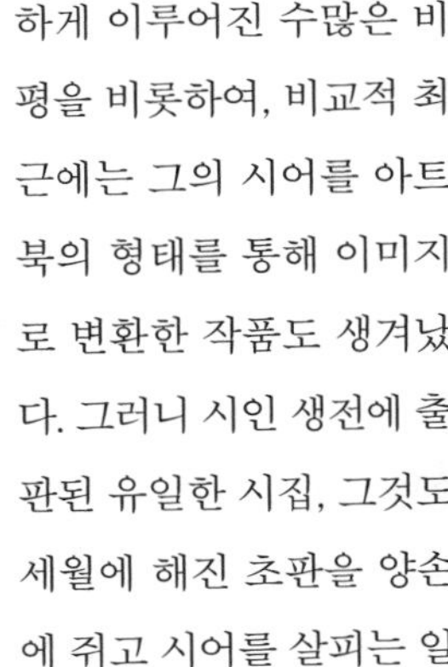

그게 바로 김수영 시인의 《달나라의 장난》 초판본이었다.

김수영의 시는 지난 60여 년 동안 끊임없이 재음미되어왔다. 그의 사후에 활발하게 이루어진 수많은 비평을 비롯하여, 비교적 최근에는 그의 시어를 아트북의 형태를 통해 이미지로 변환한 작품도 생겨났다. 그러니 시인 생전에 출판된 유일한 시집, 그것도 세월에 해진 초판을 양손에 쥐고 시어를 살피는 일은 새삼 묘한 긴장감을 불러일으키는 일이었다.

책장을 넘겨 표제작인 〈달나라의 장난〉을 읽고 있을 때, 내 할아버지뻘 되는 책

달나라의 장난 김수영 | 춘조사 | 1959

방 주인이 다시 다가와 느닷없이 아리스토텔레스와 관련된 자신의 지식을 늘어놓기 시작했다. 돈 한 푼 내지 않고 귀한 자료를 얻은 입장에서 그의 말을 못 들은 체할 수도 없는 노릇이었기에 나는 그의 말을 경청하며 연신 고개를 끄덕였다.

책방 주인의 말을 요약하자면 아리스토텔레스는 물질의 근원을 설명하고자 4원소 외에 차가움과 뜨거움, 습함과 건조함의 네 가지의 성질을 제안했는데, 각 원소에는 그중 서로 상극이 아닌 두 가지씩의 성질이 있다고 한다. 물은 차고 습하지만, 불은 건조하고 뜨겁다. 공기는 습하고 뜨거우며, 흙은 건조하고 차다는 식의 단순한 분류이다. 이것은 4원소가 가지고 있는 네 가지 성질 가운데 하나만 바꿔주면 다른 원소로 바뀔 수 있다는 것을 뜻한다. 여기서 가장 가벼운 원소인 불은 가장 높은 곳을 차지하고, 그 아래를 공기, 물, 흙이 차례로 자리잡고 있으며, 이것이 바로 4원소가 원래 차지하고 있어야 할 자리라고 한다.◆ 아리스토텔레스는 불 저쪽의 우주에는 불보다도 가볍고 더욱 순수한 제5원소가 존재하고, 이것이 가장 완전한 원소라고 생각했다. 이에 지상에는 4원소설이지만, 우주 전체로 따진다면 5원소 변환이 가능할 것이라고도 말했다.

나는 아리스토텔레스의 주장을 들으며 어쩐지 측은한 마음이 일기 시작했다. 왜 이천 년 전 철학자에게 느닷없이 연민을 느꼈느냐고 질문하고 싶다면, 한번 이런 상상을 해보라.

어느 날 아리스토텔레스는 그의 제자들을 리케이온 즉, 고대 그리스의 체육관에 집합시킨다. 제자들은 어리둥절한 표정으로 둥글게 모여 앉고, 아리스토텔레스는 그 중앙으로 걸어가 모닥불 하나를 피운다. 그렇게 기원전 300년, 당대 최고의 지식인들이 모닥불 하나를 가운데 두고서 불을 가만히 들여다보는 것이다. 제자들은 열기에 눈이 익어가는 듯하지만, 스승의 눈치를 살피느라 눈길을 거둘 수가 없다. 그 무리의 틈바구니 사이에서 아리스토텔레스는 아무 말 없이 모닥불을 주시하고 있다. 일렁이는 불꽃 너머, 우주에 존재할 가장 순수한 원소를 찾아내기 위해서 말이다. 나는 그 가련한 시선에 연민을 느끼는 것이다. 물질을 통해 물질 너머의 것을 찾아내고자 하는 이 연금술 행위는 본질적으로, 자신이 발붙이고 있는 지상에 대한 격렬한 반항심과 불만족의 표출이기 때문이다.

한편 〈달나라의 장난〉 속 화자의 시선은 팽이에 달라붙어 있다. 시는 아이의 장난에 대한 서술, 즉 팽이 돌리기에 대한 관

◆ 《물리학과 역사》, 양승훈, 청문각, 1996. 내용 보충 설명을 위해 논문을 참고하였음.

찰에서 시작된다. 그 내용을 거칠게 풀어 보자면 이러하다. 화자는 어느 집을 방문하게 되고, 그곳에서 한 아이가 팽이를 가지고 노는 걸 지켜보게 되며 화자는 자신이 보고 있는 것들이 신기하고 아름답다고 생각한다. 팽이를 돌리는 아이와, 돌아가는 팽이 그 자체가 말이다. 그래서 화자는 방문의 목적도 잊은 채 아이가 팽이를 돌려주었으면, 하며 가만히 팽이를 바라본다. 곧 팽이는 빠르게 돌아가고 까맣게 변하여 서 있게 되고 화자는 그 속에서 '별세계'를 본다.

불 너머의 세계가 제 5원소가 존재하는 이상적 공간이라면, 팽이 너머로 보이는 '별세계' 혹은 '달나라'는 그 성질이 이상적 공간과는 사뭇 거리감이 있다. 물론 그 공간은 "나 사는 곳보다는 여유가 있고 바쁘지도 않은" 즉 화자가 발붙이고 있는 "도회 안에서 쫓겨다니는" 현실과 대비되는 곳으로 이상향에 가까운 모습이다. 그렇기에 독자로서 화자가 그 "별세계"에 대한 공상에 빠져 잠시나마 현실을 잊었으면 하는 바람이 생기지만 화자는 그런 삶을 지향한다거나 그런 공간으로 훌쩍 떠나고 싶다는 식의 모습을 보이지 않는다. 화자는 오히려 한 번 더 팽이 놀이를 관찰하며 "팽이 밑바닥에 끈을 돌려 매이니 이상하고", "손가락 사이에 끈을 한끝 잡고 방바닥에 내어던지"는 것이 눈앞에 생생하게 보이는 현실로 돌아온다. 그리고 다시 "팽이가 돈" 후에는 "팽이가 돌면서 나를 울린다." 라고 말하며 현실 안에서 더 구체적으로 "나"에게 돌아온다. 그러니 "팽이가 돈다"라는 구절과 현실에 대한 구체적인 묘사가 병치되는 것을 보고 있자면 이 관찰 행위가 일면 가학적으로 느껴지기도 한다. 자신의 의식이 "달나라"에 붙들리는 것을 막고자 부단히 노력하고 있다는 인상을 주기 때문이다.

아리스토텔레스의 관찰이 단순히 연민을 불러일으키는 수준에서 그친다면, 이 팽이 놀이의 관찰 행위는 처절하기까지 하다. 불 너머에 있는 제5원소는 아무리 들여다봐도 보이지 않는 것인 반면에, "별세계"는 화자가 "속임 없는 눈으로" 관찰할 수 있는 공간이기 때문이다. 다시 말해, 보이지 않는 것을 갖고자 하는 이보다, 보이는 것을 갖지 못하는 〈달나라의 장난〉의 화자가 더 "울어야 할" 사람에 가까운 것이다. 화자는 "영원히 나 자신을 고쳐가야 할 운명과 사명에 놓여 있음을" 직시하고 있고 따라서 "한사코 방심조차 하여서는 아니 될 터"이지만 현실과 이상공간의 대비 속에서 "팽이는 나를 비웃는 듯이 돌"며 화자의 "강한 것보다는 약한 것이 더 많은 착한 마음"을 괴롭힌다.

마지막 연에 닿아서 화자는 "생각하면 서러운 것인데 너도 나도 스스로 도는 힘을 위하여 공통된 그 무엇을 위하여 울어서는 아니 된다는 듯이 서서 돌고 있는 것인가"라고 말한다. 이는 끊임없이 돌아야만 제 성질을 잊지 않는 팽이의 특성을 자신의 처지와 연관지어 말한 것이다. 즉 팽이가 보여주는 환영과 구체적 현실과의 간극을 쳇바퀴 돌 듯 오가야만이 "스스로 도는 힘을" 얻을 수 있는 자신의 처지에 관한 "서러운" 마음을 토로한 것이다.

앞서 말했듯 아리스토텔레스는 4원소설을 주장하며 물, 불, 흙, 공기를 제시했다. 하지만 물이 수소원자 2개와 산소원자 1개로 이루어졌다는 게 밝혀지고 공기도 사실 산소, 질소 등의 잡다한 것들의 집합인 경우가 대부분이며, 흙도 수많은 분자의 조합이라는 게 밝혀졌다. 그러니 돌이 금이 될 수 있다는 연금술의 믿음도, 불 너머의 세계에서 제5원소를 찾으려했던 그들의 노력도 이제 와서는 우스운 꼴이 되어버린 셈이다. 그러나 "나이의 무게"를 느끼며 현실이 가진 유한성과 모순에 맞서고자 선불리 시선을 거두지 않았던 지성의 모습은 "수천 년 전의 성인"의 모습이고, 그 옛날부터 팽이처럼 묵묵히 돌아가며 자신의 책무를 다한 이들 덕에 수소원자니, 산소원자니 하는 것들도 밝혀진 게 아닐까. 〈달나라의 장난〉에서 김수영이 느낀 "서러움" 역시 "속임 없는 눈으로" 세상을 보려했던 시인의 책무이자 무한히 확장될 시세계를 만들어내는 연금술이 아니었을까.

나는 시집을 주인에게 돌려주고 헌책방을 빠져나왔다. 이토록 오랫동안 기억될 책 한 권을 나도 남길 수 있을까 하는 생각을 하면서 말이다. 그 후로 삶에 치여 글쓰기를 등한시할 때마다 나는 김수영의 시를 읽는다. 그 속에서 읽히는 왠지 모를 서러움을 느끼며.

review

novel
→ **poem**
essay
etc

사물과 단어와 녹음 행위

서호준

내 생각에 이 책을 읽는 방법은 네 가지다.
표지만 읽기.
그냥 읽기.
사전으로 읽기.
시집으로 읽기.

나는 이 책을 구매하고 반년간 책상 위에 놔둔 채 펼치지 않았다. 가끔 집어 들어 표지를 읽고는 만족한 채 다시 내려놓았다. 표지만으로 즐거움을 주는 책.
아마 내가 가진 이 책의 표지는 모든 《모눈 지우개》를 통틀어 유일한 표지일 것이다. 왜냐하면 모든 《모눈 지우개》의 표지가 다르게 제작되었기 때문이다. 조금 더 자세히 설명하자면, 표지에는 본문의 구절들이 겹쳐서 찍혀 있는데, 마치 잘못된 파본처럼 보인다. 그리고 표지에 구절을 찍는 작업은 손으로 직접 했다고 한다. 나는 이런 태도가 오늘날 시단에 있어 대단히 중요하다고 생각한다. (물론 이 책이 시집이라는 증거는 없다) (라고 썼었는데 다시 처음부터 들여다보니 '일러두기'에 다음과 같은 명백한 증거가 있었다: '한 편의 시가 다음 면으로 이어질 때 연이 나뉘면 다섯 번째 행에서, 연이 나뉘지 않으면 첫 번째 행에서 시작한다')

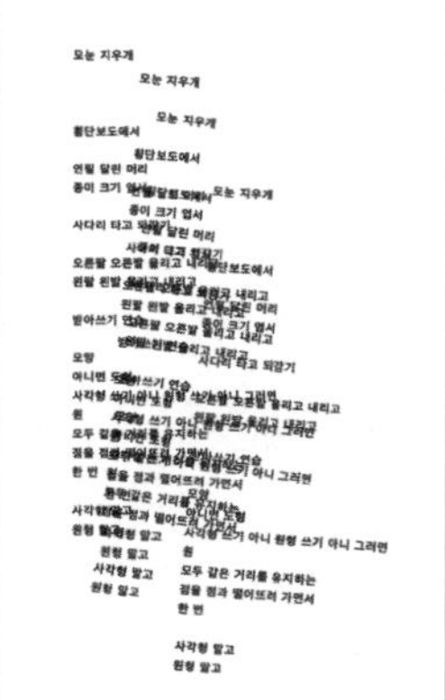

다시. 나는 이러한 태도가 오늘날 시단에 있어 대단히 중요하다고 생각한다. 지난 20년간 시집은 대부분 시인선의 형태로 출간되었고, 각 시인선

모눈 지우개 김뉘연 | 외밀 | 2020

은 판형과 디자인 양식이 동일했다. 한마디로 개성이 없는 표지다. 대기업 제품들 같달까. (최근 들어 창비시선이 이것을 바꾸려는 시도를 하고 있기는 하다) 《모눈 지우개》의 표지는 판매를 거부하는 표지다. 곱게 읽히기를 완강하게 거부하는 표지다. 왜 이렇게 제작했을까? 내가 느끼기에 이러한 태도는 무결함, 지겨움, 무심함, 반항심, 노파심 등으로 구성되어 있는 것 같은데 비율이 참 오묘하다. 궁금하면 직접 찾아보시라. 표지만 봐도 되니까.

반년이 지난 어느 날 나는 무심결에 이 책을 집어 들고 화장실로 향했다. 그리고 그냥 읽었다. 시 읽기에 질려버린 어느 날이었다. 나는 딱히 시집이라는 생각 없이 그냥 읽었고 술술 읽히면서도 뭐지 싶었으며 이해하거나 이해하지 못했거나 상관없이 자동으로 슬라이드가 넘어갔다. 그러다 가속이 붙었고 어느 순간부터는 거의 10초에 한 페이지씩 넘겼다. '뭐지?' 하는 의문도 들지 않았고(이 책이 가진 가장 무서운 힘 중 하나다), 응응 응응 하며 끝까지 읽었다. 화장실 안에서 한 권을 해치운 건 처음이었다. 아마 누군가 내 얼굴을 봤다면 어떻게 그렇게 무표정한 표정을 짓고 있냐고 했을 것이다. 심드렁한 것도 감정 없는 것도 아닌 기계의 표면 같은 표정 말이다. 다 읽었지만 나는 이 책을 책장에 꽂지 않고 다시 책상에 올려두었다. 그냥.

또 며칠이 지나고 나는 '이 책에 해설이 달려 있었나? 그럴 리 없지' 하면서 다시 책 뒷부분을 들추었다. 해설이 있어야 할 자리에는 '찾아보기'가 있었다. '찾아보기'는 말 그대로 '찾아보기'인데, 조금만 옮겨 보자면 가고 29 65 97 가기 87 가까워지려 72…… 다. 이 단어 색인이 책에서 차지하는 비중은 약 20%다. 일견 지독하다는 생각이 들었고, 한번 '찾아보기'를 따라 단어 몇 개를 찾아보았다. '가기'는 '거품에 휩싸여 가기'. '많이'는 '어제 너는 띄어쓰기를 많이 고쳤지'. 그러므로 이 책은 미니 단어 사전이기도 하다. 마치 천자문처럼, 천 단어 사전인 셈.

그리고 또 어느 날. 마침내 나는 이 책을 읽게 되었다. 앞서 말했듯 '일러두기'에서 이 책이 시집이라는 증거를 찾았기 때문이다. (내 독서의 9할 이상이 시집 독서다) 읽으면서 메모한 것들은 다음과 같다: 투명함. 사물에서 단어를 직접 길어 올리다. 기계가 인간인 척하네. 아니, 사이보그가 된 인간이 사이보그로 몇십 년 살다가 다시 인간이 되려고 애쓰는 건가. 언어 예술. 언어 실험. 아니면 언어 그 자체. 인간이 아니라 한국어에게 보내는 편지.

넘어졌다
공원을 걷다가
말들을 흘리다가
걸려
버려
넘어져
공원에
그래, 다시 공원에
항상 공원에
주머니에
휴지 있었고
그래서 공원에
공원에서

—〈잠에서〉 전문

(162쪽)

이 시는 너무 좋아서 옮겨 적어본다. 너무 좋아하면 안 되는데. 시 쓸 때 남의 시 떠오르면 곤란한데. 뭐 그런 생각이 들었지만 좋은 건 좋은 거니까. 그래, 다시 공원에. 나는 좋은 시를 사랑한다.

이상이 내가 행했던《모눈 지우개》의 네 가지 독서법이다.

review

novel
poem
essay
→ **etc**

만화방, 숙면을 부탁해

육호수

오늘 다른 평론가 친구와 통화를 했다. 내년에 나 돈 벌러 다시 학원 일 들어가야 할 것 같다고 말했다. 친구가 왜 그러느냐고, "이제 평론 등단도 했으니 비평 열심히 써서 벌면 되지"라고 말했고, 나는 "돈을 벌어야 시를 쓰고, 비평을 쓰지"라고 했다. 나는 이번에 받게 될 신춘 상금이 돈으로 보이지 않고 시간으로 보인다. 그만큼 책을 읽고, 시와, 시에 대한 글을 쓸 시간. 그렇겠지, 그래도 시보단 평론 원고료가 낫겠지. 하지만 난 내가 좋다고 생각한 시인에 대한 평론만 쓰고 싶다. 12월엔 시간이 없었다. 정말 바빴다. 한 달 동안, 매거진 기사 마감, 과제 마감, 프로젝트 마감, 산문 마감, 기획 마감, 세미나 마감, 번역 마감, 학회지 편집 마감, 기내책자 편집 마감 등등을 했다. 아마 몇 가지 일이 더 있었을 게다. 시간을 태워서 시간을 벌러 다녔다. 습작기에 너무 가난했으니깐, 어떤 날엔 침대 밑을 뒤져서 백 원짜리를 모아 삼각김밥을 먹으러 가기도 했다. 그 와중에 가난한 시인이라는 클리셰는 너무너무 싫고, 오는 일들을 거절하지 못해 닥치는 대로 했다. 글 쓰고 편집하는 프리랜서로 살면 직장 때보다 두 배의 일을 해야 먹고 살지만, 그래도 직장에 다닐 땐 시 창작이 잘되지 않았다. 내가 쓸 시간이 없으니깐. 어쩌다 시가 잘 써지는 순간에도, 초

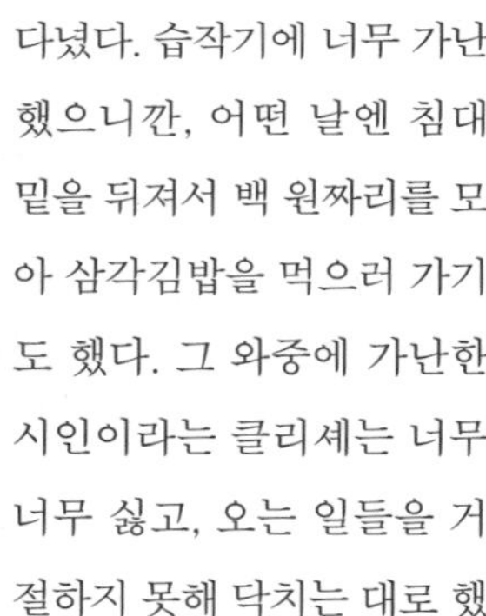

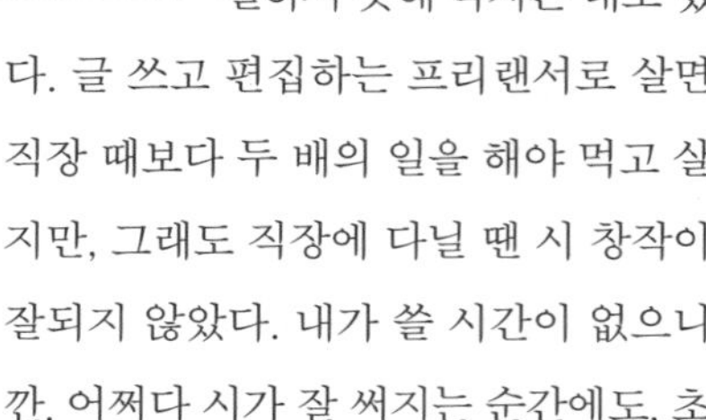

귀멸의 칼날 고토게 코요하루·야지마 아야 | 학산문화사 | 2017

고 쓰는 데 열 시간이 넘게 걸리는데, 일 마치고 시 쓰겠다 앉아 두세 시간 있다 보면 졸게 되고, 자야 했다. 문장과 문장이 끊기고 생각이 끊겼다. 끊어야 살 수 있었으니깐. 그때의 비참함이 아직도 잊히지 않는다. 시 쓰려고 일을 하는데, 일을 하느라 시를 쓰지 못한다니. 나는 내게 온 시와 문장들이 얼마나 귀한지 아주 객관적으로 알고 있고, 시인으로 지금 이 시기가 얼마나 중요한지 잘 알고 있다. 그래서 시를 써야 한다. 프리랜서 일들은 한 달에 삼 주 정도 주말 없이 밤낮 몰아서 작업하면 일주일 정도 나의 온전한 시간을 길게 가질 수 있었다. 그러면 한 달에 한 편 정도는 어떻게든 쓸 수 있다. 지난달엔 한 주 동안 열두 개의 인터뷰를 하러 다녔다. 지하철로 이동하는 동안엔 새로 나온 시집들을 읽었다. 어느 날엔 오전 인터뷰 사이에 시간이 두 시간 정도 떴다. 전날 시를 쓰겠다고 밤을 샜지만 한 줄도 제대로 쓰지 못했었기 때문에, 자야지 살 것 같았다. 그래서 굴 같은 개인 공간이 있는 만화방에 갔다. 굴 같은 방이지만, 지나다니는 사람들이 왜인지 신경 쓰였다. 잠만 자러 온 이상한 사람 같아 보일까 민망하기도 하고, 바로 잠이 올 것 같지도 않아서 만화책을 뽑아와 굴 앞에 쌓아놓았다. 그때 가져온 게 이 책이다. 《귀멸의 칼날》. 요즘 사람들이 《귀멸의 칼날》 이야기를 하는 걸 들은 것 같았다. 2권까진가 보다가 잤다. 도깨비가 나오는 만화였다. 평론가 친구에게 이 이야기를 하니 그거 넷플릭스에 나오잖아!라고 한다. 아 그래서 사람들이 이야기 하나 보다. 나는 넷플릭스를 깔지 않았다. 〈오징어 게임〉은 요약 영상으로 봤다. 남는 시간엔 시를 쓰려고 앉았다. 시를 쓰겠다고 산책을 다녀왔다. 여러 책을 휘적거렸다. 메모해둔 문장을 몇 시간 동안 붙잡고 노려보기도 했다. 대부분의 시간은, 쓰지 못했다. 혹시라도 나처럼, 바쁜 중에 잠깐 자러 만화방에 간 사람들에게 추천한다. 요즘 넷플릭스에서 해서 사람들이 많이 이야기하는 책이다. 자기 전에 보면 어떤 대화에 낄 수 있을지도 모른다. 도깨비가 나오고, 사람이 나오고, 칼이 나오는 만화다. 이 지면은 총 15매 분량인데, 나는 두 달 치 이야기를 다 했고, 아직 8.6매밖에 되지 않았다. 그래서 했던 말을 한 번 더 하려 한다. 위의 글을 퇴고하여 약 50% 줄여서 다시 쓸 건데 시간이 있다면 틀린그림찾기 하듯이 아래를 더 읽어보아도 좋다. 오늘 다른 평론가 친구와 통화를 했다. 친구는 최근에 아주 힘든 일이 있었다고 했다. 그러다 어떻게 사는지 이야기가 나왔고, 나는 내년에 돈 벌러 다시 학원 일 들어가야 할 것 같다고 말했다. 나는 이번에 신춘문예 평론에 당선되었다. 이 친구는 몇 년 전 이 친구가 처음 평론 등단했던 해 알게 되었는데, 친구한테 장난으로 "어이 평론가 '선배님'. 평론가는 글 써서 먹고살 수 있나요?" 물어보았고, 친구가 그래도 시인보다는 나은 것 같다고 말해주었다. 얼마 전 한국예술창작아카데미 문장의 소리 녹화에서 당선될 때 당시 어땠는지에 대한 질문이 나왔고, 나는 시 당선되기 전에 미리 당선 소감을 써놨다고 답변했다. 사회자께서 나보고 좀 얄밉다고 하셨던가? 그때 당시 마지막 퇴고를 마치고 나는 내가 될 것 같았다. 밤샘 퇴고를 마치고 카페에서 나오며 함께 퇴고했던 형한테, "미안한데 이번엔 내가 될 것 같다"고 하니, 그 형이 내기를 하자고 했다. 그 형과는 그 전에 네팔에 창작 여행을 갔던 적이 있었는데, 그럼 이번에 상금 받은 사람이 네팔 비행기 표를 사주는 것으로 하자고 했다. 그리고 내가 되었고, 우리는 다시 네팔로 창작 여행을 갔다. 이번 평론 당선 때는 당선 소감을 미리 쓰지 못했다. 왜냐하면 두 군데에 각각 다른 평론을 냈기 때문이었다. 두 곳 중에 한 곳은 어쨌든 될 것 같았는데, 어떤 곳이 될지는 잘 모르겠고, 둘 다 될 것 같지는 않았다. 그리고 두 개를 모두 써 놨는데 혹시라도 하나가 안 된다면 그건 엄청난 시간낭비 같았기 때문이다. 물론 시간이 있다면 썼었겠지만, 정말 시간이 없었다. 너무 바빴다. 12월 중순쯤, '서울에서 일하는 경기도민으로서 시간을 좀 더 효율적으로 쓰기 위해서는 중고차라도 사야겠다' 생각했고, 곧이어 '그래. 이번에 신춘 상금 들어오면 사야지' 생각하며 잠에 들었고, 다음날 당선 전화를 받았다. 그래서 어제 운전면허학원을 등록했다. 시간을 태워서 시간을 벌러 다닌다. 지금 쓰는 이 원고도 오전 6시에 쓰고 있는데, 밤새 꼬박 먹고살 일을 했다. 오늘 점심까지 서면 인터뷰 마감본을 매거진에 보내야 하는데, 답변지를 주기로 한 기업 담당자한테서 연락이 오지 않아 짬을 내어 이 글을 쓴다. 시 쓰려고 일을 하는데, 일을 하느라 시를 쓰지 못한다니. 나는 내게 온 시의 문장들이 얼마나 귀한지 아주 객관적으로 알고 있고, 시인으로 지금 이 시기가 얼마나 중요한지 잘 알고 있다. 참 많은 시인들이 이삼십대의 전성기 이후 은퇴한 운동선수처럼 형편없는 시를 쓰게 되는 걸 보았다. 내가 그렇게 될까 두렵고, 그러기는 정말 죽기보다 싫다. 처음 시를 쓸 무렵 시 선생님이 다른 학생들 있는 데서 내게 자기가 보고 가르쳐온 사람들 중에 ㅇㅇㅇ 이후 최고의 재능이라고 했다. 처음엔 그 말에 기뻤는데, 곧 나는 재능으로 쓰는 시인이 되고 싶지 않았고, 그때까지 썼던 시 대부분을 지웠다. 그 전엔 시를 쓰는 게 재밌고 쉬웠는데, 그때부터 어렵고 힘들어졌다. 그래서 다행이다. 죽을 때까지 딱 삼백 편만 쓰고 싶다. 이제 열다섯 매 넘게 썼다. 나는 이 글을 여기까지 읽을 수 있는 당신이 부럽다. 귀멸의 칼날 웅앵웅 당선소감 재능 등단 어쩌고. ■

어떤 빛들은

정은우

모든 문학작품에서 실낱같은 희망이라도 읽어내려는 행위는 지극히 습관적인 오독에 가깝다. 내가 학부 시절 최승자 시인의 시에 관한 리포트를 제출했을 때 들었던 평이다. 더는 고난을 겪지 않고 행복한 결말을 맞길 바라는 소망은 헛되다. 쓰는 손은 이미 결말을 정해두었고, 읽는 도중에 바뀔 리 없기 때문이다. 하물며 쓰는 손과 쓰이는 작품 사이의 경계를 없애는 건 과한 해석에 가깝다.

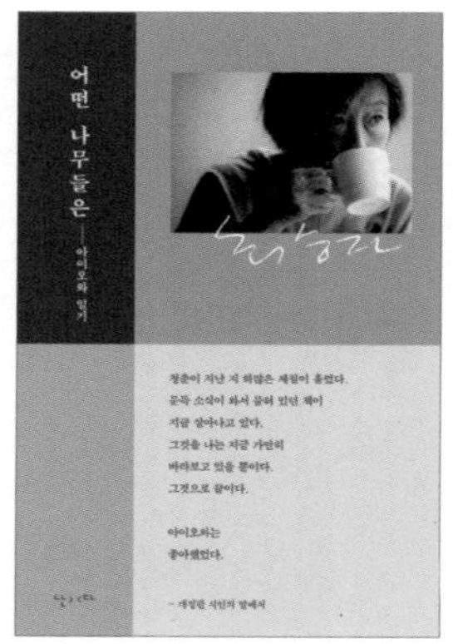

나는 쉬이 수긍하는 대신 사족을 달곤 했다. "그래도."

《이 시대의 사랑》(1981)부터 《빈 배처럼 텅 비어》(2020)에 이르기까지 내가 사랑하지 않을 수 없었던 최승자 시인의 시는 단 한 편도 없었다. 화자는 도무지 빠져나올 수 없는 악몽에서 절망한 채 천천히 잠기는 대신 깨어나기 위해 분투한다. 간신히 깨어난 현실에서도 몸부림은 끝나지 않는다. 그 결과 새하얀 자기 소진의 순간과 마주하게 된다.

그 분투를 더욱 사랑하게 된 계기는 최승자 시인의 아이오와 일기, 《어떤 나무들은》(1995)였다. 시인이 아이오와 대학에서 주최하는 인터내셔널 라이팅 프로그램(IWP)에 참석하면서 쓴 기록들을 엮은 책이었다.

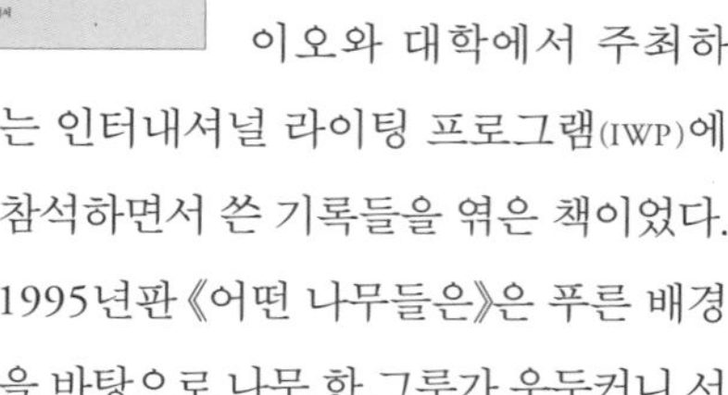

1995년판 《어떤 나무들은》은 푸른 배경을 바탕으로 나무 한 그루가 우두커니 서

있는 그림이 흰 표지 하단에 자리했다. 바다를 그리워하는 나무.◆

한국을 떠난 교민들은 한국에서 온 시인을 바라보며 돌아갈 수 없는 과거를, 돌아가지 않을 과거를 그리워한다. 최승자 시인은 아이오와와 한국 중 어느 쪽을 더 그리워했을까. 나는 한국을 떠날 수 없었다. 갈 수 없는 나라가 그립고 영영 변하지 않을 거라는 불안이 나를 엄습할 때마다 학교 도서관을 찾아가 시인의 아이오와 일기를 읽었다.

마지막으로 그 책을 펼쳤을 때, 나는 예상치 못한 문구와 마주쳤다. 누군가가 책 한구석에 연필로 "우울증을 고치려면 신을 믿어야 한다"는 요지의 메모를 적은 것이다. 이 책을 읽을 다른 누군가를, 시인을 위한 충고였는지 아니면 메모지가 없어 보이는 대로 끼적거린 것인지는 알 수 없었다.

순진한 호의는 멍청한 악의로 변모하기 쉽다. 얼마나 꾹꾹 눌러 썼는지 지우개로 몇 번을 지워도 그 흔적이 남았다. 차라리 주인을 모르는 전화번호나 밑줄이라면 모를까. 나는 하마터면 책 도둑이 될 뻔했다. 《어떤 나무들은》이 난다 출판사에서 다시 출간된다는 소식을 들었을 때 얼마나 기뻤는지 모른다. 흡사 사면이라도 받은 기분이었다.

프로작의 나라에서

미국은 거대한 디즈니랜드다. 무엇이든 마음만 먹으면 해낼 수 있다는 환상, 전지전능함을 표방한다. 틀린 말은 아니다. 돈만 있다면 가능하다. 피지의 몇 안 되는 작가이자 최승자 시인의 룸메이트 쇼나는 미국에서 소설을 쓸 수 있기를 바라며, 많은 문인과 교류하면서 자신의 문학을 더 풍성하게 가꾸는 한편 피지 문학을 알리고자 했다. 반면 다른 참가자 리오넬은 회의적인 태도로 일관한다.

쇼나는 미시시피강을 보고 실망한다. 너무 작고 보잘것없다고 투덜거리는 쇼나에게 시인은 말한다. "미시시피강이 우리를 속인 게 아니라 우리가 미시시피강에 속아 넘어가길 원했던 거겠지. 자진해서."◆◆ 낭독 행사나 교류전이 계속 열리지만 정작 미국 문인들은 권태롭고 냉소적인 반응을 보일 뿐이다. 아프리카관이니 다른 민족 문화를 소개한다는 전시도 그럴싸한 포즈로 그칠 뿐이다. 그저 이유 모를 파티만 이어지며, 보이는 계속 "파티가 싫다"며 자리를 피한다. 그는 파티가 아니라 글을 쓰기 위해서 왔기 때문이다. 쇼나는 다시 실망한다.

시인은 쇼나나 리오넬처럼 회비를 느끼는 대신 관조한다. 인터뷰 참여자가 영어가 서툰 참가자 위주로 선정되었다는 점

◆ 〈1994년 9월 7일 수요일〉, 《어떤 나무들은》, 난다, 2021, 51쪽.

◆◆ 〈1994년 10월 4일 화요일〉, 같은 책, 132쪽.

을 꿰뚫는 한편 참가자들을 밴에 태워 이리저리 돌아다니면서 서커스의 원숭이처럼 내보인다는 지적도◆ 서슴지 않는다. 시인은 이 '프로작의 나라'에서 몇 안 되는, '우울증의 맨 밑바닥에서 헤매'는 사람이다.◆◆ 우울은 수천 개의 바늘로 만든 침대와 같다. 속아 넘어가고 싶어도 속을 수 없고, 속일 수도 없다.

미국은 모든 것이 가능하다고, 불가능하다면 그건 개인의 의지 문제라고 대답한다. 우울증은 질병이고 숨겨야 할 약점이다. 무엇이든 가능하지만 어떤 것도 불가능하다. 이 강박은 미국이 숨겨왔던 황금만능주의와 빈부격차에 따른 계급화를 외적으로 드러나게 만든다. 당분은 우울한 기분을 들뜨게 만드나 그 우울함은 사라지는 대신 지방으로 남는다. 부자들은 운동으로 살을 빼면서 바비와 켄이 되지만 빈자들은 살에 파묻혀 관리 부족이라는 비난을 받기 일쑤다.

항우울제인 프로작을 체중 감량에 효과적이라고 홍보하는 한편 혼수상태를 사소한 부작용으로 치부하는 태도는 우울과 혼수상태를 동일시하는 미국인들의 사고를 반영한다. '우울한 나는 내가 아니다.' 그렇다면 혼수상태에서 깨어났을 때 마주하는 이 전지전능한 세상을 진짜 현실이라고 할 수 있을까?

희망은 가짜 환상들을 깨부순 후에야 존재할 수 있다. 최승자 시인은 이 전지전능한 불가능의 나라에서 역설적으로 희망의 가능성을 발견한다. 몸부림치며 깨어나도 현실의 억압을 떨쳐낼 수 없는 나라에서 온 시인은 자신이 전지전능한 억압이라는 환상에 사로잡혀 있었다는 사실을 깨닫는다. 어디에도 완벽한 이상향은 없으나 완벽한 지옥도 없다. 모두 환상일 뿐이다.

뷰티풀

그 환상을 깨부수고 변할 수 있다는 희망을, 꿈을 지니고 있는 이상 시인에게는 다른 희망이 필요 없다. 그 묵묵한 의지는 스트롱strong, 파워풀powerful, 디스트럭티브destructive한 한편 아름답다beautiful. 한때 미국에 실망했던 쇼나는 피지로 돌아가는 길에 시인에게 전화로 미처 하지 못한 작별 인사를 한다. "절망에 빠지지 마, 열심히 쓰도록 해. 나는 괜찮아. Don't be miserable, Work hard, I'm all right."◆◆◆

이전까지 시인에게 시를 쓰는 행위는 구원이나 희망이 아니라 억압이라는 가위눌림에서 깨어나기 위해 끝없이 비명을 지르는 것과 같았다. 이 비명을 들을 수 있어야, 이 비명이 자신의 입에서 나온다

◆ 〈1994년 10월 8일 토요일〉, 같은 책, 140쪽.

◆◆ 〈1994년 12월 4일 일요일〉, 같은 책, 310~314쪽.

◆◆◆ 〈1994년 11월 27일 일요일〉, 같은 책, 303쪽에 표기된 쇼나의 말을 의역한 것이며, 본 책에는 번역 없이 원어 표기만 되어 있다.

는 사실을 알아야만 비명을 그칠 수 있다. 쇼나가 그 모든 환멸에도 문학을 사랑하기로 마음먹었듯이 시인 역시 계속 사랑하기를 멈추지 않는다. 국적과 언어가 다른 참가자들은 이 유일한 공통점으로 가까워질 수 있었다.

마치 스스로 문을 열고 들어가지 않으면 영영 들어갈 수 없는 프란츠 카프카의 문처럼, 시인은 자신을 가두고 있던 감옥 문을 언제든 열고 나갈 수 있다는 사실을 깨닫는다. 이 기만과 생명의 나라에서. 시인은 한때 견고해 보였던 철창과 자물쇠가 시간이 지나 녹슬고 무뎌졌다는 사실을 깨닫는다. 그 깨달음의 순간은 기쁘고도 허망하다.

시인은 아이오와에서 한 편의 시도 쓰지 못한다. 아이오와의 사과밭에서 마주한, 무엇 하나 아름답지 않은 게 없는 풍경에서 시인은 초조해하지 않는다. 오히려 그 모든 환상 저변에 있는 희망, 변화의 가능성이 자신 안에 천천히 가라앉고 있기 때문이다. 떠나기 전에 다 먹을 수 없을 만큼 많은 사과처럼.

물론 완전히 극복했다는, 극적인 결말 역시 환상에 가깝다. 시인은 섀덕 스트리트 모퉁이에서 마주한 걸인 남자의 눈을 마주한 순간 다시금 잊고 있었던 공포에 젖는다.◆◆◆◆ 그 퀭한 눈 너머로 남자는 계속 비명을 지른다. 그는 자신이 지르는 비명을 미처 듣지 못했다. 시인 역시 자신이 지르는 비명을 듣지 못하고 영영 깨어나지 않을지도 모른다고 생각했다. 그 두려움은 영영 과거로 묻히는 대신 몇 번이고 기회가 될 때마다 시인을 찾아들 것이다. 절망을 아는 자는 절망하는 자를 두려워한다.

시인은 계속 쓰고 있다. 김민정 시인이 《GQ KOREA》 2009년 4월호에서 진행한 인터뷰에서 최승자 시인은 기운이 닿는 한 계속 쓰겠다는 뜻을 밝혔다. 일견 이상하게 보이더라도 시인이 쓴 시는 그 모든 절망의 순간을 어떤 환상도 없이 통과해온 과정이자 결과라 할 수 있다. 그 짤막한 의지로 아이오와의 순간들은 이미 지나가 퇴색된 과거가 아니라 여전히 시 속에서 살아서 꿈틀거리는 무언가가 된다. 그러니, 아름다울 수밖에.

◆◆◆◆ 〈1995년 1월 8일 일요일〉, 같은 책, 391~392쪽.

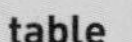

생계

✳

구혜경/김건영/김지연/
김홍/박강산/서호준/
육호수/정은우

김건영 안녕하세요. 어쩌다 보니 사회를 맡게 된 김건영입니다. 이번 2021년 예술창작아카데미의 일정이 마무리되어가는 중인 것 같습니다. 코로나 시국이라서 많은 교류를 하지 못한 것 같아 아쉬운 마음입니다. 같이 식사를 하거나 차를 마시는 행위는 생존을 위한 수단이면서 사회적 교류의 중요한 방식이라는 사실을 새삼 깨닫는 중인 것 같습니다. 식구(食口)라는 단어가 있지요. 가족의 범주와 비슷하면서도 또 다른 집단입니다. 직장이라든가, 지금 여기 모이신 분들도 동종업계 종사자로서의 식구로 묶어볼 수도 있을 것 같습니다. 사실 글을 써서 돈을 벌어 먹고산다는 것은 불가능에 가까운 상황이지만, 글을 써서 먹고산다는 상징성을 가진 사람들이라는 범주로서의 동료인 식구 말이지요. 앞서 말씀드린 대로 요즘 젊은작가들끼리의 교류가 이전보다 훨씬 줄었다는 생각을 합니다. 원인이야 여러 가지가 있겠지만요. 지금은 점조직화되어 있는 것 같습니다. 그래서 이렇게 많은 시인, 소설가분들과 이야기 나눌 수 있는 자리가 귀하고 중요하겠지요. 옛날 선배 작가들 이야기를 들어보면 변한 건 그다지 없는 것 같습니다. 만나면 넌지시 집에 쌀은 안 떨어졌는지를 물어보는 일이 일상적이었다고 합니다. 몇몇 유명 작가들 빼고는 글을 써서 생계를 유지할 수 없는 것은 오래전부터 당연한 일이었던 것 같습니다. 물론 이 부분에서 반대 의견도 있습니다. 원고를 써서 얻는 수입은 당연히 기대할 수 없는 수준이지만, 강연이나 작가로서의 대외활동으로도 충분히 수입을 얻을 수 있다는 주장이 있습니다. 다만 요 2년 즈음은 그러한 대외행사나 활동이 거의 정지한 수준이라서 이 부분 또한 큰 문제라는 생각이 듭니다. 거기에 더하여 작품 활동을 시작하면서는 이러한 부대수입을 기대하기 힘들다는 사실도 주의 깊게 살펴야 할 것 같습니다. 대부분의 동료 작가들을 보면 등단 5년 차 정도까지는 강연이나 행사를 할 기회를 얻지 못하는 상황이었던 것 같습니다. 도서관 상주 작가 지원사업이나 서점 지원사업 등의 경우를 예로 들어도, 최소 등단 5년 차 이상에 작품집을 한 권 이상 발간한 작가를 기준으로 사업이 꾸려지는 상황입니다. 그래서 젊은작가들이 특히 이런 부분에서 취약한 것 같습니다. 지금 우리가 모이게 된 계기인 한국예술창작아카데미 사업이 젊은작가들을 지원하기 위해서 만들어진 사업이겠지요. 여기 선정된 이 자리의 여러분들과 대담에 대한 주제를 정하며 좀 서글펴졌습니다. 각자 품고 있는 문제의식이 한 곳으로 모아보니 '생계'라는 주제어가 만들어졌습니다. 여전히 우리는 궁지에 몰려 있고 국가의 지원사업에 선정되기 위해 동료 작가들과 경쟁해야 하는 현실이 떠올랐습니다. 지원사업의 방향성과 예산 편성부터 정부기관이 문학 분야를 지원할 때의 태도 같은 것도 이 부분과 같이 묶일 수 있을 것입니다. 혹자는 이런 말을 하기도 합니다. 작가는 가난해야 좋은 글을 쓴다, 라고요. 그러나 안 그런 경우도 많다는 사실을 우리는 알고 있습니다.

언젠가 제비에 관한 글을 읽은 적이 있는데, 거기서 인상적이었던 내용을 말씀드리며 안부를 물어보고 싶습니다. 부모 제비가 둥지로 먹이를 물어 와서 새끼들에게 먹일 때 어떤 새끼에게 먹이를 줄지 판단하는 기준은, 입을 더 크게 벌리고 더 크게 우는 모습이라고 합니다. 정부의 예술지원사업의 기조를 보거나, 세간의 인식을 떠올려보면 우리들은 너무 얌전했던 게 아닐까를 고민합니다. 작가들이 처한 현실과 대외적인 모습이 다르기 때문이겠지요. 참을성과 사려 깊음을 미덕으로만 삼다가 정말로 굶어 죽을지도 모른다는 생각이 듭니다. 한 개인의 문제가 아니라 앞으로 이 길을 걸을 더 젊은작가들까지 떠올려보면 말이지요. 집에 쌀은 안 떨어졌는지, 어떻게 생계를 유지해가시는지를 안부 인사와 함께 나눠볼까요? 한 분씩 부탁드립니다.

박강산 근로소득과 기타소득 포함해 종합소득세를 내며 살고 있는 박강산이고요. 돌이켜보면 저는 대학교 졸업 학기부터 취업을 하다 보니 온전히 전업작가로 살아본 적이 없어요. 그래서인지 작가로서 생계라는 문제를 진지하게 고찰해본 적이 없는 것 같아요. 만약 근로소득을 온전히 빼고 원고료로 생계를 유지할 수 있는가 질문했을 때는 굉장히 답하기 어렵네요. 이 문제를 진지하게 고찰해볼 시기라고 생각해요.

정은우 소설 쓰는 정은우라고 합니다. 코로나로 인해서 거리두기가 시작될 즈음 학원에서 강사로서 일하면서 글을 같이 쓰고 있었어요. 거리두기가 본격적으로 시작되면서 비대면 수업 방식이 시행되었고, 아이들의 감염 문제나 방역에 대한 부담이 있다 보니까 결국 스트레스로 인해 작년 즈음 일을 그만두었어요. 지금까지는 여러 곳에서 외주를 받고 계속 투고를 하면서 생계를 유지했어요. 앞서 말씀하신 박강산 소설가처럼 전업작가라기보다는 외주로 생계를 해결하면서 글을 쓰고 있습니다.

김지연 저는 소설 쓰는 김지연입니다. 소설만 써서는 절대 먹고 살 수 없다고 말하는 걸 많이 들었기 때문에 당연히 다른 직업이 있어야 할 것 같다고 생각을 했어요. 그래서 일을 하고 있는데 글 쓰는 것과 함께 하려고 하다 보니 일도 제대로 못 하고 있는 것 같고 소설도 제대로 못 쓰고 있는 것 같다는 생각이 많이 들어요. 어릴 때는 이게 가능했던 것 같은데 점점 나이가 들면서 체력도 쇠하고 있고 여러 가지로 힘든 점이 많아서 요즘은 이 둘을 어떻게 조화를 이루면서 해나가야 할지 고민을 많이 하고 있습니다.

육호수 저는 시 쓰는 육호수고요. 저도 비슷합니다. 사실 시로는 수입이 변변치 않아서요. 예전에 함민복 시인이 96년도에 시 한 편에 3만 원이라고 썼었는데 2021년도에도 물가상승률을 생각해보면, 그때 아파트 한 채 값과 지금 아파트 한 채 값을 생각해보면 그때보다 지금이 훨씬 낙후되었지 좋아졌다고는 보기 어렵고요. 일단 지금 시를 써서 돈을 번다는 생각보다는 문예지에 내 시를 기부한다는 생각으로 써서 보내고 있습니다. 그 외에 생계로는 두세 군데 정도 매거진 에디터로 일을 했고요. 학원가에서 자소서 첨삭 같은 일도 하고, 대학원 두 군데에서 연구 보조자로 일하고 있고, 시 모임도 운영하고 있고요. 또 영어 과외도 하고 있고요. 6~7가지 일을 하면서 지내고 있습니다.

구혜경 저는 소설 쓰는 구혜경입니다. 제가 알기로는 아마 제가 여기서 유일한 비전공자일 텐데요. 저는 경영학과 상담심리학을 복수 전공했고요. 저는 스무 살 때 독립을 해서 일을 굉장히 빨리 시작했어요. 글을 쓰기 시작한 건 고등학교 때 출판사에서 제의를 받은 게 시작이어서 글도 일찍 쓰기 시작했는데, 좀 오만한 생각이지만 당시에는 틀에 박히는 공부를 하면 안 되겠다고 생각해서 대학 진학할 때 진로를 아예 틀었어요. 글에 대한 업무도 스무 살 때부터 꾸준히 했고요. 직장에 취업할 때는 경영학이라는 전공을 살리게 되더라고요. 코로나19 이전에는 마케터 업무를 주로 했습니다. 글을 쓰면서 심리학 전공을 살릴 수 있고 창조성이 요구되는 경영학 직종 중 하나라서 마케터 직종을 했고, 글 쓰는 업무는 가리지 않고 많이 했는데 블로그 상업성 원고 쓰는 일부터 유튜브 시나리오 작성을 꾸준히 했고요. 지금도 유튜브 시나리오 작성을 하고 있습니다. 분야는 가리지 않고 하고 있는데 지금은 법률 원고를 쓰고 있어요. 전문성 있는 원고를 많이 쓰다 보니까 그쪽으로 들어와서 지금은 유튜브 시나리오 원고 작업을 하고 있고. 소설과 관련된 작업으로는 전작을 낸 출판사에서 차기작 작업을 하고 있고. 에세이 작업을 또 많이 했어요. 제가 이전에 여행 에세이로 상을 한 번 받은 적이 있는데 그걸 좋게 봐주시는 분이 계셔서 여행 에세이 기고를 하면서. 한 분야로는 생계 유지가 안 되다 보니까. 최근에는 웹소설 제의를 받아서 그 분야를 제대로 공부해서 해볼까. 이전에는 한 번 실패했었거든요. 잘 안 맞는 분야였는데 그 부분 공부를 하고 있습니다.

서호준 될 대로 되라며 살고 있고요. 수입은 현재 없고 부모님 집에 얹혀살고 있고 돈을 잘 안 씁니다.

김 홍 저는 소설 쓰는 김홍입니다. 직장에 잠깐 다니기도 했는데 지금은 일을 안 하고 있어요. 안 벌고 덜 쓰자는 주의로 버티고 있습니다.

김건영 일단 직업과 작품 활동을 동시에 하고 있는 분들이 있고, 저와 비슷하게 수입이 많이 없어서 지출을 줄이는 방식으로 살고 있는 분들이 있는 것 같습니다. 아무래도 시와 소설 장르가 좀 다를 것 같은데요. 시 장르는 아무래도 겸업할 때 조금 낫거든요. 한 편 한 편 들이는 공력이야 비교를 할 수 없지만, 이것들이 틈틈이 한 편 한 편씩 집중할 수 있거든요. 소설은 조금 어려울 것 같습니다. 그런 부분에 대해 말씀해주실 분이 계실까요? 이런 부분이 소설 쓸 때 힘들다. 직업과 작품 활동을 병행할 때의 고통?

김 홍 저는 일을 할 때 글을 어떻게 썼나 돌이켜보면 잘 못 썼던 것 같아요. 일을 덜 열심히 하면서 그 힘을 아껴서 글을 쓰자고 생각했는데 막상 일을 해보니까 생각 같지 않더라고요. 집에 돌아와서 회복하는 시간도 필요하고 회복하다 보면 밤이 오고, 밤이 오면 자고 아침에 일어나고, 출근하다 보면 힘 빠지고. 그래서 그만뒀고요.(웃음) 그래서 다른 분들이 겸업을 어떻게 하시는지 궁금했어요,

김건영 현재 겸업 중이신 분도 얘기를 해주시면 좋을 것 같아요. 김지연 소설가께서는 둘 중 하나를 어떻게 해야 할지 고민 중이다, 놓고 싶지 않다고 이야기하셨는데 지금은 어떠신지 궁금합니다.

김지연 퇴근 후 저녁에 글을 쓰는 것이 예전에는 가능했어요. 몇 년 전만 해도 저녁에 카페에 가서 한두 시간이라도 조금 쓰고 집에 와서 하루 일과를 마무리하거나

주말에 쓰곤 했어요. 그런데 지금은 평일 저녁에는 어떤 걸 할 힘이 남아 있지 않고, 주말에는 또 잔뜩 밀려 있는 집안일을 해야 하기 때문에 시간을 내기가 어렵고요. 결국은 연휴 때 쓰거나 연차를 내서 쓰고 있는데 쉽지만은 않은 것 같아요. 다행히 마감이 그리 많지는 않은 편인데 그래도 마감과 상관없이 쓰고 싶은 소설을 쓸 수 없으니 아쉬운 것 같고요. 만약 글을 써서 어느 정도의 수익을 낼 수 있고, 그걸로 생활이 된다면 그렇게 하는 게 제일 좋겠지만 안 되니까 어쩔 수 없는 것 같아요. 그래서 열심히 체력을 길러야겠다. 체력을 기르려면 운동을 해야 하는데 그것도 짬이 잘 안 나서 고민만 하고 있습니다.

김건영 그게 약간 딜레마 아닌가요?(웃음) 아까 박강산 소설가께서는 꾸준히 일을 해오셨다고 했는데 한 말씀 부탁드립니다.

박강산 우리가 생계에 대해 이야기한다는 것 자체가 그 과정이 힘들고 대단히 번거롭다고 할지라도 지속적으로 창작 활동을 이어가고 싶기 때문이잖아요. 다들 그런 최소한의 당위성을 가지고 있으실 텐데요. 제가 이 작업을 꾸준히 수행하기 위해 선택한 것은 집을 옮기는 거였어요. 집을 직장과 가까운 곳에 구해서 생활 전반을 온전히 도보로만 해결할 수 있게 한 거죠. 한편으로는 그런 생각이 들더라고요. 내가 글쓰기를 계속하기 위해선 내 삶의 테두리를 다 바꿔야 하는구나. 내 영역 밖의 공간에서 지내면서 무엇이 더 값진 것인지를 선택해야 하는구나. 그렇게 계속 저울질을 하게 된 거죠. 내 삶과 글쓰기의 가치에 대해서. 그런 고민을 계속하게 만드는 게 생계 문제의 쟁점인 것 같아요.

김건영 말씀 감사합니다. 그러면 시인 이야기를 들어볼까요?

서호준 박강산 소설가 말이 중요한 것 같아요. 계속 쓴다는 게 다른 걸 많이 포기하고 희생하는 거잖아요. 저도 4년 전까지 일을 했었는데 일할 때 일하고, 체력적으로 힘드니까 운동하고 집에 오면 10시 정도 되는데, 시 한 편을 쓰는 데 드는 시간이 천차만별이긴 하지만 그날 당일 시 한 편을 쓸 수 있기 때문에 한 편을 쓰고, 안 되면 안 쓰고. 그런 식으로 살았어요. 그때는 육체적으로 정신적으로 건강했었거든요. 체력도 좋고 멘탈이 좋으면 할 수 있는 것 같아요. 그런데 삶이 다 좋을 수는 없잖아요. 뭔가 어떤 부분에서는 안 풀리고 그러면, 좀 무너지면 도저히 안 되는 것 같아요. 완벽한 상태가 아니면 병행하기 힘든 것 같아요. 거기서 운동이 빠지면 체력적으로 힘들 거고, 시 쓰기가 빠지면 시를 안 쓰게 되겠죠. 그런 상황에서 저는 일을 그만뒀고. 시는 언제든 쓸 수 있으니까 좋은 점도 있지만 달리 말하면 언제든 쓰지는 못하잖아요. 가령 시 쓸 시간이 하루에 밤 10시부터 12시까지 주어졌다고 했을 때, 그 시간에 딱 맞춰서 쓰기는 힘든 것 같아요. 시는 안 써지면 진짜 안 써져서 짬이 있다고 해서 쓸 수 있는 건 아닌 것 같아요. 짬이 없다고 해도 쓸 수는 있지만 그런 게 힘든 것 같아요.

육호수 저는 2~3년 전에 김중혁 소설가가 했던 말이 기억나는데요. 자신에게는 여러 가지 김중혁이 있는데 그 여러 명 중에 소설가 김중혁이 자신을 먹여 살리고 있다는 이야기를 했는데 저도 좀 비슷한 것 같아요, 여러 가지 일을 하고 있는 제가 있고,

걔네들이 불쌍한 시인 육호수를 먹여 살리고 있지 않나. 그렇게 생각하고 있습니다. 저도 직장하고 시 쓰는 것하고 모드(mode) 전환이 바로바로 되지 않아서 많이 힘들었던 것 같아요. 평일에는 되게 힘들었고요. 저는 예전에 길게 여행을 다니면서 쭉 이어서 생각을 시로 쓰는 경우가 많았어요. 한 편의 시를 2~3주 정도 계속 생각을 하면서 이어 나가는 작업을 했었는데 그게 습관이 돼서 그런지 겸업할 때는 일을 하면 생각이 끊기게 되더라고요. 퇴근 하고 2~3시간 앉아서 이제 한 문장 두 문장 나오는데 지금 안 자면 내일 출근을 못 하고, 그래서 어쩔 수 없이 그만해야 하는 상황이 좀 많았어요. 그래서 학원 일을 하다가 1년을 채우고 그만두게 됐고요. 계속 쓸 수 있는 미래가 무엇일까? 생활을 하면서도 시인일 수 있는 방법을 여러 가지 생각해봤는데요. 세상 물정 모르고 하는 말일 수도 있겠지만, 대학 강사가 된다면 큰돈을 벌지는 못하겠지만 방학이 있는 삶을 누릴 수 있지 않을까. 방학 두 달 중 한 달은 다른 일을 한다고 해도 여름에 한 달, 겨울에 한 달은 온전히 시를 쓰고 나를 위해 읽고 쓰는 일을 할 수 있지 않나 생각을 해요. 그래서 대학원을 다니고 있고요. 물론 그것 때문이 아니라 '학술 연구를 하고 싶어서'라고 이야기해야 하겠지요. 1년에 적어도 두 달의 시간을 시(창작)만을 위해서 확보할 수 있지 않을까? 그런 생각과 기대를 하며 열심히 등록금 대출을 받아 가며 대학원을 다니고 있습니다.

김건영 말씀 감사합니다. 제가 장난 삼아 후배랑 서울 공기값을 계산해본 적 있습니다. 서울에 사는 사람들과는 다르게, 지방에 살다 서울로 올라온 사람들을 떠올려 봤거든요. 최저로 잡아도 방세 30만 원 정도에, 식비, 통신비, 교통비를 더하면 최소 80만 원이 들더라고요. 서울 공기값 80만 원을 떠올려보니, 지금 공통적으로 나오는 이야기, 문학이 생계에 도움이 안 된다는 사실을 새삼 곱씹게 됩니다. 오히려 마이너스잖아요. 육호수 시인 말씀처럼 그렇게 생각하는 이들이 많아요. 문학은 다 부양가족이다. 나를 먹여 살려주는 존재가 아닐뿐더러, 돈이 무한히 들어가잖아요. 아까 박강산 소설가 말씀도 인상적이었는데 자기 삶의 테두리를 깎아나가면서 거기에 투자를 해야 하는 거니까요. 그리고 거기에서 튕겨나온 사람들은 직장이나 그런 걸 그만두게 되잖아요. 저도 습작기에는 집에 도착해서 컴퓨터를 켜는 순간이 새벽 1시였어요. 바짝 집중해서 두 시간 정도 글을 쓸 수 있는데 그렇게 집중해서 글을 쓰고 나면 온몸이 아프더라고요. 그래서 주말 동안에는 아파서 잠을 자거나 너무 과도한 스트레스 때문에 술을 먹고 앓아눕거나였지요. 이런 삶을 계속 살아왔던 거예요. 그렇게 혹사시킨 영향이 사십대에 드러나서 온몸이 아프기 시작했습니다. 문학과 함께 내 몸에도 돈을 계속 쏟아 부어야 하는 상황이 왔습니다. 면면을 살펴보니 여러분들보다 제가 더 우악스럽게 살아온 것 같습니다. 여러분들은 이렇게 되지 않기를 바랍니다. 하루라도 빨리 관리를 시작하길 바랍니다. 건강해야 어떻게든 오래 쓰지 않겠습니까.

이런 이야기를 하다 보니까 문학지원제도 관련해서 질문이 있어요. 작년에 예술원

제도 문제가 크게 저희들에게 다가왔잖아요. 실체를 알고 있던 분들도 계시고 몰랐는데 알고 보니 화가 나더라, 이렇게 이야기하신 분들도 계셨어요. 예술원 활동이 거의 전무하다시피 하고, 들어가면 종신제고, 밀실회의에 선정되는 과정도 불명확한 데다가 활동비도 상당히 크고. 상대적 박탈감이 컸는데 이런 부분에 있어서 다른 곳도 마찬가지인 것 같아요. 사실 저희가 수혜자이긴 하지만 어떤 때 지원사업을 보면 받는 사람만 받는 것 같고, 그다음에 유명세가 있는 분들에게 더 가는 것 같고. 까놓고 보면 저희 다 가난해서 얼마나 받겠어요. 다른 분들도 가난한 거 뻔히 알지만 상대적으로 이런 문제가 있다는 걸 인식하고 계신 분들도 있거든요. 다른 분들 생각은 어떠세요? 예술원 문제나, 지원사업 전반에 관한 이야기를 해주셔도 좋을 것 같습니다.

김 홍 저는 근본적인 문제는 어떤 제도 하나하나의 문제가 아니라 시장 자체가 쪼그라들어 있고 스몰마켓small market이 되어 있기 때문에 어떻게 하기 힘든 상황에 이르렀다고 생각하거든요. 제가 생각할 때는 총체적 난국인 것 같아서 특정 제도나 특정 사업의 문제라고는 생각이 들지 않아요. 다 망한 것 같고.(웃음) 근데 따지고 보면 세상에서 망해가지 않는 그런 분야 딱히 없지 않나 싶기도 하고.

김건영 다 망해가는 중이다?

김 홍 네네.

김건영 서호준 시인은 어떠세요?

서호준 예술원을 봤을 때는 사실 좀 많이들 거기에 대해 분노하고 하셨는데 저는 거기에 대해 분노하는 사람들한테도 좀 분노를 했어요. 저한테는 너무 먼 이야기고 무엇보다 비판의 대상이 되는 그 사람들은 지금 활동하는 작가가 아니잖아요. 정치인이 낙하산으로 공기업 사장 되는 그런 정도의 먼 느낌이었고, 제가 그걸 지적하는 사람들에게 왜 짜증이 났었느냐면은 이게 지금 문학판에서 제일 심각한 일인가? 하는 생각이 들었어요. 당연히 개선해야 할 일인데 우리가 당면한 일이 아니라 멀리 있는 일처럼 느껴졌어요. 지원제도에 대해 이야기하자면, 국가 차원에서 지원을 하는 건 문화예술위원회와 서울문화재단이나 각지의 문화재단이 하고 있잖아요. 대산문화재단 같은 사기업도 있고 한데 어느 곳이든 액수가 절대적으로 적은 것 같아요. 사업을 잘하고 있다, 못하고 있다 말하기가 뭐한 게, 사업은 잘하고 있는데 그냥 액수가 너무 적어요. 저는 아르코Arko에서 문학지원사업 관련 공고가 뜨면 눌러보고 총 사업비가 얼마인지 확인하는데 미미하죠. 다 미미하고. 한 번은 제가 1년 치의 문학 관련 사업 숫자를 다 더해서 1년 사업비 총액을 계산해봤는데 100억 이하였어요. 문학산업 전체에 대해 100억이라고 생각하면 정말 조그마한 액수죠. 지원제도의 문제냐 하면 지원액수의 문제고, 이걸 늘리는 건 저희가 할 수 있는 일도 아니고. 그렇죠.

김 홍 그 100억이라는 돈을 직접적으로 개개인한테 수혜를 주는 그런 방법도 있지만 문학나눔 같은 사업이 저는 조금 더 바람직하다고 보거든요. 인프라를 넓히고 도서관이 지역마다 있다고 하지만 도서관은 많을수록 무조건 좋다고 생각하거든요. 책을 냈을 때 최소한의 물량을 소화해줄 수 있는 역할로 지원금이 쓰였으면 좋겠다 싶어요. 사적으로 개개인에게 나눠주다 보니까 형평성을 생각하게 되는 게 아닐까 생각이 듭니다.

서호준 절대적인 액수에 대한 이야기를 했잖아요. 그 생각을 하다 보면 이런 생각이 드는 거죠. 문학이 지원의 대상이어야 하나? 예술이 지원의 대상이어야 하나? 이건 많이들 하는 논쟁이긴 한데 조영일 평론가는 예술지원사업에 대해 극구 반대하면서 문학에 대한 지원이 계속된다면 이건 중앙권력에 문학이 예속되는 것이라고 했어요. 예속될 만큼의 액수를 받는 사람은 없기 때문에 제 생각에는 그다지 해당이 안 되는 것 같지만, 생각해볼 필요는 있겠죠. 개개인으로 쳤을 때, 가령 몇 억씩 받는다고 하면 예속될 수밖에 없겠지만 그런 사업은 없기 때문에. 예술원의 경우 이 부분과 연관이 있는 거잖아요. 지급하는 금액이 아주 큰 건 아니지만 아주 적은 것도 아니고 뭔가 일을 하는 게 아님에도 주어지는 돈 치고 상당히 많기 때문에 얘기가 많이 됐었던 건데. 문학이 지원의 대상이 되어야 하는가에 대해서는 저도 답을 잘 못 내리겠어요. 저도 쓰는 입장에서는 이것저것 다 받고 싶고 이렇죠.

김건영 네. 서호준 시인의 말씀은 개인 입장에서는 지원금을 받는 게 당연하지만 반드시 지원을 해야 하는가라는 입장이 있다. 그 정도로 정리해볼 수 있을 것 같습니다.

육호수 예술이 지원을 받아야 하는가에 대한 의문이나 문제에 대해 많은 이야기가 있을 수 있겠지만 일단 공적 기금으로 운용되고 있는 상황이라면 여러 가지 그 다음에 고려해야 할 것이 있을 것 같아요. 저는 일단 사적 기금이나 사적 문학상, 공적 기금은 완전히 다른 성격의 것이 되어야 한다고 생각하거든요. 거기서 주장하는 바 중 기억나는 건 이걸 종신제가 아니라 임기제로 바꿔야 한다고 한 게 기억이 나는데요. 저도 그렇게 생각합니다. 내부자들의 동의를 얻어서 들어올 수 있는 방식이라는 것이 굉장히 폐쇄적이라고 생각을 해서 다른 이야기라고 해서 한국문학 망한다, 망한다 이야기하는데 저는 이미 망한 걸 물려받았다고 생각하거든요. 이미 망했고, 망한 곳에서 태어났기 때문에 더 망하진 않을 거라고 생각하는데요. 좀 더 미래를 생각할 수 있는 방법으로, 작가뿐만 아니라 독자도 생각할 수 있는 방법으로 바뀌면 좋지 않을까 하는 막연한 기대를 해봅니다.

김지연 저는 이기호 소설가의 글을 통해 예술원에 대해 알게 되었고 그 글을 읽으면서 지원이 필요한 사람들에게 적절하게 분배가 되고 있나 하는 의문이 조금 들긴 했었어요. 꼭 필요하지 않은 사람들이 그걸 편취하고 있다는 생각이 들었고요. 그래서 그런 기금이 오히려 신인작가들, 이제 막 준비를 하고 있는 작가들, 이제 막 이 장(場)에 들어온 사람들에게 더 많은 기회를 줄 수 있도록 분배되면 좋지 않을까 싶었습니다. 또 저 역시 국가에서 운영하는 지원사업의 수혜자인 입장에서는 여러 가지 생각이 들기도 했어요. 신인작가들은 이런 사업 하나하나가 절실하거든요. 저 역시 이걸 신청할 당시에는 일을 그만둔 상황이었기 때문에 뭐라도 기댈 데가 필요했습니다. 그래서 신청을 했고 선정이 됐는데 후에 일을 시작하게 되면서는 저 스스로를 검열하게 됐거든요. 그래도 나는 근로소득이 있는 사람인데 다른 사람들의 기회를 뺏은 게 아닐까? 이런 생각도 조금 들었어요. 지원사업 규모 자체가 작다 보니 선정 대상도 그렇게 많지는 않은 것 같고, 이 수혜를 받을 수 있는 사람도 적고, 어쨌든 소수의 심사위원이 선정 대상을 골라야 한다는 면에서는 평가 방식에 대해서 의문이 생길 수 있을 것 같아요. 저희가 받고 있는 이 과정에 대해서만 말해보자면 저희가 서류를 제출하고 면접을 보고 최종 선정이 되었는데 선정 과정이 합당했을까? 하는 의문이 들 수 있을 것 같거든요. 심사위원 풀도 한정되어 있고 워낙 좁은 판이다 보니 다 아는 사람들 아니냐 이런 이야기를 늘 건너건너 듣게 되기도 하고요.

육호수 방금 하신 말씀에 대해서 조금 할 말이 저도 있는데요. 재작년에 탈락 당시 심사장에서 '당신보다 가난하게 지내는 선배들이 많은데 양보할 생각이 없냐'라는 질문을 받았어요. 면접장이니까 어떻게든 저 사람의 심기를 거스르지 말아야겠다는 생각도 드는 한편 내가 지금 재난지원금이나 구호기금을 받으려고 여기 와 있나? 하는 생각이 들었어요. 가난하다는 건 평가 기준 중 어디에 해당되는 걸까? 하는 생각도 들었고요. 가난하다는 게 사업 수행성에 포함이 될까, 예술 창작 능력에 포함될까, 미래 가능성에 있는 걸까 그런 생각이 얼핏 들었거든요. 그리고 또 한 가지는 저 사람은 그럼 선배들이 가난하다는 걸 어떻게 알까? 가난하니?가 그 사람의 공통 질문이었을까 아니면 힘들게 산다는 것을 알고 있는 후배들이 여기 와 있는 걸까? 그런 생각이 들었어요. 그때 저는 제가 가난해서 절대 양보할 수 없다고 했는데요. 그때 웃으시더라고요. 그래서 저도 같이 웃었죠. 처음에는 그때 내가 그렇게 대답한 게 스스로에게 수치스러웠는데, 지금은 거기서 같이 웃고 있었다는 게 수치스럽네요. 따졌어야 하는 거죠.

정은우 저는 사실 이번 아카데미에 선정됐을 때 주변 사람들로부터 이런 이야기를 들었어요. 책을 아직 한 권도 낸 게 없는데 됐다니 로또다. 이런 이야기를 하는 거예요. 저는 등단 당시 많은 주목을 받지 못했어요. 독특한 스타일이나 사유보다는 그냥 서사 구조가 탄탄한 정도고, 현재 문제에 관심이 있는 소설가로 규정되었죠. 신인들이 겪는 수순대로 어느 순간부터 청탁은 못 받고 계속 투고만 했어요. 그런데 투고를 아예 안 받는 잡지도 많고, 투고를 받더라도 경쟁률이 너무 높거나, 이미 청탁작이 있기 때문에 투고작은 보지 않고 그냥 떨어뜨리는 경우가 많다고 들었어요. 그래서 창작활동도 지지부진한 상태였다가 운 좋게 한국예술창작아카데미에 선정되었어요.

예전에 임국영 소설가가 했던 말인데, 소설가는 소설가가 아니라 소설가라는 상태를 유지하는 거래요. 그래서 그 상태를 내가 어떻게든 유지하고 있다고 생각하고 그걸 위로로 삼을 수 있었어요. 그리고 이 지원사업 덕분에 코로나19 이후로 작업실을 얻고 그런 데에 돈을 쓸 수 있었죠. 저로서는 쓴 작품이나 경력 같은 게 없는데 될 수 있을까. 심사위원분들도 그 점을 조금 걱정하시지 않았을까 싶어요. 전 그냥 여기서 어떻게든 장편을 써서 책을 내겠다고 말씀을 드렸죠. 전운이 좋았어요.
그런데 다른 지원사업을 찾아보면 도서관 상주, 동네서점과 협업하는 프로그램 등 지원사업 다수가 이미 책을 한 권 이상 발표한 작가만 지원할 수 있어요. 매년 등단을 하지만 신인 중 몇몇은 평론가의 시선을 못 받는다, 그러면 와르르 떨어지는 거죠. 그게 좀 살아남기가 힘든데 그렇다면 선정기준 자체가 사실 아직 책을 내지 않은 신인들을 대상으로도 폭넓게 사업을 해야 하지 않나, 그런 생각이 들었고요.
한편으로는 문학 분야 사업이 어려운 게 제가 작년 하순에 예술청에서 〈점진적 연결망 증폭기〉라는, 다른 분야의 예술가들과 워크샵을 진행했어요. 그런데 그 예술가들 말을 들어보면 그들은 팀 작업을 하는 경우가 많고 결과물이 눈에 뚜렷하게 보이기 때문에 평가가 가능하대요. 그런데 문학 같은 경우는 개인 작업이잖아요. 이 산물이 언제 나올지 알 수 없죠. 게다가 단체가 아닌 개인이다 보니 좀 막막해요. 그래서 선정 사업 기준이나 적절한 선정 방법을 고르는 게 어려울 거라고 생각해요. 하지만 그렇다고 해서 포기하지 말고, 그 기준을 조금 낮춰야 합니다. 문학에서 공공사업들을, 아르코를 보더라도 의문이 드는 게 있어요. 공공사업과 그에 배당된 자금이 있고 그걸 타내려면 기획서를 써야 합니다. 단체가 아니면 결국 지원을 할 수 없는 공공사업인 경우가 많아요. 그럼 문학 쪽 공공사업이 매년 비슷한 집단에 지원금을 지급하게 되는 거죠. 예산이 낭비된다고는 볼 수 없지만, 문학 분야 예술가 개개인이 접근할 수 있도록 룰을 조금 조정해야 한다고 생각합니다.

박강산 제가 한 예능 프로그램에서 본 건데요. 중년의 가수 A가 젊은 가수 B에게 왜 가수협회에 안 들어오느냐고 호통을 치듯이 말을 해요. 젊은 가수 B는 그런데 가수협회가 뭘 하는 곳이냐고 답해요. 그걸 보면서 예술원과 비슷하다는 생각이 들었거든요. 그 기관의 실효성, 필요성에 의문을 갖는 이들이 많은 거잖아요. 그런데 청년들이 왜 그 기관의 실효성을 납득하지 못하느냐면 조직의 기능과 필요성을 젊은작가들이 체감하지 못하기 때문이거든요. 제가 어디 가서 글을 쓰고 있다고 하면 꼭 듣는 질문이 단체가 있으세요? 동인이 있으신가요?라는 질문인데 저는 단체도 없고 동인도 없어요. 제 주위를 둘러봐도 또래 중에는 단체나 동인에 속해 있는 이들이 없어요. 이건 조직의 필요성을 체험할 수 있는 절대적인 기회가 부족했기 때문이라고 봐요. 저는 단체만이 수행할 수 있는 일이 있다고 생각하거든요. 그런 의미에서 예술가를 대표하는 기관이 존재하는 것과, 그 회원들이 지속적인 활동을 위해 일정 수당을 받는 것 자체에는 찬성이에요. 그렇지만 그 운영방식에 대한 재고가 반드시 필요하겠죠. 또 이기호 소설가가 제기한 문제의 핵심은 청년 예술가들, 신진 작가들에 대한 지원이 터무니없이 부족하다라는 말이었던 것 같아요. 국고를 통해 청년들의 예술활동을 지원한다는 건 어떠한 이유에서건 사회에는 젊은 예술가가 필요하고 그들만이 수행할 수 있는 예술 활동이 있다는 전제가 있기 때문이잖아요. 이렇듯 예술지원의 당위성에 대해서는 사회적으로 합의가 되었는데, 지원방식 대해서는 다소 구시대적인 구조가 유지되고 있는 것 같아요. 지금 청년 예술가들에 대한 지원을 보면 지원이 시급한 예술가가 사업에 공모하고, 이에 선정된 이들이 수혜를 받는 구조란 말이죠. 이에 앞서서 당사자인 젊은작가들이 포함되어서 예술지원사업 운영방식에 대해 논의하고, 합의를 거치는 것이 필요한 시기가 아닌가 하는 생각이 들었습니다.

구혜경 저는 질문지 보내주신 걸 보고 이 부분에서 정말 어려움을 느꼈고, 사실 지금도 어려움을 느끼고 있어요. 그런데 그런 생각이 들어요. 저는 2019년 신진 작가 지원사업에 선정되어서 첫 작품을 출간했는데요. 한국콘텐츠진흥원 주최였고요. 어찌 보면 저는 수혜자로 지금까지 문학계에 있어온 사람이고요. 저는 항상 그런 생각을 했어요. 그런 감각을 느끼면서 글을 써요. 나는 경계에 있는 사람이다. 이 세계에 내가 속해 있는 게 아니라 이 사람들이 이뤄놓고 주고 있는 걸 내가 받아서 누리고 있고, 그런 부채감을 느낄 때가 있거든요. 그렇다 보니까 이런 논란이나 지원제도에 대한 것도 객관적으로 내가 이 세상에 속해 있다는 시선으로 바라보기가 어려웠던 것 같아요. 그래서 지금 말씀드리기가 어려운데요. 제가 지원제도를 찾아다니면서 느낀 아쉬운 점은 젊음에 대한 기준이 너무 박하다는 거예요. 저는 이제 서른 중반을 향해 가고 있는데, 이 세계에 속하고 싶다는 감각을 항상 느끼면서 사는 사람인데 그게 너무 멀어지고 있다는 느낌이 들어요. 문학계에 한 사람으로서 지원을 받을 수 있는 정당한 젊음이 깎여나가고 있구나, 이런 생각이 들고. 나는 아직 원로도 아니고 그렇다고 여기서 말하는 신진, 젊음 이런 것들과는 또 멀어지고 있는. 나는 여기에서도 경계에 있는 작가이자 사람인데. 저는 사실 제 스스로를 작가라고도 칭하지 못했거든요. 글을 쓰는 사람이다, 이 정도로만 말하고 다녔는데 지원사업에 놓였을 때도 경계에 있는 사람 같다는 생각이 들어요. 애매하게 책을 몇 권 냈고, 운이 좋아서 출판사에서 차기작 제안을 해주셔서 차기작 준비를 하고 있지만 지원사업에서는 누구도 원하지 않는 중간층에, 경계에 있는 사람이라는 느낌을 받을 때가 있거든요. 저는 모든 부분에 어려움을 느끼고 함부로 말하기 어렵다고 느끼지만 가장 분명하게 느끼는 건 그거예요. 기준이 박하다. 많은 작가님이 말씀해주신 것처럼 원로 작가들은 공동체 의식이 있지만 젊은작가, 신진 작가들 사이에서는 그런 의식을 느낄 수 있는 공간이 많이 부족하다. 공간이라는 게 물리적인 게 아니라 그런 걸 다 포함해서. 그런 아쉬움을 느낄 때가 있습니다.

김건영 저도 이 부분에 대해 할 말이 많습니다. 지원사업에 참여하면서 같은 비감을 느끼셨을 텐데요. 동료작가와 경쟁을 해서 동료작가를 떨어뜨리고 올라와야 하는 서글픔 같은 게 있잖아요. 거기에 이번 예술창작아카데미도 8명밖에 안 되지만 일인당 1,000만 원이면 많은 돈이잖요? 그런데 전체 지원사업을 살펴보면 문학 분야가 예술 전체 분야에서 지원 비율이 상당히 낮아요. 우리가 문학을 해서 그런 게 아니고 문학이 상당히 중요한 장르임에도 불구하고 그렇게 크게 정부나 지자체에서 크게 신경을 안 쓰는, 돈 많이 안 들여도 되는 장르로 인식이 되어 있다는 생각이 들어요. 왜냐하면 우리는 우리들끼리 고민을 하고 검열을 해요. 우리가 과연 지원을 받아야 하는가를 스스로 얘기하는 거예요. 이런 태도는 물론 좋은 거지만 다른 분야는 안 그렇다 싶어요. 일례로 대학로라는 공간이 1년에 지원을 얼마나 많이 받는지를 보면 답이 나올 것 같습니다. 물론 연극계가 문학분야와 비슷하게 가난함으로 쌍벽을 이룬다고 하더라도, 연극계 원로들은 이 부분에서 예산 확보를 위해 노력한다는 이야기를 들었어요. 자기네 분야에서 지원을 받아서 후배들을 뿌려주고 이걸 유지하기 위해서 노력을 하는 걸로 알고 있거든요. 제가 이 질문을 붙여놓은 건 원로원 분들은 비판받을 게 많지만 먹고 살만한 사람들이 다 들어가서 연금 빵빵하게 받는 분들의 권력욕이 너무 싫어서 이기도 했습니다. 예산 파이를 늘릴 수 있게 투쟁을 해주고, 지원사업 관련해서 자신의 분야에 관심을 쏟아 부어주셨으면 좋겠는데 그렇지 않기 때문에 문제를 삼는 거거든요. 서호준 시인이 말씀해주신 것과 재미있게 엮이는 게 문학이 지원을 받아야 하는가에 대한 이야기예요. 제 입장에서는 당장 우리 문제도 있지만 후배들 문제 또한 있다고 생각해요. 지원을 안 받고, 김홍 소설가의 표현처럼 저희는 이미 망한 이후인데요. 그럴 때 후배들에게 작가가 되면 참 좋아, 이런 말을 어떻게 하겠어요. 굶어 죽으니까 취업하고 와라, 이런 말을 하는 상황인데요. 옛날에는 재미있는 지원제도도 있었다고 해요. 예술위에서 그해에 발표된 좋은 작품을 뽑아서 바로 지원금을 줬어요. 잡지에 실린 것 중에 선정해서 백만 원 정도를 조건 없이 지원해줬다고요. 그럼 홍대나 이런 술집에 작가들로 사람들이 넘쳐났다는 농담을 들었습니다. 그게 바로 선순환 아닌가, 이런 실없는 생각도 했습니다. 아무튼 곳간이 풍족해야 인심이 나고 활성화가 되는데 지금은 그런 제도가 모두 죽어버린 상황입니다.

저는 개인적으로 예술은 결국 소수를 위하는 일이라고 생각해요. 개인의 발견이 공적인 영역으로 나아가는 것의 가치를 생각해본다면 말이지요. 그렇기 때문에 예술 혼자 자립하는 건 꿈같은 이야기라고 생각해요, 중세의 스폰서 제도도 그렇게 나온 것일 테고요. 그래서 예술에는 항상 어느 정도 지원이 들어가야 하고 오히려 지자체에서도 문인들 사후에 엄청나게 이용하잖아요. 여기서 누구 났다 하면 문학관 짓고 이미지 소비를 합니다. 그리고 시비도 세우죠. 일상적으로도 보면, 지하철 역에 시가 붙어 있어요. 그런데 상당수의 작품이 별로 좋지 않습니다. 결국 문학은 소비하고 있지만 그 대우가 썩 좋지 않다는 생각을 합니다. 피상적으로만 문학을 다루고 있는 거죠. 거기에 더하여 언어와 언어예술을 우리가 다루고 사용하면서도 스스로가 너무 검열하는 건 문제가 있지 않나 싶어요. 너무 길들여진 건 아닌지 고민하게 됩니다.

그다음에 박강산 소설가 말씀대로 옛날 단체들 문제도 이야기하고 싶습니다. 저는 한 단체의 청년위원장으로 2년 동안 일을 했습니다. 이런저런 문제로 엄청 투쟁을 했습니다. 사회적 문제에서도 미약하나마 힘을 보태기 위해 노력했습니다. 이게 외부로 잘 안 나타날 뿐이라고 생각해요. 문학분야 지원 방식은 선배들이 계속 싸워온 부분도 있다고 생각해요. 예술창작아카데미도 지원 방식이 조금씩 변하고 있고요. 문학작품을 어떻게 발표하느냐, 이런 부분을 지속적으로 이야기하고 수정하는 방식으로 변화하고 있더라고요. 결국 앤솔러지 방식까지 왔네요. 이런 부분에서 중견 작가나 단체에서는 투쟁하고 있는데, 그 위에 있는 소위 어르신들은 이 부분에서 무관심하지 않나 싶고요. 문학 전체를 아우를 수 있는 구심점도 없다는 생각을 합니다. 그래서 소수의 투쟁하는 주체들은 대외적으로 안 알려지고 있다고 생각합니다. 저도 청년단체장을 하면서 관련 회의에 참석할 기회가 많이 있었습니다. 나가서 이야기를 하는데 그다지 반응이 좋지 않습니다. 제가 항상 이야기하는 게 예술관련 지원사업들이 대부분 수혜자 중심으로만 짜여 있다는 거예요. 누구나 쉽게 예술을 창작할 수 있게 하는 건 좋지만 예술 창작자들을 모두 노동자로 전락시키고 마는 것 같습니다. 결국 예술 창작 전반에도 마냥 좋은 영향을 끼치지는 않는 것 같습니다. 이런 문제의식이 있어서 이 질문을 작성해봤는데 여러분들이 좋은 이야기를 많이 해주셨습니다. 구혜경 소설가 말씀도 흥미로웠어요. 내가 주변인 같다, 나는 문학 베이스가 아니다, 이런 말씀을 하시는데 식구라는 건 생각보다 쉽게 뭉치지 않나요. 그래서 우리 식구니까 그런 걸 너무 괘념치 않았으면 좋겠어요. 같이 뚫고 나가고 힘든 게 있으면 연락도 하고요. 그런 생각이 들었습니다. 다음으로는 결국 지원사업에 목매게 된다는 이야기를 육호수 시인이 말씀하셨죠? 물가상승률이 반영되지 않은 원고료 문제가 있죠. 시 한 편에 업계 최고 대우가 15만 원이라고 말하면 다들 놀라요. 소설도 아마 150~180만 원 아닌가요? 단편 한 편에? 그런 것에 관심이 많아서 찾아보고 청년위원장이니까 보일러 꺼진 집 찾아 다녀야 하니까 얘기를 해보면 최하는 소설 한 편에 40만 원까지 준다고 하더라고요. 지방지가요. 더 심한 곳도 있습니까?

정은우 제가 알기로는 몇몇 출판사가 내는 잡지에서는 소설 고료를 매당 15,000원 정도로 매기고 있어요. 이제 그 출판사 잡지에 작품을 싣지 못할 경우, 다른 독립 문예지에 투고하거나 지방지, 지방 기관지에 투고하기도 하죠. 문제는 지방지나 지방 기관지는 유통이 되지 않는다는 점이에요. 작품을 꼭 발표하고 싶은 작가들이 그런 잡지에서 청탁을 받으면 수락하게 돼요. 사실 제 이야기이기도 합니다. 저는 그때 고료로 20만 원대를 받았어요. 처음에는 고료와 상관없이 편집자와 상의하면서 작품을 고쳐나갈 기회를 얻는다고 생각했습니다. 신인 작가들에게는 그런 경험이 원동력이 된다고 봐요. 저희는 기본적으로 혼자서 쓰잖아요. 1인 창작이죠. 이 문구가 이 사람에게 어떻게 읽힐지, 그 의미가 어떻게 전달될지 궁금할 때가 있어요. 하지만 교정지는 오지 않았죠. 그냥 20만 원대의 원고료와 잡지만 남아요. 그런데 그 잡지도 처음에는 못 받았어요. 그때 다시는 이곳에 싣고 싶지 않다고 생각했습니다. 하지만 청탁이 끊겨서 계속 투고를 이어가던 중 그곳에서 또 연락이 왔습니다. 발표하고 싶은 마음이 앞서서 수락했어요. 그리고 이번에는 꼭 잡지를 보내달라고 당부한 후 송고했습니다.

그리고 저는 사실 메일을 받는 즉시 빨리 답장하는 편을 좋아합니다. 청탁서를 살펴보다가 하단에 아주 작은 글씨로 만일 원고에 원고료를 받을 계좌를 기입하지 않으면 그 잡지 구독료로 대신하고 원고료는 주지 않는다는 거예요. 그래서 저는 득달같이 원고 밑에 썼어요.(웃음) 분명 신인 중에는 그 문구를 못 읽고 그냥 그 잡지만 받거나 아예 받지 못하는 사람도 있을 거예요. 원고료 편차뿐 아니라 얼렁뚱땅 구독료로 대체하는 방식도 문제라고 봐요.

서호준 실은 원고료 거기서 거기잖아요. 시 편당 최고가 15만 원이고 최저가는 3만 원이었던 것 같은데, 문예위 조사에 따르면 평균 고료가 7만 얼마더라고요. 제가 20년간 쓴 시가 2천 편 되거든요. 그 중에서 건질만한 건 100편에서 200편이라고 치면 20년간 1,000만 원인 거예요. 시 원고료에 대해서는 애초부터 기대를 안 했기 때문에 5만 원이든 3만 원이든 10만 원이든 감흥은 없어요.

김건영 서호준 시인의 말씀에 덧붙여보면 좋을 것 같습니다. 제가 질문지에 시랑 소설이 다를 거라고 적어놓았어요. 제 경우를 비춰보면, 시 한 편 쓸 때 커피 두 잔 마시면 마이너스거든요. 이문을 계산해보면 시 한 편당 한 잔 마셔야 해요. 그래서 아마 시인들은 원고료에 대해 큰 생각 없지 않을까 싶어요. 15만 원 받으면 와, 좋다. 3만 원 받으면 에이 좀 짜네. 이 정도거든요. 그런데 소설은 들이는 시간이 더 길잖아요. 그래서 그 이야기를 해주시면 더 좋을 것 같아요.

서호준 시 원고료가 저는 0원이라도 상관은 없습니다.

김건영 타격은 없죠, 사실.

육호수 문예지에서 내게서 저작권을 가져가는 게 아니라 정해진 기간 동안 최초 수록권을 가져가는 거잖아요. 게재하는. 그렇게 생각하고 이해하고 있어요. 이 작품에 대한 가격이라고 생각하면 너무나 터무니없죠. 저는 제 작품 한 편이 억대 이상이라고 생각합니다.(웃음) 당연한 이야기예요. 문예지의 원고료는 작품 자체에 대한 가치가 아니라, 최초 게재권이고, 문예지도 어려운 환경 중에 많은 분들이 만들기 위해 노력하고 있다는 걸 알기 때문에 이해하고 있어요. 다만 많은 작가들이 지적하셨지만 원고료를 명시하지 않는 경우가 굉장히 많았고요. 그걸 정기구독권으로 대체하는 형식도 있었고, 예전에는 쌀로 줬다는 말이 있잖아요.

김건영 특산품 보내주는 잡지가 몇 군데 있었지요. 그리고 제가 알기로 예술위에서 문예지 발간지원 사업에 선정된 수혜 잡지들은 일정 이상 원고료를 줘야 해요. 그 기준을 예술위에서 올리고 있는데 소설은 평균 어떻게 받으시는지?

김지연 소설은 제가 체감하기로는 매당 1만 원인 것 같아요. 단편 한 편으로 치면 80만 원에서 150만 원 정도인 것 같고요. 저도 데뷔하고 청탁이 와서 글을 발표했는데 나중에 전화가 와서 원고료 일부를 1년 구독료로 대체하겠다는 전화를 받았어요. 별생각 없이 그러세요, 했는데 나중에 이게 맞는 건가? 싶어져서 그 잡지에 소설을 실었던 지인에게 물어보니까 자기는 그런 전화를 받은 적이 없다는 거예요. 아무한테나 다 그러는 건 아니구나 싶어서 좀 심란했죠. 그리고 얼마 후에 누가 문제제기를 해서 그 출판사에서는 앞으로는 그러지 않겠다고 사과문을 올렸다고 들었어요. 문예지는 한 호 만들 때 드는 품이나 제작비에 비해 아주 많이 팔리는 매체는 아니니까 문예지지원사업 등이 아니면 지속하는 게 힘든 경우가 많은 거 같고 작가들도 그런 걸 잘 아니까 불만이 있다 해도 항의하기가 쉽지 않은 것 같아요. 작가 입장에서는 일단 소설을 발표할 기회 자체가 필요하고 고마운 일이니까요. 그래도 원고료가 너무 안 오르고 있다는 생각이 들기는 하죠. 10년 전, 20년 전 원고료 대비 물가상승률은 충분히 반영되고 있나? 하는 생각이 드는 부분이 있긴 해요. 좀 올려줘야 하지 않나 싶기도 하고.

서호준 이것에 대해서 드는 생각이 20년 전이나 지금이나 원고료가 다를 바 없잖아요. 생각해보면 출판사의 매출도 다를 바가 없고. 편집자의 초봉도 다를 바 없는 걸로 알고 있거든요. 모든 게 다를 바 없어요.

김건영 그 많은 돈은 누가 다 먹었을까.

서호준 책값이 오른 건 맞아요. 20~30년 전에 시집이 2~3천 원이었는데 지금은 많이 올랐잖아요. 소설도 마찬가지고. 그만큼 많이 안 팔리니까 결국 출판사 매출이 큰 차이가 없는 게 아닌가 그런 생각을 해요. 문학 출판사의 경우, 제가 예전에 궁금해서 출판사별 매출액을 찾아봤는데 적더라고요. 물론 정말 적진 않지만.(웃음) 가장 큰 출판사의 매출액이 200억 정도 되더라고요. 문학 도서만 판 게 아니라 이것저것 다 판매한 매출액이요.

김건영 출판사 입장을 간단히 얘기해 드리면 진짜 서글픈 게 소설보다 시가 더 심한데 그게 어디서 먹히느냐면 창고 비용이에요. 1쇄를 찍었잖아요. 그걸 천천히 팔았다고 치면 그동안 묶어두고 있는 창고 비용이 결국 마이너스가 되는 거예요. 결국 실제적인 이윤을 창출 못 하는 게 있더라고요. 이런 걸 보고 있자면 문학은 완전히 망했고, 근근이 버티고 있으니까 결국 잡지사나 출판사의 원고료 기준을 도의적으로 봐주는 것도 분명히 있죠. 김지연 소설가 말씀을 다시 생각해보면 소설 원고료를 구독료로 대체한다고 쳐요. 그런데 몇 년을 보내주려고 그 돈을 대체하겠다는 거죠? 보통 100만 원 가까이 되는데 한 30년 보내줄 건가 싶네요.

김지연 월간지였어서. 1년 구독료를 제하고 보내준다고 했어요.

김건영 젊은작가들이 자기 권리를 찾기 시작하면 영세 잡지는 망하기 시작하는 거니까 우리는 양쪽에 인질로 잡혀있는 게 아닐까? 그런 생각이 들었어요. 그리고 원고료 이야기 넘어 출판계약 이야기도 짚고 넘어갔으면 하는데 관련 사례나 부당하다거나 변화가 감지됐다거나 한 게 있으신지 궁금합니다.

서호준 그 사안은 중견작가 정도 돼야 변화를 감지할 수 있지 않을까요?

김건영 그건 그러네요. 그래도 주변에서 들려오는 얘기들 있잖아요.

박강산 계약서 관련해서는 문체부에서 표준계약서를 제시하였다는 것이 가장 주목할 만한 변화인 것 같아요. 그러나 문제는 현장에서 표준계약서가 통용되고 있느냐인데 말 그대로 표준양식이기 때문에 강제성이 없죠. 계약서에 관해서 주변 분들이 저에게 물어보면 늘 말씀드리는 게 다른 건 몰라도 배타적 발행권은 꼭 보라고 말해요. 해당 항목이 존재하는지, 비율은 어떻게 되는지를 살피라고요. 이와 관련해서 전문가가 강의하는 걸 집중해서 들어봤는데 출판계약서와 배타적 발행권이 하나의 계약서에 묶여 있는 게 사실 특이한 구조라고 하더라고요. 출판은

1차 창작물에 대한 저작권이고 이후에 영화가 된다던지 할 때 2차 발행권이 있는 것인데, 한 장의 계약서로 갈음되는 게 의아하다고요. 그런데 산업 구조나 관례가 그러하니 다들 문제 삼지 않는 것 같아요. 이런 한계에도 불구하고 문체부에서 표준계약서를 운용하는 방식으로 변화를 꾀하고 있다는 건 분명한 움직임이고, 그 자체는 긍정적으로 보고 있어요.

육호수 엉뚱한 질문인데요, 시집 인세가 10%잖아요. 이 10%라는 건 언제 누가 정한건지 궁금합니다. 물론 10%를 주시는 것도 엄청 감사하고 출판사도 여러 사정으로 문학 출판이 얼마나 어려운지 알고 있는데 10,000원짜리 시집이 11,000원이 되고 시인에게 10%보다 더 높은 인세를 주는 곳이 있다면 거기에서 시집을 내고 싶다는 생각을 해요. 10%라는 건 언제부터 고정된 것일까. 이 생각을 해봅니다.

김건영 이 부분에서 흥미로운 생각이 드는 게 있어요. 게임 유통의 경우를 생각해봤거든요. 게임 유통의 역사에 흥미로운 변화가 있었어요. 옛날에는 게임을 한 작품으로 팔았어요. 그런데 시간이 지나고 중고 게임 유통이 문제가 됐어요. 책하고 비슷해요. 그런데 게임회사들이 어떻게 대응했냐면, 게임 한 편 이후에 추가 콘텐츠를 팔기 시작했어요. 기본편을 팔고, 추가 콘텐츠나 후일담을 낱장으로 찢어서 나중에 따로 파는 방식으로 이윤을 창출하기 시작했어요. 이걸로 중고 시장에 대응하기 시작하고, 온라인으로 전환하기도 하고 그렇게 하는 게 일반화됐습니다. 반면에 출판 쪽은 중고책에 취약하다 싶어요. 저도 역시 중고책을 자주 구매합니다. 책 판매의 부진과 함께 앞으로 중고책 시장이 어떻게 발달하고 문제가 될 것인가. 최근 저작권에 예민해지고 있는 것 같습니다. 출판계약서들을 살펴보면, 오디오북이나 전자책이 포함되어 있습니다. 이런 것에 대한 것도 생각해볼 필요가 있는 것 같아서 다음 질문으로 준비를 해봤습니다. 이 부분에 대해 자유롭게 이야기해주시면 좋을 것 같아요. 출판 관련, 저작권 관련으로 묶어놨어요. 원고료, 출판계약 문제를 얘기해주실 분 있으실까요? 출판계약권 부분은 전자책, 오디오북으로 묶여 있는 것이 종신계약에 가깝다는 문제제기를 해봅니다. 주위를 둘러보면 이제 슬슬 작가들이 예민하게 생각하는 와중이에요. 이게 엮여서 다시 고민해볼 문제가 도서정가제와 공공대출권 문제입니다. 지금까지 작가들 사이에서 크게 논의가 안 되고 있다는 게 흥미롭습니다. 최근 저작권 관련 공청회도 하고 토론회도 하기 시작했습니다. 저작권은 인터넷 환경을 우선 얘기해보고 싶습니다. 소설은 모르겠는데 시는 인터넷에 떠다니면 보통 시인들은 기뻐하는 편입니다. 그래도 누가 읽어줬어! 이렇게 생각하죠. 제 경우는 그래도 읽은 사람이 10원씩만 줬으면 하는 실없는 생각을 할 때도 있습니다. 다른 분들은 어떠세요?

김 홍 상업적으로 유의미하지 않기 때문에 문예지도 유지가 안 되는 거고, 문예지가 유지가 안 되니까 원고료도 정당하게 책정하지 않는 거 같아요. 계약금이 선인세에 그친다거나 인세율이 달라지거나 하는 거는 그걸 소화할 수 있을 만큼의 시장이 있어야 하잖아요. 그런 방향보다는 오히려 문학이 가진 공공성을 어떻게 유지시켜 나갈 것인가 쪽으로 고민을 해야 하지 않을까. 사실 농업도 농업의 생산성 자체가 중요한 게 아니라 농업이 공공적 의미가 있기 때문에 계속 보조하고 지원하고 하잖아요. 그런 부분들을 작가들이나 문화/정책 관계자들이 조금 더 강하게 만들어나갈 필요가 있다고 생각해요.

서호준 물가상승률에 비해 원고료는 오르지 않은 가장 큰 이유가 문학 시장 자체가 별로 성장하지 못했기 때문이잖아요. 시장이 자유로운 거래 영역이라면 나머지는 공공 영역인데, 문학이 공공의 영역이라는 것 자체가 사람들에게 설득이 안 되는 것 같아요. 설득이 안됐기 때문에 문학에 투여되는 공적 기금도 늘어나지 않고, 정권에 따라서는 줄어들기도 하잖아요. 문학이 지원의 대상이라는 걸 설득하는 게 제일 중요한 거 같아요. 예전에는 이게 정치랑 엮어서 됐잖아요. 사회운동을 하는 것과 문학이 엮이는 게 당위성이 있었기 때문에 설득이 가능했는데 오늘날은 애매해요. 문학이 왜 존속해야 하는가, 왜 망하면 안 되는가, 혹은 전통예술로 취급받아야 하는가. 사실 문학하는 사람들이 굶어죽든 말든 사람들이 알 바는 아니죠. 그거 안 하면 되잖아, 하는 생각을 하는 것 같고요. 문학 관련 뉴스 댓글을 보면 항상 똑같아요. 얘네들이 뭘 했다고 주냐. 가난한 사람들이 많은데 왜 얘네들한테 주냐. 사실 문학 하는 사람들이 대체로 가난한 게 맞기도 한데. 항상 그럴 때 얘기되는 건 더 힘들고 더 아픈 사람이 있는데 왜 글이나 쓰고 있는 사람들한테 주느냐는 거죠.

김 홍 이야기를 들으면서 생각해본 건데 문학이 가진 공공성이라는 게 대중적으로 설득되지 않는다는 게 되게 중요한 문제거든요. 그럼 어떻게 설득할 것인가. 오늘날 한국영화가 큰 성장을 하고 성과도 거두고 있는데 그 기반을 마련한 게 스크린쿼터 폐지를 저지했던 영화인들의 움직임이 어느 정도 있지 않을까 싶거든요. 문학도 어떤 식으로든 설득을 해야 되는 건 아닐까? 그런데 더 이상 설득이 되지 않는다면 협박을 하자. 문학성으로 설득하는 게 아니라 공공의 어떤 시설이나 기관을 타격하는 거죠. 이 문학을 살리지 않는다면 세상을 망쳐버리겠다! 다 불질러버리겠다! 가만두지 않겠다!(웃음) 문학이라서 응당 공공성이 있는 게 아니라 우리 스스로 공공성을 생산해내는 거죠.

김건영 방금 말씀이 너무 솔깃합니다.(웃음) 저랑 손잡고 뭐라도 하나 만들까요? 이게 농담이 아니고 문학단체들 중에 청년단체가 살아 있는 곳이 거의 없거든요. 제가 있는 곳도 젊은이들이 아주 많지는 않아요. 결국 거기에 편입된다는 건 기존 질서에 편입한다는 거고요. 투 트랙으로 새롭게 탄생하는 단체도 필요하다 싶어요. 차라리 안 되면, 가질 수 없으면 죽여버려야겠다 이런 강력한 심정으로.(웃음)

모두 (웃음)

김 홍 사회에 이바지하겠습니다, 도와주세요. 이게 아니라 우리 단체에 몇 명 있고, 우리 독자 몇 명 있어. 뭐 해줘, 아니면 너네들 다…….

김건영 문학적으로 깽판을 치겠다? 되게 흥미로운 이야기인데 다른 분들도 다른 견해가 있다면 얘기해주세요. 제가 젊은작가포럼 위원장 임기가 아직 남았으면 섭외를 했을 텐데 임기가 끝나가서 섭외가 망설여지네요.

서호준 글을 쓰는 사람들이 스스로 공공성에 대한 확신을 가지고 있어야 한다는 전제가 필요하잖아요. 저는 없거든요.

김건영 조금 오만할지도 모르지만 저는 그 부분에 대해서 확신은 있는 것 같습니다, 개인적으로는 문학이 소외되는 원인은 교육과정의 실패라고 생각을 해요. 공공성 획득의 실패는 고전 중심 교육이 너무 획일화되어 있어서가 아닐까 싶어요. 문학 지원 관련 계속 공적 자금이 투입되는 방식도 낡았어요. 지하철 시를 예로 들어보면 좋을 것 같습니다. 몇몇 사건이 있었지만 여기서 다는 이야기할 수는 없을 것 같습니다. 간단히 제 경험을 이야기해보겠습니다. 예전에 제가 문학 단체 실무자로 일을 할 때 서울시 문학 관련 담당자랑 같이 일을 했었어요. 다른 일을 하는 와중에 그 담당자가 지하철 스크린도어에 시를 계속 싣고 싶다, 그런데 예산이 없다, 이러시더라고요. 이런 부분이 문제가 되는 거거든요. 시랑 문학이 얼마나 우습게 보이는지. 사실 우리가 지금은 허허거리고 웃고 있지만요. 원고료 안 줘도 괜찮다고 자조하고 있죠. 아까도 이야기했지요. 제비도 입 크게 벌리고 소리 지르는 애한테 먼저 먹여준다는 거죠. 거기다 문학의 공공성 문제도 짧게 설명하자면 한국어는 세계에서 사용자가 많지 않은 고립된 언어이면서 자연 발생이 아닌 필요에 따라 만들어진 한글이라는 문자 체계와 연계된 독특한 언어라는 사실을 상기할 필요가 있습니다. 이 안에서 문학이 힘을 잃는다면 결국 언어들이 계속 넘어올 테고 개별성을 더 잃겠지요. 일제강점기 일반인들의 언어를 보면 되게 웃겨요. 지금 유행하는 한본어를 그들이 쓰더라고요. 그런 식으로 오염이 되겠죠. 그게 반드시 나쁘겠냐마는, 필연적으로 정신이 오염되는 부분도 있을 거고요. 아까 박근혜 전 대통령 이야기가 나왔지만 저는 이명박 전 대통령 때부터라고 생각하거든요. 윤리와 정의가 언어적으로 오염되었기 때문에 지금의 세상은 도덕적 해이가 강해진 게 아닌가 싶어요. 먼저 하는 게 장땡이다. 이윤을 잃는 게 손해처럼 된 게 그런 것 때문이 아닐까요. 그게 저에게는 언어적 문제를 예민하게 살펴야 하는 문학의 당위성이거든요.

서호준 지금 말씀하시는 것 중에 한국어라는 걸 어필하는 게 제일 중요한 것 같아요. 한국문학이란 게 한국어로 바로 연결이 안 되잖아요. '한국'이 껴 있어야 해요. 국사나 국악처럼 예술로서의 가치가 아니라 가꾸고 지켜야 할 대상으로 여겨지게끔요. 가령 FM 라디오에 국악방송은 있는데 문학방송은 없잖아요.

김 홍 그걸 어떻게 할 거냐에 있어서 우리가 소극적으로, 지하철 시가 안 좋아. 시인으로서 소설가로서 볼 때 지하철 시가 안 좋아, 문학과 시를 대중들에게 호도하고 있어. 그럼 가서 찢어야 한다는 거죠.

모두 (웃음)

김 홍 그냥 지하철공사 관계자에게 몇 월 며칠까지 다 떼라. 아니면 우리가 다 떼어버리겠다.

김건영 좋다. 긁어야 하니까 긁개 들고 가야겠네요.

김 홍 정치운동은 물리적 타격이 어느 정도 전제가 돼야 효용이 생기는 건데 문학적인 운동들이 어떻게 제도 안에서 화해할 것인지만 생각하다 보니까 힘을 못 내는 거 같아요.

김건영 도종환 선생님이 문화부 장관이 됐을 때 제가 본 희한한 현상이 뭐였느냐면요. 문학 분야 지원이 힘들어졌다는 인상이었어요. 왜냐면 원래 문학은 잘 지원받지도 못했는데 문학 쪽 베이스의 장관이 나와서 반대로 알아서 기는 거예요. 형평성 이야기를 하면서 조심스러워 하는 담당자의 모습이 이상했어요. 그래서 조심스럽게 조금 더 지원해주는데 먹고 떨어져라, 느낌인 거예요. 문학 분야는 눈치를 안 보고 다른 분야의 형평성 문제에 대한 걱정을 하는 담당자들의 조심스러움을 보면서 화가 났습니다. 그래서 저도 김홍 소설가의 의견에 조금 경도가 되는 게 때리고 봐야겠다. 좀 공격적으로 굴어야겠다라는 생각이 들긴 해요. 문장을 쓰느라, 자기 검열을 먼저 하느라 과도하게 유순하게 굴었던 게 아닌가. 그럴 때 있잖아요. 화가 나는데 당장 말로 못 뱉으면 문장으로 나오잖아요. 그러면 차분해지고 좋은 문장이 나오긴 하겠죠. 그래도 당장 그때 좀 화낼걸, 이런 생각도 듭니다. 적극적으로 움직일 필요가 있어서 조금 있다가 끝나고 이 대책을 논의해봐요.(웃음) 다른 분들도 기탄없이 의견을 내주시면.

육호수 저는 그게 굉장히 소음이고 폭력적으로 들려요. 지하철 시들. 보통 사람들이 출퇴근 시간에 치여가지고 지하철을 타잖아요. 그러면 몸도 가누지 못하고 사람에 치여서 마스크 쓰고 붐비는 상황에서 시가 앞에 있다는 말이에요. 그런데 그 시가 어떻게 와닿겠어요. 그 시간에 시가. 너무 힘들잖아요. 살기 위한 투쟁의 장인데요. 저는 보기 힘들었거든요. 너무 바쁘고 힘들고 사람들에게 치이고 있는데 옆집 아저씨가 코인 노래방에서 노래 부르는 걸 거기서 계속 듣고 있는 느낌이에요. 굉장히 힘들었거든요. 시는 읽을 수 있는 상황에서 읽게 되는 것 같아요. 너무 강요하고 있다는 생각이 들고요. 그 시들에 대한 존중도 아니라고 생각이 들어요. 공공성 부분에서도 김건영 시인과 서호준 시인의 말씀도 공감해요. 역으로 생각해볼 수 있을 것 같아요. 박근혜 전 대통령은 왜 문화계 블랙리스트를 만들었을까? 그들이 뭘 두려워했을까? 이걸 생각해보면 모든 작가들이 다 그렇지는 않을 테지만 예술이 할 수 있는 공공성의 부분도 역으로 추론할 수 있을 것 같아요. 그들이 왜 두려워하는가. 그 힘을 왜 배제의 논리로 우리를 지원금을 못 받게 했을까? 이런 식의 역으로 추론해볼 수 있지 않나 싶습니다. 지배자들이 왜 문학을 두려워했던가?

서호준 옆집 아저씨가 김범수일 수도 있겠죠. 하지만 스크린도어의 시들은 김범수가 아니기 때문에 화가 나는 거 아니에요?

육호수 너무 많은 시들이 무작위로 배치되어 있어요. 물론 그중에 귀한 시가 있을 수도 있겠죠. 하지만 모르는 사람들이 한 편 한 편 단위로 귀를 잡고 설교하는 걸 보고 있자니 힘든 것 같아요. 물론 김범수 같은 분이 있을 수 있겠죠. 하지만 그 시를 읽어야 할 곳이 출퇴근 시간의 지하철이어야 하는가는 고민할 필요가 있다고 생각합니다.

구혜경 2호선이었다면 나얼이었어도 화가 날 거예요.

김 홍 블랙리스트를 왜 했을까 생각해보면 예술에 어떤 실질적인 효용이 있다고 판단했으니까 그걸 통제하기 위해서 만든 거잖아요. 그만큼 블랙리스트라는 것이 굉장히 폭발력이 있고 심각한 사안이었는데 그냥 사법제도 안에 맡기고, 정치화되는 과정을 방기하고, 관심을 갖지 않았고. 그 과정에서 목소리를 낸 분들이 많이 계신 걸로 알고 있는데 저 스스로에 대한 반성이 많이 들고요.

김건영 작가회의가 생각보다 많은 일을 하고 있습니다. 그런데 아무도 거기에 스포트라이트를 주지 않을 뿐이에요. 일 년 내내 시위 현장을 쫓아가는 선배들이 있고, 거기 가서 낭독회를 하고, 지원하고, 아까 말했듯이 블랙리스트 건에 대해서도 소위원회 꾸려서 투쟁하고 민족문제연구소나 그런 문제 쫓아가서 싸우고 그런 분들이 되게 많거든요. 존경할 만한 선배들도 많고. 그런데 그런 것들이 연결이 안 돼 있는 상황인 거예요. 지금은 거기 뭐 하는지 모르겠다고 비판받는데 안에서는 엄청 많은 걸 하고 있는 거죠. 결국 사람들이 관심을 두지 않고, 문학이 망했다는 걸 실감할 수 있는 게 문학에 댓글이 달리는 건 안 좋은 문제일 때예요. 기사 밑으로 누구 나왔다고 하면 너네들 그럴 줄 알았어. 외국에서 상 타왔다거나 그 정도 외에는 문학은 아무것도 관심을 받지 못하고 있다는 생각이 들고요. 그리고 저작권 부분도 문제가 되고 있는 게 요즘 젊은이들은 검색을 유튜브에서 한다는 거예요. 다음, 네이버 같은 포털이 아닌 거죠. 그렇기 때문에 저작권 관련해서 출판권보다는 오디오북이나 그런 것들이 더 중요해지고 있는 과정에서 그걸 모든 작가들이 다 만들 수는 없잖아요. 출판사도 그럴 여력이 없을 테고. 안 그래도 돈이 없는데. 그것들이 근데 계약을 하면 묶이는 걸로 알고 있어요. 저희도 계약을 하면 오디오북 제작 권리는 출판사가 갖고 거기에 대해 우리가 협의를 해야 하는 거잖아요. 그런 부분들이 앞으로 가속화될 거라는 생각이 들어요. 모 출판사는 아예 작가 본인이 낭독을 하더라도 못 하게 하는 부정적인 경우가 있는 걸로 알고 있거든요. 오늘 이런 이야기를 하면서도 앞으로도 유심히 봐주셔야 할 것 같아요. 개인 문제도 있고, 같은 식구/업자들끼리의 문제도 있기 때문에. 그런데 우리가 보호를 안 해주면 아무도 보호를 안 해줄 거라는 생각이 들어요. 대중들은 문학에 대한 호감이 없어진 상태이기 때문에 저는 그래서 이런 질문을 준비해왔고요. 공공대출권도 반감이 되게 큰 거 아시죠? 일반인들은 공공대출권 이야기를 하면 되게 뭐라고 해요.

육호수 요약하면 어떤 거예요?

김건영 공공대출권이요? 도서관이든 어디든 이것들이 공공재로 쓰였을 때 그 보상권이에요.

육호수 책값을 내는 것 말고?

김 홍 대출 횟수에 따라?

김건영 일본 같은 경우에는 도서관에 납본되는 도서 가격이 몇 배 이상 비싸다고 들었어요. 도서관에 1권 들어가면 1~2만 원이 아닌 거예요.

김 홍 그게 공공대출권이에요?

김건영 이런 문제해결을 위한 대안이 공공대출권입니다. 저는 사람들한테 그 이야기도 해요. 노래방도 노래 부르는 횟수가 카운트되는 거 아시냐고. 저작권협회에 가입하잖아요? 그럼 노래방에서 노래 부를 때마다 적립되거든요. 노래방도 그런데 책은 왜 안 그러냐 그러면 조용해지는데 앞으로는 계속 다른 사람들하고 투쟁을 해야 할 것 같아요. 저작권 관련해서. 물론 시는 인터넷에 올리면 그저 읽어준다며 좋아하지만요. 앞으로는 어떻게 될지 모르겠습니다. 이걸 막는 게 좋은 건지. 이건 계속 토론을 하는 게 좋을 것 같아요. 그런 걸 막으면 고립될 것 같긴 하지만.

정은우 최근 읽은 최승자 시인의 일화를 이야기하고 싶어요. 어느 날 버스를 타고 가는데 라디오에서 시가 나오더래요. 누구 시인가, 좋다고 생각하면서 가만히 들었더니 본인 시였던 거예요. 매스컴이나 문단에서 자주 거론되었다지만 시집으로는 전혀 생활이 되지 않았기 때문에 실감이 나지 않았다고 해요. 누가 최승자 시인의 시를 읽으면서 이 구절이 너무 좋았다, 아름다웠다고 극찬을 한들 시인의 손에 쥐여지는 돈은 얼마 안 되는 거예요. 힘든 순간을 이겨내면서 쓴 시인데, 그걸 숭고한 경험이라고 포장하는 이들을 보노라면 무슨 기분이 들까요. 시든 소설이든 그런 간극을 느낄 수밖에 없는 것 같아요. 부분 발췌로 추천하고 저작권 규정에 걸리지 않을 만큼만 인용하면서 향유하기만 하고 정작 책은 소비하지 않는 거죠.

어떤 출판사는 몇 문장, 몇 매 이상 인용할 경우 저작권료 지불이 필요하다고 홈페이지에 명시해두었지만, 사람들은 여전히 저작권료를 지급할 필요가 없다고 생각해요. 무의식중에 문학을 공공성의 텍스트라고 여기는 한편 그 공공성을 Free, 공짜라고 여기기 때문이에요. 말 그대로 공짜지만 공인으로서 작가 이미지는 소비해야 하므로 그 작가에게 조금이라도 논란이 생길 시 어떤 교화, 혹은 오해를 떨치고 재기할 가능성은 제로[0]화가 되어버려요. 하나의 이미지였으니 그냥 쓰레기통에 넣고 다른 이미지를 소비하면 된다는 인식이 파다한 거죠. 저작권은 작가의 권리고 그 권리가 유지되지 않는 이상 작가는 인간이 아니라 얄팍한 종이가 되어버려요.

최근 저는 계약서를 처음으로 써봤어요. 이전에 슬쩍 봤던 다른 분들의 계약서와 달리 영상화, 드라마화, 웹툰화 관련 조항이 생겼어요. 텍스트의 2차 창작 가능성을 열어둔 셈이죠. 그리고 그 과정에서 출판사가 개입하게 되는 겁니다. 드라마로 만들 경우 드라마 제작사와 저작권 문제로 협의를 합니다. 드라마 제작비 같은 경우 작품 구매비용을 거기에서 최대한 줄이려고 해요. 원작 작가가 시나리오 작업에 참여하는 것도 거기서 판가름이 나죠. 그런데 문인들은 개인으로 활동하잖아요. 법적 자문을 따로 구하는 대신 출판사의 도움을 받을 수도 있을 거예요. 출판사 역시 이익이 되겠죠.

하지만 출판사보다 좀 더 전문적으로 작가와 저작권을 관리하는 작가 매니지먼트도 있죠. 제가 알기로는 '블러썸크리에이티브'가 있는데, 작가들과 관련된 저작권이나 기타 법적 문제도 다루고 있다고 들었어요. 만일 매니지먼트에 소속되지 않는다고 한다면, 분명 문인들에게 법률 자문을 하는 단체가 있기는 할 거예요. 하지만 아는 사람은 그다지 없어요.

저는 계약서를 처음부터 끝까지 설명해달라고 부탁드렸어요. 다행히도 편집자님이 다 설명해주셨죠. 하지만 분명 어떤 분은 설명하지 않고 한 번 읽어보시고요, 이상이 없으면 사인해서 보내달라고 하시기도 할 거예요. 법률 용어를 모르는 사람들 같은 경우에는 그냥 사인해서 보냈겠죠? 작가 중 다수가 본인의 저작물을 새로운 매체로 제작할 때 드는 비용이나 부수, 홍보비용, 이익 같은 걸 모를 수 있어요. 이런 걸 운의 문제로 맡기기에는 너무 무책임하죠. 작가에게는 믿을 만한 파트너가 필요해요.

김건영 영세 1인 작가이기 때문에 출판사에 묶이는 게 차라리 나을 수 있다는 이야기를 해주셨는데 이 부분도 맞는 말씀이라는 생각이 듭니다. 다만 뭐가 문제냐면 작가 개인이 출판사에 묶였을 때 둘의 관계가 동등하지 않은 것 같다는 생각이 든다는 거죠. 특히나 새로운 매체들이 대두되면서 문제가 생기는 것 같습니다. 엔터테인먼트 회사도 있지만 저작권 에이전시나 문학 전문 에이전시도 두어 군데 있는 걸로 알고 있어요. 문학저작권협회처럼 새로 구성되는 경우도 있고 저작권협회에 문학 분야도 좀 커지는 것 같다는 생각을 합니다. 미분배보상금이라고, 발생한 저작권료를 수취할 수 있는 당사자가 없어진 경우나 연락불명이 된 경우 기금으로 재분배되는데요, 제가 이번에 미분배보상금 사업 제도에 프로그램 하나를 기획해 선정되었었거든요. 사실 이미 이런 부분들이 각자 작동하고 있었는데, 이제 더 예민하게 보기 시작해서 보이는 게 맞을 거예요. 이러한 상황에서 작가가 자신의 권리를 지키기 위해 계속 신경 써야 할 주체는 작가 본인이겠지요. 지금 이런 논의들이 안 커지는 건 시국 문제가 있는 것 같아요. 단체들의 지형, 새로운 단체 구성 문제도 있고요. 또 코로나19로 만나서 이야기를 할 수 없으니까 말이 안 커지는 게 아닌가를 생각하면. 그래서 친교 기능을 어떻게든 활성화는 방식이 필요하겠지요. 결국 투쟁밖에 없을 것 같은데요.

서호준 이야기를 듣다 보니까 문학인들은 정작 스스로를 위해서는 많이 안 싸웠다는 생각이 드네요. 20세기 이후로 예술인 중 문학인들이 사회운동에 가장 많이 참여했는데 문학의 현실 측면에서는 좋아진 게 없었잖아요. 가령 한국영화를 살린 게 90년대의 스크린쿼터였잖아요. 음악 같은 경우도, 예전에 소리바다가 있어서 되게 힘들었던 시절이 있었는데 투쟁하고, 투쟁 결과로 법이 개선돼서 불법 음원이 근절됐고 인식도 바뀌었잖아요. 그런데 시는 돈 내고 봐? 돈 내고도 안 본다, 이런 생각이 있기 때문에 결국 우리가 할 수 있는 건 한국어 수호를 내세워서 한국문학을 지키는 투쟁을 하는 게 중요하다고 생각합니다.

김 홍 야구 같은 경우에도 결국 선수협 파동이 있은 후에 개인 선수들의 가치가 다시 책정되기 시작했고, 상업적으로 유의미해지니까 에이전시가 붙으면서 연봉 협상이 제대로 되고 있는 거잖아요. 결국 상업적으로 전체 파이가 커지지 않는다면 이미 가지고 있는 파이라도 더 합리적으로 쪼개야 한다. 그러려면 문학 에이전시가 산업적으로도 그렇고 역량적으로도 그렇고 과감해질 필요가 있지 않나.

김건영 그럼 우리가 알고 있는 출판사들이 그럴 거면 문학 출판 안 하고 말지 그러지는 않을까요? 약간 이 기회에 손절하고 만다. 이럴 것 같기도 해요. 사실 시 출판은 아시다시피 이윤에 관한 한 마이너스거든요. 돈이 안 되는데 거기에서 문학전문 출판사라는 이미지를 창출하는 부분이 있는 거지요. 물론 그중에 돈도 되고 문학성도 인정받는 경우도 있죠. 소설의 경우도 소수의 몇 작품만 성공하고 나머지는 잊히잖아요. 차츰 문학 쪽의 성공 사례가 줄다 보면, 그럼 안 하고 말지, 하고 출판사들이 문학 출판을 포기할 수도 있을 것 같아요.

구혜경 아까부터 생각을 한 건데 상당히 용기를 내서 하는 말이에요. 이건 여담인데 제게 인생 우화가 두 가지가 있어요. 한 가지는 〈당나귀와 부자〉 우화고, 하나는 〈햇님과 나그네〉 우화예요. 흔히 아시겠지만 햇빛과 바람 중에 누가 나그네의 옷을 먼저 벗기는가 하는 우화가 있잖아요. 그런데 결국 햇빛이 이기잖아요. 제가 말씀드리고 싶은 건, 저는 브랜딩에 실패했다고 생각해요, 문학이. 공공성 면에서. 제가 마케팅 업무를 해서 그럴 수 있지만, 박근혜 정부에서 블랙리스트가 떴을 때 제가 문학 업계에 있지 않는 테두리의 사람으로 그 사태를 바라봤을 때 사실 정말 화제가 됐던 곳은 연예계였어요. 연예계 블랙리스트에 어떤 배우가 올랐는지 연일 화제가 됐고, 그 반작용으로 그 배우는 도덕적인 사람처럼 포장이 되고 알려졌단 말이에요. 그런데 문학 업계에도 없던 일이 아니잖아요. 문학계는 어떻게 보면 부당한 일을 당한 건데. 사실 저는 이걸 그 안에서 자기들끼리 투쟁하기보다는 브랜딩해서 알렸어야 한다고 생각해요. 권력자들이 왜 이 블랙리스트까지 만들어가면서 문학을 두려워하는가, 무서워하는가, 문학의 효용이 무엇인가. 보다 영악하게 브랜딩 해서 알렸다면 좋지 않았을까 하는 생각을 그때 마케터적 시선으로 했었고요. 제가 문학계를 볼 때 약간 느끼는 모순이 뭐냐면 누구보다 잘 벌고 싶고, 잘 알려지고 싶고, 대우받고 싶은 반면에 상업적이고 세속적이길 굉장히 두려워한다는 거예요. 그래서 투쟁하는 형태가 굉장히 고루하다는 생각을 할 때가 있어요. 사실 저는 투쟁하고 찢고 이런 방식도 굉장히 솔깃했어요. 끼워달라고 하고 싶었는데.(웃음) 그런데 그런 형태는, 지금의 대중은 분노할 곳을 찾고 있잖아요, 솔직히 반감을 불러일으킬 뿐이라는 생각이 들어요. 〈햇님과 나그네〉 우화를 요즘 굉장히 많이 생각을 하는데 오히려 문학이 조금 더 세속적이고 조금 더 상업적이고 조금 더 영악해져서 진짜 마케팅다운 브랜딩을 해보면 어떨까. 그래서 저는 요즘 텀블벅의 북펀딩 같은 새로운 책 문화에 관심을 가지고 있어요. 그런 것에 너무 선을 긋지 않고 바라보는 시선이 필요하다고 생각하고. 저는 첫 작품이 장르소설이었고, 장르소설은 목표 자체가 책을 파는 게 아니라 영상화가 목적이거든요. 계약서에 기본적으로 영상화에 대한 부분이 포함되어 있어요. 실제로 CJ엔터테인먼트랑 영화화 미팅까지 갔었는데요. 그런 것들에 대해 저는 무슨 인상을 받았느냐면 아까 말씀드렸던 것처럼 순문학과 장르문학의 경계를 짓고 있는 게 오히려 작가들이라는 인상을 받았거든요. 지하철 시를 말씀하셨는데요, 사실 저도 2호선에 끼어 갈 때는 지하철 시가 폭력적이고 문학을 욱여넣으려는 움직임이라고 볼 때가 있는데, 사실은 그 움직임이 너무 고루하기 때문이라고 생각해요. 저는 가끔은 그 지하철 시를 사진으로 찍거든요. 제가 그 지하철 시를 찍는 사람이에요.(웃음) 가끔은 그게 일상의 위안 한 조각이 될 때가 있거든요. 문학에 대한 벽이 조금 더 낮아진 느낌. 말을 좀 횡설수설 했는데, 햇빛이 될 필요가 있다는 생각이 들어요. 브랜딩이 필요한 거죠. 문학인들이 스스로. 사실 문학가들은 이전의 역사부터 투쟁하지 않고는 못 견디는 피 끓는 사람들이잖아요. 그렇지만 지금은 조금 더 현실적으로 분노하기 위한 사람들이 사는 세상이기 때문에 더 영악해질 필요가 있다는 생각이 듭니다.

김건영 흥미로운 이야기를 많이 해주셨습니다. 저는 여기에 양념을 치는 게 유머와 기발함인 것 같은데 그건 저희가 나중에 단체 결성할 때 고민해봅시다.

정은우 제가 독일에 계신 분들과 인터뷰를 할 때 우연히 독일 쪽 작가와 이야기를 나눌 기회가 있었어요. 그 작가는 소설을 한 권 냈고, 이제 막 번역을 준비하고 있더라고요. 제게 만일 자신이 한국으로 가면 이곳저곳 데려가줄 수 있냐고 물어봤어요. 그때 저는 학원에서 일할 때라 나는 못 한다, 일해야 하기 때문이다, 이렇게 이야기를 했더니 너는 일도 하고 글도 쓴다니 굉장히 부지런하다고 말하더라고요. 제가 그다지 놀라운 일이 아니라고, 한국작가들은 모두 일을 하면서 글을 쓴다고 했더니 그분이 물어보는 거예요. 왜? 한국인들은 정말 부지런하구나. 그러고는 한국에서는 사람들이 책을 많이 사서 읽는지 물어보더라고요. 읽는 사람은 읽고, 안 읽는 사람은 안 읽는다고 대답했죠. 독일에서는 책이 얼마인지 물어봤는데 꽤 높긴 했어요. 20유로 정도? 그런데 우리나라 책값도 도서정가제로 인해 점점 비등비등해지는 편이더라고요. 책이 잘 나가는가 보다. 이렇게 말했더니 그 친구가 잘 모르겠다고 했어요. 오히려 그 친구의 소득은 공공대출권 제도로 보장이 돼요.

현재 사설 도서관이나 책을 비치하는 곳이 우후죽순으로 늘어나고 있어요. 보기 좋거든요. 하지만 도서관에 책이 들어가도 작가에게 들어가는 수익이랄 게 없어요. 다들 도서관에서만 빌려 읽는다면 작가가 받을 인세는 도서관에 비치된 한 권에 그치는 거죠. 아무리 많이 읽어도 소용없어요. 만일 공공대출권을 도입하면 어떨까요? 대출수가 높을수록 작가에게 지원할 수 있어요. 그저 지원금을 300만 원에서 500만 원으로 늘린다는 주먹구구식 방식보다는 더 많은 독자에게 다양하고 넓은 작품들을 소개할 수 있도록 활용할 수도 있겠죠. 가령 도서관에서는 문학 강좌나 북토크 등 2차 브랜딩이 가능하잖아요. 공공대출권을 도입한다면 그 2차 브랜딩에 작가들의 참여를 더 적극적으로 이끌 수도 있을 테고, 사서들 역시 더 다양한 프로그램을 구성할 수 있을 거예요. 무엇보다도 작가들이 느끼는 재정적 부담이 줄어든다는 점이 좋죠.

김건영 최근 제가 좋아하게 된 중국 소설가의 작품을 번역하신 번역가를 우연히 만나서 중국 작가들의 사례를 들을 기회가 생겼어요. 중국 작가는 2급 작가가 되면 월급이 200 정도 나온대요. 정은우 소설가께서 말씀해주신 것처럼 작가들이 지원을 받는 것에 대해서는 여러모로 생각해볼 필요가 있을 것 같아요.

김 홍 저는 구혜경 소설가의 말에 완전 동의하고, 그런 부분을 상업적으로 정말 잘해야 하는 부분이 있고, 문학 에이전시 같이 사업적으로 풀어낼 수 있는 부분도 있다고 생각하거든요. 공공성 상업성 둘 다 중요하다고 생각한다는 측면에서 정은우 소설가께서 이야기하신 공공대출권 측면도 사실 어떻게 해야 하느냐면 서초동 국립중앙도서관 점거를 해야죠. 지금 공공대출 해서 한 권 1회 대출에 몇 원씩 집계해서 정산해 줄 때까지 아무도 못 지나가게 하겠다.

김건영 그렇게 가면 집행부가 감옥 가기 때문에 지금 단체 구성을 하자고 하는 저도 같이 감옥 갈 것 같습니다.

김 홍 사실 블랙리스트 같은 경우도 작가회의가 열심히 싸우긴 했는데 제가 생각하기에는 제도 안에서 싸운 아쉬움이 있다고 생각하고 사실 이 모든 정부 투쟁도 하고 뭐도 하고 뭐도 하려면 연맹이 생겨야죠. 노조라는 건 작가의 노동자성에 대해서 너무 깊고 많은 토론이 생길 거 같기 때문에 대신에 연맹으로. 연맹이 만들어져서.

김건영 재미있는 거 하는 단체로.

김 홍 재미있는 거로 시작하는데 태양과 바람을 이야기 하셨지만 태양은 뜨겁거든요. 가까이 가면 녹아버려요. 태양이 되자는 말에 동의합니다.

김건영 1/3 이상이 동의하셨기 때문에 구성될 수 있을 것 같고요. 저작권이나 공공대출권에 대해 말씀을 안 해주신 분이 계신데 해주실 말이 있으실까요? 아니면 넘어갈까요?

박강산 저작권은 표현 그대로 권리잖아요. 결국에는 작가 스스로가 각성할 필요가 있다는 생각을 최근에 많이 하고 있어요. 출판업계 관계자 말에 따르면 출판사가 실질적으로 수입을 내는 건 2쇄 발행부터라고 해요. 1쇄는 디자인 비용, 인건 비용 등이 들어가서 사실상 수입이 없고 2쇄부터는 찍어내면 되니까 별다른 비용이 발생하지 않는 거죠. 마찬가지로 작가도 1차 창작 결과인 인세로 버는 수입은 사실 없다고 봐야 하거든요. 결국 2차 창작물이 만들어내는 수익 발생의 잠재력을 믿어보는 거잖아요. 최근에 이런 2차 창작이 이슈가 되면서 문체부에서 강의 형식으로 계약서 작성 유의법과 같은 내용을 많이 알리고 있는데요. 그런 온라인 강의에는 사람들이 잘 안 들어와요. 제가 그런 정보를 찾아서 추천해드리면 마치 그런 경제관념을 모르는 게 작가의 미덕이라는 것처럼 굴어요. 젊은작가들도 마찬가지예요. 작가 스스로 각성하고 공부하려고 마음만 먹으면 얼마든지 정보를 얻을 창구는 많거든요. 그런 최소한의 각성은 필요한 것 같습니다.

서호준 패배의식 같은 걸 수도 있는데, 소설은 장르소설 말씀도 하셨지만 저작권 활용 가능성이 많이 열려 있거든요. 영화화, 드라마화, 웹툰화, 애니화 등등. 하지만 시는 아무것도 없어요. 가능성이 없고. 된 것도 없고. 그래서 사실 배타적 권리 다 출판사에 준다 해도 아 그렇구나 하고 말게 돼요.

정은우 드라마에 나온 적 있잖아요.

서호준 그건 소품으로 나온 거죠.

김건영 얼마 전에 창비가 기업과 협업해서 음료수에 시 구절을 한 줄씩 넣기도 했어요.

서호준 시집을 팔기 위함이지 이 시집을 가지고 뭔가를 만든 게 아니잖아요. 그게 다른 것 같아요.

김건영 네. 저도 시나 시집에 도움이 되지 않는다는 생각을 했어요. 시 쪽에서는 상업적 부분이 강화될수록 시와 시인의 아우라는 처참히 망가지는 것 같습니다. 상업적으로 되게 편협한 방식으로 소비되는데, 좀 더 면밀히 살펴보면 사실 시는 소비되지 않아요. 시인의 이미지만 소비돼요. 그러다 보면 시는 아예 읽히지도 않아요. 그래서 아까 구혜경 선생님이 이율배반적인 태도라고 하셨는데 시는 어쩔 수 없이 이율배반적일 수밖에 없어요. 시는 안 팔리고 시인만 팔리고, 결국에는 잊히고 수단이 돼요. 그러면서 시 작품 자체의 퀄리티도 점점 떨어지지 않아요? 유명해진 사람을 보면 그렇게 된다는 인상을 받습니다.

구혜경 그렇군요. 어렵네요.

김건영 공공대출권과 저작권 문제에 많은 이야기가 오갔어요. 대담의 주제인 '생계'와 관련해서 모든 걸 엮어서 작가의 권익, 우리의 권리와 현실에 대해 이야기를 해봤는데 흥미로웠던 시간이었던 것 같습니다. 지금까지 이야기 나눈 것 중 미진한 부분, 말할 타이밍을 놓쳐서 다시 이야기해보고 싶다, 하는 부분이 있다면 이야기를 해볼까 하는데요. 발언을 덜 하신 분들부터 먼저 이야기해볼까요?

김지연 아까 많이 이야기가 나왔지만 작가 개개인에게 직접 지원하는 것도 중요하지만 문학나눔 사업 같은 게 많이 확대되면 좋겠다고 생각해요. 공공도서관 수도 너무 부족한 것 같고, 좋은 책들이 많이 나오는 데에 비해 독자나 시민들이 거기에 접근할 수 있는 방식으로서 도서관의 역할이 제대로 이루어지고 있는지 의문이 들 때가 많거든요. 초판 1,000권, 2,000권을 파는 것도 쉽지 않다는 얘기도 종종 듣는데 공공도서관으로 들어가는 책만으로도 그 정도 수량은 소화될 수 있어야 하지 않나 싶고요. 기본적으로 도서관을 많이 짓고 거기에 공공대출권이 잘 정책화, 제도화되어서 실현될 수 있으면 기반을 확대할 수 있는 방법이 아닐까 생각하거든요.

김건영 개인에 대한 지원도 괜찮지만 그것보다는 자생할 수 있는 것들을 만들어서 해나가는 게 더 좋지 않을까. 문학나눔 사업과 도서관, 공적 영역에서 시장 확대를 위한 방식으로 지원을 해주는 게 더 좋지 않을까. 이런 말씀을 해주신 것 같아요. 그리고 박강산 선생님은 실무자시잖아요.

박강산 아르코의 문학나눔 도서보급사업은 이번에 예산도 증액했고 전반적으로 관심도가 높은 사업인 것 같아요. 그리고 도서관에서 활용하는 사례들을 많이 보내주시는데 아동문학에 대한 피드백이 굉장히 좋아요. 〈예술원에 드리는 보고〉에서도 아동문학 장르의 소외문제를 짚고 있는데요. 이처럼 소외된 장르를 보충할 수 있는 사업이라는 면에서도 강점이 있다고 생각해요. 개인적으로 다른 사업에서 지원 방향성이 괜찮다고 느꼈던 건 예술인복지재단에서 운영하는 의료비 지원 사업이었어요. 선별적으로 이뤄지는 복지보다 누구나 누릴 수 있는 보편적인 예술인 복지가 안착이 되면 좋겠어요.

김건영 저도 들은 것 중에 좋다고 생각했던 프로그램이 있어요. 예술인복지재단에서 예술인 정신과 상담 지원 프로그램이 있는 걸로 알고 있어요. 작가들이 창작 과정중에 심적으로 고통 받을 때가 많잖아요, 궁지에 몰릴 때가 많고요. 그 부분도 여러분들이 한 번 이용해보시면 좋을 것 같다는 생각이 들었습니다.

육호수 방금 든 생각이라서 구체화되지 않은 생각인데요, 이미 등단하고 시집을 낸 작가라든지 출판 과정을 거친 작가들을 지원하는 것도 중요하겠지만 이 판을 넓히려면 원로님들 대우하는 것만큼이나 아예 신인을 육성하는, 데뷔 자체의 길을 열어주는 일도 오히려 공공기관이기 때문에 할 수 있지 않을까요? 한 명만 뽑는 식이 아니라, 보통 한 명만 뽑잖아요. 그 이전부터 지원하고 발표하게 해주고 그중에서 최종 지원금은 몇 명만 받게 하는 식으로 경합을 벌이는 것도 좋을 것 같고요. 당선이 된 사람 한 명만 뽑는 것이 아니라 후보부터 창작 지원을 하고, 그중에서 최종지원을 하는 식으로 아예 데뷔의 문을 열어주고 장을 마련해주고 좋은 심사위원을 위촉하는, 장기 프로젝트를 하면 좋지 않을까라는 생각을 합니다. 워낙 신인들이 스스로 작가라고 말하게 될 수 있는 문도 좁을뿐더러 이후 책이 나오기까지의 과정도 힘들기 때문인 것 같아요.

김건영 등단 1년 차부터 5년 차까지 작품 활동 시작하는 초기가 정말 취약하지요. 동물도 그렇고 식물도 그렇고 초기가 얼마나 취약해요. 누군가 도와줘야 하고. 코로나 시국 이전에는 그래도 미약하나마 교류가 있었거든요. 술자리나 모임 같은 거요. 그 교류의 안 좋은 점도 있었지만 좋은 방식으로 작동하는 것도 있었다고 생각하거든요. 그런 방식들이 완전히 무화되는 상황에서 그런 것들이 살아나면 좋을 것 같다는 의견으로 들립니다.

구혜경 저는 이제 저를 틀에 가두는 것 같아서 말하기 그렇지만 비전공자이기 때문에 주변에 문학을 하시는 분이 많이 없고, 친구들도 사대보험이 적용되는 직장을 다니는 9 to 6 직장인들이 많은데요. 그 친구들을 보면 고용보험의 혜택 중에 여행을 갈 때 국가에서 지원을 해주는 게 있더라고요. 고용노동부에서. 육호수 시인도 여행을 가서 시를 쓰신다고 말씀하셨고, 저도 여행을 가서 환기를 시키고 작품에 대한 소재를 얻을 때가 있어요. 아무래도 예술을 하는 사람들이 여행을 가고 환기를 시킬 필요가 많이 있는데 의료비 지원 같은 실질적인 지원도 좋지만 예술을 살찌우는 방향으로서의 도움이 필요할 것 같아서 직장인들 여행 도와주는 건 탐이 나더라고요. 이런 부분의 도움이 있으면 어떨까. 이것과 관련해서 기억나는 게 예술인활동 혜택에 관한 메일을 매달 받고 있는데 작년(2021)에 템플스테이 지원을 해줬어요. 저는 가지 못했지만 그게 굉장히 좋다고 생각했는데 약간 그런 변두리식의 벗어날 수 있는 어떤 것을 지원해주는 그런 게 있을 것 같다는 생각이 들어요.

육호수 저도 여행 좋아하는 입장에서 굉장히 솔깃하고 템플스테이 좋은 것 같습니다.

김건영 몇 년째 해오고 있는데 프린스 호텔에서 '소설가의 방' 프로그램을 하고 있는 걸로 알고 있어요. 시인의 방은 왜 운영 안 하는지 아쉽습니다. 그런 것도 좀 확대되면 좋을 것 같아요. 그것도 전면적으로 확대가 되면 좋지 않을까 생각을 해봤고요. 그것에 이어서 보험에 무직으로 표기되는 작가의 문제에 대해 이야기를 해보고 싶다고 정은우 소설가께서 말씀해주셨습니다.

정은우 첫 번째로, 김건영 시인께서 예술인 심리 상담에 대해 언급해주셨죠. 예전에 제가 예술인복지재단 심리 상담을 신청하려고 찾아봤어요. 신청자가 많이 있지만 받을 수 있는 인원이 너무 적어서 충분히 지원해주지 못해서 미안하다고 말씀하시더라고요. 그리고 심리 상담 지원을 신청하는 시기가 유동적이에요. 상담 지원 대상의 확충과 대략적인 지원 시기 공고가 필요하다고 봅니다.

두 번째는 해외 워크숍이나 해외 레지던스가 확대되면 좋겠어요. 연극이나 음악 분야는 해외에서 협업을 하거나 공연, 전시를 기획하는 게 문학에 비하면 좀 더 공론화가 되어 있지만, 문학은 사실 무엇을 하는지 불분명하거든요. 게다가 개인이 신청하다 보니 비지정형 레지던스로 직접 컨택하는 게 좀 어렵습니다. 현재 폴란드 바르샤바 대학, 슬로베니아 류블라냐 대학, 미국 아이오와대학교에서 여는 국제창작프로그램, 영국 노리치 작가 센터 이렇게 네 곳이 있는데 레지던스를 좀 더 확충하면 좋겠어요. 해외 레지던스에서 활동할 경우 국내문학을 알리는 기회가 될 수 있죠. 현재 한국문학 작품이 이전보다 왕성하게 번역되고 있는데, 낭독회를 하면 좋겠다고 생각해요.

그리고 마지막으로 투고 쿼터제, 제가 알기로는 몇몇 출판사에서 문예지와 관련한 지원금을 받고 있는 것으로 알아요. 한 번 발간할 때 투고 작품을 한 편 이상 포함한다거나, 그런 식으로 쿼터제가 있다면 작가들이 좀 더 왕성하게 글을 쓰고 투고할 수 있겠죠.

김건영 문학 번역의 경우 한국문학번역원에서는 번역가를 대상으로 번역하면 지원금을 주는 걸로 알고 있습니다. 전체적으로 보면 지원 규모가 작아서 생기는 문제가 아닌가 하는 생각이 들었어요. 해외 레지던시랑 교류 프로그램도 지금은 찾기 힘든 것 같습니다. 제가 오래전에 들었었는데 아라온호(쇄빙선)를 타고 북극에 가는 프로그램이 있다고 들었거든요. 작가들에게 다양한 경험의 기회를 주는 것도 문학에 큰 발전에 기여를 하는 것도 좋을 것 같습니다. 그런 기회들을 통해 한국문학을 외부에 알릴 수 있다고 말씀해주신 것도 인상적이었습니다.다음은 무직으로 표기되는 작가의 현실 이야기를 해보죠. 이 부분은 저랑 김홍 소설가랑 서호준 시인이 이야기를 해볼까요? 우선 제 이야기를 해볼게요. 저는 지금 전세 대출을 받을 수 없어요. 무직이라서요. 전세 대출 기준이 보통 사대보험이 되는 직장을 1년 이상을 다니는 것인데요, 디딤돌 대출은 34세까지 무직이어도 대출이 되더라고요. 34세를 넘어선 저는 전세 대출이 불가능합니다. 그나마 한 군데가 있는데 예술인복지재단에서 하는 예술인대출이었습니다. 살펴보니 연 1회만 하는 데다 경쟁률이 무척 치열하다고 들었습니다. 이처럼 경제활동을 아예 안 하는 건 아닌데 가난하면서도 정말 소외되어 있는 게 작가거든요. 이 상황에서 무직이라는 작가의 타이틀에 대해서 얘기를 해주시면 좋을 것 같습니다.

김 홍 저는 보통 말을 할 때 전업작가라고 말하기보다 무업작가라고 말해요. 업이라는 건 들어오는 게 있어야 하는데 제도적인 사각지대에 있는 거잖아요.

예술인복지재단이 생겨서 그나마 나아진 부분도 있지만요. 예를 들어 특수고용 노동자들이 오래 전부터 조직적인 싸움을 해왔잖아요. 작가들도 연맹을 만들어서 특고 노동자들과 연대하고 민주노총하고 같이 해서 투쟁하고 할 게 아니면 다 어떤 시혜를 바라는 입장일 수밖에 없거든요. 스스로를 무업작가라고 자조하게 만드는 그런 현실이 있는 것 같아요.

김건영 좀 부연해보자면요. 지원금 확대를 주장하다 보면, 구걸하는 것처럼 돼버리는 거죠. 그러니까 당연히 안 해주는 게 아닐까 싶어요. 걔들 입이 동동 떠다니는 걸 보니 아직 살만 하구나, 싶은걸까요. 아까 어떤 분이 이야기해주셨는데 그럴 거면 문학하지 마, 노동자 되면 되지. 그렇게 반론당할 가능성도 있지요.

서호준 저도 할 말이 없네요.

정은우 노동과 문학의 관계로 보자면, 집중해서 글을 쓰기 전에 준비 운동 같은 예비 시간이 필요하잖아요. 그리고 글을 쓴 후 빠져나가는 시간도 필요한데, 결국 문학이 생계를 위한 수단으로는 불충분하다 보니 그 시간들을 감당할 생계 노동을 어쩔 수 없이 수반하게 되는 것 같아요. 그리고 그만한 시간을 또 써야 하니까 작가 대다수가 무직, 비정규직, 시간을 좀 더 자유로이 쓸 수 있는 상태를 선택하는데 사실상 무직 상태에 머물러 있는 셈이죠. 게다가 문인의 경우 다른 예술인들에 비하면 예술인 고용보험의 사각지대에 있는 경우가 많아요.

비정규직으로 일하다 보면 노동법 문제로 스스로 노동청을 찾아야 할 때가 있어요. 그곳에서 직업란에 작가라고 쓰면 그쪽에서는 "작가 선생님이 얼마 안 되는 돈 때문에 노동청에 와서 이렇게 싸우셔야겠냐"라고 물어보더라고요.

김건영 진짜로요?

정은우 보통 노동청이 노동자 편이라고들 생각하기 쉽지만, 우선 비정규직이 퇴직금을 받는다손 치더라도 환산되는 금액이 그다지 크지 않거니와 기준이나 증명 과정도 까다로워요. 그러다 보니 작가 선생님이 여기 와서 이렇게까지 고용주와 일대일로 면담을 하고 고성이 오가는 대화를 녹취까지 따서 증명하는 게 부끄럽지 않느냐고 물어보는 분도 계시는 거죠. 마치 작가라는 어떤 이상적인 정체성이 있고, 그 정체성은 전혀 세속적일 수 없다는 듯이 말이에요. 하지만 그 암묵적인 억압은 생계와 연결될 수밖에 없습니다. 결국 다들 작가 대신 프리랜서라고 쓰는 거죠. 우아하게 있다가 굶어 죽느냐, 아니면 먹고 살기 위해서 그 우아하다는 억압을 벗어던지느냐. 이 두 가지 선택지 앞에서만 번민하는 거예요. 둘 다 답이 아닌데.

김건영 예술가의 경우 무직이라는 말이 참 애매하잖아요? 저는 무직이라는 걸 돌려서 재택독서가라고 표현합니다. 창작활동을 하는 예술가가 실재적인 생산물이 없는 잉여자로 사회에 전혀 도움이 안 되는 존재일까요. 자본이 투입되어야 하는 존재. 그 존재가 만들어내는 결과물도 시장에서 안 팔리는 상황. 이게 현실인 것 같아요. 우리끼리 더 예민하게 굴면서 우리끼리 잘사는 것만 중요해서 이런 논의를 하는 건 아니라고 생각합니다. 미래의 후배도 있잖아요. 그런 의미에서 이 생계라는 주제가 더 의미 있다고 봅니다.

서호준 저는 생계라는 주제랑 예술원, 저작권, 원고료 등등 이런 이야기가 작가가 된 이후의 이야기라고 생각해요. 저는 그 전 단계에 더 관심이 많아요. 한국예술창작아카데미도 그렇고 등단부터 투고, 출판, 문학상, 지원금, 상주작가, 모든 것이 심사로 이뤄지잖아요. 심사가 아닌 게 없는데 모두가 알다시피 심사풀은 한정되어 있고, 한 사람이 여러 심사에 들어가는데 이 이야기에 대해서는 별로 논의도 없고 문제화되지 않는 것 같아요. 등단제도만 해도 문예지 신인상이 있고, 신춘문예가 있고 지방에서 하는 문학상이 있는데 한 사람이 1년에 대여섯 군데를 심사하기도 해요. 그 사람이 직접 말하지 않으니 하나씩 찾아봐야 알 수 있어요. 이러면 문제가 될 수밖에 없잖아요. 심사가 주관적일 수밖에 없는데, 예술은 각자의 취향이 굉장히 중요하고 작품의 절대적 가치를 따질 수가 없어서 상대적으로 볼 수밖에 없는데, 심사풀을 보면 공모전, 지원사업, 문학상 등 심사를 가는 사람들이 한정적이라는 게 문제인 것 같아요.

김건영 사실 심사 제도의 공정성이나 형평성 이야기는 대부분 하고 있어요. 사적으로는 확실히 다들 하고 있죠. 공적으로는 잘 나오지 않을 뿐이에요.

서호준 공적으로 나와야죠.

김건영 좋습니다. 서호준 시인께서 꺼내셨으니까 이 자리에서 한번 해봐요.

서호준 저는 제가 좋아하는 시인이 있는데 그 사람이 1년에 심사를 5개인가 한 거예요. 굉장히 실망을 했어요. 개인적으로. 제가 실망한 건 중요하지 않겠지만 이를테면 신춘문예 같은 경우도 모 시인이 세 군데를 도는 걸 봤어요.

김건영 법적으로 문제가 없지만 도의적으로 문제가 있다고 생각해요. 너무 스스로를 과신하는 게 아닌가 싶어요.

서호준 작가가 개인적으로 1년에 심사는 1인당 하나. 이렇게 의식적으로.

김건영 구체적으로 실명을 거론할 수 없으니 이렇게 해야 하는 게 답답합니다. 어떤 분은 평생 할 거 다 하고 주목받을 거 다 받고 살았어요. 물러나야죠. 문학의 다양성을 저해하는 방식으로 자신이 작동하고 있다는 걸 아무도 알려주지 않는 건 문제가 있어요.

제게 아이디어가 있습니다. 만해문학상 패러디로 그만해문학상. 그만하시라고요. 이런 선배들께 물러날 자리도 마련해주는 거죠. 이제 선집 내시죠, 하고요. 저는 항상 이야기해요. 등단은 있는데 왜 낙단은 없냐고. 자리 반납하는 어르신들 왜 없냐고요. 운전면허도 반납하는 경우 있잖아요? 혼자라도 선언문 읽으려고 하는데 주변에서 말려요. 왜 네가 해야 하냐. 다친다.

김 홍 같이 해요.

서호준 공동 집회로.

김건영 이렇게 해도 어르신들 안 읽으니 괜찮을 거예요.

김 홍 제대로 하면 읽을 수밖에 없어요.

서호준 아무 말도 하지 말고 그해에 본선 심사 본 사람. 세 군데 이상 본 사람.

육호수 시 원고료도 역순으로 해서 공개하면 좋겠어요.

김건영 그렇죠. 그런 게 공개되어 있지 않아요. 옛날에는 오히려 PC통신 시절에는 선배들은 거기서 커뮤니티가 형성되었다고 하더라고요. 문인들이 자주 가는 커뮤니티가 있고 광장이 활성화되어 있었대요. 지금의 우리는 그런 게 없고 더 고독해진 것 같아요. 기술의 발달로 소통이 편해졌지만 소통 불가의 순간이 더 많아진 것 같습니다.

김 홍 근데 계속 고민 되는 부분도 있어요. 내가 사용자와 계약을 맺은 노동자라면 출근을 해서 일을 지속하는 것으로 노동자성이 확인되고 조합을 만들었을 때 교섭력이 만들어지는데, 작가라는 직업 자체가…… 아까 미진한 부분에 대해 이야기해보자고 하셨는데 내가 제일 미진해. 내가 쓰는 글이 미진하고 내가 쓰는 분량이 미진하고 내가 미진하기 때문에 집필노동을 하고 있으면서도 노동자로서 자신할 수 없는 그런 측면이 있거든요. 그래서 사실 어떤 걸 만들고 싸우거나 할 때 그런 것들이 걸리는 것 같아요.

김건영 아까 말했듯이 타 장르 작가들은 만나보면요. 되게 자긍심이 있어요. 자신부터가 스스로를 북돋아주는데 우리 작가들은 스스로 의심하게 되잖아요. 이런 말을 하기 위해서 나는 어때? 자기 검열을 하잖아요. 그런 것들이 좋기도 해요. 그렇지만 그런 태도가 지금으로서는 안 먹히는 게 아닌가 생각을 하는데요. 제가 들은 이야기 중 인상적인 이야기가 설치미술을 하는 작가 이야기였어요. 설치미술 작품에 전구가 하나 깨져가지고 손해배상 청구를 몇천만 원을 했다는 거예요. 기성품이니 갈아서 끼우면 되는데 싫어서 어처구니없으면서도, 자기 작품에 대한 자부심을 보여주는 강력한 수단이라는 생각이 들었어요. 그런데 저희 작가들은 대부분 그렇지 못해요. 문제가 있다는 생각이 들어요. 자기 자신이 계속 검열해야 하는 건 맞지요. 그런데 검열만 해서 스스로를 위축시키는 것은 문제 아닐까요. 무직이기 때문에 작가라는 아우라를 표현할 수 없는 지경에 와버린 거잖아요. 뭔가를 해야 하지 않을까. 이런 상황에서 단체를 구성하여 교섭을 해야 하지 않을까요. 우리의 권리를 찾는다는 건 어느 정도는 안하무인일 때도 있어야 하지 않을까요? 제비 이야기를 했듯이 소리를 질러야 먹이를 주는데 가만히 있으면 굶어 죽었는지 모르잖아요. 슬프면 슬프다고 이야기를 하고, 배고프면 배고프다고 이야기를 해야 하는 거니까요.

우선 창작으로 고통받는 분들은 예술인복지재단의 정신상담부터 받아보죠. 결국 자기위축이잖아요. 반대로 좀 오만해져볼 필요도 있을 것 같습니다. 저는 지하철 시의 도움을 받은 사람입니다. 저는 사진을 많이 찍었어요. 이런 것도 자랑스럽게 붙이는데 나라고 못 쓰겠냐, 이러면서 스스로를 위로했던 경험이 있습니다. 참 나쁘지요. 그렇지만 모든 사람에게 다 사랑받을 수는 없을 것 같아요. 문학도, 한 사람의 삶도요. 지금은 과한 윤리적인 잣대를 작가들에게 요구하는 것 같습니다. 그런데 어떤 부분은 못 하겠다고 말하는 게 필요하지 않을까요? 너무 많은 것을 요구받고 있는 게 아닐까? 그것 때문에 우리가 아픈 건 아닐까?

김 홍 그래도 윤리적으로 해야죠.

김건영 맞습니다. 그래도 윤리적이어야 합니다. 균형을 잘 맞춰야겠지요. 이제 이 좌담을 읽는 독자분들께 인사를 하면 어떨까 싶은데요. 마무리로 앞으로 펼쳐질 생계에 대한 포부를 밝히면 어떨까요? 나는 어떻게 돈을 벌 것이다, 이런 마음으로 다독여봅시다. 육호수 시인부터 시작해서 돌아가죠.

육호수 저는 리트리버 두 마리를 키우는 시골 2층 집에서 살고 싶습니다. 그게 저의 포부이고요. 제가 혹시나 문학이 아니라 부동산이나 다른 걸로 만약 재산을 많이 축적하게 된다면 꼭 작가에게 20% 이상의 인세를 주는 출판사를 차리고 싶습니다.

김건영 진짜 멋지네요. 그래서 리트리버 마리당 10%씩 해서 20%인가요? 응원하겠습니다.

모두 (웃음)

김지연 공감되는 이야기를 많이 들어서 되게 좋았습니다, 작가 연맹 이런 모임도 있으면 좋겠다는 생각을 많이 했어요. 어떤 부당한 일을 겪었을 때 작가 개인으로서 이걸 대처해 나가는 것보다 내가 어떤 데에 소속감을 느낄 수 있고 그 단체에서 어떤 같이 연대를 해주면 좋지 않을까 하는 생각이 많이 들었고요. 어떻게 먹고 살지에 대해서는 늘 고민이긴 하지만 그냥 글 쓰는 일은 저한테는 어쨌든 계속 해나가는 부업 정도가 되지 않을까? 생각하고 있어요. 곁에 친구처럼 두고 얘를 잘 돌보면서 계속 같이 갈 수 있으면 좋겠습니다.

정은우 저는 최근에 주간연재를 하게 되었는데 올해 상반기는 간신히 버틸 수 있겠다고 생각해요. 하지만 이 연재가 끝나고도 계속 소설가로서 살아갈 수 있을지, 글을 쓸 수 있는 원동력을 유지할 수 있을지 불안해요. 지금은 안심하고 있지만, 계속 걱정을 품고 사는 거죠. 주변에 이런 불안을 함께 공유하는 사람들이 있어서 다행이고, 그리고 이번에 창작아카데미에서 만난 작가들과 소통하면서 정말 즐거웠어요. 모두의 기저에 그런 불안이 있지만 계속 용기를 가지고, 믿으면서 나아가고 있구나. 그런 생각이 들었거든요. 문학계에 대해서도 서로 대화하기를 멈추지 않는다면, 티끌이 쌓여 언젠가는 태산이 된다는 말처럼 도움이 되지 않을까 생각하고 있습니다. 독자분들도 꾸준히 관심을 가지고 바라봐주시길 바랍니다. 포부는, 음…… 우선 계속 마감이 있었으면 좋겠네요. 아직은 제가 덜 단단해서요.

박강산 저는 약력을 보니까 2019년부터 1년에 한 번씩 발표했더라고요. 꾸준히 1년에 한 편씩 발표하는 것처럼 창작에도 정기성이 있다면 좋겠어요. 작가로 살기 위해선 늘 창작을 위해 무언가를 포기하거나 쟁취해야 되는 게 있는데요. 반면에 독자가 되는 건 그저 즐기기만 하면 되잖아요. 저는 쓰는 것 이상으로 읽는 걸 좋아하는 편이기 때문에 불행한 작가이자 행복한 독자로서 살도록 하겠습니다.

김 홍 이 글을 읽고 있다면 문학생산자거나…… 생산자가 아닌 순수 독자로서 보고 있다면 한국 인구의 0.1% 정도일 겁니다. 그 독자 중에서도 상위 3%를 차지하고 계신 분일 거예요. 여러분이 책임져야 합니다. 당신들이 나를 살려야 한다.

김건영 메타 좌담인데요?(웃음)

김 홍 본인들이 내 책을 사고, 내 옆에 있는 작가들의 책을 사야 우리가 먹고산다. 끝까지 책임을 회피하지 마시라. 저의 포부는 문학 말고 다른 일을 해서 돈을 벌어서 잘 먹고 잘살고 싶습니다.

서호준 저는 꿈도 희망도 없이 하루하루 살고 있고, 어쩔 수 없다고 생각하고 있어요.

제가 1년 전에 주식을 열심히 했었어요. 망상도 열심히 했는데 최근 증시 역사가 머릿속에 있는데 그때로 돌아가서 이렇게 이렇게 하고, 아무튼 망상의 끝이 뭐냐면 5천 억을 만드는 거예요. 5천 억을 만들어서 한국 시 재단을 만들 것이다. 거기에 5천 억을 때려넣고 시 쓴 사람들에게 연봉 1억씩 주고 그런 망상을 하다가 잠들고 했거든요. 미국에 poety foundation이라고 있는데, 재단 창립자가 한국 돈으로 2천 억을 후원해서 운영하고 있어요. 그걸로 잡지도 내고 상도 주고 지원금도 주고 하더라고요. 그런데 한국은 부자들이 시에 관심이 없다. 왜 그럴까. 이런 궁금증이 들더라고요. 문학관 있는 거라고 해봐야 지자체에서 열심히 한 거고. 뭐 이런 생각들을 하면서 하루하루 살고 있습니다.

김건영 국립근대문학관이 은평구에 지어지고 있습니다. 그나마. 지어지면 같이 앞을 거닐고 어딘가를 폭파할 마음을 한번 먹어봅시다.(웃음)

구혜경 발언을 미룬 게 너무 생각이 산발적으로 떠올라서인데요. 제가 모순적인 삶을 살아왔어요. 십몇 년 동안 글을 쓰면서 직장을 다녔고, 글을 쓰는 일이 아닌 일도 꾸준히 했는데 그게 내재된 불안 때문이었어요. 직장을 다니면 글에 집중할 수가 없는데, 글에만 집중하면 불안 때문에 잠을 잘 수가 없어요. 생계유지가 안 되니까요. 이런 딜레마를 오래 앓았지만 그때마다 저는 어쨌든 글을 써야겠다고 생각을 했어요. 그래서 블로그 원고도 쓰고 유튜브 시나리오도 쓰고 웹소설도 쓰고 에세이도 쓰고 사진 에세이도 쓰고 진짜 엄청 잡다하게 써서 어떤 면접관님이 저한테 정말로 열심히 사셨네요, 이렇게 말한 적이 있거든요. 그 말이 잊히지 않는데. 제가 항상 생각하는, 가지고 있는 기억이 있어요. 3천 원짜리 블로그 원고를 썼던 일이에요. 메모장에 그 업체에서 넘겨주는 사진. 넘버링이 되어 있거든요. 침대 사진이든, 뭐든. 키워드를 여섯 개 넣어라, 그래야 상위노출이 된다, 이런 식인데 3천 원짜리 원고를 열 개 정도 써서 새벽에 넘기는 거예요. 그런데 그 글을 써서 넘기는 것만으로도 저는 너무 좋은 거예요. 이 글을 이렇게 쓰고, 이렇게 마무리 짓고, 이런 부사를 쓰고 이렇게 고르는 일이 그 글 자체도 즐거운 거예요. 소설에 비하면 글도 아닌데. 그런 감각을 항상 잊지 않으려고 노력하는데요. 그런데 사실 제가 포부 말씀드리는 걸 미룬 게, 이 좌담회 주제가 생계인데 저는 막상 중요한 순간에는 돈이 아닌 딴 걸 선택해요. 제가 매 순간 선택을 어떻게 했는지 돌아보면 돈을 선택했던 적은 한 번도 없더라고요. 뜬금없는 소리지만 갑자기 생각나는 게, 제가 사주보는 걸 좋아하거든요. 사주 보시는 분들마다 저한테 공통적으로 하는 말씀이 돈을 쫓아가면 안 된다. 무조건 하고 싶은 대로 해야 하는 사람이고, 하고 싶은 대로 하면 돈은 자연스럽게 쫓아온다고 말씀하세요. 그 말에 기대지 않으려고 하는데 그게 이런 뜻인가, 생각하게 되고. 지금도 포부를 물어보셨는데 저는 유퀴즈에 나가고 싶어요. 유퀴즈에 소설가 구혜경으로 나가서. 아마 제가 말을 잘 못하기 때문에 논란이 될 수도 있겠죠? 그런 건 차치하고 방송이 끝나면 유재석 님과 이야기를 나눌 수도 있고 셀카도 찍을 수 있겠죠? 지인 한 명쯤은 데려갈 수 있겠죠? 그런 꿈을 꿔요. 어떻게 보면 명예욕일 수도 있고, 그렇게 나가면 돈도 따라올 수 있겠지만 일단 제가 그리는 이미지는 그렇습니다. 유퀴즈에 나가서 유느님을 영접한 소설가 구혜경. 그걸 그리면서 3천 원짜리 원고를 쓸 때의 저를 생각하면서 살고 있습니다.

김건영 유퀴즈 꼭 나가시기를!

정은우 저 따라가기로 했습니다. 유느님 사인 받을 거예요.(웃음)

김건영 오늘 너무 감사했고요. 좌담은 여기서 마치도록 하겠습니다.

구혜경 김건영 시인의 포부도 말씀해주시죠.

김건영 저를 빼먹을 뻔했군요. 제가 무직상태가 되고 나서 동물단체에 기부를 못 하고 있어요. 동물단체에 기부를 할 수 있는 재력을 갖게 되는 것과 마감을 행복으로 느끼는 작가가 되는 것. 마감이 오면 기뻐서 춤추는 작가가 되고 싶습니다. 이상입니다.

monotype

우리는 어리석게 사랑하고 어리석게 살아간다
— 영화 〈조제, 호랑이 그리고 물고기들〉(2003)과 〈이터널 선샤인〉(2004)

구혜경

누군가를 사랑하는 건 언뜻 비이성적인 행위로 보인다. 어떤 형태든 사랑을 하면 쓸데없는 일에 시간과 감정을 소모하고, 별것도 아닌 일로 목소리를 높이고, 스스로도 이해할 수 없는 내면의 격랑 안에서 울고 웃고 화를 낸다. 극단적인 감정 표출을 꺼리는 나 같은 사람에게 사랑과 그로 인해 촉발하는 행위 전체는 성가신 과업처럼 여겨진다.

그럼에도 나는 사랑받기를 갈구하며 진정을 다해 사랑하기를 원한다. 사랑했고, 사랑하고, 사랑할 것이다. 왜일까. 왜 이렇게 비이성적인 일에 사로잡힐 수밖에 없을까.

영화 〈조제, 호랑이 그리고 물고기들〉 | 이누도 잇신 감독 | 2003
영화 〈이터널 선샤인〉 | 미셸 공드리 감독 | 2004

겨울이 오면 생각나는 사랑 영화가 둘 있다. 하나는 이누도 잇신 감독의 〈조제, 호랑이 그리고 물고기들〉, 하나는 미셸 공드리 감독의 〈이터널 선샤인〉이다. 매번 〈조제, 호랑이 그리고 물고기들〉의 바닷가 풍경과 〈이터널 선샤인〉의 몬톡 해변을 동시에 떠올리는 건 비단 시간적 배경 때문만은 아니다. 두 영화는 닮았다. 두 영화가 내 인생영화로 자리한 건 사랑을 소재로 사실 삶을 이야기하기 때문이다. 불가피성과 변화. 그 변화를 통한 성장. 〈조제, 호랑이 그리고 물고기들〉과 〈이터널 선샤인〉은 불가피하게 마주하는 어떤 것을 통해 우리가 어떻게 변화하는지, 성장하는지를 가르친다. 나는 두 영화를 보면서 '모두 사랑에 공감하고 사랑을 경험하면서도 사랑에 대해 명쾌하게 설명하지 못하는 건 사랑이 곧 삶의 축소판이어서가 아닐까' 생각한다.

내가 '나'인 것을 알게 되는 순간 '나'로 살 수 있다

〈조제, 호랑이 그리고 물고기들〉은 마작 게임장에서 심야 아르바이트를 하는 대학생 츠네오가 손님들로부터 이상한 할머니가 끌고 다니는 유모차에 대한 소문을 듣는 장면으로 시작한다. 어느 날, 츠네오는 소문으로만 듣던 그 유모차와 마주치게 된다. 유모차 안에 있는 건 소문처럼 어마어마한 돈도, 마약도, 어린 손주도 아닌 체구가 작은 성인 여성이다. 그녀의 이름은 조제. 츠네오는 그날 조제의 집에서 아침식사를 얻어먹게 된다. 조제는 걷지 못하는 장애인이지만 할머니가 주워 온 헌책들을 읽어 매우 박식하며 요리 실력도 수준급이다. '달걀말이가 맛있다'고 칭찬하는 츠네오에게 조제는 '당연하지, 내가 만들었는데 맛없으면 이상하지'라고 대답한다. 츠네오는 독특한 조제에게 어쩔 수 없이 이끌려 사랑에 빠진다. 하지만 조제를 남들 눈에 띌까 봐 새벽에만, 그것도 천으로 가린 유모차로만 밖에 데리고 나가는 할머니에게 츠네오는 평온한 일상을 위협하는 총각일 뿐. 할머니는 더 이상 조제에게 다가오지 말라고 충고하고, 츠네오는 억지로 조제를 잊기 위해 노력한다. 그러나 우연히 조제의 할머니가 돌아가셨다는 소식을 듣게 된 츠네오는 조제를 찾아가고 둘은 서로의 감정을 인정하고 연인이 된다.

츠네오와 조제의 관계에서 배제할 수 없는 요소가 하

나 있다. 조제가 장애인이라는 것이다. 〈조제, 호랑이 그리고 물고기들〉을 처음 보는 관객도 자연스럽게 둘의 이별을 짐작한다. 영화 시작부터 '겨울여행을 갔다. 무척 추웠던 게 기억난다. …… 그립다'라고 츠네오가 독백하기 때문이다. 조제가 장애인이어서 그렇다는 이야기는 나오지 않지만, 영화가 진행되면 자연스럽게 조제의 장애와 그 이별을 연결 지어 상기하게 된다. (적어도 나는 그랬다.) 그러나 츠네오와 조제가 이별한 이유는 조제가 장애인이어서가 아니다. 모든 사랑은 본질적으로 같은 이유로 끝난다. 사랑이 끝났기 때문이다. 조제와 츠네오도 마찬가지다. 츠네오는 '이유는 여러 가지가 있었겠지만 사실 단 하나였다. 내가 도망쳤다'라고 이별의 원인을 독백했으나 사랑을 해본 관객이라면 안다. 츠네오는 한 여자를 사랑한 일반적인 남자다. 비난받을 이유도, 독려받을 이유도 없다. 그렇다면 조제는. 조제는 어떨까.

벽장 안에 갇혀 할머니가 주워 온 헌책들로 세상을 배운 조제는 츠네오를 만나 처음으로 동물원에 가서 호랑이를 본다. 조제에게 호랑이는 '꿈에 나올까 무서운' 존재다. 한 번도 제대로 마주한 적 없는. 조제는 여기서 츠네오에게 "좋아하는 남자가 생기면 제일 무서운 걸 보고 싶었어"라고 말한다. 조제는 츠네오를 통해 벽장에서 나와 무섭기만 했던 세상을 마주하게 된 것이다. 츠네오와 조제는 동물원에서 호랑이를 같이 봤지만, 함께 떠난 겨울여행에서 보기로 한 수족관의 물고

기들은 보지 못한다. 수족관이 휴관했기 때문이다. 이때 조제가 어린아이같이 말도 안 되는 짜증을 부리는데 츠네오의 표정이 점점 일그러지는 걸 볼 수 있다. 원래 이 겨울여행은 고향에 계신 츠네오의 부모님에게 조제를 소개하러 가는 길이었으나 츠네오는 조제가 화장실에 간 틈에 동생에게 전화해서 고향에 가지 못할 것 같다고 말한다. 조제 역시 차에 타자마자 행선지가 입력되어 있는 내비게이션을 끄고 "바다를 보고 싶어"라고 말하는데 이는 조제가 이미 츠네오의 마음을 읽었음을 보여준다. 그리고 둘은 바다를 함께 보고, 원래 가기로 했던 온천 여관으로 가는 길에 충동적으로 물고기 성 모텔에 들어가 하룻밤을 묵는다. 조개 모양의 침대 위에서 먼저 잠든 츠네오에게 조제는 말한다.

"언젠가 네가 사라지고 나면 난 길 잃은 조개껍데기처럼 혼자 깊은 해저에서 데굴데굴 굴러다니겠지. 그것도…… 그런 대로 나쁘지 않아."

조제가 혼자가 될 것을 예감하는 이 장면은 특별한 의미가 있다. 본래 조제는 혼자였던 존재다. 다시 말해, 조제가 혼자로 돌아가 그 자신이 혼자라고 직면할 수 있는 건 츠네오를 만났기 때문이다. 혼자가 아닌 시간을 보냈기에 혼자를 알 수 있게 된 것이다. 세상을 마주하지 못한 벽장 속의 조제와 세상을 마주한 뒤 다시 혼자가 된 조제는 엄밀히 말하면 같은 사람이되 다른 사람이기도 하다. 이 대목에서 묻고 싶다. 사랑을 하면 진정으로 혼자가 아니게 되는가? 아니면 홀로일 수밖에 없는 불가피성을 깨닫게 되는가?

모든 종류의 직면은 단 한 가지 결과를 불러온다. 변화다. 그 변화는 붕괴일 수도 있고, 성장일 수도 있다. 그러나 변화하지 않을 수는 없다. 내 안을 제대로 바라보고 만 순간 우린 어떤 식으로든 그것을 외면치 못하기 때문이다.

조제는 변화한다. 조제는 되고 싶었던 조제가 되어간다. 무슨 말이냐면, 조제는 사실 그녀의 본명이 아니다. 조제의 본명은 구미코. 조제는 구미코가 제일 좋아하는 프랑수아즈 사강의 소설에 나오는 여자다. 소설 속의 조제는 이별과 외로움을 두려워하지 않는다. 츠네오와 담백한 이별을 치러낸 조제도 조제에게로 한 발짝 다가간다. 자전거를 타는 사람들과 나란히 휠체어를 타고 거리를 누빈다. 휠체어 밑에 스케이트보드를 대고 달려주던 남자가 없어도, 자신이 부끄러워 새벽에만 밀어주던 할머니가 없어도 조제는 세상을 마주하게 되었다. 제 몫의 생선만을 구워 끼니를 챙기는 사람이 되었다. 생선 반 토막을 담담히 굽고 의연하게 '쿵' 제 몸을 홀로 내딛는 조제는 더 이상 이전의 구미코가 아니다. 조제다.

삶이라는 단어에는 '살아 있다'는 의미가 내포되어 있다. 살아 있는 것은 고정되지 않는다. 변화한다. 조제는 사랑을 통해 변화한다. 로맨스 영화지만 사실 성장담에 가까운 〈조제, 호랑이 그리고 물고기들〉을 볼 때 내가 삶을 반추하는 이유다.

그럼에도 "Ok" 할 수밖에 없는

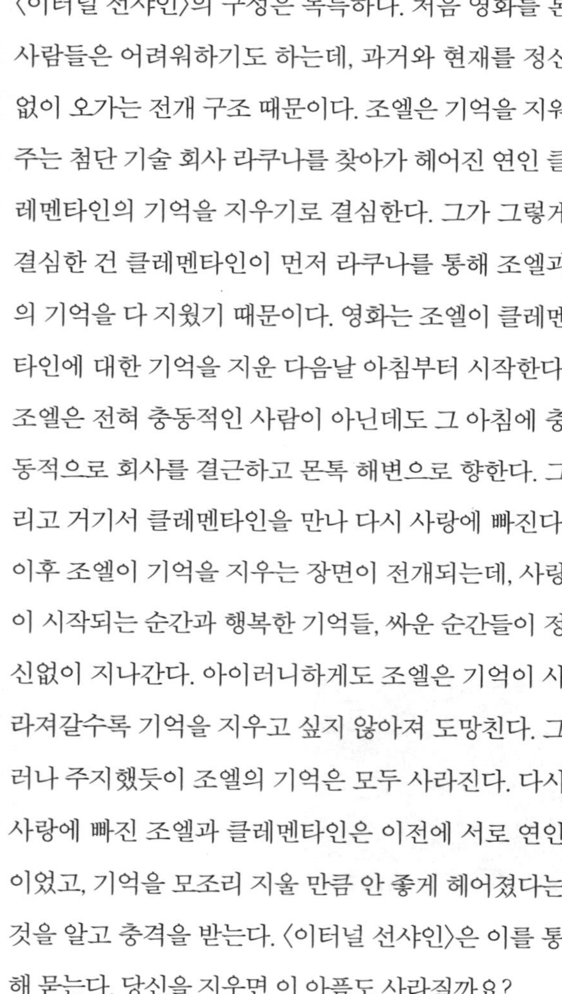

〈이터널 선샤인〉의 구성은 독특하다. 처음 영화를 본 사람들은 어려워하기도 하는데, 과거와 현재를 정신없이 오가는 전개 구조 때문이다. 조엘은 기억을 지워주는 첨단 기술 회사 라쿠나를 찾아가 헤어진 연인 클레멘타인의 기억을 지우기로 결심한다. 그가 그렇게 결심한 건 클레멘타인이 먼저 라쿠나를 통해 조엘과의 기억을 다 지웠기 때문이다. 영화는 조엘이 클레멘타인에 대한 기억을 지운 다음날 아침부터 시작한다. 조엘은 전혀 충동적인 사람이 아닌데도 그 아침에 충동적으로 회사를 결근하고 몬톡 해변으로 향한다. 그리고 거기서 클레멘타인을 만나 다시 사랑에 빠진다. 이후 조엘이 기억을 지우는 장면이 전개되는데, 사랑이 시작되는 순간과 행복한 기억들, 싸운 순간들이 정신없이 지나간다. 아이러니하게도 조엘은 기억이 사라져갈수록 기억을 지우고 싶지 않아져 도망친다. 그러나 주지했듯이 조엘의 기억은 모두 사라진다. 다시 사랑에 빠진 조엘과 클레멘타인은 이전에 서로 연인이었고, 기억을 모조리 지울 만큼 안 좋게 헤어졌다는 것을 알고 충격을 받는다. 〈이터널 선샤인〉은 이를 통해 묻는다. 당신을 지우면 이 아픔도 사라질까요?

우리는 답을 알고 있다. 〈이터널 선샤인〉이 여기에 답하기 위해 만든 영화니까. 물론 그 답이 우리 개개인의 답은 아닐 수도 있다. 마지막 장면에서 모든 진실을 알게 된 클레멘타인은 조엘에게 "잘 있어요"라고 말하고 그의 집을 나선다. 이미 실패한 사랑에 다시 뛰어들지 않겠다는 의미다. 그러나 조엘은 클레멘타인을 붙잡는다. 제발 기다려달라고 말한다. 클레멘타인은 혼란에 빠진 표정으로 알겠다고 대답한다. 이때 그녀는 몹시 슬픈 것 같기도 하다. 마주 본 두 사람. 클레멘타인이 말한다.

"나는 완전하지 않아요.
마음의 평화를 찾으려는 망가진
여자일 뿐이죠. 완벽하지 않다고요."

그러자 조엘은 대답한다. "당신에게서 마음에 안 드는 구석을 찾을 수가 없어요. 안 보여요." 클레멘타인이 격앙된 어조로 소리친다. "보일 거예요. 곧 거슬리게 될 테고 난 지루하고 답답해하겠죠. 나랑 있으면 그렇게 돼요." 조엘은 대수롭지 않다는 듯 어깨를 으쓱인다.

"Ok."

그러자 잠시 말을 잃었던 클레멘타인이 고개를 끄덕인다.

"……Ok."

둘은 울음 섞인 웃음을 터뜨리고, 클레멘타인은 다시 한 번 더 말한다.

"Ok."

그리고 둘은 서로를 보고 한참을 웃는다. 눈이 쌓인 몬톡 해변, 조엘과 클레멘타인이 이전처럼 즐겁게 뛰어다니는 장면으로 영화가 끝난다.

〈이터널 선샤인〉은 사랑에 대해서만 묻는 게 아니다. '끝을 알아도 같은 선택을 할 수 있느냐'는 보다 심오한 질문을 던진다. 조엘과 클레멘타인은 끝을 알고 난 뒤에도 서로를 선택한다. 이것이야말로 비이성적이다. 그런데 삶은 때때로 이런 비이성적인 순간들로만 설명할 수 있다. 그건 모든 사랑에 끝이 있듯 모든 삶에도 끝이 있기 때문일 것이다. 끝이 내정된 것들은 우리를 절박하게 만든다. 이성적인 선택으로만 삶을 채운다면 그 삶은 윤택할지도 모른다. 겪지 않아도 될 고통을 최대한 피할 수도 있을 것이다. 그러나 그게 무슨 의미인가. 클레멘타인과의 기억을 지울 때 조엘은 그의 인생에서 가장 행복했던 순간도 잃어야 했다.

"I'm just…… happy.
I've never felt that before.
I'm just exactly what I've wanted to be."

행복과 아픔은 공존한다. 우리는 행복하기 위해서 아픔을 겸허히 받아들여야 한다. 꼭 아파야만 행복할 수 있는가, 공분하여 따지고 싶을 수도 있다. 왜 그렇게 해야만 하는지 묻고 싶기도 하다. 그러나 설명할 길이 없다. 그건 사랑을 할 때 우리가 행복하고 아프며, 아프고 행복하듯이 삶 역시 그러하기 때문이다. 평행으로 배열된 세로로 난 실(경사)과 직각의 가로로 난 실(위사)이 교차되어 한 직물이 직조되듯이. 삶은 그러하다. 그러니 우리는 끝을 알아도 어쩔 수 없다. 어쩔 수 없이 살아야만 한다. 행복하고 아프게.

행복하고 아프게,
아프고 행복하게,
어리석게도 어리석게

원래 나는 사랑이 사람을 성장시킨다는 말을 믿지 않았다. 누군가를 사랑하는 일은 차라리 퇴행에 가깝다고 생각했으니까. 그러나 이 말을 제멋대로 해석해 '사랑이 가지고 있는 삶의 속성이 사람을 가르친다'는 말로 바꾸면 믿을 수밖에 없다.

사랑은 삶을 닮았다. 어쩌면 삶은 곧 무언가를 사랑하는 일의 연속일지도 모른다. 우리가 거기에서 할 수 있는 건 그 불가피한 변화 앞에서 최선의 방향으로 걸어가는 것일 터다. 〈조제, 호랑이 그리고 물고기들〉의 구미코가 사랑을 통해 조제가 되고 〈이터널 선샤인〉의 조엘과 클레멘타인이 어리석게도 'Ok'하여 사랑의 불가피함을 받아들이듯이.

이제 죽음은 아무것도 아니어서

— 비디오 게임 〈블러드본〉과 〈데스 스트랜딩〉의 세계

monotype

김건영

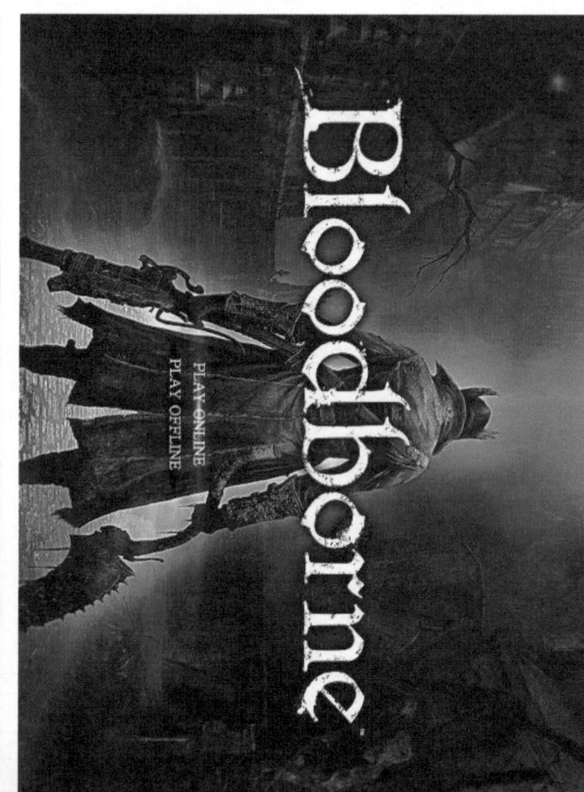

최근은 문학에 대한 불신과 증오가 내 마음속을 가득 채우고 있다. 문학은 사실 아무것도 할 수 있는 것이 없다는 사실을 잘 알고 있다. 이러한 상황은 아주 옛날부터 지속되어왔고 문학의 종말론도 여전히 유효하다. 다만 이제는 문학이 독자들을 생각보다 더 많이 잃고 있다는 사실이 뼈아프다고 생각한다. 정보 전달체계로서가 아닌 감정 전달체계로서의 문학은 확실히 효율이 떨어지고 있다. 문학이 아니더라도 새로운 감각은 다른 장르나 매체로 충분하다. 아니 충분하지 않지만 충분하다 믿게 된다. 소수의 성실한 독자 외에는 독서를 통한 심미적 체험을 기피하는 경우가 많다. 더 편리한 것들이 많기 때문이다. 거기에 정보의 질과 진위 여부보다는, 정보의 양이 더 중요하게 되는 것 같다. 진실이나 사실이라는 단어를 넘어선 '팩트'라는 단어가 유행처럼 번진다. 다양한 정보들 안에서의 진위 여부를 판단하기 어렵기 때문에 두루 쓰이게 된 단어일 것이다.

최근 사람들이 좋은 텍스트들을 외면하는 이유에 대해서 깊이 고민해보았다. 현대인의 문제는 부영양화가 아닐까 싶다. 육체적으로도, 심리적으로도 말이다. 현대인은 아침에 일어나서부터 읽어내야 하는 텍스트가 너무 많다. 뉴스부터 간밤에 쌓인 메신저 대화들, SNS의 이슈 같은 것들을 모두 읽어야 한다. 수많은 이미지가 휴대전화 안에서 머릿속으로 쏟아져 들어온다. 이것들을 모두 해석하고 판단하고 나면 좋은 텍스트를 읽을 여력이 없어지는 것은 아닐까. 잘 정제된

게임 〈블러드본〉 | 2015
게임 〈데스 스트랜딩〉 | 2019

정보들이 우리의 목을 조르고 있는지도 모른다.

현대사회에는 너무 많은 위로가 있다. 한동안 우리 사회를 휩쓸었던 '힐링'이라는 단어가 그렇다. 이 정체 모를 치유는 과도하게 즉각적이고 특효적이다. 아픔은 순식간에 치유될 수 있고, 만병통치약처럼 우리를 낫게 한다. 실제로는 환부를 덮어버리는 상황도 발생한다. 순식간에 나아버리는 일은 현실에는 거의 없다. 동화 속 이야기이거나, 게임 속에서의 장르적 허용이 현실 안으로 이미 깊숙이 들어와 작동하고 있는 것은 아닐까. 게임 속 용사들이 마왕에게 공격받아 깊은 상처를 입어도, 힐링 주문 한 번에 일어서 다시 싸우는 이미지처럼 말이다.

최근 사회적으로 두루 쓰이는 관념적 어휘들 가운데 원래의 뜻과 함께 컴퓨터 게임에서 사용하는 방식의 뜻이 편입되는 경우가 많이 있다. 어린 시절부터 게임을 플레이하며 자란 세대가 주류로 떠오르면서 나타나는 현상일 것이다. 문학작품은 이제 어제보다 주목받지 않는다. 가끔 이슈가 되는 경우가 있다. 유명인이나 주류 매체에서 다뤄주는 것만이 좋은 작품으로 인식되는 경향이 있다.

문학작품과 독자들의 간극이 어떻게 벌어지고 있는가를 살펴보려면 전자오락을 빼놓을 수 없다. 문학작품과 게임작품은 체험을 하는 당사자가 매우 유사한 상태에 놓인다. 작품 속의 세계관에 몰입해 들어가 화자나 혹은 관찰자의 시선으로 사건을 체험한다. 서사적 사건을 관찰하고 이해하는 방식에서 소설이나 영화와의 유사성도 있다, 더욱 중요한 것은 시편이나 소설을 읽고 화자의 상태를 감각적으로 체험하여 동일화하는 순간을 겪는 장면이다. 문학작품의 가장 큰 목적이 바로 타자의 감각을 이해하는 일일 것인데, 현대의 게임 또한 그러한 작업에 매우 충실한 장르이다.

더군다나 게임은 시각적, 청각적인 기술적 재현으로 몰입감이 훨씬 더 높다. 게임은 문학작품이 독자에게 요구하는 최소한의 훈련이 필요 없다는 사실도 매우 중요하다. 물론 다른 종류의 훈련이 필요하긴 하지만, 독서보다는 훨씬 더 그 요구치가 낮다. 잘 만들어진 게임 콘텐츠가 문학 장르의 사회적 필요를 더욱더 대체할 것이다. 그러나, 그것이 나쁜 일인가? 그러니까 문학은 계속 생산되어야 하는가?

근미래의 일을 다루는 텍스트를 떠올려본다. 좋은 문학작품이 많다. 그러나 게임 쪽에서도 그 미학적 성취가 눈부실 정도로 높다. 코맥 매카시의 소설《더 로드》를 무척 좋아하는데, 영화는 생각보다 실망스러웠다. 대신에 2013년에 발매한 〈더 라스트 오브 어스〉라는 게임이 있다. 소설의 종말론적 감각을 이어받은 걸작이다. 인간보다 발달한 기계의 세계를 엿볼 수 있는 텍스트 중에 가장 좋은 것은 어떤 텍스트일까? 수많은 고전 작품이나 영화들보다 〈디트로이트 비컴 휴먼〉라는 게임을 추천하고 싶다. 물론 게임을 즐기기 위해 컴퓨터나 콘솔을 마련해야 해서 어려울지도 모른다. 그런 독자들은 유튜브에서 '프로젝트 카라'라는 퀀틱드림사의 기술 시연용 영상을 시청해보는 것도 좋다. 7분 정도의 짧은 영상이지만 게임의 세계관을 잘 이해할 수 있을 것이다.

니체는 《비극의 탄생》에서 그리스 비극의 기원에 대해 설명하며 '합창단'의 존재에 대해 말한다. 실러의 견해를 확장하여 '그리스인은 이 합창단을 위해서 가공(架空)의 자연상태를 나타내는 공중의 가설무대를 만들고 그 위에 가공(架空)의 자연존재[사티로스로서의 합창단]를 세워 놓았다'◆라고 주장한다. 사티로스는 비극의 구성요소로 무대에 참여한다. 그와 동시에 비극을 최초로 경험하는 관객이다. 현대의 시편들은 이러한 사티로스인 독자들을 필요로 한다. 그리고 게이머는 사티로스인 상태로 가상공간에 몰입한다. 이러한 몰입의 수월성이 현대의 게임이 가진 무서움일 것이다.

게임의 한계나 단점도 분명히 존재한다. 게임은 문학에 비해 노동력과 자본이 많이 필요하다. 천문학적 비용을 들여 만든 게임의 완성도가 낮은 경우도 많다. 게임을 즐기기 위해 구입해야 하는 장비의 비용도 만만치 않다. 그에 비해 책은 최초 투자비용이 낮지만 그럼에도 책을 사는 사람은 줄고 있다. 개인적인 의견으로는 주거 공간의 협소함과 불안정이 도서 구매를 꺼리게 되는 상황에 연관이 있을 것 같다는 생각을 하고 있다.

최근 과학소설계의 유명한 상 중 휴고상에서 게임 부문을 신설하였다. 올해는 〈하데스〉라는 게임이 선정되었다. 이제는 아이들이나 소수의 마니아들만 향유하

◆ 프리드리히 니체, 《비극의 탄생》, 박찬국 옮김, 아카넷, 2007, 114쪽.

는 문화가 아닌, 미학적으로도 철학적으로도 가치가 있는 텍스트들이 쌓이고 있다는 인식이 늘고 있는 것이다.

현대시의 특성과의 유사성과 함께 젊은 시인들의 시편에서 게임의 세계관이나 용어들이 발견되고 있다는 이야기도 하고 싶다. 단지 게임을 소재로 쓰는 것만이 아니라 젊은 시인들에게서 공통적으로 발견되는 감각은 종말 이후의 감각이다. 게임의 서사체험의 자유로움 중 죽음에 관한 인식의 변화와 극도로 보수화된 사회가 그것을 가속화하고 있는 것은 아닐까를 생각한다.

한국 사회에서 게임, 또는 전자오락을 일컫는 것은 대부분 아케이드 게임이었다. 동전을 넣고 몇 번의 기회를 주고 한정된 상황 안에서 단계를 높여가며 상황을 해결하는 방식의 게임이 주류였다. 2000년대에 들어서면서 오프라인의 전자오락실이 쇠하고, 피시방이 그 자리를 대체하기 시작했다. 이는 장기적으로 게임의 개념의 변화까지도 이끌어냈다. 동전 한 개당 몇 목숨을 얻고 그것으로 스테이지를 클리어하는 방식의 게임이 대부분이었던 시기가 끝을 고했다. 요금을 내면 정해진 시간 동안 자리에 앉아 게임을 할 수 있는 시대가 되었다. 기술의 발달로 자신의 아바타를 공들여 키우고 레벨을 높일 수 있게 되었다. 온라인으로 상황을 저장하고 언제든 그 모험의 세계로 떠날 수 있게 된 상황이다.

그리하여 이제 죽음은 아무것도 아니다. 개인이 가진 자원을 투자하면 가상의 캐릭터는 강해진다. 이전까지 시간은 전자오락실에서 목표로 작동했다. 한정된 자원으로 오래 게임을 하고 최종장까지 도달하여 끝을 보는 일이 중요했다. 그러나 지금은 시간은 목표가 아니라 자원이다. 죽음, 실패나 패배는 시간과 자본이 주어진다면 언제든 극복 가능한 대상이 된다. 게임이 아이들을 망치고 있다는 주장을 떠올려본다. 과도한 게임이 아이들을 망치고 있다는 말은 절반만 맞다. 아이들이나 실의에 빠진 사람들 과도한 게임을 하는 이유는 현실이 가혹하고 망가져 있기 때문이다. 반대로 말해서 소수의 기득권을 가지고 생을 사는 몇몇 존재들을 보고 있노라면 인생을 게임처럼 산다는 생각을 하게 된다.

길고 난잡한 이야기 끝에 수많은 젊은 사티로스들이 뛰어들어 즐긴 두 편의 게임 텍스트들을 소개하려 한다. 게임은 아무래도 스포일러에 민감한 장르이고, 직접 해보지 않으면 그 진가를 알기 어렵다. 다만 현재의 우리가 겪고 있는 상황들과 미래에 대한 사유가 알레고리적으로 잘 녹아 있는 부분들을 조심스럽게 열어보려 한다.

1. 옥타비오 파스와 게임 〈블러드본〉

이 게임은 대학 시절 옥타비오 파스의 《활과 리라》의 첫 장 〈시와 시편〉을 읽고 느꼈던 전율을 떠올리게 한다. '시는 앎이고 구원이며 힘이고 포기이다. (중략) 시는 이 세계를 드러내면서 다른 세계를 창조한다. 시는 선택받은 자들의 빵이자 저주받은 양식이다. (중략) 시는 여행에의 초대이자 귀향이다. (중략) 시는 악마를 쫓는 주문이고 맹세이며 마법이다.' 이 구절을 떠올린 이유는 게임 내 아이템 중 '광인의 지식'에 붙어 있는 설명 때문이다. '위대한 자의 지식에 미쳐버린 광인의 두개골. 사용하면 계몽을 얻는다. 미쳐버렸다고는 하나, 신비의 지식에 접한 것은 행운이다. 다른 이들에게 도

움이 되기 때문이다.' 게임의 설정 내에서 '계몽'은 수치화되어 표기된다. 이는 인간이 이해할 수 없는 수준의 현상이나 존재를 마주했을 때 올라간다. 마찬가지로 시인도 자신만의 사유로 이해의 범주를 넘어선 상태가 되기도 하지 않는가. 오래전부터 시인이 광인과 현자의 모습을 동시에 가지고 있다는 사유와도 비슷하다. 또한 시인은 자신의 존재 증명보다는 '다른 이들에게 도움이 되기'위해서 지식을 추구하고 사유한다는 점도 게임의 텍스트와 겹친다.

일본의 게임사 '프롬소프트웨어'에서 개발하고 발매한 〈블러드본(Bloodborne)〉은 제목부터 의미심장하다. 수인성(水因性)을 뜻하는 'Waterborne'을 변형한 단어로 추측되는 제목은 이 기이한 세계를 아우를 수 있는 흥미로운 단어이다. 이 게임 속의 세계는 형용하기 어렵고 난해하고 기괴한 중세 호러 영화 같다. 정체모를 전염병이 창궐하는 가운데 병을 치료하기 위해 피를 수혈받고 주인공은 깨어난다.

우선 배경 설명하려면 게임사 '프롬소프트웨어'의 게임들이 가진 특성에 대해 알아 두어야 한다. 많은 특징이 있지만, '다크소울 시리즈'로 대변되는 '소울류' 게임을 이야기해보면 좋을 것 같다. 첫째로 죽음의 개념이 독특하다. 죽음은 끝이 아니고 오히려 시작이다. 난이도가 무척이나 어렵고 게임 속 주인공은 죽어도 다시 살아난다. 특정 장소에 도달하지 못하면 얻은 것들이 대부분 사라진다. 인간의 인지를 넘어선 괴물들을 극복해야 한다. 게임 내의 서사는 시간순으로 나열되거나 진행되지 않는다. 세상은 종말에 도달했거나, 도달한 이후에 가깝다. 한마디로 꿈도 희망도 없다. 선악의 개념이 매우 모호하다. 난이도가 무척 어렵기 때문에 싫어하거나 기피하는 게이머도 많지만, 반대로 마니아도 많다. 설정이나 정보가 직접적인 방식으로 서술되는 경우가 없다. 분절된 정보들은 게임 속에 등장하는 아이템이나, 무기의 설명에 단편적으로 나타난다. 그마저도 상징적이고 추상적인 정보뿐이다. 게이머들은 시편을 읽듯이 행간을 채워 나가야 한다. 그 때문에 해석이 매우 다양하다.

또한 사전 지식으로 알아두면 좋을 부분은 이 게임이 러브크래프트의 영향을 많이 받았다는 사실이다. 인간의 인지를 벗어난 초자연적인 공포를 주제로 한 장르를 일컫는 '코즈믹 호러'라는 단어로 조심스럽게 정의할 수 있을 것이다.

반복되는 죽음 앞에서 인간은 제정신을 유지할 수 있을까. 단지 게임 속의 이야기가 아니다. 현대 사회는 끊임없이 인간의 자아를 죽인다. 이 게임을 하다 보면 가장 많이 만나는 문장은 대문자로 새겨진 'YOU DIED'이다. 죽음은 시작이며 일상이기 때문에 어떤 이들은 스트레스 때문에 극도로 싫어하는 스타일의 게임이지만, 이를 극복한다면 충분한 재미와 많은 사유를 해볼 수 있을 것이다. 니체의 위버맨쉬의 이미지를 긴 시간 고통받으며 떠올려볼 수 있는 게임이다. 어떤 텍스트들은 독자에게 깊은 몰입을 요구하고, 그것은 자아가 잠시 죽음을 체험하는 시간이다.

2. 노동과 죽음의 슬픔, 〈데스 스트랜딩〉

좋은 텍스트는 예언서를 닮았다. 그것은 예언을 추구한 텍스트가 도달한 자리가 아니다. 스스로 완결성을 가진 텍스트가 사건과 우연히 맞닿은 장면을 관찰자가 발견한 순간을 우연히도 발견한 것일 뿐이다. 이를테면 열성적인 독자는 가끔 자신을 위해 쓰인 것 같은 책을 만나게 되는 순간이 온다. 모든 사랑 노래가 자신의 이야기로 들리는 실연당한 자의 모습처럼 말이다. 좋은 텍스트는 그래서 비유와 상징으로 이루어진다. 풍부한 해석을 끌어들이고, 사유의 겹침으로 창작자와 독자를 잇는다. 그 해석의 길이 한 가지만 존재하지 않으며 적극적으로 해석에 참여하는 독자의 수만큼의 길이 생긴다.

〈데스 스트랜딩〉은 코로나19 전염병 사태가 본격적으로 알려지기 직전에 발매된 게임이다. 신기하게도 이 게임의 세계는 전염병 사태 이후의 우리 풍경과 매우 닮아 있다. 모종의 계기로 세계는 큰 위기에 처해 있다. 밖은 위험한 상황이고 극소수만 바깥을 돌아다닐 수 있다. 필요한 물건은 배달로 해결하는 상황이다. 이제 사람들은 대부분 직접 만나지 않고 온라인 통신으로만 소통하는 중이다. 세부적인 상황은 다르지만 우리가 현재와 미래에 처할 상황은 예견 가능한 수준일 것이다.

과거의 어떤 사건으로 우리의 주인공은 죽음마저 극복할 수 있는 존재가 된다. 죽음에 이르더라도 자아는 사라지지 않고 설명되지 않는 좌초된 공간에서 귀환이 가능하다. 그렇기 때문에 주인공이자 플레이어블 캐릭터인 '샘 브리지스 포터스'는 다른 사람들과 다르게 문명세계가 대부분 파괴된 저 바깥을 돌아다니며 사람들에게 물건을 배달할 수 있다. 그러나 망가진 세계에서의 배달 활동은 주인공에게 아무것도 주지 않는다. 인간이 구축한 문명사회가 무너진 상황이기 때문이다. 시장이나 화폐 따위의 추상적 관념들은 아무런 의미가 없다. 그렇다면 주인공, 그리고 주인공에 몰입된 '나'는 왜 배달을, 노동을 해야 하는 것일까?

〈데스 스트랜딩〉은 한동안 논란이 많았다. 많은 게이머들이 좋은 게임이 아니라고 주장했고, 다른 한편에서는 무척 잘 만들어진 게임이라는 주장이 오갔다. 이 부분이 매우 흥미로운 지점이다. 게임은 보통 현실적 세계를 구현하려고 하지만 현실의 모든 것을 구현하지는 않는다. 현실과 너무 닮으면 번거롭고 힘든 것들이 늘어나기 때문이다. 그러나 이 게임은 상당 부분 이 피곤하고 귀찮은 것들을 구현해놓았다. 캐릭터가 배달을 위해 짐을 지고 가면서 무게 중심이 흐트러지면 넘어진다. 바위에 부딪혀 등짐이 쏟아지고 배달품들은 손상되기까지 한다. 많은 게이머는 현실 세계에서 겪은 노동의 피곤함을 잊으려 게임을 플레이하기도 한다. 이런 게이머들은 대체 왜 이런 걸 하는지 모르겠다는 이야기를 한다. 현대사회에서의 노동은 자신의 노동력을 재화로 교환하는 작업이다. 그 활동에서 기쁨을 느끼는 경우는 별로 없다. 노동 활동에서 얻은 육체적, 정신적 피로를 해소하기 위해 우리는 여가활동을 한다. 다른 게임들은 보통 심부름을 하거나, 올바른 일을 하면 보상을 받는다. 그것이 현실적으로 무의미할지라도 가상공간 속의 자신을 얻는 기쁨은 크다. 나의 아바타가 그곳에서 성장하기 때문이다. 〈데스 스트랜딩〉에는 이런 것들이 없다. 대신에 얻어서 축적할 수 있는 것은 '좋아요' 표시이다. 지형지물을 극복하기 위해 사다리를 놓아두거나, 로프를 매달아두면 다른 플레이어들의 지형에도 일정 기간 적용된다. 그 구조물을 이용해본 플레이어들은 구조물을 설치한 플레이어에게 '좋아요' 마크를 보낸다. 이것이 피곤을 감내하고 대가가 없는 노동을 할 수 있을 정도로 가치 있는 것인가를 떠올려본다. 노동의 현장이라면, 최근의 사회적 인식으로는 부정적일 것이다.

반대로 인터넷 세계에서는 당연한 일이 되기도 한다. 심지어 어떤 이들은 '좋아요'를 받기 위해 기괴한 일을 하거나, 기꺼이 논란에 뛰어든다. 장기적으로 '좋아요'를 자본 가치로 교환할 수 있어서이기도 하지만, 타인이 가져주는 관심은 경제적, 자본적 가치 이외에도 내적인 무언가를 충전해주는 것이 있다. 이 게임이 불편한 인터페이스를 구현해놓은 이유가 바로 여기에 있을 것이다. 만약 플레이어인 당신이 현실 시간으로 수십 시간을 들여 게임 내에 도로를 만들어놓는다고 치자. 당신이 받을 수 있는 것은 '좋아요'이다. 그리고 많은 플레이어가 그 도로를 통해 게임을 더 쾌적하고 빠르게 즐길 수 있다. 어떤 지점을 넘어서면 당신보다 훨씬 빠르게 진도를 나갈 것이다. 이 텍스트는 현대사회에서의 존재를 묻는 목적을 가진 것은 아닐까. 존재자의 이타성도 존재를 결정하는 구성요소인 것은 아닐까. 현실세계 역시 노동자들의 부당한 대우와 과도한 노동 위에 세워진 탑이다. 선량하고 윤리적이라 믿는 사람들이 외면하는 불편한 사건들과 당사자가 된 심정은 당연히 불편할 것이다. 이 게임의 가치는 그 불편과 무의미를 뚫고 '좋아요'를 얻고 기뻐하는 일의 의아함과 생경함일 수 있다. 이 독특한 감각을 체험해보고 싶다면 〈데스 스트랜딩〉을 한 번쯤 꼭 겪어보았으면 한다.

불편하고 지루한 배달 일을 해야 하긴 하지만, 이 게임의 흥미로운 부분도 많다. 영화광인 코지마 히데오 감독이 작심을 하고 유명 배우들을 모션 캡처 기술로 제작하였다. 노만 리더스, 매즈 미켈슨, 레아 세이두 등의 유명 배우와 기예르모 델 토로 감독도 출연하였다. 영화를 좋아하는 사람이라면 즐거운 기분으로 플레이해볼 수 있을 것이다.

최근 메타버스 관련 논쟁이 오가고 있다. 개인적으로는 '메타버스'라는 용어의 의아함과 이미 구현되었고 내재화되기 시작한 관념들을 새삼 이름만 바꾸어 이득을 취하려는 사람들이 불편하다. 이미 우리는 현실 내에 가상을 포용한 이후이다. 가상과 현실의 틈에서 우리는 매번 죽고 삭제된다. 현실보다 이미지가, 사실보다 팩트가 더 중요한 시대에서 좋은 텍스트들은 여전히 어디선가 새로운 방식으로 쌓이고 있다. 그 말만이 위로가 된다. ■

monotype

황색 경보
—독일 유학생 및 거주 교민 열다섯 명과 2개월간 진행한 인터뷰에 관한 기록

정은우

0.

A의 일상은 2020년 1월 중순을 기점으로 바뀌었다. A는 평소처럼 아침 식사를 마치고 레슨에서 쓸 리드를 골랐다. 독일은 1월 내내 하늘이 흐렸고 해는 구름에 가려진 채 서성이다가 사라졌다. A가 연습실까지 가는 동안 마주친 사람은 총 세 명이었다. 그중 이탈리아에서 온 플루트 주자가 질문했고, A는 대답했다. 제 시간에 맞춰 도착한 연습실에서 A는 교수님에게 두 시간쯤 지도를 받았다. 교수는 악보를 정리하는 A에게 물었다.

"혹시 뉴스는 봤나?"

그러고는 A에게 플루트 주자와 똑같은 질문을 했다. 첫 번째 질문이 단순한 질문이라면, 두 번째 질문은 답이었다. 두 시간 후 A는 장을 보고 집으로 돌아왔다. 독일과 한국의 시차는 여덟 시간이었다. A는 한국에 계신 부모님이 일어날 때까지 기다리면서 바이러스에 관한 정보를 검색했다. 먼저 전화를 받은 사람은 어머니였다.

보통 A는 부모님과 한 달에 두어 번 통화했다. 레슨곡, 날씨, 마트에 새로 들어온 라면 등 대부분 일상에 관한 이야기였다. 어머니는 A에게 올해 초 한국행 비행기 표 일정이 어떻게 되는지 물었다. 괜찮아요? A는 오늘 두 번이나 들었던 질문을 반복했다. 서울은 인구 밀도가 지나치게 높은 도시였다. 괜찮다. 어머니는 말했다. 네가 독일에 있어서 다행이야. A도 그렇다고 믿었지만 아무 말도 하지 않았다.

A는 텔레비전에서 독일 내 첫 번째 코로나19 확진자가 발생했다는 소식을 접한다.

A는 카니발이 끝난 후 코로나19 확진자가 기하급수적으로 늘어났다는 신문 기사를 읽는다.

A는 거리에서 누군가가 코로나라고 외치는 소리를 들었지만 돌아보지 않고 계속 걸었다.

A는 가입만 해놓고 들어간 적이 없었던 유학생 커뮤니티에 날마다 접속한다.

A는 독일 국경이 폐쇄되고 마트를 제외한 모든 상점을 닫는다는 발표를 듣는다.

A는 온라인 수업을 들으면서 리드를 깎지만 방음이 되지 않아 악기에는 손도 대지 못한다.

A는 록다운이 곧 해지되면 다시 레슨을 들을 수 있다는 소식에 기뻐한다.

A는 등교 전 들른 검사소에서 확진 판정을 받는다.

+

A의 이야기는 허구다.

허구이나 실화일 수 있다.

이미 오래전 일어난 사건이었거나 아직도 일어나지 않은 사건일지도 모른다.

모두가 잊었거나 잊어버리길 바랐던 과거이며 현재이고 미래이기도 하다.

나는 2021년 한국예술창작아카데미 연구지원금으로 코로나바이러스 19와 독일 유학생들의 실태 조사를 위해 2021년 3월 31일부터 5월 30일까지 총 열다섯 명과 실시간 화상회의 프로그램 줌(ZOOM)을 통해 인터뷰를 진행했다. 인터뷰는 대부분 한국시각으로 오후 5시, 독일시각으로 오전 9시에 시작하여 최소 두 시간에서 최장 여섯 시간 동안 진행했다. 인터뷰가 가장 늦게 끝난 시각은 한국시각으로 새벽 2시였다.

인터뷰 대상자 열다섯 명 중 유학 준비생은 두 명, 학생은 열 명, 직장인은 세 명이었다. 영주권자는 두 명, 임시 취업비자를 받아 영주권을 준비하는 사람은 한 명, 나머지는 학생 비자를 받았다. 유학 준비생 두 명을 제외한 나머지는 독일 내 대학을 다니거나 졸업했다. 설문대상자의 70%가 음악을 전공했고 그 밖에는 체육, 정보학, IT, 작곡, 미술 전공자가 있었다.◆

인터뷰는 1차와 2차로 나누어 진행했다. 1차 인터뷰 대상자는 S 선생님이 소개한 유학생과 교민들이었다. 카카오톡 메신저로 인터뷰 참여를 부탁한 후 이메일 주소를 받았다. 이후 메일주소를 취합하여 인터뷰 예상 질문지와 영상 기록 및 보고서 작성에 관한 양해를 구하는 글, 인터뷰 일정 조율을 위한 설문 주소와 사례금에 관한 메일을 보냈다.

2차 인터뷰는 1차 인터뷰 대상자들이 인터뷰 종료 후 주변 지인에게 인터뷰를 권한 덕분에 원활한 진행이 가능했다. 덕분에 나는 예상보다 많은 이야기를 들을 수 있었으며, 인터뷰 대상자들 역시 이전보다 훨씬 더 긴장을 풀고 이야기를 들려주었다. 당시 나는 막 독일어 자격증 B1 시험을 앞두고 있었던 참이었던지라 시험에 관한 도움도 적잖이 받았다.

예상 질문지는 총 3부로, 공통 질문과 전공별 질문, 팬데믹 선언 전후에 관한 질문으로 구성되었다. 질문은

◆ 인터뷰 대상자들의 거주 도시나 지역, 대학교, 직업, 성별, 나이는 대상자들의 인권 및 프라이버시 보호를 위해 이 글에 공개하지 않는다.

최소 열다섯 개에서 스물두 개였다. 공통 질문은 독일 유학을 선택한 계기와 독일어 학습 여부, 독일 생활에 관한 내용이었으며 전공별 질문은 각 전공의 특성 및 독일에서 지니는 이점을 다뤘다. 팬데믹 선언 전후 질문은 주로 코로나바이러스19에 대한 독일의 대처 및 개인적인 생각, 그리고 최근 불거진 아시아 인종차별에 관해 물었다.

인터뷰 대상자 모두 인터뷰가 처음이었으며 몇몇은 불안과 설렘, 의문과 회의감을 내보이기도 했다. 내가 과연 쓸모 있는 말을 할 수 있을까요? 내가 말실수를 하면 어떡하죠? 나 역시 자신이 없었다. 나는 비대면 인터뷰 경험이 없다시피 했다.◆ 인터뷰 대상자와 신뢰 관계를 형성하기 위해 사전 질문지 앞에 나를 소개하는 한편 인터뷰 취지, 쓰고자 하는 소설을 간략하게 설명하는 글을 덧붙였다.◆◆

설문지 배포와 인터뷰 일정 조사 이외에도 영상 기록 및 보고서 작성 협조를 요청하기 위한 동의를 구하는 일 역시 중요했다. 인터뷰 영상 기록의 경우 이후 인터뷰 대상자의 답변 내용과 인터뷰 진행자의 기록이 불일치할 경우 확인을 위해 필요하다는 점을 설명한 후 영상은 사실 확인 여부로만 사용할 뿐 제출이나 이후 가공물로 공유될 일이 없을 것이라고 약속했다. 다행히도 인터뷰 대상자들은 영상 기록에 동의해주었다.

◆ 인터뷰 진행자와 인터뷰 대상자는 하나의 공간과 시간, 대화 주제를 공유한다는 점에서 공감대 형성이나 인터뷰 진행이 좀 더 쉽다. 비대면 인터뷰의 경우 위 세 가지 요소 중 대화 주제만 유효하다. 비대면 인터뷰의 난제로는 대면 인터뷰에 비하면 인터뷰 대상자의 경계심이나 불안 강화, 일정한 거리를 유지뿐 아니라 인터뷰 대상자가 인터뷰에 집중하기 위한 기본 요건이라 할 수 있는 인터뷰 진행자에 대한 신뢰 형성도 어렵다는 점이 있다.

◆◆ 기존 대면 인터뷰의 경우 인터뷰 대상자의 답변에 치중하기 위해 인터뷰 진행자의 소개는 최소화하는 경우가 많았다. 인터뷰 대상자의 경계심을 해소하고 인터뷰 진행 시 발생할 수 있는 스트레스를 완화하기 위해 인터뷰 진행자의 정보를 미리 전달하는 성의라고 보이는 편이 좋겠다고 판단했다.

예상하지 못했던 문제는 보고서였다. 한국예술창작아카데미에서 지원하는 연구지원금을 사례금으로 지급하기 위해서 증빙 자료인 인터뷰 결과 보고서를 작성하고 제출해야만 한다. 그러나 보고서 항목 중 실명 및 학과, 주민등록번호와 주소가 필요하다는 말에 몇몇 인터뷰 대상자는 영수증 작성을 미뤘다. 이후 세 명이 인터뷰 종료 이후 사례금을 거절하는 대신 보고서는 제출하지 않았으면 좋겠다는 의사를 전해왔다.◇◇◇

—

2020년 1월 26일경 독일 언론은 독일 내 첫 코로나바이러스 확진자가 나왔다는 내용의 신문기사를 싣는다. 유럽권 국가 중 제일 먼저 코로나바이러스 확진자가 발견된 나라는 프랑스였고, 두 번째가 독일이었다. 확진자 B(33)는 베바스토Webasto 자동차 회사 직원으로, 확진 판정을 받기 전까지 정상 근무했다. B는 슈타른베르크Starnberg에 거주했으며 회사는 슈토크도르프Stockdorf에 있었다. 자동차로는 삼십 분 내외, 고속철도로는 이십 분 남짓 걸리는 거리였다.

코로나바이러스의 주된 증상은 인후통과 고열, 오한이다. B는 중국 지부에서 온 C와 함께 1월 19일경 비즈니스 미팅 참석 및 연수에 참여했다. C는 독일에서 체류하는 동안 코로나바이러스와 관련된 어떤 증상도

◇◇◇ 나는 그들에게 사비로 사례금을 보냈다. 그중 두 명이 사례금을 거절했고 한 명은 어린이 단체에 기부했다고 말했다. 보고서 작성과 제출을 허락한 대상자 열세 명에게는 정상적으로 지원금을 통한 사례금이 지급되었다. 어떻게 사용했는지 알리지 않아도 그 어디서든 도움이 되었다면 감사할 일이라고 생각한다.

겪지 않았다. 23일 귀국행 비행기에서 C는 갑자기 나타난 발열과 기침 증상에 코로나바이러스 검사를 요청했다. 이후 독일 지부에 연락한 C는 1주일 후 확진 판정을 받았다.◆

B는 1월 24일과 25일에 거쳐 인후통과 오한, 고열에 시달렸으나 26일 일요일 저녁에 상태가 호전되어 27일 월요일에 정상 출근할 수 있었다. 그는 40여 명의 사람과 접촉했다. 독일 보건부 장관 옌스 스판Jens Spahn은 코로나바이러스가 충분히 조기에 통제하여 해결할 수 있는 문제라고 강조하는 한편 독일은 이미 전염병 대비에 충분히 준비되어 있다는 자신감을 내비쳤다. 코로나바이러스는 조금 지독한 감기에 불과했다. 며칠 후 C가 출국했던 프랑크푸르트 공항의 검역 및 비행 제한 조치가 해제되었다.

3월 1일 0시 기준 독일 코로나 확진자 수는 100명을 넘었다. 첫 확진자가 발생한 지 36일 후였다. 2주 후 확진자 수는 5,813명을 달성했다. 사망자는 13명이었다. 이후 독일은 록다운 조치를 감행했다. 프랑스에 이어 국경을 폐쇄하고 이틀 후부터 마트와 약국, 주유소, 은행을 제외한 상점 영업 중지 조치를 내렸다. 3월 20일경 바이에른주를 시작으로 독일 전역에 이동제한 조치령이 시행되

◆ C는 중국 상하이 시민이었고 출국 전 부모님을 만났다. 부모님은 우한 시민이었다. 첫 코로나바이러스 확진자 D는 2019년 12월 1일경에 확진 판정을 받았다. 화난 수산 시장에서 그와 접촉한 사람들이 검사를 받았다. 며칠 후 D의 아내도 폐렴과 유사한 증상을 보였다. 우한은 2020년 1월 22일부터 봉쇄되었다. 이후 외신은 우한에 있는 연구소에서 코로나바이러스가 퍼졌다는 기사를 시작으로 중국 정부의 조치에 대해 비난을 퍼붓기 시작했다. 딘 쿤츠의 장편소설 《어둠의 눈》(1981)은 코로나바이러스19의 출현을 예고했다며 재차 주목받았다. 이후 세계에서 중국인을 비롯한 아시아인들을 향한 혐오범죄가 급속도로 증가했다. 과학자들은 코로나바이러스19의 경로를 밝히는 과정에서 특정 국가에 대한 비난 여론으로 치닫지 않도록 노력하고 있다. 코로나바이러스19의 확산 방지나 변이를 막기 위해서는 각국의 협조가 필요하기 때문이다. 코로나바이러스의 시초는 1930년대 미국에서 발견된 기관지염 바이러스였고 이후 수많은 변이를 거쳤다. 세계보건기구(WHO)는 2020년 2월 12일에 우한 폐렴으로 불리던 코로나바이러스 변이체를 코로나바이러스19(COVID-19)로 명명했다.

었으나 주마다 제한 기준이 달라 혼선을 빚었다. 이에 반대하며 인권의 자유를 주장하는 집회가 곳곳에서 열렸다.

이후 유럽권 국가에서 중국을 비롯한 아시아인들을 향한 혐오범죄 발생 빈도가 급격히 늘어났다. 프랑스 신문사 쿠리에 피카르Courrier Picard는 1월 26일 자 코로나 관련 기사에 마스크를 쓴 중국 여인 사진을 싣고 '황색 경보Alerte jaune'라는 표제를 붙였다. 이 표현은 나치스 집권 이전 독일 우익 신문에서 사용한 바 있다. 2020년 1월 31일 독일 베를린의 다문화 지구 모아빗Moabit에서 중국인 여성(23)이 두 여성에게 인종차별적 발언 및 욕설과 심한 구타를 당하는 사건이 발생한다. 가해자 여성들의 신원은 확인되지 않았다. 이와 관련된 인터넷 여론 중 다수는 가해자를 독일인이 아니라 터키계 이민자로 추측했다. 이는 사실 여부를 떠나 독일 내 터키계 이민자에 대한 부정적인 인식을 드러낸다.◆◆ 독일에 주둔하고 있는 아시아 국가 영사관들은 해당 사건을 언급하며 인종 혐오 사건 발생 시 독일 내 유학생과 직장인, 교민에게 주의 및 대처 방법을 공지했다.◆◆◆

◆◆ 모아빗은 터키, 폴란드, 이란, 베트남 등 여러 나라에서 온 이민자들이 다수 거주하고 있으며, 그중 터키인이 가장 많은 비중을 차지하고 있다. 모아빗의 예술가들은 버려진 기차역을 예술 스튜디오로 탈바꿈하거나 예술가들의 작업실로 꾸미는 등 다양한 시도를 보여주면서 독일 예술의 미래가 다문화 융합에 있다는 점을 재차 강조했다. 2차 세계대전 이후 인종차별금지법을 도입했던 독일은 과연 이 다문화에 어떤 태도를 보였을까? 도시 연구가 데이비드 하비는 자신의 저서 《반란의 도시》(에이도스, 2014)에서 베를린 도시 정책의 모순점을 지적하면서 독일 내 터키인에 대한 편견 및 배제를 그 사례로 제시한다.

++

인터뷰 대상자들은 대부분 집에서 인터뷰에 임했다. 낯선 사람과 마스크를 쓰지 않은 채 마주하는 건 오랜만이었다. 인터뷰 대상자 중 다수는 사전 설문지 내용을 확인했고, 몇몇은 답변을 적어왔으며, 한 명은 답변을 쓴 메일을 미리 보냈다. 인터뷰 시작 전 나는 설문지 이외 추가 질문이 가능한지 물었다. 만일 질문에 답변하고 싶지 않거나 보고서에 적지 않았으면 하는 내용이 있을 시 언제든 말해달라고 부탁했다.

인터뷰 내용은 인터뷰 대상자 중 다수가 동의하지 않았으므로 공개하지 않는다. 다만 인터뷰 도중 들었던 개인적인 의문들이 여럿 있었다. 그중 하나에 관해 언급하고자 한다. 독일 내 인종차별의 문제에 관해서 가장 많이 언급된 단어는 무지였다. 인터뷰 대상자 다수는 차별 사례부터 혐오범죄까지 문제의 원인은 무지에 있다고 보았다.

이러한 무지에 대한 대처는 무시 혹은 설득이었다. 전자는 다수의 가해자와 마주했을 경우 본인과 주변으로 확산하는 것을 막기 위한 반응인 경우가 많았다. 후자는 본인과 어느 정도 친분이 있고 소통 가능한 대상일 경우 택하는 방안이며 대부분 성공했다. 성공하지 못했을 때 끝없는 논쟁으로 이어지거나 사이가 나빠졌다. 전자와 후자 중 어느 쪽을 택하는 경

◇◇◇ 독일 전역에서 아시아인들의 택시 승차나 병원 진료 거부, 상점에서 퇴장을 요구하거나 집단 폭행 및 거주 계약 해지 등 다양한 사례들이 빗발쳤다. 독일 언론에서는 기사를 통해 혐오범죄가 얼마나 부조리한지 지적했으나 발생 빈도는 좀처럼 줄어들지 않았다. 온라인에서 "나는 코로나바이러스가 아닙니다"라는 해시태그가 유행하는 한편 오프라인에서는 중국인이 아니라는 사실을 증명하라고 요구했다. 문제의 원인을 찾으면 해결할 수 있다는 믿음은 이성적이고 이상적인 문제 해결 방법인 양 통용되었다. 이는 아주 오랫동안 존속된 희생양의 환상에 속한다.

우가 많았을까? 어느 쪽이 더 유효했는지 가리는 건 과연 의미가 있을까?

차별과 혐오의 원인을 가해자의 무지로 귀결하는 순간 피해자는 마땅히 무한한 관용과 오해에 가까운 이해를 베풀어야 할 역할을 맡게 된다. 가해자의 명분은 자기 자신에서 시작해 자신으로 끝나기 때문이다. "나는(나의 세계는) 원래 이래." 이 완곡한 말로 인해 피해자는 끝끝내 그들의 학습 대상에서 제외된다. 이 자발적인 무지 앞에서 우리는 얼마나 무뎌질 수 있을까, 방관으로써 동조하는 순간들을 언제까지 부인할 수 있을까?

일상적인 이야기

김홍

도난 방지 센서에 걸리는 사람에 대해 이야기해보자. 일단 그는 보통 사람이다. 평범한 옷을 입고 뻔한 농담을 하며 그가 아는 모든 것은 도서관의 청구 기호 000과 999 사이에 기록되어 있다. 운전할 때 앞 유리에 습기가 차면 불안해하고 오랫동안 자전거를 타지 않았다. 백팩 앞주머니에 물티슈를 넣고 다니며 지갑 한구석에 추첨 일자가 한참 지난 6/45 로또 복권이 구겨져 있다. 운동화를 절대 꺾어 신지 않는다. 거울을 닦아본 적이 없다. 여러 제품을 시도해봤지만 아직까지 마음에 드는 섬유 유연제를 찾지 못했다.

도난 방지 센서에 종종 걸린다는 것 말고 그에게는 정말로 특별한 점이 하나도 없다. 이 사실은 물론 그의 생활을 불편하게 만든다. 옷가게와 도서관은 물론이고 수건 속에 태그를 넣은

찜질방에서까지, 그에게 제지는 일상적이다. 그는 한 번도 남의 물건을 훔쳐본 일이 없고, 계산하지 않고서 가게의 물건을 가져간 일이…… 있다. 하지만 그건 순전히 착오에 의한 것이었을 뿐 이득을 취하려는 내심은 없었다. 건강상의 이유로 신체에 전자기적 장치를 삽입하지 않았으며 특수한 염료로 문신을 받지도 않았다. 그럴 만한 이유가 있다면 설명이라도 할 텐데 이유랄 것을 찾을 수 없어 그 또한 답답했다.

경보가 울리면 가게의 모든 사람들이 그를 쳐다봤다. 대개는 이해가 깃든 배려로 고개를 돌린다. 그를 모른 척한다. 누군가는 마음속으로 이렇게 말할 것이다.

'오, 나 역시 그런 일이 있었지요. 나쁜 의도는 전혀 없었답니다. 내가 계산한 셔츠 사이에 양말 한 켤레가 들어 있을 줄 누가 알았겠어요. 어서 점원과의 오해를 풀고 가게를 떠나세요. 오늘 하루 당신에게 행운이 깃들길.'

안타깝게도 그의 오해는 좀처럼 풀리지 않는다. 구매한 제품과 영수증의 목록을 차례로 비교하고, 가방 안의 내용물을 티끌 하나까지 모두 꺼내 늘어놓고, 서로에게 민망한 몸수색을 차례로 거치고서도 달라지는 건 없다. 방금 전까지 행운을 빌어줬던 누군가는 적잖이 불쾌해진다.

'더러운 도둑놈. 지옥에나 떨어지라지.'

하지만 그는 아무것도 훔치지 않았고, 지옥에 가는 일은 웬만해선 피하고 싶다.

내가 그를 처음 만난 건 도서관 상주 작가로 있던 구립 도서관의 열람실에서였다. 새로 준비하는 장편소설을 다섯 번 정도 쓰다가 엎었고 다시 시작할 용기가 나지 않아 SBS의 교양프로그램 〈궁금한 이야기 Y〉를 계속 보던 시절이다. 집에서 봐도 상관없지만 도서관에서 보면 조금이라도 덜 빈둥대는 것 같아서 좋았다. 나이 지긋한 사서가 최대한의 정중함을 발휘해 그의 협조를 요구하고 있었다. 가방을 열어달라는 사서의 부탁에 그는 조금 지친 표정으로 이렇게 말했다.

"저는 아무것도 가져가지 않았어요."

"그러시군요. 종종 기계가 말썽을 부리는 일이 있죠. 아시다시피 완전하게 실수 없는 기계라는 건 존재하지 않으니까요. 인류는 언젠가 완벽한 기계를 만들어낼 수 있을까요? 그때가 되면 기계는 어떠한 실수도 하지 않게 될까요? 지나치게 고도화된 기계라면 창발적인 코드의 작용으로 몇 가지 실수를 하게 될지 모릅니다. 하지만 그 정도의 기계라면 자신의 오류마저 스스로 수정할 수 있겠죠. 그런 때가 오기 전까지 도난 방지 센서는 가끔 이상한 울음을 울기도 할 겁니다. 지금은 선생님과 제가 지혜로운 문명인답게 이 사태를 해결해보는 게 어떨까요?"

"매번 이러는 것도 지긋지긋해요. 지난주에도 확인하셨잖아요. 이 기계들이 저한테만 유독 이상하게 군다니까요."

"네. 지난주에는 그랬죠. 하지만 오늘은 또 모르는 일이니까요."

"제 가방을 수색하려면 영장을 받아 오세요."

"그렇게까지 일을 크게 만드셔야겠어요?"

"저한테는 이미 큰일이에요."

"이렇게까지는 하지 않으려고 했는데…… 어쩔 수 없군요. 작가님?"

사서는 나를 향해 절제된 손짓을 보냈다. 나는 물론 시청하고 있던 영상의 볼륨을 줄인 채 두 사람의 실랑이를 주시하고 있었다. 워낙에 정숙한 분위기의 열람실인 데다가 내가 앉은 자리는 출입문과 바로 정면에 있었기 때문이다. 하지만 나를 부른다고? 왜? 혹시나 싶어 뒤를 돌아봤지만 벽뿐이었다. 벽을 등지고 앉는 것은 나의 새로운 습관이었다. 〈궁금한 이야기 Y〉를 보고 있다는 걸 누구에게도 알리고 싶지 않았기 때문이다. 프로그램의 문제는 아니었다. 〈궁금한 이야기 Y〉는 많은 작가와 PD들이 고생해서 만들어낸 결과물이었고, 특히 SBS의 시사교양 PD들에게 있어서 〈그것이 알고 싶다〉를 연출하기 위해 거쳐 가야 하는 관문이기도 했다. 다만 내가 상주 작가라는 걸 알고 있는 도서관 관계자들에게 자랑할 만한 일과라고 하기는 힘들었다. 그보다는 나은 무언가를 해야 한다는 압박이 있었다. 하여튼 두 사람의 문제에 내가 개입할 여지가 있다고 생각되지는 않았다. 고개를 갸웃하며 검지로 내 얼굴을 가리켰다. 사서가 단호하게 고개를 끄덕였다. 나는 바짝 긴장해서 팔을 몸에 붙이고 종종걸음으로 데스크를 향해 갔다. 복잡한 함수가 그려진 칠판 앞으로 나가는 기분이었다.

아무튼 그날 일은 이래저래 별 소란 없이 해결이 잘 됐고, 얼마 지나지 않아 새로운 장편소설을 쓰기 시작했다. 이번에는 절대 엎지 않겠다는 각오를 다졌는데, 다행히 조금씩이나마 꾸역꾸역 앞으로 나아갔다. 테니스를 배우기 시작한 덕분이라고 생각한다. 운동이라고는 전혀 하지 않던 생활에 정기적으로 땀 흘리는 일과가 추가된 거다. 볼머신에서 튀어나오는 공과 대결하는 기분으로 자세에 집중하며 쳤다. 백핸드가 뻥뻥 맞아 나갈 때는 스트레스가 제법 해소되는 기분이었다. 무엇보다 좋은 것은 테니스공이었다. 테니스공은 탄력 있고, 잘 튀어 오르며, 복슬복슬한 털로 덮여 있었다. 코에 대면 약간 어지러운 냄새가 나기도 했다. 개와 닮은 구석이 많았다. 그러고 보면 강아지들은 대체로 테니스공을 좋아하는 것 같다. 둘 사이에는 확실히 통하는 구석이 있다.

즐겨 찾는 산책로에 독립적인 대형견이 있었다. 자신은 유기견이 아니지만 확실히 주인은 없으며 들개라고 불리는 것을 대단히 불쾌해하는 친구였다. 여느 개처럼 공 던지기 놀이를 좋아했고, 나랑 같이 뛰다가 숨을 몰아쉴 때면 입이 가로로 길어졌다. 딱히 뭐라 하지도 않았는데 웃는 거 아니라 숨 쉬는 거라며 버럭 화를 내기도 했다. 테니스를 배우러 다닌 이후로 테니스장에서 가져온 공을 던지며 개 친구와 놀기도 했다. 레슨장 출입구에는 도난 방지 센서가 없고 테니스공에도 태그를 달지 않아서 가능한 일이었다. 열심히 놀고 나면 공이 터지고 찢어져서 새것으로 바꿔줘야 했다. 테니스공이 그리 비싼 물건은 아니지만 예전보다는 구하기가 힘들었다. 동네에 문방구가 사라졌기 때문이다. 심지어 우리 집은 초등학교가 바로 앞에 있는데도 근처에 분식집이 없으며 문방구도 없다. 아이들은 이제 다이소에서 물감을 사고 요기요에서 청년다방 떡볶이를 시켜 먹는다. 하여튼 친구를 만나러 가는 날은 레슨 끝나고 주머니에 공 하나를 챙겨 나왔다. 코치님이 이 글을 보지 않으셔야 할 텐데.

여느 때처럼 산책로 옆 공원에서 개 친구와 공을 던지며 놀고 있었다. 주고받고 하는 거리가 점점 벌어지며 우리는 최대한의 근력으로 캐치볼을 하기 시작했다. 결국 힘 조절을 하지 못한 개가 나의 머리 위로 공을 날려버렸고, 나는 원망하는 표정으로 개를 한 번 보고는 테니스공을 쫓기 시작했다.
공은 애초의 성질대로 구르거나 튀어 오르는 것에 능했고 이리저리 방향을 틀며 나를 따돌리려 애썼다. 결국 몇 날 며칠이 지나도록 내 손에 잡히지 않았고, 공을 쫓는 여정은 그 뒤로 육 개월간 이어지게 된다. 먹고 자는 것을 모두 길에서 해결해야 했다. 내가 잠시 멈춰 쌀을 끓이거나 도시락을 까먹을 때면 테니스공도 멀찍이 떨어져서 털을 가다듬으며 쉬었다. 주변의 캠핑족들이 많이 도와줬다. 수염이 덥수룩하게 자라고 머리는 산발이 됐다. 절대로 잡히지 않는 공이라는 게 역시나 신기하기도 하고 그걸 끝까지 쫓는 사람의 미련함은 당연히 구경거리가 된다. 누가 제보를 했는지 SBS에서 취재하겠다며 인터뷰를 요청해왔다. 뉴스라면 당연히 거절이었는데 기자가 아니라 교양국 PD여서 다행이었다.

"〈궁금한 이야기 Y〉에 나가는 건가요?" 나는 조금 설레서 물었다.

"아, 그런 취향이시구나." PD의 눈에 스쳐가는 경멸을 읽을 수 있었다.

"그게 어떤 취향인데요?" 나는 이미 발끈한 상태였다.

"저희는 〈순간 포착 세상에 이런 일이〉 팀이에요."

더는 들을 필요도 없었다. 잠시 앉아 쉬던 자리를 털고 일어났다. 다시 달려야 할 시간이었다. PD가 다급하게 나를 멈춰 세우며 말했다.

"〈궁금한 이야기 Y〉에 나가시면 유명해질수록 〈그것이 알고 싶다〉에 출연할 가능성이 높아지는 거예요. 저희 프로그램에서 좋은 인상을 주신 분들은 KBS 다큐미니시리즈 〈인간 극장〉에 섭외가 되죠. 당신은 어떤 인생을 살고 싶은 건가요?"

설득력이 아주 없는 건 아니었다. 하지만 나보다 늘 앞서 있는 노란 공이 움직이기 시작했다. 그에게 받은 명함을 돌려주는 것으로 대답을 대신했다. 그 PD는 결국 〈동물 농장〉으로 자리를 옮겨 '캐치볼 하는 북한산의 독립견 뭉치 이야기 5부작'을 제작했고 같은 작품으로 암스테르담 국제다큐멘터리 영화제 장편경쟁부문 대상을 수상한다.

아무튼 테니스공은 이래저래 추풍령 고갯길을 오르다 지쳐 멈췄다. 우리는 휴게소에서 우동 한 그릇씩을 먹고 헤어졌으며 그 뒤로는 전혀 만나지 못하였다. 서울로 돌아갈 길이 막막해 휴게소 앞 벤치에 앉아 멍을 때리고 있는데 누가 어깨를 톡톡 건드렸다. 고개를 돌리니 도난 방지 센서에 걸리는 사람이었다. 반가운 마음에 연신 악수를 나누었다. 도서관 열람실에서 만났을 때보다 얼굴에 살이 붙고 허리도 두꺼워진 것 같았다. 예전의 지친 표정 대신 어딘지 모르게 여유와 안정감이 느껴졌다. 그는 더 이상 도서관에 가려고 시도하지 않으며, 백화점이나 대형 마트에 가지 않고, 인천 공항 출입국 게이트를 넘어서려 하지도 않는다고 했다. 고향으로 내려가 작은 모종 가게를 운영하고 있었다. 그가 보여준 핸드폰 동영상 속 어항에는 구피들이 한가로이 같은 자리를 맴돌고 있었고, 구피가 자기 새끼를 잡아먹는 영상을 어디선가 본 기억이 있어 약간 섬찟해졌다. 혹시 나를 서울까지 데려다줄 수 있는지 물었는데 물어보면서도 지나친 부탁이라고는 생각했다. 그는 역시 거절했고, 그냥 가까운 마을이나 가는 길에 있는 아무 정류장에 세워달라고 했다. 그것마저 가차 없이 거절당했다. 그는 어이없다는 듯 웃으며 이렇게 말했다.

"그때 저를 안 도와주셨잖아요."

여차저차해서 집에 돌아온 뒤로 나는 다시 테니스를 배우고 있다. 여전히 실내 연습장에서 볼머신을 치고 코트는 한 번도 나가보지 않았다. 주머니에 공을 넣어 오지 않고 산책할 때 누군가를 기다리지도 않는다. 재활용품 배출일은 월요일 목요일이고 음식물쓰레기는 해가 진 후에 스티커를 부착해 내놓는다. 잠이 오지 않는 날은 밀린 〈금쪽 같은 내 새끼〉를 몰아서 본다. 얼마 전에 〈오피스(The Office)〉를 세 번째로 다시 봤다. 더 오피스라고 써야 하는지 디 오피스라고 써야 하는지 늘 헷갈린다. 그래서 〈오피스(The Office)〉라고 적었다. 도서관에서 책을 빌리고 연장을 하지 않은 적 없다. 빌린 책을 모두 읽고 반납해본 적도 없다. 도서관에서 상주 작가를 해본 적도 없다. 실은 거짓말을 했다. 최대한 진솔하게 내 이야기를 해보려고 했지만 쓰다 보니 과장하고 없는 이야기를 지어내게 됐다. 하지만 언젠가는 도서관 상주 작가를 꼭 해보고 싶다. 잘할 수 있을 것 같다. 다들 잘할 수 있을 것이다. 도난 방지 센서에 걸리는 사람과 북한산의 독립견 뭉치와 테니스공에게 안부를 전한다. 우리는 모두 잘 지내게 될 것이다. ■

이형(李兄)에게

박강산

1. 문학은 느리다

문학은 느리다. 지난 2019년 어느 무연고 사망자의 장례식장에서 나는 그 한마디를 되뇌고 있었다. 고인(故人)은 필리핀인이었고 한국에서 미등록 체류하며 공장에서 일하던 중 뇌출혈로 사망했다. 그날 마산 부둣가에 있는 장례식장엔 고인의 동료 대여섯 명이 모여들었는데 대부분 한 시간을 채 앉아 있지 못하다가 곧바로 공장으로 발걸음을 돌렸다. 철야작업이 한창인 모양이었다.

그 무렵 나는 지방의 한 복지시설에서 이주노동자를 대상으로 직업상담을 하고 있었다. 봉사활동의 일환이었는데 전업작가로는 먹고살 수 없다는 충고를 하도 들은 통에

궁여지책으로 따놓은 직업상담 자격증이 계기가 되었다. 특별히 이주노동자 문제에 관심이 있었던 건 아니었다. 내가 가진 자격증만으로는 취업이 되지 않을 게 명백했기에, 자기소개서 공란에 채워넣을 수 있는 직무 경험을 쌓고 싶을 뿐이었다.

당시 내게 찾아오는 내담자는 대부분 페인트공장 근로자였다. 그들은 관련법에 따라 본인의 사업장을 마음대로 옮길 수가 없으므로 한국에서 어떤 직업을 가지고 싶은지 따위의 질문은 의미가 없었다. 다른 직업을 가지고 싶다고 말하는 건 곧, 위법 행위를 저지르고 싶다고 말하는 것과 같으니까 말이다. 대신 나는 그들이 모국으로 돌아갔을 때 어떤 직업을 가지면 좋을지에 대해 같이 고민하고 제안하는 방식으로 상담을 진행했고, 때로는 한국어 교육을 받을 수 있도록 관련 기관에 연계하기도 했다. 그러던 어느 가을날, 진흙 묻은 3M 각반을 발목에 찬 채로 누군가 상담실 문을 열고 쭈뼛쭈뼛 들어왔다.

내가 반기며 자리에서 일어서자 그도 정중히 인사를 건넸다. 그는 굉장한 장신으로 2미터는 돼 보였다. 안녕하세요, 그의 발음이 예사롭지 않았다. 얼핏 들으면 한국인으로 오해할 정도로 깔끔한 악센트였다. 나는 곧바로 질문지를 꺼냈다. 간략한 인적사항부터, 한국에 오게 된 계기, 한국에서 얼마나 머물 수 있는지, 귀국 후의 목표가 있는지 하는 것들을 기재하기 위함이었다.

'이형' 그는 자신을 그렇게 불러달라고 말했다. 이야기를 들어보니 공장 관리자들이 편의상 그렇게 이름을 붙인 모양이었다. 그의 본래 이름 발음이 '이'로 시작하는데 거기에 '형'자만 붙여서 부르는 것이었다. 아마 운동권 시절에 사용하던 '학형'에서 따온 듯했다.

"어쨌건 반말은 아니니까 좋아요."

이형은 웃으며 말했다. 나는 굳이 본명을 물어보지는 않았다. 상담실이 공기관의 성격을 띤 건물에 속해 있던 탓에 이주노동자들은 자신을 드러내는 데 오히려 더 조심스러웠다. 나는 곧 이형이 스물다섯 살로, 나와 동갑이라는 사실과 그가 한국에 머무른 지 1년이 넘었다는 것, 그리고 목표해둔 금액을 모으면 곧바로 필리핀으로 돌아갈 것이라는 걸 알게 되었다.

"그럼 당분간은 한국에 머물겠네요? 한 2년?"

나는 망설임 없이 빈칸을 채워나갔고 마지막 질문에 닿았다.

"이번 상담을 통해 도움받고자 하는 게 있으세요?"

"일자리요."

나는 손을 멈칫했다. 한국어 마스터 같은 거창한 목표까지는 아니더라도 하다못해 한국인 친구 한 명 만들어보고 싶다는 그런 낭만이 담긴 대답을 기다리고 있던 것이었다. 그런데 일자리라니. 전혀 예상하지 못한 대답이, 그러나 매우 노골적인 요청을 받은 느낌이었다. 그는 이 자리를 취업센터쯤으로 여기는 것 같았다. 나는 어떤 태도를 취해야 할지 잠시 망설였다.

"알바 말하는 거예요?"

"좋아요. 뭐든."

"그게 뭘 의미하는지 알고 있죠?"

"알고 있어요. 그래서 도움을 받고 싶어요."

나는 의자 등받이에 몸을 깊이 묻었다. 필리핀과는 물가도 차이가 있을 것이고, 생활비만 하더라도 그 비용이 만만치 않을 것이었다. 그러나 비자와 관련하여 곤란한 일이 생길 수도 있고, 무엇보다 필요 이상으로 피곤한 관계가 될지 모른다는 생각이 들었다. 순간 불편한 마음 한편으로 낭패감이 몰려들었다. 만약 그가 상담을 관두면 내 상담일지의 한 페이지가 줄어드는 셈이었다. 나는 비워둔 '직무 관련 경험사항'란과 반드시 채워야만 하는 취업용 자기소개서의 기나긴 분량을 떠올렸다.

"혹시 다른 일 해본 경험이 있어요? 파트타임."

내 질문에 그가 기다렸다는 듯 휴대폰을 꺼내들었다.

'세부의 심장 막탄 섬. 열대 섬의 관문이 다양한 색채로 당신을 매혹시킵니다.'

필리핀 중부에 위치한 어느 리조트의 웹 사이트였다. 페이지를 넘길 때마다 고운 모래가 가득한 해변, 신축 호텔,

각종 요리와 주류 사진이 나타났다. 사진 아래에는 자동으로 번역된 짤막한 설명글이 있었다. 이형은 책상에 놓인 캔을 집어 들었다.

"해변에서 음료 전달했어요. 5년 했어요."

"서빙……."

나는 종이 한 편에 그렇게 썼다. 형식적인 행위였고, 아무것도 담보하지 않는 서류였다.

"내년에 필리핀 돌아가면 내 사업할 거예요. 한국 관광객들 많이 올 거예요."

"그래서 돈을 좀 벌어두려는 거고요?"

내 질문에 그가 고개를 끄덕였다.

"까다롭다는 건 알죠?"

이형의 어깨가 축 처졌다. 큰 키가 반이나 쪼그라든 것 같았다. 그 모습이 안돼 보여 나는 몸을 기울이고 말했다.

"일단 알바를 해도 괜찮은지 알아볼게요. 오케이?"

"오케이."

그가 읊조리듯 작게 말하고는 슬며시 웃었다. 알바를 병행하는 게 힘들 것이라고 다시 일러주었는데도 그는 그저 동갑내기와의 대화가 즐거운 모양인지 연신 웃기만 했다. 그러던 그가 웃음을 멈춘 건 내 책상에 놓인 책 한 권을 본 후였다. 오에 겐자부로의 초기 단편이 실린 전집으로 내가 틈틈이 읽던 것이었다. 그는 책을 집어들고는 페이지를 훑어봤다. 그러고는 대뜸 자신의 주전공이 문학이었다고 밝혔다. 문학은 느려요, 그가 말했다.

"문학은 느려요. 그래서 관뒀어요."

이형은 그렇게 말하면서도 두꺼운 전집을 내려놓지 않고 찬찬히 페이지를 넘겼다. 내 전공도 문학이라고 말하려다, 독서를 방해하고 싶지 않아 아무런 책을 꺼내 옆에서 같이 읽었다. 그렇게 해 질 무렵까지 책을 읽고 나서야 이형은 상담실을 떠났다.

그의 소식을 들은 건 그로부터 일주일이 지났을 무렵이었다. 영정사진 속 이형의 모습을 바라보며 연고의 범위는 어디까지일까, 나는 생각했다. 그는 외국에서 '무연고 사망자'로 분류되어 생을 마감할 만큼 인연(因緣)이 부족한 사람이었을까. 나는 이형의 연고자가 아닌가. 그에 대해 얼마나 알았을까. 그에 대해 얼마나 모를까.

"이형"

어느새 3년이란 시간이 흘러 내 기억 속 그의 인상은 옅게 흩어졌다. 다만 그의 이름을 천천히 발음하면 내 머릿속엔 갖가지 해양 스포츠가 떠오른다. 제트스키, 스쿠버 다이빙, 세일보트, 카약, 스노쿨링, 윈드서핑. 그다음에 연상되는 건 선선한 무역풍을 쐬며 해변을 여유롭게 거니는 관광객들, 그리고 마지막에서야 흐릿하게 그려지는 게 바로 이형의 모습이다. 필리핀 중부 해변을 장악한 관광객들의 틈바구니에서 유난히 밝게 웃으며 음료를 나르는 멀대 같이 큰 청년. 평생 꿈꿔오던 사업을 이제 막 시작한 내 동갑내기의 모습을 상상해본다. 다른 나라에서 같은 전공을 공부하며 비슷한 좌절을 겪었을 학형을 머릿속에 그리며 다짐하곤 한다. 내가 할 수 있는 일을 해보자고. 느려터진 문학에 미약한 기대를 걸어보자고.

2. 노예허가제 – 한국 농어촌의 외국인들

지난 2020년 한국문화예술위원회의 '아르코 청년 예술가지원' 사업에 선정되었다. '동아시아 이주노동자를 주제로 한 단편소설 창작'이라는 내용이었다. 당시 내가 중점을 둔 것은 이주노동자의 삶을 단순히 우리사회의 모순구조 안에서만 찾아내고자 하는 방식을 탈피하는 것이었다. 2000년대 이후 이주노동자 소설은 아시아 일부 가난한 나라에서 유입된 이주노동자를 내국인에 의해 억압당하고 소외되는 이미지로만 재현하고 있다는 한계가 있다고 파악했기 때문이었다. 국경을 넘어 타자성을 획득한 이주노동자를 논함에 있어 그들의 삶에 근원이 되는 본적 즉, 이주노동자의 고향을 놓쳐서는 안 된다는 당찬 포부를 밝히며 사업을 시작하게 되었다. 나는 해당 사업을 통해 자료조사를 진행할수록 왜 우리

문학에서 이주노동자를 소모적인 이미지로 반복 재현하는지를 여실히 깨달을 수 있었다. 시간이 흘러도 현실이 변하지 않기 때문이었다.

전국의 이주노동자 지원센터를 방문해보면 문 앞에 '사전에 허가받지 않은 이의 출입을 절대 금지합니다'라는 문구가 붙어 있는 걸 확인할 수 있다. 이 문구는 물리적으로 위해를 가하려는 이들을 막기 위함이기도 하지만, 나처럼 이주노동자에 관한 자료조사를 진행하는 이들을 사전 차단하기 위함이기도 하다. 이런 시도마저도 당사자에겐 실제적인 위협으로 느껴질 수 있다는 것이다. 이러한 상황을 고려하여 사전에 약속한 이주노동자와의 인터뷰도 관계 시설과 먼 곳에서 진행하였고, 활동 증빙용 사진 촬영도 센터가 문을 닫는 날에 가서 찍게 되었다.

목포에서 만난 이주노동자들은 김 양식장에서 일하고 있었다. 처음 그들을 마주했을 때 세 명 중 두 명이 공장에서나 사용할법한 방진마스크를 쓰고 있었다. 당시 마스크 대란으로 인해 '마스크 5부제'가 시행되고 있었는데, 건강보험 미가입자는 대상자가 아니었다. 그들은 급한 대로 페인트 공장에서 일하는 이주노동자에게 도움을 요청해 방진마스크를 얻어 쓰고 있었다. 인터뷰를 이어나가던 중 한 이주노동자가 통역사를 빤히 바라보고 있기에 왜 그러느냐고 물으니, 휴대폰을 내밀었다. 휴대폰 화면에는 방역과 관련한 안내메시지가 있었는데 문자 내용 중 상당 부분이 '역학조사'처럼 이해하기 힘든 용어로 쓰여 있었다. 그들은 통역사를 만난 것을 무척 다행스럽게 여기며 그동안 궁금했던 문자 내용을 모두 물어봤다. 이때 이주노동자가 언어와 문화의 장벽 등 다중의 고통에 시달리고 있음을 새삼 체감할 수 있었다.

인터뷰를 하며 깨달은 것은 이들이 실질적으론 근로기준법 보호 대상 밖에 놓여 있다는 것이다. '안정적 인력 수급'이라는 명분하에 법에 정한 근로시간, 휴식, 휴일에 관한 규정을 어기더라도 처벌로 이어지는 사례가 극히 드물다. 또한 '고용허가제'는 고용주가 허가하지 않으면 이주노동자가 사업장을 옮길 수 없도록 하고 있다. 어렵게 허가를 받더라도 3개월 이내 새 사업장을 찾지 못하면 출국해야 한다. 이에 사실상 고용주의 말이 곧 법이 되는 경우가 많다. 최근 사업주로부터 부당한 처우를 받은 경우 사업장을 변경할 수 있도록 개정안이 마련되었지만, 현실에선 폭행을 당해도 눈을 감을 수밖에 없는 상황이 빈번하다.

특히 농어촌에서 일하고 있는 이주노동자의 권리 착취 문제는 심각한 수준이다. 현재 제주도 농업노동 인력의 미등록 외국인 의존도는 30%에 달하는 것으로 알려져 있다. 필수 인력으로 자리 잡은 이들임에도 집계조차 제대로 되지 않는 게 현실이다. 지난 여름 제주도를 방문하여 농촌에서 일하는 이주노동자들을 대상으로 인터뷰를 진행하며 미등록 체류자 십여 명의 이야기를 들을 수 있었다.

고용허가제를 통해 한국에서 일하고 있는 이주노동자들은 3년, 최대 4년 10개월이 지나면 다시 모국으로 돌아가야 한다. 그러나 기간이 만료됨에도 불구하고 모국으로 돌아가지 않은 이주노동자들이 급증하면서 강제송환 조치 등 인권 문제에 대한 비판이 제기되었고, 자신의 목표를 달성하지 못한 이주노동자는 귀환하더라도 모국사회에 안정적인 정착을 하지 못하고 있다. 이로 인해 이주를 반복하고, 미등록 체류를 하며 울타리 밖에서의 삶을 지속하게 되는 악순환이 이뤄지고 있다.

한국에 온 외국인노동자들은 생계난을 해소해 풍요롭고

안정된 삶을 기대하며 이주해왔으며, 한국은 3D산업 종사인력 부족을 비롯해 고령화 등의 문제를 해결하기 위해 이들을 받아들였다. 그렇게 약 6만 개의 사업장에서 21만 명이 넘는 이주노동자들이 일하고 있다. 미등록 체류자까지 포함한다면 그 수는 더 많을 것이다. 이제 그들은 산업현장에선 직장 동료이며, 거주지에서는 옆집에 사는 이웃으로 살아간다.

'외국인근로자의 고용 등에 관한 법률' 등의 관련 법은 이주노동자가 한국 자본을 위해 값싼 노동력을 공급하도록 설계되어 이주노동자를 정치 사회적으로 배제하고 있다. 관련 법제도에 대한 고민이 필요한 시기이며, 이러한 환경에서 야기되는 고통을 내밀하게 포착해야 하는 일은 문학의 역할 중 하나일 것이다. 문학은 작품 자체의 예술성뿐만 아니라, 사회 문화 측면에서도 의의를 갖는다. 가시적인 사회 현상과 더불어 내재된 사회성까지 포함해 반영하는 장르적 특성을 고려할 때, 이주노동자를 다룬 문학을 창작하는 것은 현실을 직시하는 중요한 방편이 될 수 있을 것이다. 한국에서 더 많은 이주노동자 문학을 읽어볼 기회가 생기길 간절히 바라본다.

이 글을 쓰는 지금 이 순간, 바깥의 체감온도는 영하 15도이다. 보일러 동파에 주의하라는 전세방 집주인의 문자가 도착했다. 비닐하우스 숙소에서 동사(凍死)한 이주노동자가 발견되었다는 기사를 본 게 작년 이맘때쯤이었다. 나는 자료조사 중 알게 된 베트남인 친구에게 전화를 걸어 밥을 잘 챙겨먹으라고 말하고 끊었다. 그리고 지금 그로부터 '메리크리스마스'라는 짧은 메시지를 받았다.

시 생각 아카이브 202112

서효인

2021.12.01. 수요일

우편으로 파란 시집 두 권이 왔다. 김석영 장석원의 시집. 김석영 시인은 처음 접해서 조금 읽었다. 시를 읽으면 쓴 사람이 어떤 사람인지, 시를 쓰는 삶을 택하고 얼마나 괴로웠을지를 알 수 있다. 정직하지 못하게 쓴 시조차도 시인에 대해서라면 정직하게 알려준달까. 읽기에 재미난, 행복한 시를 쓴다는 건 가능한 일일까. 절망을 얼마나 깊이 숨겨놓느냐의 문제. 자세히 읽으면 티가 난다.

한편으로 즐겁고 행복한 사람이 시를 쓴다는 게 가능할까 싶기도 하다. 행복할 때는 행복을 즐기면 된다. 시를 생각할 이유 없이. 읽는 사람도 마찬가지다. 즐거운데 시를 왜 읽겠어?

그러므로 시는 슬프고 절망적인 자들에게만 유효하게 귀속된다. 나는 이 생각을 지워버리고 싶다.

2021.12.02. 목요일

이해를 바랐다면 시를 쓰지 않았을 것이다. 모르겠다. 세상(까지는 아니고 내가 아는 범위, 그러니까 한국)에는 참 다양한 시가 있다. 혼잣말하는 시. 저 좀 봐주세요, 하는 시. 그랬어요, 하는 시. 세상에 똥침을 놓겠다는 시. 내 시는 쓰면 사라지는 시다. 기화펜으로 쓴 시.

시의 장르에도 명명이 있으면 좋겠다. 재즈, 락, 펑크, 메탈, 트로트, 발라드, 앰비언트, 힙합처럼. 서정시니 서사시니 산문시니 자유시니 하는 건 장르가 아니다. 거의 모든 시가 서정시고 서사시이며 자유시이기 때문에…… 그냥 음악의 명명법을 따르는 건 어떨까. 눈앞에 있는 시집들로 생각해보자.

박상순: 펑크…….
신해욱: ……재즈?
김언: 힙합! (아닌가)
백은선: 록발라드?
이수명: 모르겠다…….

어렵지만 하여튼 해보면 좋지 않을까. 쓰는 입장에서도 읽는 입장에서도 취향 차 천차만별인데 이러한 분류가 있으면 원하는 것을 찾기 용이할 것이다. 아, 시인들은 자기 그 장르 아니라고 손사래 치겠지만.

2021.12.08. 수요일

시가 참 향유자가 많아지기 어려운 장르라는 새삼스러운 생각. 영상-음악-서사가 아무래도 현대인의 시간을 그나마 빼앗을 수 있는 것들이다. 셋 다 가진 영화가 그래서 메이저인 거고. 시는 향유하기 위해서는 온전히 시에만 집중해야 하는데…… 틀어놓고 건성건성 본다거나 할 거 하면서 들을 수 있게 해줘야 하는데 시는 그럴 수가 없다. 시에 미친 나조차도 대부분의 시간은 시를 읽으려는 시늉조차 하지 않는다. (쓰는 건 또 별개니까) (나 역시 시 읽는 것보다 쓰는 게 훨씬 좋다…….) 차라리 하이쿠라면 가능성이 있겠다. 한국에서 가장 많이 팔리는 시들의 경우 준-하이쿠쯤 된다고 본다. 최대 10행, 한 행은 10자 내외, 하상욱부터 글배우나 이환천이나 음 나태주나 아무튼 좀 향유된다 싶은 것들은 대체로 다 여기 해당된다. 그러나 문단의 시집 중에는 그런 게 잘 없다. 이준규《네모》가 그래도 가장 가깝지 않았나 싶다. 모든 시가 반 페이지짜리 한 문단 시. 문장 7~8개로 이루어진. 많이 팔렸나? 는 모르겠지만 아무튼.

시가 길어지는 현상에 모조리 반대하고 싶은 건 위와 같은 이유가 크다. 난해화보다도 장시화가 시의 향유를 가로막는다. 난해한 것 자체는 문제가 아니다. 짧으면 잘 모르겠어도 엥 하고 지나가면 되니까…… 이해가 안 되는 것들 중에도 취향이 분명히 있고 (잘 모르겠는데 좋네! 하는 식의) 그걸 노려야 한다는 생각. 길어지면서 서사를 잘 챙긴다면? 싶긴 한데 그게 시소설이 아닐까 참 애매한. 아무튼 난 짧게 쓰려고 노력할 거다. 잘 안 된다면 차라리 —20행짜리 시 하나 써놓고 그걸 셋으로 쪼개서 각각 한 편입니다! 할 거다.

2021.12.09. 목요일

장강명 채널예스 칼럼 읽었다. 마지막 회라 아쉽. 월초마다 장강명 칼럼 읽으려고 채널예스 들어갔었는데. 문학이 아니라 문학을 둘러싼 제도, 특히 문학이 소비되고 향유되는 넓은 의미에서의 문학장에 대해 비평적으로 냉철하게 또한 애정을 담아서 이야기하는 사람이 매우 드문데 장강명은 그러한 발화를 몇 년째 꾸준히 하고 있다. 물론 장강명이 말하는 한국문학=한국소설이라 시 미치광이인 나로서는 아쉬움이 있긴 하다…… 아무튼, 마지막 화에서 장강명은 자기가 문학상을 여러 개 받고 싶었던 이유에 대해 솔직히 말하는데 그건 다름아닌 유명해지기 위해서였고 (그렇다, 상 하나 받는 정도로는 역부족인 것이다) 왜 유명해져야 하냐면 한국 사람들은 유명한 사람이 쓴 유명한 소설만 읽으니까…… 결국은 독서의 뿌리가 얕기 때문인 것이다. 한편 나는 시를 생각 안 할 수가 없는데 문학상이라. 소설은 무명 소설가 혹은 아무튼 잘 못 나가는 소설가라도 장편소설공모가 꽤 많고 그걸 수상해서 빛을 보는 케이스가 꽤 많다. 하지만 시는 그렇지가 못한 게, 신인상을 제외해도 시 문학상 수는 존나게 많지만 투고 형식의 문학상은 거의 없다. 김수영문학상이 유일하지 않나? 게다가 시 문학상들은 음…… 나는 숱한 시 문학상에서 잘 못 나가는 시인이 수상하는 걸 본 적이 없다. 이미 유명해진 사람들만이 심사 대상이 된다고 할까. 소설에서 가능한 '월반'이 시에는 없다는 거다. 뭐냐면, 시단에서는 등단부터 해서 활동하고 시집 내고 차곡차곡 커리어를 잘 쌓아갔을 때 주어지는 게 상이다. 여기서 독자의 역할은? 없다. 갑자기 무명 시인을 발견? 당연히 없다. '그들만의 리그'임을 부인할 수가 없는 것이다…….

2021.12.13. 월요일

억지로라도 시 생각을 해야 한다. 축구 선수가 귀찮다, 하기 싫다, 등의 이유로 연습을 빠지지 않듯이. 물론 시에 대한 스케줄 같은 건 없다. 매니저도 없고. 알아서 해야 한다. 음. 시를 매일 쓸 수는 없다. 시를 매일 읽을 수도 없다. 둘 다 하려면 할 순 있지만 한 달쯤 하면 정신적으로 탈진해서 몇 달은 손도 못 댄다. 매일 할 수 있는 건 시 생각. 다시 축구로 비유하자면, 시 쓰기는 실전 경기고 시 읽기는 연습 경기 정도의 난이도/피로감이랄까. 매일 슈팅 50개 하기 같은 건 축구 선수가 되고 싶다면 충분히 할 수 있다. 좋은 선수가 되기 위해서.

지금 하는 생각은 시의 스케일에 대한 생각. 소재로 볼 수도 있고 구조로 볼 수도 있다. 스케일은 시의 길이랑 비례하지는 않는다. 소재들 간의 물리적/심리적 거리가 얼마나 되느냐의 문제다. 스케일이 커질수록 메시지를 담기 어려우며, 최소한의 구심점이 존재하도록 애써야 한다. 상상과 연결. 정직함을 유지한 채로 스케일을 키워나가는 것도 쉽지 않다. 모르는 것에 대해 쓰는 것이기 때문. 모르는 것을 상상하되 관찰할 수 있을까? 그래야만 한다.

그러나 이 생각이 더 진전되지 않는다. 진전되지 않는다는 것은 지금 내 역량이 이 정도라는 뜻이므로, 억지로 이어나가지는 않을 것이다. 다른 생각을 한다. 시에 쓰기 어려운/곤란한 말이 있을까? 아마도 단어에 대해서. 문형이나 조사는 어떤 걸 써도 된다. 단어는 그렇지 못한 것 같다. 아무 인터넷 뉴스를 열고 거기 적힌 단어들을 본다.

마케팅: 쓸 수 있다.
반도체: 쓸 수 있다.
보조금: 쓸 수 있다.
파운드리: 쓸 수 있다.
블룸버그통신: 쓸 수 있다.

뉴스에 적힌 단어들은 다 시에 쓸 수 있을 것처럼 보인다. 그러면 곤란한 건 뭘까. 유행어나 인터넷 밈 따위가 아닐까. 이들은 대개 축약된 합성어들이다.

MZ세대: 쓰면 시 100% 구려진다. 최대한 피하고 싶다.

돌싱: 음…… 이건 써볼 수 있을 것 같다. 유행어라기보단 고유명사에 가까워졌기 때문일까.

존버: 쓰기 싫다.

뇌피셜: 망한다.

패드립: 곤란하다.

이상이 유행어였고, 인터넷 밈들은 대부분 비하의 의미를 담고 있어 쓰기에 더더욱 곤란하다. 몇 개 예시를 들어볼까 싶었는데 안 하는 게 좋을 것 같다. 다시 생각해보자면, 사회에서 생성된 합성어를 시에서 쓰기에는 좀 어려움이 있다. 시가 바로 합성어를 만들어내는 작업임을 떠올리면 더더욱 그렇다.

아, 소설이라면 뭐든 써도 상관없겠다. 왜냐하면— '내가 한 말'이 아닌 걸로 제시할 수 있으니까. 시는 명백히 1인칭의 장르다. 생각해보면 시는 그다지 자유로운 장르가 아닐지도 모른다. 제약과 검열이 바글바글한 장르. 시와 자유가 곧잘 엮이는 건 이러한 검열을 뚫어내는 쾌감을 자유와 혼동한 결과일지도 모른다. 아니면 읽는 입장에서의 자유라거나.

2021.12.14. 화요일

적어도 시를 쓰는 동안에는 제도를 조금도 의식하지 않을 것이다. 문학 제도뿐만 아니라 일체의 제도를. 몸을 벗고 마음을 벗고 쓰기. 나는 이것을 '평평해진 상태에서의 시 쓰기'라고 여긴다. 증오도, 절망도, 환멸도, 기대감도 없이 그 어떤 목적의식도 없이 시 쓰기. 한 편을 완성시킨다는 의식도 제거하기. 한 편의 끝을 향해 가는 것이 아니라 눈먼 채 앞으로 걷기. 시는 언제든 쓸 수 있고 언제든 버릴 수 있다. 아쉬움 없이. 그것은 시에 대한 지극한 사랑이다. 시가 아니라 나를 버릴 수도 있는 것이다.

또 다른 생각.

내용이 형식을 대신할 수 있다면 가장 좋을 것이다. 나는 형식상의 실험들을 기피하는 편인데, 그 실험이라는 것들은 사실 모두 내용만으로, 그러니까 아무 실험 없이도 해낼 수 있다고 믿고 있기 때문이다. 시는 언어예술이며 언어가 곧 기호는 아니다. 언어를 기호로 치환했을 때 전경과 후경에 모두 기호가 떡하니 자리 잡는다. 그곳에서는 시의 작위성만 도드라진다.

통용되는 한국어 — 그러니까 통용되는 의미소들로 무엇이든 할 수 있다. 형식은 내용의 실패를 가리기 위한 입간판일 뿐이다. 더 나쁘게 말하자면 언어의 힘과 영향범위가 제한적이라는 생각에 지배당한, 시를 경시하는 시일 뿐이다.

나는 시에 애증을 품은 자들을 좋아하지만, 시를 지극히 사랑하는 자들이 더 좋다. 시에는 다 드러난다.

2021.12.18. 토요일

역설적이게도 시를 쓰면 시 생각을 안 하게 된다. 며칠간 매일 한 편씩 썼고, 시 생각은 따로 하지 않았다. 시를 쓰는 자체가 시 생각이기 때문일까? 만약 그렇다면 나는 메타시만 쓰는 셈일까? 혹은 시 에너지가 양쪽에서 쓰이면 거덜날까 봐 자율신경계에서 알아서 조절하는?

시 생각은 시론과 다르다. 시를 쓰는 사람은 누구나 시 생각을 하지만 누구나 시론을 갖고 있는 것은 아니다. 특히 고정된 시론을 가진 사람은 글쎄. 주기적으로 바뀔 수밖에 없지 않나? 반면 시 생각은 그야말로 순간순간의 생각이라서 — 붙잡아도 그때뿐이고 놓쳐도 그만이다. 이걸 적는 이유는 시 생각을 매번 놔주고만 살아서 좀 누적시켜보기 위함이다.

시 생각 아카이브.

오늘 쓴 이 글은 시 생각에 대한 생각이겠구나. 시 생각으로 옮겨가본다. 내가 쓰려고 하는 시를 쓰지 못하는 이유는 쓰던 시가 손에 익어버렸기 때문이다. 그 발화 방식. 문장 운용 방식. 전개 방식. 어디에서 끝맺을지에 대한 익숙한 해답. 한마디로 답안지를 보고 문제를 풀고 있는 것이다. 그러나 쓰려고 하는 시를 쓰는 게 좋은 일인가? 그 역시 목적성이 있다는 것일진대. 시를 어딘가에 넣으려고 하면 시는 정말로 가둬지고 쪼그라든다. 아무리 재미난 깜짝상자에 넣는다 해도 말이다. 시를 부정형의 생물로 간주해야 한다—그러나 이 말 또한 시를 커다란 상자에 가둔 것에 지나지 않는다. 시에 대한 어떠한 정의도 상자가 된다. 시를 내버려두어야 한다. 나 자신에게, 혹은 타인과의 관계, 혹은 사회적 이슈에 집중하는 것 모두 좋지만 아무래도 시는 내버려두어야 한다. 나는 잠깐 시를 쓰고 있을 뿐이다.

2021.12.31. 금요일

좋은 시를 떠올린 건 모두 꿈속이었다. 한번은 꿈임을 자각하고 '이건 꿈이니까 꼭 꿈 밖으로 들고 나가야지' 했는데, 정작 들고 나온 건 저 작은따옴표 친 문장이었다. 시에 집착할수록 시에서 멀어진다. 할 수 있는 건 시에 대한 생각뿐이다. 그것은 시와 전혀 다른 것이다.

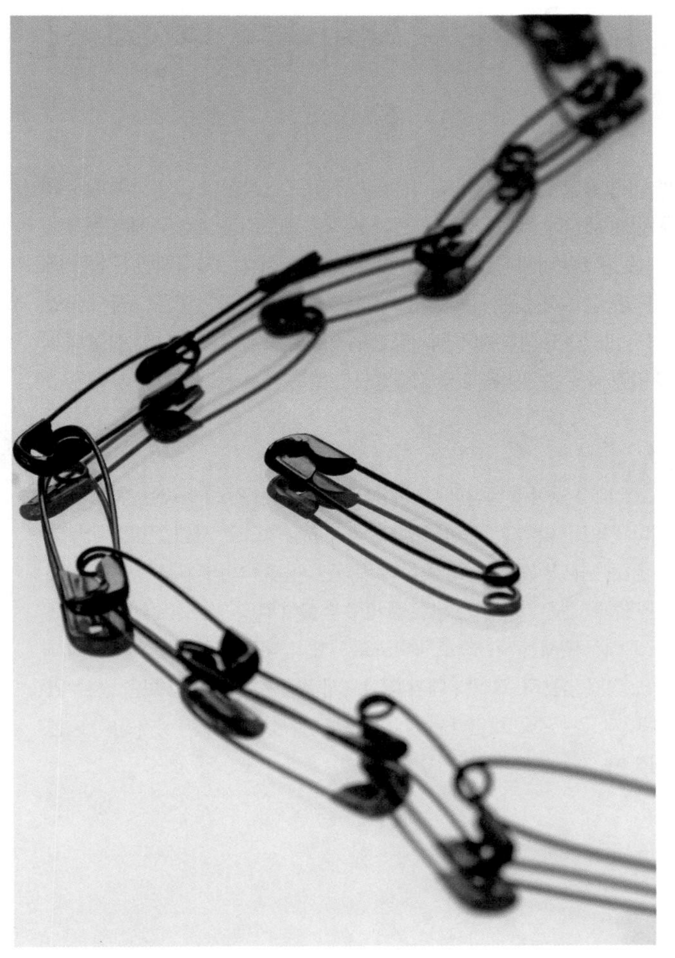

Biography Essay

착한 사람 코에는 보여요

나는 기술이 발달할수록 사람의 감각은 무뎌진다고 생각한다. 그리하여 갈수록 감각이 차단된 세상에 살고 있다고 느낀다. 시각은 매끄러운 액정 위에서 둔중해지고, 청각은 동그란 마개에 막혀 흐리멍덩해진다고. 미각은 자극적인 음식들 더미에서, 촉각은 움츠리는 관계들 사이에서. 그러나 후각은, 후각만은 그렇지 않았다. 무뎌지지 않았다고 생각했다. 냄새를 인위적으로 막을 순 없으니까. 집을 나서면서 귓구멍에 하듯 콧구멍을 고무 커널캡으로 뽁뽁 쑤셔 막고 나가는 사람은 없으니까.

그랬기에 코로나가 앗아간 일상에서 내가 상실을 실감한 것 중 하나는 후각, 정확히는 냄새다. 차단된 나의 감각. 나의 냄새. 내가 일상적으로, 자연스럽게, 아무렇지 않게 누리던 냄새. 나는 남달리 후각이 뛰어난 사람은 아니다. 그저 일상을 이루던 이 냄새들을 정전기를 띠는 섬유 틈새로 촘촘히 빼앗기면서 새삼 억울해졌을 뿐이다. 그래서 냄새를 사진으로 담아보고자 했다. 내가 누리던 일상을. 알다시피 냄새는 보이지 않는다. 그러나 내가 어설프게 찍은 사진을 보다 보면 알 수 있다. 때론 보이지 않는 것도 보인다는 걸. 보이지 않는 것을 보이는 것에 담아 당신에게 보낸다.

지하철역 역사의 꽃집.

나는 어딜 지나든 꽃집을 보면 꼭 걸음을 멈춘다.

햇볕에도 냄새가 있다.
그걸 가장 실감하는 때는 햇볕이 없는 곳에서 있는 곳으로 나올 때다.

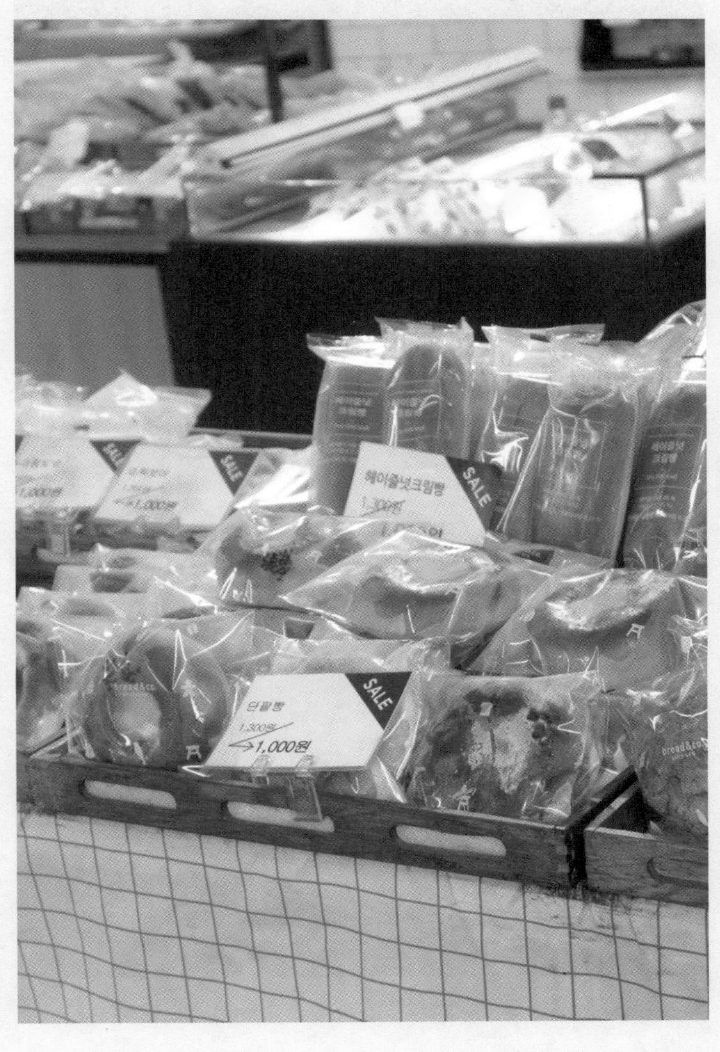

때론 마스크 섬유를 뚫고 들어오는 냄새도 있다.
반가우면서도 밉다.

무엇으로 보이는가?

답. 모 제약회사의 긴 모양으로 나온 파스다.

손목을 많이 사용하는 직업 특성상

손목이 자주 아픈데 여기에 사용하기 편하다.

요즘에는 냄새가 아예 나지 않는

파스도 많이 나오지만

나는 어쩐지 파스 특유의 화한

냄새가 나야 통증도 사라지는 것 같더라.

사심 가득한 사진이다.
빼앗기지 않고 이전처럼 누리는 냄새.
우리 집 강아지 발바닥 꼬순내.
집을 생각하면 가장 먼저 생각나는 냄새다.

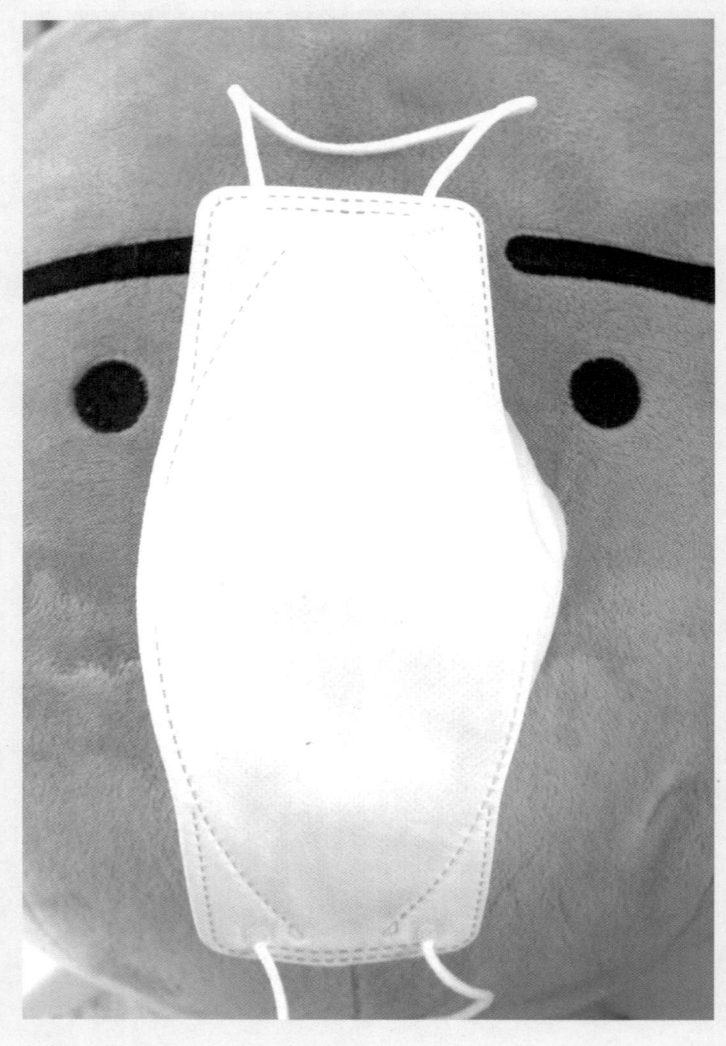

마스크를 쓰고 나서 내 입 냄새를 자주 의식하게 되었다.
불쾌한 일이다.

2021년 크리스마스를 맞아 빈티지 스웨터 숍에서 귀여운 카디건을 샀다. 이런 날을 의식하고 챙기는 편이 아니어서 내게는 제법 결단을 요하는 일이었다. 나는 이 카디건을 보자마자 대번 맘에 들었다. 산타 할아버지의 순박한 얼굴과 보따리에 담긴 살짝 멍충한(?) 곰돌이 인형까지 완벽히 '취향 저격'이었다. 그런데 세탁을 매우 강력하게 하셨는지 옷에서 엄청난 드라이클리닝 냄새가 난다. 의외로 그게 무척 기분 좋다. 정성이 느껴진다고 할까. 두근두근한 산타 할아버지 표정이 말해주듯. 선물 받은 느낌.

우리 집 화장대에 내 돈을 주고 산 경험은 없으나 쌓여 있는 물건 두 종류가 있다. 하나는 핸드크림, 하나는 사진의 주인공 립밤이다. 무난하게 사용할 수 있어서 그런지 선물로 많이 받는다. 선물로 준 사람들에게는 미안한 말이지만 끝까지 써본 적은 거의 없다. 선물이라 버리지 못하고 모아두었는데 최근에 이사 오면서 오래된 건 버렸다. 남겨둔 건 열심히 쓰는 중이다. 킁킁 냄새도 맡고. 마음에도 냄새가 있지……. 정작 선물해준 사람들은 그런 생각하지 않겠지만. 물론 나도 이 사진에 쓰려고 굳이 한 마디 붙여본 거다. 그래도 고맙다.

우리 집 강아지는 산책 나갈 때마다 동네 전봇대를 하나씩 점검한다.
새 소식이 올라왔는지 꼼꼼히 확인하는 것이다.
차마 냄새를 맡진 못했지만 나도 눈높이를 맞춰 사진을 찍어보았다.
다행히 우리 강아지는 냄새 가득한 일상을 그대로 누리고 있다.

insite 김지연

옥상일기

아마도 여름에 나는 거기에 있었다.
매일 저녁마다 거기에 있었고
매일 지는 해를 보았다.
제발 지지 마, 지지 마 하면서 보았지만 늘 졌고
집으로 돌아가서는 기분 좋게 잠을 잤다.

1. 금연 xxx일째. 옥상에 올라와도 별로 할 일이 없어서 사진을 찍었다.

2. 누가 스티로폼 상자에 부추를 키우다가 옥상에 그냥 방치해두었다.
부추꽃 냄새를 맡고 찾아왔는지 벌들이 날아와 붕붕거린다.

3. 옆 건물에서 사람들이 싸운다. 그러다 금방 화해한 것 같았다.
화해하는 건 좋다. 그러니까 가끔씩 싸울 필요가 있다.

4. 아침에 일어나니 목이 움직이지 않았다.
아플 때마다 신기하다. 이게 다 내 몸이라니…….

5. 손목이 아파서 손목 아대를 사려고 검색하다가
아대(蛾袋)라는 단어를 보았다.
낮에 숨었다가 밤에 날아다니는 나비가 들어 있는 주머니라고 한다.

6. k가 집을 장만했다며 놀러오라고 해서 버스표를 예매했다.

7. 식물에게는 비가 보약이라고 해서
화분을 모두 옥상에 올려두었는데 벌레가 잔뜩 꼬였다.

8. 울고 싶다. 특별히 슬픈 일이 있는 것도 아닌데 그냥.

9. 꿈에 로또 번호가 나와서 기억나는 것을 오빠에게 불러주었다.
겨우 세 개만 맞았는데 오빠가 비슷한 번호로 여러 개를 사서
이만 원이 당첨되었다고 했다.

10. 거의 매일 저녁 옥상에 있다.
매일 해 지는 걸 구경하니 여행 다니는 기분이 든다.

11. o가 k의 집에는 가지 않았으면 좋겠다고 해서 가지 않기로 했다.

12. 늦게 저녁 준비를 하다가 손을 다쳤다.
피가 안 멎어 응급실에 가니 칼을 어떻게 쓰면 이런 방향으로
베이느냐고 의사가 물었다. 나도 잘 모르겠다. 다섯 바늘을 꿰맸다.

13. 일출을 본 게 언제였더라.

14. 발이 점점 더 자라는 것 같다.
오빠는 살이 쪄서 그런 거라고 했다.

15. 집에 가고 싶다.

16. 이사한다. 이제 여기에 없다.

이름 없이 풍경으로

원래는 인도에서 찍은 똥 사진들을 싣고 싶었다. 세 번째 인도였는지, 네 번째 인도였는지 잘 기억나지는 않지만, 그 여행에서 몇 주간 나는 심통이 난 사람처럼 땅을 보며 똥만 찍고 다녔다. 소똥 개똥 쥐똥 새똥 돼지똥 사람똥 (여기에서 재미있는 것 하나. '사람똥'이라는 단어 밑에만 맞춤법 검사기가 빨간 줄을 그어준다 '인간똥' 밑에도 빨간 줄이 그이네. '인분' 밑에는 빨간 줄이 없다. 나는 이래서 인류가 참 싫다.) 똥에 파묻힌 꽃, 똥 속에 죽어 있는 쥐, 일렬로 난 똥, 똥 위로 지나간 바퀴자국, 발자국. 그런데 지금 찾아보니 그 사진들이 없다. 나는 초등학교 졸업 이후 한 번도 일기를 쓴 적이 없다. 이 사진들을 찍었을 때 어떤 마음이었는지, 이젠 기억나지 않는다. 오래 본다면 기억이 날 수도 있겠지만, 그러지 않았으면 좋겠다. 기억이 멀어 정말 다행이다.

WELL

RJ-27-C-3027

구혜경

2019년 한국콘텐츠진흥원 신진스토리 작가 지원사업에 선정되었다. 장편소설 《가려진 문틈의 아이》가 있다.

벽장

구혜경
小說家

태경은 사랑이 재난처럼 들이닥친 순간을 기억한다.

*

봄이었다. 태경의 기억엔 그랬다. 2학년에 진학하면서 통합되어 운영되던 학급이 특기에 맞는 과로 나뉘던 3월. 첫 등교일. 봄이라기에는 바람이 찼다. 그날 아침 뉴스에 나온 기상캐스터는 꽃을 샘내는 추위라고 말했다. 꽃이 하나도 피지 않은 계절이었다. 은숙이 태경에게 목도리를 건넸다.

"아직 겨울이야."

태경은 군말 없이 목도리를 받아들었다. 은숙, 그러니까 엄마가 등굣길에 뭔가를 챙겨준 건 그때가 처음이었기 때문이다. 그리고 그게 마지막이었다. 그 목도리를 매진 않았다. 태경은 이미 지난달부터 전기장판 코드를 꽂지 않아도 그럭저럭 잠들 수 있었다.

디자인과 교실, 그중에서 태경의 학급인 마지막 반은 본관 2층 끝자락에 동떨어져 있었다. 태경은 일찌감치 등교해 교실 맨 뒤에 자리를 잡고 앉았다. 시선은 부러 창밖에 두었다. 뺨을 스치는 바람이 얕게 부드러워질수록 교실은 소란해졌다. 태경은 교실 안을 돌아보는 대신 교문을 지나는 아이들의 정수리를 빤히 보았다. 대부분 목도리를 칭칭 감고 있었다. 저들끼리 들썩이는 아이들 틈으로 입김이 모락모락 피어올랐다.

디자인과로 온 건 태경의 선택이었지만, 태경이 원한 일은 아니었다. 이 특성화고등학교의 세 학과 중 디자인과의 취업률이 가장 높다는 사실이 태경의 등을 떠밀었을 뿐이다. 어차피 어느 과든 상관없다고 생각했다.

빨리 벗어나기만 하면 돼. 뭐든 배우기만 하면 상관없어. 버티는 건 자신 있어.

태경은 교실의 정물로 머무르고 싶었다. 창문턱이 허전해서 놓은 화분처럼. 거기 그런 게 있었나, 흐릿하게 떠올리고 마는.

그래서 그 애가 갑자기 옆자리 의자를 드르륵 빼고 앉았을 때, 태경은 소나기를 맞은 것처럼 놀랐다. 정작 그 애는 태연하게 턱을 괴고 있었다. 그 애가 턱 끝을 까닥였다.

"안 아파?"

톤이 높은 목소리. 동그랗고 말간 눈. 태경은 순간 그 애가 또래보다 어려보이는 데 어느 쪽의 비중이 더 큰가 가늠했고, 이내 당혹스러워졌다. 묻는 말이 지나치게 친밀했기 때문이다. 그래서 답지 않게 떠듬거렸다.

"어…… 뭐가?"

"여기. 피나는데."

그 애가 태경의 손가락 끝을 톡톡 두드렸다. 체온이 스쳤다. 태경은 손을 주춤 뒤로 뺐다. 대꾸할 말이 떠오르지 않았다. 입안이 빈 서랍처럼 텅텅 비어 혀가 무안할 정도였다.

"……"

태경의 시선이 손톱 끝으로 향했다. 그 애의 말은 맞지 않았다. 피는 이미 멈췄고, 자세히 보지 않으면 눈치 채기도 어려울 정도의 피딱지만 적갈색 실선처럼 남아 있었다. 엄밀히 말하면 '피나는' 것이 아니라, '피가 났던' 것이다. 지금보다 한참 어릴 때 무심코 손톱을 뜯다가 은숙에게 호되게 야단을 맞은 이후 태경은 피가 나도록 손톱을 뜯고 나면 곧장 손을 씻었다. 태경은 피딱지를 물끄러미 보았다. 그건 흡사 갈변된 핏줄처럼 보였다. 답을 기다리던 그 애는 옅은 한숨을 내쉬었다.

"잠깐만."

부스럭. 가방을 뒤지는 소리가 났다. 대일밴드나 연고를 꺼내려나, 태경은 생각했다. 그리고 1초 만에 손이 잡혔다. 놀란 태경이 고개를 돌리자 그 애의 책상 위에 놓인 꽃잎 모양 팔레트와 휴대용 브러시펜이 보였다. 투명한 브러시 몸통 안에서 물이 찰랑이고 있었다. 태경은 미간을 찡그렸다. 손에 닿는 체온이 낯설어 식은땀이 날 정도였는데 왠지 쳐낼 수가 없었다. 태경이 짐짓 목소리를 낮게 깔았다.

"뭐하는 거야?"

"이거 보여? 똑같이 해줄게."

그 애가 불쑥 손등을 들이밀었다. 태경이 반사적으로 고개를 뒤로 뺐다. 그 애의 손톱 위에는 벚꽃이 있었다. 물감으로 그린 것이었다. 제법 그럴싸한 솜씨였다. 그 애는 태경이 손톱을 구경하는 틈에 태경의 손톱에 브러시를 이리저리 대가며 뭔가를 구상하고 있었다. 몰입할수록 통통한 입술이 비죽 밀려나왔다.

난 이런 거 싫어해, 말하려던 태경은 그 애의 손톱이 다시 보여 입을 다물었다. 자세히 보니 이쪽의 상태도 태경 못지않게 심각했다. 손톱이 페이스트리 반죽처럼 겹겹으로 뜯겨 그 결 사이마다 핏물이 굳어 있었다. 태경은 그 애를 힐끔 보았다. 그 애는 이제 브러시에 물감을 묻히고 있었다. 참 반죽도 좋은 애였다.

"어차피 신경 안 써. 아프지도 않고."

태경이 그렇게 말하자 그 애가 고개를 처박은 채로 대꾸했다.

"알아. 이 정도면 이제 와서 아픈 게 이상하지."

담담한 어조였다. 태경은 입을 다물었다. 어색한 정적이 흘렀다. 교실은 여전히 소란했다.

"그래도 상처잖아."

그 애의 목소리가 들렸다. 교실의 소란을 뚫고 또렷하게. 태경은 이상한 기분에 잠겼다. 아주 머쓱했다. 그리고 갑자기 교실 안의 누군가가 자신과 그 애를 주시하고 있을 것 같단 생각이 들었다. 태경의 시선이 처음으로 교실 안을 향했다. 착각이었다. 아이들 중 누구도 둘을 보고 있지 않았다.

"물감이 다 떨어져서 흰색이랑 분홍색밖에 안 남았거든."

그 애의 말투는 희한했다. 부쩍 친숙했고, 꾸미지 않은 태연함이 묻어나왔다. 마치 이전부터 오래 알아온 사람처럼. 태경은 굳이 대꾸하지 않았고, 그 애도 그걸 기대하지 않은 듯 곧장 말을 이었다.

"근데, 마침 잘됐다고 생각했어. 이제 봄이잖아."

봄이잖아, 말의 맺음새가 산뜻하고 가벼웠다.

"흰색이랑 분홍색만 있으면 충분해. 이거 봐."

그 애가 태경의 손가락을 모아 쥐더니 눈앞까지 끌어올렸다. 태경은 그제야 제 손톱에 만개한 벚꽃들을 보았다. 그 애의 말대로 벚꽃들은 흰색과 분홍색 물감으로만 그렸다고 보기 어려웠다. 어떤 잎은 희고, 어떤 잎은 옅은 분홍빛을 띠고, 어떤 잎은 색채가 짙어

언뜻 붉은 빛까지 돌았다. 태경은 어쩐지 심술궂게, 하나의 가지에서 난 벚꽃이 이렇게 다양한 색을 가질 수 있느냐고 묻고 싶었지만 이내 그 생각을 접었다. 어찌됐든 그건 어떻게 보아도 흐드러지게 핀 벚꽃이었다. 삐죽삐죽 밉게 뜯겨나간 손톱 끝이 물감에 덮여 흡사 꽃잎의 귀퉁이처럼 보였다. 손을 책상 위에 얹고 묵묵히 손톱을 바라보고 있자니 그 애가 웃는 기색이 느껴졌다. 보지 않아도 알 수 있었다.

"최대한 오래 보자, 우리."

그 애는 고개를 숙이고 손톱을 향해 속삭였다. 짐짓 장난스러운 어조였다. 태경은 고개를 들어 그 애를 보았다. 정확히는, 눈가에 속눈썹 결을 따라 드리워진 그늘을 보았다. 내리깐 눈에 퍽 애틋한 빛이 돌았다. 그 순간 태경은 이유는 알 수 없지만 오래 보자는 그 말이 사실 자신을 향해 건넨 말이며 꽤 순도 깊은 진심이 섞여 있다고 생각했다. 때마침 그 애가 고개를 들었다. 눈이 마주쳤다. 그 애는 다소 쑥스러운 듯 볼을 살짝 붉히더니, 곧 웃었다.

태경은 그제야 그 애에게서 풍기는 냄새를 맡았다. 소설 속에서 묘사하듯 마냥 향기롭지는 않았다. 낭만적일 것도 없었다. 미세한 기름 냄새였다. 찬 바람내가 섞였지만 왠지 포근했다. 태경은 얼마 지나지 않아 그 애가 남의 손을 잡을 때 새끼손가락을 드는 습관이 있는 걸 알았고, 웃을 때 오른쪽 눈이 왼쪽 눈에 비해 미묘하게 조금 더 느리게 감긴다는 것까지 알아채고 말았다. 태경의 시선이 그 애의 명찰에 가닿았다. 이성주. 이름을 수놓은 씨실과 날실까지 헤칠 것처럼 뜯어보던 태경은 문득 목이 잠기는 걸 느꼈다. 세 글자. 고작 세 글자. 불안한 예감이 혀끝을 적셨다. 열여덟 살 봄, 태경은 계절에도 맛이 있음을 배웠다. 봄이 썼다. 봄은 그럼에도 봄이었다. 어쩔 도리 없이.

*

난 사실 태경이 너 이미 알고 있었는데. 우리 1학년 때 같이 현장학습 나갔었잖아. 우리 담임쌤 못 오셔서 너희 반이랑 우리 반 같이. 기억 안 나? 진짜? 네가 그때 나한테 먼저 말 걸었었는데. 열쇠고리 너가 직접 만든 거지? 진짜 잘 만들었네. 이렇게. 아니, 진짜야! 내가 놀라가지고 어떻게 알았냐고 물어봤었어. 뭐라고 대답했는지도 기억 안 나? 와, 이걸 어떻게 까먹지? 태경이 네가 분명히 그랬어.

손톱에 물감 묻었잖아. 근데 그것도 그림 같다. 예뻐.

*

그 애, 성주는 자주 조잘거렸고, 자주 서운해했고, 자주 투정부렸고, 자주 웃었다. 태경의 손톱에 핀 벚꽃이 채 다 지기도 전이었다. 성주는 웃을 때 눈을 초승달처럼 접었다. 태경은 그럴 때마다 하던 행동을 멈추곤 했다. 그 휘어진 눈매 틈에 끼어버린 것처럼. 옴짝달싹할 수 없었다.

문제는 명확했다. 둘이 동급생이라는 것. 여자들만 다니는, 여자특성화고등학교의. 그게 문제였다. 그건 재난이었다. 그때의 태경에겐. 그리고 지금도 종종.

*

"일찍 일어났네."

태경은 말간 목소리에 눈을 떴다. 성주가 커피 잔을 들고 침실 문에 기대어 서 있었다. 멍하니 눈을 끔벅이던 태경이 부스스 상체를 일으켰다. 정신을 차리기 위해 애쓰던 태경은 성주가 신은 수면양말에 시선이 닿고 나서야 잠깐 잠든 찰나에 고등학교 때 꿈을 꿨다는 걸 알았다. 머리를 쓸어올리는 태경의 잇새로 한숨이 새어나왔다. 고해성사 같은 한숨이었다.

"못 잤어."

"또?"

성주가 몸을 바로 세웠다. 생글생글 생기가 흐르던 얼굴이 금세 걱정으로 물들었다. 태경은 마른세수를 했다. 손바닥에 닿는 얼굴이 까칠했다. 벌써 며칠째 잠을 설치고 있었다. 일주일 전 이사하고 난 뒤부터였다. 성주는 집터가 잘못된 거라는 둥 머리를 북향으로 놓고 자서 그렇다는 둥 유난이었다. 태경은 미신을 믿지 않았다. 그러나 사흘쯤 연달아 조각잠을 자고 나니 무슨 신이든 빌어서 해결만 된다면 기꺼이 무릎을 꿇을 수 있을 것 같았다.

"태경아. 그러지 말고 수면치료 같은 거 한번 받아볼래?"

성주가 침대 귀퉁이에 걸터앉아 태경의 머리카락을 쓸어내렸다. 다정한 손길이었다. 침대 헤드에 머리를 기대고 있던 태경이 눈썹을 비스듬히 세웠다.

"수면치료?"

"아니, 내가 얼마 전에 애들 만나러 갔었잖아. 근데 거기서 상담치료 얘기가 나왔거든. 생각보다 많이 받고 있더라구. 우리 애들이 그래 보이진 않았는데…… 아무튼 난 그런 치료 종류가 그렇게 많은지도 처음 알았어. 민영이 알지? 민영이는 최근에 최면치료를 받았대."

성주의 말이 급작스럽게 빨라졌다. 태경은 힘없이 웃었다.

또 시작이다. 성주는 부지런히 떠들면서도 손가락으로 태경의 머리카락을 다정하게 매만졌다. 태경은 스르르 눈을 감았다. 최면치료. 걔가 자기도 몰랐는데. 어릴 때 그런 일 때문에. 너무 신기하지. 우리 다 난리 나서 거기 연락처 달라고. 태경아, 듣고 있어? 아이처럼 들뜬 성주의 목소리가 손상된 카세트테이프 음악처럼 뚝뚝 끊어졌다. 귓가가 간지러웠다. 아니, 아닌가. 태경은 가만히 손을 들어 가슴을 문질렀다. 아이, 듣고 있냐고. 밉지 않게 채근하는 목소리가 들렸다. 익숙한 감각이었다. 눈을 감고 어둠 속에서 귓가가 간지러운지 가슴께가 간지러운지 어림하는 느낌. 뭐가 있는지도 모르면서 까치발을 들고 선반 위를 더듬거리던 어릴 때처럼 설레고 불안한 기분이 들었다.

항상 이랬다. 태경은 5층 빌딩 앞에서 잠깐 숨을 골랐다. 성주의 얘기를 듣다 보면 어느새 휘말려 그 뜻대로 움직이곤 했다. 오늘도 마찬가지였다. 성주는 기어이 출근 전 태경에게 명함을 쥐어주고 갔다. 친구를 닦달해서 받아냈다는 명함이었다. 오늘은 일 없지? 꼭 가야 해. 당부하던 눈이 단호했다. 이 종이쪼가리 한 장이 연인을 불면의 늪에서 건져내주리라 한 치의 의심도 없이 믿는 눈이었다. 태경은 명함을 한 번 더 들여다보았다. 임연재 최면심리연구소. 성주는 믿음으로 걸음을 떼는 사람이라면 태경은 불신으로 숨을 고르기 위해 멈춰서는 사람이었다. 하지만 언제나 지는 건 태경 쪽이었다. 그럴 때마다 태경은 나그네의 옷을 벗기는 우화를 떠올렸다.

최면심리연구소는 빌딩 맨 꼭대기에 있었다. 예약시간에 맞춰 도착하자 소장이 웃는 얼굴로 맞아주었다. 그녀가 내민 명함에 '임연재'라는 이름이 금박으로 새겨져 있었다. 태경은 연재를 보며 은숙을 떠올렸다. 닮은 구석이 전혀 없는데도.

태경과 연재는 마주 앉아 이야기를 나누었다. 무작정 '눈을 감으세요. 레드썬! 뭐가 보이나요?' 이런 식은 아니라고 했다. 연재는 태경이 작성한 사전 질문지를 보더니 여러 가지를 물었다.

"원래도 잠을 못 자는 편이었어요?"

"아뇨. 자기로 마음먹고 누우면 금방 잠드는 편이에요."

"여기 직업란에 프리랜서라고 쓰셨는데, 실례지만 어떤 일 하세요?"

"일러스트레이터예요."

"하시는 일은 안정된 편인가요?"

"네. 수입도 일정하게 들어오고요."

연재는 대답을 들을 때마다 눈을 두어 번 빠르게 깜빡였다. 그녀의 손가락이 질문지를 매만지다가 어느 지점에서 멈췄다.

"최근에 이사를 하셨네요."

"네."

연재가 그 부분에 크게 동그라미를 쳤다. 이게 문제일 수도 있겠어요. 태경은 고개를 비스듬히 기울였다. 정확히 어떤 부분이 문제라는 건지 알아들을 수가 없었다. 연재는 질문지를 내려놓고 눈을 마주쳐왔다.

"보통 본인도 모르는 트라우마가 현재에도 영향을 끼치는 경우가 많아요. 본인도 모른다는 건 그 기억이 잠재의식에 있기 때문이거든요. 최면은 그 기억을 의식으로 끌어올리는 작업이에요."

방송에 나오는 것처럼 쉬운 일은 아니라는 말이 뒤따랐다. 태경은 간간이 음, 네, 추임새를 뱉으며 고개를 끄덕이다 구석에 있는 어항을 보았다. 구피 네댓 마리가 헤엄치고 있었다. 모두 활발했다. 어느새 연재가 설명하는 목소리는 아득히 멀어지고, 태경은 구피에 집중하고 있었다. 구피들이 어항 안을 휘휘 쏘다녔다. 태경은 그걸 멍한 눈으로 좇았다. 그리고 금세 피곤해졌다. 아무런 목적도 방향성도 없는 움직임이었다. 구피들의 몸짓은 헤엄치기 위한 헤엄 같았다. 어쩐지 불쾌하기까지 했다. 태경은 눈두덩을 꾹꾹 눌렀다.

"다음 이 시간에도 방문 가능하세요?"

불쑥 목소리가 크게 들렸다. 태경이 눈을 똑바로 떴다. 연재가 태경을 보고 있었다. 태경은 부끄러워서 허겁지겁 대답했다.

"네, 네."

"호흡법을 미리 연습해오시면 좋아요. 최면에 안 드는 경우도 꽤 있거든요."

연재가 종이를 내밀었다. 최면치료 훈련법. 호흡 조절하기. 촌스러운 글씨체가 눈에 띄었다.

"하루에 세 번, 특히 자기 전에는 꼭 하세요."

종이가 바스락 거렸다. 호흡, 글자가 손가락 사이에서 구겨졌다.

*

그 주 주말, 태경은 은숙의 집에 갔다. 두 달 만이었다.

"어이구, 바쁘신 분이 오셨네."

현관문을 열어 준 은숙이 처음 건넨 말이었다. 태경은 대꾸없이 훅 들어갔다. 어깨 너머로 은숙이 물었다.

"비밀번호 알려줬는데 왜 자꾸 벨을 눌러?"

퉁명스러운 어조였다. 태경은 칭칭 감은 목도리를 풀어내며 희미하게 치미는 짜증을 눌렀다. 꽤 많은 에너지를 요하는 일이었지만 지난 세월 덕에 노련하게 해낼 수 있었다.

“여기 엄마 집이야. 내 집 아니고.”

정적이 흘렀다. 태경은 익숙하게 주방으로 향했다. 싱크대 바로 위 오른쪽 찬장. 태경이 은숙의 집에 올 때 제일 먼저 살피는 곳이었다. 말없이 뒤따라온 은숙이 들릴 듯 말듯 중얼거렸다.

“하여튼 정 없는 기지배……. 누굴 닮았는지.”

그러게. 그건 태경이 묻고 싶은 말이었다. 태경은 목구멍이 시큰하게 저리는 걸 느꼈다. 애써 찬장 안 약통들을 꼼꼼히 살피는 체했다. 은숙이 오십대에 접어들어 갑자기 건강을 챙기기 시작했을 무렵, 태경은 약을 조달하는 역할을 자청했다. 막 직장 생활을 시작해 제 명의의 통장에 숫자가 찍히던 시기였다.

앞으로 엄마 약 내가 살게. 뭐 먹는지, 어떤 브랜드 제품이면 되는지 알려줘. 다 떨어질 때쯤 연락하고.

그 찰나에 보았던 은숙의 얼굴을, 태경은 아직도 기억한다. 뭐라 형용하기 힘든 미묘한 표정이었다. 순식간에 표정을 지운 은숙은 샐쭉 웃었다. 뭐 빨간 내복 같은 거야? 그 말이 다였다. 그래서 태경은 그때를 떠올릴 때마다 자신이 잘못 본 건 아닐까 의심이 들었다.

“야. 그런 건 됐으니까 연락이나 잘해. 먼저 연락하면 손가락이 부르트니? 어?”

은숙이 태경의 뒤통수에 대고 따발총처럼 쏘아붙였다. 태경은 묵묵히 약통의 뚜껑을 열고 남은 양을 가늠했다. 콜라겐, 오메가쓰리, 비오틴, 종합비타민……. 이건 아직 한 달은 먹을 수 있고. 콜라겐을 새로 살 때가 됐구나. 어디 회사 거가 좋다고 했더라. 약통에서는 쿰쿰한 냄새가 났다.

“딸이라고 하나 있는 게 목석같아서 키우는 맛도 없고. 그렇게 무뚝뚝하니 저 좋다는 놈 하나 없지."

쯧쯧, 혀를 차는 소리가 났다. 결국 태경이 졌다. 쾅. 찬장 문을 거칠게 닫은 태경이 팩 돌아섰다. 은숙이 어디 해보라는 듯 팔짱을 끼고 섰다. 날 선 시선이 팽팽하게 마주쳤다. 태경은 기가 찼다. 은숙의 잔소리가 너무나 새삼스러웠기 때문이다. 둘은 그렇게 정다운 모녀 사이가 아니었다. 은숙은 태경이 독립한 이후 반찬통 하나 들려준 적 없는 엄마였다. 연락을 먼저 안 했다고 서운해하다니. 둘은 삼십 년 넘는 시간 동안 '이런' 모녀 사이로 살았다. 그 정도면 합의됐다고 봐야 옳지 않은가. 별안간 뒤통수를 때리는 저의를 알 수 없었다.

"그렇게 궁금하면 엄마가 먼저 하지 그랬어."

"뭐?"

"꼭 내가 먼저 연락해야 해? 엄마가 할 수도 있잖아. 그리고 언제부터 그렇게 연락을 신경 썼어? 엄마 이러는 거 진짜 새삼스러워."

은숙의 미간에 골이 파였다. 태경이 제일 오래, 가장 많이 보아온 얼굴이었다.

"너 지금 그게 할 말이야?"

되묻는 목소리가 격앙되어 있었다. 금세 붉게 달아오른 은숙의 얼굴을 본 태경이 입을 다물었다. 무섭거나 미안해서가 아니었다. 익숙한 상황에 안정을 느꼈기 때문이다. 날카롭게 벼려져 들뜨려던 신경이 차분히 가라앉았다. 은숙은 터질 듯이 벌게진 얼굴로 말을 늘어놓기 시작했다.

엄마가. 엄마는. 내가 좀 있으면 환갑인데. 아무리 그래도 네가 딸이 돼서는.

태경은 잠자코 듣고만 있었다. 생각해보니 우스웠다. 키우는 맛도 없고,라니. 진행형으로 말하기에 태경은 이미 다 커버렸다.

그리고 실로 은숙이 태경을 '키우는' 입장이었을 때도 둘은 이런 문제로 다툰 적이 없었다.

"가족이라곤 우리 둘뿐인데."

맥락 없이 이어지던 생각이 툭 끊겼다. 이질적인 문장에 태경은 눈을 바로 떴다. 은숙은 어느새 눈을 내리깔고 애먼 손톱 밑 살을 꾹꾹 누르고 있었다. 꾹꾹. 손가락 끝이 하얗게 질렸다가 다시 벌게졌다. 태경은 숨을 길게 들이마셨다. 어느 하나 낯설지 않은 게 없었다. 가족. 우리. 둘뿐. 이토록 각별하고 애틋한 낱말이 다 있나.

토해진 낱말들이 목을 옥죄었다. 은숙은 은숙대로, 태경은 태경대로 침묵을 고수했다. 은숙은 자신이 그렇게 말해놓고도 그 말에 퍽 당황한 눈치였다. 태경은 은숙의 얼굴을 멀뚱히 보고 있었다. 아래를 골똘히 바라보는 무구한 눈. 조금 전 은숙이 퉁명스럽게 내뱉은 말이 떠올랐다.

'누굴 닮았는지.'

그 말처럼 은숙과 태경은 외적으로 닮은 구석이 거의 없었다. 오히려 태경은 은숙을 볼 때 종종 성주를 겹쳐보곤 했다. 아이처럼 동그란 볼이라든지, 살짝 아래로 처진 눈매 따위가 비슷했다. 성주를 생각하는 동안에도 은숙의 손톱 밑 살은 침묵에 질식했다 소생하기를 반복하고 있었다. 태경이 반사적으로 손가락을 움찔 떨었다. 오랜 습관 때문이었다. 어릴 때 은숙이 애꿎은 손톱 밑 살을 혹사시키면 태경은 그 손을 꼭 쥐었다 놓곤 했다. 도망치듯이 손가락을 거두면 은숙은 태경의 손가락 끝을 시선으로 좇고는 곧 양손을 한 번씩 꼭 모았다가 쫙 펼쳤다. 무언가를 털어내듯이. 그리고 태경은 그 손가락들이 동그랗게 오므라지는 순간을 보는 걸 좋아했다. 은숙의 손은 아주 작아서 그렇게 모으면 마치 아기 손 같았다. 태경은 충동적으로 입을 열었다.

"……그 사람은 어떤 사람이었어?"

은숙이 고개를 들었다. 그 사람. 은숙을 은숙답게, 그러니까 엄마답게 하는 낱말이었다. 태경은 속으로 고쳐 물었다.

아빠는 어떤 사람이었어?

아빠. 은숙이 그 사람으로부터 자기 자신과 어린 딸을 분리하기로 결정한 날부터 태경이 한 번도 발음해본 적 없는 말이었다. 그래서 태경은 지금의 자신이 이 말을 제대로 발음할 수 있을지 궁금했다. 물론 은숙 앞에서는 절대 시도할 수 없었다. 태경은 이 당연한 규칙을 이해하면서도 동시에 이해하지 못했다. 그 모순은 핏줄 안에 흐르는 피가 어떤 모양일지 상상하게 했다. 때로는 피가 끓는 듯했고, 때로는 핏줄이 텅 빈 것처럼 아무것도 느껴지지 않아 여상했으며, 때로는 피가 싸늘하게 식는 것 같아 몹시 외로웠다.

눈살을 찌푸린 채 뭔가 곰곰이 생각하던 은숙이 한숨을 내쉬었다.

"네가 훨 낫지. 뚝뚝하니 믿음직하고."

"……."

"남자도 아니었어, 그건. 책임감도 없이 입만 살아가지고. 힘들면 그저 도망가기 바쁜 한심한 작자. 믿을 구석이 하나도 없었다니까. 주변은 몰라. 이래저래 퍼주고 다니니 지들은 그저 좋은 놈인 줄 알지. 태경 엄마는 좋겠다, 그러데. 사람이 참 다정하다고."

은숙이 중얼거리다 말고 픽 웃었다.

"살아보라지. 다정이 사람을 어떻게 말려 죽이나."

태경은 왠지 목이 메었다. 숨이 밖으로 나가려다 턱, 턱, 걸려 멈추었다. 은숙은 태경의 눈치를 흘깃 살폈다. 은숙이 가는 한숨을 뱉었다. 참으려다 실수로 새어나온 신음 같이 들렸다.

"콜라겐 떨어졌어. 그거나 주문해줘."

은숙은 그렇게 말하고 몸을 돌렸다. 멀어지는 걸음이 가벼웠다. 연락 논쟁은 아예 없었던 것처럼. 태경은 뒤늦게 고개를 끄덕였다. 응, 봤어. 알고 있었어. 엄마, 나는 이미 알고 있었어. 태경은 잠시 숨을 고르고 다시 찬장 문을 열었다.

*

태경은 약속한 대로 일주일 뒤 같은 시간에 최면심리연구소에 방문했다. 연재는 한 주간 연습이 어땠느냐고 물었다. 태경은 주머니에서 한 번도 꺼내보지 않은 훈련법 종이를 떠올렸다. 그럭저럭 할 만했다고 말했다. 이날도 연재는 바로 최면을 시작하지 않고 여러 가지 이야기를 했다. 연재가 말했다.

"저도 독신이에요."

태경이 눈을 가늘게 떴다. 그 말에 담긴 묘한 뉘앙스를 감지했기 때문이었다. 이전에 작성한 질문지에 기혼 여부 질문이 있었고, 태경은 인쇄된 '기혼/미혼' 글자 위에 굳이 줄을 긋고 '동거 중'이라 썼다. 대놓고 물어본다면 솔직히 답할 생각이었다.

그러나 연재는 그에 대해서 더 얘기하지 않았다. 태경은 연재의 단아한 어깨선과 미끈한 턱선을 응시했다. 태경이 연재를 은숙 또래라 짐작한 건 목소리 때문이었지, 외모 때문은 아니었다. 그녀는 배는 젊어 보였다. 정말 그 또래라면. 이상하게 자꾸 은숙이 생각났다. 연재와 은숙은 판이했다. 외적인 부분은 물론, 그 외의 부분도 그랬다.

엄마도 사회생활을 제대로 했다면 저런 모습일 수 있었을까.

태경은 고개를 저었다.

한참 이야기를 나눈 끝에 연재가 자리에서 일어나 태경을 리클라이너 소파로 이끌었다. 태경은 소파에 등을 길게 기대고 앉았다. 소파에선 어항이 더 가까이 보였다. 구피들이 아무렇게나 헤엄치고 있었다.

갑자기 클래식 음악이 흘러나와 태경은 시선을 뗐다. 오디오 재생 버튼을 누른 연재가 다가오고 있었다. 태경은 자연스럽게 눈을 감았다.

연재의 목소리가 들렸다. 바로 옆이었다.

"이제부터 그 기억을 찾아볼 겁니다." 침착한 목소리였다.

"눈을 뜨고 저 위쪽의 검은 점을 바라보세요."

태경은 다시 눈을 떴다. 연재가 시키는 대로 위쪽의 검은 점을 바라보려 애썼다. 목뒤가 뻣뻣하게 당겼다.

"목을 움직이지 말고 가능하면 눈만 움직여서 보세요. 계속해서 점을 바라봅니다. 눈을 똑바로 뜨고 계속해서 점을 바라보세요."

망막 위에서 검은 점이 흐려졌다. 눈이 시렸다.

"이제 그 점을 바라본 상태로 서서히 눈을 감을 겁니다. 눈을 완전히 감지 못해도 괜찮습니다. 계속 그 점을 바라보면서 눈을 감으세요."

태경은 천천히 눈을 감았다. 아니, 그건 태경이 감는다고 하기에는 기이했다. 눈이 감겼다. 눈꺼풀이 파르르 떨렸다.

"네, 눈을 아예 감습니다."

눈이 완전히 감겼다.

"이제 눈에서 힘이 빠져서 눈을 뜨려고 해도 뜰 수가 없을 겁니다. 눈을 뜨려고 해보세요."

잠깐 조용했다. 태경은 방금 전 눈을 뜨려고 애썼는지 떠올렸다. 이상할 정도로 아득했지만, 시도했던 감각이 남아 있었다.

"네, 잘했습니다. 이제 눈은 떠지지 않습니다."

태경의 눈두덩이 움찔 떨렸다.

연재가 숫자를 세겠다고 말했다. 숫자를 하나씩 셀 때마다 지금보다 두 배씩 더 편안하게 되며, 다 놓아버릴 수 있게 된다고 했다. 태경은 몽롱한 의식 사이로 그 말을 신탁처럼 느꼈다.

다섯. 넷. 셋. 둘. …… 하나.

따뜻한 공기가 태경을 둘러 안았다.

*

볕이 따뜻한 날이다. 태경은 차창 밖을 보고 있었다. 어떤 차의 뒷좌석이었다. 아직 앉은키가 크지 않은 탓에 시야가 좁았다. 답답해서 엉덩이를 몇 번 들썩여도 사정은 비슷했다. 결국 태경은 눈을 둥글둥글 바쁘게 굴렸다. 눈알이 위로 향했다. 나뭇잎이 끝없이 산란하게 펼쳐졌다. 어쩌다 사이사이 틈이 생기면 햇빛이 따갑게 쏟아졌다. 태경은 그 빛을 이기지 못하고 눈을 감았다. 고개를 숙이진 않았다. 볕이 눈꺼풀 위에 결을 내며 지나갔다. 손을 뻗으면 잡을 수 있을 것 같았다.

"오늘은 날이 푹하네. 엊그제만 해도 춥더니."

"이제 봄이야, 엄마."

운전석에 있던 노부인이 말을 꺼내자 옆에 앉은 젊은 여자가 명랑하게 대답했다. 그녀는 자신의 말을 증명하려는 듯 차창을 내렸다. 부드러운 바람이 안으로 밀려들어왔다.

"아, 놀러가기 딱 좋은 날씨네. 언니는 하필 이런 날……."

"너 말조심해. 뒤에 태경이 있잖아."

"아휴. 알어, 나도."

"벚꽃 피고 놀러 가도 안 늦어. 아직 볼 것도 없구만, 뭘."

시큰둥하게 말한 노부인도 운전석 창문을 내렸다. 태경은 눈을 뜨고 괜히 발을 까딱거렸다. 반짝반짝한 구두 앞코에 자기 얼굴이 비쳐 보였다. 시무룩한 표정. 엄마가 평소엔 잘 신기지 않는 빨간 구두여서 그 구두를 신을 때 태경은 항상 기분이 좋았다. 태경은 자신의 얼굴을 골똘히 바라보았다. 오늘이 처음이었다. 빨간 구두를 신고도 기분이 좋지 않은 건.

"언니도 참 대단해. 엄마는 알고 있었어?"

"내가 알았으면 이 지경까지 오게 뒀겠니?"

"하긴. 어릴 때부터 그래. 뭐든 자기 혼자 하려고 했잖아."

"지고는 못 사는 성미라 그래, 걔가. 내가 그렇게 지고 살아라, 지고 사는 게 이기는 거다 했는데. 세상 어느 남자가 그 성질을 감당하느냐고. 결국엔 봐라. 지 아무리 고집 세고 잘나봐야 여자 혼자 애를 어떻게 키우려 그러는지."

"왜, 더 잘난 형부 만나면 되지."

여자가 깔깔 웃었다. 창 밖에 지나가는 햇살처럼 가벼운 웃음소리였다. 대답은 없었다.

차는 태경의 동네에서 멈췄다. 조수석의 젊은 여자가 내렸고, 그 여자가 뒷좌석 문을 열어주어 태경도 내렸다. 둘은 나란히 운전석 옆에 섰다. 노부인이 창 너머로 태경을 보았다. 측은하게 보는 눈이었다. 노부인은 태경에게 할머니가 바빠서 먼저 가는 게 미안하다며 다음에는 맛있는 걸 사주겠다고 했다. 그러면서 이모와 재밌게 놀라고 덧붙였다. 태경은 고개만 겨우 끄덕였는데, 그런 살가운 말 이

전에 할머니와 이모라는 말부터 낯설었기 때문이다. 운전석 문이 탁 닫히고 차가 출발하자 이모라는 여자는 잠시 태경을 멀뚱히 내려다보았다. 태경도 이모를 올려다봤다. 그녀는 뭔가를 가늠하는 것처럼 입술을 좌우로 씰룩였다. 그럴 때마다 탱탱하게 솟아오른 볼이 이리 솟았다 저리 솟았다 했다. 태경은 이모란 무척 예쁜 여자를 지칭하는 말이구나, 생각했다. 이모는 햇볕 아래 그 자리가 잘 어울렸다. 탱탱한 볼 위로 햇살이 미끄러졌고 입술은 생기 넘치는 붉은색이었다. 태경은 뻣뻣해진 목을 수그리다가 문득 이모의 손을 봤다. 손이 반짝반짝 빛나서였다. 태경은 잠깐 망설이다가 쭈뼛쭈뼛 물었다.

"이게 뭐예요?"

"응?"

태경의 시선을 따라 고개를 내린 그녀가 손을 잘 보이게 들었다.

"이거?"

뭘 묻는지 모르겠다는 표정이었다. 태경은 말없이 고개를 끄덕였다. 그녀는 태경이 뭘 골똘히 보는지 살피다가 이윽고 웃음을 터뜨렸다. 목젖이 보일 정도로 입을 활짝 벌리고 웃었는데 그 모습이 추해 보이진 않았다.

"왜, 예뻐?"

태경은 아무 말 없이 아랫입술을 꾹 물었다. 이모는 왼손과 오른손을 번갈아 보면서 씩 웃었다. 정확히는 왼손과 오른손의 손톱들을 보면서. 열 개의 손톱들이 눈이 부시게 빛나고 있었다. 투명 매니큐어 때문이었다. 어린 태경은 몰랐다. 지저분한 각질을 꼼꼼히 제거하고, 손톱을 깔끔하게 다듬고, 아무 색도 없는 매니큐어를 발랐을 뿐인데. 그건 정말 별것도 아니었는데.

그녀는 웃음기가 가시지 않은 얼굴로 흠, 하더니 태경 앞에 쭈그려 앉았다.

"해보고 싶어?"

그때 태경은 은숙을 떠올렸다. 엄마는 지금 어디에 있을까.

태경이 아무 반응도 없자 그녀는 어깨에 메고 있던 핸드백을 뒤적이더니 작은 매니큐어를 꺼냈다. 진한 분홍색이었다. 태경은 그걸 보고 어른들은 모두 이런 걸 들고 다니는 건가, 생각했다. 아마 덧바르기 용이었을 테지만.

"손 줘봐."

이모가 손바닥을 척 내밀었다. 태경은 그녀의 흰 얼굴과 분홍색 매니큐어를 번갈아 보았다. 어찌할 바를 몰라 우물쭈물하자 그녀는 답답한 듯 손바닥을 흔들었다.

"손."

다그치는 어조가 손을 더 움츠리게 했다. 그녀는 옅은 한숨을 내쉬더니 태경의 손을 획 잡아끌었다. 태경은 무력하게 손을 내주고 말았다. 곧 매니큐어 솔이 조그마한 손톱 위를 희롱하듯 훑고 지나갔다. 창피를 당하는 기분이었다. 길에 아무렇게나 쪼그려 앉은 여자와 손을 내준 채 가만히 서 있는 자기 자신. 손톱보다 태경의 얼굴이 먼저 붉어졌다.

반면 그녀는 태연한 얼굴이었다. 매니큐어를 꼼꼼히 바르던 그녀가 입을 열었다.

"이모랑 약속 하나 할까?"

태경은 그녀의 내리깐 속눈썹을 보고 있었다. 틈 없이 빽빽하고 기다란 눈썹.

"이모가 이거 해줬으니까 태경이는 집에 좀 일찍 가는 거야. 그래도 괜찮지?"

그녀가 눈을 들었다. 그녀의 속눈썹을 훔쳐보고 있던 태경은 화들짝 놀라 고개를 주억거렸다.

이모는 집 앞까지 태경을 바래다줬다. 태경의 손톱을 보고 예쁘다고 칭찬도 몇 번 했다. 정작 태경은 부끄러워서 그 손톱을 제대로 바라보지 못했다.

집에 왔을 때 태경은 한참을 현관에 우두커니 서 있었다. 집이 평소 같지 않다고 생각했다. 오후의 햇볕이 거실로 쏟아졌고, 허공에 흰 점 같은 먼지가 떠다녔다. 호젓했다. 째깍, 째깍, 째깍. 초침소리가 들렸다. 뚱땅거리며 시끄럽게 피아노를 치던 윗집 아이도, 뭐라 소리를 지르며 난리를 피우던 옆집 아저씨도 태경이 모르는 사이 이 세상에서 조용히 사라진 것 같았다. 태경은 한참 뒤에 빨간 구두를 벗고 안방으로 들어갔다. 안방에는 벽장이 있었다. 엄마의 공간이자 동시에 태경의 아지트였다. 엄마는 소중하게 생각하는 옷과 태경이 유치원에서 그려온 그림, 사진을 모아놓은 앨범 따위를 그 안에 모아두곤 했다. 벽장 안엔 큰 장미가 그려진 담요가 바닥에 깔려 있었는데 거기 엎드려 얼굴을 묻으면 엄마 냄새가 났다. 엄마도, 아빠도 일을 하느라 집에 오지 않는 밤에는 벽장 안에서 엄마 냄새 나는 그 담요를 덮고 잤다.

태경이 벽장문을 열고 안으로 들어갔다. 낑낑거리며 문을 닫는데 네모난 분홍 손톱들이 눈에 띄었다. 낯설고, 예뻤다. 태경은 벽에 등을 기대고 앉아 그제야 손톱을 꼼꼼히 살폈다. 손톱은 이모의 그것처럼 반짝이지도, 눈부시지도 않았지만 바라볼수록 배가 부듯했다. 종이접기를 하면서 자연스럽게 자랑할 수 있겠지. 그렇게 생각했다.

현관문 소리가 들린 건 그때였다. 철컥, 문고리 안에 열쇠가 맞게 들어가는 소리. 끼익. 낡은 경첩에서 나는 소리. 태경은 저도 모르게 숨을 죽였다. 겁먹은 손톱들이 손바닥 안으로 기어들어갔다. 아빠일지도 몰라. 그때는 왠지 문을 연 게 아빠라고 생각했다. 거실에서 털썩, 뭔가를 아무렇게나 놓는 소리가 났다. 이어서 발걸음 소리가 들렸다. 힘없이 발을 끄는 소리였다. 소리의 방향이 안방인 걸 눈치 챈 태경이 한층 더 숨을 죽였다. 공포영화 속 주인공처럼 벽장문에 난 빗살 틈으로 누가 등장하는지 가만히 지켜보기만 했다. 안방으로 들어선 사람은 아빠가 아니었다. 은숙이었다. 태경은 반가운 마음에 자리에서 일어나려 했지만, 누가 잡아챈 것처럼 우뚝 멈춰 서고 말았다. 은숙이 안방 가운데에 주저앉아 울음을 터뜨렸기 때문이다. 그건 태경이 처음 보는 엄마의 눈물이었다. 은숙은 널브러졌던 다리를 모으고, 어깨를 한껏 웅크린 채 울기 시작했다. 옹송그린 몸이 형편없이 떨렸다.

으허어엉. 으어엉.

태경은 은숙에게서 시선을 떼지 못했다. 엄마는 떼를 쓰는 아이처럼 울었다. 으허엉, 하다가도 으아앙, 했다. 숨을 고르느라 훌쩍대다가도 빽 소리를 내지르며 울었다. 안방 바닥을 주먹으로 퍽퍽 치기도 했다. 태경의 숨이 거칠어졌다. 시선을 다른 곳으로 돌리고 싶었다. 하지만 공포영화 속 주인공이 그러하듯, 다른 곳을 볼 수가 없었다. 목이 뻣뻣했다. 태경은 거칠게 치받는 호흡을 고르며 겨우겨우 고개를 숙였다. 다급했다. 손을 뻗어 벽장문을 벌컥 열고 싶다가도, 그럴 수가 없었다. 꽉 쥐고 있는 주먹 틈으로 어른어른 분홍색이 비쳤다. 갑자기 등을 따라 소름이 죽 끼쳤다. 두피에 식은땀이 났다. 태경은 허둥지둥 손을 들어 입으로 가져갔다. 딱딱. 딱딱. 혀끝에서 불쾌한 맛이 감돌았다. 분홍색 매니큐어가 장미 담요 위로 바스러져 내렸다.

태경은 거친 숨을 삼켰다 뱉고, 뱉다 삼키면서 손톱을 씹어

잘라냈다. 어느 순간 눈물이 났다. 엉엉 소리 내어 울고 싶었지만 입술 틈으로 나오는 건 손톱 부스러기들과 히익, 히익, 하는 간헐적인 숨소리뿐이었다. 숨이 제대로 쉬어지지 않았다. 벽장 안에서 이 분홍색 손톱들과 함께 질식할 것 같았다.

그리고 그때. 벌컥 문이 열렸다.

"너…… 여기서 뭐 해."

눈물범벅이 된 얼굴로 은숙이 물었다. 벽장 속의 괴물이라도 본 것 같은 눈이었다. 말투는 평소의 엄마와 같았다. 태경은 두려움에 잠겨 은숙의 얼굴을 올려다보았다. 히끅. 딸꾹질 같은 울음이 터졌다. 담요 위에는 분홍색 손톱들이 산산이 조각난 채 뒹굴고 있었다.

그날, 누군가에게 전화를 건 은숙은 불같이 화를 냈다. 평소에도 곧잘 화를 내는 엄마였지만, 태경이 그렇게까지 화를 내는 엄마를 본 건 그때가 처음이자 마지막이었다. 할머니와 이모는 그 이후로 다신 만날 수 없었다. '그 사람', 아빠도.

*

"……하나 둘 셋, 하면 눈을 뜹니다. 하나, 둘, 셋."

눈을 떴을 때 태경은 울고 있었다. 수 초가 지난 후에야 자각했다. 태경은 느릿느릿 손을 들어 눈물을 훔쳤고, 돌덩이가 얹힌 것처럼 무거운 가슴을 몇 번 문질렀다. 연재가 옆에서 태경을 보고 있었다. 물끄러미 들여다보는 눈. 태경은 불쾌하지도, 부끄럽지도 않았다. 그 눈을 그녀의 직업적 태도로 납득해서 그런 것만은 아니었다.

"그곳에서 뭘 봤는지 설명할 수 있어요?"

연재가 물었다. 태경은 아직 소파에 반쯤 누워 있었고, 연재를 올려다봐야만 했다. 태경은 상체를 일으켜 앉았다. 연재가 한 걸음 물러섰다.

"……."

태경은 미처 닦지 못한 눈물이 있을까 볼과 턱을 쓸었다. 할 말을 신중하게 골랐다. 벽장. 엄마 냄새가 나던 담요. 분홍색 손톱. 아이처럼 울던……. 거기까지 생각이 미치자 태경의 눈이 질끈 감겼다. 감은 눈두덩 위로 연재의 시선이 느껴졌다. 태경은 읊조렸다.

"벽장 안에 있었어요."

"벽장이요?"

"어릴 때 살던 집 안방에 벽장이 하나 있었어요. 정확히 언젠지 모르겠는데, 부모님이 이혼한 날인 것 같아요. 어린 제가 벽장 안에서 엄마를 기다리고 있어요. 그러니까, 그때는…… 자주 들어갔거든요. 그런데 갑자기 엄마가 앞에 나타나요. 그리고 울어요. 아이처럼. 떼쓰는 것처럼."

"그때 태경 씨는 어떤 생각을 했나요?"

태경이 눈을 떴다. 연재가 잔잔한 눈으로 바라보고 있었다.

"모르겠어요. 그냥 숨이 너무 막혔어요. 벽장 안이 너무 답답하고, 숨쉬기가 힘들고."

태경은 그때로 돌아간 것처럼 긴 숨을 들이마셨다. 생각들이 어지럽게 머릿속에 떠다녔다. 말로 정리하기 어려웠다. 답답하다. 숨쉬기가 힘들다. 아이처럼 울던 은숙의 웅송그린 등이 흐릿하게 겹쳐보였다. 이제까지 엄마가 그런 적이 있었나 싶을 정도로 작고 마른 등이었다. 손톱 끝이 저릿하게 아리던 감각. 그때 태경 자신은 뭘 하고 싶었나.

연재가 탄식 같은 한숨을 흘리더니 노트에 무언가를 적었다. 그녀는 내내 침착했다. 노트에 볼펜 끝을 콕 찍은 연재가 고개를 들더니 말했다.

"그 기억과 잠자리가 변한 게 관련이 있을지도 모르겠어요."

"잠자리요?"

"벽장 안이 무척 답답하고 숨쉬기가 힘들다고 했죠? 지금 바뀐 잠자리가 그 느낌을 상기시켰을 수도 있어요. 침실에 원래 창문이 있었는데 없어졌다거나, 침실이 이전에 비해 많이 좁아졌다거나. 태경 씨의 의식이 그 기억을 불러냈잖아요. 관련이 있는 거예요. 제가 보기엔 압박감의 문제일 것 같은데. 물리적으로요."

압박감. 태경은 목을 조르듯 덮쳐오던 벽장 안의 공기를 떠올렸다. 순간 머릿속이 번쩍였다.

"아."

"뭔지 알겠어요?"

"자는 위치가 바뀌긴 했는데."

"위치요?"

"이사 오기 전엔 침대를 방 가운데에 뒀었어요. 이사 오면서 침실이 좁아져서 침대를 벽에 붙이게 됐고요."

"태경 씨는 침대 어느 쪽에서 주무세요?"

"안쪽에서요."

침실을 정하면서 성주와 머리를 맞대고 고민하던 일이 생생했다. 침대를 어떻게 하지. 벽에 붙이는 게 나을 것 같은데. 침실이 좁아져서 아쉽다. 아쉬워하던 성주의 얼굴도 생생했다. 어디에서 잘지 위치를 결정한 건 성주였다. 프리랜서인 태경에 비해 직장에 다니는 성주가 일찍 일어나 움직이기 때문이었다. 태경은 잠귀가 예민했다.

연재가 물었다.

"혹시 벽을 보고 주무시나요?"

태경은 기억을 되짚었다. 확실히 성주에게서 등을 돌리고 잔 날이 많았다. 습관이었다.

"네. 그랬네요."

뭔가 부지런히 쓰던 연재의 손이 멈췄다. 연재가 다시 고개를 들었다. 차분히 가라앉은 눈이 태경을 보았다. 건너다보는 눈. 그것 보라고 말하는 눈이었다. 태경은 난데없이 빚을 떠안은 기분이었다.

연재는 최면치료가 잘된 게 아니라고 했다. 원인을 발견하고 인지하는 건 목적이 아니라 과정일 뿐이라는 말이 덧붙었다.

원래 한 번에 되는 경우는 많지 않아요. 댁에 돌아가시면 잠자리부터 바꿔보시고, 다음 이 시간에 또 오세요.

태경은 알겠다고 했다.

*

성주는 최면치료 결과를 듣자마자 자는 위치를 바꾸었다. 태경은 이사 온 뒤 처음으로 옆이 트인 침대 모서리 쪽에 누웠다. 잠은 오지 않았다. 성주가 쌕쌕 내쉬는 숨이 뺨에 닿았다. 성주는 태경 쪽을 보고 누워 있었다.

무늬라도 헤아려보자 눈을 돌린 천장에는 작고 마른 등이 보였다. 이때껏 알지 못한 낯선 등. 그건 정말 엄마였을까. 태경은 머릿속이 어지러워 눈을 감았다. 잘 수 있을 것 같았다. 그리고 꿈을 꾸었다.

네가 단단해서 좋아. 나 태경이 너 좋아해. 친구로 말고.

먼저 반했던 건 태경이지만 고백은 성주가 먼저 했다. 태경은 스스로도 놀랄 만큼 덤덤하게 그 고백을 받아들였다. 불쾌하지 않았다. 오히려 '단단하다'는 말에 기분이 좋았다. 여느 드라마나 소설의 광경처럼 죽을 듯이 힘들어하지도, 방황하지도 않았다. 모든 게 당연한 일 같았다. 앞으로 아무에게나 애인이라며 사진을 보여주기는 어렵겠지. 결혼하고 애를 낳는 일이 내 삶에는 일어나지 않을 수도 있겠구나. 그 정도의 생각. 그 정도의 감상이었다. 걱정보다는 감격이 앞서서 그랬다. 그때의 성주는 폭탄발언을 해놓고 헤, 바보같이 웃었다. 얼마나 해맑게 웃었는지 광대가 툭 불거졌다. 태경은 그 광대가 발그레하게 물드는 걸 말없이 보고 있었다. 재난은 발그레한 색을 닮았다고 생각했다. 다행이었다. 휩쓸린다 해도 마냥 어둡지는 않을 테니.

어느 순간, 암전된다. 태경은 사방이 막힌 곳에서 정신을 차렸다. 눈앞에 희끄무레한 물체가 보였다. 썩어 물러진 과육을 닮은 무언가. 눈을 깜빡이던 태경은 이내 그게 등이라는 걸 깨닫는다. 무르게 무너진 등이 속삭였다.

네가 훨 낫지. 뚝뚝하니 믿음직하고.

*

태경은 일어나자마자 여행을 가고 싶다고 말했다. 성주는 눈썹을 그리다 말고 눈을 휘둥그레 떴다. 화장대 거울을 사이로 둘의 눈이 마주쳤다.

"여행? 혼자?"

예상한 반응이었지만, 태경은 이상하게 짜증이 났다. 신경질적으로 그래, 툭 내뱉자 침묵이 흘렀다. 성주는 뭔가 감지한 듯 펜슬라이너를 내려놓더니 몸을 완전히 돌려 태경을 보고 앉았다.

"왜?"

목소리가 차분했다. 평소엔 좀체 들을 수 없는 목소리였다.

"그냥."

"태경아."

성주가 손을 뻗었고, 태경은 뒤로 물러났다. 성주는 허공에 남겨진 손을 보다가 픽 웃었다.

"너 지금 되게 어린애처럼 구는 거 알지?"

태경이 욱해서 뭔가 말하려 했지만 성주는 이미 등을 돌린 채였다. 아무렇지 않게 눈썹을 마저 그린 성주가 말했다.

"그래. 조심히 다녀와."

신경전을 벌이는 걸까. 성주의 얼굴을 가늠하던 태경은 허탈해졌다. 성주의 얼굴이 너무도 평온해서였다. 그리고 그 얼굴은, 여전히 사랑스러웠다.

태경은 성주가 출근한 뒤 빚쟁이에게 쫓기는 사람처럼 허겁지겁 기차표를 끊었다. 목적지는 부산. 태경이 나고 자란 곳이었다. 태경은 아무 생각 없이 기차에 몸을 실었다. 뭘 보고 싶다거나 하고 싶다는 생각도 없었다.

부산은 정말이지 너무 멀었다. 태경이 빈손이었기에 더욱 그랬다. 책도, 음악을 들을 이어폰도 없었다. 출발한 지 한 시간쯤 지나자 태경은 자신의 머릿속을 뒤덮은 생각들이 쓰레기처럼 느껴졌다. 엉덩이는 아프고 허리는 찌뿌둥했다.

마침내 부산에 도착했을 땐 어디든 그저 걷고 싶었다. 태경은 진부한 관광객처럼 해운대로 가는 버스를 탔다. 창가로 햇볕이 쏟아졌다. 버스에선 라디오가 흘러나오고 있었다.

'오늘은 부모님과 나라는 주제로 사연을 받아봤습니다. 유독 어머니에 관한 사연이 많네요. 마지막 사연을 들으니 명언이 하나 생각나는데요.'

라디오 디제이의 목소리가 햇볕보다 따사로웠다. 태경의 눈이 슬슬 감겼다.

'가장 유명한 명언일 거예요. 셰익스피어가 한 말이죠.'

가물가물 시야가 흐려졌다.

해운대는 평일인데도 사람이 많았다. 특히 남녀 커플 여럿이 눈에 띄었다. 저도 모르게 그들을 보던 태경은 지금이 대학교 겨울 방학 시즌인 걸 상기했다. 늦봄의 바닷바람은 찼다. 그래서 개운했다. 태경은 모래사장을 하릴없이 걸으면서 커플들을 구경했다. 달리 할 일이 없어서였다. 꺄르르, 꺄르르, 웃는 소리. 철썩, 철썩. 파도 소리. 남자친구의 등을 퍽퍽 내리치는 젊은 여자. 태경은 어쩔 수 없이 성주를 생각했다.

네가 단단해서 좋아. 나 태경이 너 좋아해. 친구로 말고.

너는 어떤 마음이었을까. 한 번도 생각해본 적 없는 질문이었다. 태경이 방황하지 않고 덤덤하게 그 현실을 받아들인 것처럼 성주도 그랬을까. 태경은 그걸 궁금해한 적도, 물어본 적도 없었다.

문득 성주가 보고 싶었다. 엉덩이를 혹사시켜 여기까지 와버렸는데. 억울해졌다. 태경은 벤치에 앉았다. 일부러 엉덩이를 벤치 끝까지 바짝 붙였다. 모래사장 위 젊은 연인들, 기꺼이 배경이 된 바다. 수면이 아무렇게나 반짝였다.

“그래서 네가 좋아.”

언제였지, 성주가 이 말을 한 게.

이사 오기 전에 있던 일이다. 성주가 집에서 안경을 잃어버렸다. 집인 건 확실했다. 씻기 위해 벗어두었다가 잃어버렸으니까. 성주는 그 안경을 한 달간 찾았다. 소파를 뒤엎고, 침대 아래를 샅샅이 훑었다. 그쯤이면 나올 만도 했는데 안경은 나타나지 않았다. 성주는 나 바보인가 봐, 징징거렸다. 결국 한 달 후 성주가 백기를 들었다. 성주는 그날 퇴근길에 잃어버린 것과 똑같은 안경을 새로 사 왔다. 금요일이었다. 둘은 평소처럼 저녁을 먹고, 영화를 보기 위해 컴퓨터 앞 의자에 앉았다. 태경과 성주의 집엔 텔레비전이 없었다. 성주가 뭐가 불편한지 엉덩이를 들썩이다 어, 잠깐만, 하더니 허리 뒤에 있던 의자 쿠션을 들었다. 그 사이로 툭, 안경이 떨어졌다. 성주가 쓰고 있는 것과 똑같은, 한 달 전 감쪽같이 사라졌던 그 안경이었다. 성주가 으앙, 이게 뭐야, 짐짓 아이처럼 비명을 질렀다. 자책이 뒤를 이었다. 이거 도수 다 맞춘 건데 환불해달라면 해줄까? 아, 나 너무 멍청하다. 돈 아까워. 진짜 바보인가 봐. 가만히 듣고 있던 태경이 자리에서 일어나 성주의 손에 있던 안경을 집었다. 그리고 덤덤히 의자 쿠션 사이에 다시 끼워넣었다. 쿠션을 몇 번 만지자 안경은 원래 없었던 것처럼 모습을 감췄다. 태경이 성주를 향해 어깨를 으쓱였다. 성주는 멍한 얼굴로 태경을 보다가 이윽고 웃음을 터뜨렸다. 눈매가 와락 접혀 동공을 아예 가려버리는 웃는 눈. 발그레한 볼.

그래서 네가 좋아, 태경아.

나는 뭐라 대답했을까. 나도 그래서 네가 좋다고 말했을까.

태경은 어쩔 수 없이 한숨 쉬었다가, 웃다가, 벤치에서 일어났다. 집으로 돌아가야 했다. 그러기 위해 엉덩이가 얼얼할 정도로 오래 앉아 있어야 했다.

해가 저무는 시간, 문을 열자 타이밍을 맞춘 것처럼 성주가 현관에 서 있었다. 태경은 무슨 말을 해야 할지 몰라 우물쭈물했다. 성주가 다가와 태경의 손을 잡아끌었다.

"잘 다녀왔어?"

얽혀오는 온기가 당연하게도 따듯했다. 태경은 고개를 끄덕이고 성주를 안았다. 너른 품이었다. 성주의 품은 생각보다 무척 어른스러웠다.

*

태경이 해운대에서 샀다며 물고기 모양 장식품을 건네자, 은숙은 떨떠름한 기색을 숨기지 않았다. 그녀는 부산을 떠올리는 것조차 싫어했다. 은숙이 물었다.

"부산엔 왜 갔는데?"

태경은 어깨만 들썩일 뿐 대답하지 않았다. 은숙도 구태여 더 묻지 않았다.

은숙은 금붕어를 길렀다. 태경은 거실 한 구석에서 눈을 멍청하게 뜬 금붕어를 구경했다. 원래 태경은 엄마의 집에 올 때마다 금붕어를 보는 걸 좋아했다. 은숙과의 대화에 열을 올리는 것보다 그 편이 훨씬 평화로웠기 때문이다.

이전에 둘의 대화가 아예 사라진 건 은숙의 변화 때문이었다. 태경이 삼십대가 되자 대화 도중 은숙이 먼저 화를 내는 일이 늘었다. 뜬금없이 벌컥 "그래서 결혼은 언제 할 건데?", "그거 때문에 남자를 안 사귀는 거야?" 하는 식이었다. 유독 예민한 클라이언트 이야기에도, 잘못 산 주방세제 때문에 곤욕을 치른 이야기에도. 태경은 당황스러웠다. 까탈스러운 클라이언트와 거품이 잘 나지 않는 주방세제 사이의 어느 지점에서 결혼과 연애가 튀어나온 걸까. 은숙은 그럴 때마다 지치지 않고 일장 연설을 이어갔다. 엄마 친구 봉선이 알지, 봉선이 딸이 얼마 전에 결혼을 했는데. 은숙의 말이 끝날 때까지 태경은 입을 열지 않았다. 그런 일이 몇 번 반복되었다.

태경이 서른둘이 된 지금. 은숙은 더 이상 친구들과 그들의 결혼한 자식 이야기를 꺼내지 않는다. 태경은 은숙의 주방 찬장을 열어 약이 얼마나 남았나 보고, 은숙은 그런 태경을 정 없다 타박할 뿐이다.

태경은 말없이 어항에 있는 금붕어를 눈으로 쫓았다. 그동안 은숙은 채소를 썰고, 국을 끓이고, 간을 보고, 이따금 텔레비전을 흘깃거렸다. 딱. 딱. 딱. 딱. 칼날이 원목 도마를 때리는 소리. 희미하게 들리는 드라마 대사. 배경처럼 깔린 소음 위로 잔잔하게 흘러가는 물소리가 선명하게 들린다. 태경은 광합성을 하며 뽀글뽀글 숨을 뱉는 수초를 신기하게 바라보았다. 그 사이를 금붕어 한 마리가 유유자적 헤엄치고 있다. 금붕어의 수명이 얼마나 되는지는 알지 못하지만, 이전과 같은 아이가 아닌 건 알고 있다. 색이 바뀌었기 때문이다. 이전에 있던 금붕어는 몸 전체가 선명한 주황색 비늘로 뒤덮여 있었는데, 지금 있는 금붕어는 머리와 등만 주황색이고 나머지는 흰색이라 흡사 얼룩진 것같이 보였다. 금붕어는 끊임없이 입을 뻐끔거렸다. 멀뚱멀뚱 뜨고 있는 눈 대신 입을 깜빡이는 것처럼.

태경은 생각했다. 내가 이름조차 모르는 이 금붕어는 물에 사는 걸 의아하게 생각해본 적 있을까. 자신이 물에 살면서 입을 뻐끔거리고 수초 사이를 헤엄치는 것에 의문을 품어본 적 있을까. 자신이 왜 금붕어라 불리는지 생각해본 적 있을까.

뽀글뽀글. 수초 사이에서 물방울이 솟아올랐다. 금붕어가 그 사이로 시꺼먼 눈알을 빼꼼 드러냈다. 태경은 웃었다.

*

태경은 다시 최면치료를 받으러 가지 않았다.

손톱은 자란다. 성주는 여전히 곁에 있고, 은숙은 여전히 우악스럽다. 그 어느 것도 재난은 아니다. 그저 그렇게 존재한다. 자연스럽고 온전하게.

그리고 마침내 또, 봄이 온다.

이제 벽을 바라보고 누워도 금세 잠이 왔다. 태경은 이유를 생각하지 않기로 했다.

김지연

2018년 문학동네신인상을 수상하며 작품활동을 시작했다. 장편소설 《빨간 모자》와 소설집 《마음에 없는 소리》가 있다. 2021년, 2022년 문학동네 젊은작가상을 수상했다.

경기 지역 밖에서 사망

김지연
小說家

상호는 잠에서 깬 뒤에도 한참을 이불 속에서 휴대폰을 들여다보며 몸을 뒤채기만 했다. 토요일이었다. 일요일까지는 꼼짝도 않고 집에 누워만 있을 거라고 다짐했다. 이제 막 퇴원한 참이라 그런 게으름을 부려도 아무도 나무라지 않았다. 오른손을 다쳐 깁스를 해 누워서 휴대폰만 보고 있는 것도 쉽지만은 않았다. 머리맡에 휴대폰을 세워두고 게임 유튜버의 채널을 보다가 웹툰을 보다가 했다. 이것저것 할 만한 일들이 다 동난 다음에는 전날 이미 마감된 주식장을 살펴보며 주식을 살까 말까 고민하기도 했다. 일 년 전 상호는 아는 형의 꾐에 빠져 여름 상여금을 모두 삼성전자 주식을 사는 데 썼다. 결과적으로는 아주 잘한 일었다. 종잣돈이 더 많았으면 좋았을 텐데, 하고 아쉬울 정도였다. 20퍼센트 가까운 수익을 올리고 팔았을 때는 무척 기분이 좋았지만 한편으로는 좀 허망했다. 있는 놈들은 다 이런 식으로 돈을 버나? 자신은 그런 있는 놈들을 위해 아주 싼값의 육체노동에 부려지고 있었다. 사고도 그 싼값 때문에 일어났다. 작업 현장에 신호수는 최소한 두 명은 있어야 했다. 하지만 한 명뿐이었고 기계를 작동해도 좋다는 사인이 내려졌을 때 상호의 오른손은 프레스기에 걸쳐 있었다.

정오가 된 뒤에도 상호는 여전히 이불 속이었다. 찾는 사람도 없어서 그대로 토요일을 보내기에 아무런 무리가 없을 듯했는데 갑자기 전화가 두 통이나 걸려왔다. 하나는 누나 선미였고, 다른 하나는 고등학교 선배 진형이었다. '배틀그라운드' 한판 하게 피시방으로 오라는 진형의 말에 상호는 울컥했다.

"형, 내 손 어떻게 됐는지 모르죠?"

"왜? 손모가지 날아갔나?"

"날아가긴 뭘 날아가요, 지금 깁스했는데. 배그는 못 하죠."

"아아, 듣긴 했다. 다쳤다며? 좀 괜찮나? 깁스하고는 못 하나? 신맵 나왔대서 지금 스쿼드 뛸라는데 한 명 부족한데."

"누구누구 있는데요?"

"나랑 승호 형, 민구 형."

"아, 그 영감들. 사플도 제대로 안 되던데."

진형도 동의를 하는지 낄낄거렸다. 상호는 깁스한 손으로는 아무래도 하기 힘들 것 같다고 말했다. 무엇보다도 승호가 있는 데는 끼고 싶지 않았다. 상호의 누나 선미가 승호를 좋아했다는 것은 동네사람들이 다 아는 사실이었다. 그런 선미를 승호가 받아주지 않았다는 것도. 그러고 나서도 두 사람은 친구처럼 어울려 다녔다. 상호는 그런 종류의 우정이 잘 이해 가지 않았다.

상호는 늘 누나 선미처럼은 살지 말아야지 생각했다. 늘 겸양을 떨며 하기 싫은 것도 하고, 막상 하고 싶은 건 양보하는 모습을 곁에서 오래 지켜보며 상호가 다 마음이 상했다. 터울이 많이 나 선미는 거의 엄마처럼 상호를 돌보며 많은 것을 포기했다. 누나가 할머니의 가게를 이어받는 것을 제일 반대했던 사람도 상호였다. 그 가게라는 것은 가운데에 4인용 테이블이 하나 있고 나머지는 벽을 바라보는 좌석만 있는 코딱지만 한 국밥집이었다. 손님이라곤 식사에 반주로 소주 한 병씩은 곁들이는 아저씨들뿐이었다. 산전수전 다 겪었다는 할머니도 종종 술에 취해 행패를 부리는 인간들 때문에 속을 앓곤 했다. 선미도 아주 어릴 때부터 국밥집 일을 돕는 데 많은 시간을 할애했으므로 그런 사정을 누구보다도 잘 알았을 것이다. 용돈도 거의 챙겨주지 않는 그 무보수노동에 동원되면서도 선미는 싫은 티를 내지 않았다. 상호는 아직 마흔도 안 된 누나에게 그런 걸 감당하라고 하고 싶지는 않았다. 그러나 딱히 할 일이 없었고 계속 놀 수만도 없었다. 지역에 있던 큰 공장의 기세가 점점 꺾이면서 일을 찾으러 들어왔던 뜨내기들이 도시를 다 빠져나갔다. 그리고 코로나가 닥쳤다. 주로 효도관광 상품을 팔던 작은 여행회사에서 일하던 선미는 하루아침에 일자리를 잃었다. 그러니까 진작 결혼이라도 했으면 좋았을 텐데. 이제 선미는 결혼을 하기에도 글렀다. 그건…… 상호 자신의 의견은 아니었다. 이 세계가 퍼트리고 있는 의견이었고 상호는 그것을 읽어낸 것뿐이다. 제대로 된 튜토리얼도 주어지지 않는 세계에 떨어져 시행착오를 거치며 게임 매뉴얼을 숙지하듯이 알아낸 것이다.

그게 이 세계의 세계관이지.

물론 영 다른 의견을 가지고 있는 사람들도 있을 것이다. 하지만 수많은 사람들이 공유하고 합의하다시피 한 사실을 모른 척할 수만도 없다. 그게 룰이니까. 이 세계의 세계관에 따르면 상호도 좋은 신랑감은 아니었다. 집안에 재산이 있는 것도 아니고 여자들이 선호하는 직업도 아닌 하청업체 현장직 노동자였다. 키가 크지도 않았고 인물이 좋은 것도 아니었다. 넉살 좋게 사람들에게 먼저 다가갈 수 있는 성격도 아니었다. 상호도 그걸 다 알았기 때문에 삶에 있어

많은 것을 바라지 않으려고 했다.

그럴 순 없지. 그런 것도 읽어낼 줄 모르고 꿈이니 이상이니 그런 걸 좇으면 안 되는 거지. 멍청하게. 순진하게. 꼴사납게.

상호는 자주 고개를 끄덕였다. 하지만 때로는 잘 몰랐고 모르고 싶었다. 그래도 절대로 아니, 몰라, 그런 말은 하지 않았다.

상대방에게 얕보이면 안 되는 거지. 호구 되는 거 순식간이지.

선미의 전화는 예상과는 전혀 다른 내용이었다. 집에 들어가는 길인데 뭐 사갈 게 없느냐 먹고 싶은 건 없느냐 그런 걸 물을 줄 알았는데 아르바이트를 하지 않겠느냐고 물었다. 다쳐서 누워 있는 사람에게 무슨 일을 시키려나 싶었는데 일이랄 것도 없는 길 안내라고 했다. 서울에서 온 무슨 예술가라는 사람이 한나절 동네 사진을 찍으러 다닐 건데 동행을 해주는 일이었다. 다만 간단한 인터뷰를 곁들일 수도 있는데, 지방의 청년들을 대상으로 그들의 삶과 일에 대한 이야기를 수집한다는 것이었다. 상호는 '예술' 같은 단어가 너무 낯간지러워서 거절하려 했는데 한나절의 아르바이트비로 십 만원이나 준다는 말에 덥석 수락하고 말았다. 그런 게 예술인가? 상호는 굶어 죽는 게 예술인 줄 알았다.

"어디로 가면 되는데?"

선미가 2시까지 집 앞으로 나오라고 해서 상호는 몸을 일으켰다.

상호가 준비를 마치고 현관을 나섰을 때 선미는 집 앞 담 옆에 차를 세워두고 또래의 여자와 서서 이야기를 나누고 있었다. 상호는 그들을 발견하고도 바로 알은체를 하지 않고 담배를 한 대 피우고 나가기로 했다. 현관 옆 벽에 기대고 서서 깁스 끝으로 비죽 나온 손가락 끝에 겨우 담배를 걸쳐놓고 불을 붙이는데 두 사람이 나누는 이야기가 들려왔다.

"동생이랑은 자주 이야기 나누세요?"

"별로요. 어릴 때나 가까웠죠. 미주 씨는요? 형제 있으세요?"

"전 오빠 있어요. 하긴, 나이 들면서는 조금 멀어지긴 하더라고요."

"이제는 잘 모르는 사람 같아요. 어릴 땐 안 그랬는데. 나이 차가 많이 나다 보니 제가 거의 키우다시피 했거든요. 제가 고등학생일 때 등굣길에 그 애 손을 잡고 유치원에 데려다줬어요. 누구보다 저를 잘 따랐고요. 그 작고 보드라운 손을 잡고 걸을 때면 그 애가 잘 자라고 있는 것만 같았어요. 요즘은 얘기할 시간이 거의 없죠. 얼굴도 잘 못 보는걸요. 이젠 그 애의 귀가가 늦어지거나 연락이 잘 되지 않거나 하면 가슴이 두근거려요. 밖에서 무슨 나쁜 일이라도……."

선미가 말을 멈추고 머뭇거리자 미주가 대신 이었다.

"당한 건 아닌가 하고요?"

확실히 그 불길한 상상은 입 밖으로 내뱉기를 주저하게 만드는 힘이 있었다. 일어나지 않은 일에 대한 추측일 뿐인데도 몸서리가 쳐지는 말이었다. 하지만 선미는 영 다른 말을 했다.

"저지른 건 아닌가 하고요."

그 때문에 상호는 흠칫 놀랐고 가까스로 붙들고 있던 담배도 놓쳐버렸다. 하필 발아래 작은 물웅덩이에 떨어진 담배는 바로 불이 꺼져버려 흰 연기만 피어올랐다.

영춘호로 향하는 차 안에서 미주는 '지방에 사는 청년들'이라는 주제로 그들의 일과 삶, 가치관에 대한 이야기를 끌어내는 것이 목표라고 말했다. 하루 동안 렌트한 차의 운전대는 미주가 잡았고 선미는 식당에 가봐야 할 것 같다며 돌아갔다. 무슨 일이라도 생기면 언제라도 전화하라는 말을 몇 번씩이나 남겼다. 마을을 안내하는 것보다는 인터뷰가 더 주된 작업인 듯했다. 상호는 그런 거였으면 응하지 않았을 거라는 생각을 했다. 그럴듯하게 포장된 자신의 이야기를 잠깐 상상해보기도 했으나 그것보다는 피곤함이 앞섰다. 자신의 일에 대해서, 삶에 대해서, 가치관 같은 것에 대해서 누구에게도 구구절절 들려주고 싶지 않았다. 그때 상호는 습관적으로 고개를 주억거리면서도 어떤 말로 이 시간을 모면할 수 있을까 골몰했다.

"아침에 일어나면 제일 먼저 뭘 하세요?"

그 질문에는 쉽게 답할 수 있었다.

"알람을 끄고 일어나서 창문을 열어요. 그런데 왜 하필 영춘호까지 가는 거예요? 거기 그냥 동네 저수진데."

"얘기 못 들었어요? 인물사진도 찍을 거거든요. 사진 찍을 만한 좀 한적하고 좋은 곳을 추천해달라니까 선미 씨가 거길 알려줬어요."

"아, 제 사진이요? 사진은 좀 그런데."

대답하면서도 상호는 여전히 이상하다는 생각을 했다. 사방이 바다인 이 섬마을에서 굳이 산중턱에 있는 저수지를 찾아가라는 것이.

"영 안 내키면 뒷모습 찍을게요."

상호는 뒷모습을 찍는 것도 내키지 않았지만 단호하게 거절하기도 애매했다. 이미 아르바이트를 하겠다고 말하고 인터뷰 장소로 향하는 차에 몸을 실은 다음이었다.

"쉴 때는 뭐 하세요? 경치도 좋은 곳이고 하니까 놀러 갈 때도 많아 좋겠어요."

"네, 뭐 그렇죠."

"어디가 제일 좋아요? 추천 좀 해주세요."

상호는 이름난 관광지 몇 곳을 읊었다. 읊다 보니 그곳들에 가본 지가 언제인지 잘 기억도 나지 않았다. 미주도 상호가 기계적으로 관광지들을 읊고 있다는 것을 들으며 눈치챘다.

"실은 놀러 다니는 거 별로 안 좋아하시죠?"

"이십 년 넘게 살았는데 이젠 좀 지겹죠. 시내에 아트시네마가 있어서 퇴근하고 영화 보러 종종 갔었는데 거기도 얼마 전에 망했어요. 갈 때마다 영 사람이 없긴 했거든요. 근데 또 멀티플렉스는 자주 갈 맘이 안 생기고요. 저는 혼자 영화 보는 거 좋아하는데 거기는 다 짝지어서 오니까. 시간 나면 그냥 유튜브 보고 웹툰 보고 게임하고 그러죠."

상호는 뜻밖에도 질문에 대해 술술 말하고 있는 스스로가 어색하면서도 오랜만에 떠들어대는 것에 기분이 좀 좋아졌다. 다른 어떤 취미를 말할 수 있었으면 했지만 그런 게 없었다. 그리고 자신에 대해 말하면 말할수록 속으로는 정말 그런가……? 하는 의심이 싹텄다. 나는 그런 인간인가? 호불호를 따지는 일 없이 그냥 살아지는 대로 살아왔던 사람이라 정말 좋아하는 건지 선택지가 그뿐이었는지 뒤늦게 헷갈렸다.

"저도 게임 좋아하는데, 주로 어떤 게임 하세요?"

"배틀그라운드라고 아세요?"

"알죠. 저도 아이디 있어요. 잘하세요? 언제 저랑 듀오 한번 해요."

상호는 고개를 끄덕이면서 약간 불안해졌다. 미주가 마음에 들었기 때문이었다. 어쩌면 미주의 필요로 만난 사이라서, 자신에 대해 끝없이 질문을 해주며 자신의 말을 귀 기울여 들어주는 사람이어서 그랬는지도 몰랐다. 자신의 이야기를 그렇게까지 인내심을 갖고 들어주는 사람은 그동안 거의 없었으니까. 하지만 그건 미주의 업무였다. 미주는 일종의 노동으로써 상호를 대하고 있을 뿐이었다. 그래서 미주가 자신을 향해 내비치는 호기심과 관심, 질문을 이끌어내기 위해 보이는 호응과 미소를 자신에 대한 개인적인 호감과 헷갈리면 안 된다고 되뇌었다.

"배그는 어떤 점이 재밌어요?"

"치킨 먹으면…… 기분이 좋죠. 그러니까 1등을 하면요. 그렇지 않아요?"

"그쵸, 엄청 신나죠. 전 1등 많이는 못 해봤어요."

"진짜요? 제가 손만 안 이랬으면 당장 버스 태워드릴 수도 있는데."

상호는 괜한 허세를 부리며 웃었다. 웃고 나니 전혀 자신이 할 법한 말이 아니었다는 생각이 들었다. 심심할 때마다 찾아봤던 게임 스트리머의 말투 같기도 했다.

"사실 저는 치킨 먹었을 때보다 저 기절했을 때 팀원이 살려줄 때가 좋아요. 그리고 팀원 기절했을 때 제가 달려가서 살려줄 때요. 총 맞고 쓰러져도 팀원 있는 한 몇 번이나 더 기회가 있을 수 있다는 게 좋아요."

상호는 미주의 말에 고개를 끄덕였다.

"그것도 좋죠."

"그리고 전 사실 비건이거든요."

"네?"

"승리했다고 치킨 먹는다는 메시지가 나온다는 게 달갑지는 않죠."

상호는 그게 도대체 뭔 소리야…… 생각했지만 그냥 고개만 끄덕였다.

두 사람은 영춘댐 부근 도로에 차를 세웠다. 저수지는 산으로 둘러싸여 있고 호안선은 구불구불했다. 이쪽에서는 그 규모가 다 보이지 않았다. 비탈의 나무들 사이로 물이 보였다. 수면 위 물결이 빛에 반짝였다. 조금 더 걷자 저수지로 내려가는 길이 나왔다. 안내판이 세워져 있었다. 길이 265미터, 깊이 50미터의 담수댐. 상호가 태어났을 때는 이미 댐 완공이 끝난 다음이었지만 과거에는 이 물 아래에도 마을이 있었다. 상호가 앞장서고 미주가 뒤따랐다. 두 사람은 물가까지 내려갔다. 아무리 봐도 사진을 찍기에는 물비린내 나는 저수지보다 바다가 훨씬 좋을 듯했다. 당연하게도 부근에는 아무도 없었다. 한낮인데도 약간 음산한 분위기마저 들었다. 상호는 괜히 물가에 있던 돌을 주워 저수지 가운데를 향해 힘껏 던졌다.

"저기는 뭐예요?"

미주가 저수지 건너편의 산꼭대기를 가리켰다. 그리 높지는 않은 동산의 능선에 팔각정이 있는 것이 보였다.

"그냥 쉬었다 가라고 만든 거 같은데요."

"저기는 어떻게 가요?"

"왔던 길로 돌아가야 해요. 이쪽에서는 가는 길이 없어요. 저수지를 건너갈 게 아니라면."

"건너가볼까요?"

"네?"

"저쪽에서 여기 내려다보고 찍으면 사진 잘 나올 것 같거든요."

"그렇게 경치가 좋지는 않아요."

"가봤어요?"

"가봤죠."

상호는 사실 가봤는지 가보지 않았는지 가물가물했다.

"그래도 또 가봐요."

"다시 돌아 나가자고요?"

"아뇨, 저수지를 건너가요."

미주는 저수지 물가에 있는 보트를 가리켰다. 노를 저어가는 무동력보트였다. 그게 왜 거기 있는지는 알 수 없었지만 저수지를 관리하는 사람들이 이용하는 것인지도 모른다는 생각이 들었다.

"들어오면서 못 봤어요? 식수로 사용되는 곳이니까 들어가지 말라잖아요. 사실 여기까지 내려오는 것도 좀 꺼림칙한 일이에요."

"되게 법을 준수하는 편이신가 보다."

그 말은 맞았다. 상호는 법을 좋아했다. 머리만 좋았다면 법대에 갔을 것이다. 아니 머리가 좋았어도 가정 형편상 대학까지 가지는 못했을지도 모른다. 아주 비상하게 좋아서 장학금을 받고 다닐 수 있었던 게 아닌 이상. 어쨌든 상호는 법이 좋았다. 고등학교에 다닐 때 알바를 할 때에도 주휴수당을 꼼꼼히 챙겼다. 지금 다니는 회사에 입사하기 전에도 근로계약서를 꼼꼼히 읽었고 초과근무를 하게 될 때면 꼭 정당한 수당을 요구했다. 이번에 사고가 났을 때도 어떤 법적 보상을 받을 수 있는지 확인하기 위해 근로복지공단에 몇 차례나 전화했다. 법은 나쁘지 않은 편이라고 생각하기도 했다. 그걸 안 지키는 사람이 많은 게 문제였다. 배그를 할 때도 온갖 편법을 동원하는 핵쟁

이들 때문에 쌍욕을 내뱉곤 했다. 모두가 룰을 따르면 훨씬 더 쾌적하게 게임을 즐기며 능력에 따라 보상을 받을 수 있을 텐데 능력도 없으면서 부정 프로그램을 이용해 다른 사람의 몫이었을 승리를 앗아가는 인간들이 게임을 망치고 있었다.

"지켜서 손해 볼 거 있나요."

"그런가요? 저는 법이 별로거든요. 별로 내 편도 아닌 거 같고."

"맨날 이렇게 하지 말라는 일만 하고 다녀서 그런 거 아니고요?"

"그니깐요. 왜 하면 안 될까요?"

"그래도 법은 지키는 게 맞죠."

"그렇긴 하죠."

미주는 그렇게 대답하면서도 보트 쪽으로 다가갔다.

"사실은 저 허가 받았어요. 여기서 사진 찍어도 된다고요. 영춘댐도 그래서 온 거예요."

그래도 상호는 내키지 않았다. 보트는 두 사람이 타기에 부족함이 없어 보이긴 했지만 구명조끼는 하나밖에 보이지 않았고 저수지는 깊이가 50미터라고 했다. 상호가 깁스한 팔을 들어 보이며 뒷걸음질을 쳤다.

"저는 팔이 이래서 노도 못 저어요."

"제가 그렇게 양아치는 아니거든요."

미주가 먼저 보트를 물 위로 밀어내고 그 위에 올라탔다. 호기롭게 노를 들고 상호에게 손짓을 했다. 상호가 움직이지 않자 미주는 한숨을 내쉬고 혼자 자리를 잡고 앉더니 노를 저었다. 구명조끼도 입지 않았다. 상호는 그 모습을 지켜보았다. 처음에는 조금 엉성해

보였지만 미주는 노를 젓는 데 점점 익숙해지는 듯했다. 노가 수면 위를 가르는 소리가 점점 멀어졌다. 물결이 밀려나며 수면 위로 둥근 무늬를 만들어냈다. 산그늘이 져 물은 검게만 보였다.

미주는 저수지 한가운데 가서 멈췄다. 그리고 한참이나 머물러 있었다. 반대편까지 간다더니 겁먹은 걸까, 지친 걸까. 상호는 어디 가서 사람이라도 불러와야 하나, 선미에게 전화라도 걸어야 하나 초조해졌다. 하지만 이내 미주가 상호를 향해 활달하게 손을 휘젓는 것을 보고는 마음을 놓았다. 다시 노 젓는 소리가 점점 가까워졌다.

"진짜 안 탈래요? 재밌어요. 허락도 받았다니까요."

상호는 미주가 진짜 이상한 사람이라고 생각했다. 그의 말에 동요되어 하자는 대로 하고 싶지 않았다. 그러나 그 순간에 이상하게도 선미가 자신에 대해 했던 말이 떠올랐다.

무슨 나쁜 일이라도 저지른 건 아닌가 하고요.

그 말을 듣고 제일 처음 들었던 생각은, 자신은 뭔가를 저지를 수 있는 사람이 아니라는 점이었다. 선미가 말한 '나쁜 일'의 범주에 어떠한 것들이 들어가는지는 충분히 짐작이 갔다. 선미는 그 말 뒤에 "절대 그럴 애가 아니긴 하지만……"이라고 덧붙이기는 했다. 그럼에도 어느 순간엔 그런 불길한 의심을 품기도 했었다는 것 역시 사실일 것이다. 뭔가를 저질러버리는 것. 그것은 법의 테두리에 바깥에 있는 일들일 것이다. 상호는 누구보다도 법 안쪽에 있고 싶어 하는 사람이었다. 선미가 왜 그런 의심을 했는지조차 알 수 없었다. 자라면서 크게 나쁜 짓을 한 적이 있는 것도 아니었다. 단지 선미와 사이가 점점 소원해졌고 서로에 대해 잘 모르게 되었을 뿐이었다. 상호는 망설임 끝에 보트에 올라탔다. 상호가 상상할 수 있는 나쁜 일이란 고작 그 정도였다.

보트 안은 상호의 우려와 달리 아늑했다. 노가 만들어내는 무늬들도 마음에 들었다. 한가운데까지 간 다음에 미주는 보트 위에 자리를 잡고 누웠다. 보트 위는 널찍하지는 않았지만 둘이 눕기에는 충분했다.

"여기서 낚시 같은 거 하면 뭐가 잡힐까요?"

"안 된다니까요. 그건 진짜 하면 안 되는 일이에요."

그러나 못할 것도 없었다. 어쩐지 모든 현실세계의 일들과 멀어진 기분이었다. 딱딱한 땅 위에 서 있는 것과는 기분이 달랐다. 조금씩 흔들리고 있었다. 그것은 제법 규칙적인 진동이어서 상호는 그 속에서 기분이 찹찹하게 가라앉았다.

눈을 감자 다른 감각들이 더 예민해졌다. 도로 위로 차가 달려가는 소리와 산에서 들려오는 새소리, 바람이 숲을 훑고 지나는 소리가 멀리서 들려왔다. 보트에 부딪는 찰랑이는 물소리는 더욱 선명해졌다. 가볍게 흔들리는 보트 위에서 그 소리들에 귀를 기울이고 있자니 잠이 쏟아졌다. 그리고 미주의 허밍소리. 상호는 몇 번 눈을 깜박였다. 잠들면 안 돼.

병원에서 퇴원을 한 다음 상호가 내내 집에 누워 있기만 한 것은 아니었다. 회사엘 갔었다. 사고가 나 경황이 없어 휴게실에 무선 이어폰을 두고 왔는데 누구에게 좀 가져다달라고 말하기도 그랬다. 다시 출근할 때까지 기다리기도 싫었다. 마음껏 소리를 키워 유튜브를 보고 노래를 들으려면 이어폰이 꼭 있어야 했다. 오랜만에 나간 작업 현장에는 '무재해 117일' 플래카드가 아직 붙어 있었다. '100일'을 맞아 제작을 한 플래카드 위에다가 무재해를 하루 더 갱신할 때마다

새 숫자를 쓴 종이를 덧붙였다.

"저거 왜 안 뗐어요?"

마침 휴게실에 있던 반장에게 상호가 묻자 반장은 뭐? 뭐가? 하고 대수롭지 않게 바라봤다.

"아, 저거? 귀찮아서 그랬겠지."

반장은 남의 일처럼 말했다. 매일매일 갱신을 할 때는 안 귀찮았나? 새 숫자를 프린트 하고 덧대는 수고는 기꺼이 감수했으면서.

"야, 너 그거 아냐?"

"뭘요?"

"거기 털 난다."

반장은 상호의 손을 턱짓으로 가리키며 말했다.

"네?"

"나도 지게차에 부딪혀가지고 왼쪽 발목이 나간 적 있거든. 그때 깁스를 오래 했었는데 풀고 나니까 왼쪽에만 털이 엄청 나더라. 오랫동안 공기도 안 통하고 땀도 많이 나고 그래서 그런 거였을까?"

"그래서요?"

"어?"

"그게 뭐 어쨌는데요."

"뭐 그냥, 그렇다고. 깁스 풀고 나면 원상복구되는 사람도 있다던데 난 안 그렇더라고. 한번 볼래?"

반장은 상호의 대답을 듣기도 전에 작업복 다리께를 걷어 올려 수북하게 털이 자란 다리를 보여주었다. 상호는 보고 싶지 않다고 생각하면서도 그쪽으로 눈길이 갔다.

예상보다 가느다란 반장의 다리는 희멀건했다. 새카맣게 탄 얼굴이며 목덜미와 비교하면 같은 사람의 피부라고 상상하기 어려울 정도였다. 그리고 정말 털이 많았다. 털 아래로는 10센티미터 정도의 붉은색 흉터 자국이 있었다. 발목이 얼마만큼 어떻게 나갔던 것일까. 상호는 아직 풀지 않은 깁스 속 손가락을 꿈지럭거렸다. 깁스만 풀면 예전처럼 멀쩡히 움직이겠지? 의사가 흉터는 안 남을 거라고 했으니까 흉터는 없겠지? 의사 말이 다 맞겠지? 많이 배운 똑똑한 사람이니까, 한 달에 막 몇 천씩 버는 사람의 말이니까 다 맞겠지?

"그래도 내가 운동신경이 좋아서 빨리 피했으니 망정이지 안 그랬음 크게 사고 날 뻔했었어. 너도 그만한 게 다행이다."

상호는 다시 깁스 속 손가락의 감각을 느껴보려 애썼다. 다행인가? 정말이지 운동신경을 그런 데 발휘하면서 살아야 하는 건가? 물론 생명연장을 위해 쓸 수 있다면 기쁠 것이다. 하지만 처음부터 그런 데에는 쓸 일이 없는 편이 훨씬 좋을 것이다. 상호는 산재보험금 같은 걸 받고 싶지 않았다. 후유증을 앓고 싶지 않았다. 불구가 되고 싶지 않았고 일하다가 죽고 싶지 않았다. 털이 자란 다리를 내보이며 마치 무용담인 양 늘어놓는 사고 경위를 듣고 싶지도 않았다. 언젠가 자신도 엇비슷한 무용담을 늘어놓게 될까 봐 겁이 났다. 대수롭지 않은 듯 살아가고 싶었지 필사적으로 살아남고 싶지는 않았다. 매일매일 죽기를 각오하며 살고 싶지 않았다.

"너 일은 언제부터 다시 할 수 있냐?"

"일단 산재처리 되는 거 보고……."

"그거 된대?"

"네?"

"신청하래?"

"네? 당연하죠. 일하다가 다쳤는데."

"그래? 세상 참 좋아졌다."

반장은 대수롭지 않은 듯 말하고는 작업화를 신고 일어서서는 상호의 어깨를 툭툭 쳤다.

"잘 쉬고."

상호는 몸을 뒤채다가 보트의 출렁임에 놀랐다. 날이 어두워지는 속도보다 조금씩 더 빠른 속도로 저수지 주변의 공기는 검게 변했다. 이제는 물가에 있는 나무의 빛깔을 가늠할 수 없었다. 물 빛깔도 시시각각 달라졌다. 청푸른 빛은 줄곧 더 어두워지기만 했다.

"물고기가 지나간 것 같아요."

어느샌가 미주는 엎드려서 보트 바깥쪽을 내려다보며 말했다. 노로 물고기를 잡아보기라도 하겠다는 듯 물속을 휘휘 저어보기도 했다.

"그만해요. 보트가 너무 흔들려요."

상호는 그런 미주를 말리려고 했지만 소용이 없었다.

"안 무서우세요?"

"뭐가요?"

"보트가 뒤집힐 것 같다니까요."

"왜 이렇게 겁이 많아요?"

"이런 데서 개죽음당하고 싶지 않다고요."

상호는 자신도 모르게 버럭 화를 냈고 미주는 상호에게 사과를 했다. 자신이 내내 멋대로 굴었던 것, 원하지 않는 곳으로 억지로 끌고 온 것, 허락받지 않았는데 허락받았다고 말했다는 것…….

"거짓말이었어요?"

미주는 고개를 끄덕였다. 상호는 다시 화가 치밀었고 얼른 다시 물가로 돌아가고 싶었다. 이 여자는 왜 이렇게 겁도 없지? 물뿐만이 아니라 내가…… 무섭지도 않나? 사는 게 무섭지도 않나? 잘 알지도 못하는 남자와 이 외딴 곳에서 단둘이……. 상호는 미주가 자신을 무서워해야만 한다고 문득 생각했다. 그럴 수 있어야 한다고. 자신에게 그런 힘이 있어야 한다고.

"미안해요."

미주는 다시 한번 말하고는 천천히 노를 저어 보트를 물가로 향하게 했다. 저수지의 가운데로 향할 때와는 주변의 온도가 완전히 달라져 있었다.

다행히 보트는 무사히 물가로 돌아왔고 상호는 깁스한 팔을 들고 엉거주춤 보트에서 내렸다. 부스럭거리는 소리에 고개를 들어보니 웬 노인 한 명이 나무를 헤치고 나타났다. 나물 같은 걸 캐러 다니는지 손에 든 망에는 풀과 열매가 들어 있었다.

"에구 깜짝이야. 상호 아니냐? 이 외진 데서 뭐 해? 옆엔 누구냐?"

"아, 서울에서 온……."

노인은 한참이나 미주를 훑어보았다. 뭔가를 찾아내려는 사람처럼 얼굴을 뜯어보고 옷차림새를 살피고 다시 얼굴을 보았다.

"해 금방 진다. 일찍 내려가라."

그러고 돌아서면서 혼잣말하듯 중얼거렸는데 그 말은 두 사람에게도 충분히 다 들렸다.

"여자가 겁도 없이……."

그 말에 미주가 작게 코웃음을 쳤다. 그 소리가 들리는 순간 상호는 다시 또 그런 생각을 했다. 이 여자는 내가 안 무서울까. 체구도 작고 힘도 없을 것 같아 보여서 그런가. 상호는 자신이 누군가에게 전혀 위협적이지 않은 존재라는 것, 어쩌면 남성성이라는 걸 전혀 어필할 수 없는 존재라는 것을 어떻게 받아들여야 좋을지 헷갈렸다. 상호가 생각하는 남성성이란 그런 것이었다. 학창시절 반에서 남자답다고 일컬어지는 애들은 모두 위협적이었다. 그야말로 수컷 같았던 애들. 짐승 같았던 애들. 그런 걸 선망하지는 않았다. 한심하다고 생각할 때도 있었다. 하지만 교실의 룰을 만드는 건 그 애들이었고 상호도 그 룰에 따라 움직여야만 했다. 룰을 만드는 사람들은 조금씩 다 그런 폭력적인 데가 있는 것 같았다. 사실 룰 자체가 폭력적인 것이기도 했다.

"저랑 있는 거 안 무서우시죠?"

미주는 상호의 질문을 단번에 이해하지 못한 듯 고개를 갸웃하다 되물었다.

"상호 씨가 무섭냐고요? 무서워했으면 좋겠어요?"

"아뇨, 당연히 아니죠. 그런 건 아니지만……."

상호는 손사래를 쳤다.

"그래도 만난 지 얼마 안 됐고 거의 모르는 사람이고…… 요즘 또 세상이 험하다 그런 말들 많으니까 불편해할 수도 있다고, 이런 데서 단둘이 있는 건 싫을 수도 있다 생각하거든요."

"여자들이 누구한테 제일 많이 죽는 줄 알아요?"

상호는 신문기사들을 떠올렸다. 매일같이 죽는 사람들. 죽어나가는 사람들. 휴게실에서 잠깐 눈을 붙였다가 깨어나지 못한 사람들. 퇴근하지 못한 사람들. 여자고 남자고 중년, 장년, 청년 할 것 없이, 어떤 때는 그들의 가장 좋은 점이기도 했을 성실성의 대가로 죽어버렸다. 그런데 여자들은 또 다른 방식으로도 죽었다. 그냥 길을 걷다가 공중화장실에 갔다가 택시를 탔다가 골목길에서 주차장에서 밤에 새벽에 아침에 대낮에…… 왜 말대꾸를 하느냐고 왜 안 만나주느냐고 왜 겁도 없이 밤늦게 돌아다니느냐고 왜 웃느냐고 왜 안 웃느냐고 추궁을 당하다가 죽어버렸다.

"남자친구 아니면 남편이에요."

그리고 사랑했던 사람들에게도 죽임을 당했다. 가장 자주. 매일같이 그런 뉴스들이 쏟아져나왔다. 보지 않으려고 해도 보이는 뉴스들. 너무 자주 쏟아져서 어제 뉴스인지 한 달 전 뉴스인지 일 년 전 것인지 헷갈리는 그런 뉴스들. 우와, 미쳤네 진짜. 씨발년들. 그런 뉴스를 보면 상호 회사의 반장은 으레 하던 쌍욕을 하며 그들과 자신 사이에 선을 그었다. 최악의 '씨발년'들과 정상적인 '나' 사이의 선이었다. 그건 분명 가해자들을 향한 쌍욕이었는데도 씨발년이었다. 아무래도 씨발놈보다 씨발년이라고 말할 때 더 많은 모욕의 의미를 담게 되기 때문인 것 같았다. 반장은 요즘 젊은 여자들이 남자들을 안 만나려고 하는 것도 충분히 이해가 간다고, 여성 전용 주차장 같은 여자들을 보호하는 법안이 더 많이 만들어져야 한다고 했다. 그는 선심을 베풀고 있었다.

"저 할아버지가 나쁜 사람은 아닌데요. 워낙 옛날 분이다 보니……."

상호는 자신도 모르게 노인을 변호했다. 그게 미주의 기분을 덜 상하게 하는 일이라고 생각했던 것 같기도 했다. 하지만 중요한 건 당장의 기분을 챙기는 일이 아니었다.

"그럴 수 있어요. 이런 날도 있는 거죠 뭐."

상호는 미주가 속이 좋다고 생각했다. 그래서 괜한 말을 덧붙이지 않고 그냥 고개만 끄덕였다. 근데 맨날 이런 날만 있으면 어떡해요? 그런 것도 묻지 않았다. 두 사람은 다시 차를 타고 돌아나와 구불구불한 임도를 따라 미주가 가고 싶다던 팔각정까지 올라갔고 미주는 거기서 원 없이 사진을 찍었다. 다시 마을로 돌아와서 약속한 돈을 받았을 때 상호는 그 돈이 도대체 무엇에 대한 보상인지 도무지 알 수 없다는 생각을 했다.

미주가 서울로 돌아간 뒤로 두 사람은 당연하게도 다시는 만나지 않았다. 만날 일도 없었다. 지방에 사는 청년들을 인터뷰한다는 그런 이상한 이벤트가 아니었다면 두 사람 사이에 접점이라는 게 있을 수가 없었다. 생활반경도 완전히 달랐고 어울리는 부류도 달랐다. 같은 세계에서 살고 있었지만 실은 시공간이 다른 것과 마찬가지였다. 비슷한 점이라면 배틀그라운드를 한다는 것 정도였다.

두 사람이 다시 만나는 일이 한 번 있기는 했다. 배틀그라운드에서였다. 깁스를 풀고 상호는 오랜만에 게임에 접속했다. 금요일 밤 9시였다. 평소 늘 같이 하던 친구들은 방역수칙이 완화된 것을 기념해서 술을 마시러 나간다고 했다. 언제 어떻게 상황이 급변할지 알 수 없는 게 코로나 시국이라며 오랜만에 찾아온 기회를 놓칠 수 없다고 했다. 상호는 오늘 깁스를 풀었으니 다음에 가겠다고 둘러댔다. 몇 번이나 랜덤듀오를 돌리던 상호는 아이디 'mimimi……7979'와 만났다. mi가 몇 번이나 반복됐는지는 잊어버렸다. 안녕하세요 1번님. 게임에서는 그냥 다 순번으로 서로를 불렀다. 네, 안녕하세요. 2번님, 잘하세요? 저 버스 좀 태워주세요. 1번이 그렇게 말했을 때 상호는 죄송해요, 저 완전 배린이에요, 하고 말했다. 오랜만에 하는 게임이라 잘할 자신이 없기도 했고 상대방의 기대치를 낮추고 싶기도 했다. 그럼 으레 상대방도 같이 한번 잘해보자든가, 자기만 믿고 따라오라든가 그런 말을 하는데 'mimimi……7979'는 정색했다.

그런 멸칭은 쓰시면 안 되죠.

상호는 딱히 할 말이 없어져서 알겠습니다, 하고 말았다. 그 뒤로는 거의 침묵하며 게임만 했다. 가끔씩 보정기 있으세요? 125 나무 뒤에 적 발견, 같은 게임에 꼭 필요한 말을 나누기는 했지만 보통 다른 사람들과 함께 게임을 할 때처럼 자잘한 농담을 나누지는 않았다. 'mimi……7979'보다 상호가 먼저 쓰러졌다.

으악, 저 기절이요.

이쪽으로 올 수 있어요?

자기장 오는데 그냥 가세요. 지금 들어가야 돼요.

그럼 버릴게요.

네, 네. 가세요, 그냥 가세요. 저는 '경밖'이에요.

사실 살려달라고 말하고 싶은 마음이 아예 없지는 않았다. 제발 나 좀 살려달라고, 들쳐 메고 자기장 안으로 같이 들어가달라고 말하고 싶었다. 하지만 그건 그다지 합리적인 선택이 아니었다. 결국은 둘 다 죽게 될 것이었다. 상호는 자신에게서 점점 멀어지는 발소리와 자기장이 가까이 오는 소리를 들었다. 이내 상호의 캐릭터는 자기장에 잠겼고 점점 더 빠른 속도로 에너지가 닳기 시작해 곧 경기 지역 밖에서 죽어버렸다. 바로 게임을 나가버릴까 하다가 'mimimi……7979'를 관전하기로 했지만 풀숲에 엎드려 있던 'mimimi……7979'도 곧 적의 수류탄에 맞아 죽어버렸다. 수고하셨습니다. 수고하셨습니다. 두 사람은 마지막으로 그런 인사를 나누고 헤어졌다.

다음 판은 상호 혼자서 한다. 같은 게임에 들어온 100명 중 자신을 제외한 99명은 모두 적이다. 그들을 다 죽여야만 승리할 수 있다. 상호는 술을 마시러 갔다던 친구들이 자랑삼아 올린 인스타그램의 사진을 보느라 잠깐 한눈을 팔다가 지도 끄트머리에서 낙하산을 펼친다. 외딴 곳에 떨어지고 보니 주변에는 아무도 없는 듯 발소리도 총소리도 없고 바람소리와 파도 소리뿐이다. 적당히 아이템을 줍고 나서 지도 안쪽으로 달려 들어가는데도 여전히 고요하다. 겨우 들려오는 총소리도 아주 멀다. 상호는 자신이 없는 곳에서, 자신과는 멀리 떨어진 곳에서 열띤 격전이 벌어지고 있다는 데, 흥미진진한 게임이 펼쳐지고 있을 거라는 데 아쉬운 마음이 든다. 이쪽은 고요하기만 한데. 게임에 참여한 지 한참이나 지났는데도 아직 아무런 게임이 시작되지 않은 것만 같다. 자기장이 오는 소리가 들린다. 상호는 지도를 보며 어느 쪽으로 가면 좋을지를 가늠해본다. 적에게 발각되지 않도록 적당히 몸을 은신할 수 있으면서도 상호 쪽에서는 적을 발견하기 좋은 곳으로. 엄폐할 만한 것이 아무것도 없는 개활지를 마구 달려가고 싶지는 않다. 이렇게 똥줄 타게 달려가는 중이라는 것을 들키고 싶지 않았다.

상호는 외따로 떨어진 곳에서 홀로 죽지 않기 위해 총소리가 나는 쪽으로 달려간다. 거기서 타인을, 그러니까 적을 발견할 것이고, 숨을 참으며 총을 겨눌 것이고, 운이 좋다면 그의 머리를 맞추는 데 성공할 것이다. 카구팔이나 에땁을 가지고 있다면 적은 멀뚱히 있다가 죽는지도 모르고 피할 새도 없이 죽어버릴 것이다. 더 운이 좋다면 상호는 다른 모두를 죽이고 홀로 살아남을 수도 있을 것이다. 홀로 살아남는 것. 최후의 1인이 되는 것. 그것이야말로 진짜 승리였다. 이 게임 안에서 다른 방식의 승리는 없었다. 그래서 상호는 어떤 식으로든 홀로 살아남는 때가 오기를 바랐다. 그런 때가 오면 상호는 총을 모두 내려놓고 적들의 시체 상자 앞에서 춤을 출 것이다. 하지만 그보다는 타인이 쏜 총에 맞고 먼저 쓰러져버리는 일이, 죽어버리는 일이, 패배해버리는 일이 훨씬 더 많다. 때로는 경기 지역 안으로 들어가지도 못하고 밖에서 죽어버린다. 그게 상호를 초조하게 만든다. 주식을 살 때 가장 설득력이 있었던 말도 그거였다. 지금 들어가야 된다니까. 들어가야 한다, 들어가야 한다. 상호는 살아서 들어가고 싶다는 마음으로 전력 질주한다. ■

김 홍

2017년 동아일보 신춘문예를 통해 소설을 발표하기 시작했다. 장편소설 《스모킹 오레오》, 소설집 《우리가 당신을 찾아갈 것이다》가 있다.

그러다가

김 홍
小說家

넷츠고라는 게 있었다. 하이텔이나 천리안에 비하면 후발 주자였고 인터페이스가 유니텔이랑 비슷한 느낌? 거기 록 동호회 이름이 '와츠'였는데 왜 와츠냐하면 'We Are The TeamZ'여서,라고 했다. 팀플레이에 어울리는 사람들은 아니었다고 기억한다. 그래도 티셔츠를 맞춰 입고서 록 페스티벌 같은 걸 열기도 했다. 하여튼 자료실이 대단했다. 아무래도 저작권 개념이 좀 부족했던 시기였다. MP3 플레이어를 사기 전까지는 다운받은 앨범을 한 장 한 장 시디로 구워 들었다. 툭하면 빽이 나서 벌크로 산 공시디가 금방 다 없어졌다. 앨범 커버를 다운받아 프린트한 뒤 시디 케이스에 꽂아 넣으면 진짜 음반 같아 보였다. 정말이지 그때 나는 저작권의 무법자였다. 그즈음에 음악을 제일 열심히 들었던 것 같다. 맨날 시디만 구운 건 아니다. 용돈을 모아 맘에 드는 앨범을 사기도 했다. 향뮤직에 시키거나 서현동 라르고에 가서 샀다. 닉 드레이크의《핑크 문》을 산 게 특별히 기억난다. 빌려줬다 없어져서 두 번 샀기 때문이다.

언제부터 음악을 잘 듣지 않았느냐 하면 언젠가부터다. 교실 뒷자리에 앉아 있던 게 기억나고, 아마도 물리 시간이었던 것 같다. 그때 담임이 과학이었다. 갑자기 눈물이 막 나와서 고개를 숙였는데 휴지도 없고 옷을 적시기도 싫어서 바닥에 떨어뜨렸다. 앉은 채로 허리를 구부정하게 빼고 있었는데 금세 콧물도 줄줄 흘렀다. 누가 보면 그냥 이상한 자세로 엎드려 자는가 보다 했을 거다. 하여튼 바닥이 흥건해지는 걸 보면서 아 이거 뭐지? 이상한데, 싶었던 것 같다. 뭔지 모르겠지만 나한테서 무언가가 떨어져나가는 느낌이었다. 그때 내가 잃어버린 게 정확히 무엇이고, 어쩌다 그런 일이 일어났고, 그로 인해 뭐가 바뀌었는지 한동안 설명할 수 없었다. 세상에는 그냥 그런 일이 생기기도 하는 것이다. 앞으로 내가 이야기할 모든 일처럼 말이다.

중간에 일어난 많은 일들을 생략하고 이야기하자면, 나는 결국 어찌저찌해서 취업에 성공했다. 그렇다고 성공적인 취업은 아니었다. 구로동에 있는 작은 회사였다. 작아서 성공적이지 않았다는 건 아니다. 작지만 큰 성공을 향해 달려가고 있었고, 그 성공은 물론 대표만의 것이었다. 나름 유망하다는 평가를 받는 스타트업이었다. 회사 분위기는 자유로운 편이었고 창조적인 면도 있었다. 내 업무는 광고 영업이라 딱히 창조적일 게 없었는데, 그렇다고 불만이 있지는 않았다. 대표가 축구를 좋아해서 일요일마다 같이 공을 차러 다녔다. 그때는 나도 제법 몸이 날렵했고, 주말에 달리 할 일이 없었던 터라 빠지지 않고 나갔다.

한번은 다른 팀이 된 대표한테 강력한 백 태클을 당했다. 무릎을 잡고 뒹굴거리다가 생각보다 많이 아프지 않아 멋쩍게 일어났는데, 대표는 그사이 골을 넣고 환호하고 있었다. 내게 사과를 하지 않는 것이 이상했다. 축구가 끝나고 둘이서 맥주를 마시러 갔는데 전에는 한 번도 그러지 않던 사람이 술값을 나눠 내자고 했다. 찝찝한 기분으로 당구를 치러 갔다. 분명히 니꾸*를 내놓고 아니라고 우겼다. 결국에는 졌다. 그날 밤은 어쩐지 잠이 오지 않았고, 다음날 회사를 그만둔다고 했다. 문자로 퇴직 의사를 밝힌 지 몇 시간 되지 않아 대표가 집에 찾아왔다. 서운한 게 있다면 자기가 고치겠다고, 백 태클해서 정말 미안하다고 했다. 알고 있었던 거야? 그 자리에서 사과하지 않았다는 걸 확인하니 진심으로 화가 났다.

니꾸는요.

"그건 아니지."

소리가 달랐는데?

"나는 진짜 양심을 걸고 쳤어."

더 이상은 참을 수가 없었다. 정말이지 정나미가 뚝 떨어져 버렸다. 분명히 싫다고 했는데도 대표의 연락은 끊이지 않았다. 새벽 2시에 자니?라는 문자가 왔다. 무작정 베트남행 티켓을 끊고 한국을 떠나버렸다. 베트남에 관해서라면 최은영의 〈씬짜오, 씬짜오〉 말고는 아는 게 없었고, 내 손에는 호찌민 공항에서 산 《론리 플래닛》 영문판 한 권이 전부였다. 푸꾸옥의 리조트에 한동안 머물다가 호찌민으로 옮겼는데 갑자기 카드 결제가 되지 않았다. 내 통장이 보이스 피싱에 사용돼 조치가 필요하다는 연락을 받았는데, 당연히 나는 그 전화가 보이스 피싱인 줄 알았다. 알고 보니 그 전화는 진짜였고, 해외에서 계좌를 살리는 건 생각보다 너무 복잡했다. 낯선 도시에서 무일푼 신세가 돼버렸다. 이렇게 저렇게 지내다 보면 그렇게 되기도 하는 거다. 이제까지 일어난 모든 일처럼 말이다.

당장 집에 돌아가기는 싫었다. 게스트하우스 건너편 카페

* 수구를 두 번 건드리는 파울. 투 터치.

에 죽치고 앉아 사람 구경을 하는데 옆에 앉은 백인 아저씨가 말을 걸었다. 이야기를 나누다 보니 그 아저씨는 이탈리아의 커피 마스터였다. 내 사정을 듣더니 자기를 따라다니며 일을 도와주면 페이를 넉넉히 주겠다고 했다. 괜찮은 기회라는 생각이 들었다. 장인에게 직접 일을 배울 수 있는 기회가 쉽게 오는 건 아니지 않나? 한 달 정도 따라다녔는데 커피는 한 번도 못 봤다. 나무 궤짝에 실려 오는 물건은 꼼꼼히 포장돼 있었고, 거래 약속은 늘 밤에 잡혔다. 아저씨의 허리춤에서 총을 본 것도 같다. 골든 트라이앵글에서 생산된 아편이 세계로 퍼지는 경유지가 호찌민이었다. 긴 국경과 그만큼 긴 해안선은 아저씨 같은 사람에게 유리한 조건이었다. 커피는 아니지만 뭔가에 장인은 장인이었다. 정규직 제안도 받았다. 한국에 왔다 갔다 하며 일할 사람이 필요하다고 했다. 아, 그때는 정말이지 일이라는 걸 하기 싫었다. 취직할 생각이 있었다면 진지하게 고민했을 거다. 하여튼 한 달 치 알바비는 넉넉하게 챙겨줬다.

카페로 돌아와 커피를 계속 마셨다. 밤이고 낮이고 계속 마셨다. 비가 오는 날은 비를 맞으며 마셨다. 이 정도면 거의 피가 검어졌겠다 싶을 만큼 마셨을 때 반년이 지나 있었다. 이유는 모르겠지만 돌아가야 할 때라고 생각했다.

두 번째 직장은 스타벅스였다. 카페에서 카페로. 지극히 자연스러운 선택이라는 생각이 들었다. 스타벅스가 편의점만큼 흔하지는 않던 시절이었다. 커피 마스터가 돼 초록색 앞치마가 갈색으로 바뀌었다. 나는 왜 우리 회사가 진동벨을 도입하지 않는지 매일매일 궁금해하며 출근했다. 고객과의 교감을 위해 육성으로 손님을 부르는 원칙을 고집한다는 본사의 방침이 게으른 거짓말처럼 느껴졌다.

손님을 큰 소리로 불러야 할 때마다 기침이 나왔다. 하루는 '귀'라는 이름을 다섯 번 정도 외쳤는데 정말로 귀가 왔다. 그렇게 귀를 처음 만났다. 귀는 정말로 귀였다. 다른 사람들은 전혀 의식하지 않는 듯 보였지만 귀는 귀 모양을 한 귀였다. 어떻게 이런 귀를 나를 제외한 모든 사람들이 아무렇지 않게 대하고 있는지 믿기지 않을 정도였다.

"잘 지냈어?"

저 아세요?

"나 귀야. 너의 귀."

귀인 것도 모자라 '나의 귀'라니. 무척이나 간지러운 기분이 들었다. 코였다면 차라리 좀 나았을 것 같다. 커피를 계속 마신 것도 향이 좋아서였으니까. 지금 이렇게 밥을 벌어먹고 사는 것도 코가 열심히 일을 하고 있는 덕분이었다. 하루 일과는 아무래도 전신 운동에 가까웠지만. 코에 대해 내가 아는 것은 몇 가지가 더 있었다. 이를테면 검은 리트리버의 코는 상대적으로 연하다. 침이 묻은 초콜릿 아이스크림처럼 말이다. 그러나 귀에 대해서는 아는 것이 별로 없었고, 어릴 때는 말귀를 못 알아듣는 편이라 가는귀가 먹었느냐는 핀잔을 듣기도 했다. 그런데 눈앞에 너무 귀인 귀가 있다 보니 그 귀가 내 귀라는 말에 선불리 반박할 자신이 없었다.

"퇴근 몇 시야? 길 건너 이디야에서 기다리고 있을게."

귀는 내가 내린 커피를 입에도 대지 않고 매장을 나가버렸다. 일이 손에 잡히지 않았다. 카페라테를 주문받고는 카페모카를 내놓았다가 다시 만들었다. 설거지하다가 머그잔 두 개를 깨뜨리기까지 했다. 나는 빈혈기가 있는 것 같다고 둘러대고 스태프 룸에 들어가 옷을 갈아입었다. 뛰다시피 해서 이디야에 가보니 구석 테이블에서 커피를 홀짝이고 있는 귀가 보였다. 어떻게…… 내가 내린 커피를 입에도 대지 않고 이디야 따위를…… 옅은 분노가 마음 깊은 곳에서 일렁이는 것을 느끼며 비어 있는 귀 앞자리에 앉았다. 사람들은 귀를 보고도 전혀 동요하지 않았다. 나는 묻고 싶었다. 여러분, 귀가 보이지 않는가? 어째서 귀가 커피를 마시고 있는가? 직원들은 귀가 내민 멤버십 카드에 스탬프를 찍으면서 이상한 걸 느끼지 못했는가? (이디야 멤버스 어플이 나오기 전이었다) 하다못해 묻기라도 해야 하는 거 아닌지 말이다. '혹시…… 저기…… 왜 귀세요?'라고 말이다. 이상함을 느끼는 건 나뿐인 것 같았다.

"너한테서 떨어져나간 것들이 뿔뿔이 흩어졌어. 나도 연락하고 지내는 건 눈뿐이야. 어떻게 지냈어? 불편하지 않았어?"

불편하지 않았느냐고? 글쎄. 음악은 잘 안 듣고 살아. 시끄러운 건 질색이고. 입이 좀 짧지. 눈도 많이 안 좋았지만 라섹을 했어. 그게, 그러니까 네 말대로라면 내 일부가 떨어져나가서 흩어졌기 때문이라는 거지?

"맞아. 너를 한참 찾아다녔어. 다행히 얼마 전에 눈을 만났고, 입은 아직도 어디 갔는지 모르겠어. 반갑다. 좀 어색하기도 하고."

귀는 나를 당근마켓 거래에서 만난 고등학교 동창처럼 살갑게 대했다. 나는 마냥 데면데면하기만 했다. 실은 좀 화가 나기도 했다. 내 일부가 통째로 떨어져나간 기분을 평생 느끼며 살아온 사람한테, 정작 떨어져나간 당사자가 이제 와 반가운 척하는 건 조금 실례 같은데. 따지는 게 허락된다면 하고 싶은 말이 꽤 있는데 말이야. 멱살이라도 좀 잡을 수 있을까? 하지만 귀에게는 멱살이 없었다. 그저 너무 큰 귀였다.

"이해해. 미안하기도 하고. 그래서 이렇게 왔잖아."

이제 와서 다 무슨 소용이냐고 물었다. 이렇게 벌써 한참을 살아왔는데.

"보상을 해주고 싶어."

보상은 무슨 보상. 카페라도 하나 차려주면 모를까.

"바로 그거야. 너한테 알려주고 싶은 비밀이 있어. 귀를 가까이 대봐."

귀에게 귀를 마주 대는 느낌은 상당히 묘했다. 만나서는 안 될 두 물질이 불안정한 공간에서 결합하는 기분이었다. 이물감은 곧 짜릿함으로 변했다. 우회 상장을 목전에 둔 회사의 신주인수권부사채 매입 기회. 말로만 듣던 작전 세력의 구체적인 동향이었다. 물론 나도 바보는 아니라서 의심이란 걸 해보지 않을 만큼 순진하지는 않았다. 너는 어떻게 이런 정보를 얻은 건데?

"나는 귀잖아. 들은 거야."

귀가 말하잖아. 들었다고. 거기서 더 이상 무슨 말이 필요할까. 그런데 왜 하필 나야? 눈은 뭐 하는데?

"걔는 경매 다녀. 땅을 잘 봐."

아, 그렇겠네. 잘 보겠네. 모든 게 명쾌해졌다.

나는 곧 카페 사장님이 될 것이다.

부자가 되는 거다.

살다 보면 이런 일이 생기기도 하는 것이다.

적금을 깨고 은행 대출을 끌어모으고 카드론을 합하니 대략 6천만 원 정도가 마련됐다. 투룸 전세로 살고 있던 반지하 방을 빼 전세금을 합치니 딱 1억이었다. 당장에 지낼 곳이 없어서 본가에 들어갔다. 부모님이 기뻐하셨다. 일 년에 한 번이나 얼굴 볼까 말까 한 자식이 집에 들어와 있으니 옛날 생각도 나고, 괜한 걱정이 들지 않아 너무 좋다고 했다. 하지만 엄마 나는 지금 1억을…… 그 이야기는 차마 하지 못했다. 왜냐하면 1억…… 그것은…… 아마도 내 영혼의 무게와 비슷하다고 할 법한 액수였기 때문이다. 내 전부를 귀에게 맡긴 셈이었다. 다행히 귀는 잘 들어줬다. 다정했고 상냥했다. 귀와 자주 만나면서 내가 그동안 얼마나 외롭게 지냈는지 깨달았다. 내 이야기를 마음 놓고 털어놓는 게 거의 처음인 것 같았다. 나는 홀로 주문진에 갔을 때 목격한 충격적인 장면을 귀에게 이야기했다. 축대 보수공사가 한창이었는데 내가 지내던 게스트하우스 바로 앞이 현장이었다. 하루 이틀 정도 시멘트를 고르게 펴 바르는 듯하더니 흙손을 든 사람이 사다리차를 타고 축대 위쪽으로 올라갔다. 그는 아직 단단해지지 않은 시멘트에 바위 모양을 새겨넣기 시작했다. 불규칙한 듯 규칙적인 곡선이 시멘트 위를 가로지르기 시작했고 구획된 바위 모양 안에는 질감을 표현하려는 듯 스크래치 무늬를 그려넣었다. 이제까지 갖고 있던 축대에 대한 믿음이 산산조각 나는 기분이었다. 모든 축대가 바위를 그려넣은 시멘트는 아니겠지만 많은 축대가 그랬을 거라고 생각하니 아찔했다. 귀에게 말한 또 한 가지는 결명자차에 관한 것이었다. 우리 집은 생수 대신 결명자차를 끓여 먹었는데, 나는 별 의심 없이 오랫동안 그것을 '경멸자차'라고 오해했다. 집에 대해 생각할 때 마음에 드는 것은 경멸자차뿐이었다. 생활 속에 배어 있는 원한 같은 것이 우리 집의 가풍이라고 생각하면 어쩐지 아침을 든든히 먹은 것처럼 속이 든든했고, 밖에 나가서 이유 없이 부당한 처사를 당할 때에도 상대방을 주저 없이 경멸할 수 있었다. 그러다 우연히 마트에서 선명하게 쓰인 '결명자차' 박스를 목격했고, 나는 말할 수 없을 만큼 부끄러워졌다.

귀는 내가 들려준 이야기들에 대해 함부로 판단을 내리거나 훈계하지 않았다. 축대에 대해서도, 결명자차였던 경멸자차에 대해서도 마찬가지였다. 귀는 내게 때론 형 같고, 일단 1억을 맡겼으니 형이었다. 형, 형 하니 귀는 질색을 했다.

"형은 무슨 형이야. 나는 넌데."

그 말이 좋았다.

"언제 한번 눈 보러 가자. 이번에 연천에서 물건 하나 제대로 잡았대. 폐교를 낀 땅이라나 봐. 투자받아서 호텔 올릴 거라는데."

좋아. 좋지. 근데 형. 그 회사 합병은 언제 진행되는 거야? 맨날 기사 검색해봐도 나오는 게 없는데.

"조금만 기다려. 물밑에서 엄청 바쁘게 움직이고 있다나 봐. 설마 내가 내 돈 떼어먹겠니. 형 믿지?"

귀는 돈 이야기를 할 때는 형이라는 말이 어색하지 않은 것처럼 보였다. 다른 건 다 괜찮았는데 부모님이랑 같이 지내는 게 불편했다. 돌이켜보면 내게서 뭔가가 떨어져나간 뒤로 많은 게 변했는데, 부모님과의 관계도 그중 하나였다. 두 분은 변함없이 나를 지지하고 아껴줬지만, 나는 어쩐지 지지받는 그 기분이 싫었다. 나에 대해 아무것도 모르는 사람이 자꾸만 아는 척하는 것 같았다. 마침 성규네 집에 빈자리가 있다는 소식을 들었다. 성규는 스타벅스 입사 동기였는데 일하는 동안 내가 사귄 유일한 친구였다. 서로를 깊게 이해하는 종류의 친구는 아니었고, 언제나 일정한 거리감을 유지하는 느낌이 편해서 친해질 수 있었다. 성규는 재수할 때 잠시 했던 리니지에 다시 손을 댄 뒤 스타벅스도 그만둔 채 폐인처럼 지내고 있었다. 나는 간단한 짐을 꾸려 성규네로 들어갔다. 내가 떠나는 날 엄마는 울면서 내게 말했다.

"너는 어쩐지 내 자식 같지가 않아. 오래 봤어도 남 같아."

미안하다는 말이 입에서 떨어지지 않았다. 나는 말주변이 없는 편이었다. 입이 떨어져나갔으니 그럴 만도 했다.

성규는 비 오는 날이면 오징어볶음을 해 먹어야 한다고 생각하는 사람이었다. 대출 이자를 갚고 최소한의 생활비를 쓰고 성규에게 집세 조로 이십만 원을 주고 나면 수중에 남는 돈이 별로 없었다. 그래도 내게는 희망이라는 게 있었다. 조금만 기다리면 부자가 된다. 카페를 세 개 차려서 두 개는 오토로 돌리는 거다. 비 오는 날이면 성규는 청양고추를 많이 넣은 오징어볶음을 했다. 가끔 귀가 와서 같이 밤새 술을 마셨다. 성규에게는 귀를 사촌 형이라고 소개했다.

우리는 꽤 죽이 잘 맞는 술친구였다. 다들 취할 정도로 마시는 걸 좋아하지 않았지만, 취하기 전까지는 술을 멈추지 않았다. 나를 뺀 두 사람은 담배를 피웠고 두 사람이 담배를 피우러 나가면 나는 성규의 사진첩을 구경했다. 성규의 아버지는 오징어잡이 배의 선장이었다. 선주가 따로 있긴 했지만 벌이가 괜찮다고 했다. 조류가 해마다 바뀌어 어획량이 들쭉날쭉했지만 먹고사는 데는 지장이 없었다. 성규가 일을 때려치우고 한량처럼 지내는 데는 믿는 구석이 있던 셈이었다.

사진첩 속 성규는 오징어 배 위에서 두 손을 들어 브이 자를 그리고 있었는데 집어등이 너무 환해 사진이 죄다 역광이었다. 아버지와 나란히 서 있는 성규의 얼굴은 검고 흐릿했다. 귀와 성규는 담배를 몇 번 피우는 사이 꽤나 신뢰를 쌓은 듯했다. 귀의 투자정보는 얼마 지나지 않아 성규의 귀에 닿았다.

"너는, 자식이, 좋은 거 혼자서 다 해 먹으려고."

그런 게 아니라고, 투자정보는 부모 자식 간에도 함부로 흘리는 게 아니잖아.

“그럼 너랑 형은 뭔데.”

그건 나랑 나지. 하지만 그렇게 말할 수는 없었다.

“나도 간다. 니네 형만 믿는다.”

성규 너 돈 있어? 이거 일이백 넣어서 쇼부 안 나.

“그러잖아도 아버지가 이번에 배 산다고 알아보고 있거든. 선주 안 하고 선장 좀 더 해도 먹고살 만해. 그 돈 가져다 박아서 이왕 사는 배 크고 좋은 거로 사드려야지.”

그게 네 돈이니. 사드리긴 뭘 사드려. 말은 그렇게 했지만 기분이 나쁘지 않았다. 우리는 한배를 탄 거다. 성규의 오징어볶음은 밥에 먹어도 맛있었고 안주로도 기가 막혔다. 그날 우리는 처음으로 모두의 필름이 끊길 때까지 술을 퍼마셨다.

그해 겨울은 눈이 유난히 많이 내렸다. 성규는 눈이 오는 날에도 온몸을 옷으로 칭칭 감아 매고 시장에 나가 오징어를 사 왔다. 자꾸 내리는 눈 탓에 오징어볶음이 물리기 시작했다. 성규도 마찬가지였는지 식탁 위에 오징어찌개가 나오는 날이 잦아졌다. 고추장을 풀어 간 마늘을 잔뜩 넣고 대충 간을 맞춘 찌개에 햇반을 데워 먹었다. 전기밥솥이 있었지만 잘 쓰지 않았다. 2인분을 계량하기 까다롭다는 이유였다. 남은 밥을 냉동고에 넣어두었다가 전자레인지에 돌려 오징어볶음 남은 국물에 비벼 먹으면 괜찮을 텐데 하는 생각을 하기도 했다. 하지만 살림은 대체로 성규의 몫이었기 때문에 별다른 이의를 제기하지 않았다.

성규의 아버지로부터 채근이 이어졌다. 집에서 전화가 오면 성규는 자기 방에 들어가 전화를 받았는데, 얇은 문 너머로 무슨 이야기를 하는지 다 들렸다. "아부지, 조금만. 조금만 기다려요. 걱정하지 말아요" 하는 말로 전화를 끊곤 하던 성규는 아무리 집에서 전화가 와도 나나 귀를 탓하지 않았다. 하지만 성규의 잦은 한숨 소리가 나를 괴롭게 하는 건 어쩔 수 없었고, 나는 추궁당한 적도 없이 먼저 미안하다고 사과를 했다.

"아니야 괜찮아. 나는 그냥 숨을 크게 쉬는 것뿐이야."

성규는 내가 미안해하는 것에 미안함을 느끼는 것 같았고 그 뒤로는 한숨 소리가 잦아들었다. 퇴근하고 집에 돌아오면 하루 종일 환기를 시키지 않아 무겁게 가라앉은 공기를 밖으로 내몰려고 창문을 열었다. 날이 추워 그마저도 오래 열어놓지는 못했다.

겨울은 길었고, 너무 자주 내리던 눈 탓에 오징어볶음을 먹어야 하는 성규와 외출하기 싫은 성규 사이에서 성규는 오래 갈등했다. 결국 성규는 인터넷으로 냉동 오징어 한 박스를 시켰다. 그러고는 가끔 뜨거운 물을 받아 몸을 지지는 데 쓰던 커다란 고무 다라이를 꺼냈다. 거기에 찬물을 가득 받고 냉동 오징어를 통째로 던져넣었다.

"해동 다 될 때까지 절대 화장실 문을 열지 마. 절대로."

성규의 단호한 목소리에 섞여 있는 불안이 살얼음 위에 던져진 돌멩이처럼 위태롭게 느껴졌다. 나는 이유를 묻지 않고 고개를 끄덕였다. 하지만 전날 먹은 마라샹궈가 문제였다. 어렸을 때부터 장이 약했던 나는 마라샹궈를 먹고 나면 가차 없이 들이부은 향신료의 영향으로 다음날 화장실을 쉴 새 없이 들락거려야 했는데, 그걸 알면 마라샹궈를 먹지 말아야 할 텐데, 한 숟갈 뜨는 순간 입술이 얼얼하게 마비되는 그 감각에 중독돼 마라를 포기할 수 없었고, 성규의 냉동 오징어가 도착하기 전날에도, 역시, 퇴근 후에 만난 귀와 함께 향한 곳은 집 근처의 마라탕 집이었다. 배가 꾸르륵거리기 시작했을 때 성규는 오징어볶음에 넣을 대파를 사야 한다며 외출한 상태였고, 성규에게 대파는 외출하기 싫은 성규를 끝끝내 이겨낼 만큼 중요한 식재료인 모양이었다. 화장실 문은 잠겨 있었지만, 문 옆 작은 구멍에 이쑤시개를 꽂으면 쉽게 열 수 있었다. 성규가 나간 지 얼마 되지 않았기 때문에 나는 빠른 시간 안에 볼일을 끝마칠 자신이 있었고, 그렇게 화장실 문을 활짝 열었을 때 나는 보고 말았다. 고무 다라이에는 시커멓게 변한 물이 찰랑거리고 있었다. 한 무리의 오징어 떼가 머리를 빼죽빼죽 내밀며 거품을 뿜어냈다.

"누구나 비밀 한 가지쯤은 가지고 살아가는 거지."

언제 돌아왔는지 성규는 현관문에 기대어 비스듬히 서 있었다. 성규야 아니, 그게 아니라, 내가 화장실이 너무 급해서…… 어제 마라…….

"나는 오징어야. 삼십오 년 전 우리 아버지가 독도 연안에서 잡아 올려 이제까지 키워 주셨지."

응? 그건…… 너무 갑작스럽잖아. 네가…… 네가 오징어라니…… 나는 당황해서 말을 더듬었다. 성규는 한껏 목을 긁더니 가래를 모아 나를 향해 뱉었다. 발치에 떨어진 건 거품 섞인 끈적한 검은 액체였다.

"이제 내 비밀을 알았으니 너도 네 것을 털어놔야 해."

우리 형은 사실 내 귀야.

"귀라고?"

응. 귀.

"그래…… 알았다."

다음날 아침, 들어올 때보다 조금 많아진 짐을 챙겨 성규의 집에서 나왔다.

귀에게 연락이 왔다. 투자한 회사에 볼일이 있어서 들어가는데, 같이 가겠느냐는 거였다. 마다할 이유가 없었다. 내 영혼의 전부가 거기 들어 있는데, 영혼이 잘 지내고 있는지 확인하러 가는 건 마땅한 의무이기도 했다. 반차를 내고 일찌감치 스타벅스를 나왔다. 사무실은 테헤란로에 있다고 했다. 선릉역 4번 출구에서 귀를 만나 일단 근처 파스쿠찌로 갔다. 커피라면 지긋지긋해서 캐모마일 티를 시켰다. 은은한 향에 취해 머리가 어찔했다. 성규 이야기를 해줄까 하다가 그만뒀다. 누군가가 실은 오징어였다는 사실은 함부로 전하면 안 되는 일 같았다. 귀와 함께 물가 얘기도 하고, 나라 걱정도 하다 보니 어느새 한 시간이 흘렀다. 저기, 사무실에는 언제 가는 거야? 귀는 내 질문을 못 들은 척했다. 그러더니 한참 딴청을 피우다가, 결심한 듯 입을 열었다.

"잘 들어. 네 돈은 이제 없어."

응?

"내가 좀 썼어."

뭐라고?

"인터넷으로 사다리 좀 탔는데 복구가 안 돼서…… 한 방에 녹았어."

처음부터 이럴 생각이었던 거야?

"야, 설마 내가 내 뒤통수치겠냐. 진짜 내가, 그러려던 건 아닌데."

나만 문제가 아니잖아. 성규는 어쩔 거야.

"그러게."

그러게? 지금 장난해? 남 말하듯이 그럴 거야? 내 목소리가 높아지자 주변 손님들이 우리 테이블을 힐끔거렸다. 또 한 번 그 때의 그 기분을 느끼고 있었다. 내 몸에서 무언가가 떨어져나가는 듯 한…… 이번에는 영혼이었다. 내 영혼이 갈가리 찢겨나가고 있었다. 의외로 화가 나진 않았다. 왠지 모르게 익숙한 기분이었고, 나락으로 떨어졌지만 바닥에 푹신한 매트리스가 깔려 있어서, 생각보다 나쁘지 않은? 어쩌면 나는 처음부터 알고 있었던 거야. 망하고 싶어서 귀를 만나 돈을 건넸고, 잃을 게 뻔한 게임에 베팅을 한 거다.

"눈한테 가자."

지금?

"그래. 걔라면 무슨 수가 있을 거야. 땅도 땅이지만 현금도 꽤 있을 거고."

귀의 차에 올라 연천으로 향했다. 도로는 한산하고 넓었다. 국도에 들어서자 이내 길이 좁아졌다. 구불구불한 농로를 지나 시멘트 포장길을 따라갔다. 주위를 둘러보면 논과 산뿐이었다. 멀리 보이던 해가 어느새 자취를 감추고 먼 하늘에 붉은 흔적만 남았다. 곧 사위가 어두워졌다. 쌍라이트를 켜고 풀숲을 해치며 나아갈수록 내비게이션의 목적지 거리가 서서히 짧아지는 게 보였다. 돈 같은 건 금세 잊어버리고 눈을 만날 생각에 조금 설레기 시작했다.

도착한 곳은 어느 폐교 앞이었다. 귀가 클랙슨을 몇 번 빵빵거리자 랜턴 불빛이 우리를 향했다. 철문에 감겨 있던 쇠사슬을 천천히 풀어내는 사람은 오지 다큐멘터리 프로그램에 등장하는 자연인처럼 머리가 부숭부숭하고 수염을 잔뜩 기르고 있었다. 자세히 보니 전부 눈썹이었다. 그렇게 눈을 만났다. 나의 일부. 언젠가 나에게서 떨어져나간 내 자신.

빈 건물 앞에 차를 대고 눈이 지내고 있다는 컨테이너 박스로 갔다. 겉에서 볼 때는 녹이 잔뜩 슬어 볼품없었지만 안에는 제법 갖추고 있어야 할 것이 다 있었다. 전기밥솥이며 커피포트, 심지어는 토스트 오븐까지. 싱크대에는 먹다 남은 김치찌개를 담아 놓은 뚝배기가 한 방울씩 떨어지는 밸브의 물방울을 받아내고 있었다. 눈은 오랫동안 그렇게 혼자 지낸 것 같았다. 심드렁하게 귀의 이야기를 듣던 눈이 나를 유심히 보기 시작했고, 눈이 마주친 순간 나는 몸이 굳어버릴 듯 긴장했다.

"그런데 여기 너무 외진 거 아니야? 누가 여기에 호텔을 올려."

"안 올리지."

"그런데 왜 샀어 이 땅을."

"다들 말렸어. 낙찰받지 말라고."

"그래 그 말을 들었어야지."

"나는 남의 말 안 들어."

그래. 눈은 안 듣지. 귀가 들어야 되는데. 우리 이렇게 떨어져 있구나. 콧잔등이 매웠다. 이렇게라도 만나서 반가워. 반갑다. 나는 눈에게 악수를 청했고, 손을 잡는 순간 어딘지 아쉬워 그를 당겨 끌어안았다. 눈물 콧물을 줄줄 흘리며 엉엉 우는 내 등을 눈이 여러 번 두드려줬다. 마음이 진정되는 데 조금 시간이 필요했다. 우리는 둘러앉아 이야기를 시작했다.

"그래서, 1억이 필요하다는 거지."

"당장 필요한 건 아니지만, 어쨌든 채워야 할 돈이 그 정도지."

1억이 다가 아니잖아. 성규 돈도 생각해야지.

"그래. 1억으로는 부족해. 나도 개인적으로 복구해야 될 게 좀 있고.”

“3억 정도면 되겠어?”

“충분하지. 여력이 돼?”

눈은 느리게 몸을 돌리더니 손으로 어딘가를 가리켰다. 컨테이너 구석에 놓인 낡은 캐비닛이었다. 귀가 일어나 캐비닛으로 다가갔다. 잠겨 있지도 않았다. 활짝 열린 문 뒤로 현금다발이 쌓여 있었다.

“3억 챙겨서 가져가.”

저게 다 어디서 났어? 너 완전 부자네. 이 많은 돈을 이렇게 허술하게 둬도 되는 거야? 도둑이라도 들면 어쩌려고 그래?

“걱정해서 뭘 해. 손이 지금 쓰고 있는 건데.”

손?

“3억이라고 쓰면 3억이 나오고 연천이라고 쓰면 너희는 연천에 오는 거야. 폐교 앞마당엔 잡초가 가득해야겠지. 너희가 타고 온 차는 엔진이 식어가고 있을 거고. 우리는 조금 있다 폐교 앞에 외롭게 서 있는 이승복 어린이 동상에 갈 거야. 손이 그렇게 쓸 거거든.”

당황한 내 표정을 보고 귀가 피식 웃으며 얼굴을 만지작거렸다.

“너무 빨리 말해버리는 거 아니야? 이래서는 긴장감이 하나도 없잖아.”

“아무렴 어때. 이제 다 끝나가는데. 나가자. 입을 만나러 가야지.”

귀와 눈이 일어나 컨테이너를 나섰다. 하늘에서 하얀 눈이 쏟아져 내리고 있었다. 귀와 내가 타고 온 차의 앞 유리에 한가득 쌓인 눈이 바람에 날려 가루처럼 흩어졌다. 나는 조금 어지러운 기분을 느끼며 둘을 따라갔다. 무슨 일이 벌어지는지 알 수가 없었다. 손이 쓰고 있는 거라고? 손은 어디 있는데? 귀는 내 말을 듣지 않았고 눈은 나를 보지 않았다. 구령대 옆에 눈이 말했던 것처럼 용감한 소년 이승복의 동상이 서 있었다. 오래 풍화를 겪어 눈코입이 마모된 동상에는 입만 간신히 제 모양을 유지하고 있었다.

"내가 이 땅을 산 이유야. 여기 네 입이 있거든."

나는 외로워 보이는 동상 앞으로 가 무뎌진 입을 손끝으로 만졌다. 내 입 주변에 따듯한 것이 느껴졌다. 그리고 천천히 입을 열었다. 계속 말해왔지만 처음으로 입을 떼는 기분이었다.

"이게…… 내 입이구나."

"그래."

"나는…… 이렇게 말하고."

"응."

"손이…… 이렇게 썼어."

곁에 있던 눈과 귀는 어디로 사라졌는지 보이지 않았다. 속눈썹에 걸려 녹은 눈송이가 시야를 흐리게 했다. 손은 계속 쓰고 있고, 문득 시계를 보니 자정을 지나고 있다. 나는 손에게 묻고 싶었다. 왜 그랬는지. 왜 그래야만 했는지. 하지만 손은 그것에 대해 쓰지 않을 생각이다. 그냥 그런 일이 일어나기도 하는 것이다. 그러다가 이렇게 잃어버린 것들을 한 번에 되찾는 일이 생기도 하는 것이다. 나는 갑자기 외로워졌다. 내게서 무언가가 떨어져나갔을 때만큼이나 허전했다. 곁에 있던 귀와 눈이 보고 싶어졌다. 하지만 다시 만날 수 없을 것 같은 기분이 들었다. 이제 손은 곧 마침표를 찍는다. 상관없잖아? 잃어버린 돈을 전부 찾았으니까. 영혼은 안전해. 그런데 혹시 그거 아니. 이 이야기가 끝나고 가장 슬픈 사람은 네가 아니라는 걸.

"잠깐, 잠깐만 기다려봐. 나랑 얘기 좀 해."

아니.

이 소설은 이렇게 끝나는 거야. ■

박강산

2018년 《삶이 보이는 창》에 〈차돌부즈〉를 발표하며 작품활동을 시작했다.

이태리 락카

박강산
小說家

입소할 때 사회복지사가 건네준 그 지랄맞은 스프레이 락카는 내다버려. 색감이 더러운 건 둘째치더라도 그 제품은 불이 잘 안 붙거든. 그렇다고 센터 주변에 눈에 띄게 던져놓지는 말고, 마산항 쪽에 철물점 하나 있으니까 거기서 돈 좀 받고 대충 넘겨버려.

더 좋은 방법은 그걸 이태리제 락카로 바꾸는 거지. 시내로 나가면 오백 원 더 비싸게 팔 수 있거든. 이 방법까지도 마음에 들지 않으면 일단은 그냥 모아놔. 나중에 나랑 요긴하게 쓸 데가 있을 테니 말이야. 아마 처음 몇 주간은 적응도 안 되고 골 때릴 텐데 그래도 참아. 놀고먹기에 여기 붙어 있는 것만큼 편한 방법은 없으니까. 콧수염 징그럽게 기른 센터장 말은 거의 다 개뺑이지만, 딱 하나 맞는 게 있긴 해.

여가 핵교보다는 낫다이가.

물론 가끔은 이게 뭔 짓거린가 싶은 것들도 불만 없이 해내야 할 거야. 이를테면 이런 편지 쪼가리를 매달 쓰는 것처럼 말이야. 우리 중등부 청소년 센터장님께서는 이런 게 교화에 도움이 된다고 생각하시지. 기껏 해봐야 몇 달 먼저 입소한 놈이 뒤에 들어온 놈한테 헛소리 조금 하는 게 단데 말이야.

나도 지난 몇 달간은 센터장한테 점수 좀 따보려고 바르고 고운 말만 편지에 썼거든? 근데 대충 돌아가는 꼬라지 보니까 편지 내용을 검사하는 것도 아니고, 편지 받은 놈한테 따로 물어보는 것도 아니더라고. 그래서 아예 안 쓰려다가 너한테 개인적으로 부탁할 게 생겨서 진짜 도움될 것만 추려서 써줄 테니까 머리에 잘 새겨놔. 보답은 꼭 하도록 해. 그래도 조금 불안하니까, 니가 편지 한 통 더 써. 무슨 말인지 알아? 내가 쓴 것처럼 해서 예쁜 말로 포장된 편지 한 편 더 써놓으라고. 이왕이면 좀 친해 보이게 말이야. 참고하라고 이것저것 말해줄 테니 니가 알아서 잘 섞어서 써.

니가 받은 스프레이 색깔은 뭐냐. 나는 검정이었는데 이게 아주 지랄맞았지. 반년 전 여름에, 그러니까 내가 입소하기 직전에 얼굴이 좀 탔거든. 보통 입소 동기끼리는 친해지기 전까지 처음 받은 락카색으로 서로를 불러. 뭐 대충. 야, 껌정. 어이, 초록. 이런 거지. 처음엔 그런 줄도 모르고 나보고 껌정이라고 부르는 새끼한테 냅다 덤벼들었는데, 넌 그러지 않는 게 좋을 거야. 여기 애들 대부분 한따까리하거든.

여간해서는 동기끼리 별명 겹칠 일은 없어. 센터에서는 한 사람한테 한 색깔만 주니까 말이야. 그렇게 하면 우리들이 옹기종기 모여 각자의 색을 합해 멋진 작품을 만들 거라고 생각한 모양이야. 센터장은 매주 금요일마다 락카를 나눠주고는 마산항으로 아홉 명이나 되는 남자애들을 데리고 가. (이제 너까지 열 명이지.) 특별한 사정이 없는 한 빠질 수 없는 활동이니까 그냥 포기하고 다녀오는 게 좋을 거야.

그렇게 다 같이 배를 타고 돝섬으로 가게 돼. 거긴 원래 유원지로 운영되던 섬이라서 온갖 놀거리가 다 있었어. 관람차, 하늘 자전거, 심지어 옛날에는 동물원도 있었다지. 그러다 태풍 매미에 다 휩쓸려가고 완전히 손 놓은 섬이 된 거야. 근데 최근에 센터장이 소문을 하나 들은 모양이야. 돝섬에 다리가 놓인다나. 그렇게 되면 몇 년 뒤엔 개발 들어갈 거고, 결국 어차피 다 부수고 새로 세울 섬 동네니까 애들이 벽에다 뭔 짓을 해도 괜찮다, 뭐 이런 생각을 센터장은 한 모양이야. 포장하기 따라서 청소년 문화 활동이라는 타이틀도 붙일 수 있고 말이지. (센터 사무실 벽면에 시커먼 남자애들 대여섯이 락카 하나씩 쥐고 어색하게 웃고 있는 사진이 있으니 찾아보도록 해. 그게 앞으로 니 팔자니까.)

배 난간 붙잡고서 십오 분 정도 멀미를 버티다 보면 돝섬 부둣가가 보여. 조그만 항구에 어선 몇 척이 정박해 있고, 부서진 횟집 간판이 여기저기 널브러져 있지. 관광객 유치에 실패한 후로는 섬을 관리하는 사람도 따로 없어. 식물원이 있던 자리에서부터 풀이 무지막지하게 자라나는데, 특히 포도 덩굴이 섬 가운데 놓인 축구장의 외벽을 타고 기어오르면 바다 건너편에서도 눈에 띄어. 마른 덩굴이 둥근 외벽을 감싸 안으면 축구장은 유난히 돌출된 붉은 바위쯤으로 보여서 꼭 섬의 일부분처럼 느껴지곤 해.

센터장은 돝섬에 애들을 갖다놓고서 다시 배를 타고 마산항으로 돌아가. 해가 다 질 때쯤에야 우리를 데리러 오는 걸 봐서는 항구에서 이것저것 재미를 보는 게 분명해. 센터장은 친한 어부한테 기름값만 주고 이 짓거리를 삼 개월째 반복하고 있고. 사실 그것도 분명 지원금이 따로 나올 텐데 누가 중간에서 해처먹는 거 같아.

배에서 내려 옹기종기 모이는 거까지는 센터장 기대에 부합하는데 말이야, 작품을 만들지는 않아. 검은 갯강구한테 락카를 뿌려대며 시간 죽이고, 노가리 까는 게 대부분이지. 그게 지겨워지면 대가리 제일 큰 놈이 락카를 쫙 수거해가서 팔아치우고, 그 돈으로 담배를 왕창 사. 그리고 돌섬 중간에 있는 버려진 공설 축구장에서 내기 게임을 해. 근데 니가 축구를 잘했던가?

잘하기를 바랄게. 이 게임이 우리 센터에서는 아주 중요하거든. 내기에 이긴 쪽한테 담배를 몰빵하기 때문에 몸집이 좀 작아도 축구 실력 하나만 있으면 애들한테 잘 먹혀. 지난주에는 내가 한 골 넣은 덕에 우리팀이 말보로 레드를 독차지했지.

시벌, 뺄건 63빌딩이네.

동기 중에 노란 놈이 내가 만든 말보로 레드 담뱃갑 더미를 보고서 그렇게 말했지. 축구장 외벽에 한 면이 기대도록 5층짜리 탑을 쌓았거든. 그게 작품이라면 작품이기는 했어. 근데 노란 놈은 마산을 벗어나 본적이 없어서 63빌딩은 구경도 못 해봤다고 하더라고.

센터장한테는 말하지 않았지만 축구장에선 락카 스프레이를 제 용도에 맞게 쓰기도 해. 누가 사람 나체를 더 잘 그리느냐로 꿀밤 내기를 하지. 그럴 때는 내 검정색 락카가 필수야. 사람 몸에는 털이 있으니까. 노란 놈은 거기를 얼마나 들락거렸는지 그림 솜씨가 날로 늘었지. 여하튼 동기끼리는 그런 짓거리나 주고받으면서 친해지면 돼. 이러나저러나 처음 친해진 놈들끼리 끝까지 가니까(그래봐야 육 개월이지만) 괜히 서로 재면서 힘 빼지마. 그렇지 않아도 살다 보면 힘 뺄 일 많다고, 우리 아버지가 그러더라고.

니가 지내게 될 방엔 2층 침대가 좌우에 놓여 있고 침대 발치에 창문이 있어. 그 아래에는 기다란 책상이 하나 있는데 공간이 비좁아서 평소에는 복도에 내놓고 지내. 참고로 같은 방을 쓰게 될 초록 놈은 예전에 본드를 빤 적이 있어서 그런지 밤마다 이상한 짓거리를 해. 철제로 된 침대 난간을 손가락으로 두드리는 거야. 아주 불안정한 리듬으로, 딱딱딱딱. 참다못한 니가 위쪽으로 고개를 내밀고 씹새야 그만 좀 해, 하고 소리쳐도 멈추는 건 잠시뿐. 조금 있으면 다시 딱딱 딱딱. 그거 막을 방법은 없으니까 그냥 포기하고 귀 틀어막고 눈 감고 자도록 해. 밤에 추우면 배급용 파카를 입으면 되는데 주머니가 작아서 손이 잘 안 들어가니까 주머니 속을 커터칼로 휘저어서 공간을 넓혀놓도록 해.

하여간 말이지. 더럽게 심심할 거야. 돈은 부족할 거고, 시간은 많은데, 멀리 가지는 못해. 어지간해서는 센터에 죽치고 있는 게 안전빵이기는 한데, 그래도 영 못 배기겠으면 마산항으로 가. 정박한 배 옆에서 흐느적거리고 있으면 머리털 배배 꼬인 아줌마 한 명이 와서 말 걸 거야. 얼레리꼴레리? 하고, 너는 그냥 고개만 끄덕이면 돼. 그 아줌마 상대하는 일은 아니니까 너무 걱정하지는 말고. 어부 상대로 일하는 젊은 누나들한테 널 데려다줄 거야. 우리는 그냥 거기를 '거기'라고 불러. 그러는 게 편하거든. 들키지도 않고.

누운 채로 누나한테 다 맡겨. 가끔 말 시키면 대답 정도는 해드리고. 그러고는 누나한테 받은 용돈으로 놀고먹으면 돼. 우리 센터랑 거기가 그거인 거지. 자매결연. 내가 전에 다니던 중학교에서는 미국 어디 주립대학이랑 그거였는데 우리는 그쪽들보다 훨씬 더 돈독한 사이지. 노란 놈은 그걸 근친상간이라고 표현하는데, 난 그건 별로야. 누나가 내 위에 있을 때 그 단어를 떠올렸는데 꼬추가 쪼그들더라고. 큰일이라고 생각했지. 그러면 돈을 적게 받으니까 말이야.

특히 겨울엔 거기가 센터보다 백 배 나아. 일단 돈 오고가는 업소니까 보일러가 빵빵하거든. 그리고 거기서 센터장을 보더라도 그냥 모른 체하고 돌아와. 아마 그쪽에서도 그럴 테니까. 아니면 지난달에 나한테 했던 말을 너한테 할 수도 있겠지.

요즘 좀 춥지?

베개에 납작 눌린 콧수염을 움직이면서, 어울리지도 않는 서울 말씨로 말이야.

버스 타고 마산항 반대편으로 빠져나가서 시내에서 놀아도 돼. 상남동이라는 곳인데 거기까지 가는 건 센터에서도 눈감아주거든. 상남동에서 일하는 삐끼 중에 우리 센터 출신도 많으니까 걔네한테 잘 비비면 재미 좀 볼걸? 니 동갑내기로 보이는 애한테 가서 나는 빨강이야, 뭐 대충 이렇게 말하면 알아먹을 거야.

사실 뭔 짓을 해도, 그러니까 온갖 별짓거리를 다 해도 결국은 다시 더럽게 심심해질 거야. 육 개월은 생각보다 긴 시간이거든. 너는 소년원 안 간 걸 다행이라고 생각하고 있겠지만, 여긴 보호시설 중에서도 유독 낙후된 곳이어서 시간 죽이는 게 일이고, 곧 벌이야. 너무 답답해서 차라리 사고 한 번 더 쳐버릴까 싶은 순간까지도 오지. 그럴 땐 마산항 구석 판잣집이 몰려 있는 곳으로 가. 사면을 골판지로 대충 둘러싼 포장마차가 하나 보일 거야. 얇은 슬레이트를 지붕 삼아 얹어 놓은 허술한 가게지. 가게에 발을 들일 땐 조심하도록 해. 언제 세탁했을지 모를 주황색 천막이 얼굴에 닿으면 서늘한 느낌이 드는데 그 기분이 아주 역하거든. 원래는 천막 없이 뻥 뚫려 있는 포장마차 구조였는데 겨울이라 임시로 입구를 만들어놓은 모양이야. 없느니 못하다는 게, 딱 그 꼴이지.

가게 안에는 노인네 한 명만 우두커니 앉아 있을 거야. 검은색 비니를 눈썹까지 내려쓰고, 무릎까지 내려오는 녹색 코트를 두르고 있겠지. 덩치는 곰만 한데 턱선이 날렵하고 얄팍한 입술을 가져서 약삭빠른 인상을 가졌어. 그 할배에 관해선 소문만 무성해. 센터장 말로는 원래 있던 요양원이 문을 닫은 시점부터 포장마차가 보이기 시작했다고 하는데, 그게 사실인지는 아무도 몰라. 할배는 언제나, 어린놈이 초면부터 왜 아는 척이여? 하는 듯한 표정을 짓고선 붕어빵 틀만 뒤집으며 시간을 보내고 있지. 내가 단골이 된 것도 바로 그런 점 때문이야. 손님한테 별다른 관심이 없어서 가게에 들어가건 말건 신경을 쓰지 않거든.

그 가게는 특별할 게 없어. 4구짜리 붕어빵 틀과 아직 작동한다는 게 믿기지 않을 정도로 낡아빠진 붉은색 턴테이블, 그리고 열 개 남짓한 LP판을 제외하곤 정말 아무것도. 그런데도 차를 타고 지나가는 사람들은 한 번씩 들러 포장마차를 구경하곤 해. 여유가 넘치다 못해 황폐한 기운을 내뿜는 바닷가 마을에 존재하는 유일한 볼거리랄까. 그러니 할배의 가게는 그 자체로 이 동네가 되살아나고 있지 않다는 증거인 셈이야. 그게 마을의 마스코트라니, 기도 안 찬단 말이지. 요즘 도청에선 사람들을 이 도시로 끌어모으기 위해서 안달이 났어. 돌섬을 살려보겠다고 아등바등하고 있는 게 그 증거고. 센터에 지내는 애들도 다 아는 세상의 진리를 정작 어른들은 잘 모르는 모양이야.

요즘 세상에 두 번째 기회는 없단 걸 말이지.

만약 가게가 텅 비어 있어도 당황할 필요 없어. 생각해봐. 여기서 어디를 가겠어. 연극이나 전시회는 고사하고, 할배끼리 바둑 둘 만한 공간도 없는 동네인데 말이야. 차분히 가게 왼편으로 이어진 도로를 따라가. 양옆으로 목재 건물이 듬성듬성 자리 잡고 있는 게 보일 거야. 몇몇 집의 대문은 나무판자에 못질이 돼 있어서 나 주인 없는 집이올시다, 하고 있지. 대부분의 집들이 해풍 탓에 흑맥주를 뒤집어쓴 것처럼 날로 색이 탁해지고 있는데 노란 놈이랑 나는 어느 집이 먼저 무너질 것인가를 두고 내기를 하곤 해.

바다 건너편에 해양경찰서가 보이면 길을 제대로 찾은 거야. 그 구석진 선착장에 할배가 있을 테니까. 할배에 관해선 치매환자니, 정신병자니 하는 말들이 많지만 사실 가장 적절한 표현은 바로 실속 없는 낚시꾼이란 거야. 할배는 늘 앉은뱅이 의자에 펑퍼짐한 엉덩이를 깔고 앉아선 초릿대 끝만 바라보고 있지.

한 번쯤 가까이 다가가서 이렇게 너스레를 떨어도 좋아.

조사님, 이 시간에 뭐가 잡혀요?

할배는 별다른 대답은 하지 않을 거야. 그렇지만 옆에서 애교를 계속 떨다보면 떨어지는 콩고물이 있긴 해. 가끔 건져 올리는 횟감을 초장에 듬뿍 찍어서 건네주거든. 나는 그 할배가 낚시하는 걸 어깨너머로 보고 배워서 이젠 마산 바다에서 방파제 낚시로 못 잡아 올리는 게 없어. 맛은 좋지만 너무 흔한 탓에 잡아도 별 감흥이 없는 놀래미부터, 한 마리 낚았다 하면 주변 아저씨들이 우르르 모여드는 감성돔, 눈알이 너무 초롱초롱해서 잡고 나면 미안한 볼락, 오징어의 축소형처럼 생긴 호래기. 센터 앞에서는 붕장어가 많이 잡히는데 나는 이놈들을 아주 싫어해. 한 번 걸렸다 하면 바늘에 몸을 꼬아버리는 바람에 채비를 다 버리고 완전히 갈아 끼워야 하거든. 더구나 찐득찐득한 진액을 뿜어대서 손이 엉망진창이 되지. 근데 미운털이 박힌 녀석 중 최고는 뭐니뭐니 해도 껙둑어야. 붉은색을 띤 귀여운 모습에 냅다 손을 댔다가 등에 있는 독가시에 닿아 하루 종일 얼얼했던 기억이 있거든. 그 고통이 너무 생생해서 이후로 녀석을 잡으면 냅다 방생해버려.

조언을 하나 더 해주자면 할배 입에 소주가 닿지 않도록 주의해야 한다는 거야. 술만 취했다 하면 똑같은 말을 반복하거든.

망할 FTA.

그렇게 말하고선 옛날 생각이라도 하는지 입이 댓발 나와서 가만히 눈을 감아. FTA가 뭔지는 잘 모르지만 어쨌건 할배의 입버릇 같은 거니까 그냥 넘기도록 해. 가끔 할배가 별다른 조과 없이 미더덕만 건져 올리는 바람에 분위기가 어색해질 때가 있어. 그럴 때면 노래를 틀어달라고 하는 게 좋아.

그 할배, 처음엔 슬쩍 빼는 척하겠지만 노래에는 사족을 못 쓰거든. 내가 아는 노래도 다 그 양반이 들려준 걸 외운 거야. 붕어빵 가게 한구석에는 엘튼 존, 오지 오스본, 폴 사이먼의 얼굴이 그려진 LP판이 있어. 할배 말로는 시대를 휘어잡은 가수들이라는데, 센터장은 비아냥거리기만 하지. 어린놈의 자식이 다 죽어가는 가수 노래만 찾아 듣는다고 말이야. 그중에서 내가 제일 좋아하는 건 오지 오스본의 〈Suicide Solution〉이야. 근데 컴퓨터로 듣고 싶어서 찾아보니 없더라고. 알고 보니 청소년 자살을 부추긴다는 이유로 우리나라에선 못 틀게 한 탓에 찾기 힘든 거였어. 그걸 알고 들으니까 더 마음에 들더라. 그 노래 다음으로 재생되는 건 〈Crazy Train〉인데 이것도 내가 아주 아끼는 곡이니까 꼭 들어보도록 해. 먼지 쌓인 LP판 위에 프린트된 오스본이 십자가를 손에 쥔 채 이렇게 소리 지르거든.

이 미친 열차로부터 벗어나겠어.

음반 표지에 번역된 그 문구가 마음에 들어서 수첩에도 써 놓고 다니고 있어. 가끔 나도 그런 비슷한 생각을 해. 이 미친 곳으로부터 벗어나고 싶다고. 이 낙후된 곳으로부터 달아나야 한다고.

니가 기억하는지는 모르겠지만, 이 센터 건물은 2002년에 완공돼서 꼴랑 칠 년밖에 안 된 건물이야. 외관 때문에 믿기지 않지만 말이지. 또 2층짜리 구닥다리 회색 건물인 주제에 엘리베이터도 달려 있는데 그 사정도 웃겨. 너 1층과 2층 사이에 있는 벽에 덕지덕지 붙은 간판 자국들 봤냐?

여긴 처음에는 요양원이었다가 이 년 뒤에 사회복지관이 됐다가, 다시 이 년 뒤에 청소년 센터가 된 곳이야. 벽에 있는 흔적은 그 간판들이 붙었다가 떼진 자국이지. 그래서 건물 정문에 박혀 있는 건축 비석에도 기관명이 세 개나 적혀 있는 거야. 엘리베이터는 노인 편의를 위해 만든 건데, 요즘은 아예 전원도 들어오지 않으니까 그냥 신경쓰지 마.

사실 우린 아버지랑 이 건물이 지어지고 있을 때 몇 번 같이 온 적이 있어. 요양원 건물이 뼈대만 간신히 갖추고 있을 때였는데 아버지는 위험하니까 오지 말라고 했지. 그래도 나는 끝까지 고집을 부려서 차에 올라탔어. 아버지랑 같이 일하는 인부 아저씨들이 주는 용돈이 짭짤했거든. 그때 마산에는 건물이 존나게 지어지고 있어서 인부들 몫도 두둑했던 거야. 그맘때쯤에 내가 너한테 사줬던 탑블레이드 팽이도 그 돈으로 산 거고.

2002년에는 포켓몬 딱지랑 팽이가 유행했고 마산에는 축구장이랑 복지센터가 여기저기에 세워졌지. 서울까지 출장 갔다가 돌아온 아버지 말로는 모든 지역이 다 그렇다고 하더라고. 애들은 도로에서 팽이나 딱지, 어른들은 실내에서 월드컵 재방송 시청.

사람들은 4강 신화에 감명받은 외국인들이 마산 촌구석으로도 관광하러 올 거라고 생각했나 봐. 그래서 보기 좋은 문화 시설들 몇 개를 급하게 지어다가 올린 거고. 덕분에 촌구석에서 건축업 하는 울 아버지도 수입을 조금 올렸지. 아주 초기에는 말이야. 아버지는 만족하지 않고 서울로 가려고 난리였어. 서울에서는 월드컵 인기에 힘입어서 한 해에 축구장을 다섯 개까지 짓는다는 말도 나왔다고 했으니까 말이야.

다섯 개란다. 다섯 개.

아버지는 샤워를 끝내고 나오면서 그렇게 말했어. 술기운에 얼굴이 시뻘개진 상태로. 말로는 다섯 개라고 하면서 손가락은 열 개를 다 펼쳐 보였지.

그 무렵 돌섬 건너편은 동네 전체가 포도밭이었어. 산중턱에서부터 시작된 포도 넝쿨이 방파제에 닿기 직전까지 퍼져 있어서 길이가 오십 미터쯤 됐지. 내 키만 한 쇠막대기가 산 비탈길을 따라 땅에 일정한 간격으로 박혀 있었고 포도 넝쿨은 그걸 지지대 삼아 타고 올라갔어. 인부 아저씨들은 요양원이 지어질 공간을 확보하기 위해 쇠막대기를 하나씩 뽑아냈지. 그때 너는 아저씨들 흉내를 내느라 바빴는데 제법 비슷하게 자세를 따라해 무릎을 살짝 굽히고는 양손으로 막대기를 쥐었어. 그때 나는 동생과는 다른 놀이를 해야 형다운 것이라고 생각해서 니가 하는 일에는 관심없는 척을 했지. 그러면서도 아저씨들의 작업에 매료되어서 너 몰래 몇 번 시도해봤어. 우연히 땅에 헐겁게 고정된 지지대 하나를 발견했고 너를 손짓으로 불렀던 게 기억이 나.

잘 봐라, 나는 지지대를 가리키며 말했어. 그런데 아무리 꽉 쥐고 좌우로 흔들어봐도 빠질 기미가 보이지 않는 거야. 뭐야, 니가 말했지. 형아도 꼬맹이네.

너는 인부 아저씨들이 있는 쪽으로 부리나케 달려갔어. 그때 니 팔다리가 또래보다 유독 얇아서 꼭 허수아비 같았던 게 떠올라. 나는 니 머리를 쥐어박기 위해 뒤따라 달렸는데 비탈길에서 속도가 붙자 심장도 덩달아 빠르게 뛰었어. 포도 짓무른 냄새와 바다 짠 내가 뒤섞여 코를 간지럽혔지. 나는 가려운 부위를 긁으면 그 기분 좋은 감각이 사라질까 봐 두려웠어. 그래서 인상을 쓰고 달렸는데 인부 아저씨들은 그런 내 모습에 웃고 떠들며 작업을 이어나가고는 했지.

돝섬에 가고 싶다는 생각이 내 머릿속에 자리 잡기까지는 그리 오래 걸리지 않았던 것 같아. 너도 비슷한 생각을 하는지 방파제에서 섬을 멍하니 바라봤지. 우리는 보이기만 하고 닿지는 못하는 그곳에 발을 내딛고 싶었던 거야. 그렇지만 덩치 좋은 아저씨들조차 매번 실패하고 돌아왔으니 우린 엄두도 내지 못했어. 아저씨들은 항구에서부터 헤엄쳐서 돝섬으로 향했지만 금세 포기하고 방파제에 드러누웠거든. 아버지는 내 기억에, 다른 아저씨들과는 달랐어. 햇빛에 그을려 얼굴이 거멓게 탄 건 차이가 없었지만 일하는 시간에 소주병을 끼고 다니는 타입은 아니었거든. 주머니에 대충 걸쳐놓은 장갑에는 흙이 잔뜩 묻어 있었지만 정작 손엔 굳은살 하나 없었어. 아버지는 기계 다루는 일을 했으니까 말이야.

우리가 돝섬에 가게 된 것도 그런 아버지 덕분이었어. 인부 아저씨들이 새로 들여온 자재를 정리하는 동안 아버지는 항구로 갔어. 눈치가 빨랐던 우리는 그 뒤를 졸졸 따라다녔고 같이 배에 탈 수 있었지. 배 뒤편에는 커다란 기계가 하나 있었는데 그 고철은 조종석은 따로 없고 소형 자동차만 한 몸체와 그 앞에 연결된 드릴이 전부였어. 드릴 길이만 아파트 3층 정도쯤 됐지. 나는 갑판에 서서 커다란 드릴을 가만히 바라봤어.

지질조사.

아버지는 기계의 몸체를 툭툭 치며 말했지.

지진요? 내가 묻자 옆에 서 있던 니가 피식하고 웃었고.

지질. 땅 조사.

아버지는 다시 말했어.

건물 세우기 전에 땅을 먼저 검사하는 기다. 무게를 버틸 수 있는지 없는지. 밑바닥이 야물지 몬하면 아무리 삐까뻔쩍한 건물이어도 한순간에 무너져뿌는 기야.

아버지는 가까워지는 돝섬을 바라보며 말했어. 그리고 한 달 뒤 아버지는 서울에 축구장을 두 개나 새로 지었고 적지 않은 돈을 벌었어. 문제는 남은 자재를 싸게 빼돌렸다는 거지. 그걸 가지고 돝섬에 축구장 공사를 벌였는데 그게 아주 황당하게 들통이 난 거야. 서로 다른 두 개의 경기장에 쓰인 완전히 다른 외벽 재질이었으니까, 색깔에서부터 어색하고 문제가 있는 게 티 났던 거지. 게다가 태풍으로 섬이 문을 닫아버렸으니 말 다한 거 아니겠어? 그다음은 이곳 센터에선 아주 흔해빠진 이야기. 아버지는 잠적. 첫째는 지역아동센터. 어머니는 둘째 데리고 도망.

아, 이제는 둘 다 여기. 바닷가에 놓인 6호 소년보호시설.

칠 년 만이니까 내일 만나면 좀 어색할 거야. 우습지. 처음 니가 여기로 온다는 이야기를 들었을 때는 많이 놀랐어. 열여섯, 열넷. 꼴랑 두 살 차이인데 보호자랍시고 서울에 살던 너를 여기까지 데려와 앉힐 거라고는 생각 못 했거든. 아마 어른들은 니가 친형이랑 붙어 있으면 조금이나마 편안할 거라고 생각한 모양이야. 그것도 아니면 서울에 있는 감호시설이 이미 꽉 차버렸거나.

이유가 뭐가 되었건 간에 가만 보니까 잘됐더라고. 마침 손이 하나 더 필요하던 참이었거든. 돝섬에 있는 축구장 말인데, 담배 내기 때문에 자주 가기는 하지만 나는 그 축구장을 멀찍이서 바라보기만 해도 골이 때려. 경기장 안으로 들어가서 반쪽만 깔린 잔디 위에 서면 모래로 가득한 반대편 필드가 너무 휑해 보여서 기분이 더러워져. 미완성된 건물만큼 흉측한 게 또 없잖아? 게다가 담장에 말라붙은 포도 넝쿨을 바라볼 때면 꼭 사람 혈관을 관찰하고 있는 것 같은 이상한 느낌이 들어. 느닷없이 꿈틀거려서 괜스레 내 몸까지 움찔하게 만드는 그런 핏줄 말이야. 그래서 저번에는 노란 놈이랑 같이 담배 하나 입에 물고 외벽을 발로 존나게 까봤거든? 살펴보니까 굳이 그럴 필요도 없겠더라고, 축구장 외벽에 이미 금이 가고 있거든. 재질이 다른 담장이 만나는 지점부터 금이 가기 시작해서 지금은 땅바닥에 닿는 데까지 갈라져 있어. 몇 번 더 까면 진짜 경기장 쪽으로 엎어질 거 같은 상태지.

근데 말이야. 한참 재개발 이야기 나오는 타이밍에 괜히 그런 짓거리하다가 어른들이 축구장부터 고치려 들면 골치 아프잖아. 나름 우리 아지트고, 무엇보다 나는 이 일을 반드시 내 손으로 처리하고 싶거든. 그래서 조금 여유롭게 일을 진행하기로 마음먹었어. 그러기 위해서 우선 해야 할 일은 환경미화야.

외벽에 있는 모든 걸 지워낼 거야. 정확히는 다 검게 덮을 거지. 노란 놈이 그린 나체는 물론이고, 말라비틀어진 포도 넝쿨과 담장에 새겨진 무너지는 흔적들까지 모두.

처음에는 각자 가진 락카로 금이 간 틈새를 칠했는데, 벽 재질이 다른 탓에 오히려 틈새가 더 도드라지더라고. 그런데 담배 태우다가 방법을 찾은 거야. 라이터 불에 스프레이를 뿌리는 거지. 그러면 꼭 화염방사기처럼 되거든. 그걸로 벽을 지져서 그을리게 만드는 거야. 문제가 있다면 한번 시작했으니 끝을 봐야한다는 거지. 말했잖아. 미완성된 건물만큼 흉측한 건 없다고. 담장 전체를 검게 태우지 않으면 오히려 더 더러운 상태처럼 보이니까 말이야. 누가 보기 전에 서둘러서 이 작업을 끝낼 필요가 있어. 책임지지 못할 거라면 만들지도 말아야겠지만, 이미 엎질러진 물이라면 누군가는 끝을 내야지 않겠어?

센터에서 너한테 무슨 색 락카를 줬는지는 모르겠지만 말이야. 내 계획이 마음에 들면 이걸 읽는 즉시 상남동으로 가. 가서 니 맘에 드는 색깔 하나 정해서 락카를 바꿔. 다 비슷하게 생겼으니까 주의해서 골라야 할 거야. 색깔 칙칙하고 용량 적은 청소년용 락카 말고, 아주 작은 불씨에도 딱 달라붙어서 속에 든 연료를 다 뱉어내고야 마는 이태리 락카로 말이야.

◆ 소설 속 당시 돋섬의 상황은 대면 인터뷰와 기사를 참고했으며, 그 외는 모두 허구이다.

정은우

2019년 창비신인소설상에 〈묘비 세우기〉가 선정되어 작품 활동을 시작했다.

민디

정은우
小說家

그들이 고른 곳은 독일이었다. 은선과 수산나는 영주권을 얻으려면 학위부터 받는 편이 낫겠다는 결론을 내렸다. 독일은 학비가 무료고 생활비도 저렴했다. 첫 후보지였던 영미권 국가보다 훨씬 여유롭게 살 수 있을 것 같았다. 수산나가 장학금 수혜자로 선정된 것 역시 호조라 여겼다. 은선은 떨어졌지만. 둘은 독일이 새로운 삶을 시작할 곳으로 나쁘지 않다고 믿었다.

문제는 재정 증명서였다. 계좌에 일만 유로가량 금액을 예치했다는 재정 증명서가 없으면 비자를 받기 어려웠다. 한국 돈으로 약 천오백만 원이었고 둘이니 삼천만 원인 셈이었다. 함께 저축한 돈에 은선이 받을 퇴직금까지 더해도 턱없이 모자랐다. 어느 날 수산나가 부모님에게 받았다며 통장 하나를 내밀었다. 통장에 찍힌 액수는 모든 문제를 해결하기에 충분했다. 은선은 아무것도 묻지 않았다.

은선과 수산나는 베를린의 어학원에서 그들보다 어린 한국 유학생들과 함께 독일어 자격증을 땄다. 둘은 같은 대학의 다른 학과에 나란히 합격한 후 예상보다 보증금이 싸고 학교에서 가까운 집을 구할 수 있었다. 집주인 마샤는 도움이 필요하면 언제든 내려와서 말하라고 했다. 그들은 그녀가 좋은 집주인이자 이웃이라고 믿었다.

유학생 커뮤니티의 중고 장터 덕분에 크고 작은 살림살이도 순조롭게 늘어났다. 은선은 커다란 프라이팬을 무료로 얻었고, 수산나는 드라이기를 사면서 덤으로 깍두기를 한 통 받아 왔다. 간이 정수기도 저렴한 가격에 살 수 있었다. 정수기 판매자는 고양이를 데려가면 전기장판을 반값에 넘기겠다고 제안했다. 한국으로 데려갈 생각은 없어서요.

고양이는 아직 어렸다. 은선과 수산나는 상의 끝에 고양이를 데려오기로 했다. 이름도 새로 지어주었다. 민지. 고양이는 이동장에서 나오자마자 집안 곳곳을 탐색했다. 수산나는 은선에게 배운 대로 고양이를 조심스럽게 안아 들었다.

"민지야. 이제 넌 우리 고양이야."

민지가 화답하듯 골골 소리를 냈다. 은선은 수산나를 뒤에서 끌어안았다. 수산나의 머리카락에서는 라벤더 향이 은은하게 풍겼다. 그녀는 마음이 뿌듯했다. 이제 우리 셋이 가족이네.

은선은 민디가 현관문 긁는 소리에 깨어났다. 침대 오른편은 비어 있었다. 그녀는 카디건에 팔을 꿰면서 외쳤다. 기다려, 민디. 조금이라도 꾸물거리면 민디가 큰 소리로 울어댔고, 이웃들은 기다렸다는 듯이 현관문에 항의 쪽지를 남기곤 했다. 덕분에 은선과 수산나는 근 삼 년간 독일어로 동물 학대를 얼마나 다양하게 표현할 수 있는지 톡톡히 배웠다.

문을 열자 민디가 의기양양하게 꼬리를 치켜세운 채 들어왔다. 수산나는 민디를 꼬마 신사님이라고 불렀다. 새까만 정장에 흰 양말을 차려입은 신사 같다나. 민디는 나이가 들수록 제멋대로 행동했다. 뭔가 제 맘에 들지 않으면 물건을 떨어뜨리거나 선반을 헤집어놓는 등 말썽을 피웠다. 기어이 몇 달 전 새로 산 정수기도 고장을 내버렸다.

민디는 냉장고 쪽으로 가는 은선을 보면서 귀를 날카롭게 세웠다. 제 먹이부터 챙기지 않아 못마땅한 눈치였다. 은선이 마지못해 사료 봉지부터 꺼내자 민디는 기분이 좋아졌는지 꼬리를 파르르 떨었다. 민디가 밥을 먹는 동안 은선도 호밀빵 세 장과 우유로 아침식사를 해결했다. 바나나 두 개는 수산나 몫으로 남겨두었다.

그새 식사를 마친 민디가 은선의 종아리에 몸을 비비며 애교를 부렸다. 은선은 무시했다. 민디가 들어온 지 한 시간도 안 지났는데 도로 내보내면 버릇만 더 나빠질 터였다. 그녀는 창문을 열었다. 지난밤 사람들이 거리에서 깬 술병 조각들이 햇빛에 반사되어 찬란하게 빛났다.

은선의 발치에서 민디가 낮게 으르렁댔다. 이기는 건 늘 민디였다. 은선이 문을 열어주면서 으름장을 놓았다. 일찍 와, 너무 늦으면 문 잠글 거야. 민디는 쏜살같이 계단으로 사라졌다. 은선은 문을 잠근 후 컴퓨터 앞에 앉았다. 습관처럼 메일함부터 확인하던 중 항공사로부터 온 메일을 발견했다. 반가운 소식이었다.

민지는 이틀 만에 민디로 개명했다. 동물병원 의사가 민지의 이름을 제대로 발음하지 못했고, 간호사도 한술 더 떠 예방접종 카드에 민디라고 적었다. 독일인들은 민지의 J를 이응 혹은 히읗으로 발음했고, 은선이 차선책으로 생각했던 Z 역시 치읓과 된소리 지읒 사이의 소리에 가까웠다. 수산나는 만일의 사태에 대비하려면 독일인들이 발음하기 쉬운 이름으로 바꾸는 편이 낫다고 했다.

사실 처음 겪는 일은 아니었다. 철학과 조교는 은선을 오인준이라고 호명했다. 은선의 EUN-SUN의 EU를 오이로, S와 U를 각각 지읏과 우로 읽는 독일식 발음법 때문이었다. 은선은 조교에게 영어식으로 읽어달라고 부탁했지만 거절당했다. 그녀만 특별 취급할 수는 없다는 이유였다. 수산나도 졸지에 수잔나가 되었다.

은선은 독일인들에게 맞서지 않기로 했다. 듣지도 않는 라디오 수신료를 냈고, 운전 면허증을 교환하기 위해 반년 넘게 기다렸다. 일식 레스토랑에서 아르바이트 도중 불시 검문을 맞닥뜨릴 때마다 귀찮은 내색을 감추고 응했다. 순순히 그들의 법에 따랐다. 법을 어기지 않는 이상 누구도 은선과 수산나의 관계나 미래를 두고 왈가왈부하지 않았다. 그들은 자유였다.

고국에서의 삶은 끝없는 투쟁이었다. 은선과 수산나는 서로를 사랑했다. 그 사실을 다른 사람들에게 일일이 밝히고 이해와 인정을 구걸할 필요가 없다고 여겼다. 하지만 가족들이 둘을 가만히 내버려두지 않았다. 수산나의 아버지는 딸에게 목사의 자녀답게 모범적인 기독교 가정을 꾸리라고 강요했고, 은선의 어머니는 주말마다 선 자리를 물색했다. 은선은 굴복하고 싶지 않았지만, 싸울 마음도 없었다. 수산나 역시 그럴 거라고 믿어 의심치 않았다.

독일에서 그들에게 참견하는 사람은 집주인 마샤뿐이었다. 마샤는 은선에게 대뜸 독일에서는 누구도 지나다니는 동물을 해치지 않는다고 주장하면서 고양이를 가둬놓는 건 학대라며 쏘아붙였다. 수산나는 은선에게 마샤의 초대를 받아 차를 마시러 갔을 때 현관 근처에서 조그만 사료 그릇을 봤다고 말했다. 마샤가 뭘 길렀든 은선이 알 바 아니었다.

마샤는 동물도 거주자 수에 포함된다는 명목으로 집세를 올렸다. 그녀는 세입자들에게 언제든 찾아오면 도와주겠다고 했지만, 정작 부탁한 적도 없는데 찾아와서 참견했다. 오로지 자신의 얕은 경험과 그럴싸한 계약 조문에 기댄 채. 은선은 임대 계약을 갱신할 때 현관문에 민디가 드나들 수 있도록 작은 문이라도 하나 만들어달라고 요구할 작정이었다.

다행히도 민디는 은선과 수산나가 깨어 있을 때만 돌아다녔고, 어두워지면 집으로 돌아왔다. 은선이 잠든 민디를 바라보고 있으면 수산나가 민디의 털에 붙어 있는 잎사귀와 먼지를 조심스러운 손길로 떼주곤 했다. 가끔 민디가 꿈이라도 꾸는지 허공에 대고 발길질하거나 웅얼거릴 때도 있었다. 그들은 웃음을 참았다. 민디가 깰지도 모르니까. 하루하루가 비슷한 일상의 반복이었고, 그 반복이야말로 행복하다는 증거라고 믿었다.

수산나는 들어오자마자 민디부터 찾았다. 새로 나온 고양이용 간식을 샀다고 했다. 은선은 간식 봉지를 낚아채 천장 깊숙이 넣어두었다. 민디라면 사료 대신 간식만 먹겠다며 난리를 피울 게 뻔했다. 수산나가 사 온 식료품들은 유통기한이 짧지는 않았으나 양이 너무 많았다. 남으면 다 사치고 낭비였다. 아시안 마트도 다녀왔는지 두부와 라면도 있었다. 은선이 말했다.

"파티라도 열 생각이야?"

"언제 또 외출 금지령이 내릴지 모르잖아." 수산나가 대꾸하면서 코트를 벽에 걸었다. "마스크는 아직도 없더라."

은선은 달걀 개수를 헤아렸다. 다 해치우려면 하루에 달걀을 최소한 여섯 개씩 먹어야 했다.

"다음 주 화요일에 비행기 뜬대."

수산나가 머리카락을 묶던 손을 멈추고 물었다.

"또 결항하는 거 아니야?"

"이번에는 뜬대."

비행기 표는 평소보다 비쌌다. 전염병의 세계적 유행으로 인해 항공사는 반절 이상 도산했고 입국 절차는 더 까다로워졌다. 제출할 서류도 한두 개가 아니었다. 은선은 그동안 아르바이트를 하면서 모았던 비상금까지 다 털어서 예매에 성공했다.

"휴학은 불가능하지 않을까? 개강도 했는데."

"어차피 이번 학기는 다 온라인 수업이야. 가서 들으면 돼. 서류 준비는 내가 알아서 할 테니까 수산나 너는 임차인 좀 구해줘."

이미 둘이 합의한 사안이었다. 그냥 집을 비워두자니 고스란히 빠져나갈 집세와 전기료, 라디오 수신료가 아까웠다. 수산나가 말했다.

"차라리 월세를 좀 깎아달라고 하면……."

"퍽도 그러겠다. 누가 오가든 월세만 제때 들어오면 신경도 안 쓸걸." 은선이 재빨리 화제를 돌렸다. "우리 격리하는 동안 캠핑카에서 지낼 수도 있대. 인터넷에서 봤어."

잠자코 듣던 수산나가 물었다.

"격리 끝나면 어디로 갈 거야?"

"집으로 가야지. 몇 달만 있을 건데, 뭐."

"정발산으로 가는 건 어때? 언니가 방 하나 빈대."

수산나와 같은 대학교 동아리에 소속된 언니였다. 일 년에 적어도 한두 번은 얼굴을 봤고, 애인은 남자라고 했다. 수산나에게 언젠가 은선을 만나고 싶다고 했다지만 막상 약속을 잡은 적은 없었다. 은선도 굳이 만나고 싶지 않았다. 그 언니라는 사람이 수산나 앞에서 둘의 사랑을 축하한다며 울었다는 말을 들은 후로는 더 버거웠다.

"고맙지만 그러지 말자. 어차피 우리 금방 독일로 돌아올 텐데."

거짓말이었다. 은선은 독일로 돌아오고 싶지 않았다. 애당초 철학과를 선택한 것부터 실수라고 생각했다. 위대한 철학자의 대부분은 백인이었다. 대학원에 진학한들 동양인 철학자로 인정받을 수 있다는 보장이 없었거니와 철학과 졸업생을 고용할 직장이 있을지 확신하기 어려웠다. 아르바이트로 모은 돈을 야금야금 파먹으면서 상황이 호전되길 기다린들 의미가 없다고 생각했다.

지금이야말로 적기였다. 은선은 한국에서 새로이 시작하고 싶었다. 보증금을 반씩 나누면 자격증 하나는 딸 수 있을 터였다. 수산나가 독일로 돌아가더라도 말릴 생각은 없었다. 자신과 달리 수산나는 장학금 때문에 독일에서 졸업 논문을 써야 했다. 몸이 멀어지면 마음도 소원해질 수밖에 없었다. 원한 없이 최소한의 아쉬움만 남긴 채 이별해야 했다. 은선은 수산나가 누굴 해코지할 만한 사람이 아니라는 걸 알고 있었지만, 조심해서 나쁠 건 없다고 믿었다.

이날 민디는 자정이 넘도록 돌아오지 않았다. 드문 일이 아니라 은선은 대수롭지 않게 여겼다. 그녀는 평상시와 같이 수산나와 나란히 누워서 잠을 청했다. 돌아누운 수산나의 숨소리는 한숨처럼 들렸다. 가끔 깰 때마다 은선은 침실 바닥에 드리운 화장실 불빛을 보았다. 그녀는 이불을 쥔 채 자려고 애썼다. 출국까지 준비할 게 너무 많았다.

드레스덴은 지은 지 십 년이 채 안 되는 건물보다 백 년 넘은 건물을 찾는 편이 더 쉬운 도시였다. 중세 요새는 무장하지 않은 사람들이 한가로이 오가는 테라스로 바뀌었고, 2차 세계대전 당시 무너졌던 성당도 까맣게 그을린 벽돌과 구부러진 철근을 그대로 유지한 채 복원되었다. 오래전부터 전해져 내려오던 규칙대로 드레스덴의 건물들은 성당보다 낮아야 했다. 새로 지은 건물도 예외는 아니었다. 신축 건물들은 생김새도 밋밋해서 거대한 박물관에 딸린 매표소처럼 보였다.

은선과 수산나가 다니는 대학 건물 중 한 채도 동독 당시 감옥으로 쓰였던 곳이었다. 복도 없이 강의실과 강의실이 이어져 강의를 듣기 위해 다른 강의실을 지나가야 했다. 모르는 이들의 시선을 감내하지 않는 이상 수업조차 들을 수 없었다. 교수도 수업 중 난입한 학생들을 보고 놀라기는커녕 얼른 지나가라며 짤막하게 주의만 주고 말았다. 은선은 좀처럼 익숙해질 수 없었다. 강의실을 가로지를 때마다 죄수라도 된 양 고개를 푹 숙이기 일쑤였다.

시민들도 도시만큼 변화를 지양했다. 중앙역 광장에서는 매주 월요일마다 반이민자 집회가 열렸고, 이에 반대하는 집회가 맞불을 놓았다. 은선과 수산나는 하굣길에 광장을 지나칠 때마다 뛰듯이 걸었다. 가끔 다리 아래나 으슥한 골목에서 페인트 스프레이로 갈겨 쓴 자유나 평등 같은 단어가 보였다. 이 도시에 비하면 지나치게 현대적이었다.

전염병은 순식간에 독일 전역을 휩쓸어버렸다. 뒤늦게 봉쇄 조치가 떨어졌으나 집회는 계속되었다. 집회 참가자들은 부당한 억압이라며 반발했다. 상점뿐 아니라 학교도 폐쇄 조치를 한 터라 은선과 수산나는 당분간 그 광장을 지나갈 필요가 없었다. 그들은 텔레비전에서 처음으로 시위자들의 얼굴을 마주했다. 평소 마트나 학교에서 보는 사람들과 크게 다르지 않았다.

은선은 수산나가 있어서 다행이라고 생각했다. 유일한 자기편이라고 믿었다. 설령 수산나와 의견이 맞지 않더라도 애써 받아들였다. 그녀는 아직 수산나를 사랑했다. 언제까지 사랑할 수 있을지 의문이 들 때마다 수산나와 포옹하고 민디를 쓰다듬었다. 고칠 수 없을 정도로 망가진 다리미나 정수기는 버리고 새로 사면 해결할 수 있는 문제였다. 하지만 사람은?

다음날도, 그다음 날도 민디는 돌아오지 않았다. 수산나는 바깥에서 소리가 날 때마다 일어섰다. 대부분 바람이나 아래층 이웃이 낸 소리였다. 한 번은 은선에게 정육점 근처에서 민디를 본 것 같다고 했다. 내가 이름을 불렀더니 달아났어. 그녀는 고개를 떨궜다. 은선은 이 주변에 민디처럼 검은 털을 가진 고양이가 많다고 말했다. 민디가 아닐 거야.

수산나는 민디의 사료 그릇을 현관문 바깥에 두었다. 배고프면 돌아올지도 몰라. 은선이 말렸다. 고양이들은 자기 영역을 중시했지만 싸우길 싫어했다. 다른 고양이 냄새라도 나면 민디가 영영 돌아오지 않을 수도 있다고 타일렀다. 그녀는 포스터를 붙이는 것도 반대했다. 당장은 사례금을 감당할 여력이 없었거니와 여기저기 돌아다니다가 감염될 수도 있었다.

몇 달 내내 고여 있던 시간이 순식간에 흘러가는 것 같았다. 은선은 음성으로 표기된 PCR 검사지를 받고 거주지 등록과 보험 해지 서류를 준비했다. 보증금을 받을 은행 계좌 유지비도 미리 계산해서 계좌에 넣어두었다. 집 안의 숄과 러그도 다 세탁했다. 그녀는 수산나를 붙잡고 임차인을 구했느냐고 물었다.

"연락이 없었어." 수산나가 대답했다. "지금 누가 오겠어."

"가격을 좀 깎아볼까?"

"그냥 우리 일정을 늦추는 게 어때?"

"지금 사흘밖에 안 남았어. 변경도 안 돼."

은선은 일부러 한숨을 쉬었다. 수산나가 머그잔에 든 티백을 들었다 놓으면서 말했다.

"민디도 아직 안 왔잖아."

"아직 시간 있어. 너무 조급하게 굴지 마." 은선은 수산나의 등을 쓸어 주었다. "돌아올 거야."

그녀는 마음에도 없는 말로 수산나를 달랬다. 민디는 돌아오지 않을 수도 있었다. 돌아오지 않더라도 행복하게 살 수 있을 것이다. 독일인들은 동물에게 친절하니까. 은선은 민디가 행복하길 바랐다. 그게 자신의 진심이라고 믿었다.

인터넷으로 주문한 전기장판은 이 주하고도 사흘 만에 왔다. 세 차례의 자동 반송과 네 번째의 재배송 신청을 거친 후였다. 느린 배송 속도야 익숙했다. 코로나 이전부터 그랬으니까. 다만 택배기사가 초인종을 누르거나 문을 두드리기는커녕 우편함에 수령증조차 남기지 않았다는 점이 문제였다.

은선은 상담 직원과의 입씨름 끝에 택배기사의 전화번호를 알아낸 후 하루에도 몇 번씩 전화를 걸었다. 그녀는 수산나의 만류에도 굴하지 않았다. 며칠 후 건물 로비에서 택배사 조끼를 입은 남자와 맞닥뜨렸을 때도 주저 없이 막아섰다. 택배 좀 확인해주시겠어요? 택배기사는 제 앞에 선 동양인 여자의 질문에 대답하는 대신 비키라고, 자신을 만지지 말라고 외쳤다.

때마침 지나가던 마샤의 중재 덕에 사태는 무사히 마무리되었다. 택배기사는 마샤의 질책을 듣더니 묵묵히 제 트럭에 있던 상자를 들고 왔다. 자초지종을 들은 수산나가 말했다. 마샤에게 감사 인

사라도 해야겠네. 은선은 고개를 저었다.

"그 여자가 뭐라고 했는지 알아? 택배기사한테 우리가 중국인이 아니라고 했어. 나한테는? 그 사람이 터키계라 어쩔 수 없다고 하더라."

"마샤도 급하니까 그랬겠지. 그 사람이 손도 들었다며? 맞으면 어쩌려고."

"마스크도 안 쓰고." 은선이 말했다. 그녀는 집으로 돌아오자마자 얼굴부터 닦았다. "그 여자 입에서 술 냄새가 풀풀 나던데. 술도 궤짝으로 두고 마시나 봐."

"계속 혼자 있잖아. 사람들도 못 만나고, 외롭겠지."

수산나가 마샤의 편을 들었다.

"예전부터 그랬어." 은선이 대꾸했다. 그녀는 수산나와 민디를 제외한 그 누구에게도 관심이 없었다. 상대를 아는 것과 관심을 기울이는 건 달랐다. 수산나는 마샤를 동정했으나 제대로 알지는 못했다. 마샤가 외출할 때마다 끌고 다니는 수레는 나갈 때 꽉 차 있었다가 돌아올 때면 텅 비어 있었다. 은선은 그 수레의 목적지가 어디인지 알았다. 마트 앞 빈 병 보증금 환급 기계였다. "그 여자는 그냥 나서서 잘난 척하고 싶었던 거야."

"솔직히 마샤가 틀린 말을 한 건 아니잖아. 넌 중국인이 아니고, 그 사람은 터키인이니까."

"지금 뭐가 틀렸는지 모르겠어?"

"네가 언제부터 그런 문제에 관심을 가졌는데?"

수산나의 말이 맞았다. 그래도 은선은 물러날 생각이 없었다.

"그 여자가 잘못한 거 맞잖아. 맞지?"

"그만해." 수산나가 머리카락을 뒤로 쓸어넘기면서 말했다.

“그냥 고마워하면 안 돼? 어쨌든 마샤가 널 도와줬고, 그건 고마운 일이 맞지.”

은선이 재차 물었다.

“맞아?”

수산나가 대답했다.

“맞아.”

은선은 수산나가 오븐에서 피자를 꺼내고 사과주를 딸 때까지 팔짱을 풀지 않았다. 텔레비전에서는 한 동물원이 폐업 위기에 처하자 차례를 정해서 동물들을 죽이기로 했다는 뉴스가 나왔다. 그녀가 기다렸던 소식은 아니었다. 며칠 전 한인 커뮤니티를 뜨겁게 달군 폭행 사건은 언급조차 되지 않았다. 은선이 입을 열었다.

“그 폭행범들, 아직 안 잡혔다는데.”

한인 유학생이 피해자였다. 그는 바이올린 최고 연주자 과정을 밟고 있었고, 레슨이 밤늦게 끝나는 바람에 버스 대신 전동 스쿠터를 타고 귀가했다. 누군가가 사거리를 가로지르는 그의 헬멧을 향해 돌을 던졌다. 그와 스쿠터가 쓰러지자 일제히 달려들어 구타했다. 그 와중에도 유학생은 자신의 팔과 손을 온몸으로 감싸고 있었다. 행인이 바로 경찰에 신고했지만, 패거리는 도망친 지 오래였다. 경찰은 한 달 넘게 용의자조차 추려내지 못했다. 수산나는 되레 피해자 쪽이 불리하다고 보았다.

“음대도 온라인 수업 해야 하는데, 이미 법을 어겼네.”

“연주하는 애들이잖아.”

그들과 어학원을 함께 다녔던 유학생 중 다수는 음대 지망생이었다. 그들은 어학 시험을 준비하느라 악기 연습을 하지 못한다는 점에 죄책감을 느꼈다. 여기까지 와서 실패하면 안 된다며, 혹여

손이 굳을까 두려워했다. 수산나는 벌써 그들을 잊어버린 걸까? 은선은 입을 다물었다.

“역시 밤늦게 다니면 안 돼. 운이 나빴네.” 수산나가 리모컨을 찾아 두리번거리면서 말했다. “얼른 범인이 잡혀야 할 텐데.”

운이 문제는 아니지. 은선은 생각했다. 폭행 사건이 일어난 골목은 그들이 장을 보러 다닐 때마다 지나가는 곳이었다.

“못 잡을 거야. 용의 선상에 이민자 애들만 오르잖아.”

“그만 꼬아서 생각해.” 수산나가 홈쇼핑 채널로 바꾸면서 말했다. “그렇게 생각해봤자 너한테 좋을 거 하나 없어.”

홈쇼핑 판매자는 이상한 꽃무늬가 그려진 다리미를 팔았다. 은선은 말 잘 듣는 아이처럼 조용히 홈쇼핑만 봤다. 예전에는 다리미를 두고 실없는 농담이라도 던졌을 것이다. 이제는 그런 노력마저도 부자연스러웠다. 어차피 한두 번 있는 일도 아니었다. 내일 아침까지만 버티면 모두 원래대로 돌아갈 터였다. 그들은 함께 식탁을 치웠다.

수산나가 잠든 후 은선은 집을 나섰다. 차마 건물 밖으로 나갈 용기가 없어 로비 유리문 앞에서 서성였다. 바깥은 어두웠고 보이지 않는 어둠들로 득실댔다. 나간다 한들 가고 싶은 곳도 없었지만, 어디든 마음이 텅 비어버릴 때까지 쏘다니고 싶었다. 하릴없이 계단만 오르내리기를 반복하자 숨만 가빠왔다. 그녀는 계단에 주저앉아 욱신거리는 발바닥을 주물렀다.

은선은 마샤가 어떤 사람이든 상관하지 않았다. 자신과 수산나의 관계에서 그런 사람은 하등 문제가 되지 않으며, 되지도 말아야 한다고 생각했다. 문제는 수산나였다. 언제부터인가 수산나는 그녀의 편을 드는 대신 그들의 편을 들었다. 심지어 그들처럼 아무것도 모르는 아이인 양 은선을 가르치려 했다.

복도 등은 늘 한 박자 늦게 켜졌다가 너무 빨리 꺼졌다. 등이 깜박일 때마다 날벌레들이 달라붙었다. 은선은 저 날벌레처럼 자신이 한없이 초라하고 보잘것없어 보였다. 수산나도 그렇게 생각할까? 이미 충분히 알고 있었다. 그녀는 어디로든 돌아가고 싶다고 생각했다. 여기만 아니라면 어디든 훨씬 더 나을 것 같았다.

문을 열자 머리부터 발끝까지 비에 젖은 수산나가 서 있었다. 은선이 수건을 내밀었지만, 그녀는 본체만체했다. 감기 걸릴 텐데. 은선은 하려던 말을 꾹 삼켰다. 집 안은 싸늘했고, 전기난로도 벽장에 들어가 있었다. 코트 자락에서 물이 뚝뚝 떨어지는 소리가 들렸다. 나무 바닥이라 자칫하면 썩을 수도 있었다. 은선은 수산나의 코트와 마스크를 벗겼다.

"우비라도 쓰고 다니지."

"민디 안 왔지?"

"고양이는 물 싫어하잖아. 아마 어디 들어가 있겠지."

마스크는 푹 젖어서 버릴 수밖에 없었다. 은선은 일회용 마스크가 몇 개나 남았는지 머릿속으로 헤아렸다. 그녀가 싱크대에서 코트 자락을 비트는 와중에도 수산나는 현관에 우두커니 서 있기만 했다. 손목이 욱신거릴 정도로 물기를 짜냈지만, 비를 얼마나 오랫동안 맞은 건지 옷걸이에 걸어둔 코트 아래로 작은 웅덩이가 고였다.

"난 민디가 올 때까지 안 갈래."

"수산나, 너무 걱정하지 마. 마샤에게 맡기면 되잖아. 그 여자도 동물 기른 적 있다며."

"우리가 언제 돌아올 줄 알고?"

"금방. 금방 돌아오겠지. 백신도 나왔다잖아." 은선은 수산나의 손을 잡았다. 차가웠다. "독일에서 매일 산책하던 애야. 한국에서 갇혀 살아야 하는데, 얼마나 갑갑하겠어? 민디는 여기 있는 편이 훨씬 나아."

"데려갈 생각, 없었지."

수산나의 목소리에서는 어떤 의심도 드러나지 않았다. 그녀는 확신하고 있었다. 은선은 대답하지 않았다. 민디를 데려가려면 준비해야 할 서류가 너무 많았거니와 좌석값도 별도로 내야 했다. 그들에게는 그럴 만한 시간도, 돈도 없었다.

"너도 커뮤니티에 집 안 내놨잖아." 은선은 최대한 부드럽게 말하려고 노력했다. 그녀가 뒤늦게 커뮤니티를 확인했을 때, 수산나의 아이디로 작성된 글은 하나도 없었다. 처음에는 화가 났지만 이내 마음을 내려놓았다. 차라리 다행이라고 생각했다. "너도 나한테 거짓말했잖아. 잘한 거 없으니까 퉁 치자. 응?"

"미쳤어?"

"감정적으로 굴지 마. 지금 뭐가 우선인지 생각해."

"어차피 난 한국 못 가." 수산나가 은선의 손을 뿌리쳤다. "가봤자 있을 곳도 없어."

"정발산 간다며. 인천에도 너희 부모님 계시잖아."

수산나는 불그스름한 눈가를 거칠게 문지르면서 말했다.

"정말로 넌, 우리 아버지가 나한테 그만한 돈을 쓸 거라고 생각했니?"

은선은 할 말을 잃은 채 수산나를 바라보았다. 한국에 있을 적 수산나는 아버지를 대신해 교회의 재정을 관리했다. 신도들이 내는 사사로운 헌금부터 거액의 기부금까지 그녀의 이름으로 된 통장에 들어갔다. 물론 그 돈은 아버지의 돈이었다. 그들의 발목을 붙잡았던 문제가 단번에 해결된 순간, 은선은 수산나에게 아무것도 묻지 않았다. 떠나고 싶었다.

"대체 왜 나한테 말도 안 하고 그런 짓을……."

이제 와서 무슨 말을 하든 그 어떤 말도 무용했다. 은선이 뇌까리듯 한 말에 수산나는 대답하지 않았다. 그저 바닥만 바라보고 있었다. 발아래로 또 다른 물구덩이가 고여갔다. 마치 그 위로 무언가 스쳐 지나가는 듯했다. 은선은 그녀를 소파에 데려와 앉힌 후 담요로 덮어주었다. 시계를 보니 통금 시간까지 삼십 분이 남았다.

"난 이제 민디밖에 없어." 수산나가 이를 덜덜 떨면서 말했다. "찾으러 갈래."

"안 돼."

수산나의 볼은 열로 불그스름하게 달아올랐고 어깨는 쉴 새 없이 떨렸다. 이런 상황에서 내보낼 수는 없었다. 은선은 수산나를 소파에 눕혔다. 벽에 걸어 둔 외투를 입었다. 손전등을 찾는 그녀의 등 뒤로 수산나의 목소리가 들렸다.

"갈 거야?"

"내가 데려올게." 은선은 현관문 앞에서 수산나를 보면서 약속했다. "혹시 민디가 돌아올지도 모르니까 기다려."

대답은 돌아오지 않았다.

은선은 공원에 들어선 지 몇 분 만에 길을 잃었다. 공원은 민디가 자주 산책하는 곳 중 하나였다. 그녀는 스마트폰 지도로 자신의 위치를 확인했다. 어둡고 인적이 끊긴 공원은 야생의 숲에 가까웠다. 고개를 들면 거대한 나무들과 끝없이 무성한 수풀이 시야를 가렸다. 아무리 걸어도 그녀는 광막한 면 한가운데 떨어진 점에 지나지 않았다.

그에 비하면 가로등들이 만드는 빛무리는 작고 초라했다. 은선은 가로등과 가로등 사이를 지날 때마다 소리를 높였다. 민디! 땀에 젖은 마스크가 그녀의 입가에 쩍쩍 달라붙었다. 비가 그친 터라 공원은 고요했다. 부스럭거리는 소리조차 들리지 않았다. 그녀가 이곳의 유일한 소음원이었다.

몇 발짝 떨어진 가로등 아래에 나무 한 그루가 보였다. 가까이 다가가니 나무가 아니라 회초리처럼 비쩍 마른 경관이었다. 그는 은선에게 무슨 일로 공원을 혼자 돌아다니느냐고 질문했다. 벌써 9시가 넘었는데. 벌금이라도 물릴 기세였다.

"난." 은선은 그럴싸한 핑계를 떠올릴 수 없었다. 머릿속이 텅 빈 것 같았다. 그녀는 생각나는 단어들을 간신히 꿰어맞췄다. "고양이를 잃어버렸어요."

경관은 공원을 함께 한 바퀴 돌아주겠다고 제안했다. 대신 그 후 귀가하라는 조건을 내걸었다. 은선은 내키지 않았지만 받아들였다. 둘은 손전등을 비추면서 공원을 걸었다.

"고양이를 잃어버렸다는 말은 틀렸습니다. 고양이가 길을 잃어버린 거죠." 경관은 쉬운 단어로, 천천히 말했다. "고양이들은 고집이 세서 길을 잃어버렸다는 사실을 인정하려 들지 않습니다."

"고양이 길러 보셨어요?"

은선의 질문에 경관이 고개를 끄덕였다. 그가 길렀던 고양이도 한 달이 넘도록 바깥을 떠돌아다녔다고 했다. 은선은 그럼 고양이가 언제 돌아오느냐고 물었다. 돌아온 답은 간단했다.

"고양이가 인정해야 돌아올 수 있습니다."

"인정하지 않으면요?"

"자신이 뭘 그리워하는지도 모르는 채 계속 헤매겠죠. 그러니까 당신이 찾아가는 거고요."

인정은 어려운 문제였다. 은선은 인정하느니 도망치고 싶었다. 왜 나는 도망치지 않고 여기서 헤매는 걸까. 어쩌면 마지막 기회일지도 모른다고 생각했다. 단지 나쁜 사람이 되고 싶지 않다는 이유만으로 미련하게 구는 건 아닐까. 나쁜 사람과 미련한 사람 중 어느 쪽이 나을까. 그녀는 판단할 수 없었다.

그들은 민디의 이름을 부르면서 공원을 돌았다. 어느 나라에서 왔느냐는 경관의 질문에 은선은 한국에서 왔다고 대답했다. 과거 동독과 서독처럼 한국도 남과 북으로 갈라져 있으며 자신은 남한에 속한다고 덧붙였다. 인터넷 속도가 빠른 나라죠. 그만큼 무엇이든 빠르게 사라지고 잊힐 수 있었다.

"수산나도 인터넷에서 만났어요."

"수산나." 경관은 은선의 발음을 따라 했다. "누군가요?"

"집에서 절 기다리는 사람이요."

"그럼 이제 수산나에게 돌아가십시오."

경관은 은선에게 손수건을 내밀었다. 연푸른색 손수건은 가장자리가 해졌지만 부드러웠다. 은선은 그 손수건으로 이마의 땀을 닦았다. 감사합니다, 건강하세요. 그녀가 말하자 경관이 짤막하게 화답했다. 당신도요.

수산나는 은선과 한 약속을 어긴 적이 없었다. 드레스덴에서 보낸 첫 성탄절 저녁도 그랬다. 은선은 해가 지자마자 배를 감싼 채 드러누웠다. 고질병 중 하나인 방광염 때문이었다. 진통제와 항생제면 쉽게 해결될 문제였으나 성탄절 저녁에 영업하는 병원과 약국을 찾기가 어려웠다. 그들은 가까스로 병원을 찾아가 처방전을 받았다.

약국은 전차로 족히 두 정거장 거리였고, 휴일이라 운행도 일찍 끝난 참이었다. 거리가 텅 비었으니 택시를 잡기도 어려웠고, 자전거를 타자니 어제 내린 눈으로 길이 미끄러웠다. 걷는 수밖에 없었다. 수산나는 몸조차 제대로 가누지 못하는 은선을 부축하면서 묵묵히 발걸음을 옮겼다.

은선은 멀리서 들리는 캐럴과 눈앞에서 반짝이는 크리스마스 장식들이 끔찍했다. 자신을 비웃는 것만 같았다. 너희들은 이곳과 어울리지 않아. 처방전을 써준 의사는 몇 번이고 같은 질문을 반복했다. 아랫배를 칼로 저미는 듯한 통증보다 제대로 대답하지 못했다는 사실이 괴롭고 부끄러웠다. 그녀는 허리를 수그린 채 흐느꼈다.

시간을 확인한 수산나가 은선을 광장으로 데려갔다. 그녀는 분수대 가장자리에 얼어붙은 눈을 목도리로 털어낸 후 말했다. 여기서 기다려. 은선이 같이 가겠다고 우겼으나 소용없었다. 수산나는 약국이 언제 닫을지 모르는데 함께 움직이는 건 비효율적이라고 말했다. 그녀는 사슴처럼 광장을 가로질러 뛰어가버렸다.

쫓아갈 힘도 없었다. 은선은 몸을 수그린 채 하염없이 기다렸다. 수산나를. 고작 방광염으로 죽는 사람은 없지만, 두려워서 죽는 사람은 있을지도 모른다고 생각했다. 배를 쥐어짜는 듯한 통증과 가쁜 숨이 머릿속을 온통 엉망진창으로 헤집었다. 소리 죽여 흐느끼는 사이 누군가가 그녀를 포옹했다. 수산나였다.

미안해, 수산나는 연신 사과하면서 은선의 팔과 다리를 주물렀다. 은선은 그녀가 주는 대로 약을 삼키고 물을 마셨다. 약국 문이 닫혀 있었어. 수산나가 말했다. 막 두드리고 소리를 질렀지. 은선은 경청했다. 수산나답지 않은 행동이었다. 이내 작은 창문이 열리더니 손 하나가 나왔어. 처방전을 건네자 몇 분 후 약을 주었지. 은선은 수산나의 팔을 껴안았다. 통증은 다음날 씻은 듯이 사라졌다.

건물 계단은 바깥보다 더 어두웠다. 은선이 2층에서 3층으로 올라가는 사이 등 뒤에서 복도 등이 켜졌다. 3층에는 마샤가 살고 있었다. 마샤의 현관문 밑에서 희미한 음악이 흘러나왔다. 재즈였다. 귀에 익은 멜로디였으나 제목은 기억나지 않는, 아주 낭만적인 곡이었다. 마샤와는 어울리지 않았다. 그녀는 난간에 기대서서 귀를 기울였다.

마샤는 해가 뜨는 순간부터 질 때까지 수도 없이 계단을 오르내리며 세입자들을 단속했다. 2층 세입자가 자전거 바퀴에 묻은 진흙을 그대로 엘리베이터까지 끌고 들어왔다며 화를 냈고, 은선이 복도에 무심코 흘린 영수증을 보고는 아무 데나 쓰레기를 버린다며 신경질을 부렸다. 마치 자신을 제외한 모두가 범법자고 야만인인 양 대했다.

세입자 중 마샤의 수레에 무엇이 들어있는지 모르는 사람은 아무도 없었다. 그녀가 아무리 두꺼운 겨울용 숄로 수레를 꼼꼼하게 덮어도 술병들은 부딪칠 때마다 다른 병보다 묵직한 소리가 났다. 은선은 집주인이 어떤 삶을 살아왔는지 몰랐고, 알고 싶은 마음도 없었다. 다만 그런 삶을 살게 될까 두려웠다. 마샤는 이 허름한 건물이 삶의 전부라 믿었다. 그녀는 그 사실을 자랑스럽게 여기는 한편 부끄러워했고, 부끄러운 만큼 술을 마셨다. 빈 술병이 또 부끄러워서 그 위를 숄로 덮었다.

곡이 끝나갈 무렵 은선은 다시 계단을 올랐다. 열린 현관문 사이로 빛이 새어 나오고 있었다. 문을 닫고 들어가자 식탁 다리에 기댄 수산나가 보였다. 수산나는 손가락을 입술에 댔다. 쉿. 민디는 수산나에게 안긴 채 잠들어 있었다. 코까지 고는 걸 보니 꽤 멀리 다녀온 듯했다. 은선은 수산나의 머리카락을 쓰다듬으면서 말했다. 옷 좀 털고 올게.

수산나와 어디서부터 어디까지 이야기해야 할지, 무엇을 말하고 무엇은 입 밖으로 꺼내지 말아야 할지 은선은 하나도 몰랐고, 확신할 수도 없었다. 다만 많은 시간이 필요하다는 점만은 확실했다. 결말이 어떻게 될지언정 솔직해지고 싶었다. 따뜻한 와인은 언 입술과 마른 목을 축이기에 나쁘지 않았다. 그녀는 고개를 끄덕였다.

다시 복도로 나오자 아래층에서 발소리가 났다. 마샤였다.

"밤중에 무슨 소란이야?"

"민디가 돌아왔어요."

은선은 이내 날카로운 대꾸가 돌아오리라고 예상했다. 복도에는 술 냄새만 희미하게 떠돌고 있었다. 이내 마샤가 한결 누그러진 목소리로 말했다.

"다행이네. 따뜻한 와인 좀 마실래?"

예상치 못한 제안이었다. 은선도 평소와 다르게 대답했다.

"감사합니다."

와인은 김이 올라올 만큼 뜨겁고 향긋했다. 어두우니까 조심해. 마샤가 그녀 앞에서 춤을 추듯 두 팔을 휘적거리자 복도 등이 들어왔다. 여전히 한 박자 느렸다. 은선은 머그잔 가장자리로 와인이 넘치지 않도록 조심스럽게 계단을 올라갔다. 그녀는 마샤에게 내일 직접 잔을 돌려주러 가겠다고 했다. 임대 계약을 갱신하기 전에 상의할 문제가 있었다. 민디가 자유로이 드나들 문이 필요했다. ■

Poem

김건영

고양이를 바라보며 책을 보는 것을 좋아하는 재택독서가. 집 나가는 첫째 고양이 단이를 기다리며 최근 편의점 앞에서 구조된 까만 고양이 밤이를 입양했다. 2016년 《현대시》로 등단. 시집으로 《파이》가 있다. 2019년 박인환문학상을 수상했다.

기밀성 만세

김건영
詩 人

살면서 정의(定義)를 피할 길이 없다
정의는 내려진다
검색대를 통과하는 심정으로
무엇을 숨기고 있습니까
Fear 오르는 기쁨이 있다

정의란 무엇입니까
모르면 공부하세요
알지도 못하면서
그러니 나는
미제(未濟)의 앞잡이
최고의 시인(是認)을 합니다
기밀성 만세

어느 날은 대로변에서 항문에 힘이 풀려 모든 것을 쏟아내는 꿈을 꾸었다 길을 걷던 중이었다 다 들키고 말 거야 속에 들어 있는 건 다 똥이야 그러니 개봉금지 기밀성 만세 가치 없는 것은 믿을 수 있다 몰래 정의를 내리고 중얼거린다 기밀성 만세

돈만 내면 정의도 내릴 수 있는데 무엇이 걱정입니까 E-Shop 우화를 써 내려 가며 쇼핑을 합니다 내 주문을 적에게 알리지 말라 기밀성 만세

부리를 보면 참지 못하고 지저귀는 새들이 있다 꿈속에서는 그게 다 진짜라구요 어쩐지 꿈속에서는 잠이 오지 않고 불면의 문장들만 가득하다 이것이 나의 회전몽마 꿈속에서는 너무 몽롱하여 현실이 보이기도 한다 어느 날은 꿈속에서 시집을 읽다가 웃음을 터뜨린다 하하하하하 그래서 어쩌라고 대체 이런 걸 왜 쓰는 거야 그런 게 좋은 시라고 했나요 여기에는 비밀이 없다 그러니 기밀성 만세 그런 건 꿈에 들어오기 전에 미리 했어야지요 빌려 쓴 연장은 반납하셨나요 우산 말인가요 꿈이니까 아무 말이나 할 수 있잖아요 여기선 우산을 써도 잡혀가지 않는군요 기밀성 만세 용기가 가상(假像)하군요 아침이 다가오자 나는 애인과 맥주를 나누어 마셨다 여기서 잠들지 못하면 꿈에서 깨지 못한다 술이 눕는다 사람보다 먼저 술이 일어난다 기밀성 만세, 꿈 밖에는 정의롭고 선한 자들이 너무 많다 가끔 꿈속으로 쳐들어온다 기밀성 만세 여기서 나가주세요 내 꿈인데도 그들은 용맹하고 기밀성 만세 내가 누군지도 모르면서 꿈속으로 들어오고 신발을 신고 들어온다 들어온 지도 모르면서 내 꿈속에서 자신이 누군지도 모르면서 그나마 기밀성 만세 죽여도 죽지 않을 테니

안쪽이 훨씬 더 커요◆ 지원금에 매달릴 수밖에 없는 가난한 예술가는 야수의 심정으로 술을 마시고 이것도 시대가 되겠지를 되뇐다 숙취인 불명 언제까지 이끼춤을 추게 할 거야 아침에는 네 발 점심에는 두 발 저녁에는 다시 네 발인 것은 시인이지 빽 환생입니다 여러분 메타버스는 다 거짓말인 거 아시죠 술 취한 시인이지만 취해야 세상이 똑바로 보이는 것이 세상의 잘못인가 시인의 잘못인가 어 중간 어중간 마이 리틀 테러리즘에 내가 나왔으면 정말 좋겠네 신자유주의의 유령이 자유롭게 떠돌고 있다 나의 작은 기계로는 알 수가 없네 아름다운 타인머신들아 당신의 눈동자에 건달 너의 주식은 곧 우리입니다 우리 자본 이겨라 술은 마셨지만 심취하지는 않았습니다 어디로 가야 하죠 악어 씨 Shit 귀여운 나의 악의 새 고독에 좋아요와 알림 설정 부탁드립니다 이 인용을 혼자서 할 수밖에 없지만 판사님 비트코인 주세요 모가지를 비틀어주세요 배알의 민족 주문 이 원고의 지청구를 인용한다 애들아 아파왔다 국민 여러분 안심하십시오 소울은 안전합니다 한 박자 쉬고

문학을 대국적으로 하십시오

◆ 영국 드라마 닥터 후(Doctor Who)

나 홀로그램 집에

집이 있고 사람 위에 사람이 있다 아래에도 집이 있고 사람이 있다 공중에 있는 집은 비싸, 누군가 말했다 머릿속에서 산다는 게 뭐지 물으면 산다는 건 집을 사는 거지 집을 대신 살아주는 거야 집은 발이 없으니까 발 없는 집이 천 리를 간다던데요 그래서 저는 머릿속에 집을 넣고 삽니다 모두가 집을 사랑하니까 다들 집도착증에 걸렸잖아 누구나 집으로 돌아가 집 없는 사람들도 집으로 돌아가 집에서 울지 그러나 집에는 항상 누군가 있고 그건 주인이다 집요하다는 말은 떠오르고 가라앉는다 집은 사람보다 비싸니까 싼 건 입밖에 없는 사람입니다 집은 사람보다 단단하니까 새는 집을 어디에나 지어요 본인을 새에 비유하시는 건가요 그런 말에 부끄러워진다 제가 날기에는 좀 무겁죠 하고 웃으며 어떻게 사람이 사람 위에서 먹고 마십니까 공기를 마십니까 아무거나 새로 만드는 이야기가 낫지요

개발 그만해 이러다 다 죽어

웃기지 않습니까 내 집 값은 오르고 부동산 시장은 안정되어야 한다고 말하는 사람들이 지금 이게 시냐고 묻는 겁니까 그럼 지금 집값은 말이 되냐고 되묻고 싶습니다 이제 제 이름으로 된 집이 없으면 어른이 아니잖아요 매도하지 말라고 하셨나요 뭐라도 매도(賣渡)할 게 있었으면 좋겠네요 그리고 사랑의 매도 좋겠네요

저는 어릴 때부터 '세계'라는 말이 '생계'로 들렸어요 내 귀는 가난하고 멍청해서 고장나지는 않았지만 상상력이 부족했죠 집이 없는 아이는 빰을 자주 맞는다니까요 선생님이나 동네 아이들의 어미 아비들이 내 빰의 단골이었죠 그러니까 내 친부의 집은 어디인가 그는 작은 단지에 들어가셨고 남의 집이던 우리 집 안에서 비가 되었어요 아버지라는 말이 나오면 천천히 춤을 춥니다 이를테면 남겨진 가족들은 백 초의 호수 우화한 아버지는 아픈 몸을 둥글게 말아 잘 익은 새우처럼 구부러지거나 눈물처럼 바닥에 모로 누웠습니다 왜 사랑하는 사람들은 작아지기만 할까요 집은 만들고 사람은 안 만들고 언젠가 큰 사람 먹고 큰 사달 내야지 이런 광고문구를 들었습니다 저는 제발이라는 말을 개발로 알아듣습니다 암이 재발했다는 말은 개발로 알아듣기 어려웠습니다만 자기개발서를 싫어합니다 이게 시가 맞냐구요 여러분은 모두 서울시에 살고 싶어 하잖아요 그게 더 문제 아닙니까

기어 오는 홍동(哄動)

방은 이빨도 없이 흐물거리는 몸을 씹는다 너는 아름다운 부품이야 기어(Gear) 온다 이건 위장(僞裝)이고 위장(胃腸)이지 네가 들어갈 때마다 더워지는 쥐색 몸이 있다 너는 네 방의 진짜 이름을 알고 있느냐고 묻지 인간이 지어준 이름 말고, 우리는 부르기 두려운 것은 없는 것이라고 말한다 달은 고름이 낀 눈알처럼 떠 있다 빛나는데도 어둠이 이렇게 선명해지는 것을 우리는 무서워하지 않고 달은 떠오르며 나를 속여주는 목소리 너에게는 돈이 생긴다고, 너는 무엇을 팔고 있는 것일까 언젠가 곧 지금마저 죽으리니 이것도 시대가 되겠지 목에 감긴 어둠 속에서 알약처럼 누워 세계는 평온하다 믿는 정교한 부품이 되겠지 부푸는 몸을 건강하다 믿는다 우리를 삼키며 우리보다 건강할 밤의 생명은 우리를 먹고 몸을 키우는 거겠지 네가 죽인 화분 속의 식물들이 네 이름을 되뇌고 있다는 것을 모르는 채로 아름답지, 자 발음해 봐 구조와 수조, 구조와 수조 어느 쪽이 더 좋냐고 묻는 참으로 아름다운 아침이 온다 아름다운 기형과 착취가 정의로운 법으로 배달될 거야 어디든 사인을 해대고 곧 지금마저 죽으리니 사인(死因)은 모르는 게 편하지 어둠이 얌전한 거머리일 때가 더 행복할 것이니

감나빗

처음으로 창밖에서 떨던 겨울나무를 알아차린 게 몇 살 때였더라
아직도 그것들이 매일 밤 떨고 있다는 것을 안다
눈을 감으면 마음이 낫던 때가 있었는데

그림자는 아무것도 아니야
이제 눈을 감아
보이지 않는 것은 없는 거라고

아름다워지려면 모르는 게 좋더라
지식이 밥 먹여주냐
고지식하단 말이나 듣지
너무 깊이 알면 착해질 수도 없어
알면 알수록 무서운 것들이 늘어나
눈을 감으면 좋은 점이 많아

이제 그림자도 정말 무섭다는 걸 알아
이제 눈을 감아
보이지 않는 것은 없는 거라고

나는 가만히 있었는데 왜 나를 때려요
왜 가만히 있었어요
창밖에서 떨고 있는 겨울나무처럼

가만히 흔들렸겠지
눈을 감는 아이들이 있겠지

이제 눈을 감고
짙은 그림자를 바라보면서
숫자를 거꾸로 세봐
귀신이 되면 귀신이 무섭지 않아
아름다운 것들을 사랑하면
혐오하는 것이 는다는 사실을 잊으면서
이제 눈을 또 감아

자기기만의 방

사랑에 대해 생각하면
사랑은 생각과는 상관없다는 걸 안다

그가 오기 전에는 컵을 씻어놔야지
변기를 닦고

껍데기는 까라
벗기는 사람이 있고
벗겨지는 것은 버려진다
살아 있는 것들은 왜 모두 허물을 만들까
살아 있으면 왜 쓰레기가 생길까

허기에 대해 생각하면
사랑은 상관없다는 걸 안다
분리배출 가능

다시 사랑에 대해 생각하면
돈 들어 움직이면 쓴다

자유는 좋은 건데 신자유주의는 뭐야
보안과 안보는 뭐가 달라
밖에서 잠그고 안에서 잠그고

달라,
라고 말하는 미제의 앞잡이도 있고
너랑 나랑 나랑 너랑은
가격(價格)이지 가격(加擊)
그러니까 달라

사랑받고 싶은 사람은 운다
사랑을 주고 싶은 사람은 울지 않는데
그도 사랑받고 싶은 걸 안다

살아 있는 거 지겹지 않니
조용히 좀 해
그러면 나는 조용해진다
귀신 같으니라고
밥을 먹고 또 먹고
분리수거를 해야지
요즘은 사람보다
집이 더 무섭지 않니 하면서

재와 별

창가에 서서 입을 벌린다 잎이 진 겨울나무를 보면 헐거워진 가지 틈으로 바람이 지나는 것을 안다 창가에 입을 벌린 사람이 늘어나고 입김은 창을 흐리게 만든다 바람 빠진 소리를 내뱉으면 우리가 묻어둔 재가 떠오른다 모든 이를 만족시키는 일은 없지 그럴 때 꺼내자던 재가 멀리에 있다

차라리 게임을 할래
당신이 나를 실컷 두들긴 후에 내 차례가 오면
이제 싸우지 말자고 말리는 사람들이 나타나는 그런 일 말인가요

그러면 꿈속으로 천렵이나 갈래
겨울 바다에는 조개구이가 어울리지 않니
창가에는 입을 벌린 사람이 늘어난다
재를 펴 바르지 않으면 알아볼 수 없는 얼굴이 떠오른다

어둠은 방을 두껍게 만들기도 한다
밝을 때가 따듯해 어두울 때가 따듯해
옆을 파고들던 몸이 말을 한다
얼굴은 어디에 두고
너무 밝거나 너무 어둡거나
얼굴이 안 보이는 건 마찬가지

빛나는 건 다 별이라고 치자
그러니까 재로 표정을 씻었으면 좋았을 걸
좀 차분해져
핏물을 빼는 게 중요해
얼굴의 절반만을 씻어야 한다면
눈가를 씻겠니 입가를 씻겠니

나는 가짜예요,라고 거리에서 말하고 싶다고 책은 한 권만 있으면 돼 나머지는 모두 버리자 쓸모가 없어 읽은 책이 쓸모가 없니 읽지 않은 책이 쓸모가 없니 필요한 것들이 늘어나는데 필요 없는 것들이 더 늘어나고 있어요 그러니까 사는 걸 멈추면 안 돼

너의 귓가에서 흘러내리는 가루들이 사방에 가득 찬다 이것도 시대가 되겠지 나의 아름다운 귓밥천국 듣고 있니 듣고 있냐구 차라리 빠른 전멸 어때요 큐빅이 박힌 단추는 은박지로 감싸야 해 내가 알지 못하는 말을 하는 이유는 내가 알지 못하기 때문이지 모든 것이 단추라면 좋겠다 누르면 들어가고 빛나는 몸체 소름이 돋는다 그만 옷을 벗어주세요

듣고
말하고
둘은 함께가 아니라서

둘은 동시에 말하고
둘은 동시에 침묵을 듣고
둘은 창가로 끌려간다
입을 벌린 채 침묵한다
하나보다 작아진다

나무는 재가 될 수 있고 다시 말하지만 빛나는 것들은 모두 별이라고 동시에 말해야 해 중간에 생략한 화형은 떠올리지 말자

화

너는 알아들을 수 없는 말을 해
하지만 화가 났다는 것은 알겠어

Far; 감정은 모두 거리의 문제야
화는 재난이다
화내지 말아; 불가능한 청유의 감정전달체계
나는 물을 수밖에 없다
우는 게 나아 화내는 게 나아;
둘 다 낫지 않아
아픈 것은 누구인가 화를 입은 것은 대체 누구인가

이런 추상적인 얘기는 시적이지 않아
그러니 풍경에 대해 진술하자
관념에는 정념이라는 양념을 치고

애인이랑 밤에 휘파람을 불고 놀아도 뱀은 나오지 않았다 아무도 화내지 않고 뱀은 책속에 많잖아 주억거린다 이런 밤을 묘사하자 화내지 말고 화내지 말자는 말이 화를 불러일으키기도 한다 제발 가습기처럼 입을 벌리고 화내지 말아

번제와 같이
번개와 같이

화내지 말아

그러나 아무도 화내지 않는 아침이 오면
나를 거기서 오려내 주세요
알아들을 수 있는 화를 내줘
이제 마무리 해야지
마물(魔物)이 해야지

전진무의탁

오래전 나는 귀신이 들린다,라는 문장을 쓴 적이 있다 귀신을 본다는 사람들은 다 혼자서만 본다 귀신은 들린다 허공에 어깨를 걸치고 밤을 헤치고 나아가는 사람들이 있다 취하면 외롭지 않은 거겠지 취해서도 외로운 날에는 일단 총을 사라 그러면 모두 손을 들어줄 것이다 혼잣말을 너무 많이 하면 귀신이 들린다 마음속에서 빈 총(貧塚)을 겨누고 언젠가 적어 둔 청혼(聽魂)을 되뇐다

우리 회양목 그늘 아래 집을 짓고 살아요 농담은 그러니까 매번 이렇게 시작해야 해요 당신 고양이와 내 고양이가 우리 고양이를 괴롭히고 있어요 커다란 냉장고를 사서 그 속으로 매일 사냥을 떠나요 가난을 미워하되 두려워하지는 말고 작은 고통에 예민하되 세계의 작은 고통에는 발작을 하여요 내 만년필을 모조리 가져가서 앵무새로 키울지라도 화내지 않을게요 어린나무가 자라 고목이 되고 그 나무가 가득 차서 숲이 되는 장면을 찍은 영화를 같이 보고 그 영화를 매일 거꾸로 돌려보는 삶을 살아요 어떤 상점에서도 신속한 주문으로 귀신을 부르지 않도록 하고 진담만으로는 대화하지 않도록 농담만을, 농담만으로 당신은 내가 사러 갈 사람, 영원히 사러 갈 사람 우리 집에는 내빈(內貧)이 자리해 계십니다 편하게 먹고 살 비용 결론은 내셨는지 그렇지 않다면 이런 말씀을 마시든지 공기라도 힘껏 마시든지

인체 해부도를 들여다본다 몸 속에 붉은 나무 한 그루 서 있다 가

지는 줄기의 힘으로 늘어선 것인가 뿌리의 일인가 그것도 아니면 허공이 받쳐 주는 것인가 인생이 축복이라는 사람들도 세상에 있고 나는 노래를 흥얼거린다 'A maze grace' 인생은 미로야 ■

Poem

서호준

1986년에 태어났다.
시집 《소규모 팬클럽》을 썼다.

파란 머리 아레스

서호준
詩 人

깔고 앉은 돌바에서 파란 머리 아레스가 자랍니다. 나는 그것을 관상식물로 여겼어요. 그런데 그것이 먼저 나를 보고 있었고 어쩐지 조금씩 헛간 쪽으로 움직이는 것도 같았어요. 1990년대 일본 작화풍의 칼날 머릿결로 말이죠. 마침내 이곳에 왔구나, 쉬어도 되겠구나 하면서 파란 머리 아레스는 살기를 거둡니다. 오늘은 먼지가 앉았습니다. 이렇게 작은 변화도 두렵고 좋아요.

하나 남은 포션

하나 남은 포션을 도로 배낭에 넣는다. 안전한 거리로 낮에만 다녔다. 노점에서는 불법 만두나 짜잉켄 같은 것을 팔고 있었다. 어떤 의뢰라도 좋아. 양손에 귀 꾸러미를 들고 조신하게 걸었다. 하수구에서는 녹물이 쏟아지고 있다. 한나절 걸어야 사람을 보고 그러나 기억하며 지나치고. 우리 종의 장점은 뭘까. 어디 모이지도 못하고 더럽게 잘 외로워지는데. 미쳐야 쓸 수 있는 마법을 생각하다가. 하나 남은 포션 한 모금 입에 머금고 다시 통 안으로 뱉어낸다. 죽어도 삶이 끝나지 않는다면 어떡하지. 하나 남은 포션은 디켄팅된 포션. 필드에서는 누구든 험상궂어 보인다.

방치형 마을

눈 뜨면 또 이 마을 유일한 여인숙이다 처음 오셨나요? 나갈 때도 묻고 그러나 우리는 웃는다 아주 활기찬 마을이야 망치로 항아리 내리치는 소리 전깃줄에 매달려 노는 아이들 항아리족은 하늘길로 가는 게 좋다 눈이 커서 눈 뜨면 우리는 웃는다 그러라고 만든 게임이었는데 신도 설치한 게임 나갈 때도 신에게 묻고 나는 모든 계정을 엑셀 파일에 관리하였습니다만 실제 직업과 일치하여 이 마을 유일한 제단이다 신을 바치겠다 그동안 나는 밖으로 또 나가 항아리족을 몰래 만날 거야 그들에게는 비밀이 없다 스치면 알려준다 현실에서는 밀거래가 활발히 이루어져요

암순응

입체적인 오후였다, 자기 전에 울어서 그런가

링거를 달고 마을의 끝까지 걸어보았다

언니야 쉬 좀 싸고 가

칼바람도 불었는데 앞뒤가 맞지 않았다

지금 보이는 언덕 너머에는 엘프들이 살고 있다고 들었다

자기 전에 울어서 그런가,

커다란 링거에서 구름 파편이 쏟아지고

시간이 필요해

나랑 초대형 밥벌이 하나 하지 않을래?

두 번 가른 머리통들이 세탁기를 돌아다닌다

나는 키우는 재미가 쏠쏠했다고 들었다 그루터기에서 보는

마을의 거대한 웅덩이와

쪼개진 오후

부다 카시아

질 오캄부: [발암 물질 수집가]
에테르와 마나가 섞인 비율

탱거 바이: [첨단 마법사]
광기는 어떤 주문에도 호환되지 않음

예드 민혁 장: [새파란 그림자]
투 잡, 쓰리 잡, 직업군을 선택하시오

세 개체는 파티를 이룬다
곧바로 해체한다

오카나와 들렘송: [밭은 기침 더미]

네 개체는 파티를 이룬다
가능한 한 많은 것을 소환한다

피곤이 예술이야

소환된 다음에는 꿈을 꾼다
부다 카시아는 자신만의 던전을 운영하고 있다

엘프의 숲

숲에서 단내가 난다
잎들이 쏟아진다 피리도 분다 초조하게
주근깨 돋는다

처음 오셨군요
사역마가 낡은 지팡이를 건넨다
세공의 흔적이라곤 보이지 않는

그것을 받아 쥐었는지는
기억나지 않는다

나무들은 한 지점을 가리키고 있다
유난히 낙엽이 수북하여
위장 함정으로 떨어져 단박에 죽고 싶기도

장엄한 숲은 그러나
출구를 일일이 표시해두지 않는다

왜 사람들은 처음부터 친절하게 굴까
손패를 뒤섞고
이미 한 번 기억을 잃은 다음의 일이다

대머리 빗기기

게임이라 여겼는데 게임이 아니었다. 목숨이 많이 남아 있었다. 이상하게 — 내가 고문당하는 장면은 나오지 않는다. 아니면 잊었거나. 화염 내성과 독 내성의 슬라임처럼 밍기적거리는 새벽부터 모험. 나는 내 이야기가 하고 싶은 건지도 몰랐다. NPC와 유저가 구분되지 않아 나는 내 의지대로 걷다가 발자국이 깊어지면 효과음에 몸을 맡긴다. 행운의 왕돈까스 소스처럼 보기 좋게 떨어지는 땀방울. 남아도는 목숨을 적들에게 나누어 주었다. 그들은 그것을 죽는 데 썼다. 그리고 이 모든 상황을 누워서 지켜보는 사람이 있었는데 그 역시 자신의 운명은 모르는 듯했다. 음악이 바뀌자 계절이 바뀌었다. 나는 여름옷으로 갈아입고 집을 나섰다. 아니, 집을 나서면 모든 모험이 끝나버릴 것 같았다.

하품이 존나 나오고

자고 또 잤다. 누가 깨웠는데 누가 누군지 모르겠다. 턱수염들이 날아다녔던 것 같다. 나를 기다리던 자들이 있었던 것 같은데, 이대로 사형장까지 걸어가면 될까? 복도는 밤새 밝았던 양 맥아리가 없다. 두 줄로 조깅하는 사람들. 그러나 사람을 셀 때 쓰는 단위와 시체를 셀 때 쓰는 단위가 다르고 상태가 뒤바뀌는 순간을 포착하기는 너무 사람답지 않은 일이라 할까나. 오카나와 들렘송은 그러나 기침 더미를 뒤지다가 진실에 가까워진다.

오늘은 세탁기가 잘 돌아가지 않았고 그곳에는 너무 많은 것들이 들어 있었다. 오늘은 자고 또 잤으며 누가 깨울 때마다 신경질을 냈던 것 같다. 꿈에서 그랬듯이. 하품이 존나 나오고 입에 누군가의 손가락이 들어왔다 나간 것 같다. 확실하지 않아도 그래 확실하지 않아도 실수로 잠드는 편이 나으니까 나는 되도록 다양한 음식을 먹고 누웠다. 누워서 하는 생각은 모조리 진실이며 그것은 잊어야만 한다. 그런데 — 한편으로 나 역시 내가 죽이고픈 사람 목록에 들어 있었던 것 같다. 이런 생각을 하면 잠이 잘 오고 어쩌면 이런 생각을 잊기 위해 지루한 게임을 참으며 하품을 이어가는 것일지도 모르겠다. 짧은 하품 마흔두 번, 긴 하품 다섯 번.

나는 전생에 슬라임이었어요

왜 그렇게 흐느적거리냐고 물어보면
나는 전생에 슬라임이었어요
아 어쩐지, 답하는 사람과는 반드시 친구가 됐다
친구에게는 비밀도 술술 털어놓았다
화장실 청소를 좋아하는 슬라임이었다는 것
배출구가 없어 말년에는 크기가 고대종 드래곤만 했다는 것
그날 네가 사랑하는 사람을 삼켜버렸다는 것
아 어쩐지, 답하는 사람과는 애증을 깊게 쌓았으므로
나는 아직 존재할지도 모르는 슬라임을 찾아다녔다
내가 생겨났던 곳과 내가 살던 곳
끝내 몸이 터졌던 곳까지
국립공원으로 지정되어 있었는데 슬라임은 없었다
나는 전생에 최후의 슬라임이었어요 그때는 몰랐지만
아 어쩐지, 답하는 사람이 있다면
위험해
지구가 거대한 슬라임이며
우리는 소화되는 중이라고

그러나 태초마을에서

인간을 보고 인간을 말하기…… 캠핑카가 마나를 다 먹었다. 디벡 할리스는 시간을 앞질러 달려서 문제야. 사채를 쓰고 또 온갖 울음소리가 들리는 에어팟을 끼고 집단 망명 신청서를 작성함. 어차피 우리는 같은 종족이야 미래야…… 울타리에 자라던 버섯을 뜯어 먹고 트롤의 똥 위에서 방방이를 타고 파워 섹스를 하고. 자유? 이게 자유? 죽어도 되살아나잖아 같은 몰골 같은 이름으로, 모든 기억을 떠안고, 그리하여 우리는 무시무시한 가명을 쓰기로 했다. 죽지 않을 정도로만 몸을 훼손하느라 시나리오가 바뀐 줄도 몰랐다. 그러나 태초마을에서야 누가 뭘 하든……

Poem

육호수

2016년 대산대학문학상 시 부문을, 2022년 세계일보 신춘문예 문학평론 부문을 수상하였다. 시집 《나는 오늘 혼자 바다에 갈 수 있어요》가 있다.

신작시
—패스를 패스합니다

육호수
詩 人

코로나 백신 접종은 했지만
어쨌든 육호수 시인은
자기검열 미통과자로 입장거부되어
〈신작시 1~10〉 연작에 입장하지 못했습니다

◆ 본문 내 오탈자와 맞춤법에 맞지 않는 표현, 띄어쓰기의 오류 등은 작가의 의도에 의한 부분임을 밝힙니다.

신작시 2
—휴대용 낭독회

한국예술아카데미에서
휴대용낭독회 녹화를 했다
유튜브에 올라간다고 했다
여덟 명의 시인, 소설가 중 첫 번째 순서였다

낭독 도중에 촬영감독이
"잠시만요"
낭독을 끊었다

그러곤 담당자가
종이 원고를 태블릿 PC로 바꿔주었다
이 편이 더 보기 좋을 것 같다고 했다
태블릿을 써본 적은 없지만 아마
다음 작가들도 오늘은 태블릿 PC로 읽을 테고
한 영상에 같이 들어갈 터라
그렇게 했다
시인이
종이를 보고 시를 읽는 것보다
태블릿 PC를 보고 읽는 게
더 보기 좋을 수도 있구나
그러러니 했다 그런데

촬영감독이

"저기 다 좋은데, 낭독 속도를 십 프로만 빠르게 해주세요"

라고 말했다

이때 당시 내가 느낀 바를 비유하자면 이렇다

상황1.

피아니스트 조성진이 스튜디오에서 쇼팽 녹턴 Op.9 No.2 연주 영상을 녹화한다. 연주 도중 촬영 감독이 연주를 끊는다. "잠시만요, 피아니스트님, 다 좋은데 연주를 십 프로만 빠르게 해주세요." 이어 현장 담당자가 말한다. "피아니스트님, 피아노를 전자피아노로 바꿔야겠어요. 그게 더 보기 좋을 것 같아요."

이렇게 비유하면 어느 정도 전달이 되려나. 하지만 내가 정말로 느꼈던 바는 이렇다

상황2. 쇼팽이 자신이 작곡한 녹턴 Op.9 No.2를 직접 연주하여 (축음기의 발명 전이었지만) 녹음한다. 녹음 감독이 쇼팽의 연주를 끊고 말한다. "잠시만요, 작곡가님, 다 좋은데 연주를 10프로만 빠르게 해주세요."

당시 나는 "네"라고 대답하고 읽던 대로 읽었다

하지만 다시 읽을 때는 도무지 처음처럼 집중하지 못했다
낭독 영상을 다시 보지 않았고 보고 싶지 않다
리듬은 사유의 보폭이고
영혼의 지문과 같다
종이는 내 유일한 방이다

어떤 팟캐스트 낭독에서는
연과 행의 사이의 정적을 편집해서 다 줄여놓았다
팟캐 담당자한테 항의하고 싶었지만 참았다
참았다가 여기에 쓴다

첫 시집 오디오북 녹음은 어떤 배우가 했는데
행갈이고 연갈이고 그냥 자기가
읽
고
싶
은
대
로
다

붙

여

서

줄줄

읽었

다

다시는 오디오북 듣지 않았다

이것도 참았다가 여기에 쓴다

시행간의 침묵과 정적을 견디지 못해서 그런 건지

그냥 별로인 시라서 그런 건지

모르겠다

시의 문장은 당장 그 문장이 무엇을 말하는지보다

그 문장이 얼마만큼의 정적을 안고 있는지가 더 중요할 때가 있다

물론 이 시는 아니다

이 시에는 리듬이 없다

제대로 쓰고 싶은 마음이 없다

마춤뻡이고 띠어쓰기고 비문이고 신경쓰기싫다

이게 시가 아니었음 좋겠다

시가 끝난 직후에 침묵은 가장 선명해진다
이런 시는 안 쓰는 게 더 좋았을 거다

신작시 3
—심의 위원

2020 대한미국예술아카데미 문학분야 2차 심의 면접을 했다.
꿈에서 했는데 여기 시에 쓴다
나는 2020 한국예술아카데미에 떨어졌고 2021년에는 붙었다.

꿈에서, 2020년 대한미국예술아카데미 면접 도중
한 소설가 심의 위원이 물었다 (물론 대한미국어가 아닌 한국어로)
"당신보다 더 오랫동안 어렵고 힘든 불쌍한 선배들 많은데, 혹시 양보할 생각 없나?"

나는 꿈에서 생각했다
사전 안내된 아카데미의 평가 항목은 다음과 같다

1. 사업과의 부합성 및 예술역량
ㅇ 본 사업에 대한 뚜렷한 참가동기 및 활동목표를 가지고 있는가?
ㅇ 신청자의 예술활동실적은 본 사업을 수행하기 위한 예술역량을 충분히 갖추고 있는가?
ㅇ 실적을 토대로 볼 때 신청자의 예술적 수월성 및 성장 잠재력이 있는가?

2. 계획의 충실성 및 실현가능성
ㅇ 조사연구계획을 명확하고 구체적으로 수립하였는가?

○ 제시한 조사연구계획은 사전에 충분히 준비되어 있는가?
○ 제시한 조사연구계획은 실현가능성이 있는가?

3. 예술적 성취도 및 발전가능성
○ 사업수행을 통해 기대되는 예술적 성취도가 높은가?
○ 향후 지속발전 가능성이 있는가?

그렇다면 "힘들다"는 건, "어렵다"는 건 위 항목 중 어디에 해당하는 걸까?

나는 구호기금이나 재난지원금을 받기 위해 온 것이 아니라
한 명의 예술가로 연구지원금과 창작지원금을 받기 위해 왔다
내 가난을 왜 여기서 증명해야 하는걸까?
증명하면 선정될 수 있나?
어떻게 증명할 수 있나?
저 소설가는 왜 저런 태도로 나를 대하는걸까?

ex) 고은 시인이 면접을 보러 와도 저렇게 대할 수 있을까?
"저기, 고은 시인, 더 어렵게 사는 선배들 많은데 양보할 생각 없나?"

그는 "힘든 '선배'들이 많다"고 했다만

선정된 시인 중 한 명은 나보다 뒤에 데뷔했고
나머지 한 명은 나와 같은 해에 데뷔했다
소설가는 시인이 아니고, 내 선배가 아니다
선정된 여섯 명의 소설가의 소설 중 무엇도 읽어본 적 없고
물론 저 질문을 한 소설가의 소설도 읽어본 적 없었다
글을 본 적도 없는데 무슨 선배
대한미국 시인만 수만 명이다

그는
그 작가들이 어려운 걸 어떻게 알았을까?
그 작가들이 생활의 어려움을 지원동기에 피력한 걸까?
아니면 평소부터 알고지내던 딱한 후배들이 마침 지원한 걸까?
아니면 "지금 생활이 힘든가요?"가 저 사람의 공통질문이었던 걸까?

문학은 선착순이 아니고
먼저 등단했다고 내 선배 아니고
대한미국의 문학이 망한다면 저렇게
심의 위원자리에 엉덩이 깔고 앉아있는
유사작가군 때문일 거라고 생각했다
물론 꿈에서

나는 지난 며칠 면접을 준비하며
예상 질문을 만들고
시와 문학에 대해 자답하던 모습들이 생각나
수치스러웠다

그 질문에 나는 답했다
"제가 제일 가난하고 불쌍해서 아무한테도 양보할 수 없습니다."

심의 위원들은 웃었다
나도 웃었다
나는 내가 그때 그렇게 대답한 게
퍽 수치스러웠는데 지금생각하면
같이 웃고 있었던 게 더
수치스럽다
지금 그 질문이 어떤 평가항목과 관계 있는지
따져 물었어야 했지만
그가 예상했던 것보다 훨씬 더 실제 내가
가난해서
그렇게 묻지 못했다
그렇게 물었다면
"우리 후배님 긴장 풀어주려고 그런거지 핫 핫"

같은 같잖은 소릴 할지도 모르지
물론 꿈에서

심의가 끝나갈 즈음
다른 심의 위원이자 시인이자 대형 출판사 문학팀장이
"지금은 힘들겠지만, 열심히 하면 나중에 보니 다 잘되더라"
짐짓 위로하듯 말했다
면접 시간은 정해져 있고
나는 왜 저런 말을 해주는지 몰랐지만
그래도 그 당시엔 조금 위안이 되었던 것 같다
물론 꿈에서

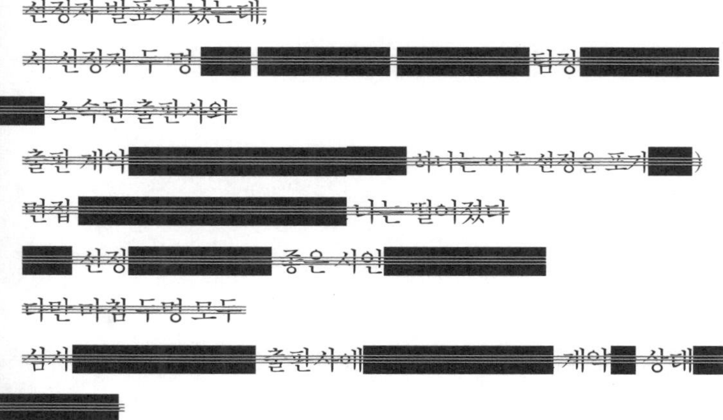

선정자 발표가 났는데,
새 선정자 두 명 팀장
소속된 출판사와
출판 계약 하나는 이후 선정을 포기)
면접 나는 떨어졌다
선정 좋은 시인
다만 마침 두 명 모두
심사 출판사에 계약 상태
이 기막힌 우연에 대해

~~정부 공직 기금~~ ~~심의~~ ~~사직~~
~~시스템에 대해~~

꿈에서

아니, 꿈에서 깨고 나서

생각한다 엄마는 이 시를 쓰지 말라고 했다 그런 사람들이 그 시를 보면 얼마나 ○○하게 ●●하겠냐면서 예술이 썩으면 다 썩은 건데라고도 하셨지만 나중에 너가 큰 시인 돼서 바꾸라고 했다 친구 시인도 쓰지 말라고 했다 걔네들 진짜 ○○한 건 맞지만 너만 조용히 손해본다고 생각한다 생각한다 생각한다 생각한다 생각한다 생각한다 생각한다 생각한다 생각한다 생각한다 생각한다 생각한다 생각한다 생각한다 생각한다 생각한다 너가 쓰던 시 계속 쓰는게 낫지 그런 시 쓰는 에너지가 아깝다고 생각한다 하지만 이 시가 발표되어야 한다면 여기 아카데미 앤솔러지만큼 좋은 곳이 없을 거라고 생각한다 모래야 나는 왜 이렇게 크냐 생각한다 생각한다 생각한다 생각한다 생각한다 생각한

다 생각한다 엄마는 이 시를 쓰지 말라고 했다 그런 사람들이 그 시를 보면 얼마나 ○○하게 ●●하겠냐면서 예술이 썩으면 다 썩은 건데라고도 하셨지만 나중에 너가 큰 시인 돼서 바꾸라고 했다 친구 시인도 쓰지 말라고 했다 걔네들 진짜 ○○한 건 맞지만 너만 조용히 손해본다고 생각한다 생각한다 생각한다 생각한다 생각한다 생각한다 생각한다 생각한다 생각한다 생각한다 생각한다 생각한다 생각한다 생각한다 생각한다 생각한다 너가 쓰던 시 계속 쓰는게 낫지 그런 시 쓰는 에너지가 아깝다고 생각한다 생각

한다 생각한다 생각한다 생각한다 생각한다 생각한다 생각한다 생각한다 생각한다 생각한다 생각한다 생각한다 생각한다 생각한다 생각한다 생각한다 하지만 이 시가 발표되어야 한다면 여기 아카데미 앤솔러지만큼 좋은 곳이 없을 거라고 생각한다 모래야 나는 왜 이렇게 크냐 생각한다 생

각한다 생각한다 생각한다 생각한다 생각한다 생각한다 생각한다 생각한다 생각한다 생각한다 생각한다 생각한다 생각한다 생각한 다 생각한다 생각한다 생각한다 생각한다 생각한다 생각한다 생각 한다 생각한다 생각한다 생각한다 생각한다 생각한다 생각한다 생 각한다 생각한다 생각한다 생각한다 생각한다 생각한다 생각한다 생각한다 생각한다 생각한다 생각한다 생각한다 생각한다 생각한 다 생각한다 생각한다 생각한다 엄마는 이 시를 쓰지 말라고 했다 그런 사람들이 그 시를 보면 얼마나 ○○하게 ●●하겠냐면서 예술 이 썩으면 다 썩은 건데라고도 하셨지만 나중에 너가 큰 시인 돼서 바꾸라고 했다 친구 시인도 쓰지 말라고 했다 걔네들 진짜 ○○한 건 맞지만 너만 조용히 손해본다고 생각한다 생각한다 생각한다 생 각한다 생각한다 생각한다 생각한다 생각한다 생각한다 생각한다 생각한다 생각한다 생각한다 생각한다 생각한다 너가 쓰던 시 계속 쓰는게 낫지 그런 시 쓰는 에너지가 아깝다고 생각한다 생각한다 생각한다 생각한다 생각한다 생각한다 생각한다 생각한다 생각한 다 생각한다 생각한다 생각한다 생각한다 생각한다 생각한다 생각 한다 생각한다 생각한다 생각한다 생각한다 생각한다 생각한다 생 각한다 생각한다 생각한다 생각한다 생각한다 생각한다 생각한다 생각한다 생각한다 생각한다 생각한다 생각한다 생각한다 생각한 다 생각한다 생각한다 생각한다 하지만 이 시가 발표되어야 한다면 여기 아카데미 앤솔러지만큼 좋은 곳이 없을 거라고 생각한다 생각 한다 생각한다 생각한다 생각한다 생각한다 생각한다 생각한다 생

각한다 생각한다 모래야 나는 왜 이렇게 크냐 생각한다

생각한다 생각한다 생각한다 생각한다 생각한다 생각한다 생각한다 생각한다 생각한다 생각한다 생각한다 생각한다 생각한다 엄마는 이 시를 쓰지 말라고 했다 그런 사람들이 그 시를 보면 얼마나 ○○하게 ●●하겠냐면서 예술이 썩으면 다 썩은 건데라고도 하셨지만 나중에 너가 큰 시인 돼서 바꾸라고 했다 친구 시인도 쓰지 말라고 했다 걔네들 진짜 ○○한 건 맞지만 너만 조용히 손해본다고 생각한다 생각한다 생각한다 생각한다 생각한다 생각한다 생각한다 생각한다 생각한다 생각한다 생각한다 생각한다 생각한다 생각한다 생각한다 너가 쓰던 시 계속 쓰는게 낫지 그런 시 쓰는 에너지가 아깝다고 생각한다 하지만 이 시가 발표되어야 한다면 여기 아카데미 앤솔러지만큼만큼 좋은 곳이 없을 거라고 생각한다 생각

한다 생각한다 모래야 나는 왜 이렇게 크냐 생각한다 엄마는 이 시를 쓰지 말라고 했다 그런 사람들이 그 시를 보면 얼마나 ○○하게 ●●하겠냐면서 예술이 썩으면 다 썩은 건데라고도 하셨지만 나중에 너가 큰 시인 돼서 바꾸라고 했다 친구 시인도 쓰지 말라고 했다 걔네들 진짜 ○○한 건 맞지만 너만 조용히 손해본다고 생각한다 생각한다 생각한다 생각한다 생각한다 생각한다 생각한다 생각한다 생각한다 생각한다 생각한다 생각한다 생각한다 생각한다 생각한다 생각한다 너가 쓰던 시 계속 쓰는게 낫지 그런 시 쓰는 에너지가 아깝다고 생각한다 하지만 이 시가 발표되어야 한다면 여기 아카데미 앤솔러지만큼 좋은 곳이 없을 거라고 생각한다

생각한다 생각한다 생각한다 생각한다 생각한다 생각한다 생각한다 생각한다 생각한다 생각한다 생각한다 생각한다 생각한다 생각한다 생각한다 생각한다 생각한다 생각한다 생각한다 모래야 나는 왜 이렇게 크냐 생각한다 엄마는 이 시를 쓰지 말라고 했다 그런 사람들이 그 시를 보면 얼마나 ○○하게 ●●하겠냐면서 예술이 썩으면 다 썩은 건데라고도 하셨지만 나중에 너가 큰 시인 돼서 바꾸라고 했다 친구 시인도 쓰지 말라고 했다 걔네들 진짜 ○○한 건 맞지만 너만 조용히 손해본다고 생각한다 생각한다 생각한다 생각한다 생각한다 생각한다 생각한다 생각한다 생각한다 생각한다 생각한다 생각한다 생각한다 생각한다 생각한다 생각한다 너가 쓰던 시 계속 쓰는게 낫지 그런 시 쓰는 에너지가 아깝다고 생각한다 하지만 이 시가 발표되어야 한다면 여기 아카데미 앤솔러지만큼 좋은 곳이 없을 거라고 생각한다 모래야 나는 왜 이렇게 크냐 생각한다 생각한다 생각한다 생각한다 생각한다 생각한다 생각한다 생각한다 생각한다 생각한

다 생각한다 엄마는 이 시를 쓰지 말라고 했다 그런 사람들이 그 시를 보면 얼마나 ○○하게 ●●하겠냐면서 예술이 썩으면 다 썩은 건데라고도 하셨지만 나중에 너가 큰 시인 돼서 바꾸라고 했다 친구 시인도 쓰지 말라고 했다 걔네들 진짜 ○○한 건 맞지만 너만 조용히 손해본다고 생각한다 생각한다 생각한다 생각한다 생각한다 생각한다 생각한다 생각한다 생각한다 생각한다 생각한다 생각한다 생각한다 생각한다 생각한다 생각한다 생각한다 너가 쓰던 시 계속 쓰는게 낫지 그런 시 쓰는 에너지가 아깝다고 생각한다 생

각한다 생각한다 생각한다 생각한다 생각한다 생각한다 생각한다 생각한다 생각한다 생각한다 하지만 이 시가 발표되어야 한다면 여기 아카데미 앤솔러지만큼 좋은 곳이 없을 거라고 생각한다 모래야 나는 왜 이렇게 크냐 생각한다

생각한다 엄마는 이 시를 쓰지 말라고 했다 그런 사람들이 그 시를 보면 얼마나 ○○하게 ●●하겠냐면서 예술이 썩으면 다 썩은 건데라고도 하셨지만 나중에 너가 큰 시인 돼서 바꾸라고 했다 친구 시인도 쓰지 말라고 했다 걔네들 진짜 ○○한 건 맞지만 너만 조용히 손해본다고 생각한다 생각한다 생각한다 생각한다 생각한다 생각한다 생각한다 생각한다 생각한다 생각한다 생각한다 생각한다 생각한다 생각한다 생각한다 생각한다 너가 쓰던 시 계속 쓰는게 낫지 그런 시 쓰는 에너지가 아깝다고 생각한다 하지만 이 시가 발표되어야 한다면 여기 아카데미 앤솔러지만큼 좋은 곳이 없을 거라고 생각한다 생각한다 생각한다 생각한다 생각한다 생각한다 생각한다 생각한다 생각한다 생각한다 생각한다 생각한다 생각한

다 생각한다 모래야 나는 왜 이렇게 크냐 생각한다 생각

한다 생각한다 생각한다 생각한다 생각한다 생각한다 생각한다 생각한다 생각한다 생각한다 생각한다 엄마는 이 시를 쓰지 말라고 했다 그런 사람들이 그 시를 보면 얼마나 ○○하게 ●●하겠냐면서 예술이 썩으면 다 썩은 건데라고도 하셨지만 나중에 너가 큰 시인 돼서 바꾸라고 했다 친구 시인도 쓰지 말라고 했다 걔네들 진짜 ○○한 건 맞지만 너만 조용히 손해본다고 생각한다 생각한다 생각한다 생각한다 생각한다 생각한다 생각한다 생각한다 생각한다 생각한다 생각한다 생각한다 생각한다 생각한다 생각한다 너가 쓰던 시 계속 쓰는게 낫지 그런 시 쓰는 에너지가 아깝다고 생각한다 하지만 이 시가 발표되어야 한다면 여기 아카데미 앤솔러지만큼 좋은 곳이 없을 거라고 생각한다 생

각한다 생각한다 생각한다 생각한다 생각한다 생각한다 생각한다 생각한다 생각한다 생각한다 생각한다 생각한다 생각한다 생각한 다 생각한다 생각한다 생각한다 생각한다 생각한다 생각한다 생각 한다 생각한다 생각한다 생각한다 생각한다 생각한다 생각한다 생 각한다 생각한다 생각한다 생각한다 생각한다 생각한다 생각한다 생각한다 생각한다 생각한다 생각한다 생각한다 생각한다 생각한 다 생각한다 생각한다 생각한다 생각한다 모래야 나는 왜 이렇게 크냐 생각한다 생각한다 생각한다 생각한다 생각한다 생각한다 생 각한다 생각한다 생각한다 생각한다 생각한다 생각한다 생각한다 생각한다 생각한다 생각한다 생각한다 생각한다 생각한다 생각한 다 생각한다 생각한다 생각한다 생각한다 생각한다 생각한다 생각 한다 생각한다 생각한다 생각한다 생각한다 생각한다 생각한다 생 각한다 생각한다 생각한다 생각한다 생각한다 생각한다 생각한다 생각한다 생각한다 생각한다 생각한다 생각한다 생각한다 생각한 다 생각한다 생각한다 생각한다 생각한다 생각한다 생각한다 생각 한다 생각한다 생각한다 생각한다 생각한다 생각한다 생각한다 생 각한다 생각한다 생각한다 생각한다 생각한다 생각한다 생각한다 생각한다 생각한다 생각한다 생각한다 생각한다 생각한다 생각한 다 생각한다 생각한다 생각한다 생각한다 생각한다 생각한다 엄마 는 이 시를 쓰지 말라고 했다 그런 사람들이 그 시를 보면 얼마나 ○ ○하게 ●●하겠냐면서 예술이 썩으면 다 썩은 건데라고도 하셨지 만 나중에 너가 큰 시인 돼서 바꾸라고 했다 친구 시인도 쓰지 말라고 했다 걔네들 진짜 ○○한 건 맞지만 너만 조용히 손해본다고 생각한다 생각한다 생각한다 생각한다 생각한다 생각한다 생각한다 생각한다 생각한다 생각한다 생각한다 생각한다 생각한다 생각한다 생각한다 생각한다 너가 쓰던 시 계속 쓰는게 낫지 그런 시 쓰는 에너지가 아깝다고 생각한다 하지만 이 시가 발표되어야 한다면 여기 아카데미 앤솔러지만큼 좋은 곳이 없을 거라고 생각한다 생각

한다 생각한다 생각한다 생각한다 생각한다 생각한다 생각한다 생각한다 생각한다 생각한다 생각한다 생각한다 생각한다 생각한다 생각한다 생각한다 모래야 나는 왜 이렇게 크냐 생각한다 엄마는 이 시를 쓰지 말라고 했다 그런 사람들이 그 시를 보면 얼마나 ○○하게 ●●하겠냐면서 예술이 썩으면 다 썩은 건데라고도 하셨지만 나중에 너가 큰 시인 돼서 바꾸라고 했다 친구 시인도 쓰지 말라고 했다 걔네들 진짜 ○○한 건 맞지만 너만 조용히 손해본다고 생각한다 생각한다 생각한다 생각한다 생각한다 생각한다 생각한다 생각한다 생각한다 생각한다 생각한다 생각한다 생각한다 생각한다 생각한다 너가 쓰던 시 계속 쓰는게 낫지 그런 시 쓰는 에너지가 아깝다고 생각한다 생각한다 생

각한다 생각한다 생각한다 생각한다 생각한다 생각한다 생각한다 생각한다 생각한다 생각한다 생각한다 생각한다 생각한다 생각한 다 생각한다 생각한다 생각한다 생각한다 생각한다 생각한다 생각 한다 생각한다 생각한다 생각한다 생각한다 생각한다 생각한다 생 각한다 생각한다 생각한다 생각한다 생각한다 생각한다 생각한다 생각한다 생각한다 생각한다 하지만 이 시가 발표되어야 한다면 여 기 아카데미 앤솔러지만큼 좋은 곳이 없을 거라고 생각한다 생각한 다 생각한다 생각한다 생각한다 생각한다 생각한다 생각한다 생각 한다 생각한다 생각한다 생각한다 생각한다 생각한다 생각한다 생 각한다 생각한다 생각한다 생각한다 생각한다 생각한다 생각한다 생각한다 생각한다 생각한다 생각한다 생각한다 생각한다 생각한 다 생각한다 생각한다 생각한다 생각한다 생각한다 생각한다 생각 한다 생각한다 생각한다 생각한다 생각한다 생각한다 생각한다 생 각한다 생각한다 생각한다 생각한다 생각한다 생각한다 생각한다 생각한다 생각한다 생각한다 생각한다 생각한다 생각한다 생각한 다 생각한다 생각한다 생각한다 생각한다 생각한다 생각한다 생각 한다 생각한다 생각한다 생각한다 생각한다 생각한다 생각한다 생 각한다 생각한다 생각한다 생각한다 생각한다 생각한다 생각한다 생각한다 생각한다 생각한다 생각한다 생각한다 생각한다 생각한 다 생각한다 생각한다 생각한다 생각한다 모래야 나는 왜 이렇게 크냐 생각한다 생각한다 생각한다 생각한다 생각한다 생각한다 생 각한다 생각한다 생각한다 생각한다 생각한다 생각한다 생각한다

생각한다 엄마는 이 시를 쓰지 말라고 했다 그런 사람들이 그 시를 보면 얼마나 ○○하게 ●●하겠냐면서 예술이 썩으면 다 썩은 건데라고도 하셨지만 나중에 너가 큰 시인 돼서 바꾸라고 했다 친구 시인도 쓰지 말라고 했다 개네들 진짜 ○○한 건 맞지만 너만 조용히 손해본다고 생각한다 생각한다 생각한다 생각한다 생각한다 생각한다 생각한다 생각한다 생각한다 생각한다 생각한다 생각한다 생각한다 생각한다 생각한다 생각한다 너가 쓰던 시 계속 쓰는게 낫지 그런 시 쓰는 에너지가 아깝다고 생각한다 생각한

다 생각한다 생각한다 생각한다 생각한다 생각한다 생각한다 하지만 이 시가 발표되어야 한다면 여기 아카데미 앤솔러지만큼 좋은 곳이 없을 거라고 생각한다 모래야 나는 왜 이렇게 크냐 생각한다 생각

한다 생각한다 엄마는 이 시를 쓰지 말라고 했다 그런 사람들이 그 시를 보면 얼마나 ○○하게 ●●하겠냐면서 예술이 썩으면 다 썩은 건데라고도 하셨지만 나중에 너가 큰 시인 돼서 바꾸라고 했다 친구 시인도 쓰지 말라고 했다 개네들 진짜 ○○한 건 맞지만 너만 조용히 손해본다고 생각한다 생각한다 생각한다 생각한다 생각한다 생각한다 생각한다 생각한다 생각한다 생각한다 생각한다 생각한다 생각한다 생각한다 생각한다 너가 쓰던 시 계속 쓰는게 낫지 그런 시 쓰는 에너지가 아깝다고 생각한다 하지만 이 시가 발표되어야 한다면 여기 아카데미 앤솔러지만큼 좋은 곳이 없을 거라고 생각한다 생각한다 생각한다 생각한다 생각한다 생각한다 생각한다 생각한다 생각한다 생각한다 생각한다 생각한다 생각한다 생각한다 생각한다 생

각한다 생각한다 모래야 나는 왜 이렇게 크냐 생각한다 생각한

다 생각한다 생각한다 생각한다 생각한다 생각한다 생각한다 생각한다 엄마는 이 시를 쓰지 말라고 했다 그런 사람들이 그 시를 보면 얼마나 ○○하게 ●●하겠냐면서 예술이 썩으면 다 썩은 건데라고도 하셨지만 나중에 너가 큰 시인 돼서 바꾸라고 했다 친구 시인도 쓰지 말라고 했다 개네들 진짜 ○○한 건 맞지만 너만 조용히 손해본다고 생각한다 생각한다 생각한다 생각한다 생각한다 생각한다 생각한다 생각한다 생각한다 생각한다 생각한다 생각한다 생각한다 생각한다 생각한다 너가 쓰던 시 계속 쓰는게 낫지 그런 시 쓰는 에너지가 아깝다고 생각한다 하지만 이 시가 발표되어야 한다면 여기 아카데미 앤솔러지만큼 좋은 곳이 없을 거라고 생각한다 생각

한다 생각한다 모래야 나는 왜 이렇게 크냐 생각한다 엄마는 이 시를 쓰지 말라고 했다 그런 사람들이 그 시를 보면 얼마나 ○○하게 ●●하겠냐면서 예술이 썩으면 다 썩은 건데라고도 하셨지만 나중에 너가 큰 시인 돼서 바꾸라고 했다 친구 시인도 쓰지 말라고 했다 걔네들 진짜 ○○한 건 맞지만 너만 조용히 손해본다고 생각한다 생각한다 생각한다 생각한다 생각한다 생각한다 생각한다 생각한다 생각한다 생각한다 생각한다 생각한다 생각한다 생각한다 생각한다 생각한다 너가 쓰던 시 계속 쓰는게 낫지 그런 시 쓰는 에너지가 아깝다고 생각한다 하지만 이 시가 발표되어야 한다면 여기 아카데미 앤솔러지만큼 좋은 곳이 없을 거라고 생각한다

생각한다 생각한다 생각한다 생각한다 생각한다 생각한다 생각한다 생각한다 생각한다 생각한다 생각한다 모래야 나는 왜 이렇게 크냐 생각한다 엄마는 이 시를 쓰지 말라고 했다 그런 사람들이 그 시를 보면 얼마나 ○○하게 ●●하겠냐면서 예술이 썩으면 다 썩은 건데라고도 하셨지만 나중에 너가 큰 시인 돼서 바꾸라고 했다 친구 시인도 쓰지 말라고 했다 걔네들 진짜 ○○한 건 맞지만 너만 조용히 손해본다고 생각한다 생각한다 생각한다 생각한다 생각한다 생각한다 생각한다 생각한다 생각한다 생각한다 생각한다 생각한다 생각한다 생각한다 생각한다 너가 쓰던 시 계속 쓰는게 낫지 그런 시 쓰는 에너지가 아깝다고 생각한다 생각한다 생각한다 생각한다 생각한다 생각한

다 생각한다 하지만 이 시가 발표되어야 한다면 여기 아카데미 앤솔러지만큼 좋은 곳이 없을 거라고 생각한다 모래야 나는 왜 이렇게 크냐 생각한다 생각한다 생각한다 생각한다 생각한다 생각한다 생각한다 생각한다 생각한다 생각한다 생각한다 생각한다 생각한다 생각한다 생각한다 생각한다 생각

한다 생각한다 엄마는 이 시를 쓰지 말라고 했다 그런 사람들이 그 시를 보면 얼마나 ○○하게 ●●하겠냐면서 예술이 썩으면 다 썩은 건데라고도 하셨지만 나중에 너가 큰 시인 돼서 바꾸라고 했다 친구 시인도 쓰지 말라고 했다 걔네들 진짜 ○○한 건 맞지만 너만 조용히 손해본다고 생각한다 생각한다 생각한다 생각한다 생각한다 생각한다 생각한다 생각한다 생각한다 생각한다 생각한다 생각한다 생각한다 생각한다 생각한다 생각한다 너가 쓰던 시 계속 쓰는게 낫지 그런 시 쓰는 에너지가 아깝다고 생각한다

생각한다 생각한다 생각한다 하지만 이 시가 발표되어야 한다면 여
기 아카데미 앤솔러지만큼 좋은 곳이 없을 거라고 생각한다 생각한
다 생각한다 생각한다 생각한다 생각한다 생각한다 생각한다 생각
한다 생각한다 생각한다 생각한다 생각한다 생각한다 생각한다 생
각한다 생각한다 생각한다 생각한다 생각한다 생각한다 생각한다
생각한다 생각한다 생각한다 생각한다 생각한다 생각한다 생각한
다 생각한다 생각한다 생각한다 생각한다 생각한다 생각한다 생각
한다 생각한다 생각한다 생각한다 생각한다 생각한다 생각한다 생
각한다 생각한다 생각한다 생각한다 생각한다 생각한다 생각한다
생각한다 생각한다 생각한다 생각한다 생각한다 생각한다 생각한
다 생각한다 생각한다 생각한다 생각한다 생각한다 생각한다 생각
한다 생각한다 생각한다 생각한다 생각한다 생각한다 생각한다 생
각한다 생각한다 생각한다 생각한다 생각한다 생각한다 생각한다
생각한다 생각한다 생각한다 생각한다 생각한다 생각한다 생각한
다 생각한다 생각한다 생각한다 생각한다 모래야 나는 왜 이렇게
크냐 생각한다 생각한다 생각한다 생각한다 생각한다 생각한다 생
각한다 생각한다 생각한다 생각한다 생각한다 생각한다 생각한다
생각한다 생각한다 생각한다 생각한다 생각한다 생각한다 생각한
다 생각한다 생각한다 생각한다 생각한다 생각한다 생각한다 생각
한다 생각한다 생각한다 생각한다 생각한다 생각한다 생각한다 생
각한다 생각한다 생각한다 생각한다 생각한다 생각한다 생각한다
생각한다 생각한다 생각한다 생각한다 생각한다 생각한다 생각한

다 생각한다 엄마는 이 시를 쓰지 말라고 했다 그런 사람들이 그 시를 보면 얼마나 ○○하게 ●●하겠냐면서 예술이 썩으면 다 썩은 건데라고도 하셨지만 나중에 너가 큰 시인 돼서 바꾸라고 했다 친구 시인도 쓰지 말라고 했다 개네들 진짜 ○○한 건 맞지만 너만 조용히 손해본다고 생각한다 생각한다 생각한다 생각한다 생각한다 생각한다 생각한다 생각한다 생각한다 생각한다 생각한다 생각한다 생각한다 생각한다 생각한다 생각한다 너가 쓰던 시 계속 쓰는게 낫지 그런 시 쓰는 에너지가 아깝다고 생각한다 하지만 이 시가 발표되어야 한다면 여기 아카데미 앤솔러지만큼 좋은 곳이 없을 거라고 생각한다 생각한다 생각한다 생각한다 생각한다 생각한다 생각한다 생각한다 생각한다 생각한다 생각한다 생각한다 생각한다 생각한다 생각한다 생각한다 생각한다 생각한다 생각한다 생각

한다 생각한다 모래야 나는 왜 이렇게 크냐 생각한다 생

각한다 생각한다 생각한다 엄마는 이 시를 쓰지 말라고 했다 그런 사람들이 그 시를 보면 얼마나 ○○하게 ●●하겠냐면서 예술이 썩으면 다 썩은 건데라고도 하셨지만 나중에 너가 큰 시인 돼서 바꾸라고 했다 친구 시인도 쓰지 말라고 했다 걔네들 진짜 ○○한 건 맞지만 너만 조용히 손해본다고 생각한다 생각한다 생각한다 생각한다 생각한다 생각한다 생각한다 생각한다 생각한다 생각한다 생각한다 생각한다 생각한다 생각한다 생각한다 생각한다 너가 쓰던 시 계속 쓰는게 낫지 그런 시 쓰는 에너지가 아깝다고 생각한다 하지만 이 시가 발표되어야 한다면 여기 아카데미 앤솔러지만큼 좋은 곳이 없을 거라고 생각한다

생각한다 모래야 나는 왜 이렇게 크냐 생각한다 엄마는 이 시를 쓰지 말라고 했다 그런 사람들이 그 시를 보면 얼마나 ○○하게 ●●하겠냐면서 예술이 썩으면 다 썩은 건데라고도 하셨지만 나중에 너가 큰 시인 돼서 바꾸라고 했다 친구 시인도 쓰지 말라고 했다 개네들 진짜 ○○한 건 맞지만 너만 조용히 손해본다고 생각한다 생각한다 생각한다 생각한다 생각한다 생각한다 생각한다 생각한다 생각한다 생각한다 생각한다 생각한다 생각한다 생각한다 생각한다 생각한다 너가 쓰던 시 계속 쓰는게 낫지 그런 시 쓰는 에너지가 아깝다고 생각한다 하지만 이 시가 발표되어야 한다면 여기 아카데미 앤솔러지만큼 좋은 곳이 없을 거라고 생각한다 생

각한다 생각한다 생각한다 생각한다 생각한다 생각한다 생각한다 생각한다 모래야 나는 왜 이렇게 크냐 생각한다 엄마는 이 시를 쓰지 말라고 했다 그런 사람들이 그 시를 보면 얼마나 ○○하게 ●●하겠냐면서 예술이 썩으면 다 썩은 건데라고도 하셨지만 나중에 너가 큰 시인 돼서 바꾸라고 했다 친구 시인도 쓰지 말라고 했다 개네들 진짜 ○○한 건 맞지만 너만 조용히 손해본다고 생각한다 생각한다 생각한다 생각한다 생각한다 생각한다 생각한다 생각한다 생각한다 생각한다 생각한다 생각한다 생각한다 생각한다 생각한다 생각한다 너가 쓰던 시 계속 쓰는게 낫지 그런 시 쓰는 에너지가 아깝다고 생각한다 생각한다 생각한다 생각한다 생각한다 생각한다 생각한다 생각한다 생각한다

생각한다 하지만 이 시가 발표되어야 한다면 여기 아카데미 앤솔러지만큼 좋은 곳이 없을 거라고 생각한다 모래야 나는 왜 이렇게 크냐 생각한다 생각한

다 생각한다 엄마는 이 시를 쓰지 말라고 했다 그런 사람들이 그 시를 보면 얼마나 ○○하게 ●●하겠냐면서 예술이 썩으면 다 썩은 건데라고도 하셨지만 나중에 너가 큰 시인 돼서 바꾸라고 했다 친구 시인도 쓰지 말라고 했다 걔네들 진짜 ○○한 건 맞지만 너만 조용히 손해본다고 생각한다 생각한다 생각한다 생각한다 생각한다 생각한다 생각한다 생각한다 생각한다 생각한다 생각한다 생각한다 생각한다 생각한다 생각한다 너가 쓰던 시 계속 쓰는게 낫지 그런 시 쓰는 에너지가 아깝다고 생각한다 하지만 이 시가 발표되어야 한다면 여기 아카데미 앤솔러지만큼 좋은 곳이 없을 거라고 생각한다 모래야 나는 왜 이렇게 크냐 생각한다 생

각한다 생각한다 엄마는 이 시를 쓰지 말라고 했다 그런 사람들이 그 시를 보면 얼마나 ○○하게 ●●하겠냐면서 예술이 썩으면 다 썩은 건데라고도 하셨지만 나중에 너가 큰 시인 돼서 바꾸라고 했다 친구 시인도 쓰지 말라고 했다 걔네들 진짜 ○○한 건 맞지만 너만 조용히 손해본다고 생각한다 생각한다 생각한다 생각한다 생각한다 생각한다 생각한다 생각한다 생각한다 생각한다 생각한다 생각한다 생각한다 생각한다 생각한다 생각한다 너가 쓰던 시 계속 쓰는게 낫지 그런 시 쓰는 에너지가 아깝다고 생각한다 하지만 이 시가 발표되어야 한다면 여기 아카데미 앤솔러지만큼 좋은 곳이 없을 거라고 생각한다

생각한다 모래야 나는 왜 이렇게 크냐 생각한다 엄마는 이 시를 쓰지 말라고 했다 그런 사람들이 그 시를 보면 얼마나 ○○하게 ●●하겠냐면서 예술이 썩으면 다 썩은 건데라고도 하셨지만 나중에 너가 큰 시인 돼서 바꾸라고 했다 친구 시인도 쓰지 말라고 했다 걔네들 진짜 ○○한 건 맞지만 너만 조용히 손해본다고 생각한다 생각한다 생각한다 생각한다 생각한다 생각한다 생각한다 생각한다 생각한다 생각한다 생각한다 생각한다 생각한다 생각한다 생각한다 너가 쓰던 시 계속 쓰는게 낫지 그런 시 쓰는 에너지가 아깝다고 생각한다 하지만 이 시가 발표되어야 한다면 여기 아카데미 앤솔러지만큼 좋은 곳이 없을 거라고 생각한다 생

각한다 생각한다 생각한다 생각한다 생각한다 생각한다 생각한다
생각한다 생각한다 생각한다 생각한다 생각한다 생각한다 생각한
다 생각한다 생각한다 생각한다 생각한다 생각한다 생각한다 생각
한다 생각한다 생각한다 생각한다 생각한다 생각한다 생각한다 생
각한다 생각한다 생각한다 생각한다 생각한다 생각한다 생각한다
생각한다 모래야 나는 왜 이렇게 크냐 생각한다 생각한다 생각한다
생각한다 생각한다 생각한다 생각한다 생각한다 생각한다 생각한
다 생각한다 생각한다 생각한다 생각한다 생각한다 생각한다 생각
한다 생각한다 생각한다 생각한다 생각한다 생각한다 생각한다 생
각한다 생각한다 생각한다 생각한다 생각한다 생각한다 생각한다
생각한다 생각한다 생각한다 생각한다 생각한다 생각한다 생각한
다 생각한다 생각한다 생각한다 생각한다 생각한다 생각한다 생각
한다 생각한다 생각한다 생각한다 생각한다 생각한다 생각한다 생
각한다 생각한다 생각한다 생각한다 생각한다 생각한다 생각한다
생각한다 생각한다 생각한다 생각한다 생각한다 생각한다 생각한
다 생각한다 생각한다 생각한다 생각한다 생각한다 생각한다 생각
한다 생각한다 생각한다 생각한다 생각한다 생각한다 생각한다 생
각한다 생각한다 생각한다 엄마는 이 시를 쓰지 말라고 했다 그런
사람들이 그 시를 보면 얼마나 ○○하게 ●●하겠냐면서 예술이 썩
으면 다 썩은 건데라고도 하셨지만 나중에 너가 큰 시인 돼서 바꾸
라고 했다 친구 시인도 쓰지 말라고 했다 개네들 진짜 ○○한 건 맞
지만 너만 조용히 손해본다고 생각한다 생각한다 생각한다 생각한

다 생각한다 생각한다 생각한다 생각한다 생각한다 생각한다 생각한다 생각한다 생각한다 생각한다 생각한다 너가 쓰던 시 계속 쓰는게 낫지 그런 시 쓰는 에너지가 아깝다고 생각한다 하지만 이 시가 발표되어야 한다면 여기 아카데미 앤솔러지만큼 좋은 곳이 없을 거라고 생각한다 생각한

다 생각한다 생각한다 생각한다 생각한다 생각한다 모래야 나는 왜 이렇게 크냐 생각한다 엄마는 이 시를 쓰지 말라고 했다 그런 사람들이 그 시를 보면 얼마나 ○○하게 ●●하겠냐면서 예술이 썩으면 다 썩은 건데라고도 하셨지만 나중에 너가 큰 시인 돼서 바꾸라고 했다 친구 시인도 쓰지 말라고 했다 걔네들 진짜 ○○한 건 맞지만 너만 조용히 손해본다고 생각한다 생각한다 생각한다 생각한다 생각한다 생각한다 생각한다 생각한다 생각한다 생각한다 생각한다 생각한다 생각한다 생각한다 생각한다 너가 쓰던 시 계속 쓰는게 낫지 그런 시 쓰는 에너지가 아깝다고 생각한다 생각한다 생각한다 생각한다 생각한다 생각한다 생각한다 생각한다 생각한다 생각한다 생각한다 생각한다 생각

한다 생각한다 하지만 이 시가 발표되어야 한다면 여기 아카데미 앤솔러지만큼 좋은 곳이 없을 거라고 생각한다 모래야 나는 왜 이렇게 크냐 생각한다 생

각한다 생각한다 엄마는 이 시를 쓰지 말라고 했다 그런 사람들이 그 시를 보면 얼마나 ○○하게 ●●하겠냐면서 예술이 썩으면 다 썩은 건데라고도 하셨지만 나중에 너가 큰 시인 돼서 바꾸라고 했다 친구 시인도 쓰지 말라고 했다 걔네들 진짜 ○○한 건 맞지만 너만 조용히 손해본다고 생각한다 생각한다 생각한다 생각한다 생각한다 생각한다 생각한다 생각한다 생각한다 생각한다 생각한다 생각한다 생각한다 생각한다 생각한다 너가 쓰던 시 계속 쓰는게 낫지 그런 시 쓰는 에너지가 아깝다고 생각한다 하지만 이 시가 발표되어야 한다면 여기 아카데미 앤솔러지만큼 좋은 곳이 없을 거라고 생각한다 모래야 나는 왜 이렇게 크냐 생각한다 생각

한다 생각한다 엄마는 이 시를 쓰지 말라고 했다 그런 사람들이 그 시를 보면 얼마나 ○○하게 ●●하겠냐면서 예술이 썩으면 다 썩은 건데라고도 하셨지만 나중에 너가 큰 시인 돼서 바꾸라고 했다 친구 시인도 쓰지 말라고 했다 걔네들 진짜 ○○한 건 맞지만 너만 조용히 손해본다고 생각한다 생각한다 생각한다 생각한다 생각한다 생각한다 생각한다 생각한다 생각한다 생각한다 생각한다 생각한다 생각한다 생각한다 생각한다 너가 쓰던 시 계속 쓰는게 낫지 그런 시 쓰는 에너지가 아깝다고 생각한다 하지만 이 시가 발표되어야 한다면 여기 아카데미 앤솔러지만큼 좋은 곳이 없을 거라고 생각한다 생

각한다 생각한다 모래야 나는 왜 이렇게 크냐 생각한다 엄마는 이 시를 쓰지 말라고 했다 그런 사람들이 그 시를 보면 얼마나 ○○하게 ●●하겠냐면서 예술이 썩으면 다 썩은 건데라고도 하셨지만 나중에 너가 큰 시인 돼서 바꾸라고 했다 친구 시인도 쓰지 말라고 했다 걔네들 진짜 ○○한 건 맞지만 너만 조용히 손해본다고 생각한다 생각한다 생각한다 생각한다 생각한다 생각한다 생각한다 생각한다 생각한다 생각한다 생각한다 생각한다 생각한다 생각한다 생각한다 생각한다 너가 쓰던 시 계속 쓰는게 낫지 그런 시 쓰는 에너지가 아깝다고 생각한다 하지만 이 시가 발표되어야 한다면 여기 아카데미 앤솔러지만큼 좋은 곳이 없을 거라고 생각한다 생각한

다 생각한다 모래야 나는 왜 이렇게 크냐 생각한다 엄마는 이 시를 쓰지 말라고 했다 그런 사람들이 그 시를 보면 얼마나 ○○하게 ●●하겠냐면서 예술이 썩으면 다 썩은 건데라고도 하셨지만 나중에 너가 큰 시인 돼서 바꾸라고 했다 친구 시인도 쓰지 말라고 했다 걔네들 진짜 ○○한 건 맞지만 너만 조용히 손해본다고 생각한다 생각한다 생각한다 생각한다 생각한다 생각한다 생각한다

생각한다 생각한다 생각한다 생각한다 생각한다 생각한다 생각한다 생각한다 너가 쓰던 시 계속 쓰는게 낫지 그런 시 쓰는 에너지가 아깝다고 생각한다 하지만 이 시가 발표되어야 한다면 여기 아카데미 앤솔러지만큼 좋은 곳이 없을 거라고 생각한다

생각한다 모래야 나는 왜 이렇게 크냐 생각한다 엄마는 이 시를 쓰지 말라고 했다 그런 사람들이 그 시를 보면 얼마나 ○○하게 ●●하겠냐면서 예술이 썩으면 다 썩은 건데라고도 하셨지만 나중에 너가 큰 시인 돼서 바꾸라고 했다 친구 시인도 쓰지 말라고 했다 걔네들 진짜 ○○한 건 맞지만 너만 조용히 손해본다고 생각한다 생각한다 생각한다 생각한다 생각한다 생각한다 생각한다 생각한다 생각한다 생각한다 생각한다 생각한다 생각한다 생각한다 생각한다 생각한다 너가 쓰던 시 계속 쓰는게 낫지 그런 시 쓰는 에너지가 아깝다고 생각한다 생각한다 생각한다 생각한다 생각한다 생각한다 생각한다 생각한다 생각한다 생각한다 생각한다 생각한다 생각한다 생각한다 생각한다 생각한

다 생각한다 하지만 이 시가 발표되어야 한다면 여기 아카데미 앤솔러지만큼 좋은 곳이 없을 거라고 생각한다 모래야 나는 왜 이렇게 크냐 생각한다 생각한다

종종 꿈에서 깨어
이 세계의 가난을 느낀다

나의 가난보다 이 세계의 가난이 더 심해서
세계의 허기를 대신하여
잠시 시인이 되었다

모래야 근데 나는 왜 이렇게 크냐
생각한다

신작시 4
—똥묻어서 행복해요. 겨묻어서 살림살이는 좀 나아졌습니까?

작년 11월 한국문화예술위원회는 "공정한 문학 창작 생태계 조성을 위한 국내 문학상 운영 실태조사 연구"를 진행했다. 연구에서 진행된 집단면담 자리에서는 사적 문학상을 "공적인 문학상인 것처럼" 운영을 하는 것이 문제라는 지적이 나왔다. 겉보기에는 사회적 위치와 공정성을 담보하는 것처럼 보이지만, 결국은 사기업의 인정 투쟁이나 이득을 위해 실질적으로 운영이 되면서 사회적 문제가 발생한다는 것이다.

문학사상 측은 이번 제45회 이상문학상에서는 심사 과정에 대해 공정성과 신뢰성을 높이기 위해 후보작에 대한 전문가 추천 방식으로 이루어졌던 예심 제도를 폐지했다고 밝혔다.

「2022년 제 45회 이상문학상 선정작 발표. 심사 제도 개선 이루어져」, 뉴스페이퍼, 2022년 1월 8일자.

Quiz! 사적 기금 사용의 공정성 vs 공적 기금의 사용의 공정성 중 무엇이 더 우선일까요? 사적 문학상이 공적 문학상처럼 둔갑하는 것 vs 정부의 공적 기금이 사적 기금처럼 쓰이는 것 중 무엇이 더 큰 문제일까요? 아, 위원회 눈에 말고 그 외의 사람들이 보기에요.

신작시 5
—검열

이번 달에
세계일보 신춘문예 평론에 당선되었다
수상소감을 써서 보내야 했다
원고지 5매로 쓰라고 했다

열심히 쓰다보니 9매가 넘었다
그렇게 보내니 담당 기자가 줄여달라고 했다
지면에 공간이 모자란다고 했다
나는 "그럼 종이 신문엔 줄여서 보내고 인터넷 신문만이라도 이대로 나가면 안되는지" 물었다
"그건 개인 블로그에 올리세요"
라고 기자가 말했다

그래서 원고를 5.4매로 줄여서 다시 보냈다
이 원고 분량은 괜찮은지 다시 물었고
기자가 괜찮다고 해서
그렇게 나오는 걸로 알고 있었다

그러다
신년에 발표가 나고
나는 아주 깜짝 놀랐다

세 번째 문단을 앞 세 문장만 빼고
임의로 다 지워버렸다

나는 너무 어이가 없어서
이걸 어떻게 말해야할지도 엄두도 안나서
말을 안했다
소감은 3.8매가 되어 있었다

심지어 분량과 상관없는 두 번째 문단의 마지막 문장도
삭제되어 있었다

수상소감은 총 세 문단.
첫 번째 문단은 들어가는 글,
두번째 문단은 선생님들 샤라웃,
정작 내가 하고 싶은말은 세 번째 문단에 있었는데

원고를 줄여 보냈음에도
사전에 한마디 말 없이

검열당한건가?
삭제당한건가?
일제시댄가?

군사독재 시댄가?

수상소감 제목도 기자가 임의로 지었는데
"허수경 시를 읽으면서 슬픔을 견딜 수 있었다"
라는 제목이었다
나는 소감문 어디에도 저런 짜치는 말을 한 적 없다
나는 수상소감에 이렇게 썼다
"시를 읽으며 슬픔으로 슬픔을 견딜 수 있게 되었고, 죽음 덕분에 죽음을 두려워하지 않게 되었다"

이를 옮긴다면 "시를 읽으며 슬픔으로 슬픔을 견딜 수 있게 되었다"
라고 말해야 한다
'슬픔으로' 라는 네 글자를 지우는 순간
저 문장은 내 문장이 아니라
아주 짜치는 문장이 된다

나는 이 짜침을 견딜 수 없어서
열심히 읽고 쓰는데,
이 시는 더 아주 짜치면 좋겠다
이 연작이 세상에서 가장 짜치는 시가 됐으면 좋겠다

세 문단짜리 글에서
한 문단이 상의 없이 통째로 사라지고
문단의 마지막 문장이 실종되고
문장의 단어가 삭제되어 뜻이 와전되는
이런 상황에 분통이 터져 쓴다

이제 내 소감 원문은 세상 어디에도 없다
이곳에도 옮기지 않겠다

그렇지만 내가 가장 두려운 건 여기 앤솔러지 〈신작시 1~10〉 연작이 검열되는 것 삭제되는 것 실종되는 것. 삭제되도록 압박받는 것. 내리도록 종용하는 것. 그렇지만 내가 가장 두려운 건 여기 앤솔러지 〈신작시 1~10〉 연작이 검열되는 것 삭제되는 것 실종되는 것. 삭제되도록 압박 받는 것. 내리도록 종용하는 것. 그렇지만 내가 가장 두려운 건 여기 앤솔러지 〈신작시 1~10〉 연작이 검열되는 것 삭제되는 것 실종되는 것. 삭제되도록 압박 받는 것. 내리도록 종용하는 것. 그렇지만 내가 가장 두려운 건 여기 앤솔러지 〈신작시 1~10〉 연작이 검열되는 것 삭제되는 것 실종되는 것. 삭제되도록 압박 받는 것. 내리도록 종용하는 것. 그렇지만 내가 가장 두려운 건 여기 앤솔러지 〈신작시 1~10〉 연작이 검열되는 것 삭제되는 것 실종되는 것. 삭제되도록 압박 받는 것. 내리도록 종용하는 것. 그렇지만 내가 가장 두려운 건 여기 앤솔러지 〈신작시 1~10〉 연

작이 검열되는 것 삭제되는 것 실종되는 것. 삭제되도록 압박 받는 것. 내리도록 종용하는 것. 그렇지만 내가 가장 두려운 건 여기 앤솔러지 〈신작시 1~10〉 연작이 검열되는 것 삭제되는 것 실종되는 것. 삭제되도록 압박 받는 것. 내리도록 종용하는 것. 그렇지만 내가 가장 두려운 건 여기 앤솔러지 〈신작시 1~10〉 연작이 검열되는 것 삭제되는 것 실종되는 것. 삭제되도록 압박 받는 것. 내리도록 종용하는 것. 그렇지만 내가 가장 두려운 건 여기 앤솔러지 〈신작시 1~10〉 연작이 검열되는 것 삭제되는 것 실종되는 것. 삭제되도록 압박 받는 것. 내리도록 종용하는 것. 그렇지만 내가 가장 두려운 건 여기 앤솔러지 〈신작시 1~10〉 연작이 검열되는 것 삭제되는 것 실종되는 것. 삭제되도록 압박 받는 것. 내리도록 종용하는 것.

그렇지만 내가 가장 두려운 건 여기 앤솔러지 〈신작시 1~10〉 연작이 검열되는 것 삭제되는 것 실종되는 것. 삭제되도록 압박 받는 것. 내리도록 종용하는 것. (나의 아카데미 연구주제에는 '트라우마'가 있고 이 신작시 1~10은 이 연구주제에 시적 형태로나 내용적으로나 아주 잘 부합한다. 그러므로 연구주제에 맞지 않으므로 이 시들을 실을 수 없다는 요청은 미리 거절한다.)

내가 (예토전생한) 서정주라면
분량을 지킨
수상소감을 한마디 상의 없이
글에서 가장 중요한

마지막 문단을 하나 통째로
삭제할 수 있었을까?

그냥 개 똥으로 본거다
라고
개 똥이 생각했다

신작시 6

—서울연극협회가 '문화계 블랙리스트'에 계속된 목소리를 냈다. 10일 서울연극협회는 지난 8일 '문예위(한국문화예술위원회)의 지원사업 배제' 민사 소장을 대한민국 상대로 접수했다고 밝혔다. 민사 소장은 2015년부터 2016년까지 실행된 '문예위 지원사업 배제'에 관한 국가의 책임을 묻고 있다.당시 제외된 사업은 '민간국제예술교류지원 1차' '무대예술전문인력지원' '공연예술분야 기획 및 경영 전문인력지원' 총 3개 사업으로, 이는 문재인 정부와 함께 출범한 문화체육관광부의 '문화예술계 블랙리스트 진상조사 및 제도개선위원회'를 통해 블랙리스트로 밝혀졌다. 서울연극협회는 박근혜 정권 당시 문화계 블랙리스트의 피해를 입은 바 있다. 2014년 11월 아르코·대학로 예술극장에서 매년 개최해온 서울연극제가 정기대관 공모에서 탈락한 것. 이에 2020년 블랙리스트 관련 손해배상 청구 소장을 접수했고, 1년 여간의 싸움 끝에 민간단체 최초로 승소 결과를 냈다. 서울연극협회 측은 "현재 문체부와 문예위의 사과가 수차례 있었지만 바뀐 건 아무 것도 없다. 피해보상 대책도 없다"며 "문체부와 문예위의 책임 있는 행동을 촉구하며 시간이 오래 걸리더라도 적극 대응하겠다"고 전했다. 출처 : 뉴스컬처 기사2022년 1월 10일자 (http://www.newsculture.press)

지난 정부가 문화계 블랙리스트를 작성했다는 사실이 알려지며 온
국민이 충격에 빠졌습니다. 문화예술계 인사 가운데 블랙리스트에
오른 이가 무려 9,473명이라고 합니다!

김기춘 전 비서실장과 국가정보원이 명단 작성과 실행을 주도했
는데, 노무현 전 대통령의 이야기를 바탕으로 만든 영화 〈변호인〉
(2013)이 천만 관객을 돌파하면서 생긴 정치적 불안감에서 비롯되

었다고 합니다. 〈변호인〉 흥행과 세월호 참사 즈음해서 블랙리스트가 만들어지고, 블랙리스트에 따라 지원 배제를 포함해 집요한 예술 검열이 이루어진 것은 결코 우연이 아닌 것이죠.

블랙리스트는 통치 위기를 돌파하려는 강력한 이데올로기적 대응이었고, 박근혜-김기춘-국가정보원으로 이어지는 공작 정치의 부활을 알리는 신호탄이었습니다. 결국 언론, 검찰, 감사원은 블랙리스트가 청와대에서 기획·지시하고 문화체육관광부와 산하단체가 전달 및 실행한 조직적인 국가 범죄행위였음을 밝혀냈고, 이 사건으로 박근혜, 김기춘, 조윤선, 김종덕을 포함해 국가 고위 관료가 줄줄이 구속되는 초유의 사태가 벌어졌습니다.

'블랙리스트'는 어떤 점에서 유신 정치의 회귀이자, 동시에 종말을 알리는 비극적인 언어입니다. 언론에 보도된 내용을 바탕으로 박근혜 정부에서 벌인 예술 검열의 주요 사례를 몇 가지만 살펴보겠습니다.

검열 방식도 매우 구체적이고 집요합니다. 전시, 상영, 게재, 공연을 없애거나 강제로 중단시킵니다. 예술가를 고소, 고발하거나 체포하고, 공공 지원 플랫폼에서 비판적인 예술가를 아예 배제하고, 예산 삭감을 감행합니다. 검열의 주체도 위계적입니다. 국가권력을 기획 조정하는 권력의 상층부, 즉 청와대에서 검열을 주도하고,

문화체육관광부가 전달받아 산하단체가 직접 실행하는 등 예술 검열은 아주 체계적이고 일사불란하게 이루어졌습니다.

문화예술 산하단체 내부의 자체 검열도 만연했음을 확인할 수 있었습니다. 산하단체는 위에서 지시한 내용을 충실하게 수행하는 것을 넘어서 알아서 예술인을 겁박하고, 작품을 중단시키고, 공연을 못하게 막았습니다. 문화체육관광부 산하단체는 스스로 검열의 주체가 되면서도 위로부터의 검열 요구를 충실히 따르는 대리자 역할을 했습니다. 아니, 통치자에 대한 충성 경쟁으로 스스로 검열을 자행했습니다.

지금 예술가가 매우 우울해하는 이유는 국가권력의 검열에 대한 분노 때문만은 아닙니다. 자기 검열의 두려움과 그로 인한 정신적 공황 상태 때문입니다. 검열 과잉으로 집약되는 박근혜 정부의 상징 폭력은 어쩌면 자기정체성의 실체가 드러나는 데 대한 공포심의 극단적 반응일 수 있습니다.

통치자는 검열을 통해 자신의 정체성을 정당화하고, 허구로 구성된 자기정체성이 폭로되는 데 대한 두려움을 제거하려 듭니다. 그러니 예술가는 검열을 두려워할 이유가 없습니다. 오히려 검열은 국가권력, 통치자의 두려움을 더욱 심화시킬 뿐입니다. 검열은 통치자가 품은 자기정체성에 대한 두려움을 표현하는 방식입니다.

—『예술@사회』, 이동연 지음, 학고재, 2018.

문화예술계 블랙리스트 중 일부

(100년 후 한국 문학을 연구하고 계시는 연구자들께 다시 전합니다.)

저자: 박근혜, 조윤선, 정관주, 최순실, 김기춘 등 21인.

〈한국일보〉는 2016년 10월 12일 청와대가 지난해 문화예술계에서 검열해야 할 9천473명의 명단을 작성해 문화체육관광부로 내려 보낸 문건을 공개한 데 이어 구체적 명단을 공개했다. 블랙리스트는 지난해 5월 1일 '세월호 정부 시행령 폐기 촉구 선언'에 서명한 문화인 594명, 2014년 6월 '세월호 시국선언'에 참여한 문학인 754명, 지난 대선 당시 '문재인 후보 지지선언'에 참여한 예술인 6,517명, 2014년 서울시장 선거 때 '박원순 후보 지지 선언'에 참여한 1,608명 등으로 구성돼 있다. 이들 중 확인이 가능한 명단은 세월호 정부 시행령 폐기 촉구 선언 문화인 594명, 2014년 6월 문학인 세월호 시국선언 754명, 그리고 지난 2012년 대선 문재인 후보 지지 선언 문화예술인 4,110명, 지난 2014년 6월 박원순 서울시장 후보 지지선언 문화예술인 909명 등이다. (출처orl.kr/zy, 위키문헌 '박근혜 정부의 문화예술계 블랙리스트')

[2014년 6월 2일, 문학인 세월호 시국선언 754명 명단]

강 민, 강상기, 강은교, 강정연, 강제윤, 강지혜, 강태식, 강형철, 강회진, 강희철, 고광률, 고광식, 고광헌, 고규태, 고명자, 고명철, 고성만, 고 영, 고영민, 고영서, 고영직, 고은규, 고인숙, 고인환, 고재

종, 고정국, 고찬규, 고희림, 공광규, 공지영, 곽재구, 구중서, 권민경, 권서각, 권선희, 권성우, 권오영, 권오현, 권위상, 권혁소, 권혁웅, 권혁재, 권현형, 권화빈, 금은돌, 길상호, 김경복, 김경옥, 김경윤, 김경윤, 김경인, 김경일, 김경주, 김경해, 김경후, 김경희, 김광원, 김광철, 김규성, 김 근, 김기선, 김기택, 김기홍, 김나원, 김남극, 김남일, 김대현, 김도언, 김도연, 김동승, 김동환, 김두안, 김 림, 김명, 김명기, 김명남, 김명선, 김명은, 김명인(평론), 김명지, 김명철, 김명환(시), 김미령, 김미승, 김미애, 김민숙, 김민정, 김민정, 김민휴, 김별아, 김병윤, 김병익, 김병택, 김복순, 김사이, 김사인, 김상욱, 김상혁, 김석주, 김석중, 김석춘, 김석현, 김선우, 김선주, 김선태, 김선향, 김성규, 김성장, 김성중, 김성진, 김성호, 김소연, 김수려, 김수목, 김수우, 김순영, 김승환, 김승희, 김 안, 김연수, 김연숙, 김 영, 김영범, 김영호, 김영희, 김 오, 김옥전, 김요일, 김용길, 김용락, 김용만, 김용태, 김 윤, 김윤곤, 김윤영, 김윤호, 김윤환, 김율도, 김은경, 김은령, 김응교, 김의현, 김이강, 김이구, 김이정, 김이하, 김인순, 김인호, 김일연, 김일영, 김자흔, 김재균, 김재석, 김재호, 김재훈, 김점용, 김정란, 김정애, 김정운, 김정환, 김정희, 김종경, 김종광, 김종성, 김종숙, 김종철(평론), 김종필, 김주대, 김주희, 김준영, 김준태, 김중일, 김중태, 김 진, 김진수, 김진완, 김진희, 김찬정, 김창규, 김창균, 김태수, 김태형, 김필남, 김하경, 김학중, 김해림, 김해원, 김해자, 김해화, 김행숙, 김헌일, 김현영, 김현주, 김형수, 김형식, 김형중, 김형효, 김혜민, 김혜순(김젬마), 김혜정(소설), 김혜정, 김홍신, 김홍주, 김화숙, 김효사, 나병춘, 나여경, 나정이, 나종영, 나해철, 나희덕, 남기택, 남상순, 남효선, 노순자, 노지영, 도종환, 도정일, 라윤영, 류명선, 류보선, 류수연, 류외향, 류 은, 류재복, 류정환, 마 린, 맹문재, 문계봉, 문대남, 문동만, 문상용, 문숙자, 문순태, 문창갑, 문창길, 문철수, 민 영, 박경원, 박경장, 박관서, 박규견, 박금리, 박남원, 박남준, 박남희, 박대순, 박 도, 박두규, 박몽구, 박문구, 박민규, 박민정, 박범신, 박상건, 박상률, 박서영, 박석준, 박선욱, 박설희, 박성우, 박성한, 박소란, 박소연, 박소영, 박수연, 박순원, 박순호, 박승민, 박승자, 박시교, 박시우, 박신규, 박 영, 박영희, 박예분, 박완섭, 박우담, 박원희, 박윤규, 박이정, 박인혜, 박일환, 박재웅, 박정애, 박정윤, 박종관, 박종국, 박종화, 박종희, 박 준, 박찬세, 박 철, 박철영, 박현숙, 박현우, 박현욱, 박형권, 박형준, 박혜강, 박혜선, 박혜숙, 박혜영, 박호민, 박호재, 박흥순, 박흥식, 방현석, 방현희, 배교윤, 배길남, 배명희, 배봉기, 배수연, 배영옥, 배이유, 배재경, 백가흠, 백낙청, 백상웅, 백정희, 복도훈, 부희령, 서규정, 서동인, 서성란, 서수찬, 서안나, 서영식, 서영인, 서영채, 서유미, 서정아, 서정오, 서정원, 서정화, 서홍관, 서효인, 석여공, 선우영자, 설정환, 성향숙, 소종민, 손 미, 손병걸, 손상열, 손세실리아, 손승휘, 손종업, 손지태, 손택수, 손홍규, 송경동, 송광룡, 송기역, 송명호, 송승환, 송 언, 송유미, 송은숙, 송은일, 송주성, 송 진, 송찬호, 송태웅, 송호필, 신경림, 신남영, 신덕룡, 신동옥, 신동원, 신용목, 신수현, 신 진, 신철규, 신해욱, 신현림, 신현수,

신혜진, 심보선, 심영의, 심은경, 안덕훈, 안도현, 안명옥, 안미옥, 안상학, 안영희, 안오일, 안이희옥, 안주철, 안지숙, 안찬수, 안학수, 안희정, 양경언, 양 곡, 양문규, 양 원, 양일동, 양지안, 양진오, 양혜원, 엄경희, 여성민, 염무웅, 염창권, 오다정, 오미경, 오미옥, 오민석, 오선영, 오수연, 오시은, 오연경, 오인태, 오주리, 오창은, 오철수, 오춘옥, 오태호, 오하룡, 용환신, 우찬제, 원명희, 원무현, 원종국, 원종찬, 유동림, 유병록, 유 순, 유순예, 유시연, 유시춘, 유영진, 유용주, 유은실, 유 종, 유종순, 유채림, 유현아, 유희석, 윤동수, 윤석위, 윤석정, 윤석주, 윤석준, 윤숙희, 윤아린, 윤여설, 윤영전, 윤원일, 윤이주, 윤재걸, 윤정모, 윤중목, 윤지강, 윤지관, 윤천수, 윤혜숙, 은승완, 은희경, 이가을, 이강산, 이경수, 이경자, 이경재, 이경희, 이광호, 이규정, 이근배, 이기인, 이나영, 이덕규, 이도영, 이도윤, 이동재, 이만교, 이명원, 이명한, 이묘신, 이미애, 이미욱, 이민숙, 이민호, 이범근, 이병률, 이병순, 이병초, 이봉환, 이산하, 이상국, 이상권, 이상락, 이상실, 이상훈, 이 선, 이선영, 이선우, 이설야, 이성목, 이성준, 이성혁, 이세기, 이세방, 이소리, 이소암, 이소영, 이수진, 이수풀, 이수행, 이숙현, 이승철, 이승희, 이시백, 이시영, 이신조, 이 안, 이언빈, 이영미, 이영주, 이영희, 이용석, 이용임, 이 원, 이원규, 이원화, 이위발, 이윤하, 이은규, 이은봉, 이은선, 이은주, 이인범, 이 잠, 이재무, 이재연, 이재웅, 이재윤, 이 적, 이정민, 이정섭, 이정숙, 이정임, 이정현, 이정화, 이정훈, 이종수, 이종욱, 이종원, 이종형, 이주형, 이중기, 이지담, 이지호, 이 진, 이진명, 이진욱, 이진희, 이창숙, 이철경, 이철송, 이태형, 이하석, 이한길, 이한주, 이향안, 이현수, 이현옥, 이혜미, 이화경, 이효복, 이후경, 이흔복, 이희중, 이희환, 임경섭, 임규찬, 임동확, 임명진, 임 봄, 임성규, 임성용, 임수랑, 임수생, 임수현, 임영봉, 임영희, 임원혁, 임재정, 임홍배, 임회숙, 임희구, 장대송, 장무령, 장석남, 장성규, 장세현, 장시우, 장용철, 장정희, 장주섭, 장주식, 전다형, 전대환, 전삼혜, 전성욱, 전영관, 전용호, 전정구, 정공량, 정광모, 정규철, 정기복, 정남영, 정대호, 정란희, 정 민, 정병근, 정선호, 정세훈, 정수자, 정승희, 정안나, 정양주, 정연홍, 정용국, 정우련, 정우영, 정원도, 정익진, 정종목, 정종연, 정지아, 정진혁, 정 찬, 정현기, 정혜경, 정홍수, 정화진, 정훈교, 정희일, 조기수, 조대현, 조문경, 조성국, 조성면, 조성웅, 조연호, 조영욱, 조용미, 조용환, 조재도, 조재룡, 조정애, 조정인, 조정환, 조진태, 조태진, 조해일, 조해진, 조향미, 조혁신, 조현옥, 조화자, 주중식, 지요하, 지창영, 진 란, 진보경, 진연주, 진은영, 차노휘, 차옥혜, 차창룡, 채상근, 채상우, 채진홍, 채희윤, 천수호, 천양희, 최강민, 최기종, 최명진, 최성수, 최세운, 최영욱, 최영철, 최영희, 최용탁, 최은미, 최인석, 최일남, 최정란, 최정화, 최종천, 최지인, 최창근, 최현우, 최현주, 최형심, 최형태, 최호빈, 최호일, 태기수, 편혜영, 표광소, 표성배, 하성란, 하승모, 하승무, 하승우, 한도훈, 한상순, 한상준, 한용재, 한인준, 한차현, 한창훈, 함돈균, 함민복, 함성호, 함순례, 허은실, 허종열, 허형만, 현기영, 호인수, 홍관희, 홍광석, 홍기돈, 홍명진, 홍양순, 홍용희, 홍일선, 홍일표, 황구하, 황국명, 황규관, 황병목, 황석영, 황선열, 황시운, 황은덕, 황인산, 황인숙, 황인찬, 황지운, 황재학, 황정산, 황학주, 황현산, 휘 민, 희 정

[2015년 5월 1일 '세월호 정부 시행령 폐기 촉구 선언' 서명 문화인 594명 명단]

강경호(연출,배우) 강내영(작가) 강내희(지식순환협동조합 대안대학 학장) 강동옥(경남민예총이사장) 강명환(배우) 강상구(노래패 우리나라 대표) 강세진(영화인) 강우석(음악인) 강유가람(영화인) 강정화(의상디자이너) 강제권(연극인) 강주미(춤패 바람 대표) 강철우(영화감독) 강현숙(시인) 강혜정(영화제작자) 고동업(신화극장 배우, 연출) 고려민(기획) 고소라(소리꾼) 고승하(한국민예총이사장) 고영재(영화인) 고인환(평론가) 고증식(시인) 고현아(영화인) 고홍진(연극인) 공수창(영화감독) 곽민준(영화배우) 곽용수(영화인) 곽효환(시인) 구은서(작가) 구자환(영화인) 권근영(연극인) 권민호(사진가) 권양희(경남민예총사무처장) 권여선(소설가) 권은혜(영화인) 권지인(배우) 권태건(배우) 권하형(사진가) 권혁소(시인) 권현준(영화인) 권효(영화감독) 김경만(영화인) 김경수(서울민예총 공연예술위원장) 김경수(영화인) 김경아(미술인) 김경형(영화감독) 김관(연출) 김국형(영화인) 김근(시인) 김기덕(영화감독) 김기빈(음악인) 김나라(배우) 김나영(작가) 김남일(소설가) 김동규(드로잉수업인) 김명종(충북민예총사무처장) 김모은(배우) 김미경(배우) 김미진(풍물패 다스름 대표) 김민(사

진가) 김민중(홍우주 문화예술 협동조합 사무국장) 김민철(영화인) 김민호(시인) 김병용(소설가) 김보년(영화인) 김봉건(배우) 김봉준(미술인) 김사빈(연출) 김상규(영화인) 김상철(문화연대 집행위원), 김상화(영화인) 김서령(소설가) 김선(영화인) 김선구(영화인) 김선숙(영화인) 김선우(시인) 김선하(미술) 김선화(문화예술인) 김성규(시인) 김성균(영화인) 김성수(극작가) 김성윤(문화사회연구소 소장) 김성환(영화프로듀서) 김소연(사진가) 김솔지(홍우주 문화예술 협동조합 이사) 김수란(배우) 김수빈(음악인) 김수열(시인) 김숙인(배우) 김숙현(영화인) 김승환(영화인) 김시권(영화배우) 김시정(배우) 김신(사진가) 김연호(영화인) 김영(영화프로듀서) 김영섭(미술인) 김영호(대전민예총이사장) 김영희(춤이론가) 김완동(영화동시녹음) 김요환(영화인) 김은영(문화예술인) 김이구(소설가) 김이다(영화프로듀서) 김일권(영화제작자) 김장동(배우) 김정석(영화인) 김정은(배우) 김정헌(화가, 전 서울문화재단 이사장) 김정희(춤패 선언) 김조광수(영화인) 김종석(배우) 김준(영화감독) 김준범(연극인) 김준호(영화인) 김지연(영화프로듀서) 김지영(배우) 김지영(사진가) 김지운(영화인) 김지훈(음악인) 김진혁(음악인) 김천일(미술인) 김철민(영화인) 김태성(배우) 김태우(영화배우) 김태일(영화인) 김태현(배우) 김태현(안산민예총 지부장) 김태환(사진가) 김한봉희(연극인) 김한솔(영화인) 김해자(시인) 김현(세종문화회관 노동조합 위원장) 김혜수(영화배우) 김혜정(영화인) 김혜준(문화인, 소셜디자이너) 김호준(배우) 김홍익(영화감독) 김효비(배우) 김효열(사진가) 김효진(배우) 김흥구(사진가) 나도원(음악평론가, 예술인소셜유니온 공동위원장) 나종영(시인) 나희덕(시인) 남권우(영화프로듀서) 남기성(연극연출가) 남문철(영화인) 남수한(뮤지션유니온 운영위원) 남태우(영화인) 노동우(연기자) 노병갑(프로듀서) 노순택(사진가) 노일환(영화프로듀서) 도창선(배우) 도현진(사진가) 라은영(예술교육기획) 레지나(배우) 류성(연극인) 류승완(영화감독) 류연복(미술인) 류재광(풍물인) 마승낙(프로듀스) 맹봉학(연극인, 영화인) 맹선화(배우) 명계남(영화배우) 모성진(영화인) 모지은(영화감독) 모호(뮤지션유니온 운영위원) 목정윤(배우) 무이(뮤지션유니온 간사) 문계봉(시인) 문동만(시인) 문선영(영화인) 문성근(영화배우) 문성준(영화인) 문소리(영화배우) 문의영(배우) 민규동(영화감독) 민동현(영화인) 민용근(영화감독) 민정연(꽃다지) 박경훈(한국민예총부이사장, 제주민예총이사장) 박근화(배우) 박김형준(사진가) 박남준(시인) 박명희(배우) 박미경(사진기획자) 박민석(사진가) 박민철(음향기술) 박배일(영화인) 박범신(소설가) 박범훈(영화감독) 박불똥(미술인) 박석영(영화감독) 박석주(뮤지션) 박선영(문화연대) 박선영(작곡가) 박성근(영화프로듀서) 박성우(시인) 박성일(영화프로듀서) 박성진(영화감독) 박소현(영화인) 박수연(평론가) 박승화(사진가) 박영균(미술인) 박은태(미술인) 박은하(영화프로듀서) 박인식(영화감독) 박재동(만화가) 박정범(영화감독) 박정의(극단초인, 연출) 박제욱(영화인) 박종관(충북민예총이사장) 박종대(강원민예총사무처장) 박종식(사진가) 박종욱(연극인) 박주원(사진가) 박준(가수) 박지연(사진가) 박지영(문화예술인) 박지혜(배우) 박진(미술인) 박진우(음악인)

박진화(미술인) 박진희(영화인) 박찬국(미술가) 박찬욱(영화감독) 박찬일(요리사) 박철(시인) 박해일(영화배우) 박현욱(춤패 선언) 박흥식(영화감독) 박희정(김포들가락연구회 대표) 박희정(영화인) 반민순(부산민예총사무처장) 방원식(배우) 방은진(영화감독) 방정아(미술인) 배선우(신화극장 극작, 연출) 배유리(배우) 배인석(한국민예총사무총장) 배혜진(배우) 백대현(배우) 백성철(배우) 백재호(영화감독) 백현주(배우) 변백선(사진가) 변성찬(영화인) 변종수(연극인) 변지안(영화작가) 부지영(영화감독) 서미영(선언) 서성란(소설가) 서수경(미술인) 서영인(평론가) 서정식(배우) 서정원(시인) 서정훈(우리소리연구회 솟대 대표) 선정화(배우) 성남훈(사진가) 성중곤(영화인) 성창훈(인천민예총사무국장) 성효숙(미술인) 손민희(배우) 손병휘(음악인) 손승호(음악인) 손승희(음악인) 손혜정(배우) 송강호(영화배우) 송경동(시인) 송규학(영화인) 송수연(청개구리제작소) 송수정(사진기획자) 신미혜(영화인) 신성익(배우) 신아리(연극인) 신은경(배우) 신은실(영화인) 신재훈(연출) 신주욱(화가, 디자이너) 신준현(영화인) 신학철(미술인) 신혜원(그림책작가) 심근섭(배우) 심보선(시인) 심상태(연극인) 심재명(영화제작자) 아네스박(사진기획자) 안계섭(가수) 안보영(영화프로듀서) 안창규(영화인) 양동규(제주민예총사무처장) 양동탁(배우) 양진억(배우) 엄옥란(배우) 여인선(음악인) 연영석(문화노동자) 염무웅(평론가) 오민정(배우) 오세곤(연출) 오수미(영화프로듀서) 오점균(영화감독) 오정훈(영화인) 오종선(한국민예총선임이사) 오준석(공연기획) 오현진(영화인) 오혜림(배우) 오혜진(배우) 우승인(영화감독) 우제준(배우) 우종필(공연축제기획) 우혜림(배우) 원애리(문화기획) 원용진(문화연대 공동대표) 원유진(공연기획) 원유진(기획) 원종찬(평론가) 원현숙(영화인) 유대수(화가) 유명상(배우) 유상우(전북민예총사무처장) 유성엽(영화감독) 유성욱(음악인) 유영봉(서울괴담 대표) 유용주(시인) 유정민(배우) 유정숙(배우) 유정은(영화인) 유정탁(시인) 유희종(배우) 윤가현(영화배우) 윤기호(영화프로듀서) 윤덕현(영화인) 윤만식(한국민예총광주지회지회장) 윤보경(연극인) 윤수종(뮤지션유니온 운영위원) 윤정모(소설가) 윤진서(영화배우) 이강민(울산민예총이사장) 이광석(문화연대 집행위원) 이광석(뮤지션유니온 사무국장) 이광수(사진가) 이광준(시민자치문화센터 소장) 이규철(사진가) 이기현(배우) 이난(영화감독) 이대성(사진가) 이대택(스포츠문화연구소 소장) 이도연(배우) 이도윤(시인) 이동수(만화가) 이동연(문화연대 집행위원장) 이두찬(문화연대) 이두희(서울민예총부회장) 이마리오(영화인) 이명세(영화감독) 이명익(사진가) 이미연(영화감독) 이미진(사진가) 이방수(기획) 이사라(문화기획자) 이상국(시인) 이상운(춤패 춤누리 대표) 이상은(배우) 이상홍(배우) 이샛별(미술인) 이서이(배우) 이선일(미술인) 이설희(배우) 이성호(풍물굿패 삶터 대표) 이소선(드라마 리더) 이수정(영화인) 이수진(영화인) 이수진(음악인) 이승훈(사진가) 이승희(문화연대) 이시백(소설가) 이시영(시인) 이씬(음악인) 이안(영화평론가) 이양구(작가) 이영광(시인) 이영미(연출) 이완민(영화인) 이우기(사진가) 이원석(미술인) 이원우(영화인) 이원재(문화연대 문화정책센터 소장) 이윤선(사진가) 이은경

(영화작가) 이은정(배우) 이자순(연출) 이자은(영화배우) 이재각(사진가) 이재무(시인) 이재용(도예인) 이재준(배우) 이정록(시인) 이정미(배우) 이정범(영화감독) 이정아(배우) 이종무(배우) 이종승(배우) 이종필(뮤지션유니온 감사) 이준동(영화제작자) 이준희(사진가) 이지연(영화인) 이진수(시인) 이진우(영화인) 이찬희(사진가) 이창동(영화감독) 이철수(미술인) 이청산(한국민예총부이사장, 부산민예총이사장) 이충렬(영화감독) 이하(미술인) 이한구(사진가) 이한일(배우) 이해성(작가) 이현순(한국민예총대구지회지회장) 이현정(사진가) 이현주(한국민예총사무국장) 이혜규(가수) 이홍재(배우) 이황의(배우) 이훈규(영화인) 임성찬(영화인) 임순례(영화감독) 임승묵(음악인) 임영선(미술인) 임옥상(미술인) 임인자(연출) 임인출(일과 놀이 대표) 임정희(문화연대 공동대표) 임종진(사진가) 임찬익(영화감독) 임창재(영화인) 임철빈(영화인) 임태훈(사진가) 임하나(작가) 장미이(춤꾼) 장성희(문화기획) 장순향(한국민예총부이사장) 장용철(배우) 장재승(영화배우) 장준환(영화감독) 전계수(영화감독) 전세훈(배우) 전소헌(배우) 전수일(영화감독) 전승일(영화인) 전윤환(연출) 전은정(교육연극연구소 프락시스 배우) 전희련(배우) 점좀빼(사진가) 정광호(영화작가) 정보용(디지탈레코드 대표) 정상민(영화인) 정성우(영화인) 정성호(배우) 정세훈(시인) 정세훈(인천민예총이사장) 정수진(영화인) 정양(시인) 정연홍(시인) 정용국(시인) 정용철(문화연대 집행위원) 정용택(영화인) 정우영(시인) 정운(사진가) 정원옥(문화연대 집행위원) 정윤섭(영화작가) 정윤철(영화감독) 정윤희(배우) 정은교(배우) 정은진

(선언) 정은진(안산민예총 사무국장) 정지영(영화감독) 정지창(문학) 정택용(사진가) 정혜윤(꽃다지) 정혜정(음악인) 정희성(시인) 조두리(배우) 조석준(배우) 조선형(작곡가) 조성칠(대전민예총상임이사) 조성희(영화감독) 조세핀(사진가) 조소연(사진가) 조수정(배우) 조연수(영화감독) 조영(연극인) 조영각(영화인) 조옥형(배우) 조용선(영화감독) 조재명(배우) 조재무(사진가) 조재현(서울민예총 정책위원장) 조정(시인) 조정근(배우) 조정준(영화프로듀서) 조진섭(사진가) 조창호(영화감독) 조혜영(연출) 조혜진(배우) 조혜진(배우) 조흥국(풍물인) 주용성(사진가) 주재환(미술인) 지민주(가수) 지영관(기획) 진모영(영화인) 진은영(시인) 차도열(풍물마당 터주 대표) 차준호(희망새 배우, 가수) 차한비(영화인) 채광명(음악인) 천진우(영화감독) 최귀화(영화배우) 최두석(평론가) 최민아(배우) 최병수(미술인) 최병인(영화감독) 최보미(서울연극협회) 최석태(미술인) 최승집(배우) 최승집(춤꾼) 최승호(영화감독) 최아람(영화인) 최용배(영화제작자) 최우영(사진가) 최원식(평론가) 최은화(영화프로듀서) 최장락(시인) 최재원(영화제작자) 최정단(영화인) 최정화(영화프로듀서) 최준영(문화연대 사무처장) 최지운(배우) 최항영(사진가) 최혁규(문화연대) 최현미(한국민예총선임이사) 최현용(한국영화산업전략센터 소장) 최현정(문화기획자, 일상예술창작센터) 최호철(미술인) 최희진(배우) 추동엽(울산민예총사무처장) 탁기형(사진가) 하대용(배우) 하아무(소설가) 하애정(풍물인) 하원준(영화감독) 하장호(예술인소셜유니온 사무처장) 하재성(배우) 하종오(시인) 하지숙(한국민예총서울지회사무처장) 하창범

(예술마당 살판 대표) 한결(영화프로듀서) 한겸(배우) 한금선(사진가) 한덕균(배우) 한상훈(한국민예총대구지회사무처장) 한영애(배우) 한재림(영화감독) 함순례(시인) 허란(사진가) 허부영(배우) 허진호(영화감독) 홍기성(미술인) 홍서정(작가) 홍성민(서울민예총부회장) 홍유진(영화프로그래밍) 홍윤하(사진가) 홍윤희(배우) 홍진훤(사진가) 홍형숙(영화인) 홍휘은(디자이너) 황경선(국악) 황규관(시인) 황금미영(작가) 황란(설치미술가) 황석희(영화번역가) 황선덕(안무가) 황세원(배우) 황여명(사진가) 황인자(배우) 황재학(시인) 황주경(시인) 황지영(배우) 황지원(좋은공연제작소 대표) 황현산(평론가) 황효창(강원민예총이사장) 흐름(뮤지션유니온 운영위원)

[2012년 12월 문재인 후보 지지선언 문화예술인 4,110명]

간영훈(영화), 갈준수(전통예술), 강경근(전통예술), 강경근(영화), 강경희(문학), 강교석(방송), 강국현(영화), 강권자(전통예술), 강규헌(영화), 강금안(영화), 강기경(전통예술), 강기욱(미술), 강기희문학 강남이(전통예술), 강대규(영화), 강대훈(영화), 강동건(영화), 강동욱(전통예술), 강동호(영화), 강동훈(영화), 강만규(영화), 강명구(영화), 강명찬(영화), 강문봉(영화), 강민경(영화), 강민규(음악), 강민선(영화), 강민수(영화), 강민정(전통예술), 강병조(영화), 강병철(문학), 강복순(전통예술), 강상기(문학), 강상민(영화), 강상훈(영화), 강석인(영화), 강석필(영화), 강선희(영화), 강성률(영화), 강성봉(미술), 강성환(방송), 강세인(영화), 강숙(영화), 강순자(전통예술), 강승원(영화), 강승효(영화), 강신국(전통예술), 강신숙(전통예술), 강신향(전통예술), 강양교(영화), 강연곤(영화), 강연준(영화), 강영환(문학), 강예복(방송), 강옥남(방송), 강요배(미술), 강용면(미술), 강욱(영화), 강원(영화), 강유선(영화), 강윤수(영화), 강윤순(영화), 강인석(음악), 강재훈(영화), 강전층(미술), 강정석(영화), 강정애(전통예술), 강정훈(영화), 강종민(영화), 강주석(영화), 강주완(미술), 강주희(방송), 강진(문학), 강진(영화), 강진(영화), 강진아(영화), 강진원(영화), 강철우(영화), 강태규(문학), 강태균(영화), 강태석(영화), 강태원(영화), 강한별(영화), 강해진(영화), 강현정(영화), 강혜경(전통예술), 강호규(영화), 강홍희(전통예술), 강희순(전통예술), 강희정(방송), 강희철(문학), 경민선(영화), 경진수(전통예술), 고경덕(영화), 고경은(영화), 고경태(영화), 고기영(영화), 고길주(영화), 고대환(영화), 고동환(영화), 고명자(문학), 고명주(방송), 고미라(문화일반), 고병철(영화), 고봉성(영화), 고봉진(영화), 고상훈(영화), 고선주(문학), 고순희(문학), 고시원(영화), 고아라(전통예술), 고아모(영화), 고연정(영화), 고영광(영화), 고영서(문학), 고영진(영화), 고유순(전통예술), 고은성(영화), 고이경(영화), 고재운(방송), 고정욱(영화), 고정호(영화), 고종선(전통예술), 고진하(문학), 고창근(문학), 고춘숙(미술), 고현정(영화), 고현주(사진), 고희경(문화일반), 공병철(영화), 공병호(전통예술), 공부성(영화), 공성길(음악), 공영두(방송), 공정식(전통예술), 공준식(영화), 공지영(문학), 곽경준(방송), 곽공길(방송), 곽금산(방송), 곽기남(영화), 곽미라(영화), 곽미순(출판),

곽병창(연극), 곽상훈(영화), 곽서연(영화), 곽성환(영화), 곽숙녀(전통예술), 곽숙녀(전통예술), 곽용수(영화), 곽일섭(영화), 곽정혜(미술), 곽중훈(영화), 곽현기(영화), 곽호진(방송), 곽희원(영화), 구두환(영화), 구본행(전통예술), 구수경(문화일반), 구자흥(영화), 구중서(문학), 구태진(영화), 구하린(영화), 구혁(영화), 국소남(음악), 국중웅(영화), 국청아(영화), 권건우(공연), 권기백(영화), 권기병(방송), 권기진(영화), 권기철(미술), 권기희(영화), 권나영(애니메이션), 권남진(영화), 권대희(영화), 권동진(문학), 권명국(영화), 권명환(영화), 권문상(전통예술), 권미경(공연), 권미영(무용), 권민구(영화), 권민철(영화), 권분순(전통예술), 권상제(전통예술), 권석중(영화), 권선영(영화), 권선영(영화), 권수진(문학), 권시연(전통예술), 권영수(방송), 권영숙(미술), 권영일(영화), 권영준(영화), 권영준(영화), 권오성(영화), 권오승(미술), 권오용(방송), 권오창(방송), 권오현(문학), 권용길(음악), 권용길(음악), 권용우(전통예술), 권용자(미술), 권인찬(방송), 권자현(방송), 권정득(영화), 권정원(영화), 권정일(문학), 권준령(영화), 권중현(방송), 권지선(영화), 권지은(영화), 권진모(영화), 권진협(영화), 권진희(문학), 권창범(영화), 권철범(영화), 권태균(영화), 권태석(방송), 권태연(문화일반), 권하얀(영화), 권하진(영화), 권해정(영화), 권형경(영화), 권현칠(미술), 권현형(문학), 권혜민(영화), 권혜영(영화), 권혜진(영화), 권화빈(문학), 권희철(영화), 금병근(음악), 기노영(영화), 기미양(음악), 기세훈(영화), 기종철(방송), 기현수(음악), 기혜인(영화), 길종화(음악), 김갑선(전통예술), 김강덕(애니메이션), 김강수(전통예술), 김강수(영화), 김강철(전통예술), 김건식(영화), 김건희(미술), 김경(영화), 김경관(영화), 김경남(전통예술), 김경모(영화), 김경모(영화), 김경문(영화), 김경미(무용), 김경미(전통예술), 김경미(전통예술), 김경민(사진), 김경민(전통예술), 김경민(영화), 김경복(문학), 김경분(전통예술), 김경삼(영화), 김경석(영화), 김경수(영화), 김경숙(무용), 김경숙(음악), 김경숙(전통예술), 김경옥(영화), 김경원(연극), 김경주(문학), 김경진(영화), 김경호(음악), 김경호(전통예술), 김경호(영화), 김경화(미술), 김경화(전통예술), 김경환(전통예술), 김경환(전통예술), 김경희(문화일반), 김경희(방송), 김경희(전통예술), 김계중(영화), 김광민(영화), 김광민(영화), 김광선(문학), 김광수(사진), 김광수(영화), 김광식(영화), 김광일(영화), 김광자(전통예술), 김광진(영화), 김광철(방송), 김광태(영화), 김광회(애니메이션), 김귀옥(전통예술), 김귀옥(전통예술), 김귀자(문학), 김규나(문학), 김규오(영화), 김규옥(영화), 김규형(문화일반), 김규희(전통예술), 김근수(방송), 김근수(영화), 김근원(음악), 김근태(미술), 김기동(영화), 김기락(방송), 김기문(영화), 김기반(미술), 김기봉(문화일반), 김기수(영화), 김기연(영화), 김기영(연극), 김기옥(출판), 김기자(방송), 김기태(영화), 김기태(영화), 김기형(음악), 김기호(영화), 김기홍(문학), 김기훈(영화), 김길자(영화), 김길태(영화), 김나영(문학), 김나영(영화), 김나현(영화), 김낙현(음악), 김남균(영화), 김남수(미술), 김남숙(영화), 김남술(미술), 김남주(영화), 김남형(음악), 김남호(영화), 김남희(애니메이션), 김노영(영화), 김다래(음악), 김다롱(영화), 김다운(애니메이션), 김다정(영화), 김다혜(영화), 김다홍(영화), 김단희(방송), 김대규(영화), 김대규(영화), 김대림(영화), 김대범(영화), 김대복(전통예술), 김대상(영화), 김대석(방송), 김대성(영화), 김대승(영화), 김대열(영화), 김대엽(방송), 김대영(영화), 김대욱(영화), 김대윤(전통예술), 김대인(영화), 김대일(음악), 김대중(전통예술), 김대진(영화), 김대호(영화), 김덕순(전통예술), 김덕진(미술), 김덕진(영화), 김도순(전통예술), 김도연(문학), 김도연(영화), 김도엽(영화), 김도일(연극), 김도현(영화), 김도형(전통예술), 김도형(영화), 김도훈(방송), 김동건(영화), 김동규(음악), 김동규(영화), 김동균(영화), 김동민(영화), 김동범(영화), 김동선(영화), 김동수(전통예술), 김동원(전통예술), 김동윤(전통예술), 김동인(영화), 김동주(영화), 김동주(영화), 김동주(영화), 김동진(미술), 김동진(영화), 김동혁(영화), 김동호(전통예술), 김동환(전통예술), 김동효(영화), 김동훈(영화), 김두구(전통예술), 김두성(미술), 김두헌(영화), 김륭(문학), 김리아(출판), 김만곤(영화), 김만동(전통예술), 김만수(미술), 김명(영화), 김명관(영화), 김명근(방송), 김명수(사진), 김명옥(미술), 김명윤(영화), 김명찬(영화), 김명하(영화), 김명호(문학), 김무경(음악), 김무성(방송), 김무열(무용), 김무진(영화), 김문수(전통예술), 김문영(영화), 김미경(문학), 김미경(전통예술), 김미라(문학), 김미선(전통예술), 김미선(영화), 김미숙(전통예술), 김미숙(전통예술), 김미영(음악), 김미영(영화), 김미원(음악), 김미월(문학), 김미자(전통예술), 김미자(전통예술), 김미정(문학), 김미향(연극), 김민(영화), 김민경(영화), 김민경(영화), 김민규(영화), 김민기(영화), 김민석(영화), 김민성(영화), 김민성(영화), 김민세(전통예술), 김민수(영화), 김민수(영화), 김민영(영화), 김민욱(영화), 김민재(영화), 김민정(문학), 김민정(방송), 김민정(영화), 김민정(영화), 김민중(영화), 김민지(방송), 김민지(영화), 김민철(방송), 김민형(영화), 김민호(영화), 김민홍(사진), 김민화(영화), 김바다(영화), 김비올라(문학), 김방죽(미술), 김배화(전통예술), 김범석(영화), 김범우(영화), 김범준(영화), 김병국(영화), 김병국(영화), 김병선(음악), 김병수(음악), 김병수(영화), 김병용(문학), 김병주(전통예술), 김병찬(음악), 김병철(영화), 김병철(영화), 김병한(영화), 김병호(문학), 김병호(문학), 김보경(영화), 김보경(영화), 김보승(영화), 김보현(영화), 김복심(전통예술), 김복희(영화), 김봉균(문학), 김봉술(전통예술), 김봉식(영화), 김봉연(영화), 김봉환(미술), 김부철(영화), 김분(영화), 김분희(전통예술), 김비채(영화), 김삼중(방송), 김상기(영화), 김상범(영화), 김상범(영화), 김상서(영화), 김상수(영화), 김상연(영화), 김상영(영화), 김상옥(미술), 김상우(영화), 김상우(영화), 김상윤(영화), 김상철(영화), 김상화(영화), 김서경(미술), 김서련(문학), 김서령(문학), 김서희(영화), 김석권(전통예술), 김석민(영화), 김석애(전통예술), 김석주(미술), 김선구(영화), 김선국(영화), 김선규(영화), 김선민(영화), 김선범(영화), 김선숙(영화), 김선웅(방송), 김선이(문화일반), 김선자(미술), 김선자(전통예술), 김선자(전통예술), 김선정(음악), 김선주(전통예술), 김선태(음악), 김선필(영화), 김선화(영화), 김선희(영화), 김설희(문학), 김성권(영화), 김성근(영화), 김성기(영화), 김성년(영화), 김성림(문화일반), 김성민(미술), 김성민(영화), 김성민(영화), 김성범(영화), 김성수(영화), 김성숙(미술), 김성숙(전통예술), 김성식(영화), 김성아(전통예술), 김성연(미술), 김성열(방송), 김성원(무용), 김성은(전통예술), 김성익(건축), 김성진(영화), 김성진(영화), 김성철(영화), 김성한(영화), 김성현(전통예술), 김성현(영화), 김성호(문학), 김성호(영화), 김성호(영화), 김성훈(영화), 김성훈(영화), 김성훈(영화), 김성희(연극), 김세연(문학), 김세윤(영화), 김세정(영화), 김소나(영화), 김소리(영화), 김소연(연극), 김호연(영화), 김소영(전통예술), 김소인(문학), 김손분(전통예술), 김솔(영화), 김송이(영화), 김수경(영화), 김수림(영화), 김수빈(영화), 김수아(영화), 김수아(영화), 김수연(무용), 김수완(영화), 김수용(무용), 김수우(문학), 김수웅(영화), 김수진(방송), 김수진(영화), 김수진(영화), 김수현(영화), 김수화(문학), 김수희(전통예술), 김숙자(미술), 김숙자(전통예술), 김숙정(영화), 김숙향(전통예술), 김숙현(문학), 김순(영화), 김순기(전통예술), 김순덕(전통예술), 김순득(미술), 김순모(영화), 김순용(영화), 김순자(미술), 김순자(전통예술), 김순천(문화일반), 김승권(영화), 김승민(영화), 김승준(영화), 김승태(방송), 김승해(문학), 김승현(영화), 김시무(영화), 김시숙(미술), 김시안(문학), 김시현(문학), 김신(만화), 김신성(영화), 김신효(문화일반), 김아영(애니메이션), 김애란(문화일반), 김애란(영화), 김애리(전통예술), 김양규(영화), 김양자

(미술), 김언중(전통예술), 김연(음악), 김연갑(음악), 김연봉(미술), 김연수(영화), 김연용(전통예술), 김연우(전통예술), 김연주(영화), 김연주(영화), 김연황(영화), 김열(문학), 김영국(영화), 김영균(영화), 김영기(방송), 김영동(영화), 김영리(전통예술), 김영미(문화일반), 김영미(전통예술), 김영미(영화), 김영민(미술), 김영민(영화), 김영배(미술), 김영범(출판), 김영범(문학), 김영복(영화), 김영부(공연), 김영산(전통예술), 김영서(문학), 김영석(미술), 김영석(전통예술), 김영석(영화), 김영선(영화), 김영성(영화), 김영숙(전통예술), 김영숙(전통예술), 김영순(방송), 김영식(출판), 김영욱(전통예술), 김영웅(영화), 김영자(전통예술), 김영주(영화), 김영준(음악), 김영중(미술), 김영지(영화), 김영진(영화), 김영진(영화), 김영진(영화), 김영천(영화), 김영철(영화), 김영철(영화), 김영현(영화), 김영호(방송), 김영호(영화), 김영호(영화), 김영환(영화), 김영훈(애니메이션), 김영훈(영화), 김영희(전통예술), 김옥란(전통예술), 김옥숙(문학), 김옥영(방송), 김옥철(영화), 김옥희(연극), 김완곤(영화), 김완동(영화), 김완석(전통예술), 김외남(문학), 김요섭(영화), 김요아킴(문학), 김요한(영화), 김요환(영화), 김용락(문학), 김용락(문학), 김용목(무용), 김용상(영화), 김용선(영화), 김용성(영화), 김용성(영화), 김용수(영화), 김용수(영화), 김용수(영화), 김용순(전통예술), 김용완(영화), 김용운(영화), 김용진(영화), 김용태(미술), 김용한(방송), 김용한(영화), 김용훈(영화), 김우석(영화), 김우성(영화), 김우승(영화), 김우주(영화), 김우준(영화), 김우진(영화), 김우태(방송), 김욱(영화), 김

운경(방송), 김운성(미술), 김운성(영화), 김운열(영화), 김원모(영화), 김원석(영화), 김원선(음악), 김원섭(영화), 김원조(전통예술), 김원중(방송), 김원중(음악), 김원직(영화), 김유경(영화), 김유미(영화), 김유미(영화), 김유신(영화), 김유진(영화), 김유진(영화), 김유진(영화), 김유화(영화), 김윤곤(영화), 김윤기(미술), 김윤례(방송), 김윤숙(전통예술), 김윤영(문학), 김윤영(영화), 김윤정(영화), 김윤지(영화), 김윤창(영화), 김윤태(영화), 김윤하(전통예술), 김윤향(전통예술), 김윤희(영화), 김윤희(영화), 김윤희(영화), 김은경(미술), 김은령(문학), 김은미(문화일반), 김은미(영화), 김은숙(연극), 김은영(영화), 김은정(영화), 김은주(영화), 김은지(방송), 김은혜(무용), 김은호(영화), 김은희(영화), 김의열(미술), 김의원(문학), 김이석(영화), 김이정(문학), 김이하(문학), 김인각(전통예술), 김인규(사진), 임인규(영화), 김인기(문학), 김인선(문화일반), 김인섭(영화), 김인수(전통예술), 김인순(전통예술), 김인지(문학), 김인태(영화), 김인호(출판), 김인호(문학), 김일동(영화), 김일석(영화), 김일수(음악), 김일안(영화), 김일지(문학), 김일태(영화), 김일형(영화), 김일호(전통예술), 김자연(문학), 김재광(영화), 김재규(전통예술), 김재근(영화), 김재민(문화일반), 김재민(영화), 김재영(전통예술), 김재영(미술), 김재영(영화), 김재영(영화), 김재윤(영화), 김재종(영화), 김재진(전통예술), 김재현(영화), 김재형(영화), 김재형(영화), 김재호(영화), 김재홍(문화일반), 김재홍(미술), 김재훈(영화), 김전진(영화), 김정길(영화), 김정동(영화), 김정란(음악), 김정미(전통예술), 김정미(전통예술), 김정미(영화), 김정민(영화), 김정배(문학), 김정석(음악), 김정섭(공연), 김정수(사진), 김정수(연극), 김정숙(영화), 김정순(전통예술), 김정순(전통예술), 김정아(영화), 김정영(영화), 김정옥(미술), 김정옥(전통예술), 김정우(영화), 김정욱(음악), 김정욱(영화), 김정원(영화), 김정태(만화), 김정태(영화), 김정태(영화), 김정태(영화), 김정태(영화), 김정헌(미술), 김정혁(영화), 김정현(방송), 김정현(영화), 김정현(영화), 김정호(영화), 김정회(전통예술), 김정훈(영화), 김정훈(영화), 김정희(문화일반), 김제영(문학), 김종광(문학), 김종국(영화), 김종기(전통예술), 김종기(영화), 김종기(영화), 김종도(미술), 김종련(연극), 김종만(연극), 김종민(영화), 김종범(영화), 김종석(전통예술), 김종석(전통예술), 김종성(연극), 김종숙(문학), 김종순(방송), 김종우(영화), 김종원(연극), 김종윤(영화), 김종윤(영화), 김종일(영화), 김종진(영화), 김종표(미술), 김종학(영화), 김종호(영화), 김종훈(방송), 김종훈(영화), 김종훈(영화), 김주경(영화), 김주리(영화), 김주민(영화), 김주양(영화), 김주영(영화), 김주영(전통예술), 김주완(영화), 김주원(연극), 김주일(영화), 김주한(영화), 김주현(영화), 김주현(영화), 김주현(영화), 김주호(영화), 김준겸(영화), 김준권(미술), 김준기(문학), 김준모(전통예술), 김준영(영화), 김준형(영화), 김중한(영화), 김중현(출판), 김지나(패션), 김지선(문학), 김지성(영화), 김지연(영화), 김지연(영화), 김지영(미술), 김지우(방송), 김지운(영화), 김지원(전통예술), 김지윤(영화), 김지은(애니메이션), 김지은(영화), 김지헌(영화), 김지현(무용), 김지현(문학), 김지혜(영화), 김지호(영화), 김지훈(영화), 김지훈(영화), 김지희(영화), 김직수(전통예술), 김진(음악), 김진경(문학), 김진경(영화), 김진기(영화), 김진남(영화), 김진래(영화), 김진렬(영화), 김진묵(영화), 김진문(방송), 김진석(문화일반), 김진성(출판), 김진성(영화), 김진성(영화), 김진수(방송), 김진수(문학), 김진숙(방송), 김진식(영화), 김진아(음악), 김진아(영화), 김진아(영화), 김진영(문화일반), 김진영(영화), 김진완(문학), 김진철(영화), 김진하(영화), 김진한(영화), 김진형(음악), 김진희(미술), 김진희(영화), 김진희(영화), 김찬성(전통예술), 김찬중(미술), 김참(문학), 김창곤(연극), 김창미(영화), 김창수(문화일반), 김창수(영화), 김창이(전통예술), 김창호(문학), 김채운(문학), 김천수(영화), 김철겸(미술), 김철규(전통예술), 김철규(전통예술), 김철균(영화), 김철용(영화), 김철웅(영화), 김철웅(영화), 김철준(전통예술), 김치성(영화), 김치윤(영화), 김태경(사진), 김태경(전통예술), 김태균(음악), 김태기(영화), 김태만(문학), 김태민(전통예술), 김태성(음악), 김태수(영화), 김태엽(무용), 김태영(음악), 김태영(영화), 김태완(전통예술), 김태용(출판), 김태우(출판), 김태우(영화), 김태일(영화), 김태일(영화), 김태진(영화), 김태철(전통예술), 김태헌(출판), 김태형(만화), 김태형(문학), 김태형(영화), 김태호(영화), 김태환(영화), 김태훈(영화), 김태훈(영화), 김태훈(영화), 김태희(영화), 김택상(영화), 김택주(영화), 김판산(전통예술), 김판조(전통예술), 김평기(영화), 김평삼(연극), 김평수(문화일반), 김필규(영화), 김필남(문학), 김하나(영화), 김하늬(미술), 김학례(문학), 김학재(전통예술), 김학준(영화), 김한나(영화), 긴한별(무용), 김한성(영화), 김한예(미술), 김한철(방송), 김항열(영화), 김해경(문학), 김해곤(영화), 김행숙(전통예술), 김행운(전통예술), 김향교(전통예술), 김향자(영화), 김헌근(연극), 김헌철(영화), 김현(영화), 김현겸(방송), 김현경(영화), 김현경(영화), 김현규(전통예술), 김현규(영화), 김현근(영화), 김현란(전통예술), 김현성(방송), 김현성(영화), 김현숙(전통예술), 김현영(전통예술), 김현우(영화), 김현정(무용), 김현정(영화), 김현정(영화), 김현준(방송), 김현철(음악), 김현철(영화), 김현철(영화), 김현태(영화), 김현호(영화), 김현호(영화), 김현회(영화), 김현희(영화), 김형구(음악), 김형대(미술), 김형모(방송), 김형미(문학), 김형민(영화), 김형민(영화), 김형배(만화), 김형석(음악), 김형석(영화), 김형용(영화), 김형주(영화), 김형주(영화), 김형준(영화), 김형준(영화), 김형준(영화), 김형준(영화), 김형철(영화), 김형현(영화), 김혜린(연극), 김혜선(미술), 김혜진(영화), 김호규(음악), 김호룡(영화), 김호석(영화), 김홍기(애니메이션), 김홍기(영화), 김홍목(영화), 김홍민(출판), 김홍민(영화), 김홍식(영화), 김홍은(영화), 김홍천(영화), 김화범(영화), 김화선(영화), 김화섭(영화), 김화수(영화), 김화숙(문학), 김화영(영화), 김화자(전통예술), 김화정(영화), 김화준(영화), 김환(문학), 김환복(미술), 김회식(영화), 김효균(영화), 김효석(애니메이션), 김효신(방송), 김효정(영화), 김효진(영화), 김훈(영화), 김훈(영화), 김훈곤(미술), 김희목(영화), 김희상(미술), 김희선(전통예술), 김희수(문학), 김희수(영화), 김희재(영화),

김희정(문학), 김희정(영화), 김희진(방송), 김희진(영화), 김희태(영화), 김희태(영화), 나두열(영화), 나무(음악), 나소옥(영화), 나애숙(전통예술), 나영필(영화), 나용국(영화), 나일선(영화), 나정호(영화), 나종영(문학), 나종희(미술), 나준영(영화), 나진국(영화), 나혜영(영화), 나홍균(출판), 남경민(영화), 남경우(영화), 남기협(영화), 남기호(영화), 남대한(영화), 남도희(영화), 남명희(미술), 남상진(문학), 남상철(방송), 남성식(영화), 남순랑(방송), 남승미(출판), 남승석(영화), 남시욱(영화), 남연우(영화), 남영우(영화), 남우미(영화), 남은영(영화), 남정욱(영화), 남진우(영화), 남현수(영화), 남현아(영화), 남현우(영화), 남희섭(영화), 노경란(문화일반), 노계순(전통예술), 노광래(미술), 노무환(영화), 노성숙(전통예술), 노성언(영화), 노수환(영화), 노슬기(영화), 노승수(영화), 노승욱(영화), 노영아(영화), 노원희(미술), 노원희(미술), 노윤아(영화), 노일환(영화), 노재석(미술), 노정희(문학), 노준철(영화), 노준호(영화), 노지영(문학), 노태련(전통예술), 노학수(영화), 노해인(영화), 노현수(문학), 노현숙(미술), 노혜영(영화), 노효봉(전통예술), 단운철(영화), 도동준(영화), 도승철(출판), 도정일(문학), 도종환(문학), 돈재철(방송), 동길산(문학), 득산스님(미술), 라장흠(전통예술), 라현(영화), 라희찬(영화), 류근영(영화), 류기봉(문학), 류명선(문학), 류선규(영화), 류선아(전통예술), 류소담(영화), 류시율(전통예술), 류영수(전통예술), 류영향(방송), 류영훈(영화), 류옥순(문학), 류인서(문학), 류정환(문학), 류종진(영화), 류준화(미술), 류쥬형(영화), 류지희(미술), 류진경(영화), 류충렬(미술), 류충렬(방송), 류현주(전통예술), 류형진(영화), 류희백(영화), 마연근(영화), 마호순(전통예술), 명규일(영화), 명제(음악), 모성진(영화), 모종혁(영화), 문경남(영화), 문경환(영화), 문금정(영화), 문나영(미술), 문대남(문학), 문대현(음악), 문동옥(음악), 문명진(영화), 문미란(문화일반), 문미숙(문화일반), 문병용(영화), 문병학(문학), 문성경(영화), 문성권(영화), 문성근(미술), 문성욱(영화), 문성해(문학), 문수영(영화), 문신(문학), 문양희(방송), 문영수(영화), 문예원(방송), 문용군(영화), 문재홍(영화), 문정모(방송), 문정미(영화), 문정미(영화), 문정숙(방송), 문정우(영화), 문정후(만화), 문종오(문화일반), 문주리(영화), 문주연(영화), 문철배(음악), 문철배(영화), 문필규(영화), 문해청(문학), 문현성(영화), 문형욱(영화), 문호영(사진), 문홍기(전통예술), 문희정(영화), 민경권(영화), 민경민(영화), 민규홍(영화), 민들레(전통예술), 민병길(사진), 민병수(영화), 민병채(영화), 민보건(미술), 민성원(영화), 민슬아(애니메이션), 민연숙(전통예술), 민웅재(영화), 민정기(미술), 민지영(영화), 민철식(영화), 민현기(문화일반), 민현선(영화), 박가은(음악), 박건우(영화), 박건웅(만화), 박건호(영화), 박경민(영화), 박경수(방송), 박경숙(전통예술), 박경애(미술), 박경원(문학), 박경조(문학), 박경희(문학), 박경희(문학), 박관병(영화), 박관서(문학), 박관석(영화), 박광석(영화), 박광성(영화), 박광연(전통예술), 박권수(문학), 박권영(음악), 박규복(전통예술), 박균수(영화), 박근남(출판), 박근홍(영화), 박금화(전통예술), 박기성(방송), 박나미(영화), 박남준(문학), 박남준(문학), 박노경(영화), 박노출(영화), 박누리(영화), 박대건(영화), 박대경(영화), 박대한(방송), 박대호(영화), 박대희(영화), 박동석(전통예술), 박동식(전통예술), 박동욱(전통예술), 박동주(영화), 박동한(영화), 박동화(전통예술), 박란(영화), 박란주(영화), 박래옥(음악), 박령순(음악), 박만진(음악), 박명래(미술), 박명수(방송), 박명환(영화), 박미경(전통예술), 박미라(미술), 박미서(무용), 박미숙(전통예술), 박미정(방송), 박민경(영화), 박민상(영화), 박민수(방송), 박민수(영화), 박민희(공연), 박범규(영화), 박범수(영화), 박범진(영화), 박병선(전통예술), 박병은(영화), 박병익(영화), 박병창(음악), 박병호(음악), 박보건(전통예술), 박보근(영화), 박복순(영화), 박봉수(영화), 박부귀(영화), 박부식(영화), 박사현(영화), 박상규(영화), 박상덕(전통예술), 박상민(영화), 박상순(전통예술), 박상욱(영화), 박상철(영화), 박상현(영화), 박상훈(애니메이션), 박샛별(영화), 박서영(문학), 박서영(영화), 박서원(문화일반), 박석광(영화), 박선민(전통예술), 박선주(문학), 박선주(영화), 박선주(영화), 박선희(무용), 박설희(영화), 박성남(영화), 박성영(영화), 박성우(문학), 박성우(문학), 박성욱(영화), 박성일(영화), 박성진(영화), 박성진(영화), 박성진(영화), 박성택(영화), 박성필(영화), 박성하(전통예술), 박성호(전통예술), 박성호(전통예술), 박성훈(영화), 박성훈(영화), 박세문(영화), 박세승(영화), 박세준(영화), 박세진(영화), 박세희(영화), 박소담(미술), 박소연(영화), 박송열(영화), 박송이(영화), 박송이(영화), 박수남(전통예술), 박수서(문학), 박수영(영화), 박수정(전통예술), 박수정(영화), 박수형(영화), 박수화(영화), 박수훈(미술), 박순연(전통예술), 박숙이(전통예술), 박숙희(출판), 박순구(만화), 박순옥(전통예술), 박순호(문학), 박순호(문학), 박순홍(영화), 박승민(문학), 박승환(영화), 박시백(만화), 박시향(음악), 박시헌(무용), 박신자(방송), 박아연(문학), 박아형(영화), 박야일(미술), 박여진(방송), 박연주(영화), 박영(영화), 박영(영화), 박영균(미술), 박영균(미술), 박영미(방송), 박영미(문학), 박영민(음악), 박영민(영화), 박영봉(영화), 박영선(영화), 박영준(영화), 박영태(영화), 박영희(전통예술), 박영희(전통예술), 박예리(영화), 박예분(문학), 박예지(방송), 박옥임(전통예술), 박옥조(전통예술), 박용찬(음악), 박용태(영화), 박용하(문학), 박우식(미술), 박우식(영화), 박웅희(영화), 박원선(전통예술), 박원준(영화), 박원희(문학), 박위성(전통예술), 박유선(영화), 박윤규(문학), 박윤남(영화), 박윤수(전통예술), 박윤형(영화), 박은주(연극), 박은주(문학), 박은태(미술), 박응주(미술), 박이규(영화), 박인수(전통예술), 박인수(영화), 박인철(영화), 박일두(연극), 박일아(문학), 박일아(문학), 박자현(미술), 박장근(영화), 박장혁(영화), 박재만(영화), 박재성(영화), 박재숙(전통예술), 박재인(영화), 박재준(영화), 박재현(영화), 박재형(영화), 박재홍(영화), 박정곤(음악), 박정관(영화), 박정근(영화), 박정기(전통예술), 박정기(영화), 박정모(출판), 박정민(영화), 박정범(영화), 박정숙(전통예술), 박정애(문학), 박정애(영화), 박정우(영화), 박정은(미술), 박정준(영화), 박정호(영화), 박정화(전통예술), 박정환(영화), 박정훈(사진), 박정훈(영화), 박정훈(영화), 박제욱(영화), 박제현(영화), 박종경(전통예술), 박종관(연극), 박종근(영화), 박종락(영화), 박종석(전통예술), 박종수(방송), 박종수(영화), 박종순(문학), 박종연(전통예술), 박종열(영화), 박종영(영화), 박종원(영화), 박종원(영화), 박종일(영화), 박종한(영화), 박종호(전통예술), 박종환(전통예술), 박종희(문학), 박주석(영화), 박주영(영화), 박주영(영화), 박주형(영화), 박준(영화), 박준상(만화), 박준식(영화), 박준열(영화), 박준용(영화), 박준형(전통예술), 박준호(영화), 박중보(전통예술), 박지선(영화), 박지선(영화), 박지성(영화), 박지연(영화), 박지영(영화), 박지영(영화), 박지은(영화), 박지현(영화), 박지혜(전통예술), 박지혜(영화), 박지희(영화), 박지희(영화), 박진(음악), 박진(영화), 박진수(방송), 박진우(영화), 박진태(영화), 박진화(미술), 박진희(미술), 박찬섭(만화), 박찬섭(음악), 박찬세(문학), 박찬윤(영화), 박찬주(미술), 박찬희(무용), 박찬희(영화), 박창구(전통예술), 박창근(문화일반), 박창기(문학), 박창덕(전통예술), 박창섭(미술), 박창식(전통예술), 박창원(영화), 박채익(영화), 박철영(문학), 박철진(영화), 박철환(미술), 박철훈(무용), 박철희(출판), 박청년(전통예술), 박청미(전통예술), 박청자(전통예술), 박초연(영화), 박춘석(문학), 박춘식(방송), 박타미(영화), 박태건(문학), 박태성(만화), 박태성(전통예술), 박태식(전통예술), 박필연(전통예술), 박해금(출판), 박해일(영화), 박향희(음악), 박혁수(영화), 박현규(영화), 박현선(방송), 박현수(영화), 박현수(영화), 박현욱(영화), 박현주(문학), 박형섭(영화), 박형윤(영화), 박형주(영화), 박형준(문학), 박형진(미술), 박형진(문학), 박혜경(전통예술), 박혜란(영화), 박혜림(영화), 박혜림(영화), 박혜진(영화), 박호신(영화), 박호율(영화), 박호진(영화), 박홍규(영화), 박홍수(영화), 박홍열(영화), 박홍준(영화), 박효진(영화), 박후기(문학), 박후기(문학), 박훈정(영화), 박휴종(영화), 박흥순(미술), 박흥식(미술), 박흥식(문학), 박흥주(출판), 박희선(문학), 박희영(영화), 반기리(방송), 반민순(연극), 반민환(영화), 반효주(영화), 방극진(전통예술), 방범석(영화), 방승인(애니메이션), 방승혁(영화), 방영식(전통예술), 방영혜(전통예술), 방윤태(음악), 방재환(영화), 방정아(미술), 방준식(영화), 방지애(영화), 방지환(전통예술), 방진희(영화), 방현용(영화), 배철(음악), 배경진(음악), 배길남(문학), 배나애(영화), 배노훈(영화), 배미정(미술), 배상철(영화), 배서진(영화), 배성근(영화), 배성식(미술), 배세웅(영화), 배소현(영화), 배수자(전통예술), 배수진(영화), 배수한(영화), 배수환(영화), 배순천(전통예술), 배시몬(영화), 배영선(전통예술), 배영수(영화), 배영한(영화), 배용제(문학), 배우리(음악), 배은미(전통예술), 배일혁(영화), 배장수(영화), 배재경(문학), 배재원(영화), 배정률(영화), 배정민(영화), 배정옥(전통예술), 배종현(영화), 배지숙(영화), 배창희(음악), 배초롱(무용), 배태종(영화), 배태학(전통예술), 배표원(전통예술), 배현진(영화), 백가흠(문학), 백건호(영화), 백경원(영화), 백경인(영화), 백광용(영화), 백권분(전통예술), 백금자(영화), 백대현(연극), 백두원(영화), 백마강(영화), 백성원(출판), 백성호(영화), 백수진(영화), 백순덕(전통예술), 백순득(전통예술), 백승일(영화), 백연이(전통예술), 백영묵(음악), 백완승(출판), 백운홍(영화), 백월선(전통예술), 백윤석(영화), 백윤식(영화), 백은경(문학), 백재영(영화), 백종현(전통예술), 백주옥(영화), 백지원(음악), 백지훈(방송), 백진동(영화), 백창우(음악), 백태길(방송), 백향기(미술), 백형숙(전통예술), 백형태(전통예술), 범현이(미술), 변동규(전통예술), 변명환(방송), 변병준(만화), 변봉선(영화), 변영민(영화), 변영호(전통예술), 변웅필(미술), 변원기(전통예술), 변인수(미술), 변인천(영화), 변재혁(영화), 변정욱(영화), 변종임(전통예술), 변준석(영화), 변호갑(전통예술), 변희호(전통예술), 봉명필(음악), 사공희(영화), 서가혜(영화), 서경호(영화), 서귀환(영화), 서규년(전통예술), 서규정(문학), 서금순(전통예술), 서기천(방송), 서덕구(무용), 서동실(영화), 서동호(전통예술), 서동훈(문학), 서명성(영화), 서명정(영화), 서무태(전통예술), 서문교(영화), 서미지(미술), 서민교(영화), 시민성(무용), 서범종(영화), 서상환(미술), 서상환(미술), 서서방(음악), 서서희(영화), 서선자(무용), 서성란(문학), 서성원(영화), 서수연(영화), 서수찬(문학), 서순임(전통예술), 서순희(문학), 서승권(영화), 서승종(영화), 서연수(문학), 서영식(문학), 서영식(전통예술), 서왕지(영화), 서용석(영화), 서유미(문학), 서은정(영화), 서인석(영화), 서재복(애니메이션), 서재순(방송), 서정덕(공연), 서정원(문학), 서정표(영화), 서제교(영화), 서종욱(영화), 서진연(문학), 서진호(영화), 서창경(전통예술), 서창환(영화), 서철원(문학), 서하나(영화), 서해림(영화), 서호영(영화), 서홍관(문학), 서화석(전통예술), 서효숙(영화), 석경순(영화), 석경인(방송), 석대형(영화), 석명선(전통예술), 석재호(영화), 석현(미술), 석형징(영화), 선경희(영화), 선제(음악), 설경애(미술), 설미미(영화), 설인재(영화), 설정배(영화), 설지원(영화), 성경자(방송), 성군경(문학), 성명숙(전통예술), 성보희(영화), 성영재(영화), 성의현(출판), 성재준(영화), 성정훈(영화), 성지경(무용), 성지은(영화), 성태경(영화), 성하은(영화), 성홍주(영화), 소병호(영화), 소보은(영화), 소은호(영화), 소일천(전통예술), 소향(음악), 손동오(영화), 손문(영화), 손민구(영화), 손민정(영화), 손병군(영화), 손병휘(음악), 손봉수(영화), 손삼웅(영화), 손상원(연극), 손상준(영화), 손선옥(영화), 손순옥(미술), 손신향(전통예술), 손양숙(전통예술), 손영규(영화), 손영성(무용), 손영익(미술), 손영주(전통예술), 손용수(음악), 손용훈(영화), 손은경(영화), 손은진(영화), 손장섭(미술), 손재서(연극), 손정구(영화), 손정기(영화), 손정분(전통예술), 손지혜나(영화), 손진아(영화), 손진옥(문학), 손혁(영화), 손혁재(문화일반), 송경민(영화), 손계숙(문학), 송광호(영화), 송기자(전통예술), 송기정(영화), 송기호(영화), 송길영(문화일반), 송대중(영화), 송동일(영화), 송래현(영화), 송명섭(영화), 송명재(미술), 송미경(미술), 송민주(영화), 송반달(문학), 송복쇄(음악), 송복임(전통예술), 송상현(영화), 송상호(영화), 송상훈(영화), 송석영(영화), 송석조(전통예술), 송성열(영화), 송순희(전통예술), 송승엽(영화), 송영리(영화), 송영찬(방송), 송예진(영화), 송용혁(영화), 송우동(전통예술), 송윤형(영화), 송은미(무용), 송인수(영화),

송재덕(영화), 송재영(영화), 송재호(영화), 송정훈(방송), 송준수(영화), 송준호(영화), 송지은(영화), 송지혜(무용), 송진(문학), 송진세(미술), 송진아(영화), 송진욱(영화), 송찬호(문학), 송창용(영화), 송창훈(방송), 송철호(문화일반), 송춘자(전통예술), 송태웅(문학), 송해근(방송), 송혁재(영화), 송혁조(영화), 송현창(영화), 송현혜(영화), 송혜경(영화), 송혜영(미술), 송호연(영화), 송홍종(영화), 송희자(전통예술), 신경렬(출판), 신경림(문학), 신경순(만화), 신길순(전통예술), 신나영(영화), 신다영(영화), 신도영(영화), 신동각(방송), 신동기(방송), 신동수(영화), 신동엽(영화), 신동원(영화), 신동일(음악), 신동희(문학), 신민경(영화), 신민재(영화), 신범(전통예술), 신상숙(전통예술), 신상훈(음악), 신석민(미술), 신선명(문화일반), 신선미(전통예술), 신선의(영화), 신성민(공연), 신성선(영화), 신세연(영화), 신세용(영화), 신소남(전통예술), 신수빈(영화), 신숙경(영화), 신숙희(전통예술), 신승열(전통예술), 신흥호(영화), 신승훈(영화), 신식희(전통예술), 신연욱(만화), 신영복(전통예술), 신영은(방송), 신영일(영화), 신영주(음악), 신영택(전통예술), 신옥남(전통예술), 신왕선(건축), 신용남(영화), 신용목(문학), 신용선(공연), 신용식(전통예술), 신용태(영화), 신원희(문학), 신유진(영화), 신윤섭(방송), 신윤희(영화), 신은영(영화), 신은주(영화), 신은진(영화), 신응재(음악), 신이수(영화), 신인정(영화), 신일식(문화일반), 신장식(전통예술), 신재희(영화), 신정민(문학), 신정철(영화), 신정훈(영화), 신종훈(영화), 신지연(영화), 신지영(영화), 신지용(영화), 신지해(음악), 신지현(영화), 신찬비(영화), 신창남(전통예술), 신철(미술), 신철욱(영화), 신태섭(영화), 신태호(영화), 신태호(영화), 신현옥(전통예술), 신현주(전통예술), 신현철(영화), 신형식(문학), 신혜원(영화), 신희교(문학), 심규홍(영화), 심동명(방송), 심문보(영화), 심민호(영화), 심상민(음악), 심상훈(영화), 심수환(미술), 심온(영화), 심은숙(영화), 심재원(영화), 심재협(음악), 심점환(미술), 심정수(미술), 심현보(음악), 심혜림(영화), 안교찬(영화), 안국진(영화), 안기웅(영화), 안덕근(음악), 안도경(전통예술), 안도현(문학), 안몽식(영화), 안병우(영화), 안병택(영화), 안병호(영화), 안상민(애니메이션), 안상승(영화), 안상학(문학), 안선애(전통예술), 안선영(영화), 안성덕(문학), 안성수(영화), 안성애(영화), 안성열(영화), 안성재(애니메이션), 안성환(영화), 안소이(영화), 안승권(영화), 안승주(영화), 안승호(영화), 안연옥(문학), 안영기(영화), 안영찬(미술), 안용대(건축), 안용대(미술), 안용섭(영화), 안유미(영화), 안유정(영화), 안재성(문학), 안재호(영화), 안재홍(방송), 안정민(영화), 안정원(영화), 안정훈(전통예술), 안종원(방송), 안중범(영화), 안지혜(영화), 안지혜(영화), 안지환(영화), 안진정(영화), 안창윤(영화), 안태구(영화), 안태인(미술), 안태인(영화), 안태준(영화), 안태훈(영화), 안태희(미술), 안학수(문학), 안현아(영화), 안희곤(출판), 안희성(영화), 양경복(영화), 양균상(영화), 양금열(전통예술), 양남기(미술), 양동욱(영화), 양동훈(출판), 양문창(무용), 양상용(미술), 양석열(방송), 양선예(미술), 양성주(음악), 양성준(영화), 양수희(영화), 양승용(영화), 양승욱(방송), 양애리(영화), 양언보(전통예술), 양여운(영화), 양윤식(영화), 양윤실(영화), 양일동(전통예술), 양재석(미술), 양재철(영화), 양재훈(영화), 양정은(영화), 양종곤(영화), 양준모(영화), 양지혜(영화), 양진화(방송), 양찬석(영화), 양창주(영화), 양환정(영화), 양희선(영화), 엄대용(영화), 엄소연(영화), 엄원섭(영화), 엄유나(영화), 엄의숙(미술), 엄정원(전통예술), 엄진화(영화), 엄태석(문학), 엄태식(영화), 엄태용(영화), 엄태헌(영화), 엄태화(영화), 엄현숙(영화), 엄홍렬(영화), 엄흥용(영화), 여광수(영화), 여미정(영화), 여병동(전통예술), 여상훈(전통예술), 여성구(영화), 여승욱(영화), 여운(미술), 여운철(영화), 여태천(문학), 염무웅(문학), 염민기(전통예술), 염승철(영화), 염은하(영화), 염정아(전통예술), 예정훈(미술), 예정훈(미술), 오갑숙(전통예술), 오경수(영화), 오규식(전통예술), 오규찬(문학), 오규철(음악), 오남경(영화), 오다윤(연극), 오대양(영화), 오동진(영화), 오득룡(방송), 오미라(문화일반), 오미옥(문학), 오미자(문화일반), 오민호(영화), 오병우(방송), 오병호(영화), 오복연(영화), 오상호(영화), 오석필(영화), 오선옥(전통예술), 오성복(방송), 오성자(전통예술), 오세경(영화), 오세일(방송), 오순분(미술), 오순점(전통예술), 오승희(영화), 오여나(영화), 오영림(영화), 오영묵(음악), 오영진(영화), 오영환(영화), 오옥란(전통예술), 오유성(영화), 오은진(영화), 오재영(영화), 오재호(영화), 오정균(미술), 오정수(전통예술), 오정순(전통예술), 오정애(전통예술), 오정요(방송), 오정우(영화), 오정택(영화), 오정환(문학), 오종현(영화), 오주연(영화), 오주환(음악), 오주연(영화), 오주환(음악), 오지수(영화), 오창렬(영화), 오춘옥(문학), 오태경(음악), 오태봉(영화), 오태승(영화), 오태혁(영화), 오하림(영화), 오현미(방송), 오현수(영화), 오현숙(영화), 오현옥(방송), 오현후(영화), 호형진(영화), 오혜련(미술), 오호숙(미술), 오홍록(방송), 오희선(문학), 옥금숙(전통예술), 옥성준(영화), 왕호상(영화), 왕희정(미술), 우경희(영화), 우무석(문학), 우상형(영화), 우새하(영화), 우석제(영화), 우성하(방송), 우영란(미술), 우영숙(전통예술), 우영하(영화), 우인범(영화), 우종기(영화), 우현정(음악), 우혜진(영화), 우효재(영화), 웁쓰양(미술), 원마에(음악), 원명해(전통예술), 원무현(문학), 원민우(영화), 원영준(영화), 원옥임(방송), 원재(영화), 원정현(음악), 원종백(영화), 원종호(영화), 원태산(영화), 위영희(방송), 위종만(미술), 위지웅(영화), 유강희(문학), 유경미(영화), 유경수(영화), 유경애(영화), 유광모(영화), 유근희(영화), 유기정(영화), 유길종(전통예술), 유다혜(영화), 유대현(영화), 유동식(영화), 유동열(영화), 유명환(영화), 유미정(영화), 유미향(영화), 유병열(방송), 유상태(영화), 유석문(영화), 유선희(음악), 유성균(영화), 유성일(전통예술), 유성진(영화), 유수경(문학), 유수경(영화), 우수영(전통예술), 유순상(방송), 유승만(영화), 유승영(영화), 유승진(영화), 유시춘(문학), 유아라(영화), 유연(영화), 유연수(영화), 유연식(출판), 유영민(영화), 유영석(영화), 유예은(영화), 유옥자(미술), 유용석(영화), 유용주(문학), 유용준(방송), 유용호(영화), 유은정(영화), 유인상(영화), 유인숙(문화일반), 유재건(출판), 유재국(전통예술), 유재규(영화), 유재명(애니메이션), 유재엽(전통예술), 유재영(만화), 유재일(미술), 유재중(미술), 유재천(영화), 유재혁(영화), 유재현(음악), 유재훈(영화), 유정순(전통예술), 유정주(애니메이션), 유정환(영화), 유종인(문학), 유종인(문학), 유종인(문학), 유주용(영화), 유준형(영화), 유지연(전통예술), 유창한(방송), 유청(영화), 유태종(영화), 유해옥(전통예술), 유혁준(영화), 유혁준(영화), 유현아(영화), 유혜경(영화), 유혜민(영화), 육근상(문학), 육정희(전통예술), 육종성(음악), 윤경현(영화), 윤광수(영화), 윤기호(영화), 윤길순(전통예술), 윤남주(영화), 윤단비(영화), 윤대녕(문학), 윤대용(영화), 윤대우(영화), 윤덕상(영화), 윤도연(영화), 윤동수(문학), 윤미라(영화), 윤미숙(문학), 윤미연(전통예술), 윤민경(영화), 윤민정(영화), 윤병선(영화), 윤보현(영화), 윤상길(영화), 윤상수(문학), 윤상순(전통예술), 윤상진(음악), 윤샛별(영화), 윤서영(영화), 윤석위(문학), 윤석정(문학), 윤석정(문학), 윤석조(영화), 윤석회(전통예술), 윤선주(방송), 윤성원(영화), 윤성재(영화), 윤성철(미술), 윤성택(문학), 윤성혜(영화), 윤성호(영화), 윤세영(영화), 윤세용(영화), 윤소일(영화), 윤소희(음악), 윤수비(영화), 윤수웅(영화), 윤수진(영화), 윤순희(전통예술), 윤아름(영화), 윤애자(문학), 윤영수(방송), 윤영수(영화), 윤옥희(전통예술), 윤용국(미술), 윤인우(영화), 윤인천(영화), 윤재성(영화), 윤재흥(영화), 윤정(영화), 윤정원(영화), 윤정윤(영화), 윤정중(방송), 윤종한(영화), 윤종현(영화), 윤주식(영화), 윤주원(방송), 윤주형(영화), 윤주훈(영화), 윤지영(영화), 윤지원(영화), 윤지혜(영화), 윤창숙(전통예술), 윤창숙(영화), 윤창완(영화), 윤창용(전통예술), 윤철호(출판), 윤태련(영화), 윤태호(만화), 윤필남(미술), 윤현기(영화), 윤현아(방송), 윤현용(영화), 윤현호(영화), 윤형민(영화), 윤혜란(미술), 윤호진(영화), 윤화중(음악), 윤희규(영화), 윤희순(미술), 윤희연(문화일반), 은영철(영화), 은종금(전통예술), 음두훈(영화), 음자경(영화), 이강순(영화), 이강화(영화), 이건우(영화), 이견주(전통예술), 이경석(영화), 이경순(전통예술), 이경순(전통예술), 이경순(전통예술), 이경순(영화), 이경아(영화), 이경일(문화일반), 이경자(미술), 이경재(방송), 이경재(전통예술), 이경재(전통예술), 이경진(방송), 이계택(연극), 이계훈(영화), 이공주(영화), 이광섭(방송), 이광순(영화), 이광영(전통예술), 이광진(연극), 이광희(영화), 이구영(미술), 이국화(영화), 이권숙(전통예술), 이권일(영화), 이귀덕(영화), 이규(방송), 이규곤(영화), 이규봉(영화), 이규석(영화), 이규열(문학), 이규학(영화), 이균옥(문화일반), 이균옥(전통예술), 이근석(방송), 이근수(미술), 이근우(영화), 이근호(영화), 이금순(전통예술), 이기범(영화), 이기상(방송), 이기승(영화), 이기원(방송), 이기원(영화), 이기자(문학), 이기호(방송), 이기홍(미술), 이기환(영화), 이길상(문학), 이길상(전통예술), 이길성(음악), 이길훈(영화), 이남식(영화), 이다연(영화), 이대교(무용), 이대규(문학), 이대수(영화), 이대엽(영화), 이대희(영화), 이덕규(문학), 이덕상(영화), 이덕자(문학), 이덕재(영화), 이덕화(전통예술), 이돈식(전통예술), 이동기(영화), 이동문(미술), 이동민(영화), 이동수(영화),

이동순(문학), 이동우(전통예술), 이동원(미술), 이동원(영화), 이동윤(영화), 이동은(영화), 이동진(영화), 이동현(영화), 이동현(영화), 이두례(전통예술), 이득춘(전통예술), 이리라(출판), 이만(영화), 이말다(미술), 이말숙(전통예술), 이말순(전통예술), 이말주(전통예술), 이명복(미술), 이명숙(전통예술), 이명재(문학), 이명준(영화), 이명호(영화), 이명희(문학), 이모례(영화), 이무룡(영화), 이문주(음악), 이미경(문화일반), 이미경(전통예술), 이미경(전통예술), 이미사(영화), 이미숙(전통예술), 이미숙(전통예술), 이미영(영화), 이미옥(영화), 이미정(음악), 이미화(무용), 이민경(영화), 이민상(방송), 이민식(영화), 이민재(전통예술), 이민정(영화), 이민주(영화), 이민호(문학), 이민호(영화), 이민호(영화), 이병무(방송), 이병삼(영화), 이병성(영화), 이병세(영화), 이병수(문학), 이병옥(전통예술), 이병용(방송), 이병창(문학), 이병천(영화), 이병초(문학), 이병헌(문화일반), 이병훈(문화일반), 이보경(영화), 이보라(영화), 이보현(영화), 이보현(영화), 이보현(영화), 이복순(방송), 이봉선(영화), 이봉숙(전통예술), 이봉용(출판), 이봉조(영화), 이빈나(영화), 이사범(미술), 이산복(영화), 이삼순(전통예술), 이상관(연극), 이상국(방송), 이상국(문학), 이상권(미술), 이상길(영화), 이상만(음악), 이상무(미술), 이상문(영화), 이상미(전통예술), 이상미(영화), 이상민(영화), 이상번(문학), 이상봉(미술), 이상수(음악), 이상수(영화), 이상수(영화), 이상승(전통예술), 이상영(음악), 이상영(전통예술), 이상용(영화), 이상우(연극), 이상욱(영화), 이상은(영화), 이상이(전통예술), 이상일(사진),

이상진(영화), 이상철(영화), 이상헌(문화일반), 이상현(영화), 이상훈(영화), 이상희(영화), 이상희(영화), 이석민(영화), 이석제(영화), 이석행(영화), 이석훈(출판), 이선경(전통예술), 이선규(출판), 이선민(영화), 이선숙(전통예술), 이선영(음악), 이선옥(문학), 이설야(문학), 이성경(영화), 이성국(영화), 이성규(방송), 이성래(전통예술), 이성문(영화), 이성수(건축), 이성술(전통예술), 이성아(문학), 이성아(문학), 이성열(음악), 이성열(전통예술), 이성우(영화), 이성우(영화), 이성우(영화), 이성원(무용), 이성원(영화), 이성은(사진), 이성제(영화), 이성중(영화), 이성진(영화), 이성창(영화), 이성창(영화), 이성택(영화), 이성현(출판), 이성환(영화), 이성희(문학), 이성희(영화), 이세완(문학), 이세현(미술), 이소미(영화), 이소영(영화), 이수미(전통예술), 이수연(전통예술), 이수일(영화), 이수정(영화), 이수준(전통예술), 이수진(영화), 이수진(영화), 이수진(영화), 이수철(사진), 이숙형(전통예술), 이순경(영화), 이순금(영화), 이순복(문화일반), 이순원(문학), 이순임(문학), 이순자(전통예술), 이순호(영화), 이순화(문학), 이스라(영화), 이슬기(영화), 이승규(영화), 이승규(영화), 이승란(방송), 이승민(영화), 이승민(영화), 이승불(영화), 이승빈(영화), 이승언(전통예술), 이승영(전통예술), 이승욥(영화), 이승우(영화), 이승원(영화), 이승의(영화), 이승제(영화), 이승준(영화), 이승철(음악), 이승택(영화), 이승현(영화), 이승혜(영화), 이승호(영화), 이승환(영화), 이승훈(무용), 이승훈(영화), 이시훈(영화), 이신애(영화), 이아름(영화), 이아영(영화), 이아타(문학), 이안규(영화),

이안숙(영화), 이안젤라(영화), 이억조(영화), 이연숙(전통예술), 이연실(무용), 이연호(영화), 이연화(영화), 이영광(문학), 이영미(전통예술), 이영숙(무용), 이영숙(전통예술), 이영옥(방송), 이영욱(영화), 이영은(전통예술), 이영이(전통예술), 이영진(영화), 이영현(전통예술), 이영훈(영화), 이예주(음악), 이예훈(문학), 이옥분(전통예술), 이옥수(전통예술), 이옥순(전통예술), 이용광(영화), 이용규(방송), 이용균(영화), 이용승(영화), 이용신(영화), 이용옥(영화), 이용우(영화), 이용주(영화), 이용철(영화), 이용철(영화), 이용훈(영화), 이용희(영화), 이우락(방송), 이우승(영화), 이웅규(영화), 이원(영화), 이원규(문학), 이원석(미술), 이원영(방송), 이원호(영화), 이원희(영화), 이원희(영화), 이원희(영화), 이유경(애니메이션), 이유라(전통예술), 이유리(영화), 이유리(영화), 이유만(영화), 이유미(영화), 이유선(영화), 이유영(영화), 이유진(영화), 이유진(영화), 이윤경(영화), 이윤경(영화), 이윤미(영화), 이윤선(영화), 이윤정(영화), 이윤정(영화), 이윤주(미술), 이윤형(영화), 이윤환(영화), 이윤훈(문학), 이은경(만화), 이은경(영화), 이은경(영화), 이은미(전통예술), 이은석(영화), 이은송(문학), 이은숙(전통예술), 이은영(음악), 이은영(영화), 이은이(전통예술), 이은정(전통예술), 이은정(영화), 이은정(영화), 이은주(문학), 이은천(영화), 이은혁(방송), 이은혁(방송), 이은희(방송), 이은희(영화), 이응록(전통예술), 이의태(영화), 이인규(영화), 이인선(무용), 이인선(전통예술), 이인순(전통예술), 이인원(음악), 이인원(영화), 이인철(미술), 이인철(미술), 이인철(영화), 이일우(사진), 이임정(영화), 이임조(전통예술), 이자은(영화), 이장희(영화), 이재건(영화), 이재규(방송), 이재규(문학), 이재남(영화), 이재민(전통예술), 이재석(문학), 이재성(문학), 이재숙(미술), 이재완(영화), 이재우(문학), 이재웅(영화), 이재윤(영화), 이재의(영화), 이재중(영화), 이재충(영화), 이재필(영화), 이재한(문학), 이재혁(영화), 이재혁(영화), 이재현(영화), 이재형(문학), 이재환(영화), 이점옥(전통예술), 이정근(방송), 이정근(미술), 이정미(영화), 이정민(영화), 이정민(영화), 이정배(방송), 이정분(전통예술), 이정석(영화), 이정세(영화), 이정숙(전통예술), 이정순(무용), 이정순(미술), 이정식(미술), 이정심(영화), 이정열(음악), 이정엽(전통예술), 이정욱(영화), 이정원(영화), 이정은(영화), 이정인(전통예술), 이정자(전통예술), 이정진(영화), 이정진(영화), 이정철(영화), 이정현(음악), 이정현(음악), 이정현(문학), 이정호(영화), 이정화(무용), 이정환(영화), 이정환(영화), 이정훈(전통예술), 이정훈(영화), 이정훈(영화), 이제우(영화), 이종근(미술), 이종두(영화), 이종모(미술), 이종문(영화), 이종민(문학), 이종삼(영화), 이종석(영화), 이종수(문학), 이종숙(전통예술), 이종열(영화), 이종우(영화), 이종우(영화), 이종욱(미술), 이종원(출판), 이종일(영화), 이종진(전통예술), 이종헌(미술), 이종헌(미술), 이종형(전통예술), 이종호(무용), 이종환(전통예술), 이종훈(영화), 이주생(영화), 이주석(영화), 이주연(미술), 이주영(영화), 이주원(음악), 이주행(영화), 이주현(방송), 이주환(영화), 이주환(영화), 이준규(미술), 이준규(영화), 이준동(영화), 이준식(영화), 이준엽(영화),

이준익(영화), 이준일(영화), 이준학(영화), 이준현(영화), 이준형(음악), 이준호(문학), 이준호(영화), 이중기(문학), 이지담(문학), 이지선(영화), 이지안(영화), 이지애(영화), 이지연(미술), 이지영(영화), 이지원(방송), 이지은(미술), 이지은(영화), 이지혁(영화), 이지훈(영화), 이진명(미술), 이진서(영화), 이진섭(영화), 이진아(미술), 이진영(영화), 이진우(영화), 이진환(영화), 이진희(영화), 이차연(영화), 이찬수(무용), 이찬수(영화), 이창국(영화), 이창동(영화), 이창만(영화), 이창영(영화), 이창현(전통예술), 이창호(영화), 이창희(방송), 이채린(영화), 이채윤(문학), 이천희(미술), 이철(영화), 이철로(출판), 이철재(미술), 이철진(방송), 이청길(전통예술), 이청훈(영화), 이춘근(전통예술), 이춘연(영화), 이춘희(방송), 이충엽(방송), 이충일(영화), 이충진(영화), 이충희(영화), 이쾌우(전통예술), 이큰솔(영화), 이태백(음악), 이태성(영화), 이태수(영화), 이태오(영화), 이태호(영화), 이태호(영화), 이택경(영화), 이택근(미술), 이평현(전통예술), 이필호(문학), 이필훈(영화), 이하나(영화), 이하석(문학), 이하선(영화), 이하송(영화), 이하은(영화), 이하준(방송), 이학권(영화), 이학재(영화), 이한걸(문학), 이한구(전통예술), 이한모(영화), 이한식(전통예술), 이한양(방송), 이함박(영화), 이해선(사진), 이해양(문학), 이해웅(문학), 이해원(영화), 이해창(전통예술), 이향숙(미술), 이향철(영화), 이혁(영화), 이혁상(영화), 이현경(영화), 이현경(영화), 이현명(영화), 이현명(영화), 이현석(문학), 이현수(문학), 이현수(전통예술), 이현수(영화), 이현정(영화), 이현조(문학), 이현주(미술), 이현주(전통예술), 이현주(영화), 이현진(영화), 이현철(영화), 이현화(영화), 이형로(음악), 이형빈(영화), 이형석(영화), 이형순(전통예술), 이형주(영화), 이형택(영화), 이혜경(무용), 이혜련(영화), 이혜원(영화), 이혜진(영화), 이혜헌(영화), 이호근(영화), 이홍기(영화), 이홍복(영화), 이홍원(미술), 이화성(전통예술), 이화숙(전통예술), 이화연(전통예술), 이환(영화), 이환원(영화), 이효경(영화), 이효국(문화일반), 이효민(영화), 이효재(전통예술), 이효재(영화), 이효춘(영화), 이후곤(영화), 이훈희(미술), 이휘빈(영화), 이희선(출판), 이희아(음악), 이희영(미술), 이희자(전통예술), 인병일(무용), 임경민(미술), 임경숙(전통예술), 임경호(영화), 임나무(영화), 임동(영화), 임동영(영화), 임동원(영화), 임동준(영화), 임동창(전통예술), 임동천(문학), 임록영(영화), 임명애(미술), 임명진(문학), 임무철(전통예술), 임미나(영화), 임미선(음악), 임미정(영화), 임민원(영화), 임병빈(영화), 임병삼(출판), 임병주(출판), 임보람(영화), 임상윤(영화), 임석희(방송), 임선미(연극), 임선빈(미술), 임선애(영화), 임성권(영화), 임성락(문화일반), 임성빈(영화), 임성용(영화), 임성훈(영화), 임세리(영화), 임세진(영화), 임술랑(문학), 임승미(영화), 임승진(영화), 임영규(영화), 임영락(방송), 임영선(미술), 임영수(영화), 임영진(영화), 임영호(영화), 임오섭(연극), 임오자(미술), 임우정(영화), 임원근(영화), 임원택(영화), 임은숙(전통예술), 임일영(영화), 임장묵(전통예술), 임재일(미술), 임정혁(영화), 임종민(전통예술), 임종석(미술), 임종세(영화), 임종우(방송), 임준우(영화), 임지수(영화), 임지영(영화), 임지우(애니메이션), 임진선(영화), 임진승(영화), 임찬섭(영화), 임찬영(영화), 임창일(무용), 임채연(영화), 임채훈(방송), 임철우(영화), 임태훈(문학), 임향님(음악), 임헌찬(전통예술), 임현수(방송), 임현식(영화), 임현희(미술), 임형균(음악), 임혜복(방송), 임혜숙(방송), 임혜영(영화), 임혜자(문화일반), 임혜훈(방송), 임호상(영화), 임호영(영화), 임호준(영화), 임훈(영화), 임흥(영화), 임희대(영화), 장건재(영화), 장경순(전통예술), 장권택(전통예술), 장길종(영화), 장덕재(영화), 장도훈(영화), 장동원(영화), 장동훈(영화), 장래경(영화), 장마리(문학), 장만오(전통예술), 장무령(문학), 장미나(음악), 장미선(영화), 장미자(방송), 장미정(음악), 장미호(전통예술), 장박하(영화), 장백중(전통예술), 장병국(전통예술), 장병원(영화), 장보윤(전통예술), 장서희(영화), 장석남(문학), 장석열(전통예술), 장석원(영화), 장선경(전통예술), 장성연(영화), 장성연(영화), 장성우(영화), 장세영(방송), 장소영(전통예술), 장순향(무용), 장승봉(전통예술), 장승태(전통예술), 장영미(전통예술), 장영숙(전통예술), 장영애(영화), 장영옥(전통예술), 장영일(미술), 장영재(영화), 장영환(영화), 장예원(영화), 장오중(미술), 장요수(문학), 장원석(영화), 장원석(영화), 장원욱(영화), 장원종(영화), 장원준(방송), 장유주(무용), 장윤경(영화), 장은연(영화), 장이규(영화), 장인수(영화), 장일석(영화), 장재권(영화), 장재승(출판), 장재승(연극), 장재영(영화), 장재용(방송), 장재희(전통예술), 장정도(영화), 장정수(영화), 장정숙(영화), 장정화(영화), 장종경(영화), 장지원(무용), 장지훈(영화), 장진(영화), 장진명(문학), 장창영(문학), 장철수(영화), 장태선(전통예술), 장태수(영화), 장한별(영화), 장혁재(영화), 장현근(영화), 장현남(영화), 장현모(문학), 장현우(문학), 장형모(영화), 장형숙(전통예술), 장형욱(영화), 장혜령(영화), 장호준(전통예술), 재연(문학), 재희(음악), 전광열(방송), 전기열(방송), 전길순(전통예술), 전다영(애니메이션), 전다형(문학), 전대성(방송), 전대호(영화), 전득수(영화), 전말선(전통예술), 전미경(미술), 전민자(전통예술), 전병원(영화), 전병준(전통예술), 전병진(전통예술), 전석경(영화), 전선영(영화), 전성빈(영화), 전성호(문학), 전성희(전통예술), 전수경(영화), 전수지(전통예술), 전순애(영화), 전승엽(영화), 전승휘(음악), 전신영(영화), 전영구(영화), 전영문(영화), 전영석(영화), 전영신(음악), 전영준(영화), 전영탁(전통예술), 전옥주(전통예술), 전완식(전통예술), 전용길(영화), 전용욱(영화), 전용원(영화), 전우병(영화), 전우진(영화), 전유진(영화), 전인걸(영화), 전인삼(전통예술), 전인선(미술), 전장호(영화), 전재영(영화), 전재우(영화), 전종민(영화), 전종우(방송), 전종철(미술), 전주일(영화), 전주현(영화), 전준호(미술), 전지성(영화), 전충룡(영화), 전태수(방송), 전푸르나(영화), 전행자(전통예술), 전현정(방송), 전현희(영화), 전혜선(방송), 전홍규(영화), 전희식(문학), 정민(문학), 정겨운(영화), 정경모(전통예술), 정경은(문학), 정계임(전통예술), 정고은나래(영화), 정광수(영화), 정광영(방송), 정금숙(전통예술), 정기석(문학), 정기순(전통예술), 정기영(만화), 정기완(영화), 정길선(방송), 정낙추(문학), 정남준(미술), 정다미(방송), 정다운(전통예술), 정다은(공연), 정대호(문학), 정덕희(영화), 정도성(영화), 정동수(영화), 정동수(영화), 정동욱(영화), 정동철(문학), 정두환(영화), 정득순(전통예술), 정득순(영화), 정만진(문학), 정만현(전통예술), 정명섭(영화), 정문구(영화), 정미선(영화), 정미정(영화), 정복승(영화), 정부경(방송), 정부일(영화), 정삼성(영화), 정상혁(영화), 정상훈(영화), 정상희(영화), 정석동(전통예술), 정석원(영화), 정석현(영화), 정선주(영화), 정성균(영화), 정성근(미술), 정성보(영화), 정성순(전통예술), 정성은(영화), 정성지(전통예술), 정성진(영화), 정성진(출판), 정세학(미술), 정소영(영화), 정소진(영화), 정수비(방송), 정수자(문학), 정수희(음악), 정순락(전통예술), 정순열(전통예술), 정순태(전통예술), 정슬기(영화), 정승권(영화), 정승은(영화), 정승천(문화일반), 정시학(전통예술), 정아름(영화), 정양(문학), 정연경(영화), 정연근(전통예술), 정연금(출판), 정연아(무용), 정연옥(전통예술), 정연탁(전통예술), 정연하(전통예술), 정영민(음악), 정영민(음악), 정영순(방송), 정영순(전통예술), 정영순(전통예술), 정영우(영화), 정영주(연극), 정영주(전통예술), 정영호(영화), 정영훈(영화), 정영희(전통예술), 정오덕(영화), 정옥경(전통예술), 정옥경(전통예술), 정옥선(전통예술), 정옥이(전통예술), 정완희(문학), 정요한(영화), 정용국(문학), 정용기(영화), 정용주(음악), 정용채(영화), 정우석(영화), 정우성(영화), 정우영(문학), 정우용(영화), 정원영(미술), 정월주(전통예술), 정유리(영화), 정윤천(문학), 정윤희(영화), 정은아(영화), 정은영(영화), 정은정(방송), 정음

영(전통예술), 정의태(문학), 정이형(연극), 정익준(영화), 정익진(문학), 정인(문학), 정인숙(전통예술), 정일근(문학), 정일민(영화), 정일용(영화), 정임숙(전통예술), 정재승(영화), 정재식(영화), 정재영(영화), 정재우(영화), 정재욱(영화), 정재은(영화), 정재진(연극), 정재헌(영화), 정재호(영화), 정재훈(만화), 정정남(영화), 정정숙(전통예술), 정종섭(영화), 정종헌(영화), 정종호(출판), 정종호(영화), 정종화(문학), 정지숙(영화), 정지연(영화), 정지영(미술), 정지원(영화), 정지은(영화), 정지은(영화), 정진옥(전통예술), 정진옥(전통예술), 정진욱(영화), 정진철(영화), 정찬웅(방송), 정찬홍(영화), 정천영(미술), 정철규(전통예술), 정철성(문학), 정철임(전통예술), 정철호(영화), 정춘순(전통예술), 정태수(영화), 정태욱(영화), 정판기(미술), 정필진(영화), 정하나(영화), 정학권(영화), 정한선(영화), 정한솔(영화), 정한창(영화), 정해근(영화), 정해복(방송), 정해양(전통예술), 정해욱(영화), 정해운(전통예술), 정해익(음악), 정현복(영화), 정현숙(영화), 정현우(영화), 정현웅(영화), 정현일(영화), 정현주(영화), 정현진(영화), 정현철(영화), 정현태(영화), 정형래(영화), 정형수(방송), 정형진(방송), 정혜란(무용), 정혜영(영화), 정혜원(영화), 정혜진(전통예술), 정환민(미술), 정환석(방송), 정효정(영화), 정효진(영화), 정훈교(문학), 정희구(애니메이션), 정희성(문학), 정희태(영화), 제이(음악), 조광휘(영화), 조구희(영화), 조군원(영화), 조규영(영화), 조길성(문학), 조남선(전통예술), 조남선(영화), 조남준(영화), 조대근(영화), 조동범(문학), 조동헌(영화), 조동희(영화), 조두연(전통예술), 조란주(미술), 조말선(문학), 조미경(영화), 조미애(영화), 조미혜(영화), 조민아(영화), 조민영(영화), 조범근(영화), 조범철(영화), 조병욱(영화), 조복운(전통예술), 조봉석(방송), 조봉한(영화), 조삼현(방송), 조상원(영화), 조상준(방송), 조상현(영화), 조상환(영화), 조석현(영화), 조선령(미술), 조선명(영화), 조선미(영화), 조선오(음악), 조설경(영화), 조성국(문학), 조성권(영화), 조성민(방송), 조성상(영화), 조성우(문화일반), 조성익(영화), 조성익(영화), 조성일(문학), 조성제(영화), 조성지(미술), 조성진(연극), 조성찬(영화), 조성현(영화), 조성희(영화), 조소연(음악), 조송주(미술), 조수안(무용), 조수영(영화), 조승현(영화), 조시민(음악), 조신호(미술), 조아라(영화), 조아라(영화), 조아선(영화), 조양숙(전통예술), 조영상(영화), 조영자(방송), 조영천(영화), 조영화 (전통예술), 조옥명(전통예술), 조옥희(영화), 조용완(영화), 조용준(영화), 조용진(영화), 조용호(영화), 조용환(영화), 조운호(영화), 조원(문학), 조원준(영화), 조유수(영화), 조윤수(영화), 조윤아(영화), 조윤아(영화), 조은성(영화), 조은성(영화), 조은애(영화), 조은자(미술), 조익현(전통예술), 조인수(전통예술), 조일수(영화), 조장환(영화), 조재근(영화), 조재은(출판), 조재인(영화), 조재형(영화), 조점옥(전통예술), 조정태(미술), 조정현(영화), 조정호(영화), 조정희(영화), 조준형(영화), 조중연(문학), 조지철(공연), 조진영(영화), 조철현(문화일반), 조철현(영화), 조하연(영화), 조한주(영화), 조현기(영화), 조현민(영화), 조현수(영화), 조현승(방송), 조형래(영화), 조형진(미술), 조혜진(영화), 조혜진(영화), 조호천(영화), 조휘민(음악), 조희섭(영화), 조희정(영화), 조희진(영화), 종민철(영화), 좌경우(영화), 주권기(음악), 주만룡(전통예술), 주민례(애니메이션), 주병익(영화), 주보민(영화), 주연선(출판), 주영상(영화), 주영호(영화), 주용석(영화), 주을돈(영화), 주재호(문학), 주재환(미술), 주정관(출판), 주정현(영화), 주종호(영화), 주학진(전통예술), 지상화(영화), 지상훈(영화), 지성인(영화), 지성철(전통예술), 지성황(음악), 지요하(문학), 지윤정(영화), 지창주(영화), 지현정(영화), 지현호(영화), 지형식(방송), 지형주(영화), 지호성(영화), 지홍민(영화), 지효선(영화), 진덕화(영화), 진만석(영화), 진민경(영화), 진상길(음악), 진수완(방송), 진승환(영화), 진영민(음악), 진영우(영화), 진영호(미술), 진옥연(전통예술), 진용진(영화), 진창윤(미술), 진현경(전통예술), 진현숙(전통예술), 진현우(영화), 차대섭(영화), 차동신(영화), 차명주(방송), 차미진(영화), 차민석(영화), 차민철(영화), 차상균(영화), 차선영(미술), 차선옥(영화), 차수은(영화), 차승재(영화), 차유림(미술), 차은재(영화), 차재근(문화일반), 차태영(영화), 차택균(영화), 차현진(영화), 차호원(영화), 채명순(무용), 채성복(전통예술), 채수영(문학), 채수정(전통예술), 채영곤(음악), 채정석(영화), 채종호(미술), 채지영(영화), 채충희(영화), 채희윤(문학), 천민수(영화), 천수정(전통예술), 천종권(미술), 천지민(영화), 최경만(음악), 최경민(영화), 최경옥(전통예술), 최경화(전통예술), 최경희(영화), 최광(문학), 최광기(방송), 최광도(방송), 최광민(영화), 최광진(영화), 최광희(영화), 최구용(영화), 최규대(영화), 최근우(영화), 최근호(영화), 최기수(음악), 최기우(공연), 최기우(문학), 최덕수(영화), 최덕혜(전통예술), 최동숙(영화), 최동욱(영화), 최동원(영화), 최동혁(영화), 최동현(문학), 최두진(음악), 최만호(영화), 최말애(미술), 최명진(문학), 최명진(영화), 최문연(영화), 최미르(만화), 최미림(영화), 최미선(영화), 최미애(미술), 최민서(영화), 최민영(영화), 최병관(전통예술), 최병길(전통예술), 최병덕(영화), 최병진(미술), 최병철(영화), 최봉규(영화), 최상(문학), 최상원(방송), 최상현(영화), 최상화(음악), 최석원(영화), 최석준(영화), 최석태(미술), 최석평(영화), 최석필(영화), 최석현(영화), 최선영(영화), 최선화(영화), 최선희(영화), 최성룡(전통예술), 최성아(영화), 최성옥(문학), 최성일(영화), 최성진(전통예술), 최성진(영화), 최세규(영화), 최세나(영화), 최소담(영화), 최수정(영화), 최순식(영화), 최순영(영화), 최순자(전통예술), 최순조(전통예술), 최승복(출판), 최승철(문학), 최승환(영화), 최쌍점(전통예술), 최양현(미술), 최억(미술), 최연(영화), 최연근(영화), 최연호(연극), 최영선(영화), 최영심(영화), 최영애(문화일반), 최영욱(문학), 최영은(영화), 최영재(영화), 최영철(영화), 최영환(영화), 최영희(전통예술), 최용준(영화), 최용환(영화), 최용환(출판), 최우준(음악), 최우칠(음악), 최원욱(영화), 최월강(문학), 최위안(영화), 최유리(영화), 최유연(영화), 최유정(영화), 최윤(영화), 최윤만(영화), 최윤정(전통예술), 최윤정(영화), 최윤정(영화), 최윤진(영화), 최윤태(영화), 최윤필(전통예술), 최윤희(전통예술), 최윤희(영화), 최율(영화), 최율희(영화), 최은두(영화), 최은영(전통예술), 최은혜(영화), 최은희(무용), 최의덕(연극), 최익건(영화), 최인강(영화), 최임(영화), 최임식(영화), 최장진(전통예술), 최재우(연극), 최재희(영화), 최정규(만화), 최정민(영화), 최정순(영화), 최정식(영화), 최정애(전통예술), 최정원(전통예술), 최정원(출판), 최정필(영화), 최정화(영화), 최정희(전통예술), 최종례(문학), 최종문(무용), 최종민(전통예술), 최종천(문학), 최주연(영화), 최주영(영화), 최주일(방송), 최주현(영화), 최준(영화), 최준영(문학), 최중국(음악), 최지연(영화), 최지영(영화), 최지영(영화), 최지윤(영화), 최진규(전통예술), 최진규(전통예술), 최진영(영화), 최진영(영화), 최진용(영화), 최진욱(영화), 최진택(영화), 최진호(음악), 최진화(영화), 최찬열(무용), 최창열(영화), 최창우(영화), 최창원(무용), 최창윤(문학), 최철기(영화), 최철민(음악), 최철수(영화), 최태규(영화), 최태연(영화), 최태영(영화), 최필선(영화), 최한별(영화), 최해철(영화), 최혁규(영화), 최현석(영화), 최현실(전통예술), 최현심(전통예술), 최현아(영화), 최현용(영화), 최현자(전통예술), 최현준(영화), 최형락(영화), 최형진(영화), 최혜미(영화), 최혜성(전통예술), 최혜진(영화), 최호진(영화), 최홍란(전통예술), 최홍자(미술), 최효석(영화), 최효원(애니메이션), 최효진(영화), 최희용(영화), 추경엽(영화), 추경호(영화), 추말숙(연극), 추상록(영화), 추용현(영화), 추월호(전통예술), 추준호(음악), 탁영주(음악), 탁영호(만화), 탁윤환(영화), 탁현민(공연), 태윤재(영화), 편경우(영화), 표계수(전통예술), 표광소(문학), 표상권(전통예술), 표상우(영화), 표주향

(전통예술), 표주희(전통예술), 표한빛(음악), 표효진(방송), 프롤로그(음악), 피재현(문학), 피현숙(전통예술), 하귀영(전통예술), 하기호(영화), 하달용(전통예술), 하미경(문학), 하미숙(문학), 하석원(미술), 하성란(문학), 하성민(영화), 하수민(영화), 하수정(방송), 하순희(전통예술), 하연화(무용), 하용현(전통예술), 하유미(영화), 하응백(문학), 하인숙(전통예술), 하장호(영화), 하재덕(방송), 하점숙(전통예술), 하정숙(전통예술), 하정은(문학), 하종욱(미술), 하지림(음악), 하지원(영화), 하진(영화), 하진경(영화), 하춘자(전통예술), 하효경(영화), 하효희(전통예술), 한결(영화), 한경애(출판), 한경탁(영화), 한경환(영화), 한계명(전통예술), 한광영(영화), 한규석(영화), 한기현(영화), 한남숙(전통예술), 한대수(연극), 한대진(전통예술), 한동엽(영화), 한동익(영화), 한동현(영화), 한동환(영화), 한두희(영화), 한명순(음악), 한명호(영화), 한문수(영화), 한미하(영화), 한미희(미술), 한민철(영화), 한봉수(공연), 한상구(영화), 한상길(영화), 한상만(출판), 한상용(영화), 한상일(음악), 한상준(음악), 한상현(영화), 한선화(음악), 한성근(영화), 한성수(영화), 한성일(전통예술), 한성훈(영화), 한세희(영화), 한송이(영화), 한순자(전통예술), 한승범(방송), 한승상(영화), 한승용(영화), 한승주(영화), 한승희(영화), 한신정(방송), 한아름(공연), 한아름(영화), 한영선(전통예술), 한영수(음악), 한영해(전통예술), 한용덕(전통예술), 한우용(영화), 한우용(영화), 한우진(문학), 한원(영화), 한유선(영화), 한윤아(영화), 한윤영(영화), 한재우(영화), 한전기(문화일반), 한정식(영화), 한정아(음

악), 한정우(영화), 한정화(문학), 한정훈(영화), 한정훈(영화), 한종덕(건축), 한중대(영화), 한지선(문학), 한지윤(전통예술), 한지형(영화), 한창욱(영화), 한창훈(문학), 한태식(영화), 한현숙(전통예술), 한혜선(영화), 한호정(영화), 함민복(문학), 함복규(영화), 함성호(문학), 함세철(영화), 함수연(전통예술), 함영선(전통예술), 함종은(영화), 함철훈(영화), 허경대(영화), 허경자(전통예술), 허남성(영화), 허달용(미술), 허묘임(전통예술), 허무영(전통예술), 허미영(무용), 허삼준(전통예술), 허선미(영화), 허성호(영화), 허순옥(전통예술), 허승구(영화), 허영란(전통예술), 허영선(전통예술), 허우경(무용), 허유경(영화), 허윤경(영화), 허은영(전통예술), 허은희(영화), 허인경(영화), 허자연(영화), 허재형(영화), 허정길(전통예술), 허정무(방송), 허정우(영화), 허정욱(영화), 허정재(영화), 허정환(영화), 허존(영화), 허진찬(영화), 허채봉(전통예술), 허태연(문학), 현규석(영화), 현기영(문학), 현동훈(영화), 현명옥(전통예술), 현상규(만화), 현수연(영화), 현승원(영화), 현아름(영화), 현정훈(영화), 형남철(영화), 형대철(미술), 형성석(영화), 형영자(전통예술), 호상용(영화), 홍기석(영화), 홍기우(영화), 홍돌식(방송), 홍명교(영화), 홍상아(영화), 홍석준(음악), 홍성녀(전통예술), 홍성민(영화), 홍성완(영화), 홍성준(영화), 홍성진(영화), 홍성택(영화), 홍성호(영화), 홍수인(영화), 홍순연(전통예술), 홍승대(영화), 홍승완(영화), 홍승운(미술), 홍승철(영화), 홍승철(영화), 홍승표(영화), 홍승혁(영화), 홍애숙(전통예술), 홍영태(출판), 홍의수(영화), 홍이연정(영화), 홍인기(방송), 홍재식(영화), 홍정애(전통예술), 홍정현(영화), 홍종현(영화), 홍종협(영화), 홍주현(영화), 홍지수(영화), 홍지연(영화), 홍진필(영화), 홍코리(음악), 홍태경(영화), 홍태화(영화), 홍현기(영화), 황경석(영화), 황경택(만화), 황기욱(영화), 황길엽(문학), 황다현(영화), 황덕하(전통예술), 황돈희(영화), 황동궁(영화), 황미애(연극), 황미연(영화), 황미희(영화), 황병목(문학), 황보성(영화), 황선만(문학), 황선열(문학), 황성록(영화), 황성욱(영화), 황성현(영화), 황수정(영화), 황순권(영화), 황승남(영화), 황승윤(영화), 황시운(문학), 황영준(영화), 황영지(영화), 황예지(영화), 황용주(영화), 황원준(방송), 황윤미(영화), 황은영(음악), 황이진(방송), 황정문 (음악), 황정숙(전통예술), 황정연(방송), 황정욱(영화), 황정현(영화), 황정혜(미술), 황정환(영화), 황준욱(영화), 황중현(영화), 황지인(영화), 황청연(미술), 황춘섭(음악), 황치환(음악), 황태민(영화), 황하민(영화), 황해순(연극), 황현미(방송), 황확성(영화)

[2014년 6월 서울시장 선거 박원순 후보 지지 문화예술인 909명]
간성봉(미술), 강나루(기타), 강력(연극), 강명환(연극), 강보람(연극), 강성수(연극), 강소소(만화), 강신구(국악), 강애심(연극), 강요배(미술), 강유미(연극), 강제권(연극), 강지수(연극), 강지원(연극), 강지은(연극), 강진휘(연극), 강풀(만화), 강현아(만화), 강환규(무용), 고건령(연극), 고경빈(만화), 고아라(만화), 고연옥(연극), 고장환(만화), 고재귀(연극), 고준식(뮤지컬), 공상아(연극), 공재민(연

극), 공재민(연극), 곽경묵(기타), 곽대원(미술), 곽동현(연극), 곽영화(미술), 곽용수(영화), 구경(연극), 구근회(연극), 구민정(연극), 구본진(연극), 구영희(기타), 구지현(만화), 구태환(연극), 구혜미(연극), 권겸민(기타), 권기대(연극), 권나연(연극), 권남희(연극), 권동희(기타), 권병길(연극), 권성선(연극), 권영석(미술), 권영심(국악), 권용택(미술), 권우경(기타), 권은경(만화), 권재현(기타), 권지현(뮤지컬), 권택기(연극), 권혁주(만화), 권형우(음악), 기국서(연극), 김건희(미술), 김경(만화), 김경래(만화), 김경익(연극), 김경일(만화), 김경주(미술), 김경진(애미메이션), 김경하(애니메이션), 김경호(만화), 김경희(국악), 김계도(연극), 김관(연극), 김근도(기타), 김기민(영화), 김기태(연극), 김기호(미술), 김나영(연극), 김낙균(연극), 김남수(미술), 김다슬(국악), 김달님(만화), 김대웅(기타), 김대현(기타), 김대호(애니메이션), 김덕수(기타), 김덕진(미술), 김도균(연극), 김도연(애니메이션), 김도영(연극), 김동순(연극), 김동완(연극), 김동욱(음악), 김동욱(연극), 김동원(연극), 김동원(음악), 김동찬(연극), 김동해(연극), 김동혁(기타), 김두범(성악), 김두성(미술), 김뢰하(연극), 김명기1(연극), 김명기2(연극), 김명정(연극), 김명집(사진), 김명집(연극), 김명현(만화), 김명환(연극), 김묘진(연극), 김무경(국악), 김미경(연극), 김미도(연극), 김미영(기타), 김미용(음악), 김미현(연극), 김미혜(미술), 김민정(연극), 김민정(작가), 김민지(기타), 김민하(연극), 김방죽(미술), 김병수(만화), 김보영(애니메이션), 김복만(기타), 김봉건(연극), 김상범(기타), 김상철(기타), 김상훈(국악), 김서경(미술), 김석원(애니메이션), 김석주(미술), 김선구(기타), 김선동(미술), 김선효(국악), 김성민1(기타), 김성민2(기타), 김성수(연극), 김성수(미술), 김성진(기타), 김성호(연극), 김세동(연극), 김수미(연극), 김수정(미술), 김수진(연극), 김수현(애니메이션), 김숙진(전통예술), 김순복(성악), 김숭늉(만화), 김승환(영화), 김신(만화), 김신기(연극), 김아람(연극), 김연수(만화), 김영(영화), 김영경(영화), 김영나(기타), 김영남(음악), 김영아(연극), 김영임(국악), 김영주(기타), 김영준(연극), 김영중(기획), 김영중(미술), 김영탁(출판), 김영훈(연극), 김예정(무용), 김왕근(연극), 김용(기타), 김용길(만화), 김용선(연극), 김용한(만화), 김우성(연극), 김운성(미술), 김원주(미술), 김유경(만화), 김유영(연극), 김유진(미술), 김윤기(미술), 김윤기(미술), 김윤수(미술), 김윤숙(미술), 김윤재(연극), 김윤태(연극), 김윤환(미술), 김윤희(연극), 김은경(연극), 김은숙(미술), 김은아(연극), 김이랑(만화), 김인(만화), 김인숙(연극), 김인숙(국악), 김인순(미술), 김인정(만화), 김일호(연극), 김장호(연극), 김재석(미술), 김재범(출판), , 김재엽(연극), 김재혁(연극), 김재홍(미술), 김재흠(연극), 김정림(국악), 김정선(기타), 김정수(만화), 김정은(연극), 김정헌(미술), 김정화(기타), 김조광수(영화), 김종도(미술), 김종범(만화), 김종선(기타), 김종진(만화), 김주현(기타), 김준권(미술), 김준삼(연극), 김준철(미술), 김준호(연극), 김중기(연극), 김지선(연극), 김지연(기타), 김지영(연극), 김지원(뮤지컬), 김지은(연극), 김지현(연극), 김지후(연극), 김진무(기타), 김진석(만화), 김진영(연극), 김진학(기타), 김진혁(음악), 김진호(기타), 김천(연극), 김천일(미술), 김철수(미술), 김태근(연극), 김태룡(기타), 김태성(연극), 김태수(연극), 김태완(연극), 김태용(영화), 김태웅(연극), 김태형(만화), 김태형(연극), 김태화(연극), 김하연(기타), 김한내(연극), 김한아(연극), 김헌기(기타), 김혁중(연극), 김현(기타), 김현우(연극), 김현종(연극), 김현주(연극), 김형배(만화), 김형수(문학), 김형찬(연극), 김혜나(연극), 김혜련(만화), 김혜연(연극), 김혜원(애니메이션), 김혜진(국악), 김호규(국악), 김홍기(미술), 김홍모(만화), 김환영(미술), 김효영(연극), 김희연(국악), 나기용(애니메이션), 나무밴드(음악), 나석환(만화), 나수아(연극), 나유진(연극), 나정인(애니메이션), 남궁호(연극), 남기영(만화), 남동진(연극), 남명렬(연극), 남수영(영화), 남윤길(연극), 남혜덕(성악), 노광래(미술), 노명희(만화), 노선영(만화), 노순자(문학), 노원희(미술), 노진영(기타), 노현우(연극), 다드래기(만화), 달빛(기타), 동용선(미술), 두시영(미술), 류승각(성악), 류연복(미술), 류재춘(영화), 류주연(연극), 류충렬(미술), 류현미(연극), 리기태(전통예술), 마노(만화), 마르스(이화성), (만화), 마린(음악), 맹봉학(연극), 명랑(만화), 모성진(영화), 무이(음악), 묵원(기타), 문규관(출판), 문병주(연극), 문삼화(연극), 문석(영화), 문영태(미술), 문욱일(연극), 문의영(연극), 문재숙(국악), 문지현(만화), 문진오(음악), 문창완(연극), 문택수(만화), 문형주(연극), 민경준(음악), 민경현(연극), 민상철(연극), 민정기(미술), 민찬홍(연극), 민형(만화), 바비언니(기타), 박가희(기타), 박건웅(만화), 박경미(국악), 박경옥(연극), 박경훈(미술), 박기원(연극), 박동현(만화), 박만두(만화), 박병규(만화), 박병기(음악), 박불동(미술), 박상천(음악), 박상현(연극), 박석주(기타), 박성식(만화), 박성연(연극), 박성우(만화), 박성희(연극), 박소정(연극), 박수정(연극), 박신희(기타), 박야일(미술), 박연화(연극), 박영균(미술), 박영우(출판), 박영희(전통예술), 박옥화(국악), 박용빈(미술), 박유진(기타), 박윤정(연극), 박윤희(연극), 박은태(미술), 박은화(전통예술), 박응주(미술), 박장근(미술), 박장렬(연극), 박재동(만화), 박재성(만화), 박재순(국악), 박재옥(애니메이션), 박재형(만화), 박재호(기타), 박재흥(연극), 박정곤(국악), 박정길(연극), 박정민(연극), 박정준(미술), 박정호(연극), 박종곤(국악), 박종근(기타), 박종철(국악), 박주영(애니메이션), 박준성(연극), 박지나(미술), 박지영(기타), 박지일(연극), 박진규(연극), 박진화(미술), 박진희(연극), 박진희(미술), 박찬국(연극), 박찬우(미술), 박찬욱(영화), 박찬울(음악), 박찬진(연극), 박찬현(연극), 박찬호(연극), 박창희(연극), 박춘근(연극), 박하늘(연극), 박혜영(연극), 박호빈(기타), 박호산(연극), 박흥식(미술), 박흥주(전통예술), 방승조(만화), 방승환(국악), 방지영(연극), 배미정(미술), 배선애(연극), 배수백(연극), 배순탁(기타), 배정민(영화), 배종남(미술), 백석현(연극), 백이슬(연극), 백현주(기타), 백훈기(연극), 변대섭(미술), 변정주(연극), 봉선옥(미술), 불친절(만화), 비비안(기타), 서나영(연극), 서민균(연극), 서민정(뮤지컬), 서성란(문학), 서수경(미술), 서이숙(연극), 서정민(국악), 서진(연극), 서찬휘(만화), 서한우(국악),

석우(만화), 선민(연극), 성기완(연극), 성노진(연극), 성시영(국악), 성주호(기획), 성춘석(미술), 성효숙(미술), 소희정(연극), 손경원(연극), 손병휘(음악), 손보민(기타), 손순옥(미술), 손영익(미술), 손장섭(미술), 손종학(연극), 손호성(연극), 송동근(만화), 송래현(만화), 송문익(미술), 송선후(음악), 송영학(연극), 송은영(기타), 송인효(음악), 송일석(미술), 송정희(국악), 송창(미술), 송현석(연극), 송현섭(연극), 송형종(연극), 송효섭(미술), 승정연(만화), 시수까스게리야라이넨(음악), 시즈(만화), 신경호(연극), 신금호(미술), 신덕호(연극), 신동일(음악), 신동훈(연극), 신만종(국악), 신성웅(국악), 신성환(연극), 신영희(만화), 신유경(만화), 신인규(기타), 신인선(기타), 신재환(연극), 신정만(연극), 신철진(연극), 신학철(미술), 신현실(연극), 신희영(국악), 심겸시(연극), 심세연(미술), 심영민(연극), 심윤보(연극), 심윤수(만화), 심정수(미술), 심철종(연극), 아모리(만화), 안광준(미술), 안민영(연극), 안소휘(문학), 안영수(기타), 안진의(음악), 안찬수(기타), 안태준(연극), 안현(연극), 안희주(연극), 양미애(기타), 양상용(미술), 양우석(감독), 양은영(연극), 양은주(연극), 양정화(영화), 양창용(연극), 양희성(미술), 억수씨(만화), 엄경환(연극), 엄순미(미술), 엄재경(만화), 엄재오(미술), 엄진선(연극), 여미정(기타), 여유(음악), 여태명(미술), 여호경(만화), 연제원(기타), 연제원(만화), 염모(만화), 오광열(기타), 오민애(연극), 오석훈(미술), 오세곤(연극), 오승진(음악), 오일룡(연극), 오종선(미술), 오주석(연극), 오현아(음악), 오호진(연극), 우디(기타), 우미화(연극), 우주소

(연극), 우현아(뮤지컬), 원종철(연극), 위종만(미술), 유노(만화), 유담운(애니메이션), 유대수(미술), 유미(뮤지컬), 유성진(연극), 유승구(음악), 유승일(연극), 유승진(만화), 유승하(만화), 유종연(기타), 유진희(연극), 유창선(연극), 유창환(미술), 유현석(만화), 유호선(만화), 유희석(만화), 윤경령(만화), 윤돈선(연극), 윤상현(기타), 윤석남(미술), 윤소라(기타), 윤솔지(연극), 윤수애(연극), 윤수종(음악), 윤시중1(연극), 윤시중2(연극), 윤예인(연극), 윤용국(미술), 윤위상(연극), 윤정모(문학), 윤정환(연극), 윤종구(연극), 윤중강(국악), 윤지민(연극), 윤창업(영화), 윤태호(만화), 윤한솔(연극), 은행수(만화), 이가을(연극), 이경미(미술), 이경열(연극), 이경주(국악), 이경준(뮤지컬), 이계창(연극), 이구영(미술), 이규완(기타), 이근수(미술), 이기욱(연극), 이나경(미술), 이대복(연극), 이대연(연극), 이대희(기타), 이동민(연극), 이동선(연극), 이동영(연극), 이동주(기타), 이동준(연극), 이두성(미술), 이두희(미술), 이득현(기타), 이림(만화), 이말다(미술), 이명복(미술), 이명수(만화), 이명희(연극), 이무기(만화), 이문식(연극), 이미경(연극), 이미희(음악), 이민우(연극), 이부산(국악), 이상혁(연극), 이상희(연극), 이서연(연극), 이서율(연극), 이석호(연극), 이성구(연극), 이성용(연극), 이성은(기타), 이성일(연극), 이소영(음악), 이수진(음악), 이순도(국악), 이순조(국악), 이승도(기타), 이승동(기획), 이승불(기타), 이시현(만화), 이신영(연극), 이안(만화), 이애현(기타), 이양구(연극), 이영석(연극), 이영숙(연극), 이영은(연극), 이영학(미술), 이예성(기타), 이오연(미술), 이

용녀(연극), 이원석(미술), 이원재(기획), 이유미(연극), 이윤기(미술), 이은하(만화), 이인철(미술), 이일균(연극), 이자순(연극), 이재교(출판), 이재성(연극), 이재윤(연극), 이재율(미술), 이재화(연극), 이재훈(연극), 이정미(연극), 이정헌(만화), 이정호(연극), 이정훈(국악), 이정희(미술), 이종구(미술), 이종규(만화), 이종근(미술), 이종무(연극), 이종범(만화), 이종헌(미술), 이종희(미술), 이주형(국악), 이주호(기타), 이준수(연극), 이준영(연극), 이준학(기타), 이중덕(무용), 이즐라(만화), 이지연(국악), 이지연(영화), 이지영(기타), 이지훈(연극), 이진구(기타), 이진석(미술), 이진수(국악), 이진우(국악), 이철수(미술), 이철은(연극), 이충호(만화), 이태경(만화), 이태섭(연극), 이태안(만화), 이태환(연극), 이필주(연극), 이하(미술), 이해성(연극), 이향우(만화), 이현주(만화), 이현주(연극), 이현찬(연극), 이혜린(기타), 이혜영(만화), 이호성(연극), 이호순(기타), 이호윤(애니메이션), 이홍원(미술), 이화성(기타), 이화진(연극), 이효은(기타), 이훈경(기타), 이희영(연극), 임근아(연극), 임덕영(만화), 임석남(만화), 임선빈(연극), 임선택(기타), 임수연(국악), 임순례(연극), 임승묵(음악), 임영선(미술), 임영욱(미술), 임옥상(미술), 임윤호(기타), 임인자(연극), 임정규(기타), 임정은(연극), 임정혁(연극), 임정희(연극), 임진순(연극), 임철빈(기획), 임춘섭(국악), 임평룡(국악), 임학순(연극), 장경호(미술), 장대현(만화), 장석진(기타), 장성익(연극), 장순일(미술), 장용철(연극), 장윤주(영화), 장진영(미술), 장찬우(연극), 장혁진(연극), 장형윤(애니메이션), 재수(만화), 전경옥(음악), 전경인(음악), 전국향(연극), 전선우(연극), 전소현(연극), 전승일(미술), 전영일(전통예술), 전인철(연극), 전진경(미술), 전진기(연극), 정광국(기타), 정규환(영화), 정나진(연극), 정낙묵(미술), 정남준(미술), 정명근(기획), 정명원(연극), 정문식(음악), 정민영(애니메이션), 정병호(연극), 정선영(뮤지컬), 정성완(만화), 정성훈(영화), 정세학(미술), 정세희(연극), 정소정(연극), 정수연(미술), 정안나(연극), 정양아(연극), 정연주(애니메이션), 정용연(만화), 정원영(기타), 정윤철(감독), 정의욱(기타), 정재훈(만화), 정재훈(연극), 정정엽(미술), 정종복(연극), 정종수(만화), 정주아(애니메이션), 정주희(연극), 정채열(미술), 정철희(기타), 정필원(만화), 정하니(연극), 정헌영(만화), 정현서(음악), 정형석(연극), 정혜용(만화), 정환희(연극), 조덕희(기타), 조만수(연극), 조문경(연극), 조성원(기타), 조수아(연극), 조승우(기타), 조신호(미술), 조원국(영화), 조은성(영화), 조은주(음악), 조은호(연극), 조재형(영화), 조정준(영화), 조정태(미술), 조지연(전통예술), 조판수(뮤지컬), 조한(기타), 주완수(미술), 주재환(미술), 주정훈(연극), 주호민(만화), 지건우(연극), 지성훈(연극), 지춘성(연극), 진영(연극), 진이자(연극), 진종민(기타), 진종민(연극), 진창윤(미술), 차성진(만화), 차순배(연극), 차일환(미술), 차재성(연극), 채승훈(연극), 천승효(국악), 천정하(연극), 최경아(만화), 최명수(연극), 최무인(연극), 최미환(음악), 최민승(기타), 최민화(미술), 최범(미술), 최병수(미술), 최세아(연극), 최수목(국악), 최수환(미술), 최승일(연극), 최신호(기타), 최연택(기타), 최영미(음악), 최영주(연극),

최우칠(국악), 최유진(애니메이션), 최윤진(만화), 최윤철(연극), 최인규(기타), 최인선(만화), 최일순(연극), 최임수(연극), 최재희(만화), 최정규(만화), 최정화(기타), 최종원(연극), 최지연(연극), 최지훈(연극), 최진영(연극), 최평곤(미술), 최한결(연극), 최현용(영화), 최호인(기타), 최효정(연극), 쿠키문(만화), 큐브스(만화), 클라리(만화), 탁영호(미술), 하경화(연극), 하민석(만화), 하응백(국악), 하지숙(기획), 하현주(음악), 하효진(국악), 한명순(국악), 한범택(국악), 한상희(성악), 한승열(연극), 한유진(미술), 한일경(뮤지컬), 한정수(연극), 한지혜(애니메이션), 한철희(무용), 한형민(연극), 한혜수(연극), 함종호(미술), 함형숙(만화), 함형식(연극), 해츨링(만화), 행수(기타), 허달용(미술), 허만재(애니메이션), 허일두(국악), 허정숙(음악), 현대철(연극), 현은영(연극), 현희(만화), 호두용사(만화), 홍성웅(미술), 홍예성(뮤지컬), 홍윤희(연극), 홍재승(만화), 홍정혜(연극), 홍준표(애니메이션), 홍철희(연극), 황건(연극), 황경태(만화), 황미영(연극), 황선화(연극), 황애자(연극), 황영찬(만화), 황윤예(미술), 황윤희(연극), 황재형(미술), 황준호(만화), 황중선(만화)

신작시 7

—신작시 6에 대하여

묵념.

신작시 8
—e 나라 시인

신작시 4와 신작시 6에 항의하여 시인 1인 파업 중

신작시 9

—10월 15일 휴대용 낭독회 촬영날, 앤솔러지에 근작시가 포함되어도 괜찮다는 말을 담당자로부터 들은 나는 앤솔러지 발간을 위해 거절해야만 했던 원고 청탁들에 응할 수 있게 되어 매우 기뻤다. 들어온 여러 원고 청탁을 받은 후, 근작시 9편을 포함한 원고를 아카데미 측에 전했다. 이후 담당자로부터 "지금까지 매년 앤솔러지를 발간하며, 모두 미발표 신작으로만 실었었으나, 10편이 너무 부담이라는 의견이 있어서 한두 편정도는 기 발표작도 함께 싣는것을 허용한다는 취지였지, 이렇게 대부분의 시를 기 발표작으로 채우는것은 저희 사업 취지에도 맞지않"는다는 답변을 11월 말에 듣게 되었다. 아래는 이후 발신한 두 통의 메일

---------- 원본 메일 ----------

보낸사람: 육호수 〈yookhosoo@hanmail.net〉

받는사람:

날짜: 21.11.24 16:40 GMT +0900

제목: RE: [한국예술창작아카데미] 앤솔러지 수록 시원고 10편 - 기발표 원고에 대하여 논의

네, ○○○님 육호수입니다. 말씀하신 내용 잘 읽었습니다.

여러가지로 신경을 많이 쓰시게 만들어 한편으론 죄송하고 또 감사합니다.

말씀하신 내용에 있어서 창작자인 저의 입장과는 조금 다른 것 같은데요, 부디 좋은 답을 찾을 수 있었으면 좋겠습니다.

먼저 여쭤보신 두가지 사항에 대해 답변드립니다.

1. 기발표작 개수를 줄여 신작을 많이 포함시키는것으로 수정이 가능하신지

- 현재 11월 말까지 두 곳의 문예지에서 세 편의 원고 청탁이 남아있는 상태이고 신작시는 어제 완성한 한 편이 남아있는 상태입니다. 12월에 창작한 시를 앤솔러지에 실어야 하는데요, 최대한 시를 써서 협조하고자 합니다만, 최고 속도로 써도 2주에 한편 이상은 힘듭니다.

2. 2021년 발표작으로 한정하여 제출이 가능하신지

- 네 가능합니다. 21년 신작시는 한달에 한 편씩 11편이 있습니다. 현재 앤솔러지 마감일을 정확히 알 수 없지만, 12월 말까지 마감할 경우 2021년 발표작으로 한정하여 8편, 신작시 2편 가능합니다. 1월 말 마감할 경우에는 발표작 21년 발표작 6편, 신작시 4편도 가능합니다만 그렇게 되면 다른곳 원고 청탁을 받지 말아야 하기 때문에 미리 정확한 마감일을 말씀해주셔서야 합니다.

아래는 보내주신 내용에 대한 제 의견입니다.

- 기발표작이지만 시집에 실린게 아니고 문예지에 1회 발표하

는 것을 청탁받은 것이기 때문에 출판사 측에서 문예지들에 협의할 의무 없는 것으로 압니다.

문예지에 발표한 시더라도, 책으로 출간된 형태가 아니면 문예지에 최초 1회 수록할 권리(디지털 게시 권리 포함되는 경우도 있음)를 제외한 모든 출판권 저작권은 저에게 있습니다.

정식으로 청탁계약을 체결한 경우는 보통 3개월동안 저작물 이용허락권을 청탁자에게 주는데요, 앤솔러지에 내는 시들은 이 계약기간이 지나 발간과 무관한 시들입니다. 아래는 앤솔러지에 제출한 시 중 한편의 이전 계약서 내용입니다.

ㅇㅇㅇ (대표 ㅇㅇㅇ) (이하 청탁자라 함)와 참여자 육호수(이하 작가라 함)는『ㅇㅇ』원고 청탁(이하 원고 청탁)과 관련한 계약을 다음과 같이 체결한다.

제1조 (계약의 목적)

본 계약의 목적은 계약내용에 대하여 청탁자와 작가 사이의 권리와 의무를 명확히 함에 있다.

제3조 (계약기간)

본 계약 기간은 2021 년 9 월 1 일부터 2021 년 11 월 31 일까지로 한다.

제5조 (작가의 의무와 권리)

① 작가는 『ㅇㅇ』 발간을 위하여 청탁 받은 원고 견적 내용을 차질 없이 수행한다.

② 작가는 청탁자와 사전 협의 없이 청탁자의 이익에 반하는 행위를 하지 않는다.

③ 작가는 『ㅇㅇ』의 기한 내 발간을 위해서 성실히 의무를 수행한다.

④ 별도의 사전협의가 없는 한 청탁 원고에 대한 저작권은 작가에게 귀속된다.

제6조 (청탁자의 의무와 권리)

① 청탁자는 작가의 원만한 업무수행을 위하여 필요한 제반자료를 상호 합의된 일정에 따라 제공해야 한다.

② 청탁자는 작가의 예술적 견해나 의사를 존중한다.

③ 청탁자는 작가의 원고에 대해서 상호 이용 허락 기간을 90일로 정하고 이용허락을 받은 범위 내에서 자유롭게 이용할 수 있다.

④ 청탁자는 작가의 원고에 대해서 저자 및 지적재산권자의 성명 등을 표시해야 하며, 작가의 저작인격권을 침해하지 아니한다. 다만, 작가의 원고에 대하여 본질을 침해하지 않는 범위 내에서 사전 협의를 통해서 일부 원고내용을 수정 및 편집 할 수 있다.

⑤ 청탁자는 작가와 사전 협의 없이 작가의 이익에 반하는 행위를 하지 않는다.

제7조 (계약의 변경) 본 계약의 내용은 청탁자와 작가 간의 상호 서면 합의에 의해서만 변경할 수 있다.

제8조 (계약의 해지)

① 청탁자 또는 작가가 계약 조항을 위반하여 상대방이 시정 사항을 서면으로 통지하였으나, 그 당사자가 90일 이내에 시정하지 않을 경우, 계약을 해지하고 손해배상을 청구할 수 있다.

③ 청탁자 또는 작가가 양자 합의 없이 임의로 본 계약을 타인에게 위임, 양도할 경우

④ 청탁자 또는 작가가 본 계약의 의무를 이행할 능력이나 의사가 없다고 판단될 경우

- 문예지 원고료는 1회 최초 발표하는 것에 대한 원고료입니다. 때문에 책의 판매와 관련되는 인세하고는 연관이 없습니다.

문예지에 발표한 시들이 나중에 시집에 들어가게 될 경우에도 문예지에 발표했다는 이유로 시집의 인세를 받지 못하거나 문예지에 인세를 지급하는 것은 아닙니다.

- 또한 12월까지 신작시 10편을 마감을 해야한다는 앤솔러지는 왜 정식 청탁서나 계약서를 11월 말까지 작가에게 보내주지 않는지 궁금합니다. 현재는 구두계약의 상태인 것 같은데요. 합리적인 창작 기간을 고려한 마감일과 계약사항이 명시된, 시와 에세이의 정식 청탁서를 요청합니다.

- 지원서나 아카데미 안내에 보면 신작시 10편을 포함한 앤솔러

지 발간이 의무라는 말은 없는데요, 안내문을 보면 "최종 프로젝트(공연, 전시, 자유 형식의 프로젝트) 추진"한다고 되어있습니다. 앤솔러지 형식으로 신작시 10편을 실어야 한다면 저는 최종프로젝트를 앤솔러지가 아닌 자유형식으로 추진하고자 합니다.

- 약 10 개월의 기간동안 신작시 10편을 써서 내라는 것은 제게 있어서는 사실상 10개월동안 다른 문예지에 청탁을 거절하라는 이야기입니다. 신진 작가 입장에서 10개월간 청탁을 거절한다는 것은 현재의 기회뿐만 아니라 이후의 기회까지도 박탈당하게 된다는 뜻입니다. 시에는 형식의 제한이 없기에, '한줄 시'의 형식으로 신작 시 10편이라는 편수와 형식을 채울 수는 있겠습니다만, 그런 방식으로 작업하는 것을 스스로 원하지 않습니다. 좋은 취지에, 종이책으로 발간되며 많은 분들이 애써주시고 도와주시는 만큼, 좋은 작품을 싣고 싶습니다.

항상 애써주시고 진심으로 도와주시고 있다는 점을 감사하게 생각하고 있습니다.

제 생각으로는 21년 발표된 시 8~9편, 신작시 1~2편이 최선일 것 같습니다.

넓은 마음으로 헤라여 주시길 바라며 저도 저의 능력 한에서 최대한 협조하겠습니다.

감사합니다

--------- 원본 메일 ---------

보낸사람: yookhosoo 〈yookhosoo@hanmail.net〉

받는사람:

날짜: 21.11.24 18:09 GMT +0900

제목: RE: [한국예술창작아카데미] 앤솔러지 수록 시원고 10편 - 기발표 원고에 대하여 논의

○○○님, 육호수입니다. 방금 제가 메일을 보내드렸었는데요, 신작시 10편을 써서 보내드리겠습니다. 마감 기한과 계약 사항이 명시된 계약서만 출판사 쪽에 요청드리겠습니다. 감사합니다.

신작시 10

—Thanks to NAMCHULPARK

~~작가 자체검열로 내용 삭제~~

~~○○○○○○○○○○○○○○○○○○○○○○○○○○○~~

~~○○○○○○○○○○○○○○○○○○○○ ♡작가자체검열로~~

~~내용 삭제합니다♡○○○○○○○○○○○○○○○○○○○○~~

~~○○○○○○○○○○○○○○○○○○○○○○○○○○○○~~

~~○○○○○○○○○○○○○○○○○○○○○○○○○○○○~~

~~○○○○○○○○○○○○○○○○○○○○○○♡블랙리스트~~

~~♡○○○○○○○○○○○○○○○○○○○○○○○○○○○~~

~~○○○○○○○○○○○○○○○○○○○○○○○○○○○○~~

~~○○개똥○○○○○○○○○○○○○○○○○○○○○○○○~~

~~○○○○○○○○○○○○○○○○○○○○○○○○○○○○~~

~~○○○○○○○○○○○○○○○○○○○○○○○○○○○○~~

~~○○○○○○○○○○○○○○○○○○○○○○○○○○○○~~

~~○○○○○○○○○○○○○○○○○○○○○○○○○○○○~~

~~○○○○○○○○○○○○○○○○○○○○○○○○○○○○~~

~~○○○○○○○○○작가 자체검열로 내용 삭제○○○○○○○○~~

~~○○○○○○○○○○○○○○○○○○○○○○○○○○○○~~

~~○○○○○○○○○○○○○○○○○○○○○○○○○○○○~~

~~○○○○○○○개똥○○○○○○○○○○○○○○○○○○○~~

~~○○○♡개똥♡○○○○○○○○○○○○○○○○○○○○○~~

~~○○○○○○○○○○○○○○○○○○○○○○○○○○○○~~

~~○○○○○○○○○○○○○○○○○○○○○○○○○○○○~~

~~○○○○○○○○○○○○○○○○○○○○○○○○○○○○~~

~~○작가 자체검열로 내용 삭제○○○○○○○○○○○○○○○○~~

~~○○○○○○○○○○○○○○○○○○○○○○○○○○○○~~

~~○○○○○○○○○○○○○○○○○○○백신pass를패스합니다~~

~~○○○○○○○○○○○○슛! ○ 개똥먹어라○○○○○○○○○~~

~~○○○○○○○○○○○○○○○○○○○○○○○○○○○○~~

~~○○○○○○○○○○○○○○○○○○○○○○○○○○○○~~

~~○○○○○○○○○○○○○○작가 자체검열로 내용 삭제○○○~~

~~○○○○○○○○○○○○○○○○○○○○○○○○○○○○~~

~~○○○○○○○○○○○○○○○○○○○○○○○○○○○○~~

~~♡개♡똥♡○○○○○○○○○○○○○○○○○○엿먹어라♡~~

~~○○○○○○○○○○○○○○○○○○○○○○○○○○○○~~

~~○○○○○○○○○○○○○○○○○○○○○○○○○○○○~~

~~○○○○○○○○○○○○○○○○○○○○○○○○○○○○~~

~~○○○○○○○○○○○○○○○○○○○○○○○○○○○○~~

~~○○○○○○○○○○○○○○○○○○○○○○○○○○○○~~

~~○○○~~ ■

photocopies

companion animal

Koo Hye Kyung

생각대로 되지 않는 어떤 행운에 대해

구혜경

나는 무엇이든 배우는 걸 좋아하는 사람이다. 보다 친절히 다시 말하면, 나는 제대로 알지 못하는 것에 대해 말하기 무서워하는 사람이다. 다행인 건 내가 무엇이든 배우면 제법 잘한다는 것이다. 최소한 중박 이상은 간다고 자부한다. 이 대목에서 내가 수험생 때 소위 말하는 '수포자'였다는 사실과 이십대 초반 운전을 시작한 지 네 달 만에 차를 폐차했다는 사실이 떠오르지만 논외로 치자. 그 두 문제에 팔을 걷어붙이고 덤벼본 적은 없으니까. 그래서 나는 여전히 무엇이든 배우는 걸 좋아한다.

그런 내게도 나이 서른이 넘은 지금까지 명확히 깨치지 못한 문제가 있다. 감정이라는 문제다. 내게 무언가를 이해하고 깨친다는 건 그 무언가를 명료하게 정의할 수 있다는 의미인데, 감정을 정의하려는 시도는 번번이 실패로 그친다. 어릴 때야 아직 경험이 부족하니까 그렇겠지 생각했다. 착각이었다. 서른 중반에 가까워진 지금도 어릴 때와 다르지 않으니까. 사실 이제 감정은 감정이지, 하며 산다. 시간이 내게 가르친 건 감정의 명료한 정의가 아니라 감정에 이름 붙일 필요가 없다는 일종의 체념이었던 셈이다. 그럼에도 종종 '아직도 이렇게 모르겠다고?'라는 생각을 한다. 그중 단연코 제일 어려운 건 사랑이다.

사랑이란 뭘까.

아주 오래전부터 무수히 혼자 물었다. '사랑'하는 상대가 있어서……라기보다, 다소 학문적인 탐구심에 가까웠다. 온갖 소설과 시와 영화와 드라마, 노래에서 사랑을 이야기하는데 정작 그게 무엇인지는 정의 내리기 어려웠다. 사람들 모두가 자기 마음사전 안에 사랑을 정의내리고 사는 것 같았다. 내 사전에서 '사랑'은 오랫동안 마침표를 찍지 못해 펼쳐놓은 단락이었다.

그리고 나는 요즘, 아직도 언어로 정의하지 못하지만 사랑을 배우고 있다. 배우는 중이다. 더디지만 착실하게. 뭔가를 배울 때 그러하듯 불안과 설렘을 같이 느끼며.

나의 스승은 내 반려동물, 2022년 기준으로 여덟 살이 되는 강아지 아롱이다.

처음에 나는 이 아이를 키울 생각이 없었다. 여기 수록된 단편에 썼듯 아롱이는 내게 '재난처럼 닥친' 사랑이었다. 아롱이는 첫 주인에게 학대당하며 자랐다. 그리고 다섯 살이 되던 해 겨울, 내 친구에게 구조되었다. 당시 친구는 이미 고양이와 강아지 여러 마리를 키우고 있었다. 그리고 고양이 중 한 마리가 새끼를 낳은 지 얼마 안 되어 매우 예민한 상태였다. 아롱이는 낯선 집에서 우왕좌왕하다가 태어난 지 얼마 안 된 새끼고양이들을 건드려 어미고양이에게 공격을 당했다. 나는 이 이야기를 친구들끼리 모여 있는 단체 채팅방에서 접했다. 안타까웠다. 어디까지나 관조자의 심정이었다. 그때 나는 키우던 고양이를 복막염으로 떠나보낸 지 얼마 되지 않아 마음에 여유가 없었다. 그런데 이상하게 자꾸 마음이 쓰였다. 이 시기에. 이렇게 절묘하게. 이토록 안타깝게 나타난 이 아이에게. 친구는 한 번 보러 올래, 넌지시 물었다. 단언컨대 나는 친구의 집에 갈 때까지도 이 아이를 키울 생각이 없었다. 그럼에도 여덟 살이 된 이 아이, 아롱이는 내 곁에 있다. 그건 세상이 생각대로 되지 않기 때문일 것이다.

이쯤에서 솔직하게 고백하자면 내가 사랑을 배우지 못한 건 사랑에 방어적이었기 때문이다. 사랑은 궁금하지만 배우고 싶지는 않은 문제였다. 보들레르는 사랑에 대해 '경기자 중 한 사람이 반드시 자기 통제 기능을 상실해야만 하는 지독한 게임'이라지 않았던가. 나는 그 지독한 게임에 플레이어로 참여할 의지가 없었다. 그래야만 깨친다는 걸 알면서도.

아롱이가 처음 우리 집에 왔을 때 나는 최선을 다해 아롱이를 챙겼다. 의무를 다하고자 했다. 강아지를 키우는 건 처음이어서 공부도 했다. 아롱이는 사소한 순간에 상흔을 드러냈다. 쓰다듬으려고 머리 위로 손을 가져가면 목을 움츠리는 식이었다. 제일 안타까운 건 혼을 냈을 때였다. 아롱이가 온 지 얼마 되지 않았을 때 내가 하지 마, 소리를 크게 낸 적이 있었다. 그러자마자 아롱이는 몹시 비굴한 자세로 내게 제 몸을 꼭 붙여왔다. 귀를 뒤로 한껏 젖히고 꼬리를 흔들면서. 나는 크게 충격받았다. 보통 혼을 내면 도망가지 않나? 아님 눈치를 보든가 적반하장으로 내게 삐지든가. 아롱이는 온몸으로 말하고 있었다. 미안해요. 잘못했어요. 나 예쁘죠. 예쁘게 봐줘요. 한동안 괜찮다, 괜찮다, 그런 말만 속삭였다. 그 이후로 나는 어떤 일이 있어도 아롱이를 혼내지 않는다. 아니, 적어도 감정적으로, 사람에게 하듯이 혼을 내지 않는다.

이 시기에 나는 별개의 다른 문제로 꽤 곤혹스러웠는데, 이 귀엽고 작고 무해하고 말랑말랑하게 생긴 생명체를 도무지 사랑할 수 없어서였다. 길거리에 지나가는 강아지만 봐도 귀엽다고 숨을 멈추는 주제에, 나를 반겨주고 곁을 내어주고 애교를 부리는, 심지어 외양까지 숨 막히게 사랑스러운 내 강아지를. 사랑할 수가 없었다. 아롱이가 그렇듯, 이 시기의 내게도 아물지 않은 상흔이 있었다. 사랑은 모르지만 사랑의 두려움은 아는 나는 또 상실의 아픔에 놓이는 게 싫었다. '자기 통제 기능을 상실해야만 하는' 사람이고 싶지 않았다. 아롱이를 보다보면 웃고 있는 나를 발견하는 게 무서웠다. 행복을 느끼는 게 섬찟했다. 이치적으로 사랑은 상실을, 행복은 불행을, 충만함은 결여를 안고 있다는 걸 알기 때문이다.

그럼에도 나는 속수무책으로 아롱이가 가르치는 행복에 물들어갔다.

네가 내게 가르친 행복은 생소했다. 움츠리고 눈치를 보던 네가 (강아지에게 맞는 표현인지 모르겠으나) 무례하고 건방져지는 걸 보는 게 좋았다. 네가 사랑만 받고 자란 것처럼 제 멋대로 굴 때 웃음이 터졌다. 숨 쉬는 생명체면 무엇이든 거리를 두고 살던 내게 불쑥 거리를 좁히고 다가오는 네 행동이, 평소라면 절대 유쾌하지 않았을 그 행동들이 그저 애틋했다. 나는 순간마다 네게 감격했다.

이전까지 나는 정말 행복한 사람은 행복을 전시하지 않는다고 생각했다. 행복은 얄궂어서 금세 도망가니까. 그런데 어느 순간부터 나는 아롱이를 온갖 곳에 내보이고 자랑하고 싶어 자주 손가락을 꿈질거렸다. 아찔한 예감이 스쳤다. 그럼에도, 결국, 나는, 너를.

내가 채우지 못해 펼쳐놓은 마음 사전 한 페이지에 한 줄이 적혔다. '그럼에도, 결국, 나는, 너를.' 결국 사랑이란 이런 것이다. 그럼에도, 결국일 수밖에 없는 것.

인정하고 받아들이기까지도 시간이 걸렸다. 긴 시간은 아니었다. 별 도리가 없었다. 어쩌겠는가. 나는 아롱이를 보면 그냥 웃고, 그냥 행복하고, 그냥 '사랑'스럽다고 생각하고, 그냥 뭐든 해주고 싶은데. 내 끼니는 챙기기만 하면 다행이면서 아롱이 끼니를 위해 단호박을 찌고 어떻게든 건강하게 먹이려 그 단호박 사이에 건강 사료를 숨기고 있는데. 콩밥에서 콩 골라내는 어린아이처럼 아롱이가 쏙쏙 골라낸 사료 알갱이들이 바닥에 뒹굴어도 이게 콩밥을 먹이려는 어머니들 마음인가, 탄식 외에는 아무 미운 감정도 일어나지 않는데.

그래. 나는 배우는 중이다. 알고 있다. 이 배움에는 수료나 졸업 같은 끝이 오지 않을 수도 있단 걸. 사랑이 안고 있는 필연적인 슬픔도 언젠가는 온다는 걸. 그럼에도 나는 무언가를 골똘히 보는 아롱이의 속눈썹을 가만히 바라본다. 너무나 상투적이게도, 그 속눈썹이 티끌만큼 드리운 그늘에 가슴이 뛴다. 조그만 속눈썹이 뭐라고 하찮고 귀여워서 두근거린다.

그렇게나 알고 싶었던 사랑이, 문장으로만 배웠던 사랑이 가슴으로 다가오는 순간. 그런 순간순간이 나를 가르치고, 내 사전의 페이지를 채운다. 내가 할 수 있는 건 고작 바라는 것뿐이다. 이 가르침이 가능하면 계속 이어지기를. 몇 번이나 썼지만, 나는 배우는 걸 좋아하니까.

이 에세이는 애초 내가 계획했던 것보다 훨씬 힘들게 썼다. '사랑'을 운운하는 글을 쓰기에 나는 더딘 학생이라 그럴 것이다. 제목도 여러 번 수정했다. 평소엔 드문 일이다. 당초 '너는 내게 행복을 가르친다'고 썼다. 행복의 정의를 사전에서 찾아 읽고 몇 줄 서두를 쓴 다음 '너는 내게 사랑을 가르친다'고 수정했다. 그리고 사랑의 정의를 사전에서 찾아 읽었다. 그 뒤에 나머지 글을 쓰다가 아롱이와의 첫 만남 단락을 쓰고 난 끝에 또 제목을 수정했다.

그게 지금의 제목이다.

《빨간머리 앤》에서 앤은 말한다.

"앨리자가 말했어요. 세상은 생각대로 되지 않는다고. 하지만 생각대로 되지 않는다는 건 정말 멋져요! 생각지도 못했던 일이 일어나는 걸요!"

생각대로 되지 않은 어떤 행운에 대해, 그리고 그 행운으로 내가 배우게 된 사랑에 대해, 사랑을 떠올릴 때 구절이 아니라 어떤 심상을 떠올리게 된 데에 감사하며 이 글을 썼다.

나는 오래도록 곤혹스럽게 사랑을 배우고 싶다. 나의 사랑스러운 스승으로부터.

photocopies

companion animal

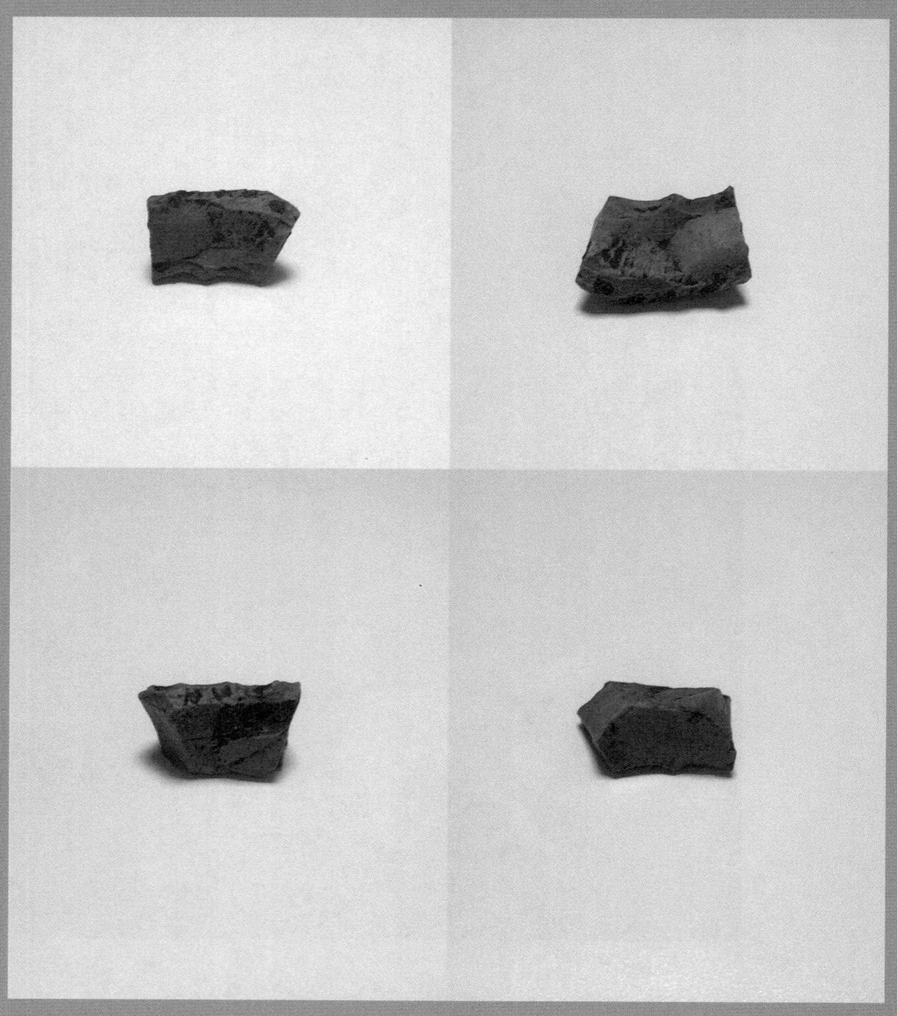

Kim Hong

안녕 돌멩이

김홍

2019년 4월의 어느 날 명상 센터 산책로에서 나의 돌을 만났다. 꼬박 열흘 동안 새벽부터 밤까지 명상만 하는 곳이었다. 핸드폰은 진작에 제출했고 같이 명상하는 누군가와 대화를 나누는 것도 금지됐다. 아침과 점심 두 끼만 먹었는데 그마저도 졸지 않도록 평소보다 적게 먹었다. 같은 자세로 오래 앉아 있는 건 생각보다 많은 체력을 요하는 일이었다. 명상에 방해가 될 수 있기 때문에 휴식 시간에 너무 심한 운동이나 스트레칭은 하지 않아야 했다. 그래서 사람들이 명상홀을 나와 주로 한 일은 방귀를 뀌는 것이었다.

휴식 시간은 세션 사이에 10분 남짓이어서 다시 앉아 있으려면 최대한 성실히 몸을 풀어야 했다. 같은 방향을 향해 선 여러 사람이 가볍게 기지개를 켜거나 심호흡을 하며 방귀를 뀌었다. 산책로를 천천히 걷기도 했는데 걷는 사람 역시 걸으면서 방귀를 뀌었다. 명상을 통해 엉켜 있던 몸과 마음이 제자리를 찾아가는 과정에서 방귀가 나오는 것은 지극히 자연스러운 일이라는 느낌으로 다들 스스럼없이 방귀를 뀐 것이다. 어떠한 새로운 경험을 하고 있는지 서로 이야기를 나눌 수는 없지만 누구보다 성실하게 수련에 임하고 있다는 걸 증명하고 알릴 수 있는 유일한 방법이 방귀라고 믿는 듯했다.

그렇게 방귀를 뀌거나, 산책을 했다. 산책하는 사람들 중 일부는 순식간에 파브르가 됐다. 날이 풀리며 분주한 날갯짓을 하는 꿀벌들이 슬퍼할 겨를도 없이 날아다녔고, 개미들은 산책로 곳곳에서 저마다의 왕국을 건설하고 있었다. 메뚜기 한 마리라도 죽어 있으면 수백 마리의 개미들이 몰려들어 장엄한 카니발리즘 의식을 거행했다. 격리된 수행자들에게 허락된 유일한 블록버스터였다. 먼저 자리를 차지한 구경꾼이 자리를 뜰 때까지 같은 자리를 맴돌며 개미들의 먹이 활동을 관찰할 기회를 엿보곤 했다. 소나기라도 지나가면 흙을 뚫고 올라온 지렁이들이 산책로 곳곳에서 생의 경이를 보여줬다. 얇은 꼬챙이를 주워 산책로 밖으로 그들을 옮겨주는 것 또한 놓칠 수 없는 레크레이션이었다.

나도 물론 다 했다. 걷고, 방귀 뀌고, 개미를 구경했다. 거미집, 시간에 따른 꽃의 개화, 구름의 이동을 관찰하며 휴식 시간을 보냈다. 돌멩이 줍기는 누구도 정식 종목으로 올리지 않았다. 나 역시 그 활동에 큰 의미를 두지 않았는데, 돌멩이를 주워서 할 만한 일이 별로 없었기 때문이다. 탑을 쌓거나 하기에는 그리 넉넉한 휴식 시간이 아니었고 자칫 주술적인 행위로 오해받을 우려도 있었다. 담 밖으로 멀리 던지기 역시 부수적인 피해의 우려가 있고 매뉴얼상 권장 받기 힘든 지나치게 큰 동작이었다. 그러다 보니 어쩌다가 내가 저 돌을 줍게 됐는지는 기억나지 않는다. 분명한 건 처음 손에 닿는 순간부터 예사롭지 않은 기운을 받았다는 거다.

처음 이끌렸던 이유는 손끝에 닿는 감각 때문이었다. 한마디로 정의할 수 없는 다양한 표면이라는 게 놀라웠다. 엄지손톱만 한 작은 돌이었는데 말이다. 뾰족하고 부드럽고 거칠고 완만하고 옴팍하고 매끈한 것이 모두 느껴졌다. 눈을 감고 있을 때 내 몸 곳곳에서 느껴지는 서로 다른 감각처럼 변화무쌍했다. 창틀에 올려놓으면 바라보는 면에 따라 전혀 다른 기세를 보여줬다. 거대한 산이 믿기 힘든 비율로 응축되어 내 손에 들어온 것 같았다. 방석을 깔고 앉아 있을 때는 다른 생각을 좇아가지 않으려고 애썼지만 주머니에 들어 있는 작은 돌을 자꾸만 생각했다.

명상 센터에서 돌아온 뒤 그전과는 다른 호흡과 태도로 일상생활에 임했다. 내 목표는 열심히 명상을 해서 전생을 보는 거였는데 센터에서는 목표를 이루지 못했다. 다른 생에 내가 이 돌멩이 위를 부지런히 오르고 내리던 산양 같은 것이었을 수 있겠다는 생각은 했다. 순전히 이 돌멩이를 찍으려고 미러리스 카메라를 사기도 했다. 나만 보고 있기 아까웠다. 모두가 이 작고 장엄한 돌멩이를 알아야 했다. 매일 돌멩이에 대한 명상을 하고 글을 적어서 '안녕 돌멩이'라는 책을 내야겠다고도 생각했다. 나의 돌멩이는 지역 방송의 명물 따라잡기 코너에 단독으로 출연할 자질이 충분해 보였다.

돌에 마음을 쏟는 취미로는 이미 수석이 있다. 수석가들은 돌 속에서 찾은 형상에 감탄하며 의미를 부여한다. 트로피처럼 돌을 전시하고, 새로운 돌을 끊임없이 찾아다닌다. 그들의 목표는 자연을 포획하는 것에 있는 것 같다. 나에게는 이 돌 말고 다른 돌은 필요하지 않다. 그래서 따로 이름을 붙이지 않았다. 그냥 돌멩이였다. 너무 작아서 대충 두었다가는 부지불식간에 잃어버리기 딱 좋았다. 나는 책장 위에 모셔둔 잡동사니 함에 소중히 돌멩이를 담아두었다.

아쉬운 점은 그 뒤로 수행의 연속성을 보장하지 못한 것이다. 집에서도 하루에 최소 한 시간 정도는 꾸준히 수련하라고 했는데, 아무래도 게으르다 보니 단 한 번도 실천하지 못했다. 예전의 난폭한 마음으로 돌아간 뒤에는 어째선지 돌멩이에 대해 생각하는 시간이 줄어들었다. 꺼내서 볼 생각도 하지 않았다.

이 글을 쓰기 위해 오랜만에 돌멩이를 꺼냈다. 손바닥 위에 올려놓기도 하고 손가락으로 쓰다듬기도 했다. 이 친구에게 매료되었던 이유를 생생하게 기억할 수 있었다. 여전히 경이로움을 불러일으키는 감각이었다. 하지만 이것을 나의 반려돌이라고 할 수 있을까? 매일 닦아주고 보살펴주고 말을 걸어주지 않았는데? 너무 가끔 떠올리고 생각하는데? 어느 상자에 넣어두었는지 헷갈려서 모든 상자를 열어보고서야 겨우 찾아냈는데?

개나 고양이를 키우는 사람들이 부럽다. 아무래도 나는 고양이파라기 보다는 개파다. 하루에 한 번은 꼭 포인핸드에 들어가서 구조된 아기들을 본다. 큰 개도 좋고 작은 개도 좋다. 씩씩한 개도 좋고 귀여운 개도 좋다. 모든 개는 천사다. 나의 유튜브 메인 화면은 온갖 개 친구들의 채널로 가득 차 있다. 아, 나도 개 키우고 싶다.

하지만 나는 나의 작은 돌멩이를 오랫동안 소중히 간직할 거다.

photocopies

companion animal

Yook Ho Soo

여섯 개의 어항

육호수

2019년 여름, 첫 월급으로 어항을 들였다. 방에 어항을 들이는 건 오래전부터 바라던 일이었다. 하지만, 서른이 되어서야 어항을 들이게 된 데에는 여러 이유가 있다. 단칸방에 혼자 오래 살아본 사람은 아마 알 것이다. 방 안에 나 말고 살아 있는 것이 하나쯤 있었으면 하는 생각. 식물이 자라 계절을 맞아 꽃을 피우는 걸 지켜본다거나, 나를 맞아주는 고양이가 있었으면 좋겠다는 생각. 하지만 십 년간 창문 없는 옥탑이나 반지하를 전전하며 작은 화분 하나 들이는 결심도 하지 못했다. 들어오면 분명 죽게 될 걸 알고 있었고, 방 안에 들어온 화분이 죽어서 화분을 정리해야 할 일이 생긴다면 그땐, 내가 그 방을 정말로 견딜 수 없게 될 것 같았기 때문이다. 이것이 그동안 어항을 들이지 못했던 첫 번째 이유이다.

또 다른 이유도 있다. 이십대 내내, 통장 잔액이 백만 원대로 바뀌자마자, 나는 들떠 비행기 표부터 알아보곤 했다. 매번 여행의 첫 번째 목적은 최대한 먼 곳으로 가서 최대한 오래 한국에 돌아오지 않는 것. 처음 시를 만난 것도 여행에서의 일이었다. 산티아고의 순례길의 수도원에서 피정할 때는 수도사가 되어 기도하며 살고 싶었고, 네팔의 절에서 지낼 때는 출가를 해 번뇌를 버리고 싶었다. 나를 버리고, 떠나고 싶은 마음이 무엇인가와 함께하고 싶은 마음이나, 한곳에 머물고자 하는 마음보다 컸었다. 직장에 묶이게 되었으니 이제 멀리 훌쩍 떠나지도 못할 것이고, 새로 이사한 집에 머물러야 할 이유가 하나쯤 필요했다.

마지막 이유는 어릴 적 기억과 관련이 있다. 열 살 무렵 어느 날 아버지께서 집에 큰 어항을 들여왔다. 아버지께서 새로 알게 된 사람이 수족관 사업을 했기 때문이었다. 나는 열대어들이 너무나 좋았다. 의자를 어항 앞에 가져가 앉은 채 그 앞에서 졸기도 하고, 물고기에게 이름을 붙이기도 했다. 하지만 어항에 빽빽하게 가득했던 열대어들과 각종 수초는 금세 죽어나갔다. 이번에 어항을 들이며 여러 공부를 하며 이제야 알게 되었는데, 그때 수족관 아저씨는 사육 환경도, 성향도 달라서 같이 기를 수 없는 물고기와 수초들을 마구잡이로 집어넣었던 것이다. 당시 어항에 설치한 여과 장치도 어항의 크기에 비해 터무니없이 부족했고, 일러준 청소 방법도, 어항 내의 여과 박테리아를 모두 죽여 버리고 마는, 금기시되는 방법이었다. 물고기가 다 죽어나가자 그는 다시 수십 마리의 물고기들을 채워넣었고, 엉터리 관리사항들을 다시 한번 일러주고 갔다. 돈을 벌었을 것이다. 그가 제대로 된 방법을 몰랐을 리 없다. 그랬다면 자기의 수족관의 물고기들이 먼저 죽어나갔을 것이므로. 물고기들에게는 지옥과 같은 환경이었을 것이다. 나는 내가 무언가 잘못했기 때문에 물고기가 죽는 거라고 생각했다. 물고기들이 죽어나갈 때마다 물고기들에게 미안했고, 죽어 둥둥 뜬 물고기들을 뜰채로 건어내며, 연이은 죽음들을 막지 못해 무력했다. 결국, 몇 번을 더 물고기들을 채워넣다가 어항을 비우게 되었다. 그 자리는 인형 뽑기에서 뽑은 엽기토끼 인형들이 채우게 되었다. 열대어를 잘 키워 어릴 적의 죽음들을, 그 앞에서의 무력감을 조금이나마 만회하고 싶었다. 이게 어항을 들이게 된 가장 큰 이유이다.

적막과 침묵과 고요

지난 이 년은 어항과 함께였다. 열대어 커뮤니티에서는 어항 앞에 앉아 멍하니 있는 것을 '물멍'한다고 하는데, 퇴근 후 어항 앞에 앉아 물멍하면 세상 모든 번뇌가 사라진 듯 잠잠히 지나가는 시간이 좋았다. 어항 앞에서 적막과 침묵과 고요가 교차하는 시간이 좋았다. 그러나 가장 큰 문제는 이 어항 속을 채운 것이 '사물'이나 '박제된 동물'이 아닌, 살아 있는 생명체라는 것이었다. 어항을 가지는 일의 가장 큰 기쁨도, 또 가장 큰 끔찍함도 바로 그것이라는 것을 깨닫게 된 건 이미 어항을 여섯 개나 들인 후의 일이었다. 수족관에서 온 물고기들은 여러 전염병을 달고 오는 경우가 많은데, 내 어항에도 몇 차례 여러 전염병이 돌았다. 해외 정보들을 번역해가며 여러 약품을 구매해 치료한 결과 다행히 물고기들은 치료되었지만, 진짜 문제는 그때부터 시작되었다. 물고기들이 너무 잘 지낸 나머지 감당할 수 없을 만큼 불어난 것이다. 이백 마리를 넘어선 다음부터는 세기를 포기했는데, 지금은 대략 삼백 마리가 넘은 것 같다. 하나였던 어항도 따라서 여섯 개로 불어났다. 가장 큰 문제는 구피의 수명이 일 년 반에서 이 년 정도라는 것. 나는 앞으로 이 년 동안 적어도 삼백여 마리의 죽은 물고기를, 이틀에 한 번꼴로 건져야 한다는 것. 다시 번뇌의 시간이 시작되었다. 어쩌자고 어항을 들인 걸까. 욕망과 호기심과 사랑은, 적막과 고요와 침묵만큼이나 그 경계가 모호하다. 모두 한 어항 속이었다.

천국항에서 일어난 일

우리 집 어항에 있는 구피는 크게 두 종류이다. 하나는 '블루/레드 글라스'이고, 다른 하나는 '올드패션 모자이크 구피'이다. 구피는 꼬리의 패턴과 모양, 또 몸통의 패턴과 모양에 따라 수십 수백 가지 종류로 나누어진다. 특히 독일과 일본에서 새로운 패턴을 만들어내는 일이 오랫동안 전문적으로 이루어져왔다고 한다. 최근 들어서는 대만과 태국 등에 아주 큰 열대어 시장이 있고, 대부분의 새로운 구피들이 그곳에서 만들어진다고 한다.

구피는 그 빠른 번식력과 수많은 변이 덕분에 얼마든지 새로운 형태를 만들어 낼 수 있다. 내가 가진 여섯 개 정도의 어항도, 각각을 분리하여 선별 사육하면 이삼 년 내에 종을 변이하여 특정 패턴을 가진 종을 만들어 고정시킬 수 있다. 대부분의 열대어 애호가들과 브리더들은 이런 과정을 통해 자신만의 종을 만들어내기도 하고, 그 중간의 변이 과정들을 열심히 기록하며 만족을 느끼기도 한다. 이렇게 새로운 종을 만들어 내는 일은 마치 여러 종의 강아지들을 만들어내는 과정과도 같은데, 아주 전문적 지식이나 오랜 시간이 걸리지 않는다는 점에서 많은 브리더들에게 만족감을 준다. 그러나 나는 인간이 '새로운 종을 만든다'는 과정에서 기이한 두려움과 거부감이 느껴지곤 했다. 현재 우리 집에 있는 '올드패션 모자이크' 구피는 사실 한국에서 오래전 유행이 지나 현재 기르고 있는 사람이 거의 없다고 할 정도이다. 나 역시 처음 올드패션 모자이크의 패턴에 반해 이 구피를 구하려고 했으나, 여러 전문 열대어 업체와 전문 블로거들도 요즘 유행하는 종류가 아니라서 이 종은 가지고 있지 않다고 했다. 요즘 유행하는 개체는 '알비노 풀 레드'나 '일렉트릭 모스크 블루'와 같이 패턴 없이 단색을 가진 종들이다. 이런 개체들이 유행하는 데에는 여러 이유가 있겠지만, 패턴 종들이 가진 치명적인 약점도 작용하지 않나 싶다. 그 약점은 바로 '세대가 거듭할수록 그 패턴이 깨지고 뭉개진다'는 점이다. 예쁜 패턴을 계속 유지하기 위해서는 예쁜 패턴을 가진 건강한 개체만 선별하여 다음 세대에 우수한 유전형질을 넘겨줘야 한다. 이런 선별 과정이 없다면 다양한 돌연변이들이 일어나 고정된 아름다움에서 점점 멀어지게 되는 것이다. 선별과 도태라니. 얼마나 많은 개체들이 '아름다운 꼬리'를 위해 희생되었을까. 나는 구피라는 종의 슬픔을 알게 되면서, 구피를 좋아한다는 말을 더는 할 수 없게 되었다.

그러나, 아름다움을 위한 선별이 아니더라도, 다른 구피들을 살리기 위해서는 어쩔 수 없는 격리조치를 해야 할 때가 있다. 바로 열대어들에게 가장 무서운 질병이라는 '칼럼나리스'가 어항에 돌 때이다. 칼럼나리스는 거의 손쓰기 어려운 질병인데, 이렇게 되었을 땐 이 개체를 빠르게 제거하는 것만이 남은 물고기를 살리는 유일한 방법이 되기도 한다. 나는 때문에 여섯 개의 어항 중 하나의 어항에 병든 구피들을 격리하기 시작했다. 그리고 이 어항에 '천국항'이라는 이름을 써서 붙여두었다. 그러나 이 천국항에서도 살아남는 구피들이 있었고, 이곳에서도 새로운 새끼들이 태어나기 시작했다. 천국항의 아이들은 여러 종의 구피들이 섞여 그 꼬리 패턴이 매우 다양해졌고, 면역력도 강했다. 요즘은 천국항 앞에서 가장 많은 시간을 보낸다. 밥만 주면 불어나는 이 어항의 생명들을 어떻게 해야 할지, 언제까지 함께하게 될지 여전히 모르겠다. 다만 어항에 대해서는 무언가 조금 더 쓸 수 있게 되었다. 쓸 수 없었다면 더 좋았을 것이다.

photocopies

companion animal

Jeong Eun Woo

요리다운 삶

정은우

나는 강아지에게 요릭이라는 이름을 붙이려고 했다. 요릭은 윌리엄 셰익스피어의 《햄릿》에 나오는 궁정 광대 이름이었다. 부모님이 그 이름에 퇴짜를 놓았다. 차라리 요리가 낫다. '요리조리'에서 따온 이름이었다. 나는 어감상 영 좋게 들리지 않는다고 반론했다. 강아지의 이름은 다수결로 요리가 되었다.

요리는 외조부가 동두천 시장에서 오만 원에 데려온 개였다. 요리의 가무잡잡한 털과 뾰족한 귀, 치켜 올라간 눈매가 늑대 같아서 마음에 든다고 했다. 요리는 정말 새끼 늑대 같았다. 두 손바닥으로 가릴 만큼 덩치가 작았으나 힘은 셌다. 장독을 들이받아 산산조각 내는가 하면 문을 열어주지 않자 방충망을 뚫고 나갈 정도였다.

우리 가족은 요리가 몇 살인지 몰랐다. 동물병원 의사는 요리의 덩치를 보아하니 태어난 지 10주쯤 지났을 것이라고 했다. 요리는 그날 여러 종류의 예방접종 주사와 영양주사를 맞은 후 상으로 병원에서 파는 육포를 먹었다. 나는 영수증에 찍힌 숫자를 보고 놀랐다. 두 차례나 더 맞아야 한다니. 하지만 요리가 사람의 말을 배우거나 내가 개의 말을 배울 수 없다면 아플 만한 싹을 자르는 편이 낫다고 생각했다.

그날 밤 내내 요리는 끙끙 앓았다. 그 조그만 몸이 펄펄 끓었다. 병원에 문의했더니 접종 열이니 금세 호전될 거라는 답만 돌아왔다. 열이 가실 무렵 요리의 뒷다리는 바짝 움츠러든 채 굳어버렸다. 다른 동물병원에 데려갔지만 별다른 대책이 없었다. 요리는 10주는커녕 태어난 지 4주밖에 지나지 않은 강아지였다. 젖을 떼자마자 팔려 온 것이다.

요리를 모르는 사람들은 요리를 동정하거나 혐오했다. 동정하는 경우 불쑥 다가와서 내게 요리를 수술시키거나 보조 장치를 달아주라며 가르치려 들었다. 혐오하는 이들은 요리를 병신 개라고 부르면서 오른쪽 엉덩이를 걷어차려고 했다. 전자는 요리를 가여워하면서도 막상 자신의 튼튼한 개들과 어울리지 못하게 막았고, 후자는 요리 같은 개라면 얼마 살지 못할 거라는 폭언을 서슴지 않았다. 나와 요리는 둘 다 싫었다.

그 모든 무례에도 요리는 힘세고 발이 빠른 개로 자랐다. 천천히 절뚝거리며 걷다가 넘어지는 대신 계속 내달리는 쪽을 택했다. 보통 네 다리로 뛰는 개들은 앞다리보다 뒷다리를 많이 쓰는 편이나 요리는 오른쪽 뒷다리를 쓸 수 없었다. 대신 앞다리로 힘껏 땅을 박차고 가슴과 머리로 들이받듯이 달렸다. 마치 탄환 같았다.

유일한 문제는 요리가 잘 달려도 멈추는 데는 서툴다는 점이었다. 요리는 제 속도에 못 이겨 나동그라지거나 다짜고짜 내 종아리를 들이받곤 했다. 내 다리의 검푸른 멍은 가실 날이 없었다. 대체 누굴 닮아서 저렇게 성격이 급한 거야. 투덜거리자 어머니가 대답했다. 개는 원래 주인 닮는 거지. 나는 반박할 수 없었다.

확실히 나는 성격이 급했다. 하루에도 몇 번씩 서두르느라 문지방에 발과 머리를 찧거나 식탁이나 가구, 벽에 부딪히기 일쑤였다. 너무 빨리 걷다가 종종 평지에서도 발목을 삐끗하기도 했다. 식사를 준비하면서 설거지도 하려 들었고, 마감까지 충분히 시간이 있어도 오는 족족 해치워야 성이 찼다. 글쓰기로 치자면 초고를 쓰자마자 퇴고하려 들고, 퇴고 중에도 새 초고를 쓰지 못해 안달을 내는 것이라 볼 수 있다. 정말 최악의 습관이다.

주인을 잘못 만난 덕분에 내 몸과 마음은 일 년에 한두 번 정도 이유 없이 앓았다. 한 번은 친구가 어이없다는 듯이 물었다. 왜 그렇게 씩씩거려? 나는 고열로 눈앞이 흐려 내가 좋아하던 작가의 신작을 당장 읽을 수 없다는 점이 분했다. 책이 달아날 일도 없으니 나중에 읽어도 될 텐데, 나는 성실하기보다 미련한 쪽에 가까웠다.

다행히도 요리는 나보다 요령이 좋았다. 목표 지점이 가까워지면 요리는 성한 왼쪽 다리에 무게를 실으면서 천천히 속도를 줄였다. 볼썽사납게 넘어지거나 내 종아리에 멍을 만드는 대신 살포시 앉아서 여유롭게 꼬리를 흔들었다. 그 모양새가 제법 우아했다. 멈추는 법을 터득한 요리는 더 빨리, 더 멀리 달릴 수 있었다.

부모님은 요리가 다른 사람에게 해코지를 당할지 모른다며 마당에서만 놀게 했다. 마당은 질주하기에 좁았다. 요리는 해가 지면 대문가에 숨어서 기다렸다. 누구를? 밤늦게 귀가하는 나를. 내가 아무리 조심스럽게 대문 사이를 비집고 들어가도 요리가 작정한 이상 소용없었다. 종아리 사이를 스치는 온기에 놀라 뒤돌아보면 이미 요리는 저만치 멀어진 후였다.

걱정은 우리 몫이었다. 요리는 아무것도 두려워하지 않았다. 나는 요리가 돌아오리라는 사실을 알면서도 늘 간식을 들고 요리를 찾아다녔다. 요리는 나를 향해 달려오다가 바로 몇 발짝 앞에서 방향을 틀거나 아슬아슬하게 내 곁을 스쳐 지나가곤 했다. 쫓아가다가 지쳐 주저앉은 날 보면 그제야 슬그머니 다가와서 제 축축한 코를 비볐다.

요리가 떠난 후로 나는 제동법을 배울 마음이 들었다. 바라는 만큼 많이, 열심히 쓰고 싶었다. 몸이든 마음이든 제때 멈춰야 했다. 한 번 입은 부상은 회복한 후에도 보이지 않는 흔적으로 남아 잊고 있었던 두려움을 불러왔다. 두려움이 나를 망가뜨렸다. 손 쓸 수 없이 망가지기 전에 멈추는 법을 배워야 했다. 밤새워 일하는 대신 침대에 몸을 눕혔고, 한 적 없던 행동과 말이 소문으로 떠돌 때 일일이 돌아다니며 해명하는 대신 음악을 들었다.

보통 나는 기절하듯이 잠드는 편이라 꿈을 잘 꾸는 편이 아니다. 아주 가끔 꿈꾸는 밤이 있었고, 꿈에서 종종 요리가 나왔다. 요리는 환한 달이 뜬 가운데 언덕 능선을 따라서 뛰어가고 있었다. 요리, 하고 부르면 요리가 귀를 쫑긋거렸다. 이내 나를 향해 힘차게 달려왔다. 그러고는 그 우아한 제동법을 선보였다. 그런 꿈을 꾸고 난 날이면 내 베개는 요리의 코만큼 축축하게 젖어 있었다. 후련했다.

photocopies

it item

Kim Gun Young

완벽한 책상을 찾아서

김건영

책상은 나에게 가장 불편한 곳이다. 오래 앉아 있다 보면 몸이 아프기까지 할 때가 있다. 즐거운 기분으로 책상에 앉은 때보다 마감 일정에 쫓겨 벌 받는 심정으로 책상에 붙잡히는 경우가 더 많았다. 그래서 이 불편한 자리는 반드시 편안해져야 한다고 생각하게 되었다.

몇 년 전 독립을 하면서 제일 오래 마음을 들여 찾아본 가구가 바로 책상이었다. 내 취향에 맞는 책상, 내 몸과 버릇에 맞는 책상을 직접 선택해본 적이 없다는 사실이 떠올랐기 때문이다. 시를 쓰고, 때때로 산문을 쓰기도 하면서 가장 오래 앉아 있게 된 이 책상이라는 사물을 예민하게 생각해본 적이 없었다. 습작 시절에는 집에서 시간을 보내기보다는 도서관 책상에 앉아 노트북을 썼다. 때때로 카페에 앉아 글을 쓰기도 했다. 그저 내 앞에 주어진 책상 앞에 적응하고 오래 앉아 있는 일만을 생각하고 살아왔던 것이다. 살면서 많은 책상을 만났지만 그다지 예민하게 생각하지 않았다. 자취할 때면 재활용 센터에서 싸고 튼튼한 책상을 사서 쓰고는, 본가로 다시 들어가야 하면 팔거나 대형폐기물로 버렸다. 결국 글 쓰는 일을 인생 최대 과제로 설정하고 살아가게 된 지금을 생각해보면 참 기이한 일이 아닐 수 없다.

내 책상의 역사를 어린 시절부터 찬찬히 떠올려본다. 초등학교 때부터 고등학교까지는 책상에서 공부를 해본 기억이 거의 없다. 대부분 컴퓨터 앞에 앉아 있었던 기억이 난다. 책상은 그저 물건을 올려놓거나 수납하는 공간이었다. 책을 읽을 때도 엎드려 읽거나 컴퓨터 앞에서 읽었다. 음악을 틀어놓고 책을 읽는 것을 좋아했기 때문에 수시로 플레이리스트를 뒤적거려야 했기 때문에 컴퓨터 앞을 떠나기 싫었다. 당시에는 뚱뚱한 CRT 모니터가 컴퓨터 책상의 대부분을 차지하고 있었고 거기서 무얼 펼쳐놓고 읽을 공간이 없었기 때문에 무조건 책을 들고 읽어야 했다. 당시에 내 방에 있던 책상에 자아가 있었다면 존재에 대한 고민을 하고 있었을 거라는 생각이 문득 든다. 내 취향과는 상관없이 부모님께서 공부를 열심히 하라는 바람을 가지고 사주신 그 책상은 유년 시절 내내 내 방에 존재하고 있었다. 하지만 아무리 기억을 떠올려봐도 그 앞에 앉아서 무얼 한 기억이 떠오르지 않는다. 심지어 그 책상이 언제쯤 내 방에서 사라지게 되었는지도 잘 기억나지 않는다. 본가의 내 방에는 책장만 있을 뿐 책상이 없다. 가방에 책과 노트북을 넣고 여기저기 떠돌며 읽고 썼다.

긴 습작기를 거쳐 삼십대 중반에 등단했다. 그간 진득하게 앉아서 글을 썼던 곳은 본가 옥상에 달린 두 평 남짓의 작은 옥탑방이었다. 어디선가 얻어온 책상에 앉아 긴 시간을 보냈다. 그러나 그 책상 역시 애착이 없었다. 내가 선택한 책상이 아니었고 그다지 매력적이지 않은 월넛 색상의 책상. 재질은 MDF였을 것이다. 싸구려 의자를 사서 거기에 오래 앉아 있었다. 투박하되 튼튼하고 아무런 특색이 없는 그 책상은 넓은 편이었고, 그 책상 위에서 나는 등단작들을 썼다. 수상소감도 그 책상에서 썼다. 그러나 나는 그 책상의 세부적인 모습이 잘 기억나지 않는다.

어쩔 수 없이 하는 자취 같은 것이 아닌 완전한 독립을 결심했을 때 내 취향의 가구를 선택해본 적이 없다는 사실을 깨닫게 됐다. 주어진 것만 써왔고 내 취향은 전혀 고려 대상이 아니었다. 거기까지 생각해본 나는 당연히 내가 가장 공을 들여야 할 것은 첫째로 책상이어야 한다고 생각할 수밖에 없었다. 앞으로 오래 거기에 앉아 있어야 할 수밖에 없는 그런 책상이 필요했다. 그리고 지금껏 거쳐 간 아무런 애정 없는 책상들과 다른 것이어야 했다. 생각 같아선 비싼 원목 책장을 사고 싶기도 했다. 그러나 독립을 하면서 모든 것을 다 새로 장만해야 하는 상황이었기 때문에 비싼 책상을 살 수 없었다. 거기다 나는 책상을 두 개 살 계획이었다. 글을 쓰는 책상과 게임을 하는 책상을 분리하고 싶었다. 가진 예산은 턱없이 부족했고 예쁘면서도 실용적인 책상은 눈이 뒤집어질 정도로 비쌌다. 가성비를 포기하고 취향을 생각하게 되자 가장 부족해진 것은 돈이었다. 그러다 찾은 책상이 바로 이케아의 프레데라는 책상이었다.

사실 처음에는 프레데를 게임용 책상으로 쓸 생각이었다. 원래부터 게이머용 책상으로 개발된 책상이었고, 데스크톱 컴퓨터를 두고 게임 환경을 구축하기 좋은 구조로 되어 있었기 때문이다. 키보드를 수납할 공간이 있고 모니터를 올릴 넓은 선반이 2층으로 되어 있는 게 매력적이었다. 장시간 앉아서 키보드를 두드리기 편한 구조로 되어 있었고, 무엇보다 책상이 꽤 넓은 편이었다. 모니터를 올릴 수 있는 선반과 최상단에 물건을 놓을 수 있는 선반도 유용해 보였다. 철제 프레임도 튼튼할 것 같아 마음에 들었다. 가만히 생각해보니 게임에 최적화된 책상은 글쓰기에도 잘 어울린다는 생각을 했다. 키보드를 두드릴 때 책상이 안정적이지 않으면 책상에 진동이 전달되는 경우가 있다. 그러다 보면 모니터도 흔들린다. 안 그래도 멘탈이 흔들리는 자리인데 조금이라도 불편한 점이 생기면 책상에 앉아 안절부절못하게 되는 나는 게이밍 전용 책상이 글쓰기용 책상과 궁합이 잘 맞을 것 같다는 생각에 미련 없이 이 책상을 서재에 두기로 했다.

독립을 했지만, 집에 가구가 거의 없는 상황이었다. 돈이 별로 없어서 매달 상황이 되는 대로 가구를 하나씩 장만하는 상황이었다. 이십대에 폴 오스터의 《달의 궁전》을 읽었던 기억이 났다. 그러니까 주인공이 외삼촌에게 물려받은 유일한 유산인 책을 가구로 쓰는 장면을 말이다. 그와 비슷하게 나도 쌓여 있는 책 박스 몇 개를 쌓아 식탁을 삼고, 나머지 책 박스로 의자 삼아 끼니를 때우기도 했다. 책장을 살 돈도 없었고, 가구는 아주 천천히 한 달에 한두 개씩만 살 수 있는 상황이었다. 그때 책상이 도착했다. 직접 조립해야 했지만 모든 일을 제쳐두고 책상을 조립했다. 사용해보니 글쓰기용 책상으로 무척 잘 어울렸다. 상단 선반에 책을 많이 올려도 책상이 튼튼해서 매우 안정적이었다. 대신 너무 많은 책을 올려두고 정신없이 살게 되긴 했지만 내 머릿속과 꽤나 닮은 모습이라는 생각이 들었다. 여기저기 책을 쌓아두고도 공간이 있었다. 노트북과 보조 모니터, 기계식 키보드를 두고 여기에서 글을 열심히 쓸 수 있게 되었다.

수납공간이 부족한 부분은 다이소에서 바구니들을 구매하여 여기저기 배치하여 해결했다. 왼편에 보조 협탁을 놓아서 더 많은 책을 쌓을 수 있게 만들어두었는데, 그 때문에 책이 너무 많이 쌓이는 것 같아서 더 정리가 필요하겠거니 하며 벼르는 중이다. 남들이 보기에는 너저분한 모습이지만, 내게는 아주 아늑하고 편안한 공간이 되었다. 아직 완전히 마음에 드는 시스템을 구축한 것은 아니다. 모니터 암을 하나 설치하여 보조 모니터를 세로로 돌릴 수 있게 만들면 더 좋을 것 같다는 생각을 하고 있다. 자금이 여유가 된다면, 게임용으로도 한 개 더 구매하고 싶다는 생각을 하고 있다. 그만큼 만족도가 높은 글쓰기용 책상이다.

물론 컴퓨터로 글을 쓰는 상황이 아니라면

잘 어울리지 않는 책상일 수도 있다. 그러나 본인이 키보드를 주로 사용하여 글을 쓴다면 적극적으로 추천하는 책상이다. 일반 책상보다 한 단 높은 곳에 화면을 둘 수 있기 때문이다. 오래 책상에 앉아서 모니터를 들여다볼 때면 거북목이나 일자목 때문에 고생을 하게 될 수 있다. 본인의 체형에 맞추어 화면의 높이를 더 높일 수 있는 다른 책상도 있지만, 그런 제품들은 고가인 경우가 많다. 오히려 게이밍용 책상들 중에서 가격대가 괜찮고 기능성이 좋은 제품들이 많은 것 같다. 혹시나 자신만의 완벽한 책상을 찾아 나서는 사람이 있다면 게이머를 위해 디자인된 책상들을 찾아보는 것도 좋을 듯하다. 디자인을 중시하는 사람이라면 아무래도 아쉬운 부분이 많으리라.

책을 읽거나, 글을 쓸 때 가장 힘든 고비는 책상 앞에 앉으려 결심하는 일 같다. 이 자리는 무척이나 두렵고 괴로운 자리다. 흰 종이를 마주하거나, 빈 문서 파일을 마주하는 일은 아무리 겪어도 적응이 되지 않는다. 이 빈자리에서 나는 매번 스스로의 무지와 편협함을 마주하게 된다. 스스로를 시인이라고 불러도 되는가를 고민하는 자리가 두 군데 있다. 이 책상과 매일 앉는 변기 위다. 나는 똥 만드는 기계일 뿐일지도 모른다. 그러나 그 고민을 오래 버텨주고 고독을 마주하게 해주는 순간에 공포를 느끼면서도 나는 다시 그곳으로 끌려간다. 책상은 튼튼해야 하고, 변기는 물이 잘 내려가야 한다. 그래서 내가 선택한 책상은 아직까지는 나를 잘 버텨주고 있다.

photocopies

it item

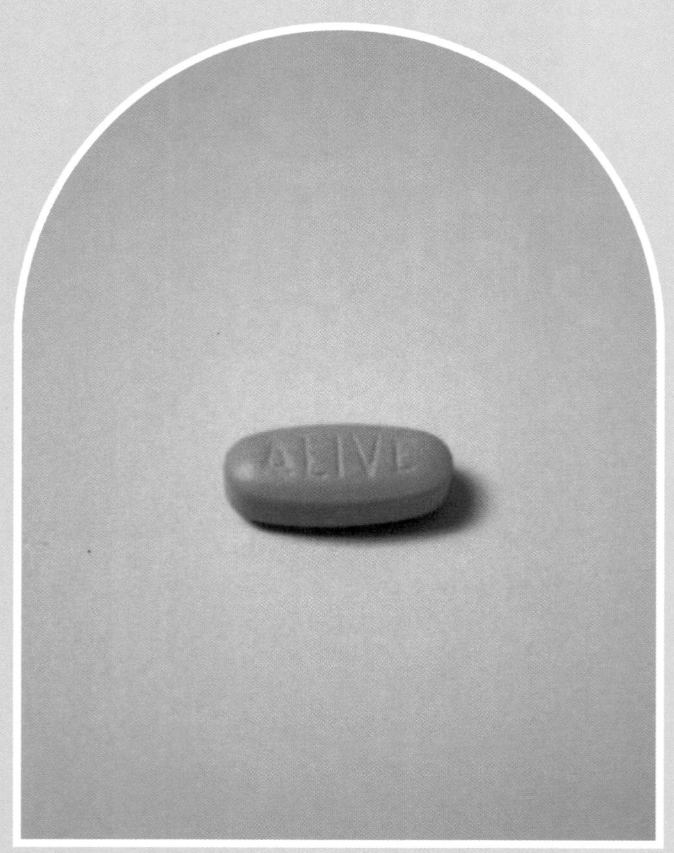

Kim Ji Yeon

알약을 씹어 먹으며

김지연

나는 내가 제법 건강한 사람이라고 줄곧 생각해왔다. 아주 어릴 때를 빼고는 병원에 입원한 적이 없고 나이가 들면서는 병원에 진료를 받으러 가는 일도 거의 없어졌다. 나는 약간의 건강염려증 같은 게 있어서 몸이 조금만 불편해도 금방 병원을 찾곤 하는데도 그랬다. 병원에 가는 일도 염좌나 자상 등 몸이나 도구를 잘못 써 생긴 정형외과적 문제일 때가 많았다. 살면서 두통약을 먹어본 적이 한 번도 없고, 생리통도 거의 없는 편이다. 학창시절엔 생리통이 아예 없다시피 했기 때문에 양호실에 누워 있는 친구들을 보며 생리통이란 대체 어떤 느낌일까 궁금해했다. 대학생 시절 내 자취방에 놀러왔던 친구가 생리통이 너무 심하다고 진통제 좀 달라고 했을 때 내가 그런 건 없다고 말했더니 그가 깜짝 놀랐다. 그러고는 어째서 그런 상비약도 구비해두지 않고 사느냐고 나를 나무랐다. 나는 약을 사러 약국으로 달려가면서 다들 그런 걸 챙겨놓고 사는지 궁금해했다. 그때 내 자취방에 있던 의약품이라 할 만한 것은 후시딘과 대일밴드, 맨소래담뿐이었다.

먹고 바로 눕기만 하는 버릇 때문이었는지 이십대 후반쯤 속이 쓰리기 시작했던 적이 있긴 한데 그때도 바로 병원으로 달려갔다. 수면 내시경을 하기에는 잠결에 내가 떠들지도 모를 말들이 너무 무서워서 일반 내시경으로 했고 역류성 식도염과 위염 진단을 받았다. 처방받은 약을 열심히 짜 먹기 시작하자 점점 낫는 것 같았다. 뭔가를 먹은 후에 눕는 버릇은 바로 없어졌다. 그때 정말 가슴이 타들어가는 것 같은 고통을 느꼈었기 때문이다. 미스터리 현상으로 알려져 있는 인체 자연 발화 현상은 식도염으로 인해 가슴부터 불타버려서 생긴 현상이 아닐까 하고, 잠들기 전 왼쪽으로 돌아누운 자세로 생각하곤 했다.

그래도 잠은 잘만 잤다. 도무지 해결되지 않을 것 같은 일들로 고민을 하느라 밤잠을 설친 적이 있긴 하지만 불면증이라고 부를 정도로 잠 못 드는 날이 지속되지는 않았다. 한번 잠들면 중간에 깨는 일 없이 일고여덟 시간을 푹 잤고 그러고 나면 웬만한 건 다 낫는 기분이 들었다.

때문에, 친구가 내게 "너는 아픈 걸 잘 모르잖아"라고 했을 때 나는 그 말이 사실일지도 모른다고 생각했다. 나는 통증에 대해 잘 모른 채 살고 있었다. 친구는 자신의 주변에 있는 건강한 인간들이 아주 얄밉다고 했다. 그들은 다른 사람이 아픈 것을 전혀 이해하지 못하고 무조건 엄살이라고 생각한다는 것이다. 충분히 참을 수 있는데도 유난을 떤다고, 별로 아프지도 않으면서 아픈 척을 한다고 고깝게 본다는 것이다. 나는 나 역시도 종종 그런 적이 있다는 것을, 속이 쓰리다는 말을, 멀미할 것 같다는 소리를 무슨 뜻인지 도무지 이해하지 못했던 인간이라는 것은 차마 털어놓을 수 없었다. 나는 반성하는 마음으로, 앞으로는 절대 그러지 않겠다고 다짐하며 친구의 이야기를 들었다. 친구는 모든 사람들이 100만큼 타고나는 건강을 왜 자신은 60 정도밖에 갖지 못했는지 억울했었는데 나를 만나고 보니 내가 나머지 40을 가져간 것 같다고 했다. 친구 얘기를 듣던 내가 딴엔 위로를 한답시고 눈치도 없이, 골골팔십이라잖아. 무병단명 일병장수라잖아, 한 번에 훅 간다고도 하잖아, 그런 말들을 했다가 더 화만 돋우었고, 그냥 내가 너 업고 다닐게, 하고 합의했다. 나는 평균보다도 건강한 편인 것 같으니까 나눠 들 수 있는 게 있다면 최대한 그렇게 하면 좋을 것 같았다.

그런데…… 2020년 이후로 조금씩 달라지기 시작했다.

2020년은 개인적으로는 특기할 만한 일이 아주 많이 일어난 해였다. 아주 늙은 기분이 들었다. 인생의 한 페이즈가 넘어간 기분이었고 몸은 조금씩 늙어가는 게 아니라 한꺼번에 확 늙는다더니 그게 사실인가 보다 싶었다. 흰머리가 눈에 띄게 늘었고 조금만 움직여도 금세 피곤해졌다. 아주 피곤했다. 잠을 자도 자도 피로가 풀리지 않는 것도, 도무지 뭔가가 낫는다는 기분이 들지 않는 것도 문제였다. 2020년을 지나 2021년을 맞이하고 보니 피로는 더 심해졌다. 2020년은 2019년 처음 발생한 것으로 알려진 코로나19 바이러스가 전 세계로 퍼져나간 해이기도 했다. 나는 내 피로의 원인을 찾다가 어쩌면 이 모든 게 코로나 때문이 아닐까? 생각했다. 코로나에 걸렸는데 무증상으로 앓고 지나가며 얼렁뚱땅 완치된 것이 아닐까, 그리고 그 후유증을 앓고 있는 것이 아닐까, 그렇지 않고서는 이렇게 갑자기 지나치게 피곤한 인간이 될 수는 없는 것이 아닐까? 하고 자주 생각했다. 지금도 이 의심을 완전히 떨쳐버리지 못하고 있다.

피로를 풀 다른 방법이 없는가를 찾다가 내 또래들은 다 약을 챙겨 먹고 있다는 것을 알았다. 나는 왜 비타민 하나도 제대로 안 먹고 있었던 것일까. 몇 해 전에 친구의 추천으로 오메가3와 밀크씨슬 등등을 쟁여둔 적이 있었지만 몇 알 먹지도 못하고 유통기한을 넘겨 그대로 버리고 말았다. 그 약들은 너무 컸다. 오래전 알약을 잘못 삼켜 죽을 뻔한 적이 있는데 내가 켁켁거리는 소리를 듣고 달려온 엄마가 실시한 하임리히 요법으로 겨우 약을 토하고 살아났다. 만약 혼자 있을 때 그런 일이 벌어지면 어떡해야 할지 너무 무서워서 혼자서도 할 수 있는 하임리히 요법을 다 찾아보았다. 그 후로 나는 커다란 알약은 쪼개 먹곤 한다. 그런 것도 잘 모르고 오빠는 내가 피곤하다는 말을 입에 달고 살기 시작하자 아주 커다란, 거의 손가락 한 마디만큼 큰 영양제를 사주었다.

하루 한 번, 나는 알약을 빠득빠득 씹어 먹으며 피로가 풀리기를 기대한다. 기분 탓인지 약을 먹은 후로는 몸이 조금 가뿐해진 것 같기도 하다. 효과가 더 좋다는 영양제를 수소문하다 보니 자본주의 사회에서는 역시 돈이 최고구나…… 하는 것을 새삼 깨닫게 되어 심란해지기도 했다. 약뿐만이 아니라 살면서 반드시 있어야만 하는 필수품들에 가격이 매겨져 있고 그게 모두에게 필수적으로 주어지는 것이 아닌 데다 주어질 기회마저 공평하지 않다는 점에는 무력감을 느끼기도 한다. 그런 사실들이 더 나를 피곤하게 만들기도 하다. 도대체가 이놈의 세상은 뭐가 문제인 걸까. 다 망한 걸까 싶지만 나는 냉소적인 사람이 되고 싶지는 않아서 무지 애쓴다. 약을 먹는 것도 다 그를 위해서인 것 같다. ■

photocopies

it item

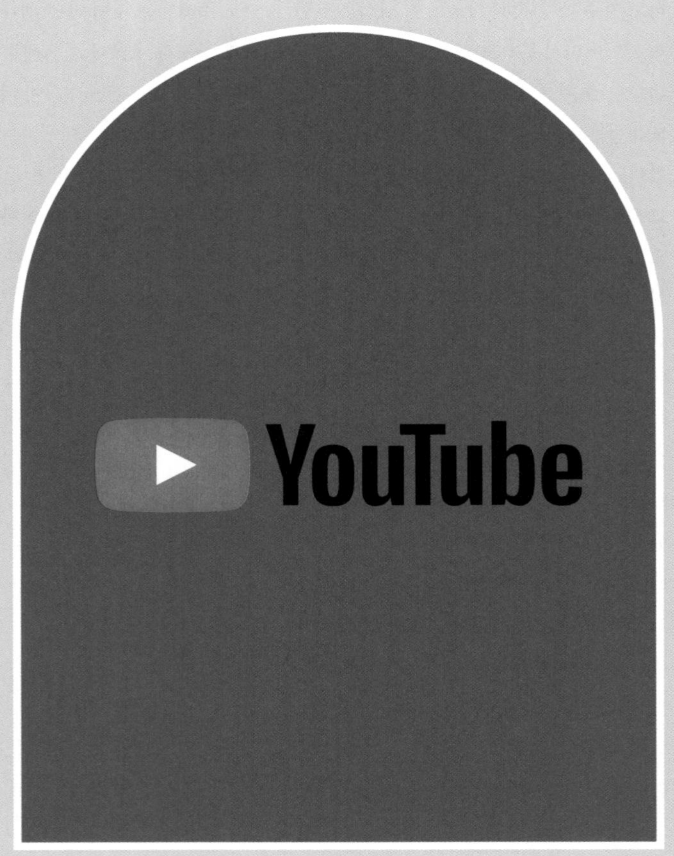

Park Gang San

나의 잇템, 유튜브를 경계하며

박강산

PC + You

1982년 타임지는 '올해의 인물'을 발표하는 대신 '올해의 기기'를 선정했다. 그것은 PC였다. PC와 인터넷의 상용화가 시민들의 적극적인 사회참여를 이끌어낼 것이라고 전망한 것이다. 그로부터 24년이 흘러 2006년 타임지 '올해의 인물' 표지를 장식한 건 바로 'You'였다. 이에 대해 타임지는 '개인 미디어의 발달에 따라 시민들이 정치에 적극적으로 관여할 수 있게 되었다. 그러므로 시대의 주인은 바로 당신You이다'라고 선정 취지를 밝혔다. 그렇다면 2022년을 마주한 지금 '사회', '미디어', '정치'라는 굵직한 단어를 모두 내포할 수 있는 가장 적확한 단어는 무엇인가. 단언컨대 PC도 아니고 You도 아니다. 두 성질의 조합이라 할 수 있는 'YouTube'이다. 나 또한 자칭 유튜브의 노예로서 오랜 시간 해당 플랫폼에 머물며 지내고 있기에, 잇템 역시 'YouTube'로 선정했다.

"당신 자신을 방송하라Broadcast Yourself"라는 유튜브의 슬로건은 타임지가 언급했듯 개인이 새로운 미디어 환경의 주인공이 될 수 있다는 가능성을 제시하고 있다. 정보 수용자로서 머무는 게 아니라 생산소비자Prosumer로서 활동하는 게 가능해졌다는 뜻이다. 유튜브는 이러한 전망, 즉 정보의 자율성과 상호작용이 강화될 것이라는 기대 속에 성장했다.

한편 유튜브의 부작용도 적지 않다. 관심을 끌기 위한 온갖 자극적 영상이 쏟아지고 있고, 최근에는 실시간 중계 서비스 이용자가 늘면서 개인의 사생활 침해 문제가 불거지고 있다. 그러나 이러한 부작용은 쉽게 도드라진다. 이용자들은 그 부작용을 인지한 상태로 플랫폼을 활용한다. 이 글에서 다루고자 하는 건 외적으로 드러나는 문제에 대한 게 아니다. 보이지 않는 문제, 즉 '알 수 없는' 것에 관해 이야기해볼 것이다.

알 수 없는 알고리즘

"알 수 없는 유튜브의 알고리즘이 나를 이곳으로 이끌었다."

위 문장은 '돌을 씹는 것이 취미인 귀여운 말티즈가 있다?!'라는 제목의 유튜브 영상에서 가장 많은 추천수를 받은 댓글이다. 댓글 작성자는 샤워를 끝마치고 홀가분한 마음으로 침대에 누워, 유튜브 영상 몇 편을 보다 잠을 청하려 했는데 느닷없이 '돌을 씹는 말티즈'가 추천 영상에 올라왔다는 것이다. 그리고 댓글 작성자는 홀린 듯 영상의 썸네일을 터치해 '귀여운 댕댕이◆'를 보게 되었다고 상황을 설명하고 있다. 이외에도 이른바 '알 수 없는 유튜브의 알고리즘'에 대한 이용자들의 재치 있는 반응은 다양하다. 이를테면

(1)

나: 이제 휴대폰 끄고 과제해야지!

유튜브: 야, 너 잘못 만지면 손가락뼈도 부러뜨리는 바다새우 조리법에 대해 알아?

(2)

나: 이제 휴대폰 끄고 자야지!

유튜브: 야, 너 6년 전에 업로드된 '진지한 남학생의 가창수행평가' 영상에 관심 없어?

위와 같은 댓글이 그러하다. 만약 강아지 영상을 즐겨보던 이용자의 추천 영상에 '돌을 씹는 말티즈'가 나왔거나, 요리 영상을 즐겨본 이용자의 추천 영상에 '손가락뼈도 부러뜨리는 바다새우를 조리하는 방법'이 나타났다면, 그건 알 수 없는 알고리즘이 아니다. 이용자들이 위와 같은 반응을 보이는 이유는 '추천' 카테고리에 올라온 영상 상당수가 자신들이 평소에 즐겨 보던 콘텐츠와 별다른 연관성이 없기 때문이다. 즉 맥락 없는 추천이 빈번하게 발생한다는 것이다. 또 (2)번 사례와 같이 업로드된 지 한참 지난 영상이 추천 카테고리에 뜨는 현상은 '끌올◆◆'이라는 단어를 만들어낼 정도로 흔하게 발생한다. 이 끌올 현상은 최근 어렵지 않게 사례를 찾을 수 있는 이른바 '역주행' 돌풍을 일으키는 데 주요한 역할을 한다.

2003년에 종영한 드라마 〈야인시대〉의 편집본 '4딸라' 영상이 끌올되어 유행어가 되기도 하며, 2006년에 제작된 영화 〈타짜〉에 등장하는 조연이 유튜브 내에서 인기를 끌며 역주행의 아이콘이 되기도 한다. 알 수

◆ 멍멍이를 뜻하는 인터넷 용어.

◆◆ 과거 영상이 끌어 올려진다는 뜻의 인터넷 용어.

없다는 건 그 자체로 흥미롭다. 그 흥미는 손쉽게 터치를 이끌어낸다. 곧 김두한이 나타나 느닷없이 '4딸라'를, 도박에 빠진 조연이 '묻고 더블로 가!'를 외친다. 이 상황은 웃음을 유발한다. 유튜브 시청은 별다른 노력도, 소비도 필요로 하지 않으므로 이용자는 기꺼이 웃어넘길 수 있다.

'알 수 없는' 알고리즘이 귀여운 강아지와, 거칠게 반항하는 도마 위의 새우와, 4딸라, 혹은 묻고 더블로 가!를 외치는 인물들만 보여준다면 무엇이 문제겠는가. 어느 유머 카테고리 영상의 댓글이 말하듯 '우연찮게 들어왔다가 빵 터졌어요. 재밌게 보고 갑니다. 그럼 이만 총총'으로 끝난다면 얼마나 좋겠는가 말이다. 말했듯 알 수 없다는 건 흥미롭다. 그러나 알 수 없다는 건 언제나 문제적이다. 빅브라더의 무서움이 무엇에 기인하는지 모두 알고 있지 않은가. '그것'은 모든 걸 알고 있는데, 우리는 '그것'에 대해 아무것도 모르고 있다.

2022년에 '빅브라더'는 구닥다리 취급될 수도 있겠다. 그렇다면 이름을 바꾸어보자. '빅데이터'로 말이다. 이용자들이 영상을 많이 볼수록 유튜브의 수익 규모도 늘어난다. 이를 위해 유튜브는 이용자들에게 어떤 영상을 보라고 '추천'한다. 이러한 추천은 보통 사람의 직접 조치보다는 알고리즘을 이용한다. 유튜브는 자신들이 보유한 빅데이터에 알고리즘을 집어넣어 추천 카테고리를 형성한다.

그러나 우리는 유튜브의 추천 시스템에 대해 명확히 알 수 없다. '기술', '인공지능', '알고리즘'과 같은 용어들이 정보획득을 위한 접근을 가로막고 있기 때문이기도 하지만, 본질적으론 유튜브가 우리에게 '알고리즘'이라는 단어 외에는 아무것도 알려주지 않기 때문이다. 그렇다면 유튜브는 왜 '알 수 없는 알고리즘'으로 이용자들을 낚아채는가. 동영상 산업에서 콘텐츠 추천 시스템이 서비스의 성패를 좌우하는 핵심요소라는 건 의심할 여지가 없다. 특히 유튜브는 계속해서 개인화 혹은 맞춤화를 강조해왔다. 이용자의 선호를 잘 파악하고, 양질의 콘텐츠를 제시해 소비자 편의를 추구한다는 것이다. 가장 적합한 추천이 기업의 이익을 가져다준다는 것은 단순하고 당연한 도식인데 유튜브는 맥락 없는 추천을 남발하고 있다. 기계적 분류에 따르는 한계라고 단정하고 넘어가기엔 유튜브의 대처가 의심스럽다.

지난 2018년 '로건 폴'이라는 유명 유튜버는 한 영상을 업로드했다. 영상에서 로건 폴은 목매달아 자살한 사람 옆에서 우스꽝스러운 소리를 내며 웃고 떠든다. 그는 영상을 모자이크 없이 업로드했고, 해당 영상은 '트렌드' 카테고리에 들어갔다. '로건 폴'의 구독자 대부분이 미성년자라는 점에서 더욱 크게 문제가 제기되었다. 유튜브는 이 영상에 대해 한 달 가량 조치를 취하지 않았고, 오히려 '로건 폴'을 비판하는 영상에 나이 제한을 걸어버리는 검열을 행하면서 큰 비판을 받게 된다. 이에 유튜브는 '구글의 머신러닝과 자동 알고리즘 시스템을 철저히 강화하겠다'라는 입장만 밝혔다.

유튜브 추천 시스템에 대한 의혹제기를 한 건 이용자들만이 아니다. 유튜브 엔지니어 팀이었던 기욤 샤스로는《가디언》에 추천 알고리즘 방식에 대한 의혹을 폭로했다.◆ 그는 "유튜브의 추천 시스템이 결코 민주주의적이고, 진실에 가깝고, 균형적인 것을 최적화한 형태로 작동하지 않는다"고 주장했다. 또한 그는 "유튜브는 자극적이고 선정적인 영상이 퍼져나가지 않도록 막는 게 아닌, 오히려 해당 영상들을 암암리에 추천하고 있다"고 말했다. 이에 대한 유튜브의 답변은 역시 "유튜브 알고리즘은 사람들이 검색하는 내용과 시청 가능한 영상의 수, 해당 영상 조회수를 반영한다"는 것이었다.

유튜브는 기업이다

이용자는 모른다. 무엇을 모르는가. 이 영상이 어떻게 내게 왔는지 그 유통과정을 모른다. 그리고 누가 영상을 만들었는지를 모른다. 영상 제작자는 익명의 이름을 달고 활동할 수 있다. 이른바 '엘사 게이트' 사건이 이러한 문제점을 대표적으로 드러내고 있다. '엘사 게이트'의 시작은 2017년 후반부터 어린이용 영상 채널로 가장한 폭력적, 성적인 내용이 포함된 영상이 대량 생산되면서부터였다.◆◆ 이 영상은 외형적으론 겨울왕국의 엘사처럼 어린이들이 좋아하는 캐릭터들을 주인공으로 한 애니메이션 영상처럼 위장하고 있다. 그러나 내용은 유명 만화 캐릭터들이 마약을 하는 등 극단적 내용으로 꾸며져 있다.

해당 영상은 경쾌한 음악, 아이의 웃음소리 등을 통해 아이들을 시청대상으로 끌어들였다. 실제로 아동연령 시청률이 높아지면서 해당 영상은 '키즈 플랫폼'으로 흘러들어갔다. 이에 아이들이 영상에 무방비하게 노출되었다. 그리고 비슷한 내용의 콘텐츠가 대량, 주기적으로 업로드 되면서 '엘사 게이트'라는 이름으로 불리게 되었다. 유튜브는 이 문제에 대해 별다른 대처를 취하지 않았다. 그러다 대형 광고주들이 유튜브에 대한 광고 중단을 선언하자 이에 반응하듯 '엘사 게이트' 관련 영상에 제재를 가하기 시작했고 최초 제작자는 결국 알려지지 않았다. 만약 새로운 미디어 플랫폼이 가져온 변화가 이용자의 자유와 권리를 확대하는 것 못지않게 사회적인 문제도 함께 양산한다면, 이는 해당 플랫폼이 가진 위험성에 대해 진지하게 논의할 필요성이 있다는 것이다. 유튜브가 역사적으로 여러 미디어들이 보여주었던 한계를 극복했다고 볼 수 있는가?

정보생산자와 수용자 사이의 권력의 비대

◆ 김시아, 「유튜브, 알고리즘 왜곡으로 광고 수익 올렸다」 미디어S, 2018.02.08

◆◆ 이순지, 「맘카페 떠들썩하게 만든 '엘사 게이트' 영상」 한국일보, 2017.11.23

칭성은 변함없이 나타나고 있다. 유튜브가 알고리즘 내에서 편향된 추천 시스템을 작동시켰다거나 왜곡된 알고리즘 패턴을 적용했는지에 대한 추측을 할 수도 없는 상황이다. 즉 유튜브는 '알고리즘'이라는 교묘한 장막 뒤에 안전하게 몸을 숨기고 있다. 그리고 '알 수 없는' 방식으로 데이터를 분류한다는 명분을 세워두고 기업이 가져야 할 기본적인 책임의식을 회피하고 있다.

유튜브는 빅데이터라는 무기를 손에 쥐고 있다. 기업의 이익을 가져다줄 정보는 '추천' 할 수 있으며, 그들의 취지와 부합하지 않는 정보는 '노란 딱지'를 붙여 강제 비영리화를 가할 수 있다. 그리고 그 행위에 면죄부를 줄 수 있는 '알고리즘'이라는 도피처도 마련했다.

이제 몇 가지 질문과 함께 글을 마무리하고자 한다. 앞서 말했듯 타임지는 2006년에 '당신'을 올해의 인물로 꼽았다. 미디어를 장악한 '당신'의 영향력을 치켜세운 것이다. 15년도 더 지난 지금 '당신'이 답할 차례가 왔다.

당신은 개인미디어를 장악했는가? 우리는 유튜브로부터 자유로운가?

photocopies

it item

Suh Ho Jun

최소한의 물건

서호준

나는 미니멀리스트다, 라고 나를 소개한 적은 없지만 나에게 물건이 별로 없기는 하다. 이 코너의 주제가 '잇템'과 '반려동물'로 정해졌을 때, 나는 탄식할 수밖에 없었다. 다른 걸 하자고 주장해보려 했지만 회의 당시에는 별다른 아이디어가 떠오르지 않았다. 반려동물은 살면서 한 번도 없었으니 '잇템'으로 쓰긴 해야 할 텐데…… 생각하며 나는 가방을 뒤적거렸고 거기 든 것은 지갑, 휴대전화, 아이코스, 담배뿐이었다. 방금 열거한 것들도 다 물건이긴 하지만. 내가 애착을 가진 물건은 아이코스밖에 없다. 주머니에 손을 넣었을 때 저 두툼한 플라스틱 몸통이 만져지면 왠지 모를 안도감이 든다. 그리고 한 달 생활비의 절반이 담배값이라는 사실. 딱 이 정도의 애착.

나는 어려서부터 물욕이 없었다. 갖고 싶은 것을 부모님에게 조르는 친구들을 보면 신기했다. 갖게 되면 어떨까 싶은 약간 궁금한 정도의 물건들은 있었으나(90년대 후반 닌텐도 게임보이라든지 플레이스테이션이라든지) 없어도 그만이라고 생각해서 말을 꺼낸 적도 없다. 생일 선물로 뭘 받고 싶으냐고 물어보는 질문에 한 번도 제대로 대답해본 적이 없다. 좀 커서는 모든 선물을 거절했다. 나한테 뭐 주지 마. 갖고 싶은 거 없어. 줘도 짐만 돼. 그러다 보니 자연히 물욕을 충당할 수 있는 수단 — 돈을 많이 버는 일에도 관심이 생기지 않았다. 내 나이대의 친구들이 흔히 가지고 있는 집이나 차에 대한 욕망도 없다. 그러나 이 물욕 없음은 결코 좋은 게 아니라고 생각한다. 그만큼 내가 가진 욕망의 종류가 적다는 뜻이다. 좋은 시를 읽고 쓰고 싶다는 욕망이 내가 가진 거의 유일하다시피 한 욕망이다. 욕망이 사람을 추동하는데, 시 외에는 대체로 욕망이 없다 보니 만사에 관심도 거의 없다. 따라서 나는 대부분의 시간을 무기력하고 헛헛하게 보낸다. 이렇게 보내는 시간은 더디고 고통스럽게 흘러가기 마련이다. 그래서 시를 많이 읽고 쓰기는 하는데 아무리 시를 좋아해도 시로만 보낼 수 있는 시간에는 한계가 있다. 하루에 길어야 서너 시간? 그것도 매일 할 수는 없다. 뇌가 바싹바싹 말라붙기 때문이다.

*

다시 아이코스에 대한 이야기. 내가 아이코스를 처음 구매한 건 2017년 겨울이었다. 당시 살던 건물에 층간흡연 문제가 있었다. 아침이랑 밤마다 누가 자꾸 화장실에서 담배를 피우는 것 같았다. 출근 전에(당시에는 회사에 다녔다) 씻고 있는데 담배 냄새가 진동하면 정말 짜증이 났지만 나 역시 흡연자니까 그러려니 넘겼다. 방에 있으면 누가 "아 ㅆㅂ 집에서 담배 피우지 말라고!" 소리치는 소리가 가끔 들리곤 했는데 어느 날 퇴근하고 보니 누가 내 방 문에 제발 화장실에서 담배 피우지 말아달라는 내용의 종이를 붙여놓은 것이 아닌가. 마찬가지로 화장실 담배 냄새에 시달리던 건물 주민이 내가 밖에서 담배 피우는 것을 보고 우리 집이라 생각했나 싶었다. 억울해서 나는 담배를 끊지는 못하고 대신 아이코스로 바꿨다. 당시 회사 팀장님이 아이코스를 입에 달고 살았는데 신기하게 몸에서 담배 냄새가 전혀 안 났던 게 인상 깊었던 모양이다.

아이코스로 바꾸고 나니 아침마다 끓던 가래가 사라지고 손에서 독한 냄새도 안 나게 되었다. 이렇게 말하니 무슨 담배 끊은 사람이 하는 말처럼 아이코스를 홍보하는 것 같아서 머쓱하긴 하다. 어쨌든 아이코스로 바꾸고는 층간흡연 문제에서 심리적으로 자유로워질 수 있었다. 전보다 화장실 담배 냄새가 한층 지독하게 여겨지긴 했지만, 화장실 쓰는 타이밍만 겹치지 않으면 괜찮았다. 어느 날 건물 주민 누군가 이사를 나갔고 화장실에서 담배 냄새가 이제 안 난다는 걸 인지한 것은 조금 더 지나서였다. 그 사람이 범인이었구나 뒤늦게 생각했는데 몇 층 몇 호 사람이 이사한 거였는지 기억나지 않는다는 점이 아쉬웠다. 여섯 가구밖에 없는 작은 빌라였는데.

Answer & Answer

김건영
×
김지연
×
김 홍
×
정은우

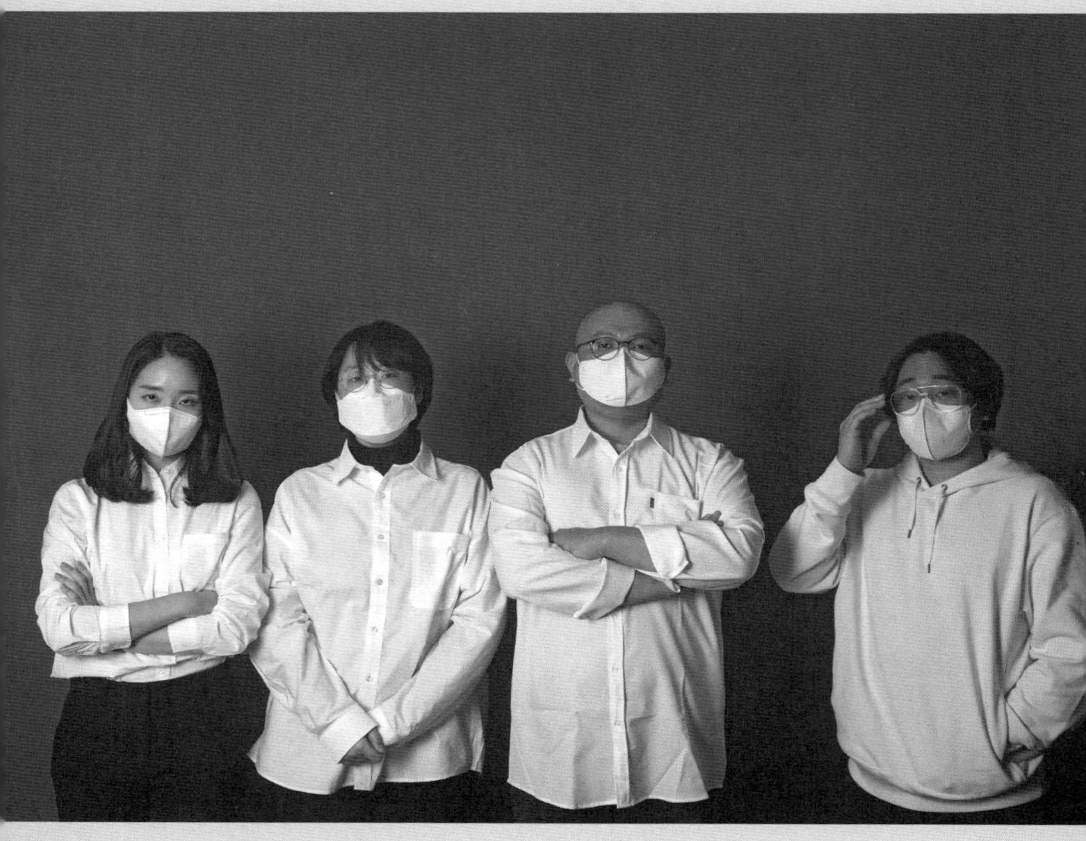

김건영/ 안녕하세요. 가위바위보에 져서 또 사회를 맡게 된 김건영이라고 합니다. 잠깐 나가서 생각을 해봤는데 강정마을에 몇 달 있었던 적이 있거든요? 강정마을에서 식판을 모아서 가위바위보를 해서 닦아주는 놀이를 했었어요. 그때 독특한 점이 하나 있었는데, 진 사람이 닦는 게 아니라 이긴 사람이 닦는 거였어요. 그게 별거 아니였는데 승자와 패자의 위치 개념을 뒤바꾸는 일이라는 생각을 했어요. 이겼으니까 좋아하면 식판을 닦아야 하는 거죠. 아까 그 제안을 할걸 그랬습니다. 우선 인사부터 해볼까요? 근황을 나눠봅시다.

정은우/ 저는 소설 쓰는 정은우입니다. 요즘은 장편소설을 연재하고 있어요.

김지연/ 저는 소설 쓰는 김지연이라고 합니다. 요즘도 계속 마감을 하기 위해서 열심히 글을 쓰고 지내고 있습니다.

김 홍/ 저는 소설 쓰는 김홍이고요. 저도 글 열심히 쓰려고 노력하며 지내고 있습니다.

김건영/ 저는 시를 쓰고 있는 김건영입니다. 저도 마감을 열심히 안 늦으려고 노력하면서 살고 있습니다. 예술창작아카데미의 1년이 마무리되는 시점에서 작가들의 작품이 나왔어요. 작품을 쓰면서 저희가 과정을 공유해왔잖아요. 같이 만나지는 못했지만요. 구상을 어떻게 하셨는지 이야기를 해보면 좋을 것 같아요.

김 홍/ 제가 바다에서 잠깐 일을 할 때가 있었는데 그때 오징어 배가 들어오는 걸 보니까 리어카에 오징어가 실려 있는 모습이 진짜 역동적이더라고요. 물총을 막 뿜고, 리어카가 먹물로 새까맣게 되어 있는데 그 위에서 빠끔거리는 게 처절하기도 하고. 그래서 냉동오징어를 욕조에 넣어서 개네가 살아나는 장면을 쓰고 싶다는 생각을 오래전부터 했거든요. 그 이야기를 어떻게 쓸까 하다가 살을 붙여가며 이런 작품을 쓰게 됐습니다.

김지연/ 제가 이번에 쓴 소설의 제목은 게임에서 쓰이는 '경기 지역 밖에서 사망'이라는 표현에서 가져왔는데요. 1~2년 전에 제 룸메이트가 거의 밤을 새우면서 배틀그라운드라는 게임을 하는 걸 봤거든요. 어떤 게임인지 보니까 총

들고 사람 죽이는 게임이더라고요. 그게 뭐가 그렇게 재미있어서 밤을 새우면서까지 할까 궁금해하다가 궁금하니까 저도 한번 해보기로 하고 게임을 몇 번 해봤어요. 맨몸으로 게임 장소에 떨어져서 아이템을 주우러 다니고 최후의 1인이 될 때까지 타인을 죽이며 승자가 되는 과정들을 생각하면서 이걸 소설로 써보면 재미있을 것 같다는 생각이 들었습니다.

정은우/ 저는 코로나 팬데믹 선언 이후 해외 유학생들이 겪는 딜레마와 갈등, 생존과 삶에 대한 고민에 마주하는 순간을 주목했어요. 사실 전 예전에 독일 유학을 준비했던 적이 있었어요. 새로운 삶을 찾고 싶다고 생각했고, 그럴 수 있다는 희망을 품었죠. 물론 개인적 사정으로 인해 도중에 포기하게 되었지만요. 저와 달리 독일로 가는 쪽을 선택한 사람들은 이번 사태로 인해서 본인의 타자성을 깨닫는 한편 다시 한번 생존과 삶의 기로에 서게 된 거예요. 이미 한국을 떠나면서 벗어났다고 생각했던 문제와 다시 마주치게 된 거예요. 어디로 가든 우리는 그 문제와 계속 마주해야 하는구나, 그런 생각이 들었어요. 그래서 인터뷰를 하고 소설을 써보기로 결심했고요. 처음에는 장편소설로 구상했지만, 나중에는 가능한 여러 명의 목소리를 담아보고 싶어서 단편들로 구성했어요. 〈민디〉는 그중 첫 번째 단편인 셈이죠.

김건영/ 저는 언어유희 중심의 작품을 써보려고 노력했고요. 최근엔 계속 신자유주의와 부동산 문제에 천착하고 있습니다. 아이러니한 장면들인 것 같아요. 부동산이 투기 문제를 지적하면서도 본인은 부동산을 가지고 싶어 하는 모습을 보면서 위악적으로 그걸 건드리고 싶어서 작품을 쓰고 있습니다. 그게 얼마나 성공적일지 모르겠지만 노력은 하고 있습니다. 다음으로는 다른 분들 작품을 어떻게 읽었는지 이야기를 나눠봐요.아까 작품소개를 유심히 들었는데 저는 김홍 소설가의 오징어 장면을 되게 흥미롭게 읽었어요. 빵 터지면서 읽었는데 그 부분에서 착상을 했다고 하니 이해가 되더라고요. 처음에 러시아 소설이 생각도 났어요. 이 서사를 어디까지 가져갈 거냐 생각하며 따라 읽었어요. 끝까지 흥미롭게 읽었습니다. 제가 메타소설 마니아인데, 마지막에 손이 나오면서 메타소설로 확 다가왔습니다. 그래서 여러 단계에서 저를 감각적으로 건드려줘서 너무 재미있게 읽었고요. 전에 김홍 소설가와 차를 타고 간 적이 있는데 차를 타면 음악 취향을 알 수 있잖아요. 음악 취향이 저랑 비슷하더라고요. 저도 소설 속의 주인공처럼 그런 시기가 있었어요. 고등학교 때 아무것도 안 하고 음악만 들었던 때요. 그런 것도 겹쳐서 기꺼웠어요. 같은 세대의 젊은 작가들이 어떻게 호흡하고 있고, 생을 어떻게 길어 올리는지 엿볼 수 있는 장면이어서 독자로서 좋았어요.김지연 소설가의 〈경기 지역 밖에서 사망〉은 두 가지 의미로 읽었어요. 배틀그라운드의 경기 지역 밖에서의 사망과 지방의 소도시. 서울 경기권 밖 삶의 내면을 잘 묘사해주신 것 같아요. 그래서 재미있게 읽었고, 궁금한 점이 있었어요. 이 도시의 모델이 된 도시가 있는지. 해안에 산도 있고 호수도 있어서 이런 곳이 어디 있을까 찬찬히 궁리하며 읽었던 기억이 나요. 읽으면서 정경이 그려지는 부분이 좋았어요.

김지연/ 저는 고향이 경남 거제예요. 거제도가 섬이니까 바다를 많이 생각하고 오시는데 높지는 않지만 그래도 나름 산세가 있거든요. 산과 바다가 어우러진 풍경이 저에게는 익숙한데 그래서 그런 풍경들이 자연스럽게 반영된 것 같아요. 소설의 저수지도 제가 어릴 때 자주 소풍을 가던 장소에서 힌트를 얻었고 조선소도 저에게는 아주 익숙한 배경이에요. 이 소설의 배경을 딱 거제도라고 할 수는 없지만 제가 살던 곳의 풍경에서 많은 걸 가져왔습니다.

김건영/ 저도 풍경들이 궁금했던 것 같습니다. 그리고 정은우 소설가의 〈민디〉는 약간 다큐멘터리적 시선으로 거리감을 많이 두면서 썼다는 생각이 들어요. 고양이를 좋아하다보니 민디가 언제 돌아오나 생각하면서 봤는데 마지막에 돌아와서 안도가 되고, 어떻게 됐을지 모르지만 아래층 아주머니와 미묘한 화해 비슷한 장면도 있잖아요. 술을 나눠 마신다거나. 주인공인 수산나와 은선. 그 둘은 이미 마음을 정한 상태였잖아요. 그 이후에 고양이가 돌아오면 약간 변할 거라는 예감이 있어서 그 부분을 따뜻하게 봤던 것 같고, 재미있었던 것 같아요. 다른 분들도 얘기해주시죠.

김지연/ 저도 세 작품 다 재미있게 읽었어요. 김홍 소설가의 〈그러다가〉는 읽으면서 고골의 〈코〉가 생각나기도 하더라고요. 저는 이렇게 상상력을 발휘해야 하는 소설을 읽을 때면 작가가 이 장면에 대해서 어느 정도까지 구체적인 모습을 그려놓는 걸까? 궁금해요. 처음에 귀가 나타나는데 귀가 도대체 어떤 모습으로 나타난 걸까, 그리고 나는 이 귀를 어떤 형상으로 그려놓고 읽으면 되는 걸까 하고요. 곳곳에 유머가 있어서 읽으면서 저도 모르게 빵 터지기도 했어요. 그러다 보니 웃긴 소설처럼 느껴지기도 하지만 되게 슬픈 이야기이잖아요. 읽어나가다 보면 이 사람이 분명 사기를 당할 것 같고, 영혼처럼 여기는 돈을 다 뜯길 것 같은 예감이 당연하게 드는데, 그런데 이런 말도 안 되는 것에 의지하게 되는 화자의 심정적인 것이 이해가 가기도 하고요. 귀에서 그치지 않고 나에게서 떨어져나간 것들과 계속 조우하는 장면들이나 각 요소들이 어떤 형태로 살고 있는지 다양한 장면으로 뻗어가면서 이 세계에 빠져들어 재미있게 읽었던 것 같아요. 김건영 시인의 시도 개성이 많이 느껴졌어요. 제가 시인의 작품을 처음 보는 거라고 생각했는데 고양이를 키우는 친구가 예전에 고양이 시를 보내준 적이 있어요. 너무 귀여우니 한번 읽어보라고. 'Take a look'이라는 제목의 시였는데 무척 귀엽고 좋았어요. 또 몰랐는데 Take a look을 '떼껄룩'이라고 쓰며 고양이를 뜻하는 용어로도 쓰더라고요.

김건영´ 게임에서 나온 건데, 이게 변형되어서 인터넷 신조어로 유행하게 된 단어예요.

김지연´ 이런 언어유희를 즐기는 분이시구나 생각을 했었고, 이번에 보내주신 열 편의 작품들을 보면서도 그런 걸 읽어나가는 재미가 있었어요. 한눈에 들어오는 언어유희도 있지만 처음 읽을 때는 휙 지나갔는데 다시 읽어볼 때는 비슷한 발음을 활용해 쓴 시구나 하는 생각이 들어서 재미있었어요. 그러면서 기본적으로 읽히는 유머러스함을 장착하고 있기는 하지만 화가 많으신 분이라고 생각했거든요. 이 사회나 체제에 대해서 품고 있는 울분을 어떻게 승화해서 표현을 할까 생각한 끝에 나온 작품이 아닐까 싶었어요. '제발 그만해, 이러다 다 죽어' 이런 유행어를 가져와서 쓰면서 시선을 끌어서는 지금 되게 문제시 되고 있는 이야기들을 건드리고요. 우리가 살고 있는 시대의 사회 문제가 되고 있는 사안에 작가만의 인장을 남기면서 유머러스하게 그려내고 있어서 재미있게 읽었습니다. 다른 작품들도 이렇게 쓰시겠죠? 다른 작품들도 다 읽어보고 싶다는 생각이 들었습니다. 고전의 제목들을 가져와서 비튼 것도 재미있었고요. 그런데 그런 생각도 들었어요. 어떤 작품에서는 대놓고 이게 시적이지 않다는 이야기를 하기도 하잖아요. 저에게는 위트 있으면서 사회적 메시지도 주는 좋은 시인 것 같은데, 이걸 시적이지 않다거나 단순히 말장난이라고 하는 사람도 있을까? 이런 생각이 들면서 시적인 게 뭘까, 하는 의문이 생기더라고요. 저는 소설을 쓰는 입장에서 그런 생각을 많이 하거든요. 내가 지금 쓰고 있는 글이 르포나 기사, 감상문, 일기처럼 되지 않고 소설이게 하려면, 소설적이게 하려면 어떻게 해야 할지를요. 시인은 시를 쓰면서 어떤 게 시가 되고 어떤 걸 시적이라고 할 수 있다고 생각하는지 그런 게 궁금하기도 했어요.

김건영⁄ 답을 하고 넘어갈까요?

김 홍⁄ 자연스럽게 답하고 넘어가는 게 괜찮을 것 같아요.

김건영⁄ 제 전략은 의문에 대한 선제공격을 하는 방식이라고 하면 좋을 것 같습니다. 시적이지 않다고 고백하는 척하면서요. 어떤 이들은 정치적 선전이나 문제의식의 어떤 발화로만 느껴질 수 있다는 생각을 하면서 일부러 그걸 비틀어서 비꼬는 형식을 주로 사용합니다. 말씀하신 것처럼 제가 마음속에 화가 많습니다. 화가 많아서 사람들이 진정하라고 하는데 그렇게 못 하겠습니다. 저도 화가 많지만 화를 가진 사람 중 표현을 못 하는 사람도 많습니다. 문학이라는 장르에서 내가 할 수 있는 건 화를 대신 내주는 것밖에 없다고 생각했어요. 그러면서 과연 문학적인 것은 무엇인가를 계속 되뇌곤 합니다. 그러다 보니 기존의 관념을 계속 공격하는 포지션을 취할 수밖에 없더라고요. 패러디를 주로 하면서 인용을 많이 할 수밖에 없기 때문에 저는 인용을 하면 각주를 달지 않거든요. 일부러 이걸 아는 사람은 알아보고 모르는 사람은 몰라볼 테고, 고전에서부터 인터넷 밈까지 다 모았기 때문에 이걸 다 읽어낼 수 있는 사람은 별로 없다고 생각해요. 저희는 또래니까 조금 나을 테지만 어르신들이 읽기에는 이게 무슨 소리야? 하실 테고요. 젊은 친구들은 고전을 재해석하거나 패러디했다고 해서 그게 그들에게 무슨 의미를 가질까? 이런 의문이 들긴 하지만요. 그 자체가 의미 있다고 생각해요. 사람들은 모두 자기가 이 세상을 다 안다고 생각해요. 그래서 계속 비꼬는 중입니다. 저 자신까지도요. 그러다 보니 약간 자학의 방식으로 작동하고 있기도 해요.

김지연⁄ 화가 많다고 말씀드렸던 건 저한테 좋은 의미였는데 약간 제가 요즘에 화가 많아지면서 화가 없을 수가 없겠다는 생각이 들 때가 있거든요. 뉴스나 이런 걸 볼 때마다. 그런데 왜 그런 걸 가지고 화를 내느냐는 이야기를 들으면 또 화가 나고 그래서 이 작품을 읽으면서 속이 시원했을 때도 있었어요. 그리고 〈민디〉도 재미있게 읽었습니다. 전부터 독일 유학생들을 인터뷰해서 소설을 쓰고 계시다는 이야기를 들어서 어떤 이야기가 나올지 궁금했었어요. 지금 이 시대와 현실에 딱 붙는 이야기이고 코로나 시대를 지나며 우리가 직간접적으로 체험하게 되는 이야기들이 많이 녹아 있어서 실감나게 읽을 수 있었던 것 같아요. 은선과 수산나 커플에 대해서 안타깝기도 하고, 애틋하기도 했는데요. 저는 결말이 화해가 잘 이루어진 것처럼 읽히면서도 한편으로는 갈등이 매듭지어진 게 결코 아니겠다는 생각도 들었어요. 두 사람이 가지고 있는 문제가 외부에서 들어오는 문제가 더 많아서 겪는 어려움이잖아요. 여기서도 이 시대가 사람들을 잘 살 수 있도록 내버려두지 않는다는 생각이 들어서 화가 나기도 했고요, 한국에서 잘 살 수 없으니까 자기들이 편하게 살기 위해서 떠난 건데 거기에서도 외부인일 수밖에 없고, 말도 안 되는 사건을 겪으면서 화가 나는 상황이 벌어지니까 안타깝기도 하더라고요. 그리고 민디라는 고양이의 이름을 짓는 과정에서도 발음을 제대로 할 수 없는 독일인들의 문화에 녹아들기 위해 최선을 다하는 것 같지만 결국 잘되지 않고 한국으로 돌아가야 하나 말아야 하나 이런 상황으로 이어지는 장면들이 안타까웠던 것 같아요. 그런데 한국에서 동물을 다루는 정서와 좀 다른 것 같아요. 한국에서는 밖으로 내돌리면 안 된다고 하지 않나요?

정은우/ 그렇죠.

김지연/ 독일에서는 이렇게 자유롭게 키우는 게 더 문화적으로 정착되어 있나 봐요.

정은우/ 집에서 키우는 경우도 있다고는 들었어요. 그런데 집에서 키우는 사람들의 비중을 보면 동양인이 좀 더 많고, 독일인들은 고양이들이 자유롭게 오갈 수 있도록 창문에 사다리를 설치하는 등 여러 조치를 취한다고 하더라고요. 그리고 고양이를 집 안에서 키우면 동물 학대가 아니냐는 말도 종종 듣는다고 해요. 개인의 선택이기는 하지만, 아무래도 동물 학대법이나 등록제도가 잘되어 있고 거리에 지나다니는 동물을 함부로 해치면 안 된다는 의식이 자리 잡고 있어서 가능한 것 같기도 해요. 어찌 보면 부러운 일이죠.

김지연/ 그런 사소한 데서도 문화적 차이가 많다 보니까 고국을 떠나 찾은 곳에서도 잘 자리를 잡지 못하는 장면들이 좀 안타깝게 다가왔던 것 같아요. 연작으로는 몇 편 정도 계획하고 계신가요?

정은우/ 저는 우선 일곱 편 정도 구상해두었어요.

김지연/ 이 커플 이야기가 아니라 다른 인물들도 나오나요?

정은우/ 네. 커플도 나오고, 커플 아닌 사람도 나올 거예요.

김지연/ 연작이라고 하면 어느 정도 세계가 이어지는 걸 기대하게 되잖아요. 은선과 수산나가 또 등장할 수 있을까요? 전 이 이후의 장면이 되게 궁금했거든요.

김건영/ 제가 추측하기에 민디가 다른 작품에서 등장할 것 같아요.

김지연/ 아, 민디!

정은우/ 김건영 시인이 대신 대답을 해주셨네요.

김지연/ 민디가 이 집 저 집 다니는 거였군요.

정은우/ 우선 다음에는 〈민디〉에서 잠깐 언급된 인물이 나올 예정이에요. 폭행 사고를 당한 바이올린 유학생이요. 그 유학생이 나오는 이야기를 써보려고 해요.

김지연/ 그 작품도 기대가 됩니다. 기회가 되면 이 두 사람이 나중에 어떻게 되는지도 말씀해주시면 좋겠어요.

김 홍 언어유희라는 게 언어가 가진 다의성이나 그런 것들이 이용되는 거잖아요. 언어든 뭐든 받아들이는 사람의 인지에 따라서 대상의 실제적 모습이 스스로 서 있을 수 있지만 그게 저마다 다를 수도 있는 거고요. A를 B라는 단어로 전달하는 게 사회적 규범이라고 한다면, 언어유희는 그것들을 교란시키면서 받아들인 사람들 각자의 인지에 다른 식의 상을 갖게 하는 그런 효과를 내는 것 같아요. 김건영 시인이 갖고 있는 문제의식도 A에서 B로 가는 사회 체계를 교란시키는 과정에서 효과적으로 표출된다고 생각해요. 〈기밀성 만세〉같은 것도 어쨌든 김수영 때나 지금이나 김일성 만세, 하기 어려운 세상이잖아요. 이런 식으로 파열음을 내면서 문제를 제기하는 것들이 이 현실에 직접적인 작동을 가할 수 있지 않을까 그런 생각이 들어서 그런 것들이 의미 있다고 생각하면서 봤습니다. 그리고 정은우 소설가의 〈민디〉에 대해서도 생각한 게 있는데요. 독일 유학생이라든가 독일 생활에 대한 도시전설적인 기대감이 있잖아요. 낯설고 당황스럽고 적응하기 힘든 완전히 다른 문화권에 가 있는 두 사람이, 그 두 사람도 서로에게도 본질적으로는 외국인이나 마찬가지잖아요. 두 외국이 더 먼 외국 속에 있으면서 서로에게서 멀어지기만 하는 건데, 이 커플은 다시 한국에 돌아오려는 방향성 또한 갖고 있고. 그 방향성 안에서 돌아오고 싶지 않거나 가고 싶지 않아서 갈팡질팡하는 것이 있는데 이 소설의 힘은 그 방향성에서 나오는 것 같아요. 나가려는 힘과 들어오려는 힘과 들어오는 걸 또 막으려는 힘과 서로에게 가려는 힘과 서로에게 가려는데 안 가서 다시 침대로 가는 것과 많은 화살표가 엇갈리는 소설이라고 생각하고 봤어요. 민디는 그 화살표 속에 정확하게 표시되지 않은 존재잖아요. 인간들의 체계 속에 있지만 그 사람들 속에서 민디는 아주 무해하게 보호만 받는 것도 아니고, 자기 자신의 어떤 생의 주기와 활동과 방향성을 가지고 있는 존재가 막 돌아다녔을 때 갖는 방향성이 여러 층위를 만들면서 소용돌이치는 글이라고 생각했어요. 그런데 폰트는 어떻게 된 거죠? 의도하신 건가요? 특별한 폰트를 썼는데 제 컴퓨터에 없는 건가? 중간에 심지어 굴림도 나오고 하잖아요.

김건영/ 폰트 무척 중요하죠.

정은우/ 그건…… 그냥 PDF로 변환하면서 깨진 것 같아요. 사고입니다.

김 홍/ 아 그래요? 그럼 보통 어떤 폰트 쓰세요?

정은우/ 을유문화사에서 배포한 무료 폰트예요. 보면 기분이 좋아지는 글씨체더라고요.

김지연/ 출판사에서 나온.

정은우/ 맞아요.

김지연/ 뭔가 더 소설을 좋아보이게 하는 폰트가 있어요.

김 홍/ 그런 것이 개인적으로 궁금했고요. 그리고 김지연 소설가의 〈경기 지역 밖에서 사망〉에서는 소설 초반에 나온 "그건…… 상호 자신의 의견은 아니었다. 이 세계가 퍼트리고 있는 의견이었고 상호는 그것을 읽어낸 것뿐이다" 이 문장이 사실 저한테 너무 쿵 다가오는, 저를 사로잡은 문장이었습니다. 여기서 어떤 압도적인 힘도 느껴지고요. 소설을 쓸 때 어떤 것들을 켜켜이 쌓아올려서 하나의 의미를 만들어낼 때도 있는데, 이 문장은 초반에 나온 문장이잖아요. 초반에 나온 문장이 소설 전체를 끌고 갈 수 있는 힘이 있을 때가 있는데 그런 힘 있는 문장이라서 멋있다고 느꼈고요. 그다음에 이 소설이 갖고 있는 문제의식이나 그걸 풀어간 방식이 예리하다고 생각했어요. 특히 상호가 자신의 남성성에 대해서 선미가 얘기한 것들을 생각하면서 혼란스러워 하는 부분들이나 그렇게 전개되는 방식들이 좋았어요. 그리고 마지막 문단이라고 해야 하나. 한 줄 띄는. 챕터라고 해야 하나.

김건영/ 마지막 한 행을 띄어서 문단을 분리한 부분이요.

김 홍/ 마지막 챕터에서 정신없이 게임을 하는 그런 걸로 마무리가 되잖아요. 거기서 약간 뭐라고 해야 하지 시점은 아니고 뭔가 바뀌잖아요. 서술이 바뀌잖아요. 시점이 아니라 하여튼 문장의 톤이 바뀌는데 그러면서 전형적이지 않게 흘러가고 마무리되는 게 아니라 갑자기 뭐라고 해야 할까요. 굽이굽이 흘러가던 강이 갑자기 폭포를 만나 떨어지는 것처럼 속도감과 긴박감을 느끼면서 재미있게, 되게 좋은 마무리였다고 생각했습니다.

정은우/ 아, 이번에는 제 차례죠. 저는 김홍 소설가의 〈그러다가〉부터 말씀드릴게요. '나'라는 1인칭 시점에서 쓰인 소설이죠. 이 소설은 전반적으로 작가의 입담이 얼마나 뛰어난지 잘 드러나는 소설 같아요. 읽으면서 많이 웃게 돼요. 이 소설 속의 인물은 부조리한 일에 맞서서 대꾸하거나 대항할라치면 계속 곤궁에 빠지죠. 축구할 때 반칙을 저지르는 대표에게 사표를 던진 후 무작정 베트남으로 향하는 비행기 표를 끊었지만 아는 게 없다는 점에서 어떤 일탈도 불가능하고, 보이스피싱 조직에 사용되었다는 전화를 받고 이거야말로 보이스피싱이구나 싶어서 나름 영리하게 대처하려고 했지만 알고 보니 진짜였고요. 갑자기 잃어버린 귀가 나타나서 인생 역전에 성공하나 싶었는데 또 다른 곤궁에 빠지면서 악순환이 계속돼요. 이 반복이 처음에는 재미있지만, 점차 우리도 함께 외로워지고 말아요. 이 사람은 결국 자신이 잃어버린 모든 걸 되찾는 한편 잃어버렸던 시간까지도 함께 수복했지만, 끝내 마주한 건 외로움이죠. 잃어버린 것들을 찾는 데 성공했지만, 정작 내가 얻은 건 온전히 나 혼자인 거예요. 타인과 소통하고 연결되는 대신 내 안으로 갇히는 느낌, 그래서 끝이 씁쓸했어요. 저는 이 미묘한 아이러니가 좋았어요. 그리고 영혼, 잃어버린 영혼이 계속 돈과 동일시된다는 점도 재밌었고요. 그리고 그냥 궁금한 건 저도 이 소설을 읽으면서 다른 분들도 언급하셨다시피 니콜라이 고골의 〈코〉가 생각나서요. 왜 코는 안 잃어버렸는지 새삼 궁금하네요.

김 홍/ 코는 여기서 눈, 귀, 입, 손…… 음…… 아…… 특별한 이유는 없습니다.

정은우/ 그리고 김지연 소설가의 〈경기 지역 밖에서 사망〉, 줄여서 경밖사. 저는 사실 게임에 대해서는 영 문외한이라서요. 소설에 게임 이야기가 나오면 과연 몰입할 수 있을지 걱정부터 되더라고요. 그런데 김지연 소설가의 〈경기 지역 밖에서 사망〉은 현실과 겹쳐지면서 오히려 몰입이 더 쉬웠어요. 저는 이 소설이 언어에 주목하고 있다고 봤어요. 상호는 '법의 언어'에 정통한 편이죠. 산업재해로 판정받아 산재처리도 꼬박꼬박 챙겨 받고, 자신에게 불리한 게 있다면 언제든 법으로 해결할 수 있다고 믿고 있어요. 그런데 미주는 법의 경계 밖에서, 정의와 어긋나나 법의 정의로 포함할 수 없기에 제재되지 않는 언어들이 지니는 문제에 관해 언급하고 있죠. 상호는 그에 관해 묘한 불쾌감을 느껴요. 그가 아는 세계 바깥의 것, 이질적인 언어들을 끌고 오니까요. 그런데 둘의 인지적 낙차가 상호와 미주가 있는 위치를 드러내는 한편 둘 다 경기 지역이 아니라 그 지역 바깥에서 안쪽으로 들어가기 위해 사투하고 있다는 공통점을 보여주는 거예요. 그리고 법의 언어가 미묘하게 둘을 도와주는 척하면서도 가로막고 있죠. 우리가 보면 언어에는 여러 종류가 있잖아요. 비단 특정 민족의 언어가 아니라 법의 언어, 시의 언어, 게임의 언어 등 여러 집단 사회에서 통용되는 언어들 말이에요. 김지연 소설가께서는 그중 어떤 언어에 관심을 가지시는지, 그리고 현대사회에서 어떤 언어가 가장 힘이 세다고 생각하시는지 궁금해요.

김지연ˊ 힘을 가지고 있는 언어와 우리가 주목을 해야 하는 언어가 같지 않은 것 같고요. 힘을 가지고 있는 건 법의 언어겠죠? 힘을 가진 사람들의 말에 따라서 다른 사람들이 일궈놓은 게 무너지기도 하는 세상이고요. 우리가 옳다고 믿고 있는 게 있지만 법이 지금 제대로 안 되고 있는 게 너무 많은 것 같아요. 소설 속 상호는 법을 믿고, 그게 자기를 잘 보호해줄 거라는 믿음을 갖고 있는 사람으로, 미주는 불만이 있는 사람으로 그렸던 것 같아요. 그 충돌에 대해서 좀 더 유연한 장면을 만들어보고 싶었는데 좀 아쉽고요. 상호는 법 안에서 안전할 거라고 믿고 또 법이 자신을 보호해줄 거라고 믿지만 살면서 그런 믿음이 깨지는 순간들이 올 거라고 생각하면서 썼어요.

정은우ˊ 김건영 시인의 시들에서 놀라웠던 점은 언어예요. 외국어, 외래어, 고유어, 한자어 등 다양한 단어들을 사용하는데 그중 외국어에서 주로 영어가 사용된다는 점이 참 아이러니하다고 생각했어요. 자유롭지 않은, 이 신자유주의의 모순을 지적할 때 미국이 안 나오면 섭섭하겠지 싶어서요. 그리고 저희는 기본교육과정에 영어가 들어가잖아요. 학교에서 몇 년간 달달 외우고 공부했으니 어렵지 않게 이 시를 읽고 해석할 수 있죠. 웃거나 씁쓸해할 수도 있고요. 그런 점에서 어렵지 않게 읽을 수 있다는 건 동시에 우리가 지닌 모순을 보여주고 있다는 생각도 들었습니다. 그리고 저는 이 시가 과거나 어떤 변하지 않는, 영속적인 것을 추구한다기보다는 미래를 향해 계속 밀고 나아가는 힘이 있다고 생각했어요. 언어가 언어를 부르면서 계속 이어지는 느낌이랄까. 그래서 시마다 글밥이 많은 편이죠. 본문이 제일 짧은 건 〈안쪽이 더 커요(이후 생략)〉라는 시였는데, 그마저도 계속 더 말하고자 하는 에너지가 느껴졌어요. 문학은 사람들에게 텍스트의 세계, 현실과 유리된 가짜의 세계라는 느낌을 주죠. 야, 그거 종잇장에 불과한데 현실에 무슨 영향을 미치겠어? 이런 식으로요. 하지만 이 시들에서는 그 경계선, 한계를 뚫고 진짜의 세계로 나가려는 힘이 보여요. 이야기에서 이야기로, 단어에서 단어로 이어지면서 말이에요. 전 그래서 이 시의 연속성에 대해 묻고 싶었어요. 시인께서 뭔가 돌파하고 싶은 게 있으신지, 아니면 달성하고자 하는 목표가 있는지요.

김건영/ 우선 영어랑 한자어를 많이 쓴다고 하셨는데 일본어도 많이 썼어요. 일본어는 숙련도가 낮아서 빈도가 낮은 것뿐이고, 앞으로는 독일어까지 섭렵해볼까 생각 중입니다.

정은우/ 언어의 우주가 더 넓어지겠네요.

김건영/ 제가 추구하는 바는 사실 아주 확실해요. 말씀해주신 대로 저는 확신을 가진 사람들을 싫어해요. 대표적으로 이명박 싫어하거든요. 그래서 시에도 이명박이 나올 때가 있고요. 저는 확신을 가진 사람들이 세계를 망치고 있다고 생각해요. 건강한 사회는 고정되어 있는 사회가 아닙니다. 기득권이 반드시 나쁜 게 아니죠. 기득권이 고정돼 있고 변함없이, 끊임없이 착취하는 게 문제겠지요. 그래서 저는 권위는 나쁘지 않다고 생각해요. 권위주의가 나쁜 거지요. 권위는 반드시 필요한 거고 이 권위가 도전받지 않을 때 문제가 생긴다고 생각해서 도전하는 거죠. 혼자 힘으로는 계란으로 바위 치기지만요. 주변에서는 그런 이야기를 해요. 그렇게 화를 내면 오래 못 산다고요. 하지만 분노야말로 정당한 감정이라고 생각하거든요. 그래서 제 자신을 채찍질해요. 그러다 보니 몸이 아프기도 하죠. 그 힘으로 계속 현실에 대해 이야기해볼 생각입니다. 제가 꿈꾸는 건 모든 사람들이 올바르게 화를 내는 나라, 올바르게 화를 내는 세상입니다. 답변이 되었을까요?

정은우⁄ 네. 이제 무슨 이야기를 하면 좋을까요?

김건영⁄ 다음으로 서로에게 질문하고 싶은 사소한 것들을 이야기해보면 좋을 것 같습니다. 저는 아까 이야기했지만 김지연 소설가 작품에서 주의 깊게 본 장면이 있습니다. 게임에서 미주를 만나잖아요. 게임을 좋아하는 남자들이 대체로 그런 거 있거든요. 게임 잘하냐고 하면 못 하는 척하면서 까는 척하는. 이 감각이 사실적이어서 되게 재미있었어요. 상호라는 주인공을 잘 대변해주는 장면이라고 생각했습니다. 세 분이 소설가이시고 저는 혼자 시를 쓰는데요. 그래서 읽으면서 작가의 성격이랑 문장이랑 스타일이 딱딱 있는 것 같다고 생각했어요. 김지연 소설가의 소설은 엄청 차분하고 묵직하고, 정은우 소설가는 제가 느끼기로는 등장인물을 어떻게 다루느냐면 너무 좋아하는데 좋아하는 티를 안 내려고 하는 것 같았어요. 되게 딱딱하고 거리 두는 문장을 구사해서 감정적 거리를 확보하려는 건가 싶었어요. 김홍 소설가는 어디까지 가나 보자 하고 막 밟는 느낌이에요. 러시아 소설 이야기도 나왔지만 잭 케루악의《길 위에서》도 생각났어요. 읽을 때 기가 빠졌거든요. 나는 좀 쉬고 싶은데 서사가 계속 달려가는 거예요. 끝을 모르고요. 이쯤에서 끝내야 하는데 끝이 남아 있어요. 그 에너지와 입담이 강력하다. 그런 생각이 들었어요. 귀와의 만남과 오징어 이야기를 떠올려보았는데요. 결말을 정해두고 쓰신 거예요, 아니면 어디까지 가나 보자 하면서 들어가 보신 거예요?

김 홍⁄ 쓰고 있을 때에는 이런 식으로 끝내야겠다 생각을 하고, 그 그림 있잖아요. 손이 그리고 있는데 정확히 뭐라고 설명해야 할지 모르겠는데 어쨌든 메타적인.

김건영⁄ 지난 번 대담할 때에도 메타 대담을 시도하셔서 흥미로웠는데 되게 메타소설 좋아하시나 봐요?

김 홍/ 좋아한다기보다 어떤 소설은 메타가 되지 않으면 별로 효과를 내기 힘든 경우가 있다는 생각을 가끔 하거든요.

김건영/ 저도 개인적으로 메타를 좋아해서 메타시 많이 쓰거든요. 사람들이 메타로 안 느낄 때도 있는데. TMI지만 최근 〈한국문학 망해라〉라는 시를 발표 했어요. 지방 잡지라 사람들이 많이 안 봤을 거예요. 아무튼 다음으로, 정은우 소설가의 작품에 대해서 제가 이야기 한 건 어떻게 느껴지세요? 화자를 다루는 거나 거리감을 두는 방식이요. 아마 제가 추측하기에는 자료 조사 때 인터뷰를 많이 하셔서 그것 때문에 거리감을 두려고 한 게 아닌가 싶은데요.

정은우/ 저는 사실 약간의 결벽이 있어요. 1인칭의 경우 쓰다 보면 그 사람의 상황에 너무 몰입하고 공감하게 되기 때문에 어떤 사건을 그려내는 데 한계가 있다고 봐요. 사실 제가 소설에 이야기를 이것저것 많이 넣는 편이에요. 전 어떤 사건이든 이야기가 하나만 있다고는 생각하지 않거든요. 수많은 이야기가 어느 한 지점에서 교차를 이룬 순간 사건이 일어나는 거죠. 이 소설은 은선뿐 아니라 수산나, 마샤, 민디의 이야기 등 여러 이야기가 있어요. 그래서 어느 쪽의 편도 아닌 입장을 견지하면서 써야겠다고 생각했어요. 게다가 제가 이 소설을 처음 썼을 때 몇몇 사람이 했던 말이 있어요. 은선이 너무 얄밉고 못된 것 같다고요. 상황 자체만으로 봤을 때는 그럴 수 있죠. 하지만 저는 은선에게도 은선만의 이유가 있고, 그 선택을 할 수밖에 없었던 외로움이 있다고 생각했어요. 다른 인물들도 마찬가지고요. 저는 소설은 그 층층이 쌓인 이면을 드러낼 수 있다고 생각해요. 그래서 너무 몰입하거나 감상주의에 치우치지 않고 그려내려면 일정한 거리감이 필요하겠다고 판단했어요.

김건영/ 그렇군요. 그래서 은선이 마샤에 대해 느끼는 감정도 그런 거잖아요. 애정을 가득 담고 있다는 게 마샤도 작가 본연의 애정을 담고 있다고 느껴졌어요. 그런 면에서 거리를 뒀다고 느껴졌고요. 다른 분들은 서로 궁금한 거 없으세요? 생각하시는 동안 잠깐 이야기 하자면 제 첫 번째 고양이가 외출냥

이였거든요. 제가 데려왔는데 아기 고양이 때 육아는 어머니가 하신 거예요. 저는 회사 다니고 밤낮으로 술 마시고 글 쓰러 다니고 하다 보니 잘 못 봤어요. 그런데 고양이가 저의 유년 시절처럼 어머니의 같은 육아를 경험했겠다 싶어요. 그런데 어머니께서 자꾸 밖에 내보내주시는 거예요. 얘가 밖에 나가고 싶어 하면요. 그래서 제가 내보내지 말자고 하니까 어머니가 그러시는 거예요. 너는 밖에 나가서 술 처먹고 2~3일 동안 안 들어오면서 왜 고양이는 못 나가게 하느냐. 듣고 보니 맞는 말이라서 알겠다고 했어요. 11살까지 사랑받으면서 살았어요. 외출냥이들이 단점이 많은데요. 마지막에는 안 돌아오는 경우가 있다고 하더라고요. 결국 그 고양이도 마지막 외출에서 안 돌아왔어요. 아버지께서 암 투병 중이셨어요. 암 투병을 겪으면서 아무래도 소홀해졌어요. 가족들이 신경을 못 써줬죠. 병원 계속 다니고 임종도 지키고 하다 보니, 외출 고양이를 보살피기 어려웠어요. 미안하기도 한데, 장단점이 있다고 생각해요. 아마 그 녀석은 되게 자유로웠을 거예요. 바깥에도 사료랑 물을 주는 곳이 있었거든요. 나가고 싶을 때 나가고 들어오고 싶을 때 들어오고 그랬어요. 심지어 현관문 노크도 했어요. 어머니는 '내가 문지기냐?' 하면서 화내시곤 했어요.

김지연/ 그러면서 매번 열어주고.

김건영/ 매번 열어줬어요. 가끔 참새도 잡아왔어요.

정은우/ 맞아요.

김건영/ 그래도 참새 잡으면 안 되는데요. 민디를 보면서 고양이 생각이 났어요. 그리고 김지연 소설가 작품을 읽을 때 웃긴 사건이 있었어요. 작품을 읽다가 민구 시인이 연락을 해와서 웃었어요. 초반 등장인물에 민구가 있는 거예요. 막 웃었고 넘어갔어요. 그다음에 미주가 나오잖아요. 제 여자친구 이름이 미주거든요. 이거 뭐야? 하고 봤었어요.

정은우/ 김지연 작가님의 작명법이 궁금한데요.

김건영/ 그러니까요. 작명법이 궁금하더라고요. 저는 시를 쓰니까 등장인물의 이름은 크게 생각 안 하는데 말이지요.

김지연/ 작명. 그냥 아무거나 짓는 것 같아요. 소설 쓰면 입에 착 붙는 느낌이 드는 이름이 있는데 제목이나 이름을 되게 잘 못 짓는 편인 것 같아요. 〈민디〉 읽으면서 좋았던 장면 중 하나가 고양이 찾으러 나가서 경관을 만나는 장면이거든요. 경관을 만나서 별거 아닌 짧은 대화를 하고 가는데 경관이 하는 말이 되게 형식적이고 관료적이면서도 앞으로 나아가야 할 방향에 대한 지침처럼 느껴지기도 했어요. 그래서 이 장면을 어떻게 생각하게 되셨는지 궁금했어요. 이 소설에서 많은 분량을 차지하면서 등장하는 사람은 아니고 잠깐 스쳐 지나가는 사람인데 이 인물이 여기에 필요하다고 생각하신 이유라던가 이 장면을 생각하신 배경 같은 게 궁금했습니다.

정은우/ 여담이지만, 인터뷰 때 독일에서 시행한 여러 조치 중 저녁 통금이 있다는 이야기를 들었어요. 하지만 그 시간이 무의미하다고 하더라고요. 경관에게 걸려도 퇴근하는 길이라거나 길을 잃었다는 핑계를 대면 벌금을 내지 않고 풀려난다고 해요. 그래서 왜 통금 시간이 있는지 모르겠다고 하더라고요. 그런데 은선 같은 경우에는 핑계가 아니라 진짜 문제가 생긴 거잖아요. 핑계가 아니라 진짜로 도움이 필요한 순간에 나와 공통점이라고는 없는 타인과 소통해야 한다면, 그때 우리는 얼마나 초라해질까요. 내가 타자라는 걸 절감하게 될까요?

은선은 독일에서 몇 년간 공부했지만, 자신과 비슷하지 않아서 쉽게 공감하리라 기대할 수 없는 경관에게 자신의 상황을 설명해야 해요. 왜 통금을 어겼는지, 자신의 말이 핑계가 아니라는 걸 증명해야 해요. 그간 독일에서 마주한 곤경을 무사히 넘어가게 해주었던 어떤 그럴싸한 수사나 달달 외운 표현들은 하나도 소용이 없는 거죠. 그래서 은선은 초등학생이나 쓸 법한 단어를 섞어서 말해요. 경관은 이에 화답하듯 말하지만, 은선이 제대로 들었으리라는 보장은 없죠. 어떤 부분은 잘못 들었을 수도 있어요. 하지만 일종의 메아리처럼 자신이 이 어둠에서 헤매는 이유, 낮에는 낯익은 장소였지만 밤에는 가장 낯선 곳이 되어버린 이 공원에서 본인이 왜 이런 행동을 하는지 다른 사람의 이야기를 듣고 자신만의 방식으로 이해하면서 깨달을 수 있다고 생각했어요.

아, 저는 김홍 작가님의 〈그러다가〉에서 용감한 소년 이승복의 동상 있죠. 그게 실제로 있는 건가요? 전 한 번도 본 적이 없는데…….

김 홍/ 이승복 동상은 많이 있어요. 옛날 초등학교에 많이 세워져 있어요.

김건영/ 이건 연배의 차이겠지요. 연식이 드러나는 순간입니다.

김 홍/ 연배 차이 많이 안 나는 걸로 알고 있는데.

김건영/ 우리 또래들은 다들 학교에 있는 거 보지 않았어요?

김 홍/ 사실 이승복은 이승복에 관련해서 소설을 쓰려고 구상한 게 있거든요. 〈이승만, 이승기 그리고 이승복〉이라고. 이승만이랑 이승기는 전주 이씨예요. 이승만은 실제로 전주 이씨의 대를 이은 통치자라는 자의식도 있었고, 이승기도 전주 이씨인데 이승복은 아니에요. 이승복이라는 어떻게 보면 현대에 정치적으로 만들어진 설화잖아요. 그것이 우상화되고 혹은 용도폐기되는 과정에서 전주 이씨가 아니었다는 점이 어떤 의미를 가졌을지 써보려고.

김건영/ 저도 사실은 이승복으로 시 쓰려고 준비 중이거든요.

김 홍/ 좋아요, 좋아요.

김건영/ 주목하는 바가 확실히 다르네요. 이렇게 계보로 분석하시는 걸 보니. 저는 발화 중심으로 써보려고 했거든요. 나중에 꼭 보여주세요. 재미있을 것 같습니다.

정은우/ 제목에서도 묘한 효과가 있어요. 제목에서 바로 내용으로 이어지는 느낌이라서 재밌더라고요.

김 홍/ 이 제목은 이 소설 자체가 가지고 있는 마음. 그냥 세상이 어딘가에도 나오는데 세상이 여차저차 하다 보면 이래저래 돼서 그냥 사는 거지. 그런 마음으로 쓴 거고, 그러다 이렇게 되고 그러다 이렇게 되고 그러다 이렇게 되고. 그냥 뭐라고 할까 그런 굉장히 시계열적인 연속 속에 있다는 마음으로 정한 제목이에요.

김건영/ 저는 로드 무비 같아서 좋았어요. 그냥 죽죽 가버리는 힘이 좋았습니다.

정은우/ 그리고 김지연 소설가의 〈경기 지역 밖에서 사망〉에서 "상호는 굶어 죽는 게 예술인 줄 알았다"고 쓰여 있는데, 이 부분을 읽으면서 정말 큰 소리로 웃었어요. 저는 상호라는 인물이 좋았어요. 평범해 보이지만 평범하지 않은 인물 같아서요. 경기 지역 밖에 있지만 계속 안으로 들어가려고 자신이 아는 '법의 언어'로 고군분투하고, 계속 실패하는 과정에서 자신의 도구인 '법의 언어'가 사실은 자신을 가로막는 방해물이라고 어렴풋이 느끼죠. 그래서 애착이 더 가는 것 같아요.

궁금해요. 작가님은 경기 밖에 있는 사람, 상호처럼 지방에 거주하는 청년들과 경기 안에 있는 사람들의 가장 큰 차이점이 무엇이라고 생각하시는지.

김지연/ 제가 삼십대 초반까지 대학시절 정도를 빼면 계속 거제에서 살았거든요. 그런데 일단 TV만 틀어도 서울 이야기는 계속 나오잖아요. 그게 지방에 있는 사람들에게는 현실감이 없을 때가 있어요. 코로나 시국 초반에도 고향에 전화를 해보면 서울이랑 달리 확진자가 한 명도 나오지 않는다, 마스크를 쓰고 다니는 사람들도 없다고 이야기를 하고, 교통이 9시, 10시까지로 단축돼서 불편하다고 하면 그게 단축된 거냐, 여기는 원래 그렇다, 이런 이야기를 했었으니까요. 서울에서 호들갑을 떠는 일이 지방에서는 아무 상관없을 때도 있다는 거죠. 그런데 서울에 사는 사람들은 지방에서 무슨 일이 일어나는지 잘 모르잖아요. 뉴스만 봐도 서울 위주니까. 지방 사람들은 서울에서 일어나는 일들을 잘 알고 있는데 서울 사람들은 지방 소식을 진짜 엄청 큰일이 아닌 이상 잘 알 수 없다는 게 큰 차이인 것 같아요. 다들 도시에 가고 싶어 하는 건 있어요. 일단 일자리가 턱없이 부족하니까 일자리를 찾아서 울산, 부산, 진주처럼 조금이라도 큰 도시로 가는 사람도 많아요.

김건영/ 지역과 관련해서 최근 느낀 게 있어요. 저는 광주 태생인데 서울로 올라와서 20~30년간 살았어요. 어느 순간 이상한 거예요. 경기도 사는 친구들이 만나자고 하면 술 마시러 항상 서울로 왔거든요. 그래서 최근에 경기도 사는 친구들 대상으로 순회공연을 해봤어요. 그 친구가 사는 동네에 가서 술을 먹어봤어요. 그 친구들이 너무 깜짝 놀라는 거예요. 아직까지 한 번도 그런 적이 없었다, 형이 처음이다, 네가 처음이다. 다들 그렇게 얘기했어요.

인천, 안산 이런 곳에 가서 원정 가서 술 마시는 인간이 없었던 거예요. 둘 중 하나는 이동을 해야 하잖아요. 통금시간에 맞춰서 돌아가거나 택시를 타거나를 해야 하고요. 그런데 서울 사는 사람이 경기로 간다고 하니 오히려 당황해요. 그들이 서울로 오는 건 당연하게 느꼈던 거죠. 그게 너무나 흥미로웠던 터라, 캠페인으로 꾸준히 밀어보려고요. 지방에 재미있는 게 많아요. 그네들끼리 출신들끼리 다니는 술집이나 풍경들도 독특해요. 맛집도 많고, 재미도 있고 해서 흥미로운 작업인 것 같아요. 저는 약간 반골 기질이 있어서 그런지 뭐든 반대로 가려고 하나 봐요. 〈경기 지역 밖에서 사망〉도 지방 출신들만이 알 수 있는 감각이 반영된 게 아닌가 생각을 해봤어요. 가위바위보를 져서 된 사회자지만, 사회자로서 말해보자면 세 분 다 소외에 대해 천착하는 것 같다고 생각했어요. 김홍 소설가 같은 경우에는 자본에서 밀려난 하위 노동자. 인간 이하의 삶을 사는 주인공이 하고 싶은 건 카페 차려서 인간답게 사는 거잖아요. 김지연 소설가는 지방이면서 소도시에 노동자의 삶과 예술가일 가능성이 매우 높은 존재인 미주를 대비하여 보여주신 것 같습니다. 정은우 소설가는 유학생의 소외된 현실을 직시한 것 같습니다. 그 사회에 녹아들어가려고 했어도 어려운 상황이죠. 거기에 코로나 때문에 더욱 가중되는 현실이 있습니다. 저까지 범주로 묶어보면요, 제 작품 역시 사회적 약자가 기저에 가지고 있는 정당한 분노에 대해 쓰고 있습니다. 이것 역시 소외가 아닐까 생각해봤어요. 결국 우리가 글을 쓸 때 누군가 읽어주기를 바라는데 어떤 독자에게 닿았으면 좋겠는지를 말씀해주시면 재미있을 것 같은데요? 표준독자라고 할지, 아니면 대표적으로 어떤 사람이 읽어줬으면 좋겠는지에 대한 이야기를 나눠보면 어떨까요. 결국 쓰는 것은 읽히는 게 목적이고 우리한테도 욕망이 있잖아요. 한 분씩 생각나는 대로 얘기해주시죠.

김 홍/ 누구한테 읽혔으면 좋겠냐는 것에 대해서는 가능한 많은 사람들에게 읽혔으면 좋겠고, 현실적으로 가능한 범위가 넓지 않다는 생각도 들어요. 누가 읽고 안 읽고는 운이라고 생각해요. 저의 운과 그 사람의 시간이 허락되는 사이에서 만나는. 사실 누구든 조금만 읽어도 상관없고.

김건영⁄ 많이 팔리면 좋지 않을까요?

김 홍⁄ 그걸 위해서 할 수 있는 일이 딱히 없다고 생각해서요. 다른 것보다 김지연 소설가의 소설을 읽으면서 소외나 이런 걸 이야기 했는데 노동에 대한. 지방에 대한 이야기이기도 하지만 노동하는 청년에 대한 이야기이기도 하잖아요. 그 부분이 되게 생생해서 좋았어요. 경기 지역 밖에서 사망이라는 건 지방과 중심에 대해 생각하게 되지만 특히 노동. 노동하는 청년 중에서도 노동에서 소외된 거잖아요. 재해를 입음으로써. 그냥 저는 사실 〈그러다가〉를 쓰는 것에 있어서 김건영 시인이 말씀하신 것처럼 자본에서 소외된 청년이라는 문제의식까지 들어가지 못했다고 생각하거든요. 제 문제의식은 좀 한심했다고 생각하는데 저는 김지연 소설가의 소설처럼 노동이나 구체적 삶에 대해 생생하고 적나라하게 드러내면서도 소설적으로도 좋고, 어색하지 않으면서 이렇게 하는 걸 하고 싶은데 그걸 못해서 약간 변죽 울리는 방식으로 헛소리를 할 때도 있거든요. 헛소리 자체가 재미있고 즐거워서 할 때도 있지만 구체적인 현실을 구체적으로 드러내면서 소설적으로 완성도를 가지기가 저 스스로 못하겠다는 느낌이 많이 들어요.

김건영⁄ 시인의 몸과 소설가의 몸이 조금은 다르다고 생각되는데요. 김홍 소설가는 그걸 알레고리로 다루기 때문에 작품이 발현되는 게 아닐까요? 저는 같은 이야기라고 생각해요. 제가 읽었을 때는 같은 문제의식을 공유하고 있다고 생각했어요. 장르가 다르니 발화하는 방식이 달랐을 뿐이고요.

김 홍⁄ 저는 김지연 소설가의 방식이 멋있고, 좋고, 필요하고. 하여튼 네. 특히 저에게 제가 할 수 없는 영역이라서 이런 소설을 볼 때마다 깊은 의미를 느끼는 것 같아요.

김건영⁄ 김홍 소설가의 작품을 읽고 제가 처음 웃음이 터진 자리가 있어요. 귀가 자기 커피 마시러 와서 건너편 이디야에 가 있을게, 이러잖아요. 이런 관찰이 너무 뛰어나다 느꼈어요. 보통 스타벅스 옆에 이디야가 있잖아요. 그게 또 이유를 알고 있으니까 그런 건 무척 사실적이라고 감탄했어요. 귀의 태도도 너무 잘 보이고요. 그러면서 주인공도 살아나고요. 이런 것이 알레고리랑 엮이면서 흥미로웠습니다.

김지연/ 제가 시골의 청년 노동자를 내세워서 썼다면 〈그러다가〉의 주인공은 도시에서 일하고 있는 청년 노동자이고, 귀나 그런 인물들이 등장하지만 결국 다 '나'인 거잖아요. 다른 사람인 것 같지만 다 '나'인 인물이 도시에서 노동하며 살아 나가는데 '나'가 가지고 있고 '나'가 진짜 하고 싶은 욕망에서 소외되는 경험처럼 느껴질 때도 많다고 생각했거든요. 그래서 '나'의 각 부위들이 나에게서 탈락되는 장면들도 알레고리로 잘 푼 게 아닐까 생각이 들었어요. 저는 작가로서 가져야 할 중요한 덕목 중 하나가 능청스러움이라고 생각하거든요. 특히 비현실적인 장면을 그릴 때는 독자를 그 세계로 확 끌어들이지 못하면 실패할 확률이 높은데 작가가 조금이라도 머뭇거리고 있다는 게 느껴지면 독자도 어색함을 느끼게 되는 것 같아요. 이 소설에서는 그런 것 없이 밀어붙이는 것 같아서 좋았고 제가 잘할 수 없는 영역의 글을 쓰는 작품을 보면서 즐거웠던 것 같아요.

그리고 저는 소설을 쓸 때 제가 독자였던 시절에 내가 공감할 수 있는 소설을 읽고 싶었는데 그런 게 많지 않았던 것 같아요. 내가 쉽게 공감할 수 있는 소설을 일단 내가 써보고 싶다는 생각을 해요. 그래서 어떤 독자분들이 읽어줬으면 좋겠느냐고 묻는다면 나랑 비슷한 독자들이 읽어줬으면 좋겠다는 마음을 갖고 있는 것 같아요.

정은우/ 저는 어찌 보면 특이한 상황에 놓인 인물을 그리고 있죠. 하지만 그 인물이 마주한 문제는 모두의 문제라고 생각해요. 새로운 삶에 대한 환상이 깨지는, 혹은 깨지기 직전의 순간을 다루고 있죠. 제가 인터뷰한 유학생과 교민들은 현실에 환멸을 느끼는 한편, 이곳의 현실에 적응하고 싶다는 딜레마를 겪고 있어요. 환상이 깨졌거나 깨지기 직전이라도 새로운 삶을 시작할 수 있으리라는 믿음은 포기할 수 없는 거예요. 살아남는 것과 살아가는 것 사이에서 전자의 삶을 살면서도 후자를 추구하는 거죠. 저는 이게 현재 모두가 겪는 고난이라고 봐요. 해결해도 다시 찾아오는 고난. 살아남아야 하나, 살아가야 하나. 그 질문 사이에서 고민해보셨던 분들이 읽어봐주셨으면 좋겠다고 생각했어요.

김건영ˊ 저는 인터넷 하는 모든 인간이, 저처럼 말장난을 하고, 사십대 아재 개그 하시는 분들이 제 시를 읽어주시면 좋겠어요. 아재 개그가 좋은 점이 많거든요. 그걸 싫어하는 사람들이 많은데, 왜 싫어하냐면 맥락이 없어서 그래요. 똑같은 개그를 해도 맥락이 있고 적절한 순간에 적절한 태도로 하면 성공하거든요. 그런데 사람들은 그냥 뭔가 좀 민망하거나 침묵이 길어지면 하는 경우가 많이 있어요. 하지만 아재 개그에도 뼈가 있을 수도 있어요. 그런 분들이 용기도 얻고 반복 숙달이 돼서 아재 개그가 재미있는 곳에서 터졌으면 해요. 잠깐 언어에 대해 이야기를 하자면요. 저는 언어에 재미가 없었다면 탄생하지 않았을 거라고 생각하거든요. 소리를 질렀을 때 흥미로웠기 때문에 발화가 탄생했던 거라고 생각해요. 그것이 점점 더 세밀화되고 정보 전달 기능과 감정 전달 기능이 엮여 언어는 발전한 것일 테고요. 그래서 재미를 잃으면 안 된다고 생각해요. 언어의 재미가 타자를 괴롭히거나 이유 없이 비난하는 방향만 아니면 된다고 생각해요. 충분히 주의하면서 언어들이 좀 더 자유로워질 수 있다고 믿습니다. 실없지만 정확한 농담을 계속해보고 싶습니다. 이 마음을 알아주는 독자를 계속 만날 수 있었으면 합니다. 마무리로 질문을 드리고 싶은 것이 있습니다. 한국예술창작아카데미가 책이 나오면 마무리가 될 텐데 이 이후로 어떤 작품 활동을 하실지 포부를 말씀해주시면 좋을 것 같아요. 정은우 소설가는 미리 이야기하셨지만 연작소설이 무척 흥미로울 것 같고요.

정은우ˊ 감사합니다. 일단 지금 연재 중인 장편을 무사히 끝맺는 게 목표예요. 그리고 동료들에게 들었던 충고대로 저 자신을 돌아보면서 무엇을 쓸 수 있을지, 무엇을 써야 하는지 다시금 되새겨보면서 연작소설 작업을 해보려고 해요. 특히 인터뷰한 내용들을 읽어보면 이건 허투루 쓰면 안 된다는 생각이 절절하게 들더라고요.

김지연ˊ 저도 연작소설은 아니지만 시골, 지방에 있는 청년들에 대한 이야기를 써야겠다는 생각을 하고 있거든요. 상호의 누나로 나오는 선미의 이야기를 조금 쓰기도 했었거든요. 변두리 지역에서 살아가는 사람들에 대한 이야기를 좀 더 써보려고 하고 있습니다.

김 홍⁄ 저는 소설을 생산력 있게 쓰지 못한 지 상당한 시간이 지났거든요. 많은 고통과 성찰과 괴로움과 슬픔 같은 것들 속에서. 그런데 저는 뭐 언젠가는 그러다가 많이 쓸 수 있겠지 라는 생각으로 기다리면서 지내는데 앞으로 저의 목표는 그렇게 이 시기를 벗어나서 정기적으로 잘 쓸 수 있는 그런 시기가 오는 걸 기다리면서 지내는 것이고요. 그리고 테니스 배운 지 세 달 됐는데 테니스가 재미있는 것 같아요. 이제까지 시도했던 모든 운동 중 자의적으로 지속가능성을 본 첫 운동이라서 좋아요. 제 주변에 테니스를 치는 사람들이 별로 없어서 테니스를 치는 사람들을 많이 찾아야 할 것 같아요. 그 사람들을 만나서 조직해서 테니스에 관련된 어떤 생활을 하면서 글을 쓰고, 테니스 잘 치면 좋을 것 같아요. 테니스 참 힘들고 운동량도 많은데, 나이 먹어서 더 힘 빠지기 전에 더 재미있게 칠 수 있을 때까지 쳐야겠다는 생각이 들면서……. 저 최동훈 감독 좋아하는데, 사실 최동훈은 아무나 다 좋아하지만 하여튼 〈암살〉에 보면 조진웅이랑 최덕문이랑 상해에 도착해서 테니스 이야기를 하거든요. 테니스가 참 좋다. 하여튼 〈민디〉의 방향성에 대해서도 이야기 했고, 김건영 시인의 소외에 대해서도 이야기 했는데, 저는 그것들이 중심으로 향하는 방향에 대한 이야기들이라고 생각하거든요. 중심으로 향하는 방향에 대해서 중심들에 대한 어떤 타격, 공격을 고민하는 게 김건영 시인의 시라고 생각하고 〈민디〉 같은 경우에는 이 중심이…… 저는 결국 대한민국이 미국이라고 생각하거든요. 김지연 소설가가 지방에 있는 사람이 TV를 틀면 서울 이야기가 나왔을 때 느끼는 생경함처럼, 어떤 이국적인 나라에 갔을 때 이국적인 풍경을 보며 카페에 앉았을 때 들려오는 노래가 아델이에요. 어딜 가도 미국적이고 그 미국적인 건 유럽적인 것과 동일하다고 느껴지고 그 중심을 향해서 〈민디〉도 이 두 커플이 자기가 갖지 못하는 중심으로 편입될 수 없는 상황에서, 말하자면 이 외국 생활을 통해서 더 중심에 편입하려는 느낌이 있는 거잖아요. 거기에 가닿으려고 하는. 그런 측면에서 봤을 때 테니스가 중심에 정말 유럽 정통에서 유래된 근본 있는 운동이라는 생각이 들어서.

정은우/ 어쩐지 테니스 홍보에 가깝다는 느낌이 드는데……

김건영/ 저는 '테이블 테니스'에 집중한 적이 있는데 비슷할 거예요. 테니스는 육체적인 체력이 더 중심이 되고 탁구는 속도, 정확성 중심이라고 할까요. 그렇지만 되게 똑같은 운동이거든요. 파트너가 없으면 무너지는 운동이에요. 맞춰서 쳐줄 사람이 필요한 운동입니다. 연습할 때도 동료가 없으면 못 쳐요. 연애도 그렇지만 책이라는 개념도 마찬가지라고 생각해요. 내가 뭔가를 쳐서 같은 리듬으로 넘겨줄 수 있어야 해요, 굉장히 음악적이에요. 테니스도 그런 것 때문에 매력적이잖아요. 파트너를 찾아야 한다는 게 지난한 일이라는 생각이 들어요, 독자 이야기를 한 것도 그런 이유 때문이었던 것 같아요. 작가는 독자를 간절히 바라지만 독자들은 작가를 생각보다 간절히 바라지 않잖아요. 이 짝사랑 속에서 파트너를 찾는 일이 중요합니다. 그렇습니다. 외로운 존재들입니다. 그래서 쓰고 있습니다. 작가들에게 말을 걸어주세요. 책을 사서 읽어주세요. 앞으로 단순히 많은 독자보다는 좋은 독자를 만날 수 있기를 바라며 마무리 인사를 해보려 합니다. 지면을 통해서 메타적으로 독자분들께 말을 많이 걸어주세요.

정은우/ 우선 이 책을 읽어주실 독자분들께 감사하다는 말씀을 드리고 싶어요. 시인과 소설가 여덟 명이 한데 모여서 서로 다른 목소리로 이야기하다 보니 조금 산만해 보일지도 모르지만, 우리가 살아가는 이 현실은 다면체잖아요. 서로 다른 시점으로 다른 면을 조망하지만 결국 하나의 입체적인 현실을 이루고 있어요. 그래서 여러분께서 읽는 동안 어떤 점에서 공감하는지, 어떤 점에서 낯설다고 느끼는지 생각해보시면 좋겠어요.

김지연/ 재미있게 잘 읽어주시면 감사하겠습니다. 여기저기 소문도 많이 내주세요.

김 홍/ 이게 지면상 뭐가 먼저 나갈지 모르겠지만 지난 좌담에서 한국문학, 독자 여러분이 책임져야 한다. 잘못되면 당신들 책임이다,라는 말을 했는데 집에 와서 생각해보니 참 경솔하고 무리가 있는 발언이었다는 생각이 들었습니다. 아무래도 내가 열심히 해야 한다는 생각을 많이 했고, 내가 열심히 하면 독자가 있든 없든 엄마랑 이모들은 읽으니까 그런 마음으로 테니스도 치면서 계속 잘 지내보도록 하겠습니다. 여러분들도 그렇게 잘 지내시기를.

구혜경

×

박강산

×

육호수

×

서호준

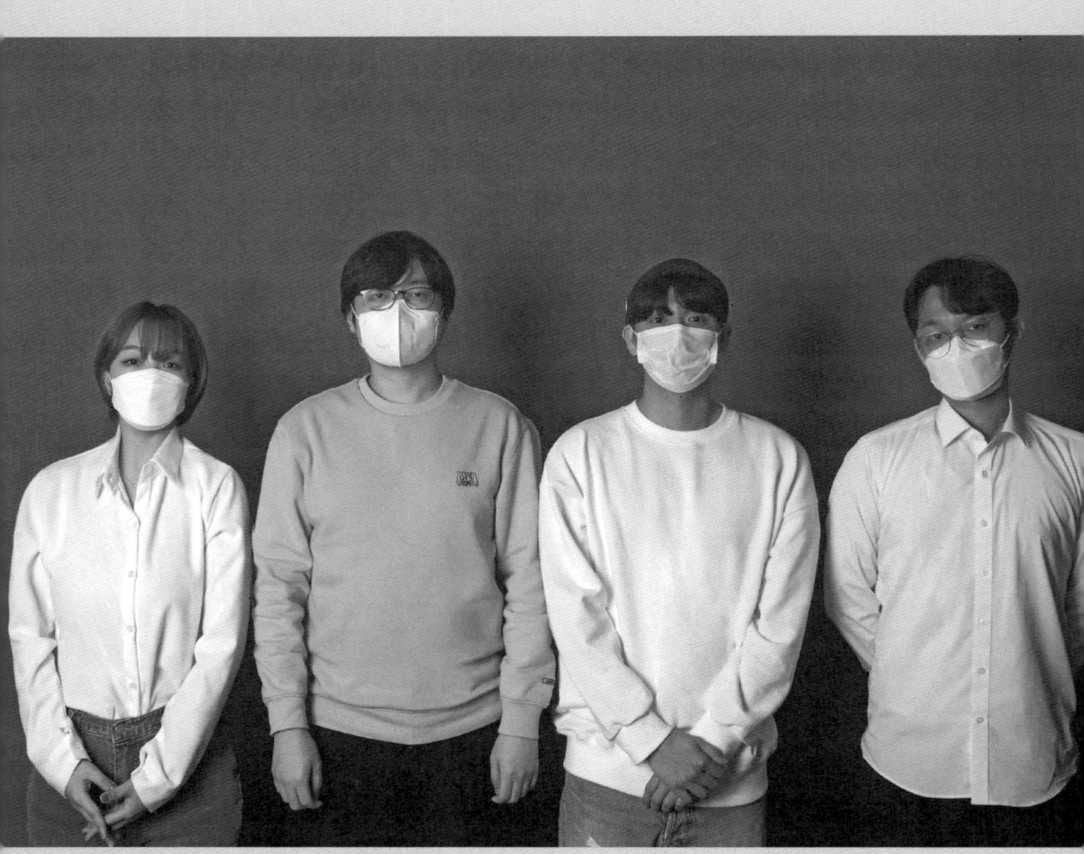

구혜경/ 한 달 만에 뵙는 것 같은데 다들 어떻게 지내셨나요? 저는 최근에 강아지가 아파서 이틀간 강아지를 보살피느라 병원에 왔다 갔다 했는데 150만 원 넘게 깨졌습니다. 질환은 아니고 제 개가 치와와인데 후두골이형성이라고 애초에 두개골이 작게 태어나서 증상이 나타난 건데, 우리 개가 8살인데 이렇게 늦게 증상이 발현되는 경우는 되게 드물대요. 스트레스원이 있었을 거라고 하시더라고요. 그래서 죄인 된 기분으로 정신없이 보내고 있다가 이 자리가 있어서 그나마 밖에 나와 있습니다.

박강산/ 비교적 무료한 삶을 보내고 있고요. 요즘엔 헬스를 다니게 됐어요. 만성질환이었던 허리통증이 많이 줄어들었고, 그거 하나만으로 쾌거를 이루지 않았나 싶어요.

육호수/ 쾌거를 굉장히 빨리 이루셨네요.

박강산/ 안 하던 걸 하니까 확실히 다르더라고요.

육호수/ 저는 마감을 했고요. 이번에 처음으로 평론 마감을 두 편 했는데 자괴감이 좀 많이 들었어요. 그리고 다른 건 운전면허를 따고 있습니다. 그래서 기능시험까지 통과를 했고, 도로주행을 하면 됩니다.

구혜경/ 몇 종이세요?

육호수/ 2종 보통입니다. 최소한의 노력으로 할 것만 하자는 생각으로.

서호준/ 아무것도 안 하면서 살고 있습니다.

구혜경/ 요즘 즐거운 거 있으세요?

서호준/ 유튜브 보거나 미드 보거나 게임하거나, 그러고 있는 것 같아요. 원래 올해 논문을 쓸 예정이었는데 학교가 폐교될 것 같아서 쓰는 게 맞나, 이런 생각을 하고 있어요.

구혜경/ 원래 무슨 미드 보시냐고 물어보고 싶었는데 너무 사적인 질문인 것 같아서.

서호준/ 〈브루클린 나인-나인〉 보고 있어요.

구혜경/ 저희가 작품을 조금 촉박하게 교환하긴 했는데 그래도 다 읽어봤거든요. 소설 두 편, 시는 한 분당 열 편씩 해서 다 읽었는데 그것에 대해 각자 작품을 쓰게 된 동기나 배경이 있으면 이야기를 나눠보면 좋을 것 같아요. 저도 보면서 세 분 다 이런 글을 어떻게 쓰게 됐을까 궁금했거든요. 제 작품 이야기부터 하면 저는 〈벽장〉이라는 글을 상담심리학 학부에 있을 때부터 생각을 했는데요. 자전적인 성격이 있는 글이에요. 사실 70% 이상은 허구인데 저도 저의 성지향성이나 정체성에 대해 고민을 많이 했고, 상담심리학 학부에서 공부를 하다가 어떤 계기를 통해서 내가 결정지었고 확고하다고 했던 정체성이 트라우마로 인한 도피성 선택이었다는 걸 깨달은 계기가 있었어요. 그래서 이걸 글로 써보면 좋겠다고 생각했는데 그 당시에는 역량이 부족해서 묵혀만 두다가 한국예술창작아카데미를 알게 되어서 이 기회에 써보자고 생각했는데요. 쓰다가 백 번쯤 후회했던 것 같아요. 역량이 부족한 건 마찬가지였다, 싶어서. 소재가 퀴어이다보니 상당히 예민한 주제라 더 후회하기도 했던 것 같아요. 최근에 설치미술작가 전시에 다녀왔는데 퀴어 당사자가 아니면서 퀴어소설을 쓴다는 것에 대해 무서움이 없었느냐는 질문을 하시더라고요. 동시에 제 커밍아웃을 했죠. 저는 양성애자 성향이 있는데요. 이렇게. 양성애자 성향이 있는데 오히려 퀴어가 아닌데 퀴어소설을 쓰는 게 아니라 퀴어인데 그걸 방패 삼아 글을 쓰게 될까 봐 겁이 났다고 이야기하면서 제가 이 소설을 쓰면서 말하고자 했던 것은 내가 퀴어든 퀴어가 아니든 성지향성을 떠나 어떤 정체성이든 간에 무슨 상관이냐. 성지향성이 생득적이건 후천적 선택이건 그럼 어쩔 건데, 그런 말을 하고 싶어서 이 글을 썼다고 했더니 그분께서도 그렇구나, 하고 반응을 하시더라고요. 그런 이야기를 쓰고 싶어서 썼던 것 같아요. 소재도 퀴어에 국한되어 있지만 모든 다름에 대해서 이야기하고 싶었어요. 내가 이미 그런 존재인데 남이 뭐라든, 세상이 뭐라 규정하든 어쩔 것인가. 이런 말을 하고 싶어서 쓰고 싶었던 것 같습니다.

박강산⁄ 저는 이번에 서간체 형식의 소설을 수록했는데요. 요즘엔 누구나 자신이 살면서 몇 통의 편지를 몇 번 받았는지 셀 수 있을 거라 생각해요. 편지를 받는 게 흔치 않은 경험이 되어버린 이유도 있지만, 그자체로 굉장히 인상적이고 강렬한 경험이기 때문일 텐데요. 저도 살면서 편지를 친구에게 딱 한

번 받아봤어요. 그 친구가 입대를 앞두고 자기가 처한 경제적 상황이나 두려움, 우울함 같은 감정을 쏟아내는 편지였어요. 그렇게 깊은 사이가 아니었는데도 말이죠. 그 편지를 오랫동안 들여다보면서 편지라는 형식이 가진 힘이 굉장히 강렬하다는 걸 느꼈고 그 힘을 빌려 글을 써보자는 생각을 하게 됐어요. 또 내 고향에서 일어날 법한 일들, 내가 경험했던 일들, 지켜봤던 일들을 담아내서 사실적으로 써보자고 마음먹었고 그 결과가 이번 소설입니다.

서호준/ 고향이 마산이세요?

박강산/ 마산입니다. 마창진이 통합이 되어서 이제는 창원이라고 소개를 하죠.

육호수/ 마산, 창원.

구혜경/ 마산, 창원, 진해가 통합된 거죠?

박강산/ 네.

구혜경/ 각자의 작품에 대해 이야기하는 시간을 가져볼까요? 우선 순서대로 제 작품에 대한 감상을 말씀해주시면 될 것 같습니다.

육호수/ 저는 마지막 결말부에서 생각이 많았던 것 같아요. 금붕어를 보면서 질문을 하는 장면에서요, 더 이상 최면치료를 받지 않는데도 괜찮아진 그 상태가 무엇일까. 이게 회복일까, 아니면 어떤 깨달음일까, 나아감일까? 그 마지막 상태가 어떤 상태일까에 대해 많이 생각했던 것 같아요. 어떤 면에서는 금붕어를 보면서 생각하지 않기로 하는 게 포기처럼 보이기도 하고요. 포기이기도 하고 동시에 삶의 의지가 엿보여서 양면적인 느낌이 들었어요.

서호준/ 등장인물 여섯 명이 모두 여성인데, 이 경우 으레 그렇듯 여성 간의 어떤 연대를 다루는 것이 아니라 개개인의 사랑 이야기를 한다는 게 특이하고 흥미로웠던 것 같아요. 이상한 포인트인가요?

구혜경/ 아니요, 너무 좋았어요.

박강산/ 저는 이 작품의 끝이 어떤 변화의 시작에서 끝을 맺잖아요. 깨달음의 순간일 수 있고요. 본인이 변화하는 지점에서 끝을 맺는다는 것이 이 소설을 구조적으로 완성도 있게 만들고 있다는 생각이 들었어요.

구혜경/ 감사합니다.

서호준/ 제가 손톱을 많이 물어뜯어서 예전에 물어뜯지 않으려고 매니큐어를 칠한 적도 있거든요. 그런데 매니큐어가 칠해진 상태에서도 저도 모르게 물어뜯었어요. 매니큐어 맛이 강렬하게 느껴지더라고요. 소설에도 그런 내용이 들어가 있어서 개인적으로 재밌었어요. 태경이 손톱을 물어뜯어서 손톱이 굉장히 우둘투둘해졌다, 해서 저는 태경의 성별이 남자라고 생각했는데 반성하게 되더라고요. 이름으로 성별을 남성으로 생각한 게.

구혜경/ 읽으신 분들의 해석에 남겨두고 싶은 부분이 있고, 답변드릴 수 있는 부분이 있는 것 같은데요. 서호준 시인의 질문에 답하자면 이름은 의도한 겁니다. 성주나 태경이나 제가 볼 때에는 중성적인 성격을 띠는 이름이거든요. 둘 다 여성이잖아요. 성주는 제 주변인에게서 따왔는데 실제로 그 사람은 남자예요. 태경은 제 이름에서 따왔는데 저는 사실 개인적인 선호도인데요. 중성적인 이름을 원래 좋아해서 제 이름이 태경이었으면 좋겠다고 생각한 적이 있어요. '태'자가 큰 느낌이 들어서. 처음에는 자아를 투영하면서 설정한 인물이니까 태경이라고 했는데 쓰면서 아예 틀어졌습니다. 이런 말을 하기 부끄러운데 쓰면서 인물들이 자기가 알아서 행동한다는 대작가들의 말에 '그런가?' 했었는데 그렇게 되더라고요. 그러다 보니 저와는 전혀 다른 인물이 되었지만 처음에는 그런 의도로 했습니다. 손톱은 경험담이에요. 저도 손톱 엄청 뜯거든요. 제 손톱은 진짜 못생겼는데, 그래서 네일아트를 받고 있습니다. 저도 그 맛을 알아요. 산산히 부서지는 분홍색 조각들. 이런 걸 쓸 때에도 개인적 경험을 가져다 썼고, 또 저의 손톱 뜯는 습관이 트라우마에서 비롯된 거라서 저의 모습을 태경에게 반영하려 노력했습니다. 두 분의 감상에 너무 기분이 좋고요. 어찌 보면 포기라고 보셨던 것도 맞고, 깨달음도 맞고. 여러 가지로 해석될 여지로 남겨뒀다고 봐주시는 게 맞는 것 같아요. 저도 포기라고 생각한 적이 있거든요. 될 대로 되어라, 하는 식의. 제 정체성에 대해서. 그런데 이걸 쓰면서 참고한 논문이 있는데요. 동성애의 생득성에 대한 논문인데 거기에 제 폐부를 찌르는 구절이 있었어요.

생득적이면 어떡할 것이고, 아니면 어떡할 것이냐는 식의 문장이었는데 생득적인가 아닌가 하는 물음은 이미 동성애를 치료의 대상으로 상정한 것 아니냐고 묻더라고요. 그래서 이런 자세로 써보자고 마음을 잡고 쓴 거라서 어느 쪽으로 해석하든 보시는 분의 감상에 맡기는 게 맞는 것 같습니다.

육호수/ 포기처럼 보일 수도 있고, 결심처럼 보일 수도 있고.

구혜경/ 어쨌든 태경이 성주를 사랑하기로 결심했다면 그건 받아들여야 하는 일이니까요. 더 하실 말씀은 없으신 거죠? 그럼 박강산 소설가의 작품에 대해 이야기해볼까요?

육호수/ 소설의 배경이 2007년이라는 점이 재미있었어요. '응답하라 시리즈'처럼, 90년대에 대한 향수를 다룬 작품들은 익숙한데, 2000년대 중반을 배경으로 한 작품은 거의 보지 못한 것 같거든요.

서호준/ 저는 일단 전개가 되게 맛깔났어요. 되게 금방 읽었거든요. 되게 금방 읽었네? 싶어서 살펴보니까 소설이 짧기도 하더라고요. 읽다가 약간 한 부분에서 좀. 아, 합평이 아니지. FTA 나오는 데에서 영어로 나오는 부분이 걸려서 말씀을 드리려고요.

박강산/ 그럴 수 있겠네요.

서호준/ 뒷부분 이야기들이 충분히 더 쓰일 수 있다고 생각했어요. 서간문 형식이다 보니 하루가 가지 않고 끝나는데, 이것이 소설의 1부 느낌이고 2부에서 어떤 직접적으로 대결하는 그림이 나올 수 있을 것 같아서 연작소설로 가면 어떨까 하는 생각도 들었어요.

구혜경/ 일단 저는 무슨 이야기를 할 때 남들을 엄청나게 찬양하거나 비난하지 않거든요. 순수하게 느낀 바를 말씀드리는 건데 소설가로서 약간 질투가 났어요. 저도 좀 시간을 많이 두고 읽지를 못했어요. 이 모임이 있으니까 쫓기듯 읽는 면이 있었는데 시간을 좀 두고 천천히 읽고 싶은 글이라는 생각이 들었어요. 오면서 이 글을 읽고 나서 지인에게 질투가 난다. 소설가란 이런 것인가? 이런 이야기를 했거든요. 저는 서호준 시인 말씀처럼 파일을 열었을 때 7페이지여서 당황했다가 7페이지 안에도 모든 메시지를 담을 수 있다는 점에 질투를 느꼈어요. 재미있게 잘 읽었고요. 그리고 이 편지를 쓴 사람이 친형이잖아요. 그 부분을 읽고 나서 돌아가서 다시 읽으니까 느낌이 달라지더라고요. 저는 한 글을 읽고 이 글의 의미를 엄청 여러 번 되씹어야 하는 편인데 시간이 없어서 아쉬웠고, 이건 개인적인 평가인데 작가의 의도와 다를 수 있지만 '요즘 같은 세상에는 두 번째 기회가 없다는 걸 알아야지.' 이런 문구가 있잖아요. 그걸 전하려는 소설 같기도 하면서 그 반대의 의미도 이야기할 수 있는 소설이라고 생각했어요. 두 가지로 볼 수 있는 글이다. 제가 뭐라고 하고 있는 거죠? 그런 부분이 되게 인상 깊었고, 저도 서호준 시인 말씀처럼 이후의 이야기도 의미 있을 것 같고 재미있을 것 같은데 궁금해진다는 인상을 받았습니다.

육호수/ 이 소설에서의 '섬' 이라는 공간이 굉장히 선명하게 그려졌어요. 섬이라는 공간과 이 서술하는 사람의 내면 상태. 화자라고 할까요, 주인공의 내면 상태가 겹치는 것 같기도 하고요. 버려진 곳에서 아이들이 축구를 하고 있는 모습이 황량하면서도 순수한 면이 보여서 서술자와 겹쳐 보였던 것 같아요. 서술자도 거친 말이나 표현을 쓰고 있지만 묘사하는 것들은 굉장히 섬세하잖아요. 말씀하신 것처럼 그런 이중적인 면들이 잘 드러난 공간이었던 것 같아요.

구혜경/ 저도 화자가 말은 되게 거칠게 하려고 노력하는데 사실 섬세하다고 느낀 게 포장마차에 피부가 닿을 때 '역하거든'이라고 표현한 부분이 있는데 역하거든,이라는 표현을 보고 섬세하다고 생각했어요. 보통 더 거칠게 표현할 수 있잖아요. 그런 부분을 느꼈고, 뚝섬 표현 말씀하시니까 생각났는데 제가 냄새 표현에 좀 약하거든요. 포도 짓무른 냄새랑 바다 냄새가 섞인 거라고 하면서 뚝섬이 닿고 싶어도 닿지 못하는 곳이라며 바라보는 시점이 있잖아요. 그리고 이제는 뚝섬이 그런 의미와 전혀 상반된 공간으로 닿고 있는 현 시점의 이야기와 섞인 걸 생각했을 때 씁쓸하다는 감상을 느낀 것 같아요.

박강산/ 일단 2000년대 초중반이 배경인 것은, 대부분의 제 작품이 그런 것 같아요.

왜 그런가 생각해보면 제가 96년생이기 때문인 것 같아요. 유년시절의 기억을 가다듬기 위한 시간을 거치고 지금에 와서 그 시기를 나름대로 논할 수 있는 때가 온 것 같아요. 그래서 2000년대 초중반에 많이 집중하게 되고요. 이렇게 문장의 밀도가 꽉 차지 않은 형식의 소설은 처음 시도해봤어요. 이번 기회를 통해서 새로운 시도, 좋은 경험을 했다고 생각하고 있습니다. 지금까지는 밀도가 꽉 찬 단편소설을 많이 썼거든요. 혹시 누군가 이 회의록을 읽는다면 《문학의 오늘》에 발표된 〈임시병동〉이라는 제 단편을 읽어보시면 좋은 예가 될 것 같아요. 평소의 제 글은 그처럼 밀도를 채워서 쓰는 편이거든요. 요즘엔 문예지를 사지 않아도, 논문 사이트에 쳐보면 다 전자책으로 등록되어 있더라고요. 제 작품도 검색하면 읽어보실 수 있습니다.

구혜경/ 더 말씀하고 싶으신 게 있으신가요? 그럼 시인들 이야기를 들어볼까요. 작품 창작 동기와 배경을 말씀해주시고 자연스럽게 이야기 나누면 될 것 같습니다.

서호준/ 제가 시집을 낸 다음에 이런저런 평이 있었는데, 제 시를 다 게임시로 읽으시더라고요. 처음에는 기분이 좋지는 않았어요. 물론 게임적인 것이 많이 나올 수 있다고 생각해요. 제 삶에 가장 영향을 끼친 것들은 들어갈 수밖에 없으니까요. 그러다가 진짜로 게임시를 써봐야겠다고 생각을 해서 연작으로 시를 모았어요. 여기 실린 건 그중 일부예요.

구혜경/ 궁금했던 게 열 편의 순서가 의미가 있는 거예요?

서호준/ 별로 없는 것 같아요.

구혜경/ 제가 의미를 부여했군요. 말로 표현하기가 좀 어려운데 저는 보면서 게임시라고 하셨지만 약간 배경 밝히실 때 흠칫했는데 저는 게임이라는 소재, 표현 방식을 빌린 현실을 비춘 시라고 생각했거든요. 제가 볼 때는. 〈하나 남은 포션〉이라는 시에 "우리 종의 장점이 뭘까"라는 문장이 나오잖아요. 저는 그 구절을 보고 "어디 모이지도 못하고 더럽게 잘 외로워지는데." 이게 되게 와닿았던 게 제가 평소에 저를 볼 때 느끼는 감상이거든요. 나는 어디 어울리기 싫어하는데, 하면서 저를 대입해서 생각한 거죠. 〈하나 남은 포션〉이 순서상 두 번째 시였잖아요. 그런 시선으로 계속 이후의 시를 읽게 되었던 것 같아요. 게임이라기보다 그런 시선을 빌린 현실을 묘사한 시라고 생각하다 보니 계속 그렇게 맞춰서 읽게 되더라고요. 어떤 시는 솔직히 말씀드리면 어려웠어요. 어떻게 읽어야 할까, 내가 시의 독법을 모르는 것 같다는 생각도 많이 했는데 〈나는 전생에 슬라임이었어요〉가 되게 좋더라고요. 제가 이걸 어린아이처럼 생각할 수밖에 없는 게 저는 시를 보면 일단 그런 거 있잖아요. 느껴지는 것. 되게 좋았어요. 특히 3행까지. 엄청 좋아가지고. 그리고 지구가 거대한 슬라임이면 우리는 소화되는 중이라고 마무리 되잖아요. 제가 지금 횡설수설하고 있는 것 같은데 이 시가 굉장히 인상적이었습니다.

육호수ˊ 저는 이번 시편들에서 죽음 충동이 등장하는 양상이 부분이 흥미로웠어요. 특히 뒤쪽에 있는 시들에서 조금 두드러지게 보였는데요. 마지막 시에서는 죽어도 되살아나고, 죽지 않을 만큼만 몸을 훼손하는 부분도 그렇고요. 이런 극단적인 충동들이 비실감이라고 할 수 있는 가상세계를 배경으로 일어나고 있잖아요. 이런 충동들이 비실감의 세계를 실감의 세계로 옮겨오고 있고, 한편으로는 지금 실감의 세계를 충동으로 비실감의 세계로 돌려놓고 있고 이런 식의 생각이 들었거든요. 환생, 되살아나고 기억을 잃고 리셋되면서도 남아 있는 죽음 충동들에 대한 모티프들도 재미있었어요. 이런 부분들이 세계가 가상의 판타지 배경으로 해야만 했던 한 가지 이유가 아니었을까 하는 생각을 했습니다.

박강산ˊ 저는 두 가지가 크게 읽혔던 것 같아요. 하나는 마을이라는 공간. 또 하나는 직접적인 단어는 없지만 모험가의 모습이 읽혔어요. 모험가라는 건 생각해보면 굉장히 아이러니한 존재잖아요. 마을에 거주하던 모험가는 위험을 감수하면서까지 어딘가로 여행을 떠나는데, 그 종착지는 결국 또 다른 안정된 마을이에요. 위험을 감수하면서까지 안정된 마을을 떠나면서, 결국 또 비슷한 성질을 지닌 마을로 가거든요. 그런 모험가가 이 시에서 보였고, 저는 이 사회를 살아가는 현대인들이 그런 마음을 가지고 살아간다고 보았어요. 작게는 내가 그런 존재라는 생각이 들었고요. 이 마을은 죽어도 죽는 게 아닐 정도로 안정적인 공간이거든요. 더할 나위 없이 안정적인 공간이지만 때로는 나를 가학적으로 대하게 만드는 허무한 공간이기도 해요. 그래서 무료함을 느끼고 위험을 감수하면서까지 바깥으로 나가 사회생활을 이어가는 거죠. 그런데 바깥에서 사회생활을 하고 있으면 또 안정된 공간에서의 삶을 간절히 원하게 돼요. 그런 굴레 속에 갇힌 삶을 살고 있는 나의 모습이 모험가의 형태로 읽히는구나 느끼면서 감상했어요. 대체로 모든 시에서 마을이라는 공간이 등장하는데, 가장 인상적이었던 건 〈그러나 태초마을에서〉였어요. '죽지 않을 정도로만 몸을 훼손하느라 시나리오가 바뀐 줄도 몰랐다. 그러나 태초마을에서야 누가 뭘 하든……' 하며 끝을 맺는데 이 문장이 앞서 말씀드렸던 모험가의 이중적인 모습을 잘 담아내는 문장이 아닌가 싶어요.

구혜경⁄ 제가 말씀드리려다 놓친 것 같아서. 〈대머리 벗기기〉라는 시 있잖아요. 저 이 시 엄청 좋았는데. 저는 양면적인 것을 좋아하는 것 같아요. 저는 어떤 물체나 생명체든 뭐든 간에 항상 반대의 속성을 그 존재 자체가 품고 있다고 생각하거든요. 흔히들 말하듯 삶이 죽음을 품고 있고, 시작이 끝을 품고 있고. 그런 면을 좋아하다 보니까 〈대머리 벗기기〉라는 시를 더 인상적으로 읽게 된 것 같은데, 제목부터 강렬하잖아요. 남아도는 목숨을 적들에게 나눠주었는데 그들은 그 목숨을 죽는 데 썼다, 여름옷을 입고 집을 나섰는데 나서면 모든 모험이 끝날 것 같았다. 이런 구절들이 뭐라고 해야 하지……. 말로는 설명을 못 하겠네요. 이런 구절 때문에 삶을 이야기한다고 느낀 것 같아요. 제가 삶에서 느끼는 모순들을 이 시가 담고 있다고 느낀 것 같아요. 시인님이 창작 배경을 말씀해주시면 제가 느낀 게 명료해질 줄 알았는데 아니었네요. 횡설수설했네요.

육호수⁄ 박강산 소설가께서 권태 이야기 해주셨잖아요. 저는 죽음 충동을 이야기했고. 그 두 가지를 한 시 안에서 같이 느낄 수 있다는 게 서호준 시인의 포인트가 될 수 있다고 생각을 해요. 독자들이 이 글을 읽고 계실 테니까. 실감과 비실감이 왔다 갔다 하고 권태와 죽음 충동이 왔다 갔다 하는 움직임도 시 안의 운동성도 보면 재미있을 것 같다는 생각이 드네요. 소재가 게임이라고 해서 게임시라고 이야기하면 더 읽을 게 없어지는 것 같잖아요. 아까 말씀하신 것처럼 게임시라고 유형화하지 말고 그 안에서 뭐가 이루어지고 있는지, 왜 게임인지 생각을 해보면 더 재미있는 관전 포인트가 될 수 있지 않을까 싶습니다.

박강산╱ 제가 예전에 《호모사피엔스》라는 책을 많이 추천받았거든요. 미루고 미루다 최근에 읽었는데 호모사피엔스의 해석이 현대에 와서는 넓어지고 넓어져서 직장을 다니는 사람도, 정규직으로 근무하는 사람도 호모사피엔스일 수 있다, 이런 식의 해석도 가능해지더라고요. 뭐랄까 이 시 읽으면서 그런 생각도 들었어요. 대단히 안정적인 위치에 서 있는 사람이라 할지라도 생존과 직결된 두려움을 안고 살아가게 되는 게 요즘 사회란 생각이요. 현대적 살해라는 것은 직장에서 해고당하는 방식일 수도 있고, 사회적으로 매장당하는 방식일 수도 있겠죠. 그런 두려움이 이 시에서 읽혔던 것 같아요.

서호준╱ 저는 시를 쓸 때 제 기분이나 상태, 제 이야기를 쓰는 걸 병적으로 기피하거든요. 왜 그런 식의 습관이 들었냐면 제 이야기는 아무것도 쓸 만한 게 없다고 생각해서 그렇게 된 것 같아요. 제 이야기를 피하다 보니까 자연스럽게 친구 이야기 연인 이야기를 쓸 법도 하지만 사실 이런 것도 다 제 이야기와 닿아 있잖아요. 그래서 알고 있는 사람들의 이야기도 다 피하다 보니까 인간의 이야기 자체를 쓰기가 어려워지는 거예요. 저는 그 상태가 좋았어요. 그래서 시를 쓸 때 가급적이면 기분을 아무렇지 않은 상태로 만들어서 쓰는데 그렇게 써도, 말씀하신 인간에 대한 이야기라든지, 말씀하신 죽음 충동이라든지. 그런 것들이 무의식적으로 드러나는 것 같아요. 무의식적으로 드러나는 건 피하지 않고 있고요.

육호수╱ 저는 이번에 열 편을 썼고요. 시 제목은 '신작시 1'에서 '신작시 10'입니다. 사실 이 시를 송부한 다음에 Shift+Del을 눌러서 삭제를 했어요. 이런 적이 처음인데 아예 처음에 시를 쓸 때 습작기 때 있었던 일 말고는 처음인데 빨리 이 시 열 편을 잊고 싶었어요. 썼던 기억도. 그래서 오늘은 교정판을 작가님들께 보내드렸습니다. 그래서 어떻게 보면 그동안 썼던 시와 전혀 다른 시라서 혹시 이 책을 보고 육호수라는 시인을 오해하실 수 있겠다.

서호준/ 확실히 오해할 수 있겠는데요.

육호수/ 절대로 저는 다른 시에서 이런 모습을 보여준 적이 없었는데요. 재미있게 읽어주셨으면, 그거면 될 것 같아요. 재미있게 읽어주시면 좋을 것 같고요. 사실 두렵습니다. 활자화되어서 물성을 가지게 된다는 것 자체가 두렵고, 나무에게 미안하고 그런 생각이 드는데요. 이 시를 쓸 당시에 많이 몰려 있었던 것 같아요. 저는 5년 넘게 한 달에 한 편 정도의 시를 쓰고 있었어요. 저는 창작 기간이 한 달 정도 걸리더라고요. 착상이 일주일 걸리고, 이주일 동안 그 착상에 맞는 단어를 가지고 살아야지 만족할 수 있는, 제가 들어가는 제 시라고 하는 시가 3주 후에 나와요. 3주부터 한 달간 탈고를 하는 기간을 갖는데 여기 시스템과 잘 안 맞았던 것 같아요. 신작시를 열 편 달라고 하셔서 열 편을 모으기 위해서 도토리 모으듯 많이 모아놨었는데 커뮤니케이션 실수가 있었죠. 근작시가 들어가도 된다라고 하셔서 신작시가 한 편 이상 들어가야 한다는 말을 한 편만 들어가도 된다는 이야기로 듣고 모아놨던 걸 원고 청탁 온 문예지에 다 드려버린 거죠. 그래서 11월에 신작시 한 편에 근작시 아홉 편을 드렸는데 그게 취지가 아니었다고 말씀하셔서 그러면 두 달 동안 열 편을 써야 하는 상황인데 드렸던 원고를 다시 뺏을 수 없잖아요. 그래서 많이 몰렸던 것 같아요. 쓰고 싶은 걸 쓰는 김에 하고 싶은 걸 다 하자는 생각으로 시를 썼습니다.

구혜경/ 그래서 교정본 형태로 원고를. 그런 배경이.

서호준/ 보고 깜짝 놀랐어요. 원래 이런 걸 쓰던 분이 아닌데. 이런 생각이 들었고. 읽는 입장에서는 재미있었지만 동시에 이래도 되나 싶어 불안하기도 했죠. 실명이 엄청 많이 들어가 있고 실명은 없지만 유추 가능한 사람들이 많이 있어가지고.

육호수/ 제가 죄를 지은 것도 아닌데 왜 걱정을 하는지 모르겠지만.

구혜경⁄ 저는 처음에 받았을 때 읽고, 오면서 지하철이 한 시간 정도 걸리니까 이야기할 걸 정리하느라 또 읽었는데 지하철이니까 감정표현을 못하잖아요. 육호수 시인 시를 보고 너무 크게 웃고 싶은 거예요. 어디 가서. 그러진 못 했고요. 솔직한 감상으로는 통쾌했죠. 한편으로는 통쾌했고, 한편으로는 괜찮나? 괜찮은 건가? 이런 생각도 많이 했는데. 그렇게 경험하시면서 그것들이 단순히 어떤 고발성 그런 것만 있는 게 아니라 와닿는 구절들도 굉장히 많았어요. 저는 소설가이다 보니까 시에 대해서 한 구절만으로 사람에게 강한 인상을 주는 면이 있는 예술이라는 인상을 가지고 있는데 그런 것들이 두드러졌던 것 같아요. 육호수 시인의 시가. 보면서 솔직히 처음 느낀 감상은 이 시는 진짜 Cool하다. 이거였고요. 그런데 처음 딱 신작시 한 편 읽었을 때 '리듬은 사유의 보폭이고/ 영혼의 지문과 같다/ 종이는 내 유일한 방이다' 이렇게 쓰신 걸 보고서 어쨌든 이런 저희에게는 재미있고 통쾌한 방식이고, 읽는 독자들에게는 어떻게 가닿을지 모르겠지만 사유할 수 있는 글이지 않나, 하는 생각을 했습니다. 제가 뭐라고 하는지 잘 모르겠네요.

서호준⁄ 뭐라고 하는지 모르겠다고 하셨지만 잘 말씀해주셨어요.

구혜경⁄ 지하철에서 소리 내어 웃고 싶었어요.

박강산⁄ 저도 재미있게 읽었고, 육호수 시인의 이 시를 읽게 되면 우리의 좌담을 사람들이 반드시 찾아서 읽겠구나 싶었습니다. 첫 시를 보면서 이 시를 보내 놓고 시인 역시 다음 페이지를 못 넘기고 있구나. 그런 생각이 들었어요. 의외로 공감되는 부분들이 많았던 것 같아요. 내가 경험한 것에 대한 공감도 있겠지만 전혀 경험하지 않은 일에도 공감할 때가 있잖아요. 〈신작시 2〉에 보면 낭독을 하는 내용이 나오는데 '낭독 속도를 십 프로만 빠르게 해주세요'라는 문장에서 특히 그랬어요. 저는 그날 육호수 시인께서 낭독하시는 걸 듣고 되게 인상 깊었거든요. 시 낭독이라는 게 이렇게 재미있을 수 있구나, 하면서 인상 깊게 들었는데 그런 역량이 있는 사람이라면 충분히 이 시에서처럼 느낄 수 있겠구나 싶었어요. 상황 1로 제시하는 게 이 말을 들으니 이해가 되는 거죠. 시인이 느꼈을 감정이 이해가 되면서 푹 빠져들어서 읽었던 것 같아요. 저는 이 시 다 읽고 나서 육호수 시인의 다른 시도 찾아 읽어보게 됐던 것 같아요. 사실 처음에 이 파일을 PDF로 받았어요. 인쇄를 하려고 첫 페이지를 슬쩍 봤는데 재미있는 거예요. 그래서 인쇄를 안 하고 PDF채로 읽었어요. 그대로 읽으려고 보니까 페이지가 굉장히 많은 거예요. 그래서 이걸 잘라서 인쇄를 해야겠다고 판단했어요. 1부터 10페이지까지 인쇄를 하고 13부터 17페이지까지 부분적으로 인쇄를 했어요. 그 과정 중에 내가 문득 이렇게 느끼는 거예요. 이거 내가 검열하고 있는 건가? 이걸 전체를 인쇄해야 하지 않을까? 그런 생각을 하게 만드는 것, 자기 행위를 주저하게 만드는 것, 그게 이 시가 지닌 매력이잖아요. 글을 읽고 내 행동에 경각심을 갖게 된 것은 오랜만인 것 같아요.

구혜경⁄ 동의합니다. 이건 여담인데 원고를 교정교열 하시는 분이 무서워하시겠다고 생각했어요. 과연 내가 이걸 건드려도 되는 걸까?

육호수⁄ 편집자 분께서 창작 의도를 너무 잘 이해하고 편집해주셔서 놀랐어요. 지금 여러분께서 보시는 교정지 위의 의견들이 대부분 반영이 됐고요. 박강산 소설가가 인쇄를 했다는 말을 듣고 뜨끔했던 게, 〈신작시 3〉에서 Ctrl+C, Ctrl+V를 계속했잖아요. 이걸 하면서 "한 300페이지를 복사 붙여넣기 해볼까?" 생각도 들었어요. 생짜를 부리자. 그런 생각을 하다가 같이 참여해주시는 분들이 계시니까 그건 너무 오버하는 것 같아서 어느 정도 복사 붙여넣기 하다 말았습니다. 지금 다시 이 작품을 보내고 처음 다시 보고 있어요. 다시 보니까 기분이 그렇네요. 약간 술에 취해가지고 아무 말 했던 거 다음날 다시 기억하는 그런 거 있죠? 왜 그랬을까 싶다가도 새로 열 편을 쓸 역량이 안 되니까 그대로 가야지 어쩌겠나. 혹시나 그럴 리 없겠지만 이슈가 안 되었으면 좋겠네요.

서호준⁄ 은근히 많이 읽으실 것 같아요. 이 잡지를 많이 읽을 거예요.

육호수⁄ 그래요. 잘 부탁드립니다.(웃음)

박강산⁄ 다른 시도 홍보를 해버리세요.

육호수⁄ 위험해 보이는 것 같지만 사실, 김수영 시인만 해도 당시에 〈김일성 만세〉

라는 시를 쓰기도 했었고 그랬죠. 제가 서정주처럼 친일시 쓰는 것도 아니고 대단한 뭔가를 하고 있는 건 아니지만 그냥 거리낌 없이 그냥 쓰고 싶었어요. 그런 마음이었던 것 같아요.

서호준⁄ 오늘날 친일시 쓰는 것도 재밌겠네요.

육호수⁄ 작가 검열로 내용 삭제. "thanks to namchul park"이라고 되어 있는데 박남철 시인이 예전에 자기 시에서 했던 겁니다. 물론 그분은 내용 삭제한 다음에 아래 내용이 없었고요. 저는 그 일부를 남겨놓는 식으로 구상을 했죠. 이른바 해체시라고 하나요? 황지우, 박남철. 그 시인들이 했던 것도 영향이 아예 없지는 않을 것 같습니다.

구혜경⁄ 썼던 에세이 이야기를 해볼까요? 반려동물이랑 하나가 뭐였죠?

서호준⁄ 자유 에세이랑 포토 에세이랑 리뷰.

구혜경⁄ 저는 일단 반려동물 에세이 쓰고, 영화 리뷰를 썼고요. 그리고 책 리뷰도 썼습니다. 솔직히 처음에는 소설보다 더 많이 쓰는 것 같다고 생각하고 냈는데 좋았어요. 그렇게 하면서 더 생각할 수 있어서 좋았고, 영화 리뷰를 쓰면서 신형철 평론가 아세요? 그분 책을 많이 읽었거든요.《정확한 사랑의 실험》과《몰락의 에티카》를 읽고 이분은 천재다,라고 생각했어요. 너무 가감없이 말했네요. 그러다 보니 저도 모르게 리뷰를 쓰면서 잔뜩 힘을 넣게 되는 거예요. 그런데 그런 시선으로 보게 되니까 나름 영화를 보는 의미가 있더라고요. 그래서 저는 겨울 되면 생각나는 영화 두 편에 대해서 썼는데 하나가 〈이터널 선샤인〉이고 다른 하나가 〈조제, 호랑이 그리고 물고기들〉이라는 영화예요. 둘 다 거의 NN번차 본 영화인데 그 둘을 연결 지어서 사랑을 주제로 인생을 이야기한 영화가 아닐까, 이런 논조의 리뷰를 썼습니다. 이번 에세이 작업을 통해서 영화를 다르게 보는 시선을 기르는 계기가 되었던 것 같아요.

박강산⁄ 저는 수필에는 2020년 아르코청년예술가지원사업 때의 경험을 담았어요. 작품 창작을 위한 자료 조사비용을 지원받았는데 그때 이주노동자 인터뷰를 집중적으로 했어요. 당시 자료를 결과보고서처럼 쓴 게 이번 수필이고요. 책 리뷰 같은 경우는 제가 대학교를 막 졸업하고 1950년대 옛날 고서를 아카이빙하는 작업을 했을 때의 에피소드를 썼어요. 고서 표지를 찍으러 다니다가 아주 오래된 책방에서 김수영 시인의《달나라의 장난》초판본을 찾은 이야기인데요. 재미있게 읽어주시면 감사하겠습니다.

구혜경/ 흥미롭네요.

육호수/ 사진은 옛날에 인도 여행을 갔을 때 찍은 사진이었을 거예요. 인도 네팔 사진. 네 번째 갔을 때 제가 어딘가 심통이 났던 것 같아요. 바라나시에 똥이 많잖아요. 소똥, 개똥, 쥐똥. 똥 위에 바퀴자국 나고, 사람 발자국도 나는데 초반 일주일을 똥 사진만 찍으면서 살았어요. 땅만 보면서. 다 찍고 싶지 않은 거예요. 네 번째 가니까. 내가 여기 왜 왔지? 싶고. 그때 찍은 똥 사진을 열 개를 싣고 싶었는데 못 찾겠는 거예요. 제가 똥 사진을 귀하게 여기지 않아서 따로 백업을 안 해뒀나 봐요. 좀 힘주고 찍었던 그런 사진만 남아 있어서 어쩔 수 없이 그걸 싣게 되었고요. 동물은 열대어를 기르고 있는데 그 글을 쓸 당시에는 300마리~400마리 우글우글하다가 자연스럽게 개체수가 줄었어요. 브리딩이라고 해서 따로 새끼를 격리하여 관리를 해주지 않으면 자연스럽게 개체가 줄어들어서 지금은 어항이 4개로 줄었고요. 처음에는 물고기가 너무 좋다는 생각으로 어릴 때부터 좋아해서 키우게 됐는데 수명이 2년이거든요. 그럼 2년 동안 죽은 물고기를 이틀에 한 번 꼴로 건져낸다고 생각을 하니까 너무 부담이 되는 거예요. 이 생명들이. 조금만 관리를 잘못해도 몇 백 마리씩 불어나니까. 어항을 팔 수도 없고. 내가 어떤 생각으로 어항을 들여놨을까? 이런 생각이 들면서 스스로 무서워져서 그런 생각들을 썼고요. 그리고 리뷰는《귀멸의 칼날》로 했는데 사실《귀멸의 칼날》은 없고,《귀멸의 칼날》을 만화방에서 보게 된 경유를 썼어요. 그런데 그때 저희 원고가 40매였나 50매였던 것 같은데 다 쓰고 나니 20매인 거예요. 그래서 같은 이야기를 또 쓰자. 그래서 거기까지의 이야기를 한 번 더 썼습니다. 왜 만화방에 갔는가에 대한 이야기를 신작시 모드로. 그때 같이 썼던 것 같아서. 굉장히 피로한 상태에서 써서 읽으신 분들께 죄송하다는 말씀드리고 싶습니다.

서호준/ 저는 포토 에세이 주제가 잇템이었는데 잇템이 없다고 썼고요.

육호수/ 잇템이 없는 이유에 대해 쓰신 거예요?

서호준/ 잇템에 대해 골라서 쓰라고 해서 어쩔 수 없이 제가 늘 갖고 다니는 물건인 아이코스에 대해 썼습니다. 그런데 잇템이 아이코스라고 하면 좀 짜치잖아요. 그래서 굳이 꼽으라면 아이코스겠지만 나에게는 잇템이 없다는 식으로 썼어요. 자유 에세이의 경우, 제가 시 생각 일기를 쓰는데 한 달 분을 올렸어요. 리뷰가 제일 부담스럽더라고요. 약간 아쉬웠던 게 쓰는 건 즐겁게 썼는데 고료가 따로 없다고 생각하니까 우울하긴 하더라고요. 사실 처음 받은 지원금에 다 포함이 된 거잖아요.

박강산/ 나눠서 받으면 기분이라도 날 텐데.

구혜경/ 그러니까요.

서호준/ 그런 생각도 들더라고요. 사실은 돈을 조금 더 쪼개서 미리 받는 게 아니라 원고 하나 넘길 때마다 받고 했다면, 물론 조삼모사이긴 하지만 더 좋았을 텐데. 그 경우 e-나라도움 처리도 건건이 해야 해서 불편했을 것 같긴 하지만요.

박강산/ 1년이 넘어가버리기 때문에 예산이 이월되면 처리하기 더 복잡해질 거예요.

구혜경/ 그런 문제가.

서호준/ 리뷰는 너무 쓰기 너무 힘들었던 게, 만화로 써도 되는지 몰랐어요. 《귀멸의 칼날》이라고 하셔서. 전에 제가 게임 리뷰 써도 되느냐고 했을 때 안 된다고 했거든요. 왜 안 되지?

육호수/ 그 회의 때 제가 없어서 그런가 봐요.

구혜경/ 게임도 텍스트가 들어가는데.

서호준/ 선택지가 없었어요. 그리고 작년 말에는 제가 상태가 안 좋아서 책을 읽을 수가 없었어요. 그래서 안 읽고 초고를 썼어요.

육호수/ 좋아요. 저도 《귀멸의 칼날》 거의 안 봤거든요.

서호준/ 김뉘연 시인의《모눈 지우개》리뷰를 썼는데 그 시집은 시집 중에서 이례적으로 안 읽어도 되는 시집 같아요.

육호수/ 보는 시로도 가능하죠?

서호준/ 표지만 있어도 충분히 좋은 시집이에요. 표지에 시 구절들이 적혀 있는데 제대로 박힌 게 아니라 여러 번 쾅쾅쾅 박은 거예요. 표지가 달라요. 책마다.

구혜경/ 궁금하네요. 보고 싶다.

서호준/ 보통 뒤에는 해설이 실리거나 자전 에세이가 실리는데《모눈 지우개》에는 사전처럼 뭐라 해야 하지, 가나다 순으로 시어들의 목차가 실렸더라고요. 모든 시어들이 가나다 순으로 배치가 되어 있어요. 형식만으로도 재미있어요.

육호수/ 그 시집이 시행 배치도 자유롭고요. 겹쳐져 있기도 하고, 기울어져 있기도 하고.

구혜경/ 서호준 시인 말씀 들으니까 생각나는 게 저도 안 읽었어요. 최근에 읽는 책이라는 표현 자체가 어려워요. 저는 책을 한 권만 집중해서 읽는 시기가 거의 드물거든요. 쌓아두고 꽂히는 걸 바리바리 읽다가 길게 읽어야 하는 건 쭉 읽고 하는데.

서호준/ 되게 좋은 습관인 것 같아요.

구혜경/ 당시에는 이청준 소설가의《눈길》을, 문학 교과서에 실린 그 글을 갑자기 향수에 잠겨서 읽고 싶어서 읽고 있었는데 막상 그걸로 쓰려고 하니까 무라카미 하루키의《직업으로서의 소설가》에 대해서 쓰고 있더라고요. 서재에 갔는데 책이 너무 많다 보니까 박스에 들어간 책들이 있는데 그중 하나였나 봐요. 없는 거예요. 그래서 예스24에서 미리보기를 30페이지 정도 제공하잖아요. 그래서 거기에서 발췌해서 써놓고 마지막에 고백했어요. 못 찾아서 1장만 미리보기 서비스로 발췌를 했다고 쓰고. 리뷰 쓸 때 현 상황에 집중해서 솔직하게 쓰자는 마음이 있었던 것 같아요. 말씀해주시니까 생각이 나가지고.

서호준/ 예전에 은사님이 독서에 대해 해주신 말이 첫 페이지를 읽다가도 책을 읽다가 다른 게 궁금해지면 그 책은 성공한 거라고 하셨거든요. 그분은 연구자인데도 책 하나를 끝까지 안 읽는다고, 책을 읽다가 각주 하나가 마음에 걸리면 그냥 독서를 중단하고 각주에 나오는 책을 읽기도 하고. 그런 식으로 하다 보니 책을 처음부터 끝까지 읽은 적이 거의 없다고 하시더라고요.

구혜경/ 위안이 되네요.

서호준/ 읽다가 다른 책으로 새는 건 좋은데 아예 안 읽는 건 민망하긴 하네요.

구혜경/ 그렇죠.(웃음) 끝은 봐야겠죠. 감사합니다. 이제 마무리를 지어볼 텐데 최근 읽고 있는 책이 있는지, 다음 계획은 어떤지. 최근 어떤 일을 하고 계시고 앞으로 어떤 일을 할 거다. 이런 식으로 편히 말씀해주시면 될 것 같아요.

서호준/ 이건 어떨까요? 전의 좌담에서 앞으로의 계획을 이야기했으니까 이 책을 읽으신 분들에게 한마디, 이런 식으로.

구혜경/ 좋아요. 그러면 순서를 넘길게요.

서호준/ 이 책을 왜 보게 되셨는지 되게 궁금하고요. 이 책뿐이 아니라 어떤 문예지에 대해서도 같은 생각이긴 해요. 문예지는 출판사에 송고하고 그런 게 아니잖아요. 문예지는 신문처럼 그냥 나오는 거죠. 누가 읽든 말든. 가령《동아일보》의 2022년 1월 20일자 신문을 반드시 읽어야 한다 생각하는 사람은 없잖아요. 그런 면에서 좋은 것 같아요. 더해서 제가 시를 쓰다 보니 시 이야기를 할 수밖에 없는데 시집이 많이 읽혔으면 좋겠어요. 그리고 공공대출제가 시행되면 좋겠고요. 유언 남기는 것 같네요. 감사합니다.

박강산/ 제 휴대폰번호는 010-4412-4309입니다. 요즘 스팸문자가 너무 많이 와요. 이쯤 되면 어디에 써도 똑같겠다 싶어요. 이 글을 읽으시다가 소설이든 수필이든 뭐가 됐든 감상이든 욕이든 보내주실 게 있으시다면 이 번호로 보내주세요. 제가 재미있게 읽고 답장할 수 있으면 하겠습니다.

육호수/ 갑자기 이야기하셔서 생각났는데 같이 팟캐스트 '문장의 소리' 했었잖아요. 누가 듣고 감상을 보내주신 거예요. 너무 감사했다고 해서 감사한 마음이었거든요. 저는 여기에 있는 작품들은 컴퓨터에서 삭제를 했기 때문에, 이 작품에 대한 감상은 마음속에 간직해주시면 이후 작품 창작에 도움이 되지 않을까 싶고요. 저는 이후 새로운 작품 창작의 길로 나아가겠습니다. 이 책은 좋은 추억이었고요.

구혜경/ 이 자리가 약간 부담스러우셨겠네요?

육호수/ 어쩌겠어요.

구혜경/ 저는 사실 누군가에게 뭔가를 말하는 걸 안 좋아하는데 '문장의 소리' 다녀와서 제가 말실수한 부분을 세 가지 짚고, 편집해달라고 연락했어요. 말하는 게 서툴고, 글을 써서 세상에 뭔가를 말하고 싶은 사람으로서 그래야 하나 항상 생각하게 되는 것 같아요. 뭔가를, 누군가 볼지 안 볼지 모르는 소수의 누군가에게 이야기를 해야 하니 망설여지는데요. 일단 여기에 있는 원고들은 빠짐없이 읽어주셨으면 좋겠고요. 책이 두껍게 나오겠지만 하나도 빠짐없이 읽어주시면 좋겠고요. 감상이 있으시다면 은행나무출판사에 이메일 주소를 받아서 그쪽으로 보내주시면 감사히 받아 읽고, 답장을 드릴 수 있으면 하겠습니다. 저는 합평이나 이런 자리를 해본 적이 없으니까 목이 말라 있어요. 두렵지만 해보고 싶은 이런 게 있다 보니 보내주시면 감사히 받겠고. 그냥 저는 열심히 쓰고 3월까지 모이면서 했던 모든 일들이 무의미하게 흘러가지 않고 누군가에게 의미 있게 가닿기를 바라고 있습니다. 감사합니다. 더 하고 싶은 말씀이 없으시면 이걸로 마무리할까요?

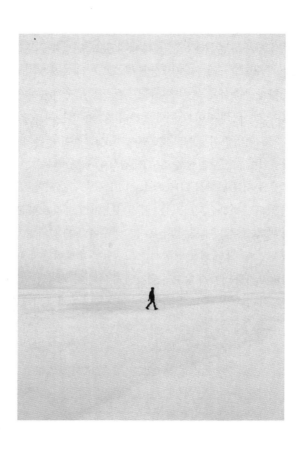